我过去生活的时代并不像这个时代，

但又以一些神秘而传统的方式近似着。

不只是一点点，

而是很多地方。

我生活在一个宽泛的范围和共同体中，

而生活的基本心理就是其组成部分。

如果你把光线转向它，

你可以看到人性完整的复杂性。

推理译丛

编委会

（按汉语拼音排序）

雅理译丛

田
雷　主编

雅理

其理正，其言雅

理正言雅

即将至正之理以至雅之言所表达

是谓，雅理译丛

鲍勃·迪伦与美国时代

BOB DYLAN IN AMERICA

Sean Wilentz

［美］肖恩·威伦茨 – 著

刘怀昭 – 译

中国政法大学出版社

2018 · 北京

Bob Dylan in America
by Sean Wilentz
Copyright © Sean Wilentz 2010
All rights reserved.
版权登记号：图字 01-2017-3680 号

图书在版编目（ＣＩＰ）数据

鲍勃·迪伦与美国时代/（美）肖恩·威伦茨著；刘怀昭译. —北京：中国政法
大学出版社，2018.6
　ISBN 978-7-5620-7957-6

　Ⅰ.①鲍… Ⅱ.①肖… ②刘… Ⅲ.①鲍勃·迪伦—文学研究 Ⅳ.①I712.065

中国版本图书馆CIP数据核字(2018)第067744号

出 版 者	中国政法大学出版社
地 址	北京市海淀区西土城路 25 号
邮寄地址	北京 100088 信箱 8034 分箱 邮编 100088
网 址	http://www.cuplpress.com（网络实名：中国政法大学出版社）
电 话	010-58908524（编辑部） 58908334（邮购部）
承 印	北京中科印刷有限公司
开 本	880mm×1230mm 1/32
印 张	14.5
字 数	362 千字
版 次	2018 年 6 月第 1 版
印 次	2018 年 6 月第 1 次印刷
定 价	69.00 元

声　明 1. 版权所有，侵权必究。

　　 2. 如有缺页、倒装问题，由出版社负责退换。

1965 年 12 月 5 日，在旧金山「城市之光」书店外，罗比·罗伯逊、迈克尔·麦克卢尔、鲍勃·迪伦、艾伦·金斯堡、朱利尔斯·奥尔洛夫斯基（部分遮挡）及一名姓名不详的摄影者。

目录

前 言

30 年来，我一直试图写一部美国历史，特别是美国政治 1
史。这是一项极为艰巨的工作，但长远来说还是足以告慰的。
写美国音乐及鲍勃·迪伦的历史并非我原计划要出的牌，这纯
属歪打正着，全是因缘际会的结果，而这份奇妙的好缘分还要
追溯到我的童年。

我是在布鲁克林高地（Brooklyn Heights）长大的，那时，我
家在格林威治村（Greenwich Village）开着一家"第八街书店"。
格林威治村催生了 1950 年代的垮掉派（Beat）诗人，以及 1960
年代早期民谣复兴运动的音乐人。我父亲伊莱亚斯·威伦茨
（Elias Wilentz）编过一本杂志叫《垮掉现场》（*The Beat Scene*），那是
垮掉派诗歌最早的选集之一。从我家书店沿着麦克道格街
（MacDougal Street）往前走，便是民间音乐大爆炸的震央、我父
亲的朋友伊兹·扬（Izzy Young）开的民谣中心（Folklore Center）。
昵称"伊西"的伊兹·扬胖胖的，满腔热情，一副顽皮的笑
脸，满口浓重的布朗克斯犹太腔。身处彼时彼景并非我刻意所
求，我也不可能料到，那时发生的事有一天会变得很重要。而
如今看来，我还真是赶上了。

偶尔在愉快的周日，我们一家会出去散步，其间几乎总免

不了到民谣中心转转。那里沿着四壁堆满了唱片和各种乐器，最里面有个小屋，是音乐人出没的地方。我对鲍勃·迪伦的最初记忆，至少最初听到他的名字，就是在那个地方——伊西和我老爸会聊些街头巷尾的事，而我（一个对父亲有样学样的儿子）会竖起耳朵细听。不过，很长一段时间之后我才得知，迪伦与艾伦·金斯堡（Allen Ginsberg）在 1963 年末的初次相见，就是在我家书店楼上我叔叔的房里。

从伊兹的店往北几栋楼，紧挨着"鱼壶酒吧"（Kettle of Fish）有个楼梯，沿楼梯走下去是一家地下俱乐部，迪伦就是在那里崭露头角的。位于麦克道格街 116 号的煤气灯咖啡馆（The Gaslight Café）如众星捧月，整条街人来人往，非常热闹，著名的"哇"酒吧（Café Wha，迪伦 1961 年冬就是在这里举办了首场音乐会）也在这条街上。在米内塔街（Minetta Street）拐角处，紧挨着窄窄的米内塔巷（Minetta Lane），那里也有个咖啡馆，叫"康门士"（The Commons），后来以"黑肥猫咖啡馆"（The Fat Black Pussycat）这个名字为人所知。这些地方，再加上观光客最爱光顾的布利克街（Bleecker Street）上的"索端"（Bitter End）、米尔斯酒馆（Mills Tavern），还有西四街（West 4th Street）上的热尔德民谣城（Gerde's Folk City），便是鲍勃·迪伦的耶鲁和哈佛。

这里的街坊四邻都带有鲜明的波希米亚气质。一个世纪前，在布利克街与百老汇交角处，沃尔特·惠特曼（Walt Whitman）曾躲进一个叫百福（Pfaff's）的地下啤酒屋，将那些他称为"打鸣者"的主流评论家拒于千里之外。更早些时候，在麦克道格街以北过去几条街的威沃利街（Waverly Place）上，在一座如今已荡然无存的房子里，安·夏洛特·林奇（Anne Charlotte Lynch）曾开过一个文艺沙龙，接待过赫尔曼·梅尔维尔（Herman Melville）和玛格丽特·富勒（Margaret Fuller）。也是在那里，一位邻居，埃德加·爱伦·坡（Edgar Allan Poe），第一次为听众朗读了他的诗《乌鸦》(The Raven)。尤金·奥尼尔（Eugene O'Neill）、艾德娜·圣文森特·米莱（Edna St. Vincent Millay）、康明斯（e. e. cummings）、麦克斯维尔·波登海姆（Maxwell Bodenheim），以及乔·古德（Joe Gould）等，都是 20 世纪麦克道格街的常客。

迪伦进村那阵，煤气灯咖啡馆正是麦克道格街上的民谣乐手和单人脱口秀（stand-up comedy）艺人的大本营。1950 年代末刚出现时，煤气灯咖啡馆就是垮掉派诗人的地盘——为此还被当时纽约城中典型的保守派小报《每日新闻》好奇地大事渲染了一番——它以一种狂欢的风格宣称，自己是"享誉世界的村中娱乐至尊"。与很多其他夜总会不同的是，煤气灯咖啡馆不是堂会性质的，并不是靠一帮艺人跑龙套赚小费为生，而是走精英路线，有戴夫·范容克（Dave Van Ronk）等圈内人捧场、认可，每晚有六位歌手演唱，定期支付薪水。

这倒并不是意味着这地方有多高档。墙上是松木板贴面（后来被店主扯了下来，成为裸砖墙面），冒牌的蒂芙妮彩灯发着昏暗的光，水管漏水，滴在权且当作舞台的场地上，没有卖酒的许可（包酒的牛皮纸袋就是这么来的，也是"鱼壶酒吧"的卖点），勉强说得过去的音响系统，空间则捉襟见肘。

如果用上撬棍和大棒子，大概还是能把挤在那儿的上百号人撬开赶散。其喧嚣、拥挤的程度，加上罢演或因不交保护费而受到滋扰的威胁，使得这地方随时面临警察突袭的风险。但在麦克道格街，能有份在煤气灯咖啡馆演出，形同登上了卡内基音乐厅（Carnegie Hall）的舞台。

范容克是为煤气灯民谣歌手挑大梁的人；主持演出的人是诺尔·斯图基（Noel Stookey，就是后来"彼得、保罗和玛丽三人组"Peter, Paul and Mary 中的"保罗"）；头牌乐手包括汤姆·帕克斯顿（Tom Paxton）、伦恩·钱德勒（Len Chandler）和休·罗姆尼（Hugh Romney，1960 年代末取艺名维威·格雷 Wavy Gravy，以迷幻音乐及地方自治主义者著称），还有年轻的喜剧演员比尔·考斯比（Bill Cosby）和伍迪·艾伦（Woody Allen）。1961 年，在范容克的点头许可下，迪伦亮相煤气灯咖啡馆演出，这下立即震动了那个高手云集的小圈子，他领到了每星期 60 美元的报酬，这使他足以负担他在第四街的房租——并向真正的名利双收迈出了一大步。"那是我想去、也需要去的夜总会，"迪伦在他的回忆录《编年史（第一卷）》（Chronicles, Volume One）中这样写道。

有一段珍贵的煤气灯演出录像带保留了下来，那显然是用迪伦的两次演出拼接而成的，录制于 1962 年 10 月，音效达到了当时的专业录制水平。[在私录版广泛流传了多年之后，这段录音的删节版最终于 2005 年做成限量发行的光盘《煤气灯演出实况，1962》（Live at the Gaslight 1962）。]迪伦当时可能是将口琴架忘在了家中——总之，这是这位歌手在早期演唱会上没有吹口琴的极少影像资料之一。即便是这样一场即兴而又匆匆而就的演出，从录像带上也能看出，迪伦的创造力是多么惊人而又飞速地增长着。

在此一年之前，范容克的首任太太特丽·塔尔（Terri Thal）也曾录制过迪伦在煤气灯咖啡馆的表演，为的是向周边城市中的夜总会推介这位年轻的歌手，但录音装备就差多了。（据塔尔说，有人偷录了这卷录影带；其密纹唱片及光盘很长时间以来一直可以搞到，藏家称之为"首场煤气灯录音带"。）作为营销企划，这个录制作品以失败告终，尽管里面包含了迪伦早期最优秀的单曲之一，〈给伍迪的歌〉（Song to Woody）。不过，一年之后，迪伦已更上层楼，创作出〈暴雨将至〉（A Hard Rain's A-Gonna Fall）这样高水平的作品——这首歌在面世六个月后才收入迪伦的第二张专辑《自由驰骋的鲍勃·迪伦》（The Freewheelin' Bob Dylan），然后才传到村外、传到民谣复兴演艺圈以外的世界。可能是〈暴雨将至〉在乐迷中不胫而走的缘故，也可能只是事后看来如此，总之这第二张专辑给人以蠢蠢欲动的感觉，令人感到，鲍勃·迪伦正变得与众不同起来，其艺术想象力甚至已远远超越了当时最成功的民谣歌词写手。

我第一次听迪伦的演唱会是在这两年之后——在爱乐厅（Philharmonic Hall），而不是煤气灯咖啡馆。这又是件走运的事：我父亲手上有两张赠票。尽管我当时只有 13 岁，但对迪伦的歌曲已经非常有感觉了。有个比我稍大的朋友将《自由驰骋的鲍勃·迪伦》专辑拿到了教会（属开明的一神论派），给我们小组的几个孩子看，那阵势仿佛是在传阅一份刚出土的经卷。

4

里面的歌我有一半听不懂；我更专注于专辑套封上迪伦那张如今为人们所熟悉的照片：迪伦在寒风中缩起双肩，臂弯里挽着一个美丽动人的姑娘，走在琼斯街上——照片中洋溢着酷酷的性感，比我从同学那儿偷瞥过的《花花公子》里的任何东西都更撩人。

歌中我能听懂的都很有趣，有的令人振奋，更多的则惊世骇俗：〈暴雨将至〉中那句"我看到不停滴血的黑色树杈"尤其令人毛骨悚然。但我爱上这种音乐和迪伦的声音，吉他、口琴，他的嗓音从不令我觉得刺耳或嘶哑，而是觉得原汁原味。能有机会在音乐会上一睹他的风采实在是一种款待，有关这些我在后面还有很多要说。如今回头看时，这次机会原来还是更大机遇的源头。

*

一晃近四十年后，这故事接下来的一页对我来说显得更加不可思议。在历经从高中到大学的长期沉迷之后，到 1983 年《不信教的人》（*Infidels*）问世时，我对迪伦歌曲的兴趣已经开始淡了下来。尽管他在宗教信仰上的转向令人费解，甚至惹人不快，但我认为，他在 1970 年代末和 1980 年代初灌制的福音歌曲依然扣人心弦，捕捉到了被"斯代普歌手"（Staple Singers）发扬光大的美国灵歌的传统，并为它注入了活力四射的摇滚。迪伦似乎将他以往倾注在〈漂亮的波莉〉（Pretty Polly）和〈潘妮的农场〉（Penny's Farm）上的热情都倾注在了"亲爱的主"身上。不过，除了《不信教的人》及六年后推出的《行行好吧》（*Oh Mercy*）中的个别几首，他的音乐在我听来已经显得疲惫和涣散了，就像缺少更深一层的信仰，却陷入了一大堆证道中，并用这一切取代了艺术。

1990 年代初，当迪伦新出了几张传统民谣的原声乐器独唱专辑时，我又回到他的音乐中来。这时他的歌声已经变得苍老而忧伤，但嗓音仍像我记忆里早期唱片中那么动人。乐评家格雷·马尔库斯（Greil Marcus，几年后他成了我的朋友及合作者）曾撰文指出，经由这几张专辑，迪伦开始恢复了他的艺术神髓——而我之所以对这几张唱片特别推崇，其实还有更为私人的理由。1994 年，我父亲陷入重病期间，我听到了迪伦那张《出错的世界》（*World Gone Wrong*），听到他以低沉的声调演绎 1830 年代经典老歌〈孤独的朝圣者〉（*Lone Pilgrim*），我不由得潸然泪下。它给我带来的慰藉是不可能在任何教堂或礼拜堂里找到的。

那时我正开始写些艺术及历史方面的文字。1998 年，我出于玩票的心情给政治杂志《异见》（*Dissent*）投了一篇稿，内容是评介马尔库斯写迪伦的书《看不见的共和国》（*Invisible Republic*），以及迪伦的最新专辑《忘川》（*Time Out of Mind*）。而促使我写这些的，是前一年夏天的迪伦演唱会——我在一位有先见之明的朋友的怂恿下，跑去弗吉尼亚州狼阱（Wolf Trap）观看了这场演出。2001 年，我意外地接到迪伦的纽约办公室的电话，问我是否愿意就迪伦即将推出的专辑《爱与盗》（*Love and Theft*），为迪伦的官方网站 www.bobdylan.com 写点什么。当我确认这不是什么人的恶作剧的时候，就立即答应了。我表示，只要新专辑令我喜欢就行。结果是，我非常喜欢它。在随后的几个月里，我又继续给那个网站写了几篇，并挂上了"驻站史学家"这个多少有些滑稽的头衔。那不过是个挂靠在虚拟空间的居家办公的差事，除我以外似乎不会有任何人这么热衷。

2003 年的某时，那场我多年以前第一次去看的迪伦演唱会终于要灌成唱片了。作为迪伦回顾系列的一部分，这张唱片的正式发布排上了日程。这时，我被委派了一项令我发怵的任务：为这张后来叫做《私录专辑系列（6）》（*The Bootleg Series, Volume 6: Bob Dylan Live 1964, Concert at Philharmonic Hall*）的唱片套封撰写说明文字。以往这种时候，如果迪伦不是亲自动笔，他总是会托付那几位出类拔萃的写手和专业人士代劳，包括约翰尼·卡什（Johnny Cash）、艾伦·金斯堡、托尼·格罗弗（Tony Glover）、彼得·哈米尔（Pete Hamill）、纳特·亨托夫（Nat Hentoff）、格雷·马尔库斯，汤姆·皮亚札（Tom Piazza）。另外我也担心，该如何描述已时隔这么久的那场演唱会实况，才不致显得忸怩或迂腐。再说，当时的情形我还能记起多少呢？

结果，回忆部分写得还算轻松。听着唱片，演唱会现场的感觉重上心头 ——那夜的温馨；仍在修建中的林肯表演艺术中心里，新爱乐厅的金碧辉煌；迪伦与观众之间的那种间或令人兴奋得晕眩的互动（在如今的舞台摇滚音乐会上已经难得一见了）。但作为一个历史学者，我还感到有义务将这件事放到更大的语境里面：在 1964 年的那个夏天，世界在经历着什么、迪伦在做什么。三名民权工作者在密西西比州的遇害、美国进一步介入越战的最初迹象——所有这一切都标志着，美国在国内外事务上都开始进入了一个更可怕的阶段。此时，迪伦也正从早期作品中那种被定型的道德立场上转移，转向更为个人化和印象主义的脉络，并很快会以一种全新的姿态，重新回到他少年时代最初爱上的电子音乐上去。

我试着将这些背景与我的记忆编织在一起，希望能重新捕捉到当年那个 13 岁的孩子眼中的所见（并用那孩子的口吻把它说出来），同时又能保持我作为一个比那时的迪伦已经年长了两轮的专业历史学者的权威。我想唤起一个文化圈内的少年的那种感受——那时我正自觉地向潮流中心圈靠拢，乳臭未干又不知天高地厚，意识不到自己的幸运。我们那些在场的听众当中，可能只有一半人实实在在地工作过几天；几乎没有几个人在抗议吉姆·克劳（Jim Crow）种族歧视的示威队伍中险些挨过棍棒。可我们觉得自己很前卫，很了不起；对于我们来说，那场演唱会在一定程度上是一种自我认可的集体性行动。我想用我的文字去勾起青春时代在纽约时的欢愉与懵懂。

我这篇文章最终获得了格莱美（Grammy）奖的提名，这是另一种形式的认可——尽管我脑海里一时闪过了"老文青"之念。提名引起的关注令我惊讶。音像产业制造出的壮观景象如此引人注目，就连不起眼的"最佳专辑诠释奖"也能被报纸大事渲染。面对眼前的喧嚣，我尽量不太过自嘲：身为一个常春藤名校的历史学教授，与"亚瑟小子"（Usher）、"绿日"乐队（Green Day）及艾莉西亚·凯斯（Alicia Keys）一道被选中，获邀前往洛杉矶，这明显是一条可以上版面的"人咬狗"新闻啊。不过，我仍为自己能写些学术圈以外的有趣文字而骄傲。随着颁奖日期的临近，我又开始浑身充满那种自觉的文青感了：好激动能出席格莱美颁奖礼啊。等到我抵达洛杉矶的时候，我已经想得奖想得要死了。

我没拿到奖。当颁奖人读出别人的名字时我感到心里一痛，而且我无法掩饰这一点。坐在我前排的一位衣着优雅的女士留意到了我的沮丧，把手伸了过来。

"不要烦恼，亲爱的，我自己也没拿到，可身在此处不是已经很棒了吗？"我吻了她的手，突然感觉好了很多，为能受邀前来而感恩，哪怕只是加入到勤奋的音乐人、艺术家的行列中来，一起度过一个短短的周末。

*

我又回到历史书的撰写中去，继续教我的历史课，但仍偶尔写着美国音乐方面的文章，偶尔还做做这方面的演讲，包括介绍一下迪伦的作品。2004 年，我和格雷·马尔库斯合编了《玫瑰与荆棘》(*The Rose & the Briar*)，是一本有关各种美国民谣的随笔、短篇小说、诗歌及漫画集，其中也收入了我论述迪伦在《出错的世界》中唱的蓝调老歌〈迪莉娅〉(Delia) 的一篇文章。然后，在与格莱美奖失之交臂三年之后，在我又完成了一本历史著作之际，我开始跃跃欲试，想写本立意更高远也更连贯些的音乐论著，来梳理迪伦的发展历程及其成就，评述他与美国历史、文化中那些经久不衰的潮流之间的联系。

诚然，我的行文必将挂一漏万，比如几乎整个略去了1966年至1992年中间这四分之一世纪——迪伦的舞台经理阿尔·桑托斯（Al Santos）曾以并非完全嘲讽的口吻宣称，这段时期里，迪伦每次登场演出之前都会"陷入滥用药物所致的迷糊状态，再清醒过来时都是找到了耶稣"，直到"1990年代末，他开始突然换挡，创作出了他事业中最棒的一些音乐"。我对这种说法深以为然。我认为，我笔下各篇文章中所涵盖的年代，正好呈现了迪伦创造力最旺盛、最集中的阶段，包括1964～1966年这个最强的阶段。在并没有完全意识到的情况下，我已经写了有关迪伦音乐生涯中两个主要阶段的一些高潮部分——我于是对自己说，我有足够的理由把这些文字修订成章节，集结成书，看看夹在封面和封底之间的它们会是什么样。我还论述到迪伦直接或婉转提过的一些对他有影响的音乐流派及人物，从19世纪的"神圣竖琴"（Sacred Harp）传统中的形符合唱音乐，到左翼运动影响下的阿隆·卡普兰（Aaron Copland）的管弦乡村音乐。这些章节所涵盖的有关迪伦的内容并不比我写的那些论文更全面，但我希望通过它们揭示迪伦的作品与美国历史、文化之间的某些联系。

对迪伦歌曲的精彩评论已经足够多了，坊间也颇有几本信息量非常大的迪伦传记。但即使它们当中最出色的一本，也没能囊括我想了解的有关迪伦音乐的各方面，没能探究那些激发出迪伦作品的美国生活旋律。我的兴趣所在绝非简单地追踪和列举影响过迪伦的歌曲和音乐，尽管这项工作对于理解他的作品来说是重要的。我真正感兴趣的是，迪伦在何时、如何以及

8

为什么会相中某位先驱或他自己同辈中的某些人；这些影响产
生作用的氛围，以及它们是如何演进的；迪伦如何在不断的自
我演进中最终糅合并改造了那些人的作品。这些错综复杂的影
响告诉我们一个什么样的美国？告诉我们一个什么样的迪伦？
而美国又告诉了我们一个什么样的迪伦——迪伦的作品又告诉
我们一个什么样的美国？正是这些问题最终激发我动笔写这
本书。

*

  2001 年夏末，就在我准备写有关《爱与盗》的文章时，
我觉得我察觉到一件事（后来证明是很显而易见的观察），即
这张专辑是某种街头说唱表演，迪伦在里面收集了旧时的美国
音乐、文学（并不仅限于美国音乐和文学）的一些片段，然
后以他自己的方式重新组合。这种音乐的重整明显源于皮特·
西格（Pete Seeger）所说的"民谣加工"，也符合迪伦毕其一生
所实践的"借他山之石攻玉"的做法。但如今这些东西明显
更复杂、更自觉，更难以把握，也更充满暗示。它们从民谣的
主流之外汲取了很多素材——从维吉尔（Virgil）的《埃涅伊
德》（*Aeneid*）到 20 世纪二三十年代的主流流行音乐，一直到
查理·帕顿（Charley Patton）和"密西西比帅哥"（Mississippi
Sheiks）的古典蓝调。我开始将此视为迪伦艺术中的文雅的花
招（有些人觉得它很成问题），视为他对旧时美国音乐传统
（被吟游诗人、歌手、杂耍艺人以及民谣及蓝调歌手所共享的

传统）的最新重塑。我将他这种重塑的做法称为"现代吟游艺术"。

在我最初的想象中，这本书是建立在我写的有关《爱与盗》的论文基础上的，我想探讨的是旧时的改编手法怎样给迪伦这样一位现代吟游者做了铺垫——但我很快就打消了这个念头。首先，尽管迪伦后期的创作成就非凡，但我认为他最强的作品——既结合传统又完全原创——仍是 1960 年代中期及 1970 年代中期完成的那些，迪伦本人也明显同意这一判断。[1] 不能将迪伦作品走向全面成熟描述成一个节节向上的过程，这样的叙事是没有意义的。其次，迪伦的事业生涯一直起伏不定，历经低谷与高潮，包括 1980 年代那一段相当长的时间内，他自己也承认，他的创作似乎在原地打转。任何对迪伦的文化重要性的描述，都必须建基于他所经历的浮沉、曲折，并要描述出他的艺术活动是如何从一个阶段发展到另一个阶段的。最后，尽管迪伦长期以来一直是一位不懈的创新者——或者，用爱尔兰民谣歌手利亚姆·克兰西（Liam Clancy）形容他的，是一个"形变者"——他的作品还是表现出很强的连贯性。迪伦从不曾长久地执迷于一种风格，但他也不会遗忘、抛弃或浪费任何他曾经学到的东西。任何有兴趣从整体上鉴赏迪伦作品的人，都必然要面对它本身那种传统与叛逆相结合——自相矛盾而又不稳定——的挑战。

---

〔1〕 在 2004 年底哥伦比亚广播公司（CBS）播出的一个电视采访中，迪伦曾对〈没事的，妈妈〉等自己当年写的歌词表示赞叹，并若有所思地说："我再也写不出了。我不知道我那时怎么写出这些歌来的。这些早期歌曲几乎如有神助。"

所以我最终决定，这本书要考察那些更为重要的对迪伦早期的影响，然后将焦点放在 1960 年代至今的某些关键时刻的迪伦作品上。本书的开头几章可能看上去与迪伦关系不大，特别是前面的段落，探寻的都是些有影响的人物或流派的起源和文化意义，但这些章节会适时将迪伦带入故事中，展现他与先驱之间的关联，有时是直接的，有时则不。我在写其中一章的时候，脑海里是迪伦那首〈盲眼威利·麦克泰尔〉（Blind Willie McTell），写其他章节时想的是〈迪莉娅〉、《出错的世界》中的〈孤独的朝圣者〉等，这些都需要在重要的背景资料上费些笔墨。我请求读者在读所有章节时都不要跳过这些部分，相信它们与迪伦的关系很快就会向你呈现出来。剩下的章节则比较开门见山，从一开始就直接讲迪伦。

谈到迪伦的音乐，通常都会从迪伦的第一个音乐偶像（并且，据他说，也是他最后的偶像）伍迪·格斯里（Woody Guthrie）谈起，谈格斯里的歌曲及风格对迪伦的影响，谈 1940 年代从左翼乡间音乐会中发展起来的民谣复兴运动。这种论述方法是有道理的，但人们对这些已经太熟悉了，而且它轻视了一种更大范围的文化与政治精神的影响——这种影响最早与 1930 年代美国共产党及其"人民阵线"扩大政治影响力的努力有关，后来更弥漫在 1940 年代（迪伦长大成人的阶段）美国人的生活中。

为了对迪伦的文化背景中的这一重要部分进行更充分、更有新意的考察，我决定把焦点放在迥异于格斯里民谣及其说唱蓝调的"人民阵线"音乐上——也就是阿隆·卡普兰的管弦乐创作上。这一选择可能显得非常怪异。然而，尽管他们其间的关联已经在很大程度上被人们遗忘了，但卡普兰所属的1930年代中期那个纽约左翼音乐圈其实并不令人感到陌生，那其间包括后来民谣乐迷们耳熟能详的一些主要人物。卡普兰在1930年代末和1940年代创作的那些深受喜爱的专辑，包括《比利小子》（*Billy the Kid*）和《竞技者》（*Rodeo*），如今听来可能就像欢快的全景式的美式乡村音乐，但实际上它们包含着左翼政治的冲动，而且那种东西后来同样也激励过西格、阿兰·洛马克斯（Alan Lomax）及其他20世纪五六十年代民谣复兴运动的先驱人物。与此同时，迪伦成长于1940年代的美国，那个时期，卡普兰成了美国严肃音乐的在世化身。卡普兰的音乐及其特性，虽然对迪伦年轻时演唱和谱写的歌曲并没起到明显或直接的作用，但卡普兰所代表的更广泛的文化情绪肯定对迪伦产生过影响。而且，迪伦所从事的事业，部分就是将美国流行歌曲素材转变成某种新的高级流行艺术——让普通听众既感到挑战又能接受，而在此方面，他的艺术追求与成就与卡普兰并无二致。

本书第二章写的是"垮掉的一代"（Beat Generation）的作家们，特别是艾伦·金斯堡。迪伦不仅早在抵达格林威治村之前就热衷于读垮掉派作品，而且在他和金斯堡各自事业的关键时刻，他们还偶然地成了朋友。但就像谈到民谣复兴一样，要想理解垮掉派及其对迪伦的影响，就必须回溯到1950年代之前，从二战期间哥伦比亚大学校园内外展开的文学与审美的论战谈起。这些论战的回响——以及年轻的金斯堡和他那些标新立异

哈罗德·科勒曼（Harold Clurman，他曾在巴黎与卡普兰合住一套公寓）、克利福德·奥狄斯（Clifford Odets）及伊利亚·卡赞（Elia Kazan）。

1932 年，布利茨坦根据萨科和凡赛梯（Sacco & Vanzetti）案（一桩非常轰动的左翼公案）写了一部独幕音乐剧《遭谴的人》（*The Condemned*），但从未上演过。1930 年代中期，作为"作曲家共同体"的成员，他为电影配乐，并创作工人歌曲，也曾在卡普兰最终获奖的那场作曲比赛中参赛。在此期间，布利茨坦在观念上已开始转向民粹主义、现代主义、左翼音乐剧，将马克思主义政治与爵士乐、伊戈尔·斯特拉文斯基（Igor Stravinsky）、卡巴莱歌舞及民谣融为一体。在 1933 年纳粹掌权之前，贝托尔特·布莱希特（Bertolt Brecht）和他的音乐合作者汉斯·艾斯勒（Hanns Eisler）及库尔特·威尔（Kurt Weill）就在德国构思并提出了这些想法，尔后，艾斯勒和威尔作为政治流亡者将它们带到了纽约。早先，布利茨坦曾指责威尔的音乐是粗俗的皮条客，但现在他已彻底改变了想法。1936 年夏末，在他称之为"白热"的工作状态下，他完成了一部新的无产阶级音乐剧：《大厦将倾》（*The Cradle Will Rock*）。

《大厦将倾》是一则顽强的寓言，描写资本主义的贪婪和腐败被组织起来的工人战胜，它是第一部美国人改编自布莱希特–艾斯勒–威尔风格的重要作品——因而掀起了一场旋风。就在该剧的上演已经有了眉目时，布利茨坦的赞助方、政府"新政"拨款支持的"联盟剧场项目"开始担心遭到国会保守派的报复。首场演出开幕前夜，该项目突然以预算削减为由，要求停止演出，并命令关闭剧场。布利茨坦脑子转得快，又和他的合作者——年轻导演奥逊·威尔斯（Orson Welles）及制片人约翰·豪斯曼（John Houseman）——合伙租下另一个剧场，而且首场戏票意外地全部卖出去了。（后来主办方允许路人免费进场，观众拥挤得只能站着观看。）"演员公平工会"禁止剧组演出，音乐家工会也不允许其成员参与这个其实小于工会规模的商演活动。最后，布利茨坦亲自上台演奏钢琴部分，演员们坐在台下说唱他们的部分。结果，这场准备仓促、近乎临场发挥的首演，竟在政治上和艺术上都造成了轰动。很快，在公众的强烈呼声下，《大厦将倾》在几个月后重获放行，由威尔斯和豪斯曼赞助的新水星剧院公司推出，一连又上演了 108 场。

阿隆·卡普兰是这场即兴首演的现场观众之一。该剧令他激动不已。"《大厦将倾》的开幕之夜创造了历史，"三十年后他这样写道，"在场的人没有人会忘记它。"针对有些人指责该剧为"无外乎左派宣传"，卡普兰作出了辩护。他承认，《大厦将倾》存在"某种党派意识"的局限，但他盛赞它创造性地将"社会剧情片、音乐滑稽剧和歌剧"结合在一起，及其简洁的诗体和音乐。[1] 与此同时，卡普兰告别了他早期作品中不和谐的现代主义，很快开始大胆尝试管弦乐以外 25 的东西，写起电影配乐与芭蕾舞来。但比起布利茨坦那些布莱希特式音乐剧（对迪伦的创作产生过影响），卡普兰的新方向与查尔斯·西格和洛马克斯的民歌收集工作有更多的共同之处，且后者对迪伦的影响更为强烈。卡普兰和布利茨坦，他们分别代表着两种对时代非常独特的艺术反应，这两个雄心勃勃的美国左翼犹太作曲家兼好友，一个注定要扬名国际，另一个则相对隐晦。但他们的情感是密切相关的，至少在卡普兰看来是这样。

---

[1] 卡普兰与《大厦将倾》也有一种有趣的间接关系。该剧首演的时候，年仅 22 岁的威尔斯已经是个大名鼎鼎的天才——他不是政治激进分子，但对布利茨坦及其音乐非常倾心，一直梦想导演一场音乐剧。1937 年 4 月，在为亨利街安置项目举办的音乐会上，威尔斯将阿隆·卡普兰新创作的儿童歌剧《第二次飓风》搬上了舞台。

　　卡普兰在 1935 年左右开始了更开放、旋律更优美的新作曲风格，他将之形容为"强加的质朴"。这一新曲风在 1938 年变得羽翼丰满起来，在他为歌舞导演、编剧林肯·科尔斯坦（Lincoln Kirstein）的芭蕾舞剧《比利小子》作曲时表现得淋漓尽致。《比利小子》是对一个亡命徒生死历程的传奇描述。在科尔斯坦的建议下，卡普兰钻研了约翰·洛马克斯编纂的各种牛仔歌曲集，从中寻找可能的主题。卡普兰最终挑选了 6 首牛仔歌曲，将它们改编到他的配乐中。所有这些牛仔歌曲都出自洛马克斯出版的几本歌曲集里。有 3 首歌——〈挥鞭小牛仔〉（Whoopie Ti Yi Yo）、〈奇泽姆古道〉（The Old Chisolm Trail）和〈旧油画〉（Old Paint）——相继由伍迪·格斯里录制下来，收录在民风唱片（Folkways Records）创始人莫·阿西（Moe Asch）陆续在 1944 年和 1945 年出的一套著名的专辑系列里。

　　卡普兰那简单化的、更刻意于流行的音乐困扰了他的一些崇拜者，包括年轻作曲家戴维·戴蒙（David Diamond），他担心卡普兰正将自己出卖给"杂种般的商业化利益"。至于卡普兰自己，作为前卫的创新者，他最初似乎也不喜欢直接引用美国民间音乐，尤其是老西部音乐。可以肯定，他在 1932 年和 1936 年之间写那首单乐章调子的诗歌《墨西哥沙龙》（El Salón Mexico）时，已借鉴过墨西哥民歌。这一努力帮助他摆脱了那种被灌输的艺术认知，即以为民间音乐本质上是一种缺乏活力的静态形式。他还在 1920 年代实践过爵士乐元素，并认为它们有助于减少他的音乐中"太过于欧洲"的声音。历史上当然不乏将美国民间音乐融入严肃创作当中的先例。尤其是美国现代主义作曲家查尔斯·艾伍士（Charles Ives），他数十年来的歌曲、室内乐及管弦乐中，就包括了美国民谣、乐队音乐和军号等。卡普兰在 1930 年代初曾大力推崇他。

但是，艾伍士是带有隐士色彩的人，他的音乐作品对乐手来说很难演奏，对观众来说也难于理解，所以在很大程度上被忽视了。《墨西哥沙龙》这首歌，起码墨西哥曲调听起来还有异域风情的优势。爵士乐包含了非洲裔美国人音乐的节奏和情态魔法，甚至连欧洲人也为之赞叹。美国牛仔音乐则不同。卡普兰后来曾说，他"对处理牛仔主题相当小心"，因为他出生在布鲁克林。但也有艺术方面的考量。"我从来没有如此特别地被牛仔歌曲的音乐美打动过"，《比利小子》首演时的宣传单上这样印有卡普兰的话。

在卡普兰改编过墨西哥民歌之后，科尔斯坦敦促他看看，能否用本土音乐做些什么。但直到航海到巴黎，并在位于雷恩街（Rue de Rennes）的住所创作出芭蕾舞曲之后，卡普兰才重新"无可救药地投入"到老西部曲调的整理中去。"也许在巴黎听牛仔歌曲有些不同，"他若有所思地这样说，一分钟也不肯放弃他的都市世界主义。在他手上，被他称为"比利本人一定也听过的饥寒交迫的曲调"变成了现代艺术。

尽管经过了改编，但这些歌曲还是清晰可辨地出现在《比利小子》中，任何人都可以听出来；确实，卡普兰的全部努力就是要确保它们很容易被听出来。如果说它们的存在使卡普兰的音乐更受欢迎、更有市场的话，那么它们同时也表明，卡普兰对他自己改写的"人民阵线"美学开始产生了依恋。于是，流行民谣、故事和传说成为新艺术形式的原材料——也是塑造一个更美好世界的材料。这位革命艺术家的任务就是通过把握这些流行的文化形式（从侦探惊悚类到高远寂寥的民歌），把党与国家命运这块布编织在一起，然后将革命的豪情壮志浸入进去。通过发掘和改造牛仔音乐曲调，卡普兰开始了这项工作。

他给自己定下的创作任务绝不简单，尽管效果上听起来很轻松。27

"运作上相当微妙，"他写道，"要将新鲜而又非常规的和声加入到名曲的旋律中去，又不破坏它们的自然感。此外，管弦乐乐谱必须扩展，收缩，重新排列和附加纯曲调（bare tunes）本身，如果可能的话，将自己的感知赋予它们。这就是我千方百计去做的。"

卡普兰成功了，并在此过程中创造出一种特别的、完全不同以往的音乐，即使乔治·格什温（George Gershwin）与他那深受爵士乐影响的交响乐和协奏曲也不曾做到如此不同——它融合了传统的美国民谣和前卫的泛音，从而完整地保留了歌曲的"自然属性"。它综合运用了"高难度"音乐所特有的非常规形态及变音，而这些并不需要经过训练就能听懂和欣赏。

1938年10月在芝加哥上演后，《比利小子》获得了大众与评论界的一致赞赏，其配乐尤其风靡一时。在接下来的三年里，卡普兰主要致力于教学，出版了两本书，去拉丁美洲进行了一次巡回演出和演讲，并出任美国作曲家联盟（American Composers' Alliance）的主席。该机构是他在1937年协助创建的，旨在推广促进美国当代严肃音乐。正如发生的那样，他的室内乐作曲活动的停顿与美国左派的混乱时期相吻合。1939年签署的"纳粹－苏联互不侵犯条约"标志着共产党路线的完全逆转，从支持反法西斯转为支持和平，从而正式宣告了"人民阵线"的结束。但在1941年6月希特勒入侵苏联后［恰巧发生在当时取名"罗伯特·齐默曼"的迪伦在德卢斯（Duluth）出生一个月之后］，党的路线再次发生了变化——恢复反法西斯主义的立场，导致"人民阵线"政治与文化的基本方针得以复苏。

不同于共产党外围那些在纳粹－苏联同盟期间仍然忠于党的艺术家，卡普兰很兴奋地拥抱和推动了那种情感的复苏，美国公众也是前所未有地如此。在日本袭击珍珠港及美国加入第二次世界大战、与苏联结盟后，"人民阵线"风格开始传播，远远超越了政治和文化界限。

应征入伍抵抗轴心国，这曾经是党派性的左翼冲动，如今看起来、听起来已成了爱国、团结和主流。战争普及成为群众战争——普通的、穿军装的美国大兵，与盟军的普通人并肩战斗——为了捍卫民主。在 政治上，对人民的理想化，以及反抗阶级压迫、种族压迫的国际斗争，开始出现在比较温暖的、深具自由主义因素的美国"新政"的修辞中。在几乎每一个美国文化的领域，无论高低，"人民阵线"的动机和作风都帮助定义了 1940 年代。

*

卡普兰通过回到创作中来为战争尽他的一份努力。仅在 1942 年这一年间，他就完成了三部他后来最受人爱戴的作品——《林肯肖像》(*Lincoln Portrait*)、《普通人的号角》及为年轻的编舞艾格尼斯·德米勒 (Agnes de Mille) 创作的芭蕾舞剧《竞技者》。[卡普兰还受友人玛莎·格雷厄姆 (Martha Graham) 之托，为她创办的一个委员会创作了另一个芭蕾剧《阿巴拉契亚之春》，并于 1944 年上演。]这三部作品都拓展了《比利小子》具有的那种"强加的质朴"。其中两部颂扬了美国的流行文化和民主政治；第三部则是清澈的现代主义的管弦乐赞歌，献给打碎了枷锁的平等主义大众，作品庄严而又充满活力。

在"人民阵线"的血脉中，美国民间音乐仍是卡普兰的一个主要资源。《林肯肖像》将斯蒂芬·福斯特 (Stephen Foster) 的〈坎普顿赛马〉(Camptown Races) 和新英格兰老民歌〈斯普林菲尔德山〉(Springfield Mountain) 结合在一个牛仔音乐版的作品中，被约翰·洛马克斯收进（一个被评论家称为"口吃的版本"）他出版的第一部歌曲集中，后来伍迪·格斯里又为莫·阿西灌制成唱片。这些曲调帮助卡普兰唤起了他认识中的林肯那种平民的质朴，以及 19 世纪五六十年代的美国。作为"人民阵线"的赞美歌，这首歌赞扬林肯这位"伟大的解放者"、平等主义的革命领导人——一个激进的理想典范。它同时也是爱国歌曲，无疑更多地混合了对林肯高尚品格的乏味歌颂，代表性的例子是卡尔·桑德伯格（Carl Sandburg）写的那本被广泛阅读的多卷本林肯传记，其前几卷非常情绪化。

《竞技者》中收录了牛仔歌曲〈旧油画〉，这首歌已经被卡普兰在《比利小子》中用过——但卡普兰也利用了美国民间音乐——是乡村音乐但不是西部那种。1937 年，阿兰·洛马克斯和他的妻子伊丽莎白一道，带着一台 Presto 牌磁盘刻录机，一路长途跋涉，穿过了肯塔基州东部丘陵的崎岖山路。在萨利尔斯维尔（Salyersville）镇，他们找到了小提琴手威廉·汉密尔顿·斯特普（William Hamilton Stepp）。他们录制了斯特普演奏的一首情绪激昂的旧时进行曲〈波拿巴的撤退〉（Bonaparte's Retreat），非常有冲击力，以致后来被转录下来，出现在约翰和阿兰·洛马克斯 1941 年出的歌曲集《祖国在歌唱》（*Our Singing Country*）里。卡普兰可能听说过洛马克斯的录音，但那套一丝不苟的转录（出自彼得·西格的继母露丝之手）已足以提供素材给他，使他改编成《竞技者》的前奏曲〈土风舞〉部分，这段曲子深为包括鲍勃·迪伦在内的后代人所喜爱。[1]

与创作的场合相适应，《普通人的号角》听起来与《竞技者》大相异趣，抽象、激昂、气势磅礴。这一作品是应辛辛那提交响乐团的委托，为一场献给盟军的音乐会而创作的序曲，也是管弦乐队指挥尤金·古森斯（Eugene Goossens）委托创作的十七部作品之一。《普通人

29

---

〔1〕 在他的一些创作笔记中，卡普兰曾提到，他所谓"被叫作'波拿巴'方块舞的曲调"，即他用于〈土风舞〉中的那个版本，可以在洛马克斯的作曲选集中找到。参见卡普兰 1945 年 11 月 1 日写给路易斯·考夫曼（Louis Kaufman）的信，收藏于国会图书馆的卡普兰藏品中。

的号角》可以理解为卡普兰几个月之前刚完成的《林肯肖像》的终曲。作品的标题含有明显的悖论。号角，根植于宫廷音乐，本是用来传达某个伟人到来的先声。可卡普兰的号角预示的却是匍匐在地的人、大兵、普通人——不仅为了他们在战争中的服务和牺牲，也为了他们的存在及在历史上的到来本身。该标题还有更具体的政治内涵——正如卡普兰后来告诉古森斯的那样，该标题借鉴了 1942 年初的一个广为人知的演讲《普通人的世纪》——演讲者是最具苏联和"人民阵线"政治色彩的"新政"领导人、副总统亨利·华莱士（Henry Wallace）。

卡普兰对小号进行了音乐上和主题上的改造。几乎所有古森斯收到的乐章——包括卡普兰的老同志、同属"作曲家共同体"的亨利·考威尔（Henry Cowell）的一部作品——都遵循一个同样的基本模式： 30 简短、活跃；螺号轰鸣，军鼓喧天；充斥着三连音和其他传统的华丽音符；要么一开始就声势浩大，要么很快达到那种状态。卡普兰的《普通人的号角》，尽管庄严而又刻意，但可能是史上最简朴的小号曲。它在轰然中开的崩裂和隆隆声中开始，逐渐变得洪亮而复杂，从黑暗、晦涩的音调中一步步攀向近乎金属般的辉煌，然后一飞冲天，再砰地一声戛然而止，以不同于开始的音高结束。作品既有庄严的质朴性，同时又一言难尽——堪称一段献给民主大众的微妙而又深奥的乐章。

卡普兰的作品使他从 1942 年开始知名度大涨，时至今天，他的作品依然是管弦乐保留曲目中的执牛耳者。然而，卡普兰逐渐扩大的知名度也使他陷入了一些刺耳的批评中——这预示着更大的麻烦还在后面。诋毁他的人包括作曲家兼学者阿瑟·伯格（Arthur Berger）。伯格虽然同情左派并与卡普兰在很长一段时间里都是朋友，却在有影响力的《党派评论》中批评卡普兰，认为他在创作上从"严肃"音乐转向"简单"音乐。卡普兰不为所动，于 1946 年将《普通人的号角》嵌入他的第三交响曲，作为第四乐章的序曲。对此，就连以往跟他志趣相投的作曲家维吉尔·汤姆森（Virgil Thomson）也嘲笑说，这支交响乐令人想起"亨利·华莱士的演说，措辞很吸引人，但太像莫斯科那一套了"。

这一类批评是一种对"人民阵线"文化展开的大批判——既是明显的左翼政治式的，同时也是更广泛意义上的 1940 年代"小人物"的冲动——它已在反斯大林主义的左派内部酝酿多年。初试锋芒的批评界前卫派们正在重塑现代主义的思想，他们遵循着《党派评论》周围的几位批评家——其中主要是克莱门特·格林伯格（Clement Greenberg）——的观点，对平易近人的东西采取敌视态度，对艺术中存在的任何标题音乐的迹象都嗤之以鼻，视之为现实主义的庸俗气息、可疑的斯大林主义、审美上是乏味的。《普通人的号角》以及卡普兰自 30 年代末以来的其他作品，都完全符合格林伯格 1939 年之后一直加以谴责的"媚俗"和德维特·麦克唐纳（Dwight Macdonald）最终定义为"中产文化"的风格——这种风格，据麦克唐纳描述，就是"假装尊重高雅文化的标准，而事实上却把它们拉下水、把它们庸俗化"。

这种针对艺术故意臣服于政治的现象所进行的攻击，其实是有的放矢的。但他们没能充分理解卡普兰的艺术，不能理解他脱离党的路线、打破复杂和简单之间界限的努力。卡普兰认为，将音乐简化并不一定意味着贬低它；事实上，简化音乐可以有助于形成美国艺术风格的基础，将"高"、"中"、"低"端音乐融合起来，创意地提升流行文化各种有趣的形式，同时也普及更严肃的文化。这种努力具有超越政治的审美意图和品格。卡普兰后来曾这样回忆道："那些墨守成规的音乐会使观众继续对古典名曲以外的东西无动于衷"，而与此同时，"围在收音机和留声机旁边，一批全新的音乐听众已经成长起来。如果对他们的存在视而不见，这样的创作完全没有意义。我想试试，看是否用最简单的术语就能表达我必须表达的东西，我觉得这值得一试"。

有一点需要切记：那种将大众文化作为更高艺术追求的起点的想法，并不仅限于"人民阵线"的音乐；其实既不限于左派，也不仅仅限于音乐家，更不限于20世纪三四十年代的动荡。在广泛的政治光谱上，现代美国文化中的很多巨匠都试图从通俗的形式中创造出新的、更大的东西来，这些巨匠包括路易斯·阿姆斯特朗（Louis Armstrong）、威拉·凯瑟（Willa Cather）、约翰·福特（John Ford）、威廉·卡洛斯·威廉斯（William Carlos Williams）、埃灵顿（Duke Ellington）、沃克·埃文斯（Walker Evans）、爱德华·霍普（Edward Hopper）和弗兰克·劳埃德·赖特（Frank Lloyd Wright）。卡普兰对他们的努力感同身受，并不带狭隘的政治想法。

然而，对于卡普兰来说，"强加的质朴"这一原则不可避免地与他在20世纪三四十年代对"人民阵线"的政治忠诚度联系在一起。尽管在人们眼中，卡普兰属于交响音乐厅，但他还是与更为民粹的美国民间音乐改编工作摆脱不掉干系——对他的朋友查尔斯·西格的儿子皮特及皮特的左翼民谣朋友所进行的民乐改编工作，卡普兰无论从音乐还是政治上都惺惺相惜。1945年年底，年轻的西格刚刚退役，就参与建立了一个叫"人民之歌"（People's Songs）的新组织，在接下来的五年里，该组织积极推广思想激进的民俗音乐，以此激励左翼联盟组织及相关事业。随西格加入该组织筹委会的是"年鉴歌手"乐队成员及其他纽约左翼民谣界的名流，包括伍迪·格斯里、李·海斯（Lee Hays）、西丝·坎宁安（Agnes "Sis" Cunningham）、阿兰·洛马克斯和乔希·怀特（Josh White）。几年后，"人民之歌"公司赞助商董事会扩充，将阿隆·卡普兰吸收进来，新加入的还有保罗·罗伯逊（Paul Robeson）和伦纳德·伯恩斯坦（Leonard Bernstein）。

32

1947 年，在沃尔德-张伯伦（Wold-Chamberlain）机场（现名明尼阿波利斯-圣保罗国际机场），"胡皮·约翰"·维尔法特（"Wohoopee John" Wilfahrt，站在登机梯下者）与他的乐队雀跃全影。

*

1934 年夏天，正当卡普兰在明尼苏达州北部呼唤着的"农民"的觉醒时，巧合的是，新婚燕尔的亚伯拉罕·齐默曼（Abraham Zimmerman）和碧翠丝·斯通·齐默曼（Beatrice Stone Zimmerman）在亚伯拉罕的老家——明尼苏达矿岭带的港口城市德卢斯——距卡普兰在伯米吉湖上的度假小屋大约 150 英里的地方——安顿了下来。齐默曼有份不错的工作，做着标准石油公司（Standard Oil Company）的高级经理，并掌管着公司的工会。七年后，1941 年 5 月 24 日，昵称"贝蒂"的碧翠丝生下了罗伯特，是夫妻俩所生的两个儿子中的第一个。

鲍勃·迪伦降生于二战年代并受惠于二战后的剧变，这一点总是

需要强调。人们常说他拥有 1960 年代——但毋庸置疑，他在很大程度
上是 20 世纪四五十年代的产物。1950 年代末期，他第一次听到了约
翰和阿兰·洛马克斯在其研究领域的最大发现——绰号"铅肚皮"的
路易斯安那州前罪犯、民谣歌手胡迪·莱德贝特（Hudie "Leadbelly"
Ledbetter）的歌。后来又听到了奥代塔（Odetta）的一部专辑，由此接
触到民谣复兴，用他的电吉他跟人交换了一支双 O 马丁（double-O
Martin）原声吉他；一年后，他沉浸在伍迪·格斯里《奔向辉煌》
（*Bound for Glory*）的浪漫中，奔向了成为鲍勃·迪伦的道路。在此之
前，当他还是鲍勃·齐默曼的时候，占据他视听的是乡村与西部、节
奏和蓝调以及早期摇滚乐的混合体，这些也构成了他初期演唱的探索
经历。这期间他正在希宾（Hibbing）高中读书，他喜欢阅读莎士比亚
和经典文学、马克·吐温（Mark Twain），尤其喜欢小说家约翰·斯坦
贝克（John Steinbeck）这样的"人民阵线"铁杆分子。整个 20 世纪四
五十年代期间，他一直沉迷于一些广为人知的歌手、音乐家：弗兰
克·辛纳屈（Frank Sinatra）、安德鲁斯姐妹（Andrews Sisters）、平·克劳 33
斯贝（Bing Crosby）、弗兰基·莱恩（Frankie Laine）和《俄克拉荷马！》
的原声带（由与卡普兰有合作关系的德米勒编舞）；"胡皮·约翰"·
维尔法特（"Whoopee John" Wilfahrt）、弗兰基·扬科维克（Frankie Yank-
ovic）及其他许多中西部波尔卡舞乐队的领军人物；在电影方面，则有
《北部乡村的女人》（*Woman of the North Country*）、《在海滨》（*On the Wa-
terfront*）、《比利小子案》（*The Law vs. Billy the Kid*）以及（对齐默曼和他
的朋友来说尤其着迷的）《飞车党》（*The Wild One*）中的马龙·白兰度
（Marlon Brando）及《无因的反叛》（*Rebel Without a Cause*）和《巨人》
（*Giant*）中的詹姆斯·迪恩（James Dean）。最后还要提到古典音乐——
尽管没有那么令人走火入魔——成叠的 12 英寸唱片（后来是大批
1948 年后出的密纹唱片），还有通过广播和早期电视收听的那些古典 34

音乐，新旧都有，也包括阿隆·卡普兰的作品。

　　在 19 世纪 40 年代和 50 年代，卡普兰其实是无法回避的，哪怕对于不那么具有音乐倾向的人来说。在马丁·伯恩斯坦和约瑟夫·马克利斯（Joseph Machlis）撰写的领先的音乐鉴赏教科书中，卡普兰被描述为"美国最伟大的作曲家之一"，他的音乐"平易而不平庸，洋溢着美国精神"，其作曲将地方音乐及地域性音乐"融汇在个人化的唱词里，因而产生了超越特定时空的价值"。卡普兰的创作特别有意针对年轻听众；他的《青年先锋》和《青年钢琴家一号组曲》由玛嘉·里克特（Marga Richter）演奏，1954 年收入米高梅电影公司发行的《美国现代作曲家创作的儿童钢琴曲》（*Piano Music for Children by Modern American Composers*）中。早在 1952 年首演季节，先锋性的"阳春白雪"型电视节目——《选粹》（Omnibus）中就播出了《竞技者》，一年后，它又播出了《比利小子》。《比利小子》的一个片段还成为第一部也是唯一一部"直播"西部系列电视节目《午后行动》（*Action in the Afternoon*）的片头曲，由杰克·华纳（Jack Valentine）饰演一名玩吉他的牛仔歌手，该套电视节目在 1953 年由哥伦比亚广播公司（CBS）播出，跟《荒野镖客》（*Gunsmoke*）的问世在同一年，后者由詹姆斯·阿尼斯（James Arness）出演麦特·狄龙（Matt Dillon）警长。（由于亚伯拉罕·齐默曼从事家电业务，1952 年，他家成为镇上第一家有电视的家庭。）卡普兰也曾为几部电影作曲，包括根据斯坦贝克的小说《人鼠之间》（*Of Mice and Men*, 1939）及《小红马》（*The Red Pony*, 1949）改编的电影；1950 年，他为威廉·惠勒（William Wyler）的电影《女继承人》（*The Heiress*）谱写的音乐赢得了奥斯卡最佳原创音乐奖。

　　迪伦从未透露他何时第一次听到卡普兰的音乐。鉴于那时卡普兰无处不在的程度，他或许已经记不得了。在读完八年级之后，迪伦再没有上过任何音乐课，所以很有可能，他最初听到卡普兰并不是在学校里。即便如此，成长于彼时彼地，如果迪伦没听过卡普兰，那才是咄咄怪事。而且，无论他当时是否已经听到过卡普兰的音乐，卡普兰都在他身上产生了影响——也许还包括卡普兰的垂范。尽管他们之间年龄相差 40 岁，但卡普兰和迪伦都是立陶宛犹太移民的后代。两人都着迷于"比利小子"这样的底层人物和不法分子的传奇故事，以及他们各自时代的纽约音乐版图上那些年轻的左翼音乐圈。二人都深深地吸收了美国过往的流行音乐（尤其对西南部的民谣及神话特别感兴趣），并将其转化为他们的艺术，抄袭老歌，将它们提高到创意和标志性的高度，他们这方面的水平是纯粹主义民俗学家永远难以企及的。

这样一番穿插对照，可以看出二人之间有很大可比性。但毫无疑问的是，在将音乐与市区左翼政治搅和在一起这方面，卡普兰居功至伟，民谣复兴应运而生，随之从中诞生了鲍勃·迪伦。早在迪伦接触到《奔向辉煌》之前，卡普兰为普通百姓改编的民谣和赞歌就已经成为 20 世纪 40 年代和 50 年代初美国音乐布景的一部分了。了解迪伦音乐源泉的最常见途径是追溯到伍迪·格斯里。但另一个奇妙的相关途径则是追溯到阿隆·卡普兰——他的管弦乐作品与迪伦的歌曲都提出了有关音乐与政治、简单与困难、妥协与天才、爱与偷窃等同样的谜题。

或许，倘若当初卡普兰能够明确承认自己是城中左翼音乐人的话，他和迪伦之间的关联本可以早在 2001 年迪伦演奏〈土风舞〉之前就更清晰。然而，由于卡普兰 1940 年代末及后来的职业生涯——他与亲共左派决裂后，对自己以往的政治面目进行了掩饰，随后成了人人爱戴的业界元老——那种关联就变得模糊不清了，特别是对于迪伦及其正在成长壮大的一代来说。

*

二战之后，卡普兰的音乐朝着令人熟悉又耳目一新的方向发展。他在爵士乐和合唱音乐上进行新的实验，并在作曲上进一步"强加质朴性"风格。但他在谱曲时也开始借助他放弃了很久的阿诺德·勋伯格（Arnold Schoenberg）十二音体系——战争后的年轻作曲家们对此趋之若鹜，而卡普兰在他们眼里已经过时——其结果就是他1950年创作出的《钢琴四重奏》。[1]

与此同时，卡普兰在政治上的效忠开始困扰他——并且适时地给他带来麻烦。冷战初期的那几年，他仍附属于亲苏联的左派。在1949年纽约华道夫-阿斯托里亚酒店（Waldorf Astoria Hotel）举行的声名狼藉的"世界和平文化与科学会议"上，卡普兰发表了一个演讲，将自己描述为"一个不隶属于任何政治派别的美国民主艺术家"，并批评苏联对西方音乐和现代艺术指手画脚——但他也对杜鲁门（Harry Truman）政府的外交政策表达了关切，认为其会导致第三次世界大战，并指责美国煽动克里姆林宫采取镇压艺术的政策，致使苏联大致上摆脱掉了挑起冷战的指控。

然而，十年之后，卡普兰开始对他与左派的关系产生新的严重的怀疑。斯大林对苏联作曲家德米特里·肖斯塔科维奇（Dmitri Shostakovich）的操纵和迫害使他感到不安，同时他也越来越感觉到美国共产党正在操纵他、败坏他的名声。（《工人日报》有关他在华道夫会议上

---

〔1〕 伦纳德·伯恩斯坦曾问卡普兰，为什么所有人中偏偏只有他转向了十二音体系，卡普兰回答说："因为我需要更多的和弦。我已经用尽了和弦。"伯恩斯坦后来记起保罗·西蒙告诉过他，说在1960年代初第一次见到鲍勃·迪伦时，迪伦的第一句话就是："嘿，你找到新的和弦了吗？我已经用完了和弦。"这又是一个巧合。

发言的简短报道尤其令他感到心烦，因为报道完全忽略了他对苏联干预现代艺术的批评，并夸大了他对杜鲁门外交政策的疑虑。）1950 年，卡普兰开始逐步断绝他与斯大林主义左派的关系 。1951～1952 年，他在哈佛的一系列讲座中，对"苏联音乐政策的每一项规定"提出了批评。到 1954 年，他退出了工人音乐协会——即他依然从属的最后一个相关组织——从此，卡普兰与亲共政治的悠久浪漫史终于告终。

但卡普兰的决裂已经来得太迟，并没能避开 1950 年代红色恐怖的一劫。在围绕 1949 年华道夫酒店会议而引发的争议中，《生活》杂志发表了一篇题为《红色来宾引发乱局》的文章，并使用卡普兰的照片作为插图，将之视为与会者中五十名知名人士之一。（其他知名人士还有伦纳德·伯恩斯坦、爱因斯坦、阿瑟·米勒和 F.O. 马蒂森，他们被《生活》杂志形容为"从工作勤奋的旅人，到蠢笨而不切实际的社会改良家，什么人都有"。）第二年，右翼通讯《反击》（Counterattack）出版了一本题为《红色频道》（Red Channels）的名录，里面列出了 151 名被指与共产党有密切关系或同情共产党的演员、歌手、作曲家和其他各类演艺界人士的名字，这些人立即成为黑名单上的攻击目标；卡普兰与马克·布利茨坦、阿兰·洛马克斯、厄尔·罗宾逊、皮特·西格全都榜上有名。1953 年，一名伊利诺伊州共和党众议员基于《红色频道》的名录，将卡普兰指为共产党员，致使他的《林肯肖像》被迫从总统艾森豪威尔（Dwight D. Eisenhower）就职典礼演出节目单上拿下。同一年的晚些时候，卡普兰出现在参议员约瑟夫·麦卡锡（Joseph McCarthy）领导的参议院常设调查小组委员会的闭门会议上，表面客气但极不情愿地做了证人。

一些被众议院委员会传唤的赤色嫌疑人士，例如马克·布利茨坦，承认自己与共产党有来往，但拒绝指认其他人。（布利茨坦已于

37

1949 年脱党，称主要原因是共产党对他的同性恋取向持有敌意。）其他人则援引宪法第五修正案所赋予的免于自我归罪的权利；还有些人（包括皮特·西格），根据第一修正案，拒绝回答任何关于他们的政治关系的质询。（西格被指蔑视国会，后来被定罪，但最终赢得了上诉。）然而，卡普兰却宁愿以无政治色彩的艺术家的面目出现在麦卡锡的委员会面前。他表示，自己完全是在人道主义精神的驱动下，无辜地陷入了某种政治关系——他是个沉浸在音乐中的作曲家，对政治并没有多大兴趣，而对政治的认知就更是少而又少。

卡普兰承认，他曾是美-苏友好全国委员会（National Council of A-
38　merican-Soviet Friendship）的成员，1948 年曾参与赞助过一场声援汉斯·艾斯勒的音乐会，以此抗议埃斯勒被驱逐出境，并参加过华道夫会议。但是，他不仅作证表示自己从来不是共产党员，而且措辞谨慎地声称，"从来不认为自己是共产党的同情者"、"从来没有同情过共产党人"，并且"从未参加过任何形式的具体的共产党活动"。这些显然不是实情。当他被逼到墙角、被揭出一个又一个的组织关系时，卡普兰声称自己记忆有误，尽管他也没忘了指出，他只是刚刚收到传票，还没来得及充分准备。当面对无法抵赖的事实时，他回答得既聪明又狡猾。例如，当被追问华道夫会议的情况时，他作证说，他很高兴他参加了会议，"因为它给了我第一手知识，让我看到共产党如何利用这种运动来达到自己的目的"，但他只字不提他在此次会议上的发言；他声称他其实对已经众所周知的共产党会议的主导角色毫不知情，称自己与会只是为了促进俄美文化和外交关系。

被他搞得焦头烂额的参议员们最后决定，这种质询没有意义，干脆对卡普兰免于进一步作证。麦卡锡的批评者称，这一插曲是企图对一位伟大的美国艺术家极尽羞辱之能事，而事实也确实如此。从卡普兰那一方面来说，他聊以慰藉的是，在已经脱离了共产党之后，他躲避了右翼的迫害。虽然他自始至终都是个社会空想家，但他后来成为了一个坚定的政治自由派——1960年代公民权利运动的坚定支持者、越南战争的反对者。但他在后半生戴上了一副政治无辜的公众面具，用模糊、谨慎和低调遮掩了他激进的历史。

1955年，卡普兰完成了他唯一的一部大型歌剧《温柔乡》（*The Tender Land*）该剧遵循了他的流行风格。随后，他的创作量急剧下降，"就像有人一下关上了水龙头"，他说。他将生命的最后三十五年主要投入到指挥、录音、教学、写作中，并以美国音乐的非官方大使的身份周游世界。1960年，美国无线电公司（RCA Victor）发行了一张著名的卡普兰唱片，是他指挥波士顿交响乐团演奏的管弦乐组曲《阿巴拉契亚之春》和《温柔乡》，他作为一个作曲家的最好年华便随之成为过去。1971年，当他完成了他最后一部重要作品《长笛和钢琴二重奏》（*Duet for Flute and Piano*）时，他已经变成了一位不苟言笑、德高望重的前辈，被人们称为"美国严肃音乐的泰斗"。 39

关于卡普兰的音乐在美国生活中的地位，这方面也发生了一些耐人寻味的事——称得上是一件雪上加霜的事：曾鼓舞他创作出最受欢迎的作品的左翼人民阵线政治崩溃了。不过，尽管历经了《红色频道》和参议员麦卡锡，卡普兰也算是有惊无险地躲过红色恐怖，个人声誉几乎毫发无损，这部分要归功于他本人的油滑躲闪，同时也多亏他摒弃了共产党左派。自那以后，他在公众及音乐爱好者心目中的形象仍然日渐高大。

20世纪40年代，在左翼政治触觉的启发下，卡普兰将民间音乐和管弦乐形式结合起来，在欧洲和太平洋战争中成为美国民主文化的体现，并得到更广泛的接受。此后，这种"人民阵线"的审美剥去了其左翼甚至"新政"的内涵，令卡普兰最出色的作品转而成为美国音乐想象力的里程碑、兼收并蓄的现代表述。这位前亲共革命人士实际上成为了美国的作曲家，他的音乐成了对这个国家的礼赞，被全美和世界各地的听众视为美国艺术音乐的精华。从音乐上说，这块土地是他的土地。在《林肯肖像》被艾森豪威尔的就职典礼禁演的 28 年后，《普通人的号角》成了罗曼德·里根总统就职典礼上的重头戏之一。1986 年，里根——他在 20 世纪 30 年代和 40 年代也是左翼人士，但与卡普兰不同的是，他后来成了右翼——向卡普兰授予国家艺术奖章，并由众议院颁发了国会金质勋章。

　　1961 年将鲍勃·迪伦吸引到纽约的，并不是卡普兰那种音乐——
40　也不是卡普兰那样的人物——尽管卡普兰与他的音乐有着共同的政治起源和对民谣复兴的共同的感受力，也尽管卡普兰这个左派其实和任何美国人一样，在 1940 年代做了很多礼赞和提升美国民歌的事情。迪伦来纽约是要找寻正宗的流浪歌手、行吟诗人伍迪·格斯里，以及激进的 20 世纪三四十年代的另一种遗产。然而，这一旅程不可避免地使迪伦接触到阿隆·卡普兰和西格一家当年置身的那部分纽约音乐世界——包括一块会深深感动他的碎片。

*

　　1950 年，在黑名单成形之前——那时"人民之歌"运动在冷战政治的压力下刚刚解体——"纺织工"乐队正为他们的单曲〈晚安，艾琳〉（Goodnight, Irene）登上全国劲歌榜榜首而欣喜不已。这首歌原是约翰·洛马克斯和阿兰洛马克斯于 1933 年从"铅肚皮"那里抄来的，而"纺织工"演唱的版本是在此基础上改编的"洁本"。[同一年的晚些时候，各路歌手都开始纷纷翻唱〈晚安，艾琳〉，弗兰克·辛纳屈、乔·斯塔福德（Jo Stafford）和纳什维尔的二重唱组合欧内斯特·塔伯和雷德·弗里（Red Foley）等歌手都有不俗的表现，但"纺织工"

版本的火爆程度令其他人相形见绌。]"纺织工"这首单曲唱片的 B 面是激情四射的以色列传统舞曲〈金娜，金娜〉（Tzena, Tzena），同样也被唱成了金曲，在热门歌曲排行榜上排在第二位。转眼间，皮特·西格和乐队的其余歌手发现，他们成了晚餐夜总会和酒店的邀请对象——这立即招致左翼教条主义者的谴责，指责他们背弃了政治使命、将自己出卖给唯利是图的商演。有那么一刻，仿佛这些 1940 年代的左翼民谣歌手眼看就要华丽转身，有望完成战后时期的商业化转型。然而，令这一切毁于一旦的是，《红色频道》点名将皮特·西格指为颠覆分子，并将他的乐队列入了黑名单。为此，西格坚持根据第一修正案予以反击。

当时 9 岁的鲍勃·齐默曼，可能是在听收音机或自动点唱机的时候，抑或是在夏令营地，第一次听到了西格和"纺织工"的早期成名作。1959 年他搬到明尼阿波利斯，并以鲍勃·迪伦这个名字出现后，他与乔恩·潘凯克（Jon Pankake）、托尼·格罗弗等当地的民谣及蓝调行家一起听歌、厮混，在此期间无疑听了不少西格和"纺织工"，同时还听到"年鉴歌手"、伍迪·格斯里，以及许多其他民谣歌手的歌。据一本传记中记载，1960 年底或 1961 年初，西格在威斯康星大学麦迪逊分校举办校园演唱会，迪伦在那里首次见到了西格真身。（那时西格仍然在黑名单上，为了保持知行合一，他多年来一直在校园里巡回义演，无利可图但求开放心灵。）只可惜，这段初次相见的记载可能是杜撰出来的。不过，西格的名望和音乐那时如同散播在空气中一样，对迪伦的离家出走到纽约闯荡，应该也起过激励作用。

迪伦到纽约是想见到他的新偶像格斯里，1961 年 1 月底，他到达曼哈顿大约五天之后，这一愿望终于实现。那是在新泽西州东桔城（East Orange），格斯里的朋友鲍勃·格里森夫妇［Bob and Sidsel（"Sid"）Gleason］在家中举行的星期天聚会上。格斯里当时已患上了亨廷顿舞蹈症，在莫瑞斯-普莱恩斯的灰石公园医院长期住院。但每逢周末，医院会放他去格里森家由对方照管。于是，从纽约慕名而来的新老朋友会在周末坐大巴来东桔城拜访、吃饭、聊天、玩音乐。参加聚会的年长者中有皮特·西格，阿兰·洛马克斯也时不时会来，还有出现在《唱出来！》(Sing Out!)专辑中的其他志同道合者，以及"人民之歌"运动的元老们。迪伦一路找寻格斯里的过程正值大萧条的低谷，期间迪伦接触到了与阿隆·卡普兰一样、来自作曲家共同体的原生民谣复兴中硕果仅存的几个人，也接触到了纽约左翼音乐世界的其余部分。他后来与这些圈子保持了密切往来，包括与西格在1960年代中期的持续交往。此后，他仍然会时不时地向伍迪·格斯里致敬，包括2009年底的一次电视采访中，他在历史频道的专题节目里唱了格斯里的"沙尘暴"民歌〈哆来咪〉。

　　偶然的一次机会，迪伦发现了另一个鲜为人知、非常另类的1930年代过来人，同样是纽约共产党人和亲共左派——后来尽管脱离了共产党，但从没有放弃左翼政治或他对1930年代音乐的执迷。这一发现对迪伦的影响将是深远的。1961~1962的秋冬季，克里斯托弗大街上的百合剧院 (Theatre de Lys)上演了一台新讽刺剧《布莱希特谈布莱希特》(Brecht On Brecht)，是贝托尔特·布莱希特各种作品的节选，由库尔特·威尔的遗孀罗蒂·兰雅 (Lotte Lenya)主演。就在同一家剧院，布莱希特和威尔的里程碑式杰作《三便士歌剧》(Threepenny Opera)刚刚结束了为期六年的演出。该剧的灵感来自于卡普兰最得意的门生伦纳德·伯恩斯坦1952年赞助的布兰代斯大学 (Brandeis University)音乐节的音乐演出。《三便士歌剧》上演后的头两年也是兰雅主演。在《布莱希特谈布莱希特》中，兰雅再以一首绕梁三日的〈海盗珍妮〉(Pirate Jenny)赢得了满堂喝彩。

　　一年多之后，迪伦的年轻女友、共产党人的女儿苏孜·罗托洛

（Suze Rotolo）将迪伦带入了格林威治村的波希米亚戏剧世界。她那时正在谢里丹广场剧院（Sheridan Square Playhouse），协助《布莱希特谈布莱希特》剧组的幕后工作。有一天，迪伦出现在剧院里，在等候她的时候赶上了演出，听到黑人演员米琪·格兰特（Micki Grant）唱〈海盗珍妮〉。他站在那儿如醍醐灌顶。

这位年轻的民谣歌手、志向远大的唱作人——他的第二张专辑《自由驰骋的鲍勃·迪伦》已在 5 月问世——回到他的逼仄的公寓后，心情一时难以平复。他一遍又一遍地反复聆听兰雅主唱的

罗蒂·兰雅摄于 1962 年。摄影者是著名作家、艺术家卡尔·范·韦克腾（Carl Van Vechten）

《三便士歌剧》原唱专辑。他后来在《编年史》中回忆道："那些歌曲 43 的活生生的震撼力"即刻令他为之倾倒：

> 〈早安曲〉、〈婚礼之歌〉、〈世界是卑鄙的〉、〈波莉之歌〉、〈探戈歌谣〉、〈好日子歌谣〉。它们措辞激烈。它们捉摸不定、不符合韵律、磕磕绊绊——怪诞的版本……它们本质上像是民谣，但又不像民歌，因为它们复杂莫测。

他细细咀嚼〈海盗珍妮〉的歌词——"恶魔唱出的污秽之歌"，他如今这样形容它，尽管在威尔和布莱希特的歌中，珍妮歌唱的是崇高的无产阶级正义——歌中重复出现"一艘船，黑色的货船"的阴森意象。歌词与诗体的自由结合，奇怪的主旋律——"海盗珍妮"的一切，对于迪伦来说，都无异于一个启示，尽管他现在回想起来，他自己远远地跟那种"意识形态的心灵"保持着距离。在这种新的启迪

下，他朝着有朝一日他会写出强大预言的方向进发，尽管他的预言歌曲不乏模仿的痕迹：〈当船开来〉（When the Ship Comes In，这首歌显示，无论他对意识形态多么嗤之以鼻，他还是至少部分地吸收了威尔和布莱希特的马克思主义天启思想，而没把它视为讨厌或邪恶的东西）。同样的冲动后来又引导他进入想象中的"乔安娜幻象"（Visions Of Johanna）——以及《金发佳人》专辑其他部分——的朦胧世界。

那些歌词带给迪伦巨大的冲击，并永远改变了他对歌曲和创作的思考。那些出自马克·布利茨坦之手的歌词，是根据布莱希特的德语歌词翻译创作的强大新颖的美国版本。

*

多年来，布利茨坦一直全力以赴要将他 1932 年写萨科和凡赛梯一
44 案的歌剧扩写成新的版本，但到 1964 年初去世时他仍未完成。这事令人痛心，阿隆·卡普兰在为这位友人题写悼词时写道，如今这一代音乐家对布利茨坦了解甚少，或对他"在 30 年代经济萧条的愁云惨雾中点燃了他的作品的道德激情"一无所知。尽管布利茨坦在 1949 年退出了共产党，但他从没有丢掉 30 年代的那种激情——而且他和皮特·西格一样，也曾被广播电视产业列入了黑名单。卡普兰则与布利茨坦和西格不同——出于艺术与政治原则，卡普兰放弃了亲共立场，于是避开了对亲共分子的政治迫害，从而事业发展别有洞天，进入了一个相当舒适的音乐世界，截然不同于鲍勃·迪伦年轻时向往的格林威治村那种波希米亚生活。

1961 年 1 月 26 日，即迪伦初到纽约并在"哇"酒吧亮相演唱的一两天后，卡普兰出现在现代艺术博物馆（Museum of Modern Art）举办的作曲家作品展示会上，向听众讲解他于 1937 年创作的儿童歌剧

《第二次飓风》（*The Second Hurricane*）。这是卡普兰又一个丰收年的开始。1961 年，各种荣誉纷至沓来，包括久负盛名的爱德华·麦克道尔奖章，这是对美国艺术和文学有特殊贡献者的一项嘉奖。同年，美国芭蕾舞剧院上演了大受欢迎的《比利小子》；卡普兰的新作、室内乐"九重奏"（Nonet）在华盛顿的敦巴顿橡树研究图书馆首演；在肯尼迪总统于白宫草坪举办的青年音乐会上，卡普兰的〈土风舞〉是重头戏。还有纽约爱乐乐团的一项正式声明，由卡普兰最得意门生伦纳德·伯恩斯坦指挥，于 1962 年秋天在林肯中心新爱乐厅的揭幕之夜首演卡普兰新作。此外，在揭幕几天后，纽约爱乐乐团还将演出《林肯肖像》，由美国驻联合国大使阿德莱·史蒂文森（Adlai Stevenson）上台做解说。

那个时候，迪伦已经听过卡普兰的音乐，这一点几乎毫无疑问。和卡普兰一样，他会继续摆脱掉"兜售商业主义"的指控，并重整那些用来谱写和理解美国音乐的词句，融合彼特拉德（Petrarch）、多尼采蒂（Donizetti）和赫尔曼·梅尔维尔及汉邦·威利·纽伯恩（Hambone Willie Newbern），投广大听众所好而又不牺牲他自己的视野。40 年之后的2001 年，在美国遭受了一场大劫难之后，迪伦会诉诸卡普兰的〈土风舞〉来为自己的演唱会暖场。

迪伦的艺术创作虽然脱胎于别人的歌曲，但完全是他特有的。自从在希宾中学的钢琴上敲出小理查德（Little Richard）的歌曲之后，他便开始创作格斯里风格的音乐，进而进入到每一种他能接触到的民间音乐风格中去。相比之下，卡普兰最先是从波兰作曲家、钢琴家和全国知名的爱国者伊格纳奇·帕得列夫斯基（Ignacy Paderewski）的音乐中得到灵感，接着在巴黎从娜迪亚·布朗热。不过，卡普兰在 1930年代纽约的音乐世界直接以及间接地通向了 1960 年代迪伦在纽约的音乐世界。而且，卡普兰集大成的艺术，天时地利地结合了老牛仔民歌和山地提琴的曲调，成为了迪伦音乐的先声，这一点同时有助于领

45

会两个人的成就。

　　到了高中摇滚歌手出身的吟游唱作人、诗人迪伦崭露头角时，卡普兰已经功成名就，成为美国古典音乐界德高望重的殿堂级人物，并且已经脱离了左派，因此他们之间的种种关联就不见了。但这位年事渐高的大师在创作时，仍然怀着迪伦在伍迪·格斯里的作品中感受到的那种"30年代大萧条的愁云惨雾中依然高扬的道德激情"。而年轻时的阿隆·卡普兰与年轻的鲍勃·迪伦之间有很大的相似度，远非他予人的表面的老成印象。

　　1924年夏末，仍处于最初不和谐的现代主义阶段的卡普兰完成了他的第一部交响曲。次年一月，该作品由纽约交响乐团在曼哈顿的伊奥利亚音乐厅（Aeolian Hall）举行首演，由沃尔特·达姆罗什（Walter Damrosch）指挥。在音乐会的结尾，达姆罗什转向震惊不已的观众，宣布："当一位天赋异秉的年轻美国人在23岁就能写下这样一部交响曲的时候，有一件事似乎是明摆着的，再过五年，他能要人的命啊。"当迪伦在纽约安顿下来之后，他的原创歌曲开始源源不断地流出时，他在格林威治村的那些最早的崇拜者同样震惊不已。在随后不到四年的时间里，到年届23岁时，迪伦的歌已经要在爱乐厅上演了。

46

第二章

穿越太空：
垮掉的一代与艾伦·金斯堡的美国

1939 年，阿隆·卡普兰开始着手《比利小子》之后的第一部重要 47
作品，是为改编自约翰·斯坦贝克的小说《人鼠之间》的电影配乐。
《人鼠之间》描写的是加州移民工人的艰苦生活，导演是杰出而富有
创新精神的路易斯·迈尔斯通（Lewis Milestone）。卡普兰自 1937 年以
来就一直试图打入电影业，但好莱坞仍视他为现代主义艺术音乐的作
曲家，因此觉得对美国电影观众来说这太难接受。多亏他当年"集体
剧场"的密友哈罗德·科勒曼搬到了好莱坞，这助了他一臂之力，再
加上维吉尔·汤姆森的电影作品给了他灵感，卡普兰终于跻身好莱
坞，得到了为斯坦贝克电影配乐的差事，并用他"强加的质朴性"新
风格（但没有明显借用民间音乐或牛仔歌曲）完成了作品。这部电影 48
立即赢得了评论界的赞誉，卡普兰配乐所采用的现代主义技巧也同样大
受欢迎，包括在当时显得相当大胆的不和谐音，以及这首歌中奔放的田
园牧歌的召唤。第二年，卡普兰为《人鼠之间》谱写的音乐为他赢得了
两项奥斯卡金像奖提名及国家评论协会（National Board of Review）奖。

1940 年的一个晚上，还没读完高中的杰克·凯鲁亚克（Jack Ker-
ouac）看了迈尔斯通的电影——可能是在他的家乡、马萨诸塞州洛厄

尔（Lowell），但最有可能是在曼哈顿的时代广场——离开电影院，走在街灯下，眼前幻影翩翩。这部电影，及其绕梁的余味，特别是由卡普兰的音乐带出的影片开头的喧嚣场面，在他脑海中一时挥之不去。十五年后，凯鲁亚克在他的组诗《墨西哥城蓝调》（*Mexico City Blues*）的第 54 节中描述了这一幕：

> 一次我去看了一场电影
> 1940 年的一个午夜，名叫
> 《人鼠之间》
> 红色的货柜车箱
> 滚动（在荧幕上）
> 是的先生
> 　人生
> 　　终于
> 　　　厌
> 　　　　倦了
> 　　　　　人生——

　　在凯鲁亚克写了这些诗行的二十年后，在 11 月某个层林尽染的凉爽的下午，在洛厄尔的埃德森公墓（Edson Cemetery），鲍勃·迪伦和艾伦·金斯堡造访了凯鲁亚克的墓地，尾随着他们的有摄影师、电影摄制组和其他一些人［包括年轻剧作家山姆·谢泼德（Sam Shepard）］。在此前一天的晚上，迪伦刚在洛厄尔理工大学进行了一场演出，这是他新英格兰之旅的一站，当时他正在巡演中，同行的是一拍即合的一群旧遇新知，包括给这次巡演命名为"滚雷巡演"的金斯堡。当他们乘坐的旅游巴士到达这个城市时，金斯堡兴奋起来，去见了凯鲁亚克的一些亲属和酒友，试图把迪伦一行沉浸在凯鲁亚克情调的氛围里。

谢泼德随团的表面原因，是要为迪伦筹拍的巡演电影编写剧本。他的
旅行日志一丝不苟，记载在洛厄尔找到了凯鲁亚克笔下"杜洛兹传
奇"（Duluoz Legend）中许多发生地的现实原型。"杜洛兹"是凯鲁亚
克多个自传体小说的统称，一个福克纳式的名字，围绕他虚构的名叫
杰克·杜洛兹（Jack Duluoz）的一个自我，作为主人公构成他的作品的
主体。但在埃德森公墓，金斯堡和迪伦凝望凯鲁亚克的墓碑，朗诵的
不是凯鲁亚克的传奇散文，而是他的诗歌《墨西哥城蓝调》的一些章
节，包括第 54 节——呼唤亡魂，为劳役、死亡、墨西哥和约翰·斯坦
贝克笔下一节节货柜车厢的美国祝祷。当迪伦将这一组镜头放入他拍
摄的有关巡演的电影中时，又一个复杂的文化回路合拢了，走完了凯
鲁亚克听卡普兰的音乐——凯鲁亚克在 1940 年观看斯坦贝克的《人
鼠之间》——凯鲁亚克的墓地出现在迪伦 1977 年的电影《雷纳多与
克拉拉》（Renaldo & Clara）中这个循环。

　　金斯堡后来声称，迪伦读过这些诗。"1959 年在圣保罗，有人给
过我一本《墨西哥城蓝调》，"迪伦告诉他。"当时我为之一振。"那是
他读过的第一本用他自己的美国语言写的诗，迪伦这样说——或据金
斯堡说他这样说过。可能有这回事，也可能没有。但毫无疑问的是，
迪伦读过《墨西哥城蓝调》，并且在离家前往纽约之前，就对垮掉派
作品产生了浓厚的兴趣。（和其他垮掉派及嬉皮士一样，他的朋友托
尼·格罗弗从法国订购了一本《威廉·柏洛兹的裸体午餐》平装本，
这是 1959 年巴黎奥林匹亚出版社出版的——这本书当时被美国当局定
为淫秽书籍，因此无法确定这本书能否通过海关。最后这本书还是到
了，于是格罗弗把它借给了迪伦。一两个星期后，迪伦就读完还了回
来。）迪伦与凯鲁亚克、金斯堡、柏洛兹及其他垮掉派作家的交往，
是迪伦的传记中至关重要的一环，如同他在摇滚、节奏蓝调中的浸淫
一样，然后还有伍迪·格斯里。"我从旷野中来，自然而然地融入了垮

掉一代的现场，以及波希米亚、波普爵士乐的人群，彼此之间心气相通，"迪伦在 1985 年曾这样说，"杰克·凯鲁亚克、金斯堡、科索（Corso）、弗林格蒂（Ferlinghetti）……我尾随在后，如影随形，很奇妙……就像埃维斯·普雷斯利（Elvis Presley）对我的影响那么巨大。"

　　迪伦与凯鲁亚克的连接主要是艺术方面。在他到了纽约之后，按他现在的说法，他很快就跳出了《在路上》中迪恩·莫里亚蒂（Dean Moriarty）的生活原型尼尔·卡萨迪（Neal Cassady）所代表的那种漫无目的的"找揍"的嬉皮主义。漫无目的永远与迪伦无缘。到了迪伦开始成名的时候，凯鲁亚克已经开始走下坡，堕入酗酒和妄想症中，并在 1969 年为此送了命，死时年仅 47 岁。迪伦与他从未谋面。但他仍然喜欢凯鲁亚克那些他称之为"令人喘不过气的，活力四射的波普音乐般的句子"，并且会一直这样下去。他对凯鲁亚克的经历感同身受，同为从衰落中的工业小镇走出来的年轻人、文化外来者，只不过比他早二十多年来到纽约——一个默默无闻的人突然一鸣惊人，圈内的人于是要么把他捧上天，要么把他踩在脚下，而无论何种情况，都是严重的误会。时不时地，在后来的岁月中，凯鲁亚克的诗句和意象会在迪伦的歌词中浮现，尤其引人注目的是在〈荒芜的小巷〉（Desolation Row）这首歌中。

　　不过，迪伦与"垮掉的一代"持续的交往主要还是通过他的朋友、一度的导师艾伦·金斯堡。迪伦与金斯堡的关系可追溯到 1963 年年底，那对这两个人的生活和事业来说都是个关键的时刻。此后，在 1960 年代中期，两个人将分别完成重要的艺术转变，并彼此感动和相互支持。断断续续地，他们的默契关系持续了几十年。1997 年，金斯堡去世后的第二天晚上，在加拿大的新不伦瑞克省的一场演唱会上，迪伦将〈荒芜的小巷〉这首歌献给了金斯堡——他多年的同道——并告诉观众说，这是艾伦喜欢的一首歌。

正如迪伦与纽约"人民阵线"民谣音乐界的关系一样，他与垮掉派的关系也是说来话长。最初的躁动的脉搏，就像民谣复兴的起源，51要一直追溯到比 1950 年代更加久远的时候，早至迪伦在德卢斯和希宾的童年时代，而不是后来的 1960 年代。垮掉派与民谣音乐群体之间存在着明显的区别——垮掉派的渊源更贴近亚瑟·兰波（Arthur Rimbaud）、威廉·布莱克（William Blake）和查理·帕克（Charlie Parker），而不是英裔美国文化中拓荒时代的民谣。出于各种不同的原因，垮掉派作家们很早就陷入了与《党派评论》周围那个自由派评论圈的冲突中。那时，就连阿隆·卡普兰那些阳春白雪或中产阶级趣味的音乐，也被指斥为"人民阵线"的民俗左翼急进主义。从这种冲突中，垮掉派的艺术理念脱颖而出，并为迪伦所仰慕、汲取，而且当他走出民谣复兴之后，就牢牢地把握住了它。虽然迪伦在 1930 及 1940 年代的音乐民粹主义潮流中创造出了自己，但他在 1960 年代就急流勇退——但又从没有完全排斥它——转而拥抱了垮掉派的精神和意象，那种完全不同的反叛性剥离与诗意的超越。反过来，迪伦也为劫后余生的、转型的垮掉派带来了巨大的变化，特别是对金斯堡，他们彼此相互影响，与此同时，他们的崇拜者们打造出的反文化（counter-culture）也深刻地影响了美国 20 世纪末的生活。

*

虽然民谣复兴与垮掉派的活动有明显区别，并且在许多方面是相互敌对的，但它们作为大萧条时代的左翼共享了某些祖传的关联；这可能有助于解释，为什么那些自由派批评者会对垮掉派如此蔑视。杰克·凯鲁亚克对底层生活本质以及他所谓的"旧美国这根老木头疙瘩"的一些感受——他对存在于斯坦贝克、迈尔斯通以及卡普兰的

《人鼠之间》中那种"货柜车箱的转换动作"的欣赏——提供了一套相似性。跟金斯堡等几个垮掉派圈内人一道，凯鲁亚克加入了左翼的全国海员工会，搭乘商船出海。［金斯堡的备感困扰的母亲娜奥米（Naomi）就在第十六街全国海员工会总部上班。］在西海岸，加里·斯奈德（Gary Snyder）把太平洋北森林的一些激进主义传统带入了他的禅宗诗歌。但最强有力的连接还是通过金斯堡，他一直是垮掉派作家中最政治性的一位。麦卡锡红色恐怖结束后不久，在他写于1956年的诗《美国》中，金斯堡承认，他对世界产业工人怀有感伤的情绪，谈到他小时候被带去参加共产党的基层会议、颂赞1920年代的无政府主义烈士萨科和凡赛梯。这些不仅仅是在引喻历史。

金斯堡的读者都知道，他的母亲娜奥米是个忠实的共产主义者，曾带着儿时的他参加党的基层会议，这些已在他的诗歌《祈祷文》（Kaddish）中成为不朽。但是，娜奥米并不是金斯堡家中唯一带给他左翼政治影响的人。金斯堡的父亲路易斯，在新泽西州帕特森（Paterson）教高中，是一个颇有成就的主流抒情诗人，其作品曾刊登在《纽约时报》及其他一些很够档次的出版物上。不过，青年时代的老金斯堡是个尤金·德布斯（Eugene V. Debs）社会主义者，曾在马克斯·伊斯特曼（Max Eastman）的《大众》（Masses）杂志及其后继刊物《解放者》上发表诗歌。到了1920年代后期，他被一个名为"反叛诗人"（Rebel Poets）的松散团体吸引。该团体的创办人之一是"无产阶级"小说家杰克·康罗伊［Jack Conroy，著有《被剥夺了继承权的人》（The Disinherited），对约翰·斯坦贝克和理查德·赖特（Richard Wright）都产生过影响］。路易斯并没有跟娜奥米一样加入共产党，这使他平添了温和的色彩。然而，像他的同道、新泽西诗人威廉·卡洛斯·威廉斯（William Carlos Williams）及其他非共产党人一样，他在共产主义倾向的月刊《新大众》上发表作品。1928年，即萨科和凡赛梯以无政府主义罪名遭到处决之后不久，他和广大公众一样被激怒了，为此献诗一首，题为《致萨科和凡赛梯》，发表在同年出版的纪念文集里。

垮掉派左翼谱系的线索贯穿 1960 年代，并一直延续到以后——这要再次归功于艾伦·金斯堡——并对迪伦产生了影响：不管他对政治及政治组织持什么看法，他都不曾对反叛者和放浪不羁者丧失吸引力。在"滚雷巡演"戏班子离开洛厄尔后的第二天，金斯堡给他父亲写了一封信：

> 与迪伦一起度过了美好的一天，下午去了凯鲁亚克的墓地，读了碑文……我们站在 11 月的太阳下，金黄色的树叶在风中飘舞，读了《墨西哥城蓝调》中的诗……等我们回到波士顿，迪伦想做些纪念萨科、凡赛梯的事。

波士顿的象征意义在父子之间无需多说：1927 年，萨科和凡赛梯在这里被处决，案由据说是七年前他们在南布伦特里（South Braintree）附近犯下了谋杀罪。此案可能激发了迪伦的一些创作想法——比如在他 1946~1947 年创作并录制的专辑《萨科与凡赛梯之歌》中翻唱伍迪·格斯里的一首歌，尽管这张由莫·阿西推出的专辑直到 1960 年才发行。但他"想做些什么的想法"并没有什么结果。在"滚雷巡演"转战到了波士顿之后，迪伦班底的明星之一琼·贝兹（Joan Baez）甚至停唱了阿瑟·海耶斯－厄尔·罗宾逊的歌曲〈乔·希尔〉，即那首有关 1915 年被处死的工运组织者、歌曲作者乔·希尔的歌——在巡演的前几站，在她的独唱戏份中，她一直是这首歌的独唱。[1] 贝兹和迪伦确实一起演唱了〈我梦见圣·奥古斯丁〉（I Dreamed I Saw St.

53

---

[1] 贝兹可能也赞同为萨科与凡赛梯案做点什么的想法，甚至亲自为此创作了歌曲——〈萨科与凡赛梯之歌〉三部曲及〈献给你〉，均为朱利安诺·蒙塔尔多的电影《萨科与凡赛梯》而作，并于 1971 年上映。

Augustine），是迪伦根据〈乔·希尔〉这首歌改写的。旧的激进的美国烙印仍然存在，即便迪伦早已超越了写时事歌曲的阶段，也仍是如此。但迪伦已经改头换面，彻底完成了转型。

迪伦到垮掉派当中寻找的很难说是新的政治事业；相反，他是被他们的语言游戏以及超越任何常规政治的精神上的疏离感（就像他当初离开明尼苏达州之前的情况）吸引。在这个意义上，金斯堡、凯鲁亚克等人对迪伦所起的作用有点像摇滚乐——好像在他走出了左翼热忱和正统民谣复兴运动的局限之后，又重新回归和再吸收当初他在希宾时玩过的东西。二人初次见面时，金斯堡察觉到了迪伦对政治的不安，而这也是在他对迪伦如此刮目相看的一个原因。[1] "他已宣告了他在政治上的独立，"金斯堡后来回忆说："因为他不想成为一个政治傀儡，也不想感觉永远有选边站的义务。他以一种有意思的方式超脱和超越了政治。"据金斯堡后来说，虽然在一开始的时候，他难免将迪伦视为"只是个民谣歌手而已"，但在听了迪伦的歌之后，他开始意识到，迪伦的歌远比模仿性的民间艺术或政治性的叙事要伟大，"那是对凯鲁亚克从沃尔特·惠特曼那里延续下来的美国预言的回应"。

54　　　而对于迪伦来说，他还不知道——垮掉派的年轻崇拜者们几乎也没有什么人知道——"垮掉的一代"的最初核心成员在1950年代末功成名就之前，曾经付出过多少艰辛的努力。"垮掉的一代"及其美学有他们自己的前世；垮掉派的主要作家彼此建立友谊、发出他们的文学声音的年代，刚好也是孕育了"年鉴歌手"、《阿巴拉契亚之春》的

----

〔1〕 金斯堡后来将他与迪伦的会面时间记混了，以为是在迪伦接受左翼的公民自由紧急委员会（Emergency Civil Liberties Committee）颁发汤姆·潘恩奖（Tom Paine Award）的同一天晚上，即迪伦发表了他那富有争议性的获奖感言的当晚。事实上，他们是在颁奖之后差不多过了两个星期才遇上——但他们见面时，迪伦对那场争议仍记忆犹新。见下文，第67~69页（边码）。

同一个年代——美国的 1940 年代。垮掉派在 20 世纪五六十年代与自由派知识分子之间的冲突——尤其是最激烈、最矛盾、最要害以及智识上最耐人寻味的部分——肇始于 1944 年春天，比"垮掉的一代"这个词开始为人所知要早将近十年，也就是哥伦比亚大学新生艾伦·金斯堡报名修读知名文学评论家、《党派评论》知识分子莱昂内尔·特里林讲授的"名著"课程的时候。

*

金斯堡于 1943 年进入哥大，他曾庄严地发誓，要毕生为工人阶级服务，但他很快就改变了方向。他结识了同学卢西安·卡尔（Lucien Carr），后者将金斯堡介绍给比自己年长的朋友（也是圣路易斯市人）威廉·柏洛兹（William S. Burroughs）和一个哥伦比亚辍学生杰克·凯鲁亚克。凯鲁亚克和他的女朋友一起住在晨边高地（Morningside Heights），当时已因精神问题而被美国海军体面地解除服役。在与金斯堡的谈话中，卡尔形成了他所称的"新视野"美学，当中借鉴了叶芝（W. B. Yeats）、拉夫·沃尔多·爱默生（Ralph Waldo Emerson），尤其是兰波等左岸波希米亚超验主义，伊甸园般的快乐无辜与世道人心的崩衰败坏同时并存，基于无羞无耻的自我表达，让感受解脱羁绊、弃绝习俗道德。

不久后卡尔就卷入了一场离奇的名誉杀人案中，为此在监狱里蹲了两年；他一直没有成为一个羽翼丰满的作家。但从他的"新视野"里，他的朋友们建立起关于直接经验的自发生成的理念，为垮掉派的写作打下了基础。通过金斯堡，这些理念与特里林那些更为规范的文学概念发生了直接接触和冲突。（金斯堡与哥大校方也因性质较轻的事件而产生过节，导致被停学一年，为此延迟直到 1948 年才毕业。）

"早年的时候，我曾试图与他直言不讳，"金斯堡后来跟他的朋友、记者阿尔·阿罗诺维茨（Al Aronowitz）提到特里林，"并灌输给他我对柏洛兹和杰克的理解——给他讲有关他们的故事，希望他会感兴趣或者看到一些新的东西或光亮。但他还有哥大其他人所能看到的，只不过是我在寻找一个父亲，或在跟自己过不去，或孜孜以求一个教职，或任何他们已经习惯了的思维。"事实是，金斯堡和特里林在驾驭或反对美国文化中的重要潮流上，其实有些关键的共通之处，这使得他们的分歧更充斥着满满的恶意。二人都对二战后那些年泛滥美国的科学理性和消费主义的物质崇拜退避三舍；二人都拒绝在艺术上臣服于任何严格的意识形态或党派阵线；尽管金斯堡在姿态上有些感情用事（坚定地保持自己的激进姿态，尽管不再是马克思主义而是布莱克式的），但这师徒二人都没有被人民阵线的左派学说所利用，二人都对学院派盛气凌人的所谓"新批评"敬而远之。"新批评"的代表人物包括约翰·克劳·兰色姆（John Crowe Ransom）、艾伦·泰特（Allen Tate）以及克里斯·布鲁克斯（Cleanth Brooks），他们对文学提出"细读文本"的形式主义主张，排斥历史、道德、人物传记或任何其他对上下文的思考——这样一来，用特里林的话说，就将文学分析变为"一种智力上的健美操仪式"。

然而，就算金斯堡和特里林都在文学里面看到了从暴政和麻木中解脱出来的道路，他们在文学的精神向度和对文学的可能性的认知上还是存在尖锐的分歧。反斯大林主义的特里林在文学和政治上都特立独行，基于他所谓的"在所有多样性、复杂性和困境中的个体存在的价值"，他在诗歌和小说里面寻求一种对怀疑论自由主义的肯定。他特别醉心于钻研简·奥斯汀（Jane Austen）、查尔斯·狄更斯（Charles Dickens）、亨利·詹姆斯（Henry James）、E. M. 福斯特（E. M. Forster）、乔治·奥威尔（George Orwell）、斯科特·菲茨杰拉德（F. Scott Fitzgerald）及其他所谓"道德现实主义"实践者的作品，醉心于钻研这些人作品中的讽刺意味和模棱两可之处——他对"道德现实主义"的定义，不仅是"对道德本身的意识，而且是对道德地生活所存在的矛盾、悖谬和危险的意识"。特里林的研究将文学批评传统以外的读者带入对善恶、自然与文明、担当与逃避的本质性的哲学思考。

自由主义空想的这些艰难的试验场，并不能为年轻的金斯堡和他那帮波希米亚朋友所声称的那种超越的"新意"和"光亮"提供什么空间。1945 年，金斯堡在特里林面前，将兰波吹捧为先知，"不为道德负疚感所困扰，尽忠于一个破落时代的混乱的规范"。特里林于是把兰波仔细通读了一遍，然后坦称，他发现这个诗人对惯常社会价值的拒斥"是一种绝对主义，与我的本性格格不入，所以我反对"。对于特里林来说，那种认为

莱昂内尔·特里林，拍摄时间不详

艺术天才产生于感觉错乱的想法，正是被他称为浪漫主义运动的妄自尊大、享乐主义观念的阴暗遗产，是将精神障碍和畸变当作心灵健康和光明的源泉，"或许只因为他们与正派社会的道路背道而驰"。

特里林想通过他所谓的伟大文学中"宏大而又令人信服"的感染力来超越世俗现实、超越现代生活的"无限复杂"性，这在金斯堡看来不过是个托辞，是在知识模糊性的面具下退回到因循守旧中去——一个"拙劣的伎俩"，几年后他对一位朋友形容说，特里林是在竭力掩盖自己的"内在非理性的生活与诗歌，并将一切都降解为《时代》杂志报道的那种知识水平，探讨当下的幸福和一个美国书呆子的适当角色——领着薪水、有份不错的工作，融入这个完全愚蠢的体制。"

金斯堡则截然不同，他和垮掉派发展出来的美学弃绝知识的抽象，诗意化了个体生活的经验——也就是金斯堡在 1948 年写给特里林的信中形容的，"有意识的心灵所经历的暗黑而又多样的生命经验"。

十年后，待少年迪伦第一次接触到垮掉派的作品时，这些晨边高地上朦胧的文学辩论已经演变成了作品原型之间的战争——并进一步导致了 1960 年代及其以后的文化战争。垮掉派与自由派知识分子被锁定在一种对立中，在各自的心目中都将自己视为对方的对立面。当时身在丁基镇（Dinkytown）的迪伦不用多想，就知道自己站在哪一边；而且丁基镇远离曼哈顿的政治壕沟战，很容易将垮掉派的波希米亚风尚与民谣俱乐部那不修边幅的本真感重叠在一起。但当他初到纽约时，满脑子都是伍迪·格斯里的迪伦发现，虽然这两个世界有交集，但曼哈顿的文化阵营要比这错综复杂。

*

1958 年，一个神通广大的企业家、手艺高超的木匠、波希米亚人兼诗歌爱好者约翰·米切尔（John Mitchell）在布莱克街附近的麦克道格街 116 号开了一家咖啡店，那儿曾经是个煤窖，不久前刚变成了同性恋地下聚会场所，名叫"麦道街酒吧"。据阿罗诺维茨回忆，米切尔是土生土长的布鲁克林人，1950 年代初到格林威治村定居，并在此结识了村里有名的波希米亚风格的、反社会的边缘诗人麦克斯韦·波登海姆（Maxwell Bodenheim），并在一段时间里与他同住一室。1954 年，波登海姆令人震惊地遇害死亡。这下米切尔自己也成了村中名人，他抓住轰动效应，投当地人和游客之所好，在麦克道格街和布利克街的角落开了一家巴黎风格的费加罗咖啡馆，然后又转手卖了出去，从中捞了一把。

米切尔很快又看中了麦克道格街 116 号这房子，虽然阴湿狭窄，但位置非常适合开咖啡店。鉴于那里的天花板没办法加高，他就下降了地板，然后开始营业，主打软饮料、各式甜品以及咖啡。（菜单上不供应酒水，这样就降低了成本，也避免因有卖酒执照而衍生的警匪滋事的麻烦——这刚好迎合了那些选择大麻而不是酒精的波希米亚一族。但不管怎样，喝酒的顾客总能将酒瓶子装在牛皮纸袋子里偷带进来，或到附近的鱼壶酒吧喝一杯。）米切尔将村中越来越有人气的诗人成批地请来，这些在垮掉派运动中应运而生的诗人们边喝边唱，朗读诗歌，给咖啡馆增添气氛。席间有收小费的篮子在听众手上传递，收益作为给诗人们的打赏。米切尔给他的新咖啡店起名叫"煤气灯咖啡馆"，而在那里读诗的人中，就有艾伦·金斯堡。

　　金斯堡的突破性进展发生在 1955 年 10 月，在旧金山菲尔摩街一家旧车维修店里举行的一场诗朗诵活动中，金斯堡第一次朗读了他的诗《嚎叫》，从而一鸣惊人。1956 年，这首诗收入他的诗集《嚎叫及其它》（*Howl and Other Poems*），由当地书商、诗人劳伦斯·弗林格蒂（Lawrence Ferlinghetti）出版，时值弗林格蒂刚被撤销了一项淫秽罪指控，该诗集的出版给金斯堡带来了广泛的关注和赞誉。垮掉派和他们西海岸的朋友以及那些志趣相投的人们——包括年轻的诗人迈克尔·麦克卢尔（Michael McClure）、加里·斯奈德（Gary Snyder）、菲利普·惠伦（Philip Whalen）和菲利普·拉曼蒂亚（Philip Lamantia），以及年长的、深受超现实主义影响的肯尼斯·帕琴（Kenneth Patchen）——他们都满怀热情地掀起了垮掉派诗歌潮，因此被一些惺惺相惜的评论者贴上了"旧金山文艺复兴运动"的标签。

　　金斯堡在 1957 年这一年间先后在摩洛哥和巴黎消磨时光，后于 1958 年 6 月返回美国，从此以后的余生里，曼哈顿一直是他的大本营。1950 年代，大学广场西边格林威治村的主要通道上，垮掉派的出没带动了酒吧和咖啡馆的兴旺。（周边住区的租金水涨船高，包括金斯

58

59

堡在内的艺术家和诗人们只好搬到库珀广场以东的城外去住。）1959
年2月，金斯堡重返哥大，与格雷戈里·科索（Gregory Corso）及彼
得·奥尔洛夫斯基（Peter Orlovsky）一起参加诗会时，他们在纽约上城
的圈子算是形成了。那场叫得很响的诗会以金斯堡的诗为重头戏，朗
诵了他的那首《真实的狮子》。讽刺的是，金斯堡声称，这首诗是向
莱昂内尔·特里林致敬的。[1] "这是把我踢出去的母校，"金斯堡在
一周后写信给弗林格蒂的信中说，"所以我猜我是憋着劲要在那儿搞
点动静出来，想敲断那些反动派的脊梁。"

　　与此同时，在距约翰米·切尔的煤气灯咖啡馆几条街以外的麦克
道格街上，民谣歌手们纷纷聚集在华盛顿广场。据传，约莫在二战结
束前后的某个时候，一个名叫乔治·马戈林（George Margolin）的人开
始每逢星期天下午便背着吉他出现在广场上，唱些工会创作的歌曲及
熟悉的民歌（包括阿隆·卡普兰改编的民谣〈旧油画〉）。到1950年
代初，星期日的华盛顿广场已成了城中民谣音乐爱好者的中心。皮特
·西格和他的妻子托西（Toshi）从警方那里取得了在公共场合演唱所
必需的许可证；时间赶巧的时候，会有大批的民乐演奏家和各路歌手
聚集在广场中心干涸的喷水池周围。除了伍迪·格斯里最早的得力助
手杰克·埃利奥特（Ramblin' Jack Elliott），人群中还有年轻的戴夫·范
容克，和他在一起的是更年轻的玛丽·特拉弗斯（Mary Travers），以及
许多其他在1960年代领导了民谣复兴运动的人。尽管西格和"纺织
工"乐队上了黑名单，但纽约的民谣活动仍然继续扎根于20世纪三
四十年代的人民阵线文化激进主义——虽然他们其实比这些先驱们更

---

　　[1]　金斯堡等人曾希望杰克·凯鲁亚克也来朗读他的作品，但凯鲁亚克那天
晚上躲到了长岛的北港去了。他用《在路上》那本书的收益在那里买了一栋房子，
并与他的母亲加布里埃尔（Gabrielle）住在那儿。

加不拘一格。

厄尔·罗宾逊、阿兰·洛马克斯和西格等人的持续亮相，确保了 60
民谣音乐与 1940 年代"人民阵线"共产主义的世界观之间经久不衰
的关联。（1955 年末，在前经理人哈罗德·利文瑟的专业运作下，"纺
织工"在卡内基音乐厅上演了一场温馨的团圆音乐会，足证其持久的
活力。）几个重要机构——特别是政治上正统的欧文·西尔伯（Irwin
Silber）于 1950 年协办并主编的《唱出来!》杂志——都继续抱持人民
阵线的立场。而纽约民谣场景也总是有着强烈的左派倾向，而且在
1950 年代末南方民权运动高歌猛进时期，这一倾向就更加深化了。但
几乎无论从哪个层面上说，日渐壮大的民谣圈都没有严格的或正式的
政治联系，也从不这样要求艺术家和演员。

民风唱片公司的创始人莫·阿西移居美国时还是个孩子，其父是
重要的意地绪语作家夏勒姆·阿西。莫·阿西是个左翼激进分子，与
"人民之歌"那些民谣复兴运动活跃分子过从甚密。他与共产主义意
识形态保持着距离，曾自称是个"他妈的无政府主义者"，喜欢制作
强烈刺激的音乐，而不在乎表演者的政治倾向或歌曲内容。［1952 年 61
发行的一套影响甚广的六张纹唱片《美国民间音乐选集》（Anthology
of American Folk Music），就是出自阿西之手，是由电影怪才和神秘术士
哈里·史密斯根据以前录制过的素材改编而成的。］阿西还与爵士乐
手合作紧密，包括大跨度钢琴风格的先驱人物詹姆斯·P. 约翰逊。

当时还有昵称"老扬"的歌手伊兹·扬，出生于 1928 年，来自
布鲁克林，原是一位有抱负的书商和方块舞爱好者，后来发展出对民
间音乐的一股热情，随之与一些更有才华和创意的华盛顿广场常客打
成了一片。［其中包括约翰·科恩（John Cohen）和汤姆·帕雷（Tom
Paley），二人与皮特·西格的同父异母兄弟麦克一道，组成了"新失
落城市漫步者"乐队（New Lost City Ramblers），他们一起录制过四张老

歌专辑，有大萧条时期的民谣也有儿歌。〕到了时机成熟时，老扬决定在麦克道格街租一个店面，兜售民谣唱片和书籍。他给这地方起名为"民谣中心"，1957 年 3 月开业。

老扬坚决在左派的政治活动中保持独立，将音乐置于意识形态之上。他的店距约翰·米切尔正要举办垮掉派诗朗诵的地窖仅隔几个门，那里成了音乐家、唱片公司代理、学者和歌迷的交际场所。老扬还是音乐会的推手。作为"旧时光民谣之友"（Friends of Old Time Music）的创始人之一，他在 1959 年协助举办了一个定期的音乐会系列，地点在"热尔德"（Gerde）酒吧，位于百老汇西四街，他命名为"热尔德第五挂钩"。这个酒吧的东家麦克·波科（Mike Porco）本来是无心插柳，但当他意识到这些歌手太能吸引客流的时候，就把老扬排挤走了，自己大搞了起来。热尔德民谣城（Gerde's Folk City）应运而生。

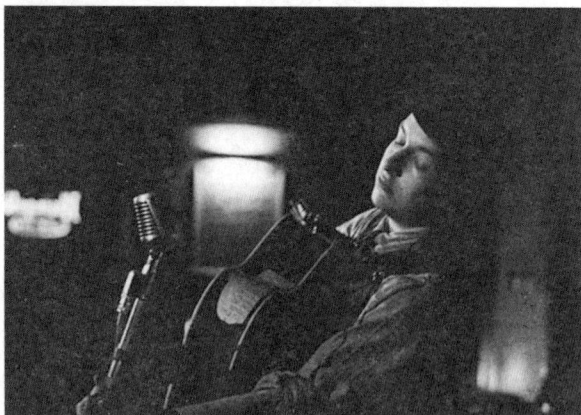

鲍勃·迪伦 1961 年 9 月 26 日在纽约热尔德民谣城表演。就是这一次表演引起了乐评家罗伯特·谢尔顿的注意，为此撰写了乐评在《纽约时报》发表，这使迪伦第一次大范围曝光。

不久之后，约翰·米切尔也注意到了这种趋势，于是改变了在垮掉派诗朗诵间歇期间穿插民谣演唱的经营策略，转而定期聘请民谣歌手来演唱。到 1961 年 1 月鲍勃·迪伦出现时，煤气灯咖啡馆已经成了麦克道格街上首要的民谣表演场所；迪伦也为自己打入了煤气灯的阵容而引以为幸。4 月，他迎来了在纽约打开局面的第一个重要参演机会——在热尔德民谣城为蓝调歌星约翰·李·胡克（John Lee Hooker）的演出做开幕演唱。但是从村中夜总会到成为明星，他还有一段很长的路要走。迪伦在"热尔德"首演的六个多月后，老扬赞助迪伦在卡内基大厅举办了他的首次剧场音乐会，结果让老扬赔了本，持票入场的听众只有 53 人。这之后又过了几个月，迪伦的转机终于出现。9 月份，《纽约时报》乐评家罗伯特·谢尔顿（Robert Shelton）在热尔德民谣城看了一场演出后，撰稿时对最吸引眼球的"绿野男孩"组合一笔带过，然后将标题及主要篇幅都给了迪伦，称之为"横空出世的天才民谣歌手"。在谢尔顿的文章见报后的次日，迪伦先是照常到民谣歌手卡罗琳·海斯特（Carolyn Hester）的录音棚做口琴伴奏，然后就与哥伦比亚唱片公司签署了五年录制合同，而他的唱片制作人正是传奇人物约翰·哈蒙德（John Hammond），即本尼·古德曼、比莉·霍利戴（Billie Holiday）及大乔·特纳 Big Joe Turner 等明星的制作人。

纽约民谣歌手与垮掉派之间的关系并不一定特别密切，甚至也并不一定和谐。垮掉派们偏爱的音乐一直是爵士乐，从波普爵士乐到奥涅特·科尔曼（Ornette Coleman）等人在库珀广场进行的自由爵士乐实验。在西海岸，肯尼斯·帕琴开风气之先，在查尔斯·明格斯（Charles Mingus）爵士乐团的伴奏下朗诵所谓的"图片诗"。1957 年，凯鲁亚克与一个爵士乐团出现在第七大道的"村中先锋"酒吧，并在萨克斯乐手阿尔·科恩（Al Cohn）和祖特·斯姆斯（Zoot Sims）的伴奏下录下了他的诗文朗诵带；他还与大卫·阿姆拉姆（David Amram）合作制作爵士乐唱片，边说边唱，为罗伯特·弗兰克拍摄的"垮掉派"电影《拔掉我的雏菊》（*Pull My Daisy*）配乐。民谣歌手们与垮掉派都对消费主义及 1950 年代的惯常服饰、习俗嗤之以鼻，诸如靠演唱"纺织工"乐队的早期成名曲起家的"金斯顿三人组"（Kingston Trio）那种标志性的合身服装、大学生乐队。但垮掉派有他们自己的嬉皮时尚，在这一点上与那些民谣歌手颇为抵触，正如垮掉派中的非洲裔超现实主义者特德·琼斯（Ted Joans，他一度与查理·帕克在西村共享一间只有冷水的公寓房）在 1959 年形容的，在他们眼中，民谣歌手"松松垮垮"，"比方块还方"，有着"瘦骨嶙峋的班卓琴形的屁股"。

　　不过，正如莫·阿西录制的录音带所显示的那样，垮掉派爵士乐与民谣复兴的场面时时重叠在一起。随着诗歌咖啡馆和音乐夜总会在麦克道格街如雨后春笋般的出现，民谣歌手与垮掉派文人们总免不了互动频频——"怪诞咖啡馆"[Café Bizarre，位于阿隆·伯尔（Aaron Burr）当年做马房用的地方]、"康门士"（即后来的"黑肥猫咖啡馆"）、"索端"及其他很多馆子。迪伦在他的回忆录中提到，他在一个夜总会见过塞隆尼斯·蒙克（Thelonious Monk），他在来客稀少的时段枯坐钢琴面前；当迪伦告诉他自己在街上玩民谣的时候，蒙克回答说："我们都玩民谣。"在"黑肥猫咖啡馆"混过的爵士乐人，包括钢琴家桑尼·克拉克（Sonny Clark）和高音萨克斯风乐手林·哈利戴（Lin Halliday）。

　　民谣歌手们几乎没有不对爵士乐感兴趣的，不仅买唱片听，夜总会里也随处放着爵士乐。范容克刚开始混纽约的时候，曾把自己描述为"爵士乐假内行"，他更感兴趣的是村中仍可见的 1920 年代爵士乐先驱人物，而不是热烈的民谣类。迪伦在他的回忆录《编年史》中记载，他在一个朋友家听各种爵士和波普爵士乐唱片，从贝尼·古德曼（Benny Goodman）、迪齐·吉莱斯皮（Dizzy Gillespie）到吉尔·埃文斯（Gil Evans）的作品。他还提到，埃文斯的唱片中有一首改编自

"铅肚皮"的歌曲〈埃拉·斯碧德〉（Ella Speed）。（"我试图分辨那些旋律和结构，"他回忆说，"某些爵士乐和民谣之间存在很多相似之处。"）垮掉派中至少还有些人也听黑人的节奏蓝调以及爵士乐，就像迪伦等年轻民谣歌手一样。[艾伦·金斯堡在他的名作《祈祷文》中描述了 1959 年冬至时候的曼哈顿景象，写他在经历了一个不眠之夜后，一边大声朗读《祈祷文》，一边"听雷·查尔斯（Ray Charles）的蓝调在留声机上嘶哑着"。] 从朱利安·贝克（Julian Beck）和朱迪思·马利纳（Judith Malina）指导下的生活剧场作品，到小小商业街上有名的樱花巷剧院（Cherry Lane Theater）推出的前卫作品，再到私人公寓和阁楼上第一次的即兴神来之作，所有的人，在舞台技巧和自发性的认识上，都受到村中正在蓬勃兴起的非百老汇戏剧及实验剧场的影响。

到 1961 年，麦克道格街和布利克街已变得相当热闹，垮掉派诗人和民谣歌手出没在熙熙攘攘的人群中，游客蜂拥到镇上看些怪诞的演出，领略放浪形骸的惊险刺激。据《村声》（Village Voice）杂志摄影师弗雷德·麦克达拉（Fred McDarrah）在他图文并茂的《凯鲁亚克及其朋友们》（Kerouac and Friends）一书中记载，严肃的垮掉派活动场所包括生活剧院、爵士乐夜总会的觥筹交错之间，雪松街（Cedar Street）酒馆及莱克餐馆（Riker's Diner）举行的读书会上，还有他父亲和叔叔开的第八街书店的图书签名会和派对上。即使当旅游业发展起来，垮掉派诗人们也没有从麦克道格街上完全消失。（民谣中心的老扬对做生意完全无感，当麦克道格街上人声鼎沸的时候，他就会顶上门闩，好让民谣歌手们可以闭门聊天、相互切磋技艺和安静地演唱）。一些诗人变成了演出策划人，对来宾照顾备至，倾其所有——浓咖啡外加黑色贝雷帽式的激动人心的诗行———切他们可能想要的都应有尽有。麦克道格街和布利克街的一些咖啡馆则沦为了杂耍般的宰客陷阱，声音嘶哑的说书人与杂乱的音乐混迹在真正有才华的艺人中。

1961 年 1 月，鲍勃·迪伦抵达纽约的当天，他就走进了麦克道格街上狭窄逼仄的歌厅之一——"哇"酒吧，在那儿初试啼声。杰克·凯鲁亚克和艾伦·金斯堡的作品他早已烂熟于心，而寻找伍迪·格斯里的念头压倒了一切。而且，有迹象表明，正如民谣歌手越来越受欢迎一样，垮掉派正越来越冷场，尽管情况在其他一些夜总会或许有所不同。

*

65　　1961 年 1 月 26 日——那天阿隆·卡普兰正在城中区讲述他的歌剧《第二次飓风》，而迪伦刚刚到达曼哈顿——一群作家聚集在比利时戏剧导演罗伯特·科迪尔（Robert Cordier）位于克里斯托弗街的家中，谈论着"垮掉的一代"的死亡（其中一些人更是为此弹冠相庆）。科迪尔的朋友詹姆斯·鲍德温（James Baldwin）也在场（鲍德温特别不喜欢凯鲁亚克的作品，认为后者在对美国黑人的看法上有一种恩赐般的无知）。在场的还有诺曼·梅勒（Norman Mailer）、苏珊·桑塔格（Susan Sontag）、威廉·斯特隆（William Styron）以及垮掉派诗人特德·琼斯、图利·库普伯格［Tuli Kupferberg，也是后来的"浊气"（Fugs）摇滚乐队的主唱］和《村声》杂志记者西摩·克里姆（Seymour Krim）。有少数几个非垮掉派的，特别是梅勒，觉得垮掉派很有意思。但大多数作家聚在一起是为了给他们眼中已被商业主流彻底接纳的一场运动送终。诋毁者说，那场以反偶像的文学风格（无论人们是否认同）为开端的运动，已经沦为了另一种流行时尚、一种电视小品66　口味的话题。（1959 年 9 月首映的热门电视剧《大众情人多比·吉利斯》中塑造的主人公梅纳德·克莱布斯就是一个"躁动狂"角色。）

　　与此同时，"垮掉派"的几位主要作家仍在走着自己的路。在科迪尔家那场聚会的两个月后，金斯堡和彼得·奥尔洛夫斯基乘船去了巴黎，一方面是去找寻威廉·柏洛兹的下落，另一方面，也是为了逃避针对他们及其朋辈的各种明枪暗箭的舆论攻击。在接下来的两年里，金斯堡和奥尔洛夫斯基进行了一次环球旅行，造访了丹吉尔（在那儿终于找到了柏洛兹）、希腊、以色列和东非，最后到达印度，在那里他们花费 15 个月寻圣，一直到了日本才结束，打道回府。1963 年，年纪轻轻的诗人格雷戈里·科索——早于 1950 年就跻身垮掉派的核心圈，1958 年"城市之光"书店出版了他的诗集《汽油》，给当时还在明尼阿波利斯的迪伦留下了深刻的印象——如今却因嗑药和酗酒而荒废了。凯鲁亚克这些年也庸庸碌碌，大部分时间与母亲住在一起，在长岛的北港和佛罗里达州奥兰多两地之间往还，喝酒、写作，如此，"垮掉的一代"已经今非昔比。

鲍勃·迪伦曾说自己是"赶上了个尾巴"，他在明尼阿波利斯的时候就开始读"垮掉派"作品，但除了伍德·格斯里的《奔向辉煌》为他最终上路做了些铺垫之外，垮掉派文学对他早期歌词的影响很难察觉。垮掉派的表演风格又是另一回事，或按迪伦记起的："过去几乎每个地方都有民谣演唱和爵士乐俱乐部，"在过了四分之一世纪后他回忆说，"这两个场景非常相通，诗人读诗的时候会有个小型爵士乐队伴奏，所以有一阵我们走得很近。给我的歌带来很大影响的并不是写在纸上的诗，而是诗人在爵士乐队伴奏下的诗朗诵。"纸面上对他有影响的诗，据他说是来自诗人"法国人，兰波和弗朗索瓦·维永（Francois Villon）"。他在读了金斯堡等人的诗作之后，又追溯到那些法国人那里。

随着"垮掉派"文人开始从村中淡去，麦克道格街前所未有地成为了民谣复兴运动的展示地。迪伦并不是把垮掉派抛在了脑后，他也并没有与仍在城中的"垮掉派"作家、艺术家断了联系。他仍然推崇艾伦·金斯堡的作品，并对经常进出监狱的爵士乐诗人雷·布雷瑟

（Ray Bremser）保持着一种特殊的亲近感［在他第三张专辑作为套封说明的那首自由体诗《十一段碑文》（11 *Outlined Epitaphs*）中，迪伦援引了布雷瑟的《囚歌》，连同金斯堡的爱情诗］。他所谓的金斯堡、凯鲁亚克、科索等人的"街头意识形态"仍然向他提示了一种新的人类存在形式的可能。1963 年的某个时候，他与劳伦斯·弗林格蒂会面，两人商量着要在"城市之光口袋诗选"系列丛书中，出一本迪伦的作品，与金斯堡和科索的诗卷并列。尽管如此，迪伦的文学突破，是源自其他资料和经验，包括聆听米琪·格兰特演唱马克·布利茨坦翻译的〈海盗珍妮〉，是在传统的英美民谣成语之外的。垮掉派对迪伦的影响是在他成名之后才重现的——即当他遇见艾伦·金斯堡，在他已经成为村中甚至全国最伟大的年轻民谣歌手之后。

*

1963 年 12 月，金斯堡和奥尔洛夫斯基终于结束旅行，回到了纽约。他们一边暂住在第八街书店楼上泰德·威伦茨的家中，一边找可以租住的地方。当时碰巧赶上国家的创伤时刻。约翰·肯尼迪总统的就职仪式（时值迪伦抵达纽约及作家们聚在一起要埋葬"垮掉的一代"不到一星期之前），曾为伟大的文化和政治变革带来了新的希望。正如诺曼·梅勒所形容的，一时间就好像这个国家突然决定"要去努力实现自己的浪漫梦想"和"要为无意识的镜中形象投下一票"。但当金斯堡和奥洛夫斯基回到村中之时，却已是肯尼迪总统遭暗杀不到一个月之后。

迪伦也像其他人一样，深受肯尼迪遇害事件的打击，也许比大多数人的感受还深，尽管他日后会否认这一点。三个星期后，迪伦获得了颇有名望的左翼组织——公民自由紧急委员会颁发的一个奖项，迪伦对在场那些衣冠楚楚的长者们表达了不适感——他认为，这些好心人都是袖手旁观者，想要改变世界，却又站在安全距离以外。他说，他更认同詹姆斯·福曼（James Forman）及学生非暴力协调委员会（Student Nonviolent Coordinating Committee）的那些年轻活动人士，因为他们不仅有善良意愿，而且身体力行，奋斗在南方自由斗争的前线。不过，他话题一转说，他看事情不再是非黑即白，或非左即右——"只有起落浮沉，"他说。然后语惊四座地表白道，作为一个年轻人，他可以在刺杀总统的年轻刺客身上想象到自己的影子。话音未落，在场的人一片目瞪口呆，接着是嘘声和倒彩声，伴随着迪伦走下台去。他的表述可能辞不达意——有报道说，他在登台致辞之前，为了壮胆喝了很多酒——因此结果似乎令人失望。

就在迪伦苦思冥想和磕磕绊绊的时候，金斯堡和奥尔洛夫斯基去北港找凯鲁亚克去了——但凯鲁亚克那令人生畏的法裔加拿大籍母亲加里埃尔很看不上凯鲁亚克的"垮掉派"朋友，认为他们对她的宝贝儿子做了些什么不该做的事，硬是把他们赶走了。没有了凯鲁亚克，"垮掉的一代"的面貌很快开始出现变化。曾为《纽约邮报》写了大量有关"垮掉派"文字的阿罗诺维茨，这时开始写起迪伦来了——他承认，这样做或多或少是为了进入他的核心圈子。阿罗诺维茨得知，有个为金斯堡和奥尔洛夫斯基接风洗尘的家庭派对，将在泰德·威伦茨的第八街公寓举行，时间是在圣诞节后的第一天，即等到书店忙完了节日旺季之后。阿罗诺维茨认为，带迪伦去见《嚎叫》的作者会很有意思。（迪伦其实更喜欢的是《祈祷文》，这首诗在 1961 年金斯堡和奥尔洛夫斯基前往巴黎之后不久，由弗林格蒂发表在那个口袋诗系列中。）

在此几星期前，在"垮掉派"诗人查理·普莱默尔（Charlie Ply-mell）位于加州波利纳斯的家中，金斯堡（刚从印度回美、正要返回

69 纽约）听到了迪伦在《自由驰骋的鲍勃·迪伦》专辑中唱的〈暴雨将至〉——他后来提到，当时他的泪水涌了上来，心中满是光明的快乐，感觉到波希米亚传统正传递给年轻的一代。在威伦茨的公寓，金斯堡和迪伦讨论了诗歌，据阿罗诺维茨说，金斯堡对迪伦产生了爱欲。（"艾伦真是个热力四射的酷儿，"阿罗诺维茨后来说。）迪伦处之泰然，仍邀请金斯堡跟他一同飞往芝加哥，出席他第二天在那个庄严的管弦乐厅的演出日程。金斯堡婉拒了，据他回忆说，是担心"那样我会成了他的奴隶或什么，他的饰物"。

迪伦已经在尝试写自由体诗歌，并不是打算作为歌词的那种。在他见到金斯堡前不久，他刚写了一首纪念肯尼迪遇刺之日的诗，结尾是这样的：

> 星期五的颜色是沉闷的
> 因为教堂的钟在轻轻燃烧
> 为温柔的人而敲
> 为善良的人而敲
> 为跛脚的人而敲
> 也为瞎子而敲。

合在一起，这些诗行就构成迪伦所称的"一连串闪烁的图像"的一部分，而这一切很快就写进了〈自由的钟声〉（Chimes of Freedom）这首歌里，其标志着迪伦与"垮掉派"美学的重新连接，并将这种美学转化为歌曲。1964 年和 1965 年，在金斯堡和迪伦各自重塑他们的形象及艺术的过程中，他们相互影响了对方。

在彭尼贝克（D. A. Pennebaker）为迪伦 1965 年的英国巡演拍的纪实影片《莫回头》（Dont Look Back）中，有几个片段是迪伦及其随员在他下榻的伦敦萨沃伊酒店套房里的场面。其中一个片段是，迪伦蹲在地板上，周围是一群唧唧喳喳的英国民谣歌手及跟班们。迪伦和杰克·埃利奥特原来的录音搭档德洛·亚当斯（Derroll Adams）含糊不清地说着什么。亚当斯这时已经搬到了英国，他建议迪伦跟他一起干，"我会帮你找到你的兴趣所在。"

"好啊。这边能碰见艾伦·金斯堡那样的诗人吗，哥们儿？"迪伦问。

"没，没有那一类的，"亚当斯回答。他顿了一顿，"但有多米尼 70克·贝汉（Dominic Behan）。"

"嘿，是啊，是啊，你知道，你知道，"迪伦说，然后这个名字沉淀下来，他听起来很排斥。"不，我可不想听什么多米尼克·贝汉那样的，哥们儿。"

迪伦又嘟囔了一遍这个名字，语带轻蔑："多米尼克·砰……"

突然有个一口英国腔的人，在镜头外脱口而出："多米尼克·贝汉是我的朋友……"

"嘿，没问题啊，哥们儿，"迪伦说，语气平和，"只不过我不想听到这样的人。"

迪伦的不快是有来头的。几年前，他在自己的一首〈上帝在我们一边〉（With God on Our Side）中借用了贝汉〈爱国者游戏〉的旋律，于是就有闲话说，迪伦抄袭了贝汉——尽管贝汉自己那首歌也是根据爱尔兰歌曲〈快乐五月〉（The Merry Month of May）的曲调改编而成的。此贝汉乃是剧作家和小说家布伦丹·贝汉（Brendan Behan）的兄弟，也是爱尔兰工人阶级的一分子，相当于美国的民谣复兴人物。迪伦在民谣歌手圈里摸爬滚打了足够的一段日子后，已经开始转向别的方向，转向他自己变奏的摇滚乐（正如音乐界很快会发觉的那样）和正滑向60年代末嬉皮迷幻的美国波普爵士乐。[迪伦后来在片中大大超越了最新的英国民谣歌星多诺万，以一首〈一切都结束了，忧郁的宝贝〉(It's All Over Now, Baby Blue)，作为对多诺万即兴演唱的〈唱给你〉(To Sing for You) 的某种回应。]他度过了一个紧张不安的1965年春天——照例演奏着原来的歌曲，自弹自唱、原声吉他和口琴，但他的思绪在飘荡——迪伦正在某种新事物的风口浪尖上，他想听到金斯堡的诗作。

正如所发生的事情那样，迪伦有所不知的是（《莫回头》片中也没有交代），当时艾伦·金斯堡刚从布拉格被驱逐出境，飞到了伦敦。事情发生在布拉格一年一度的文化复兴节（二十年来一直遭到捷克共产党的打压）上，在一片摇滚乐的喧嚣中，金斯堡被十万集会的学生尊奉为"五月之王"。一个星期后，捷克当局突然指责他腐化青少年（他自己还未满40岁），随即对这位诗人下了逐客令。

在影片接下来的片段中（据电影脚本显示，该片段拍摄于金斯堡抵达伦敦的次日），酒店套房里气氛安详——在那里，意外地，金斯堡出现在镜头上——虽然只是一闪而过——他坐在一张桌前，正和迪伦轻声细语地聊天。这一幕完全是偶然的，但想到出现的时间，还是令人觉得见鬼：迪伦问到金斯堡，然后突然间他就现身了，看上去就像魔法棒朝空气中那么一挥，但事实上是多亏布拉格的人民委员会恼羞成怒才成其好事。（彭尼贝克也承认，谁都没想到，说曹操曹操到，在迪伦跟德洛·亚当斯提到金斯堡的当晚，他就来了。）这是"垮掉派"的传奇故事与迪伦的事业生涯合而为一的一个重要时刻，但电影中没办法更多地解释这一切，否则就会把焦点从迪伦身上转移开，而且无论怎样都会花太长时间。于是，镜头代之以记录1960年代的嬉皮友谊——并在图像制作上做了一个明智的处理——将作为诗人的歌手与作为文化英雄的诗人放在同一个纪录片的框架中。

1965 年 5 月 8 日，鲍勃·迪伦与艾伦·金斯堡在伦敦萨沃伊酒店。
此为彭尼贝克的电影《莫回头》中的一个定格镜头。

在迪伦和金斯堡会面后的两年里，他们之间的关系已经成为一个 72
公开的事实，以及艺术及个人的联盟。它开始得悄无声息。1964 年夏
天的部分时间里，迪伦住在他的经理人阿尔伯特·格罗斯曼（Albert
Grossman）的乡间度假屋，那地方叫斯翠贝尔路，位于伍德斯托克以
西的纽约比尔斯维尔。金斯堡推掉了纽约的各种应酬（包括一项推动
大麻合法化的公开活动），与奥尔洛夫斯基在格罗斯曼家消磨了一些
日子，其间迪伦教给他玩脚踏风琴，那是奥尔洛夫斯基从印度背回来
的。九月，金斯堡、奥尔洛夫斯基以及金斯堡难得有过的一位前女友、
年轻的电影制片人芭芭拉·鲁宾（Barbara Rubin）成了迪伦的跟班，一

起前往新泽西州普林斯顿参加了他的一个音乐会。

接下来的二月，迪伦出现在莱斯·克莱恩（Les Crane）主持的全国播出的深夜电视脱口秀节目中，他穿的不是平常那身仿鹿皮牛仔服，而是一套新潮的西装，演唱时给他伴奏的是布鲁斯·朗霍恩（Bruce Langhorne），弹一把装了电子拾音器的木吉他。在演唱的间歇，迪伦与克莱恩调侃起他与金斯堡的一项合作——"某种恐怖的牛仔电影，"迪伦面无表情地说，金斯堡正写剧本，他改编，故事将发生在纽约州的高速公路上。"是吗？"克莱恩问，似乎有点故作惊讶，但愿意直入正题，"你会亲自出演吗？"

> 迪伦："会的，会的，我演男主角。"
> 克莱恩："你是主角？你演那个恐怖的牛仔？"
> 迪伦："我演我妈。"（观众席笑声）
> 克莱恩："你演你妈？在这部片子里？"
> 迪伦："在这部片子里。你到时要看哦。"（观众席笑声）

三个月后，金斯堡出现在彭尼贝克拍的那部有关迪伦的影片中。那时，哥伦比亚唱片已经发行了《席卷而归》，专辑的封底印着丹尼尔·克莱默（Daniel Kramer）拍摄的几张照片，其中一张上是胡子刮得很干净的金斯堡，戴着一顶即将成为迪伦招牌的帽子，还有一张照片是鲁宾在为疲惫的迪伦按摩头部。意犹未尽的是，为了赋予一点象征意味，另有一张小照片上是迪伦顽皮的笑脸，同样戴一顶上述照片中金斯堡戴的帽子。两人共享一顶怪诞的、1960 年代波希米亚的王冠，它令人联想到刘易斯·卡罗尔的《爱丽丝梦游仙境》中的疯帽匠。而且，为了确保它传达的信息足够清晰，迪伦在专辑套封的说明文字中写道：

我已
放弃任何追求完美的尝试

白宫里挤满了

从没去过阿波罗剧院的领导人

这让我感到惊奇。为什么艾伦·金斯堡

没被选中在就职典礼上读诗

对此我困惑不已/如果有人认为诺曼·梅勒

比汉克·威廉斯更重要

那也没关系。

　　12 月初在旧金山，迪伦顺道去了劳伦斯·弗林格蒂的"城市之光"书店，弗林格蒂正在那儿为"垮掉派"诗人和艺术家张罗一场后来所谓的"最后的聚会"（距罗伯特·科迪尔家举行的那场"葬礼"六年之后）。有十来个"垮掉派"作家与会，包括金斯堡、奥尔洛夫斯基和迈克尔·麦克卢尔。迪伦那时已经出了〈地下乡愁蓝调〉（Subterranean Homesick Blues）和〈像一块滚石〉（Like a Rolling Stone），正与他的伴奏乐手们巡演，而且当晚就将在共济会的会所演出（此前连续两晚都是在伯克利社区剧院演出）。前一天有一场新闻发布会令他很开心，当时金斯堡问了一个很嬉皮的问题："你觉得会不会有那么一天，你被当作一个小偷绞死？"（迪伦先是愣了一下，然后笑答："你不该说这种话吧。"）如今，他可以与他的乐队的主音吉他手罗比·罗伯逊（Robbie Robertson）一道，在"垮掉派"文学的大本营之一与金斯堡及其朋友们打成一片。这两位乐手直奔书店的地下室，以避免被粉丝撞见纠缠，同时迪伦也是为了不致喧宾夺主、抢了"垮掉派"文人们的风头。一阵喧嚣消退后，在书店紧邻的小巷里，迪伦与麦克卢尔、金斯堡、弗林格蒂、罗伯逊以及奥尔洛夫斯基的弟弟朱利尔斯，一起拍了些照片。

　　迪伦原本有意将他与诗人们拍的一些照片用作他刚开始录制的专辑（即后来的《金发佳人》）的封面，觉得这样看上去会很好。尽管这些照片［部分由年轻摄影师拉里·基南（Larry Keenan）拍摄］最终并没有出现在这张专辑上，但还是被广泛用于书籍以及迪伦后来的唱片发行中，这足证迪伦与诗人们在彼此中间的地位。

1965 年 12 月 5 日，在旧金山 "城市之光" 书店外，罗比·罗伯逊、迈克尔·麦克卢尔、鲍勃·迪伦、艾伦·金斯堡、朱利尔斯·奥尔洛夫斯基（部分遮挡）及一名姓名不详的摄影者。

　　"垮掉派" 的聚会人散了，演唱会曲终了，迪伦与金斯堡、奥尔洛夫斯基及麦克卢尔结伴南下，坐着金斯堡的 "大众" 面包车（用古根海姆学术奖金买的）去了圣何塞，在那儿与乐队会合，在帕萨迪纳和圣塔莫尼卡进行巡演最后一站的演出。迪伦送给金斯堡 600 美元作为礼物,这足够买一台最先进的便携式 Uher 磁带录音机。(作为答谢,金斯堡为迪伦在伯克利的演唱会录了音,包括观众的积极反响,以此向迪伦显示,评论界对他的新电子音乐的敌意是不应该的。金斯堡还驳斥那些指责迪伦把自己出卖给粉丝的说法:"迪伦把自己出卖给了上帝。也就是说,他的诉求是将他的美尽可能地广传开来。这是一种艺术的挑战,是要看看伟大的艺术是否能用自动点唱机来成就。")迪伦还送给麦克卢尔一把自鸣筝,这位诗人很快就开始用这⁷⁶把乐器创作他的作品,谱写出一种对他来说全新的韵文。

然后迪伦就飞回纽约,继续制作新专辑,并筹备环美国大陆、夏威夷、澳大利亚、欧洲和英国的长途巡演,此行将在曼彻斯特的自由贸易大厅和伦敦的皇家阿尔伯特音乐厅达到历史性高潮。金斯堡结束了在大苏尔(Big Sur)的短暂旅行回到洛杉矶〔在那儿他遇到了"飞鸟"乐队(Byrds)和唱片制作人菲尔·斯派克特(Phil Spector)〕,然后坐着他的面包车一路向东。奥尔洛夫斯基驾车;金斯堡口占作诗,用 Uher 录音机录下来,他称此为音乐家风格,是他的"作诗新板斧"。"大众"面包车在林肯、内布拉斯加和堪萨斯州的威奇塔之间蛇行,一路上,金斯堡将无线电广播、公路广告牌、"披头士"流行歌的歌词、"奇想"乐队(Kinks)和迪伦——总有迪伦——以及荒凉的农耕景观全都融入诗中,一边口述一边用录音机录下来,形成了气势恢宏的《威奇塔漩涡心经》,这是他最伟大的诗歌之一,与诺曼·梅勒的《夜晚的军队》(*Armies of the Night*)同属对美国军事入侵越南最强大的文学回应。

*

迪伦和金斯堡之间的友谊亲密而又互敬，但也颇为复杂，正如纽
约诗人安妮·沃尔德曼（Anne Waldman）所指出的那样。金斯堡比迪
伦大 15 岁，几乎够不上做迪伦的父辈，但迪伦有时会这样看待他，将
他视为整个嬉皮文化大家族的族长。（在迪伦 1975 年制作的"滚雷巡
演"影片中，他让金斯堡扮演的其实就是一个叫做"父亲"的角色。）
然而迪伦通过音乐积聚的人气远远超过金斯堡的诗所能及，而金斯堡
简直变成了迪伦的信徒，以致——据沃尔德曼回忆说——在"滚雷巡
演"期间，团队中有成员"开玩笑说金斯堡是迪伦的最忠诚的跟班"。
金斯堡的同性恋取向和他对迪伦明显的欲望也增加了一层额外的紧张
甚至好奇的色彩。当然，到了 1970 年代，迪伦作为文化和反文化明
星，其光芒已经令金斯堡黯然失色了；有些时候，特别是在"滚雷巡
演"期间，金斯堡似乎与迪伦有瑜亮之争，但从未能完全得到摇滚乐
的那种众星捧月的气场和光环。在这些时刻，他们的友情中更强势的
似乎是迪伦，而不是老大哥甚至父辈的金斯堡。在沃尔德曼笔下，迪
伦"在他们彼此的关系中有一点戏弄和玩笑的成分，而我留意到，这
种亲昵行为令金斯堡非常享受"。还可以补充一句——金斯堡在这一
关系中有点感时伤怀的成分。

77

二人就这样若即若离，互相扶持着经历了转型期，在 1963 年后各
自进入了新的事业阶段。他们的转型，部分地说与形象有关。作为自
我创意和媒体呈现方面的大师，迪伦和金斯堡心照不宣，彼此会心地
为对方增色。在他们彼此刚认识时，迪伦已经在艺术上有所变化，但
这变化不乏风险。巴里·范因斯坦（Barry Feinstein）在为《时代在
变》（*The Times They Are A-Changin'*）唱片封面拍摄迪伦肖像时，对
他的斯坦贝克式的左翼精神打了些折扣，这肯定会令他的那些年轻、

亲民权、反战的民谣基础歌迷——以及民谣复兴运动中的老左们——感到困惑甚至被冒犯。到了 1964 年，当迪伦推出的新专辑《鲍勃·迪伦的另一面》——其中包括了已完成的〈自由的钟声〉这首歌——未进入销售排行榜前 40 名的时候，他地位的下滑就变得显而易见了。（相较而言，《时代在变》还是进入了该榜前 20 名。）

有金斯堡这样明显的盟友，对迪伦经历转型（包括他回归摇滚乐的过程）是很大的帮助——继《鲍勃·迪伦的另一面》之后，迪伦在 1965 年和 1966 年接连推出了三张回归摇滚的专辑。可以确定的是，在"人民阵线"那些资深人士看来，金斯堡和"垮掉派"，他们的神秘主义、性开放和个人主义，在政治上是不可靠的。而一些"垮掉派"（尽管不是金斯堡）则忿忿不平地一致认为，民谣音乐家们（包括迪伦在内）早在 1960 年代初就将他们推搡到靠边站了。[1] 但金斯堡的左派立场还足以满足年轻的民谣歌手们。（琼·贝兹——她在这一时期一度是迪伦的情人，其间因为迪伦越来越脱离政治而跟他闹过别扭——曾在 1965 年末请金斯堡和麦克卢尔代表迪伦出面，扮演迪伦的良心的角色。）作为一个文化革命者、反资产阶级的先驱、学院的对抗者，金斯堡在左翼阵营受到敬重。更重要的是，金斯堡代表着文 78 学的严肃性，其水平连最有才华的民谣词作者也望尘莫及，更不用说摇滚乐手了。

---

〔1〕 不过，金斯堡倒是一直坚持认为，迪伦与所谓"波希米亚或垮掉启蒙"的老一代之间有着紧密的联系。沃尔德曼写道："在我自己与金斯伯格的多次谈话中，他（身为传奇的缔造者）捏造甚至强行灌输某种迪伦与'垮掉派'之间持续中的联系。在他临死时，他为没能如愿与迪伦一起进行一场'金斯堡不插电'音乐会而饮恨。"（实际上，MTV 确实曾计划做一个"金斯堡不插电"节目。）某种意义上说，金斯堡是在对迪伦进行加持；另一种意义上说，他是在确保人们不会忘记，迪伦真是他、凯鲁亚克及其他"垮掉派"的一种延续。一日为师，终身为父。

与此同时，迪伦也帮助金斯堡完成了他的转型，从"垮掉一代"的先知过渡到 60 年代末反文化前辈的化身——对这位诗人来说是一种新的名望。即便说迪伦并没敲开流行乐最广阔的市场之门，可他的观众之多也是任何传统类型的诗人都无法奢望的—— 那些比"躁动一代"年轻了整整 20 岁的"婴儿潮一代"，他们听着收音机里播放的《40 强》（Top 40）上榜歌曲，挤进芝加哥管弦乐厅或纽约卡内基音乐厅这样的地方，追星一样地观看迪伦的演出。在 1964 年和 1965 年的纽约演艺圈中，除了安迪·沃霍尔之外，没有哪个艺术家像迪伦那样精于打造自己的流行公众形象——至于金斯堡，他本身就是个了不起的自我推销者和诗友的推介者，与迪伦的交往成了这位美国年轻的大胡子诗人变身名人符号的催化剂之一。

这些并不意味着两个人之间的联系只是或主要是文化营销。金斯堡在 1964 年只写了几首短诗（其中一首抱怨了扰人的电话："铃声在黎明响起响彻所有下午在午夜响个不停，"打电话的人都是慕名而来），但在他 1965 年写布拉格的那首《五月之王》（Kral Majales）里，在这首写于飞往伦敦的意外之旅的诗中，他以迸发着生命活力的正义者的形象现身被推举为"五月之王"，即"青春性感的力量"。后来，金斯堡与迪伦认真地谈起未来的合作项目，其中可能包括要推出一张金斯堡念经的专辑。

在《威奇塔漩涡心经》的一个高潮段落，在越战宣告结束，但死亡人数和新的军事行动仍在广播中时有耳闻之际，金斯堡这样描写了广播电台如何贩卖新的承诺：

> 天使般的迪伦唱遍全国各地
> "当你所有的孩子都开始厌恶你
> 你不来看我吗，简女王（Queen Jane）？"

他年轻的声音令

无尽的黄草地欢畅起来

他的柔情穿越太空，

成了无线电波上轻声的祷告。

五年后，金斯堡终于与迪伦一起录制唱片，唱诵佛经、为威廉·79
布莱克的诗谱曲，二人还共同创作了至少一首歌。后来在他的余生
里，金斯堡一直将迪伦的作品［而不是他上溯到帕琴和雷克斯洛斯
（Kenneth Rexroth）——中文名王红公的"垮掉的一代"的爵士乐实验］
与他自己的念诵式诗歌相提并论，认为他们非常一致，形式上都使用
方言、俗语，都注重自我表达。

至于迪伦，他决心要与注重时事的左派民谣在艺术上决裂。1964
年6月9日，当他仅用了一个下午和晚上就录制好了《鲍勃·迪伦的
另一面》的时候，他告诉记者纳特·亨托夫："这张专辑里没有任何 80
指手画脚的歌……从现在开始，我要写出自己的内在……那些从我的
言谈举止中流露出来的东西。"再加上他重又迷恋起兰波来（这是几
个月前他对他的朋友们很肯定地这么说的），迪伦对"写出内在"的
执着——要去捕捉金斯堡近二十年前所说的那种"清醒的头脑，朦胧
而多样化的生活经验"—— 使他置身于"垮掉派"自发性波普爵士
乐诗学的圈中，甚至在他回归电吉他演奏之前就已经如此了。

迪伦的转型尽管迅速，却并非无可挑剔。拿《鲍勃·迪伦的另一
面》这张专辑来说——其创作于迪伦跨东西海岸巡演、与朋友们乘坐
一辆旅行大巴一路颠簸的过程中；当时正值与苏孜·罗托洛最终分手
后，跟着又是第一次英国巡演和穿越欧洲的旅行，终点是雅典城外的
一个村子——其间偶有诗性的神来之笔。［如〈D调民谣〉（Ballad in
Plain D）："以不易察觉的意识，我握紧了我拥有的/华丽的壁炉架，尽

管它的心在爆裂/。"〕但这张唱片并不是每首歌都很成功，特别是在金斯堡所谓的"把意象接合起来，正如它们在意念中接合起来那样"的实践上——这种实践来源于多方面的影响，从日本俳句和 T. S. 艾略特所谓的"意象的叠加"。〈嚎叫〉激发了"第三大道钢铁之梦的恐惧"〔1〕和"氢气点唱机上世界末日的雷声"；迪伦有关回望和前瞻的〈昨日书〉（My Back Pages）是一首强大的表现主义歌曲，提供了"传道者的遗骸"和"混沌之船"这样的意象。

不过，无论用什么标准衡量，《鲍勃·迪伦的另一面》都是一次艺术上的突破。它得自迪伦在伦敦梅菲尔酒店的那段时间，在记事本上涂涂抹抹，歌词就这样蹦蹦跳跳地跃然纸上，包括一些叙述和拼贴式的实验。在写下最后成为〈致拉莫纳〉（To Ramona）的歌词的背面，他尝试了一些即兴重复段，其中有些会在〈我会自由（第 10 号）〉（I Shall Be Free No. 10）中出现，也有些将被丢弃不用。〔后者包括两句分节歌，被分行隔开，左边的一句写的是让他的猴子在伐木工的木头上做一只狗，右边的一句写的是和英格玛·伯格曼（Ingmar Bergman）一起唱〈答案在风中飘〉，那种写法就像对仗句从一对耳机的不同声道里传来。〕专辑中比较简单的情歌和反情歌——唱给嘴唇干裂的拉莫纳，唱给西班牙语哈莱姆区算命的吉普赛人，唱那将他变成一夜情的不知名的垂涎的情人——在语言、叙事法和角色方面表现出来的创造力远远超过《自由驰骋的鲍勃·迪伦》中的任何作品。无论它有何不足，《鲍勃·迪伦的另一面》都包含了有关"残留的偏见"和思想地图等有趣的说法，还有那段令人难忘的"昔日我曾苍老，如今风华正茂"的合唱。

81

---

〔1〕 此句意指第三大道高架铁路，是曼哈顿地铁系统的一部分，1955 年 5 月被拆除。

特别是〈自由的钟声〉这首歌——是根据迪伦写在肯尼迪总统遇刺那一天的自由体诗行扩展而成，改写成了给世上的迷惘与被虐待者的一连串电闪雷鸣，一个接一个令人眼花缭乱的形象："雷电的洪钟"在"狂野的教堂之夜"盖过了微弱的教堂钟声，闪电、钟声、敲击声、钟声，伴随着"天空在赤裸裸的惊愕中绽裂开诗歌"。迪伦早就痴迷于从大自然的声影中挖掘音乐，例如他充满神秘主义的歌曲〈放下你疲惫的曲调〉（Lay Down Your Weary Tune，就像杰克·凯鲁亚克在他 1962 年出版的诗集《大苏尔》中将阵阵惊涛化为诗行一样）。但在〈自由的钟声〉里，强大的隐喻取代了微笑；声与影在闪电般的钟声里奇妙地汇合；一对患难夫妻蜷缩在教堂门口的单纯故事变成了一曲冰雹炸裂般的钟琴——同时又是一首悲天悯人的柔情歌曲，远远超出了非左即右、非黑即白的旧式政治。

一年后，迪伦将他从"垮掉派"那里的受益展现了出来。1965 年 3 月，哥伦比亚唱片发行了他对金斯堡颇多溢美之词的专辑《席卷而归》，同一个月里，凯鲁亚克出版了他描写"垮掉的一代"圈内经验的最后一部伟大小说《荒凉天使》。该书仍是"杜洛兹传奇"的一部分，描写发生在 1956 年和 1957 年的事件及其发展，包括金斯堡的《嚎叫》的问世、旧金山文艺复兴、凯鲁亚克对他的"垮掉派"朋友越来越不抱幻想、他带母亲从洛厄尔出发去加州，随后他陷入了贫困墨西哥的怪诞与神秘感中，于是那些"荒凉天使"，即他的"垮掉派"朋友们亦步其后尘。八月初，迪伦为他的第六张专辑《重返 61 号高速公路》录制了歌曲〈荒芜的小巷〉，还有他与凯鲁亚克的书信往来，连作品的标题都那么呼应，这一切都非常吻合，所以不可能是偶然的。

许多读者在凯鲁亚克的小说中找到不少被迪伦几乎原文照抄、写入歌词的句子——如凯鲁亚克描述诗人戴维·安吉利（David D'Angeli，原型为菲利普·拉曼蒂亚）"牧师般的完美形象"，或描述那些谴责热血沸腾的人是罪人的当局者：实际上"他们自己犯了毫无生命力之罪!"[1]〈荒芜小巷〉中的氛围让人想起凯鲁亚克笔下的墨西哥，那里充斥着廉价食品和无聊的玩乐（还有出卖色相的女子）的混合物，但又带着"某种阴郁的，甚至忧伤的黑暗"。在这首歌录制完成后，迪伦突然决定增加一段嘈嘈切切的美式墨西哥原声吉他，由纳什维尔来的伴奏者查理·麦考伊（Charlie McCoy）演奏，并且成了歌曲的主导音乐。后来，在一次新闻发布会上，当被问及"荒芜小巷"的所在时，迪伦说，"哦，在墨西哥的一个地方"。几十年后的 2002 年，当迪伦重新出现在纽波特民谣节上时，他和乐队以墨西哥边境曲风演唱了〈荒芜的小巷〉。

〈荒芜的小巷〉呈现出一堆碎片般的狂欢（评论家克里斯托弗·里克斯 Christopher Ricks 称之为"假面舞会"），是文明的碎片，是从艾略特的《荒原》到金斯堡的《嚎叫》的现代主义传统的碎片。好奇的听众得意地在字里行间挑出典故出处来，从开头第一句"他们叫卖着绞刑的明信片"。显然，有些人会说，这暗示着《荒原》的开头段落中出现的"倒吊人"塔罗牌；也有人会反驳说，根本不是这么回事，它指的是 1920 年发生在迪伦的出生地德卢斯的一件臭名昭著的私刑案，事发时他的父亲还是个小男孩，而有关那两个黑人被绞死的明信片确实曾以纪念品的形式出售。谁知道呢？歌中反复出现的溺水和大海——涉及"泰坦尼克号"、莎士比亚笔下的奥菲利娅、尼禄的

---

[1] 读者还留意到，《荒凉天使》中提到的"安居工程山"（Housing Project Hill），也出现在《重返 61 号高速公路》专辑中的〈就像拇指汤姆的蓝调〉（Just Like Tom Thumb's Blues）这首歌中，歌的开头是忆起一个复活节的雨夜，迷失在墨西哥边境城市华瑞兹（Juarez）。乐评家比尔·弗拉纳根写到，大约在 2001 年，小说家罗伯特·斯通（斯通与"垮掉派"传奇作家尼尔·卡萨迪等人很熟）曾经跟他谈起卡萨迪流亡到墨西哥的事，并声称对彼时彼景的记载，没有比〈就像拇指汤姆的蓝调〉这首歌更为生动的了。

海神、诺亚方舟及大彩虹——几乎可以肯定与《荒原》中的水边叫魂相呼应。但与此同时，《荒芜的小巷》还明显受"垮掉派"影响，是对斯坦贝克的《罐头厂街》的推陈出新，从中足以分辨出一些角色是来自《圣经》、莎士比亚、民间故事、马戏团、维克多·雨果，多数都命中自有定数。歌中还有阿尔伯特·爱因斯坦，打扮成行走江湖的绿林好汉，嗅探着排水管，背诵着字母表——奇怪的景象和声音，但一切又真真切切，一切都是自己的象征，被歌手和他的女人尽收眼底，从荒芜巷的深处超脱出来。

在奇异怪诞之间，歌中嘲笑了正统观念及各种忠诚——对宗教信仰、性、科学、浪漫、政治、医药、金钱的忠诚——这些都是被歌者排斥的。最不带神秘感的歌词（虽然还是够神秘的）出现在倒数第二节。大难临头的泰坦尼克号（Titanic）上乱作一团，大家都不知所措；他们转而高唱起了一首年代久远的左翼民歌（被"纺织工"乐队传唱一时）聊以慰藉：〈你站在哪一边?〉。艾略特和以斯拉·庞德（分别是《荒原》的作者和编者）竭力争夺这艘船的指挥权；但善歌的海中女神则视这一切为笑话；在梦幻般的海洋下面，可爱的美人鱼游动的地方，（淳朴的）渔民握着（淳朴的）花朵，荒芜小巷之类的想法是不必要的。无论头脑简单的政治，还是现代主义的高雅艺术，都无法挽救这艘轮船触礁下沉的命运。

*

1985 年，我为《村声》杂志写了一篇书评，评论弗雷德·麦克达拉的书《凯鲁亚克及其朋友们》，这是一本有关"垮掉派"的图片与文章的选集。书中提到，在"垮掉的一代"何时以及为什么消失了这个问题上，作家和评论家们存在哪些分歧。书评发表不久之后，我从未谋面也无缘谋面的阿罗诺维茨就打来电话告诉我，"垮掉的一代"死在他在我叔叔的公寓里将金斯堡介绍给迪伦的那一刻。尽管有点夸大其词，但阿罗诺维茨的说法还是有点道理的——也可以说是在迪伦录制〈荒芜的小巷〉的那一刻，他就已经摆脱了民谣复兴运动的局限，对"垮掉派"的文学实践和感受力大彻大悟，并将其吸收到了他的电子音乐中来。从那时起，他便完成了（按金斯堡自己的说法）艾兹拉·庞德曾经预见的那种将诗与歌兼收并蓄的现代主义的未来。在此之后，就轮到金斯堡向迪伦寻求艺术启蒙，并将他的长长的诗句变为歌词，有时甚至——就像他在 1975 年的"滚雷巡演"期间一样——心甘情愿地成为他起初担心成为的迪伦饰物。1970 年代初，金斯堡说服迪伦一起做了些录音棚里的合作，其中最棒的是〈杰瑟路上的九月〉（September on Jessore Road），这部作品直到 1994 年即金斯堡去世前几年才面世。终于，金斯堡部分地实现了 1980 年代的一个朋克摇滚音乐家所说的他"想要成为摇滚明星"的强烈愿望，与"撞击"乐队（Clash）的乔·史楚默（Joe Strummer）及保罗·麦卡特尼（Paul Mc-Cartney）等人合作了一把。[1]

而转变发生在阿罗诺维茨所说的那个时刻——1963 年 12 月下旬——及 18 个月以后〈荒芜的小巷〉录制期间的某个时候。在 1964 年 6 月制作专辑《鲍勃·迪伦的另一面》的那天，迪伦还录制了新歌〈铃鼓先生〉，但他明智地决定，这首歌太重要了，不该收进这张一气呵成的专辑中。7 月下旬，他在纽波特民谣节上两度演唱这首歌，获得了热烈的掌声和欢呼声。仲秋时节，他又写了两首歌，一首唱的是

──────────

〔1〕 1996 年 2 月 12 日，在普林斯顿大学的读诗会上，金斯堡将当时刚好在城里的电影导演古斯·凡·桑（Gus Van Sant）邀请来，上台弹奏了一曲吉他；凡·桑认真地陪同金斯堡朗诵/演出了《骷髅民谣》，即金斯堡最后与麦卡特尼一起录制的作品。

捡面包屑之原罪，另一首唱戴着手铐倒立行走，以此完成了他的转型。他一路在费城、普林斯顿、底特律和波士顿试唱新歌。然后，在纽约爱乐厅的万圣节之夜演唱会上，他对着包括艾伦·金斯堡（他是带着格雷戈里·科索一起来的）在内的观众——碰巧也包括本书作者——将这些歌全都唱了出来。

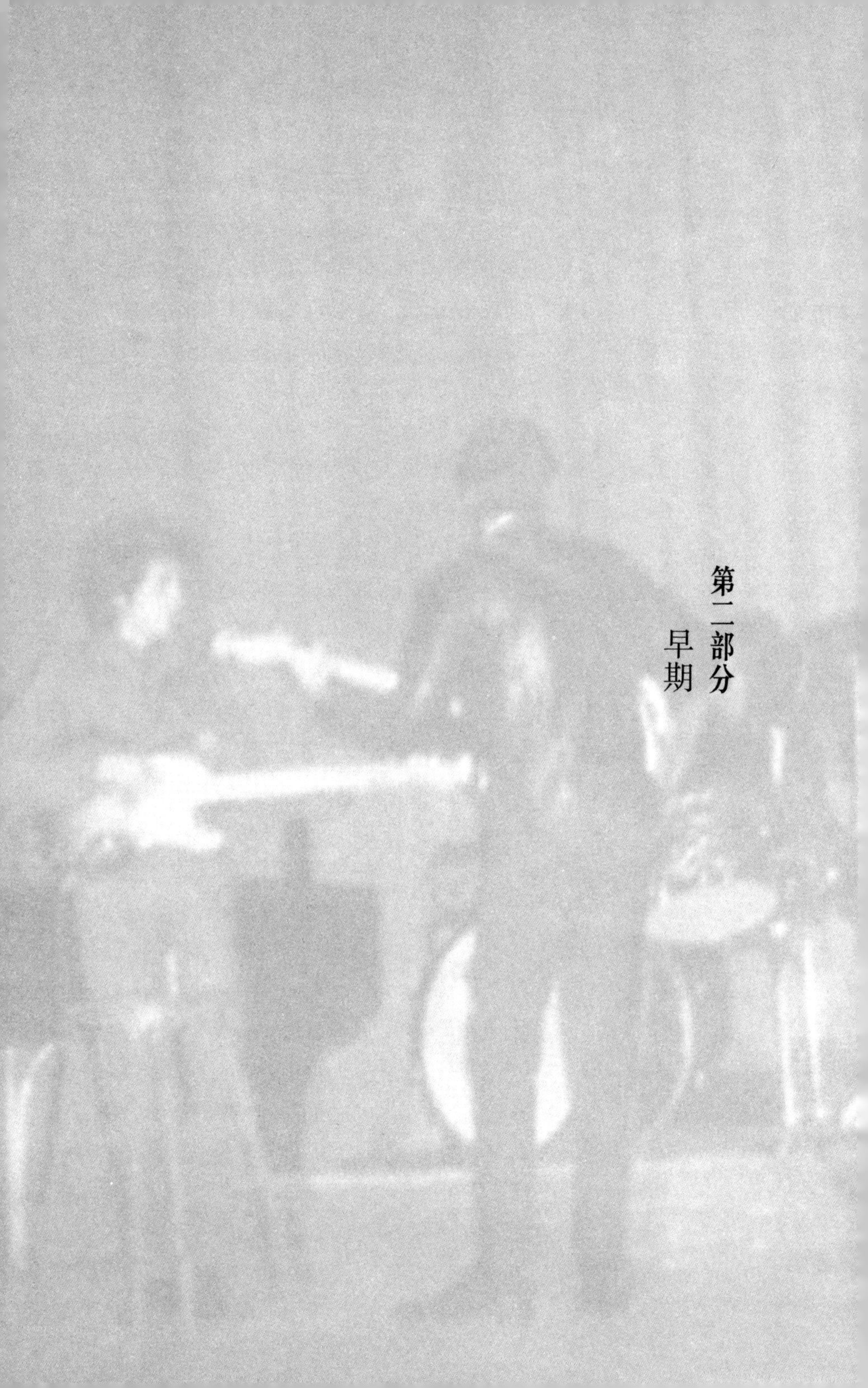

第二部分 早期

第三章

正午的黑暗

纽约爱乐厅演唱会，1964 年 10 月 31 日

1964 年的万圣节夜晚，23 岁的鲍勃·迪伦在纽约的爱乐厅受到 87
歌迷的疯狂追捧。他轻松愉快，兴致勃勃唱了 17 首歌，其中 3 首是与
他的嘉宾琼·贝兹一起唱的，还有一首是应观众要求加唱的。多数歌
曲虽推出不到两年，却早被歌迷烂熟于心，在场的观众似乎知道每一
句歌词。其余几首是全新的，听起来有些令人费解。就像他对待以前
的作品一样，迪伦在这些新作品上倾注了全部心血，只不过这次先以
一场恶作剧式的解嘲作为转折。

"这首歌叫做'渎神的，渎神的 D 小调摇篮曲'，"他在初次公开
演唱〈伊甸之门〉之前这样宣布。

他是万人瞩目的嬉皮，穿着当时嬉皮士依然穿的熨平的长裤和浅
棕色麂皮绒靴子（我记忆中他那天晚上的行头）。然而，潮流风尚就
在台上瞬息变换。迪伦已经站到了前面，远远走在了现场那些最灵通
的纽约客的前面，并且正在唱出他的发现。这场演出部分地是对过去
创作的总结，部分地是对一场爆发的呼唤，那是我们当中任何人——
甚至包括他自己——都还没有准备好的。

*

　　音乐会前的几个星期，时代似乎正变得越来越脱节。约翰·肯尼迪遇害刚过去不到一年，它留下的创伤几乎仍没有稍减。那个夏天，密西西比州年轻的民权工作者詹姆斯·钱尼（James Chaney）、安德鲁·古德曼（Andrew Goodman）和迈克尔·舒维纳（Michael Schwerner）的失踪，以及他们遭到虐杀后的尸体的发现，令人们的心头又添新伤。1964 年 7 月，林登·约翰逊总统设法在国会上力推民权法案；到了初秋，似乎他有望在即将到来的大选中击败极端保守派的巴里·戈德沃特（Barry Goldwater），并将开辟新的"新政"。但在 8 月份，约翰逊收到了国会的空白支票，要将美国在越南的军事冲突升级。10 月中旬的同一天，苏联领导人尼基塔·赫鲁晓夫（Nikita Krushchev）被推翻。原本充满希望的十年阶段开始急转直下，对于美国来说，一个比过去更可怕的阶段正若隐若现。

　　时代扑朔迷离、瞬息万变，迪伦的风格及其艺术也随之变化莫测。早在 1963 年夏天，他就在为"纽波特民谣节"写的一首散文诗《致戴夫·格罗弗》（For Dave Glover）中，对功成名就的民谣界发出警示。他强调，尽管他对旧时的民歌及其传统充满敬意，但为了自己及自己的朋友们，他要随心所欲地谱写新的歌曲。1964 年 1 月，他致信《小字报》（*Broadside*）杂志，抱怨说随着名声鹊起，自己的压力和负疚感也日渐沉重。随后，出人意料地，约翰尼·卡什的一封来信刊登在《小字报》上，信中称赞迪伦为"抒情的吟游诗人"，并命令世界"闭嘴！……让他唱"。但针对迪伦而来的闲言碎语其实还在后面。7 月末，在《鲍勃·迪伦的另一面》发行两个星期后，他在纽波特民谣节上演唱了包括〈自由的钟声〉在内的几首新歌，极大地动摇了民谣音乐旧有的江湖秩序。在《唱出来!》杂志上，欧文·西尔伯发表了

《致鲍勃·迪伦的公开信》，嘲笑迪伦的"新歌似乎全部是内向型的，内在的探索，强烈的自我意识——有时甚至可能显得自怜或残酷"。西尔伯知道，并非只有自己一个人有这种不安的反应，他以左派常有的含糊和威胁的口吻，警告迪伦不要变成"我们不认识的另一个鲍勃·迪伦"。（迪伦的回应是让他的经理阿尔伯特·格罗斯曼通知《唱出来!》，他不会再把自己的歌拿给这家杂志发表了。）

西尔伯有所不知的是，迪伦并不是简单地变了；他还听起了披头士。连那些追捧迪伦的歌迷也同样蒙在鼓里，对于他们来说，不论迪 90 伦唱什么，都改变不了"他是伟大的民谣歌星"这件事。在纽波特，迪伦几乎心无旁骛，只唱新歌，其中包括他在一天下午的研讨会上推出的《铃鼓先生》——现场的反应非常热烈。在被《40 强》的音乐节目主持人惊呼为"英式摇滚（以披头士为首）来袭"的时候，迪伦仍依然故我地站在舞台上，只凭一把木吉他和夹具式口琴唱着、弹着、吹着。当他不是孤身一人的时候，他就在纽波特及其他地方与琼·贝兹一起演出。而贝兹的伴唱和支持，消除了旁人对迪伦新歌正当地位的任何质疑。正如西尔伯指控的那样，迪伦的政治倾向其实也并没有消失，只不过不再那么说教，变得更有趣了，像《鲍勃·迪伦的另一面》中那首搞笑的冒险故事〈摩托狂人的噩梦〉（Motorpsycho Nitemare）就是例证。迪伦唱的歌总是带有强烈的个人色彩。他那些最强大的政治题材中往往涉及鲜活的人物故事，如〈哈蒂·卡洛的寂寞之死〉（The Lonesome Death of Hattie Carroll），而在 1963 年末和 1964 年的迷失中，谁又能说内省是件不合时宜的事？

披头士确实刺激，和弦奇妙，和声悦耳，但〈她爱你〉怎么能与〈自由的钟声〉那些长句纷呈的意象相比？除了迪伦，还能有谁那么有脑，那么有感，能够挥洒自如地通过他的歌曲让人联想到费里尼（Fellini）的电影和卡修斯·克莱（Cassius Clay）？对于他的粉丝来说——

我把自己也算上，那个当时以自我为中心的害羞的 13 岁孩子——他或许一直在变，但我们不也同样如此吗。我们眼下听到和看到的鲍勃·迪伦，似乎和我们熟悉的鲍勃·迪伦基本上还是一样，只是更好罢了。

*

迪伦的经理人能在万圣节之夜订下爱乐厅，让这位明星举行这里年度最大规模的一场演出，这证明了他的魅力和日渐提高的地位。当时的爱乐厅刚落成两年［现名艾弗里·费雪厅（Avery Fisher Hall）］，是市郊建筑大师罗伯特·摩西（Robert Moses）的新作品——林肯表演艺术中心——的首例展示，是曼哈顿甚至是全国最负盛名的会堂，有着皇家般的富丽堂皇，但声效却不佳。在他的第一张专辑发行后的短短两年内，迪伦自纽约的表演场所逐步升级，从市政厅到卡内基音乐厅，如今更是登堂入室，进入了伦纳德·伯恩斯坦以及纽约爱乐乐团的璀璨新巢。当满怀期待的观众从六十六街那条镶嵌着老式瓷砖的地铁站走出来，然后挤进巨穴似的金碧辉煌的剧场时，他们在那些上城区的人（以及带位员）眼中一定像是一大波古怪的"躁动狂"（Beatnik）、民权分子、反核武的青年。

似乎是为了让我们知道自己置身何处，演出开场时，有个人出现在台上，告诫我们，厅内不可摄影或吸烟。随后，就像伯恩斯坦大步走向他的指挥台那样，迪伦走出了侧翼，没有报幕的必要，骤然响起的掌声已宣告了他是谁。像往常那样，他以一首〈时代在变〉开始了这场演出。于是，我们这些怯生生、敏感而又敏锐的听众们逐渐安静下来，沉浸到迪伦的演唱中，像以往一样，浑然忘记自己置身什么豪华的环境。

两个小时之后，我们离场，往地铁站方向折返，内心激动不已，意犹未尽，对自认得到的某种启蒙坚定不移，但又困惑于那些陌生的新歌中的个别词句。那个奇怪的 D 小调摇篮曲是怎么回事？天知道什么是"香水的海鸥"？（也许他唱的是"宵禁的海鸥"？）迪伦是否真的根据阿瑟·库斯勒（Arthur Koestler）的《正午的黑暗》写了那首民谣？很棒的旋律，但把玩"黑暗"却不大吉利，有点过劲了。但这一切都进行得如此之快，令人一时难以消化。它变成了一场迪伦秀，跟我们 ₉₂ 以往听过或听说过的全都不一样。在那天的节目单上，有一首迪伦最新的散文诗《给杰拉尔各种生日的建议》，文中警示说，如果一个人越过了线，人们就会"感觉到/有事发生/但不知何事。报复/就会出现"。此文以一连串的告诫结束，有的严肃些，有的搞笑些，还有些达达主义风格的："小心浴室的墙/那些没写上字的墙。当告诉你/让你看自己/……你不要看，当问起你/问你的真名实姓……一定别说出来。"迪伦棋先一招，把握住时代的情绪、思想，甚至是有一天会出现在〈瘦子之歌〉（Ballad of a Thin Man）和〈地下乡愁蓝调〉中的句子。

*

幸得一卷在 40 年后制作成光碟完整面世的精彩的录音带，我们才可能重温那天晚上发生的事情——不仅仅是重温迪伦唱的歌，还在于重温他说的话，和他与现场观众之间的那种默契。

那场演出分为两部分，中间有个 15 分钟间歇。上半场是创新以及回顾。有趣的是，有两首最尖锐的政治性旧歌是从未录制过的，但听众们还是听过，或至少听说过，并且给予了热情的回应。

早在 1963 年 5 月，迪伦就已经是艾德·萨利文（Ed Sullivan）主持的周末电视综艺节目的座上宾，猫王埃维斯·普雷斯利（Elvis Presley）

七年前曾在这个节目上做过三次突破性的亮相，并在最后一次亮相时同意了主办方的安排，在镜头上只展露腰部以上部分。城中的爱尔兰传统民谣组合"克兰西兄弟"（Clancy Brothers）和汤米·马克姆（Tommy Makem）也两度在沙利文的节目中出镜，知名度因此而暴涨。（他们比迪伦早一年进入爱乐厅演出。）"舞台灯光"乐队（The Limelighters）、莱特曼（Lettermen）、"贝拉方民谣歌手"（Belafonte Folk Singers）及其他主流民谣表演也上过艾德·萨利文的节目；不久前的1963年3月，沙利文刚请过流行的"查德·米切尔三重奏"（Chad Mitchell Trio）乐队做嘉宾。对于迪伦这样一个尖锐的时事话题歌手，能上艾德·沙利文的节目意味着巨大的曝光机会，而他选唱的歌是讽刺意味的〈谈谈约翰·伯奇协会蓝调〉（Talkin' John Birch Society Blues）。

（年纪太轻的读者或许不记得约翰·伯奇协会：这个组织目前仍然存在，是个臭名昭著的强硬右派政治团体。在他们眼中，共产党的阴谋无处不在。"查德·米切尔三重奏"1962年唱过一首名叫〈约翰·伯奇协会〉的歌以示嘲讽，曾经走红过一阵。）

在即将出镜之前，CBS广播公司的一名主管听到迪伦在排练这首歌，就开始打起退堂鼓来。在沙利文的坚持下，这位主管要求他换一首不那么有争议的。跟猫王普雷斯利不同的是，迪伦不接受这种审查，为此他拒绝了出镜的机会。迪伦扬长而去的传闻为他在老少一众粉丝心目中的声誉增添了亮色。我们鲜有知道的是，这首歌与另外三首一起，在原版的迪伦第二张专辑《自由驰骋的鲍勃·迪伦》中也被删除了。

迪伦将被禁的这首歌带到了1964年万圣节的演唱会上。它无需介绍，因为它的第一句就亮明了自己"背负恶名"的身份，但迪伦想就此表个态，所以他还是介绍了几句，语气中带着挑衅和幽默，一如〈谈谈约翰·伯奇协会蓝调〉这个歌名，似乎将那些畏缩的主流媒体以及右翼极端分子、那些为参议员戈德沃特叫嚣的人一网打尽。对于我们这些现场听众来说，那是一个如醉如痴的时刻，听到了 CBS 禁止这个国家听到的歌，同时也为我们自己的政治公义感而激动不已。它还维持了迪伦（以及同源的我们）与 1950 年代（围绕左翼黑名单）的左翼道德拟剧理论之间的联系。在现实剧情中，某些关键人物在那份左翼黑名单上存在了很长时间，甚至在参议员约瑟夫·麦卡锡颜面扫地黯然下台之后，它还仍然持续存在。"有一种震惊从脚底直冲我的大脑/那些赤色分子干了一票，在民谣合唱会上，"迪伦唱道——这是给美国广播公司的电视节目主管的一记嘲讽的耳光（因为他们仍继续禁止皮特·西格出现在他们每周的节目中，而他们的节目明明利用了民谣歌手的人气），同时也是对琼·贝兹、杰克·埃利奥特等歌手杯葛抗议该节目的行动的支持。

〈谁杀了戴维·摩尔?〉是另一首年代久远的政治歌曲，唱的是一个年轻的轻量级拳击手之死，这位主人公在 1963 年的一场争霸赛中输给了苏格·拉莫斯（Sugar Ramos），陷入昏迷而死。这起事件引发了是否该在美国禁止拳击的公众辩论。它还激发政治歌曲作者（也是迪伦的对手）菲尔·奥奇斯（Phil Ochs）写了一首叙事歌曲，细腻地描写了雨点般的拳头、擂台上挥洒的汗水和"追逐金钱的秃鹰"以及场外嗜血的粉丝。相对来说，迪伦对这一事件的音乐处理则既简单又复杂——说简单，是因为他只是对老歌〈谁杀了知更鸟〉的主旋律进行了改写；说复杂，是因为他指出了许多该对摩尔之死负责的人，并引述了他们整脚的借口。

在这场音乐会的录音带上，观众即时的积极反响胜过千言万语。迪伦刚一开口唱"谁杀了……"，叫好声就开始了。尽管此前迪伦还没有发行过这首歌，但他一直在音乐会上演唱，最早是 1963 年 4 月在市政厅的演出中，也就是戴维·摩尔去世还不到三个星期的时候。那时候的民谣歌手，至少这一位，竟能让一首没有灌成唱片更没广播过的歌曲广泛传播开来。

录音带上还能听到另一处对"戴维·摩尔"那首歌的强烈回应，就是当迪伦唱到菲德尔·卡斯特罗（Fidel Castro）的古巴不再允许拳击活动时，观众中响起了零散但又坚定的掌声。或许是在场观众当中那些《唱出来！》杂志的铁杆粉瞬间——如果只是瞬间——感到释然并受到了鼓舞。[1] 可以肯定现场有不少更年轻的观众，红二代们（red-diaper babies）及其他政治背景的人们，他们还是想把迪伦当作革命的民谣歌手。

然而，迪伦不会被定型为任何东西，甚至他对"戴维·摩尔"的渲染也是牵引向其他方向的。"这是关于一个拳击手的歌，"他在开唱之前说。"它与拳击无关，它只与一个拳击手有关，真的。还有，嗯，甚至与这个拳击手也没有任何关系，真的。它跟什么都没什么关系。但我把这些句子都放在一起，就是这样。"这种有失恭敬的介绍削弱了庄严感，尽管有些人想要并且预期甚至要求一份庄严感。（观众中的其他人则不是这样，并且通过对歌手的即兴起哄调侃表明了这一点。）迪伦介绍了一半时发出的笑声甚至听起来醉了。他是不是酒喝多了——我们都从这个或那个杂志上读到过迪伦喝波若莱红酒——甚至更酷的某些东西——的八卦（那是 1964 年，我们很多人都年纪不大）。迪伦抽大麻了吗？（直到很久以后才传出，他已经从勃艮第葡萄酒移情到了比大麻更厉害的东西上，包括据说他早在四月份就第一次

---

〔1〕 他们应该是非常释然的，因为他们已经听过〈我会自由（第 10 号）〉，那是《鲍勃·迪伦的另一面》中的一首歌，尽管迪伦没有在演唱会上演唱。歌中包括以下歌词："现在，我很解放，但在某种程度上／我想要每个人都自由／但如果你认为我会让巴里·戈德沃特／搬到隔壁，娶了我女儿／你一定认为我疯了吧！／我不会让他这么做，哪怕把古巴所有农场都给我。"

尝试了 LSD 致幻剂。）也许他就是以不同的方式买醉，在音乐厅里面对热情的人群，怀着在林肯中心亮相的喜悦，脑子里一阵晕眩。无论如何，他醇厚的，有时更兼快乐的心情，是具有感染力的，这与说教没有任何关系。

然而，它确实与性有关。观众中还没有人听到过〈你若要走，现在就走〉（If You Gotta Go, Go Now）这首歌，那是个狡黠的、对自己非常了解、说一不二的人嬉戏的独白，勾引着每个人进入陷阱。这首歌作于〈伊甸之门〉之后，有点漫画式的放松，但是嬉皮漫画的那种。在歌中，歌者非常清楚地知道，他的情感对象不是处女。随意的性不再是禁忌；围绕这一部分生活的压抑已经解除了。但是，猫王用他的肉体和歌声所做的那些，迪伦是用自己的文字去做——腼腆、交谈式的、搞笑的，满足年轻人对放纵欢愉（是讨人喜欢的那种放纵）的心照不宣，但又带着戏谑的、温和的劝服。

有时候，听众对迪伦的歌词比他自己记得还熟。在上半场的演唱快结束时，迪伦弹着吉他，但完全忘记了下一首歌开头的句子。好像他仍在格林威治村的煤气灯咖啡馆，或是置身纽波特音乐节的工作坊，而不是在严肃的爱乐厅表演一样，迪伦要观众们给他提提词，观众还真的照做。从录音带上听来，有两个声音，毫无疑问的纽约人的口音，盖过了其他人的声音，其中一个快速地跟随着另一个提示道："我不明白⋯⋯"这首歌叫〈我不相信你〉（I Don't Believe You），刚推出不过三个月，出现在《鲍勃·迪伦的另一面》这张专辑中，但他的粉丝们对它的清楚程度，已经不亚于〈漂亮的佩吉-O〉，甚至对多数听众来说可能比〈漂亮的佩吉-O〉还更熟悉。迪伦，这位把握时机的大师，一个节拍也没有错过，立即放声唱起来，天衣无缝地唱完一曲。

逗趣之余，迪伦介绍了他新的杰作〈伊甸之门〉和〈没事的，妈

96

第三章　正午的黑暗 | 107

妈〉，他称后者为〈没事的，妈妈，这是生活，只是生活〉；他演唱了〈铃鼓先生〉，是在纽约的首次演唱。这些歌曲在后来的几十年时间里成了如此具有标志性的作品，歌中那些变幻的形象成为一代人潜意识的一部分，很难再回想起第一次和在音乐会上听到时是什么样的。迪伦知道它们是特别的，知道第一次唱时它们会从听众的头顶飘过，他甚至在台上为此而调侃。（在录音带上，当迪伦宣布〈没事的，妈妈〉时，观众席发出零星的笑声，好像这歌名是临时加上去的；他一边开始吹口琴一边说："是的，这首歌非常好笑。"）在他演唱时，观众鸦雀无声，先是努力分辨所有歌词，但最终还是被歌词和迪伦的演唱带来的冲击力击倒了，即使他出了点差错也忽略不计。直到又过了五个月，当这些歌曲出现在新专辑《席卷而归》中，我们才有机会好好品味——即使如此，也还是要反复听很多遍，才能把握一点歌词的内涵。当时在现场，这些歌听起来就是深奥的诗，有时是史诗般的叙事，再次证明鲍勃·迪伦正在引领我们进入一个新的地方，确切是哪儿尚未可知，但仍然充满诱惑。

*

97   迪伦对〈铃鼓先生〉不做一句介绍，尽管这首歌还没录制过。（次年四月，迪伦演唱的版本终于出现在专辑《席卷而归》中，两星期之后，飞鸟乐队掐头去尾地演唱了这首歌的摇滚版，并成为《告示牌》单曲排行榜上的冠军。）但还是有足够多的听众在纽波特或此前的某场演唱会上已经听过这首歌，所以他刚唱了一个开头，便爆发出热烈的掌声。至于我们其他这些没听过的人，就兀自坐在那儿琢磨着那些关于疲倦与一丝不挂的歌词，怎么会配以如此轻松愉快的舞蹈般的旋律。

原来这是迪伦再次唱给他的缪斯的一首歌。在他最早的作品之一〈嘿，嘿，伍迪·格斯里，我给你写了一首歌〉中就曾这样歌唱，但现在他是唱给一个抽象的人物——"嘿！铃鼓先生"——并希望对方唱一首歌给他。迪伦后来曾指名道姓，说他这首歌的灵感来源是布鲁斯·朗霍恩（Bruce Langhorne）敲的一个超大号的土耳其铃鼓。但没有任何人——无论是朗霍恩还是谁——像格斯里那样，长久地给迪伦以灵感。他疲惫不堪，手不能握，却毫无睡意；没有什么专门要去的地方，他就跟随着歌曲中的人物去了"魔术般旋转的船"，去到那充满灵感的起风的沙滩，那疯狂的悲伤所不能及的地方。

　　像迪伦的所有作品一样，〈铃鼓先生〉里包含了从这里或那里收集来的零星残片。迪伦自己曾对采访者提到费德里科·费里尼（Federico Fellini）的电影《道路》（La Strada），影片中，无辜的、年轻活泼的女子落在一名残酷的、浑身蛮力的江湖艺人手中；多年以后，那个野蛮的家伙孤单一人，得知女子已经死了，电影以那个悔恨交加的家伙在沙滩上不能自持地哭出来作结。[1] 狂热的迪伦歌迷找出了其中一些歌词的出处，包括歌中出现的"铃声叮当"（jingle jangle）这个词，据查是出自英国滑稽剧艺人洛德·巴克利（Lord Buckley）录制的一个节目，据知迪伦也很喜欢这个人的节目。不过，归根结底，这首歌并不是直接译自任何人的作品；它就是如它所讲述的——一个艺术家，智穷技尽，寻找稍作喘息的片刻安宁，哪怕只是一夜，于是他向一个朦胧的音乐之魂请求，请他演奏一曲能令自己追随而去的歌。

　　另外两首新歌则显示出，他的缪斯把他带到了何处，并且显得更为模糊。歌名〈没事的，妈妈〉令人想起了亚瑟"大男孩"克鲁德普 99

――――――――――――

　　〔1〕 或者，这里暗示的是特吕弗（François Truffaut）导演的电影《四百击》（Les quatre cents coups）里最后定格在海滩上的著名场景。

（Arthur "Big Boy" Crudup）的那首〈那没什么，妈妈〉，那是埃维斯·普雷斯利在孟菲斯录制过的第一批歌曲之一——但这些出处在当时对我来说并不那么显而易见，可能对不少人来说也是如此。非但如此，这歌名还引起了现场观众的一阵哄笑，迪伦于是也打趣地说这首歌的确好笑；然后他开始弹拨降 D 小调的琴弦，以阴郁的音调预示某种黑暗和险恶事物的降临。歌曲一开头就带出了库斯勒描写愚蠢和残酷性的小说名字，但改了一下，使得黑暗不只是简单地于正午降临，而且是在破午的时分。破午时分？一天的开端是在破晓的一刻，而在金斯堡的《嚎叫》中，厄运也是在氢气点唱机上这样绽裂。可中午没有黑暗与光明之间的那种"破"——但现在就有了，这使得正午的黑暗听起来更加恐怖。

　　这首歌与库斯勒的那本书似乎并没有任何关系，而开头的那几句"手工刀片"和"傻瓜的金牌喉舌"令人很难理解，这首歌到底与什么有关。但是，一些令人瞠目的意象和表达，再次说明了迪伦从民谣复兴运动中的出逃，却令听众们为之拍案："他不忙于生/而是忙着死"、"别人什么也不恨/除了仇恨本身。"有一句尤其引人注目，说即便美国总统有时也会一丝不挂地站着。继越战、水门事件及随后漫长的里根时代之后，这一句成了充满预见性、带着反专制的醉翁之意的欢呼，经常在演唱会的观众席中响起。但 1964 年那阵还没有人为此欢呼——没有人知道这是即将到来的事——而这句歌词又实在令人困惑，因为我们假设的是，在即将到来的总统大选中，胜出者会是个好人。这首歌的其余部分描绘了美国生活中不诚实、亵渎和虚伪的行为，其表达方式更像艾伦·金斯堡的《嚎叫》，而不是有史以来的各种民谣。催眠是现代的广告，虚假的道德一边对做爱加以限制，一边却拜倒在金钱脚下，社会的激烈竞争将人们扭曲得萎缩而又服从：迪伦为金斯堡笔下的火神摩洛克（Moloch）写了一首歌，揭露了人类的腐败和令最优秀的心灵陷入疯狂的自我欺骗。那尚存的希望之声来自一个独立的个体，是对着另一个体的诉说——但话音颤抖、遥远、模糊，在寻求着人以及人道的关系，但它们对着的是一个熟睡的人。颠覆性的歌手能被这个社会容忍，只因为他把他真正危险的思想——梦想包裹了起来。否则，他可能会保不住他的脑袋。

〈伊甸之门〉把我们最大限度地带入了想象的境界，其深其远已经超越了逻辑和理性。像〈没事的，妈妈〉这首歌，在第一句歌词中 100 提到了一本书，但这首歌更能引人联想到的是威廉·布莱克（也许还有布莱克的门徒金斯堡）的诗，而不是托尔斯泰的《战争与和平》，宣扬着存在于超现实的意象中的真理。

在几乎无法参透的第一段之后，这首歌所处理的主题逐渐令听众感到熟悉。在《创世记》中，伊甸园是亚当和夏娃直接与神交流的天堂。在〈伊甸之门〉这首歌里，伊甸园也是去除了魅惑幻象的真理之所在。而这首歌基本上是一个列表，一段接一段，罗列出迪伦从 1960 年代中期开始不断唱出来的腐蚀性幻象：关于对权威的服从；关于虚假的宗教和偶像（"乌托邦隐士僧侣"骑在金牛犊上）；关于财产和欲望；关于性压抑和屈从（体现在"穿灰色法兰绒的矮人"身上），关于高调的智识主义（intellectualism）。在〈伊甸之门〉中，所有这些都无足轻重甚至并不存在。

发牢骚的人出现在最后一节，歌者谈到他的情人讲述的梦境，但并没试图作任何解释——而有时，歌者认为唯一的真相是伊甸园的门外没有真相。这是一个熟悉的双重否定难题：如果没有真相，那这个说法不也并非真相吗？（就像克里特人说"所有克里特人都是骗子"。）是什么使那个真理如此特别？但重点是，正如歌中的情人所知道的那样，在天堂之外，解释是徒劳的。不要试图弄清楚这首歌，或任何艺术作品中，其"真正"的意味为何；意味就在意象本身上；试图定义它就是对人类逻辑能抵达真理的错觉。迪伦的歌这样告诉了我们。在距林肯中心所在百老汇区 2.5 英里的哥伦比亚大学，他以他的歌词掂量着"新视野"的开始——那发生在 1940 年代中期的事物。除了迪伦，艾伦·金斯堡和格雷戈里·科索可能是那晚爱乐厅里唯一听懂了的人。

*

我不大记得幕间休息时的事了，只记得有不少吸烟客急匆匆地奔向出口，想过 15 分钟的烟瘾。（我还不到吸烟的年龄，又是坐在顶层，所以没起身到楼下去。）当晚的下半场将我们带回了熟悉的领域：
102 《自由驰骋的鲍勃·迪伦》和《时代在变》中的歌曲，包括已证明是迪伦最不朽的民谣之一的〈哈蒂·卡洛的寂寞之死〉，这首歌充满克制的愤怒，写得非常熟练，生命力比同时代几乎所有其他控诉性歌曲都持久。接下来迪伦与琼·贝兹一起唱了三首歌。[贝兹还另外唱了〈银匕首〉（Silver Dagger），由迪伦口琴伴奏。]迪伦和贝兹这对民谣运动之王以及女王，众所周知的一对恋人，已经断断续续一起演出了一年多。贝兹在她的几场演唱会中都将迪伦带上了台，其中包括八月份在森林山（Forest Hills）的那场，现在迪伦做出了报答。他们歌唱欲望——被拒绝的和得到伸张的欲望，歌唱美国的历史，他们的和声有时显得参差，但他们之间那种圆润自如的放松的心情，令明星的光芒有增无减。

有关迪伦和贝兹这些年的关系，各种议论已经很多，其中有些说法对他们其中一个或另一个甚至两个人都颇为不敬。就像肯尼迪时代所谓的"卡米洛（Camelot）王朝"会被人戳穿一样，我们围绕着鲍勃·迪伦和琼·贝兹而构筑的魔幻王国也终将崩溃。然而，人们几乎遗忘了他们演唱合作的丰硕成果——但在爱乐厅的录音带上还是能捕获到，尽管那天晚上气氛轻松、场内嘈杂。在台上，琼和那个天才大男孩站在一起时，似乎她总是热忱、仰慕的那一个，甚至更有过之；而鲍勃在两首歌演唱的间隔中，会间或轻微地嘲弄一下这份诚挚之情。但是，一旦开口唱起来，他们就是天造地设——他们和声的声线为旋律增添了深度，他们的声音里表现出因彼此的陪伴而拥有的纯粹乐趣。

听着爱乐厅的录音带，我最喜欢的二重唱是当时尚未录制发行的那首〈妈妈，你一直在我心里〉（Mama, You Been on My Mind）。贝兹唱的是"爸爸"而不是"妈妈"。然后，在其中一个简短的乐器伴奏过程中，她插入了哼唱声"shooka-shooka-shooka, shooka-shooka"——没人会料到民谣女王这样唱，它更像是流行乐或摇滚乐，甚至节奏蓝调，而不是民谣。我们的琼也在听披头士吗？我不记得当时听说过这些，但现在听来就好像又一个隐隐的预兆，预示着将要发生的事情。

迪伦谢幕后，独自加唱了一首。请求加唱的呼喊仍传遍全场，有人喊出〈自由的钟声〉，或任何一首，甚至〈玛丽有只小羊羔〉。"上帝，我录过这首吗？"迪伦打趣地回应着，沉浸在那种狂欢的气氛中。"那是一首抗议歌曲吧？"他选了〈我真正想做的事〉（All I Really Want to Do），这又是一首《鲍勃·迪伦的另一面》专辑中最热门的。他似乎要带着某种态度开唱，他的声调升起，在第一句快唱完的时候有点咬牙切齿："我不是要和你一争高下"，但转而他调整为一种着重强调了的激情。这是对琼·贝兹传达的神秘信息吗？（如果是，她也并没有意识到，可能连迪伦自己也没有完全意识到。）这是对我们传达的神秘信息吗，抑或是我们想要迪伦做的，以我们自己的方式，想要他做些超出他可能做的事？或者他只是恨不得插上电对着扩音器摇滚起来？

在演唱会的前半场，在唱完〈伊甸之门〉之后，迪伦仍弹奏着即兴重复段，介绍说，这首歌不应该吓到任何人，只不过是万圣节而已，并且说他带着鲍勃·迪伦的面具："我是假扮的!"他开玩笑说，故意把"假扮"两个字拉长了音调，发出吐烟圈般的笑声。这玩笑开得很认真。鲍勃·迪伦，原姓齐默曼，非常漂亮地打造了自己的名声，但他真的是艺术家和歌手，一个藏在面具背后的人，堪称伟大的艺人，但基本上也就是如此——一个遣词造句、语出惊人的人。要他背负起成为别的什么人的负担——成为一个上师、政治理论家、"一代人的声音"，正如他在几年前受访时调侃的——这种要求对任何人来说都太过了。事实上，这种期待是完全无视他在他的歌中所表达的，即重要的是，歌曲本身唱的，那些歌词及其意象本身。我们观众都在要求他成为一位领袖什么的，但迪伦却在甩脱这些束缚。他当然很享受一路随之而来的声名与财富。但在一定的承受度之余，他真正想做的就是做个朋友，如果可能，做个写歌和唱自己的歌的艺术家。他这样告诉我们，但我们不想相信，也不想让他就这样走开。我们想要更多的。

*

在爱乐厅的演唱会结束不到三个月之后，鲍勃·迪伦出现在位于曼哈顿的哥伦比亚唱片公司录音棚，进行《席卷而归》专辑的二期录制——他带来了三名吉他手，两个贝斯手、一名鼓手及一位钢琴演奏者。他们录的第一批歌中有〈地下乡愁蓝调〉——一首查克·贝里式的摇滚，唱的部分不如说的多，内容涉及诱惑、圈套、混乱、不跟随领袖、嗑药以及小心警察。那年春天，迪伦去英格兰转了一圈，然后回到他的原声乐器演奏的曲目上，但为这次旅行而拍摄的电影《莫回头》中显示，他作为一个敬业、有责任心的歌手，明显已对那些素材及预料中的听众反响感到了厌倦。那张一半是电子音乐的新专辑在三 月份推出；到仲夏时节，六月里为《重返 61 号高速公路》录制的〈像一块滚石〉已在收音机上传遍；而到了七月下旬，就发生了在迪伦粉丝中引发内战的那场著名的纽波特全电子乐器演出。

他不再是仅靠一把吉他和一支口琴站在台上。这个一度逗人发笑的开心果现在脚蹬咄咄逼人的黑皮靴，穿着与之配搭的闪亮夹克。不见了琼·贝兹的身影。当迪伦被众人起哄回到台上演唱几首原声歌曲时，一种原有的默契重新出现。"谁有 E 调口琴吗，E 调口琴？"他问——于是 E 调口琴雨点一样从人群中飞出，重重地落到了台上。但现在，当迪伦为观众们唱起小夜曲〈一切都结束了，忧郁的宝贝〉及〈铃鼓先生〉时，他所传达的信息是不容误会的。一年后——随着越南战争撕裂了国家，城市贫民区饱受纵火和骚乱的困扰，保守势力来势汹汹——迪伦驾驶摩托车出了那场著名的车祸，同时也结束了他以《金发佳人》推到极致的狂野的创新时期，以及与"小鹰乐队"[Hawks，鼓手最初是鲍比·格雷格（Bobby Gregg），后来是珊迪·科尼科夫（Sandy Konikoff），最后换成米奇·琼斯（Mickey Jones）] 合作的那些震撼人心的演唱会，尤其是在英国曼彻斯特的自由贸易大厅上演的那场"犹大"节目。

回想起来，爱乐厅的音乐会是迪伦陷入动荡的跳板，不过他以某种方式从那动荡中幸存了下来。16 个月之后，在田纳西州纳什维尔，他的历练还将达到一个精神、音乐和文学的顶点。

第四章

凌晨三点的声音

《金发佳人》专辑的制作，

纽约及田纳西州纳什维尔，1965 年 10 月 5 日～1966 年 3 月 10
（？）日

105　　一段来自 1966 年夏天的记忆：在电台播放的《40 强》曲目上，一阵密密的鼓点声带出了一首奇怪的新热门歌曲。一些听众认为，这首歌太赤裸裸了，它以疯狂和迫害为主题，这本身太粗糙，甚至残酷。有几家电台的主管禁了这首歌。然而，尽管有争议，或者可能正因如此，这首歌名列《告示牌》流行单曲榜单第三名。这首歌其实属于饶舌类，其唱作者将之比喻为一个恶作剧的笑话。这人名叫杰瑞·塞缪斯（Jerry Samuels），但是他在海报宣传上，称自己是拿破仑十四，演唱的是〈他们要带走我，哈哈！〉（They're Coming to Take Me Away, Ha-Haaa!）。

　　那个春天，一首同样富有争议的单曲，同样有个惊人相似的开头部分，出现后很快就高居排行榜第二名；到了夏天，这首〈雨天女子 12 和 35 号〉（Rainy Day Women #12 & 35）重现在鲍勃·迪伦那张神秘的双碟专辑《金发佳人》上，并且是打头阵的歌。据迪伦说，这首歌是有关"少数群体，你知道，残疾人啦，东方人啦，还有，呃，你知道，还有他们所生活的世界"。这首歌横扫圣莫尼卡海滩那些涂了防晒霜的滑溜溜的胴体，横扫那些隐蔽的交欢之地、购物中心的停车场及美国青少年在夏天出没的其他场所，它那乒乒乓乓砸石头的前奏似乎随处飘荡，从汽车音响、半导体收音机里飘出来，不可避免地紧跟着杰瑞·塞缪斯那首有关精神错乱的上榜歌曲，也是一通乒乒乓乓的前奏。那是杰瑞·塞缪斯录制过的唯一一首金曲；而在七月份，迪伦 突然扬长而去，跳出了圈子，到伍德斯托克隐居去了。

这就是当时鲍勃·迪伦跨界成为流行歌星时的文化悖论状态。《金发佳人》中可能同样包含了一个名叫拿破仑十四的角色，而这张专辑有时显得有点疯狂，但没有开玩笑（就连那个轻浮的"雨天女子"也没有）。这并不是一个疯子的作品，也没有装疯或是装出什么。以 24 岁之年，迪伦行走在边缘，头脑清晰，与现实保持一种强烈的，有时甚至咬合般的默契关系。这些歌饱含对渴望、脆弱、承诺、无聊、伤害、嫉妒、关系、失之交臂、偏执和超越的美的冥想——简而言之，爱情的诱惑和圈套——这些都是摇滚和流行乐的主题。但这里是用强大的文学想象力写就的，并在流行音乐的底层社会演唱。

《金发佳人》借用了多种音乐风格，包括 1940 年代孟菲斯和芝加哥的蓝调、世纪之交流行一时的新奥尔良入堂圣歌、当代流行音乐和金属摇滚乐。每一次为己所用，迪伦都是在向自己的声音迈进。几年后，他对这个专辑上的歌有一句很有名的评价："那薄薄的、恣意的水银的声响"，这声响是他在之前的专辑《席卷而归》和《重返 61 号高速公路》中已经开始捕捉的声音——用口琴、手风琴和吉他吹弹出涡流般的旋转来。迪伦的风琴手和音乐中介人艾尔·库柏（Al Kooper） 曾表示："没有人比那张专辑更好地捕捉到凌晨三点的声音。没有人能做得那么好，即使是辛纳屈。"这些描述是准确的，但它们都并不适用于所有歌曲，也不适用于大部分歌曲中的所有声音。他们也没有就这张专辑的缘起和演进提供任何线索——包括它的录制时间多在午夜之后，这一点如何有助于营造凌晨三点的气氛。

官方资料中的回忆和片言只字拼起来是一个故事梗概。在1965年至1966年的秋冬季之间，即七月份的纽波特民谣节电子音乐秀之后，面对密密麻麻的演唱会日程表，迪伦试图将他在纽约哥伦比亚唱片公司录音棚录制第三张专辑的时间压缩到一年之内。他的录音团队包括他新聘请的巡演乐队"莱翁和小鹰"（Levon and the Hawks），该乐队在1964年之前一直在为节奏蓝调和摇滚明星罗尼·霍金斯（Ronnie Hawkins）做伴奏乐队。[1] 结果不尽如人意。迪伦对《金发佳人》在纽约的录制工作打了退堂鼓，萌生了将它拿到纳什维尔去录制、与艾尔·库柏和"小鹰"乐队的吉他手罗比·罗伯逊等一批经验丰富的民谣乐手合作的想法。但这个故事的脉络并不完整。

从他开始时常录制电子乐的时候起，迪伦的调色板就扩大了，他开始执着于用最少的编曲技巧重现他脑海里的声音。《金发佳人》的制作将完美主义与自发的即兴创作相结合，以捕捉迪伦听到的但又不能完全用言语表达的东西。"他从不重复做任何事，"这张专辑的制作人鲍勃·约翰斯顿（Bob Johnston）回忆起迪伦在录音棚里善变的习惯，"即使他真的又做了一次，你可能也还是把握不到"。录制过程也涉及

---

〔1〕 在离开"小鹰"后，该乐队先以"莱翁·赫尔姆六人组"〔由鼓手莱翁·赫尔姆领衔，还包括一名萨克斯手杰里·潘芬德（Jerry Penfound）〕，后又（不包括潘芬德）称为"莱翁和小鹰"。1965年，他们以加拿大斯夸尔斯（Canadian Squires）这个名字在一家小唱片公司发行了一首单曲——因为除了赫尔姆是来自阿肯色，乐队其他成员均来自加拿大——然后又重新使用"莱翁·赫尔姆和小鹰"为乐队名称，并以此在同年录制了另一首单曲。该乐队一直在新泽西海滩的萨默斯角（Somers Point）的一家名叫托尼·马特（Tony Mart's）的俱乐部进行定期表演。在年轻的蓝调歌手、迪伦的第一位制作人之子约翰·哈蒙德（John Hammond）及阿尔伯特·格罗斯曼的秘书玛丽·马丁（Mary Martin）的强烈推荐下，迪伦在1965年夏末雇请了他们。约翰·哈蒙德曾与赫尔姆及键盘手加斯·哈德森（Garth Hudson）和吉他手罗比·罗伯逊（Robbie Robertson）在那一年早些时候录过节目。

偶发事件、必要性、不确定性、过犹不及、精益求精和检索工作。该专辑中做得最好的音乐之一——或许就是最好，没有之一——是在纽约，而不是在纳什维尔制作的，是由里克·丹科（Rick Danko）、鲍比·格雷格和保罗·格里芬（Paul Griffin）组成的音乐组合完成的，他们在这张专辑中的工作从未得到足够高的评价。专辑中其他一些脱颖而出的短歌，都是在纳什维尔的后期录制期间很快形成的。而后来被当作纳什维尔音乐大爆炸来纪念的事件，实际上是从一个奇特的演变中产生出来的，它将迪伦的一个重要实验演变得更为重要了。

"不是那种声音。"

与录制《金发佳人》有关的第一个日期是在 1965 年 10 月 5 日，是迪伦与"小鹰"乐队在纽约，那是在《重返 61 号高速公路》发布刚过来不到一个月的时候。那时，迪伦刚刚在卡内基音乐厅和纽瓦克举行了一半是电子乐的演唱会（也是与"小鹰"乐队中任何成员合作的第五场和第六场），并获得了比预期更热烈的回应。〈像一块滚石〉在夏天的《告示牌》单曲排行榜上名列第二；现在，随着在好莱坞碗 109 露天剧场和奥斯丁、达拉斯的音乐会取得成功，那些从纽波特和森林山发出的嘘声似乎已经消退了，至少是暂时的。迪伦的新声音起初在南部比在任何其他地方都更受欢迎，毕竟那里是摇滚乐诞生的地方。所以在卡内基音乐厅获得的热烈掌声是意想不到的。而且迪伦仍在学习如何与乐队一起在台上演出，"小鹰乐队"也仍在慢慢习惯与他一起演奏；他们之间的纠结后来会在纽约的录音棚里显现出来。

制作人鲍勃·约翰斯顿是得克萨斯人，他的恩师是约翰·哈蒙德。约翰斯顿督制了《重返 61 号高速公路》的后四期录音［取代了自《他们正在改变的时代》以来迪伦唱片的原制作人汤姆·威尔森

（Tom Wilson）的工作]，如今他又为《金发佳人》再度出马。并不意外的是，迪伦没有写出任何与〈像一块滚石〉或〈荒芜的小巷〉接近的新歌。第一天的工作包括录了两段〈药物星期天〉，这是〈像阿喀琉斯一样短暂〉（Temporary Like Achilles）这首歌的一个早期版本。迪伦还录了两段另一首歌（中间用很长的器乐即兴重复段分割开来），这首歌后来分成了两首，歌词非常不同：第一首题为〈喷气式飞行员〉（Jet Pilot），是闹市嬉皮士的笑话；第二首是对披头士那首〈我想做你的男人〉的戏仿。在后来的录制中，这个戏仿变身成六段，迪伦在录像期间先是称之为〈我不想做你的伴侣，我想做你的男人〉，后来改名为〈我想做你的爱人〉（I Wanna Be Your Lover）。这个模仿性作品在后期录制中有所完善，有几句有趣的歌词——一整天录制的零碎片段后来再次出现在《金发佳人》中——但结果只相当于音乐热身，也许是故意为之。这一期的录制以一首无标题的器乐曲结束，后来它被称为〈一号〉，也未收入《金发佳人》发行，但后来被私录流传。那天的亮点是录制了一段新的〈爬出你的窗来好吗？〉（Crawl Out Your Window），是《重返 61 号公路》专辑中剩下的一首单曲。

110

从左至右：鲍勃·迪伦、约翰尼·卡什、不知姓名者和鲍勃·约翰斯顿，1969 年在田纳西。

在接下来的两个月里，迪伦和"小鹰"重新踏上巡演之旅——从加拿大的多伦多到华盛顿特区——嘘声又出现了，尽管在孟菲斯没有。11 月 22 日，迪伦与萨拉·隆德斯（Sara Lownds）结婚，她原名叫雪莉·诺金斯基（Shirley Noznisky），是刚离婚不久的前女演员和时装模特，他是在纽约认识她的，由阿尔伯特·格罗斯曼的妻子萨利私下牵的线。在婚礼结束了八天、华盛顿演唱会结束两天之后，也就是在飞往西海岸巡演之前一天，他又与"小鹰"回到录音棚，但少了领队的莱翁·赫尔姆（Levon Helm，他对做伴奏乐队感到了厌倦而退出），鲍比·格里芬取而代之担任鼓手。这位新郎倌这次带来了一首他迫不及待要录下来的杰作。"这首歌名叫〈冻结〉（Freeze Out），"迪伦带着胜 111 利的语调宣布，录音磁带开始为第一期录制转动起来。

1965 年 11 月 21 日，鲍勃·迪伦和"小鹰"乐队在纽约雪城战争纪念馆。

〈冻结〉就是〈乔安娜幻象〉，几乎原样没变，但迪伦似乎对该怎么演唱比该叫什么歌名还更拿不准。在这一期的录音带上，他和"小鹰"在第二次开始时改变了音高，减慢了拍子，如果仔细听就会听出来。"那不对，"迪伦打断道。他再次提速——"像这样"，并示意格雷格用铃铛，但试来试去还是不对："停……不是那种声音，这声音不对，"他继续打断，"我说不清……不是……'乒'的一声。而是……嘣嘣……不是，不是，不是硬摇滚。唯一可以说的就是，哥们儿，确实是硬的，罗比。"然后是大键琴磕磕碰碰的尝试，可能是加斯·哈德森（Garth Hudson）演奏的："算啦，"迪伦决定道，尽管他在背景中仍保留了大键琴。突然不知从哪儿冒出来的新点子，要做个新的前奏，由迪伦吹口琴开始，展开了一个缓慢的、令人毛骨悚然的酒吧乐队的摇滚版本。但这也不是迪伦要听的〈冻结〉，所以他让一切安静下来，一点一点逐渐接近最终出现在《金发佳人》上的版本——可还是感觉不对。迪伦写了一首很棒的歌——他会在几天之后旧金山的新闻发布会上这样吹嘘——但还没有弄出声响来。在接下来的几个月，从伯克利开始，他不断地在演唱会上唱这首歌，除了原声乐器伴奏的

112 表演中。（第一次演唱〈乔安娜幻象〉是在一次夜场上，随之很有声势地带出了〈爬出你的窗来好吗?〉——但这首单曲的发行时运不济，是在圣诞节结束之后，因此在美国唱片市场上业绩平平。）

　　迪伦开始对下一个录制《金发佳人》的日期感到沮丧和气恼，因为安排在了巡演的间歇，在新的一年刚开始进入第三个星期时。在 9 小时的录音期间，在列出来的 19 首歌中，只试录了其中 1 首，并且由迪伦即时即兴改了歌名，〈只是一杯水〉，最终更名为〈她现在是你的情人〉（She's Your Lover Now）。它像是一段冗长的电影花絮，是一个受伤的、困惑的男人对他前女友及其新欢进行激烈的情感宣泄。没有人指望这首歌能录得很轻松。（在录音带上可以听到，迪伦的经纪人阿尔伯特·格罗斯曼在录音开始前插嘴道：马上要"为乐队中的每个人端上一大堆生肉"。）第一首歌的录制进展顺利，但迪伦焦躁不安，而这一天才刚刚开始。

在接续录制的歌中，拍子速度先是加快，然后又减慢了些，然后再次加速。迪伦试着每节都唱了一句，只由加斯·哈德森一人管风琴伴奏，变换着歌曲的力度，但这想法只坚持了两首歌。经过几次不成功的开始后，迪伦说："这不对……这是不对的，"就好像是有什么东西在不断躲开他，他很快就沮丧起来，"不，他妈的，整首歌我都他妈的唱不好。"他开始改变节奏，拨弄着和弦，偶尔骂着自己和乐队："我才不管他妈的好坏，就这么弹……就，就一起来，你们不必玩什么花哨的，别管那些有的没的，就，就……一起来。"一个非常强的、几乎完整的版本随之而来，但迪伦搞砸了最后一节。"这首歌我再也不听了，"他最后表示。他想找回这首歌的感觉，于是一个人慢慢弹唱起来，用整个录制期间他一直在弹的大头钉钢琴弹着，一行一行地对着歌词。[1] 他"啊"了一声，算是对自己的表现做出的反应，可能是出于困惑，也可能是有什么新的发现。但迪伦最终会舍弃〈她现在是你的情人〉这首歌，就像他后来会放弃一首有趣的旧歌，即最初为欧洲的金发民谣歌手尼科（Nico）写的那首〈我会把它跟我的一起留下〉（I'll Keep It with Mine）。

不论是好是坏，迪伦已习惯了在录音棚里打磨他的歌曲，然后一气呵成，甚至与伴奏者一起时也是如此。他用三天的时间完成了《席卷而归》，在录音棚内的工作时间不到 16 小时。《重返 61 号高速公路》[连同单曲〈绝对第四街〉（Positively 4th Street）] 则用了五天，包括原带配音的工作，录音棚时间总共 28 小时。这次为新专辑，迪伦与乐队已经大战了 3 天，超过 18 个小时在录音棚里，不知不觉中搞出

----

〔1〕 大头钉钢琴，一种普通钢琴，将大头钉或钉子附在音槌上，当锤子打弦，造出尖细、更撞击的音色。其发出的声音令人联想到西部片中的酒吧和夜总会。迪伦第一次用大头钉钢琴录制歌曲是两年前演唱《鲍勃·迪伦的另一面》中的〈黑乌鸦蓝调〉时。

了一件传世之作、一支潜在的大热歌曲以及一支还算流行的歌曲，但离整张专辑的完成还差很远。往前推进的一个方法是将早期迪伦录制团队的老手请来救急。在〈她现在是你的情人〉录制失败四天之后，迪伦与保罗·格里芬的钢琴、威廉·E.李（William E. Lee）的贝斯一起录音，偶尔会有艾尔·库柏（他是过来找他的朋友格里芬的，但结果是受命坐下演奏起管风琴来）加入进来。鲍比·格雷格也再次归队，顶替莱翁·赫尔姆当鼓手，并且这次还有"小鹰"的吉他手罗比·罗伯逊和贝斯手里克·丹科加盟。迪伦还拿出来了两首新歌，一首是搞怪、妒忌、很损的蓝调〈豹纹药箱帽〉（Leopard- Skin Pill- Box Hat），另一首叫〈我们中间必有一个人知道〉。[〈豹纹药箱帽〉的创作部分根据孟菲斯·米妮的那首〈我和我的司机蓝调〉（Me and My Chauffeur Blues），部分根据闪电·霍普金斯的〈汽车蓝调〉，但在录了很棒的两段之后暂时搁置在一边。] 在录〈我们中间必有一个人知道〉（One of Us Must Know）这首歌之前，迪伦在录音棚内琢磨了半天，不知该叫个什么名字好，于是就干脆先命名为〈未名歌〉（Song Unknown），但录制效果却令人惊叹。[1]

歌词直截了当，甚至平白，追踪一场已经燃尽的爱情曾经的种种

---

　　〔1〕 有个作家笔下记录了这一天的工作日程，认为迈克尔·布鲁姆菲尔德（Michael Bloomfield）的吉他及威廉·E.李的贝斯立下汗马功劳；另一个记载中忽略掉了保罗·格里芬。不过，这一期间录音带上的演奏和交谈都显示，里克·丹科是〈我们中间必有一个人知道〉中的贝斯手，弹吉他的是罗比·罗伯逊，弹钢琴的确实是格里芬。如今往事如烟，鲍比·格雷格、保罗·格里芬和里克·丹科的名字从来未出现在这张专辑唱片或光碟的说明文字中，而他们对《金发佳人》的贡献值得一提。我要感谢黛安·莱普逊（Diane Lapson），帮我辨别出录音中各位音乐人的身份，以及杰夫·罗森（Jeff Rosen）和罗伯特·鲍尔斯（Robert Bowers）在听这些录音资料时的引导。
　　〈豹纹皮箱盒帽〉的第一次拍摄也很棒，最终要在四十年后随着马丁·斯科塞斯的纪录片《迷失归路》一起作为合辑发行了CD。奇怪的是，这个版本听起来比其他很多中间录制的版本更像收在《金发佳人》专辑（在纳什维尔录音棚最后一次录制）中的版本。至少这一次，迪伦在音乐上或多或少地结束在了他开始的地方。

误会。迪伦变换着音乐的速度，在录音棚里将歌词一节一节地拼起来，后来去掉了"现在你很高兴总算完事了"这句；标题副歌到第五次拍摄时才开始出现。但〈我们中间必有一个人知道〉这首歌所呈现的那种超绝的声音质地仍稳定地塑造起来，从深夜一直大干到第二天清晨。在拍了 17 次之后，迪伦留意起制片人约翰斯顿的建议，口琴开始突然降调。渐强的五和弦，在保罗·格里芬令人惊叹的饱满琴音（"一半是格什温，一半是福音，全部发自内心"——一个敏锐的评论家后来这样写道）的引领下，在钢琴、管风琴和鲍比·格雷格的鼓点声中一起推向高潮；罗比·罗伯逊的吉他在曲终时发挥得淋漓尽致。薄薄的、恣意的水银声烘托起摇滚乐的交响。约翰斯顿在最后一次拍摄前给大家打气："要有那种灵魂感。"开始时有点磕绊，随之格雷格一下子找对了感觉，不到五分钟就一气呵成。

"那之后，一切都豁然开朗。"

"录完了之后，我们知道我们整出了一个好东西，"艾尔·库柏回忆说。但是，尽管这次实验很成功，第二天的录制工作还是被取消了，同时取消的还有在纽约的另外两个录制时间；在 1 月 27 日那次完成的录制期中，迪伦推敲了一些用词和旋律，并尝试敲定一些歌曲，但这些工作并没有给新专辑带来任何持久的效果。[1] 录制期间改换了

---

〔1〕 哥伦比亚唱片录音带上的日期显示，这次录制发生在 1 月 22 日，即〈她现在是你的情人〉（She's Your Lover Now）试录失败的次日——但所有其他有关迪伦的录制记录都记载，这天是 1 月 27 日，包括哥伦比亚唱片公司给每首歌登记的录制时间。乐手包括罗比·罗伯逊、里克·丹科、艾尔·库柏、鲍比·格雷格，还有迪伦。这一期主要是为了录制〈豹纹皮箱盒帽〉的修订版以及将〈我会把它跟我的一起留下〉的一些片段初步过一遍，所有这些都没有收进《金发佳人》中去。

场地，不管〈我们中间必有一个人知道〉录制效果如何，都得往前走了。在录制《重返61号高速公路》期间，鲍勃·约翰斯顿曾建议迪伦到纳什维尔找个地方录制，但据约翰斯顿的说法，格罗斯曼和哥伦比亚唱片公司提出反对，坚持认为在纽约的进展一切顺利。不过，迪伦最终还是听从了约翰斯顿的意见。他从小就一直在听纳什维尔录制的音乐，因此非常清楚，他的歌交给约翰斯顿的纳什维尔朋友们制作的话，听起来会是什么样。在约翰斯顿的邀请下，多器乐演奏家查

115 理·麦考伊加盟《重返61号高速公路》的录制，在原带上配录了曾令〈荒芜的小巷〉发行版增色的边陲风格的原生吉他，极易让人联想起伴奏吉他手格雷迪·马丁（Grady Martin）演奏的马蒂·罗宾斯（Marty Robbins）的那首〈艾尔帕索〉（El Paso），像是找到了一把成功的钥匙。"那之后，"麦考伊回忆说，"一切都豁然开朗。"

查理·麦考伊与"护送者"乐队。卡丹斯唱片公司（Cadence Records）1960年代的宣传画。
麦考伊正在演奏口琴（后中）；站在他两侧的是鼓手肯尼·巴特雷（左，拿吉他者）、吉他手韦恩·莫斯。

自 1940 年代开始，纳什维尔作为主要音像制作中心的地位一直在上升。到 1963 年，它已经汇聚了 1100 名乐手和 15 家录音工作室。继史蒂夫·肖尔斯（Steve Sholes）和切特·阿特金斯（Chet Atkins）在1950 年代与埃维斯·普雷斯利的开创性合作之后，纳什维尔还证明了它可以生产出色的摇滚乐，以及乡村与西部音乐、节奏蓝调及布兰达·李（Brenda Lee）的流行歌曲。这一点也真实地反映在约翰斯顿为迪伦组建的纳什维尔录制团队上。为了给普雷斯利拍的电影配上歌曲，约翰斯顿已与一些年轻乐手合作过，制作过不少示范带。其中许多人都和麦考伊一样，是从南部其他地方搬到纳什维尔来的。事实上，¹¹⁶查理·麦考伊和"护送者"（Escorts）乐队在 1960 年代中期曾被认为是纳什维尔最应接不暇、最忙碌的周末摇滚乐队；其成员包括吉他手韦恩·莫斯（Wayne Moss）和鼓手肯尼斯·巴特雷（Kenneth Buttrey），他们与麦考伊一起，对《金发佳人》的录制至关重要。

约翰斯顿挑的都是纳什维尔音像界顶呱呱的人物，包括吉他手杰瑞·肯尼迪（Jerry Kennedy）、钢琴师哈格斯·"猪"·罗宾斯（Hargus "Pig" Robbins）、贝斯手亨利·斯特泽莱茨基（Henry Strzelecki）以及伟大的小约瑟夫·索特（Joseph Souter, Jr.）——也就是吉他手和歌手乔·扫斯（Joe South）——他三年后推出了红遍全国的单曲〈人们玩的游戏〉（Games People Play）。其中一些早已与大牌明星合作过，包括佩茜·柯莱恩（Patsy Cline）、埃维斯·普雷斯利、洛伊·奥比森（Roy Orbison）及安-玛格丽特（Ann-Margret）等。但这些顶尖音乐人中，除了麦考伊（他在口琴方面最是炙手可热）比较固定在录音棚工作之外，其他几位在纳什维尔精英圈中仍处于比较不安分的上升期，大致也都是迪伦的岁数。（罗宾斯当时 28 岁，已经算是元老级；麦考伊 24 岁，只比迪伦大两个月；巴特雷才刚满 21 岁。）尽管他们太专业了因此不致也去追星，但麦考伊还是表示，听了〈答案在风中飘〉，"任何人都会知道迪伦是个多么了不起的词作者"。但作为演唱者，尤其是唱摇滚的，迪伦的声望就没有高到那种程度。无论如何，这一次，录音室的音乐人在《金发佳人》的制作上还是跟迪伦配合得非常默契，并没有发生人们刻板印象中纽约的长发嬉皮士与干净整洁的纳什维尔好小伙合不117 来的事情。迪伦的一个传记作家曾报导说，罗比·罗伯逊觉得纳什维尔的音乐人"冷淡"，但为人开朗、音像录制经历丰富的艾尔·库柏，对那个圈子的印象很是不同："那些人欢迎我们，尊重我们，而且他们比以前我接触过的其他任何工作室的乐手都出色。"

（离群、高傲似乎主要还是迪伦一方。当时在录音室当清洁工的克里斯·克里斯托弗森（Kris Kristofferson）想当年也是个很有抱负的词作者，据他回忆，迪伦来时曾有警察在楼外周遭布防，以阻止有人贸然闯入。当被问及他有没有机会与这位大明星会面时，他以强调的语气告诉采访者，他没有——"我想都不敢想和他说话。我会被解雇的。"）

约翰斯顿显然是应迪伦的要求，找人把分隔录音室的挡板都拆掉——这些挡板是为了分隔乐手们的声音，以免声音在麦克风之间串混——让所有人都凑到一起来。制作人想要创造一个合适整体效果的氛围，并且他成功了——所以肯尼斯·巴特雷后来把这张专辑的出色音效全部归功于这一调整。"我们在一起演奏的时候，效果就是不一样，"他后来告诉采访者，"就好像我们在一个紧凑的舞台上，而不是在彼此八竿子打不着的大厅里演奏。从那天晚上开始，我们整个眼界都改变了。我们开始乐在其中。"

当然，无论纳什维尔的音乐环境再怎么成熟，那里毕竟不是曼哈顿。库柏提到过，他去过乡村音乐明星欧内斯特·图布（Ernest Tubb）位于市中心的著名唱片店，结果光天化日之下被几个看他不顺眼的肌肉男追赶。工作室内也难免有意见分歧。纳什维尔的音乐人习惯了每首单曲控制在三四分钟的时间内，每天录几首，因为在那儿，按麦考伊的说法："艺术家和歌曲总是第一位的。"不过，迪伦曾录了一些非常长的歌，但除了〈乔安娜幻象〉之外，其他无一完成。迪伦虽然有录制速度快的好名声，但他常在下榻的酒店房间打草稿、改来改去，甚至在工作室里也这么做——有时绞尽脑汁，有时则灵机一动，信手拈来，看起来就像是自由发挥（有时确实就是自由发挥）。在纳什维尔的首日录制工作很快就搞定了，但剩下的日子就成了马拉松，没有一次在午夜之前结束，通常要持续到天亮。熬夜工作在纳什维尔并不罕见，特别是当埃维斯·普雷斯利驾到的时候，但麦考伊还是觉得，"当时还从没有听说过"有什么人花这么多时间和金钱来录制一首单曲。

迪伦继续与"小鹰乐队"进行巡演（这次加上了原来的乐队鼓手 118
珊迪·科尼科夫），在结束了诺福克（Norfolk）的一场演出之后回到了纳什维尔。他决心要完成〈乔安娜幻象〉的录制——它是整个专辑的缘起，也是一部杰作。它最后录制的形式是在第一次进录音棚就出现了的，在里面只录了四次（只有其中一次是完整录下来的）。迪伦现在明白了他想要什么，而伴奏者当即就把握住了：库柏的管风琴上弹出幽灵般缠绕的即兴重复段，环绕着迪伦那微妙、低沉的木吉他声，伴以乔·扫斯的乡村风味的疯克（funk）贝斯；罗比·罗伯逊狂野的电吉他在第二段正歌的"钥匙链"一句中潜入；肯尼斯·巴特雷将沉着的小军鼓与嘈嘈切切的铙钹混声，在迪伦孤独如口哨的口琴间奏中逐渐占了上风。那在纽约时暗示的薄薄的、恣意的水银声现在成了一个事实，从库柏的管风琴和弦伴奏中流溢出来，从迪伦的口琴和两把吉他（迪伦的原声吉他以及罗伯逊的电吉他）上流溢出来。但迪伦还在实验着。那天先录制的是一首 3/4 拍的歌曲〈第四次〉，这首歌被评论家视为迪伦对披头士的那首〈挪威森林〉的回应。和〈乔安娜幻象〉一样，〈第四次〉（4th Time Around）这首歌在录音棚中没有什么进展，尽管有麦考伊在低音口琴上全力支撑乐队，但结果还是不尽人意，就像鲍勃·迪伦在模仿约翰·列侬模仿的鲍勃·迪伦。如出一辙的是，〈豹纹药箱帽〉这首歌也反复重录了多次，但结果成了按门铃一样的"敲、敲、敲"的笑话，夹杂着"谁在敲啊?"和按汽车喇叭的声音，完全乏善可陈。

纳什维尔期间最奇怪的录制日期是第二个和第三个日子。第二个时间从晚上6点钟开始，一直到第二天早上5点30分还没结束，可迪伦才只进行了最后90分钟，且只唱了一首〈眼神哀伤的洼地女子〉，他后来称之为宗教狂欢音乐，这很有道理，因为这首歌的旋律与约翰·塞巴斯蒂安·巴赫（Johann Sebastian Bach）有些呼应，特别是合唱〈耶稣，世人仰望的喜悦〉（Jesu, Joy of Man's Desiring）。不过，与〈乔安娜幻像〉不同，这首史诗般的歌曲还需要费些功夫，而迪伦在歌词上字斟句酌了几个小时。那种效率是军事性的：赶快，再等等。

克里斯托弗森曾这样描述现场情形："我看到迪伦坐在录音室的钢琴前面，独自一人写了一整夜。还戴着墨镜，"鲍勃·约翰斯顿也对记者路易·布莱克（Louis Black）回忆说，迪伦甚至没有起身去洗手间，尽管他喝了许多可乐，还吃了不少巧克力棒和其他糖果，以致约翰斯顿开始觉得这位艺术家是个瘾君子："但他不是；除了时间和空间，他还没有对任何东西着迷。"乐手们被拖得百无聊赖，一边侃大山、打乒乓球，一边报酬照拿。（他们甚至可能趁机录了10段自己的器乐曲，这些也出现在原始带上，尽管查理·麦考伊不记得曾这样做，而且录制时间也可能是不同的日期。）最后，到了凌晨4点，迪伦准备好了。"我不认为我们该休息一下，"他对乐手们说，"来干活吧，看看听起来怎么样。"

录音带上听到有个纳什维尔的音乐人说道："这是两段主歌和一段合唱部分——五次，"语气有点好奇，好像只是为了确保他理解得没错。但所有伴奏者都不知道该拿它怎么办。麦考伊回忆说："大家折腾到早上 4 点还没睡，然后要演奏节奏这么慢、这么长的歌真的很难。"在简短地过了一遍之后，迪伦开始倒数，乐手们各就各位。肯尼·巴特雷回忆说，他们准备演奏的是时长两三分钟的歌，并相应地开始："如果你注意到录音带上，情况就是这样，好像第二个合唱部分之后的演奏越来越像疯了一样，每个人都往高潮上推，因为我们想的是，'哥们儿，这样该行了吧……'这样过了 10 分钟，我们开始你看看我，我看看你，然后对视大笑。我的意思是，5 分钟前我们就已经有高潮了。你还要我们怎样？"

然而，即便这些乐手们有困惑，一旦磁带开始滚动，他们就不会再流露出来。他们属于业内最优秀的艺术家，一旦他们开始演奏，这首歌就立即生动起来，就像迪伦录制的其他歌一样——这是这张专辑上一首惊人之作，音轨上的时长是 11：23 分。只经过一次漂亮而又完整的初录——出人意料地唱完了全部歌词和整套编曲——最终版本便告完成。

"下一个！"

第三个录制期，录制的是另一首长长的叙事歌曲〈又一次卡在车里，听着〈孟菲斯蓝调〉（Stuck Inside of Mobile Memphis Blues Again），又是等了很长时间，凌晨 4 点才开录。歌词逐渐整合在一起，在一张保存至今的，部分打字、部分手写的稿纸上，开头是"亲爱的，这太难了"[这是与"小鹰乐队"在纽约第一个录制期合作的那首〈药物星期天〉（Medicine Sunday）中留下来的一行]。随后的歌词逶巡在断断续续的句子与意象之间，唱"人们只是越来越丑"，唱"班卓琴般的眼睛"以及"一把 0.22 口径的来福枪，就开了那么一枪"。然后，突然

120 地，在迪伦自己的手上，在峰回路转中，出现了"哦，妈妈"、"卡在车里"、"听着孟菲斯蓝调"这些最初的雏形。在工作室内，随之而来的是几处音乐的修订和几次不成功的开头，接着是开始沮丧，然后，突然，在第 14 次开录时，一切都得以恰如其分地呈现了出来。

　　对于接下来发生了什么事情，存在着一些不同的说法。据大多数材料记载，根据哥伦比亚唱片公司保存的日志和文件，迪伦离开了纳什维尔，然后，不到三个星期后，他与库伯和罗伯逊一起返回完成录制。据说，迪伦在此期间改编并初步完成了 8 首歌曲，其中大部分时长 3 分半钟到 4 分钟，比较接近传统的流行歌曲形式。然而，艾尔·库柏坚持要在纳什维尔期间一次性把整个专辑完成，最大可能是在 2 月份，这意味着迪伦要从一开始就把所有该录的歌曲大致准备好；查理·麦考伊也说，他只记得有一组录制日期，尽管他也表示他可能会记错。正式的文件记录与大家所知的迪伦的巡演日程相吻合。相吻合的还有，这 8 首歌之中的 5 首是在〈孟菲斯蓝调〉那首之后录制的，但没有一首录制得比这更早了，包括一段"锡锅巷"风格的所谓"桥段部分"——即迪伦作为词作者第一次广泛涉足的传统歌曲结构。[1] 然而，两个关键的参与者的证词却很有分量，特别是在平衡一份容易被误解的文字记录的时候。

　　但无论纳什维尔的录制期是分成了两组还是只有一组，纽约的嬉皮精神与和纳什维尔独具的匠心都曾融合在一起；的确，从音乐上说，这两者似乎从未彼此远离。它制作出了响当当的真材实料，需要一个古怪的双专辑配置才足够全部装进去，成了当代流行音乐史上的首例。

─────────

　　〔1〕 迪伦早期作品中使用桥段的杰作是〈瘦子之歌〉（Ballad of a Thin Man）中以"你有很多联系人"开头的那段主歌。

〈孟菲斯蓝调〉之后录制的歌曲分为三类：主流的 8 节和 12 节电子蓝调；激烈的摇滚；杂七杂八的嘻哈流行歌曲。音轨上有几首歌取自早先在纽约与"小鹰乐队"的录制期内，但形式上更紧凑也更复杂了。其他歌曲则冒险进入了全新的领域。

在纳什维尔的第四次录制又是从一天的午夜之后才开始的，先是大致从头至尾两遍合奏，听起来有钢琴、两把吉他（有一把由罗比·罗伯逊演奏）、贝斯、管风琴和鼓。迪伦嗓音圆润，时而哼唱出来。那首当时暂名〈今宵你在何处，甜甜的玛丽〉（Where Are You Tonight, 122 Sweet Marie?）的歌，歌词还没完全定下来，迪伦囫囵地唱了一些含混的字句（"老鹰的牙齿/咬着火车的沿线"）。乐队甚至在两次录制时用了不同的音高；但是这首歌似乎基本上确定了——尽管在几次初步的录制中，肯尼·巴特雷在歌曲开始约莫半分钟后变换了他的爵士鼓的鼓点，然后稳步地使鼓点层层递进。最后一次录制，即我们从后来的专辑中听到的，巴特雷将复杂性建构到了抗拒地心引力或牛顿第三运动定律的地步。到迪伦唱到六匹白马和波斯酒鬼时，巴特雷和这首歌都飙升起来——接着迪伦来了一段口琴间奏。乐队仍在保持超速驾驶，但迪伦和巴特雷彼此互相推赶着，几乎是在给车打火。不到一分钟，这首歌就成了口琴和鼓声的超强摇滚协奏曲。〈至甜玛丽〉（Absolutely Sweet Marie）最脍炙人口的歌词诸如"但要想江湖行走，你必须诚实"、"嗯，任何人都可以像我一样，这显而易见/然而，再说一次，不是很多人能像你那样，幸好"——在过去四十年来，这第二句曾被迪伦多次在演唱会上随意改换。但随着〈至甜玛丽〉的歌声，《金发佳人》彻底升华，成了当今的摇滚乐经典。

不到 12 个小时后，每个人又回到了工作室，开始录制迪伦所称的〈就像个女人〉（Just Like a Woman）。歌词再一次需要打磨；在此前的几次录制中，迪伦唱得断了线，而且吐字含混不清。他不是很确定这首歌中描述的人所做的是否就像个女人，从歌词中去掉了"摇动"、"醒来"和"犯错"。这种即兴发挥的精神激发了乐队的第四次录制，和弦和节奏都怪怪的，比原来快了两倍，介乎波·迪德利（Bo Diddley）和牙买加的斯卡（ska）曲风之间，直到录音带上终于分解出一个背景声音承认："我们乱套了，哥们儿。"这场恶作剧致使录制工作的暂停。然后罗比·罗伯逊和钢琴家"猪"·罗宾斯加入乐队，把〈像一个女人〉先放在一边，帮着将迪伦的布吉维吉（boogie-woogie）钢琴曲〈你能把我的棚屋怎么样〉（What You Can Do with My Wigwam）改编为〈把我的时间给你〉（Pledging My Time）的配曲，由罗伯逊的嘶吼的吉他驱动起来。直到这时，经过几次不成功的起跑和失误，那个令人骄傲的、来之不易的终极版〈就像一个女人〉终于浮出水面。收尾的那天，他们在录音棚13个小时的预订时间内制作了6首歌，与之前的录制期相比，简直没花什么时间——而且好事从来没有就此结束。他们摇滚起来了。〈极可能你我分道扬镳〉（Most Likely You Go Your Way and I'll Go Mine）原本是一首直截了当的摇滚歌曲，以罗伯逊的吉他为主——但查理·麦考伊在后来的录制中拿起小号，要求随迪伦的口琴重复一些乐句。这下歌声完全变了，变得更好了。于是，小伙子们一挥而就地完成了〈像阿喀琉斯一样短暂〉，结尾由罗宾斯忧郁的爵士乐钢琴引导——无疑是《伊利亚特》中这个人物唯一一次闲庭信步。

约莫午夜时分，这一期录音带上的气氛变得猖狂起来。正如约翰斯顿后来对路易·布莱克提到的，迪伦已经在钢琴上把下一首歌大致弄出来了。

"那听起来像是救世军乐队的玩意儿，"约翰斯顿说。

"那你把那乐队找来呀？"迪伦回道，要么是不知所措，要么是开玩笑，有可能都有一点。

几通简短的电话后，长号手韦恩·巴特勒（Wayne "Doc" Butler）

出现了，他是约翰斯顿认为除麦考伊（演奏小号）之外唯一额外需要的乐手。但在这一点上，当事者的回忆再次出现冲突。据传说（而且这个说法已经被不止一个在场乐手予以非常详细的确认），在某人（可能是迪伦）的坚持下，给力的大麻递到了大家的手上，还有一批从当地酒吧订购的提神饮料。但并不是每个人都对这些感兴趣。据知查理·麦考伊就完全不沾，因此他断然否认"所有人都醉了"这种说法。他坚持说，无论是在这个录制期内，还是在他参与的其他数以千计的纳什维尔音像录制演奏中（有个别孤立的例外），"根本就没发生这种事"。于几年前成功戒酒的艾尔·库柏也同样表示，《金发佳人》的录制状态很清醒，他说那两位——迪伦和阿尔伯特·格罗斯曼——是超级专业的人，是永远不会允许工作室内吸毒纵酒的。

如果不是药物在起作用，那么录音带上的七嘴八舌和这首歌的录音室版肯定说明大家情绪高涨——很像约翰斯顿对布莱克忆述的情形："我们所有人都走来走去，大喊大叫，又唱又跳。就这样吧！"兴奋的乐手们你一言我一语，往歌里注入自己的音乐理念。当约翰斯顿问这首歌的歌名时，迪伦随口答是"这儿有一头长发的骡子和一只豪猪"（后改为〈雨天女子 12 和 35 号〉），相当传神。"这是我唯一一次听到迪伦真正大笑起来，真的是捧腹大笑，笑个不停，传遍录音棚，"约翰斯顿说。只一次录制，这首歌就大功告成。而尤其需要一提的是，那天晚上还要再录三首歌，且都会出现在专辑中。

这时早已过了午夜，歌曲的录制、剪辑正加速进行。每到一首歌 124 最终敲定录完了的时候，约翰斯顿就拖着德州腔喊一声："下一个！"，听起来就像纽约熟食店的一名忙碌中的店小二。当〈黑狗蓝调〉［后更名为〈显然有五个信徒〉（Obviously 5 Believers）］唱卡壳了的时候，迪伦就抱怨道："很容易的事啊，哥们儿"，还说"我可不想在这首歌上费什么工夫，哥们儿"。查理·麦考伊捕捉住了口琴调号；库柏在管风琴上敲定了模糊的低音；打击乐的沙铃声淹没了巴特雷；罗伯逊则像一把火烧得正旺。经过四次录制，这首歌完成了。

"下一个！"

约翰斯顿让迪伦最后再录一次〈豹纹药盒帽〉，试试铿锵的主音吉他。"好吧，"迪伦答应着，听起来几乎有些孩子气，然后请其他乐手跟他一起演奏——但罗伯逊的吉他如火如荼，席卷了整首歌。"罗比，整个世界都会因此想嫁给你，"查理·麦考伊欣喜若狂。

"下一个！"

〈我想要你〉（I Want You）一直是库柏最喜欢的单曲，他曾说迪伦之所以将这首歌放在最后录制，只是为了捉弄他。与最后一期录制的其他歌曲不同，这首歌更像〈孟菲斯蓝调〉的地方是，它是从手稿上的诗句推敲中开始的："我看到那些代理人/你父亲的鬼魂……/那到底是什么/想要你的。"有时迪伦会停下来，把个别句子改来改去——关于所有的父亲都去寻找他们不曾拥有的真爱，而他们的女儿们丢下了他因为他不是她们的兄弟——直到他终于可以画个句号。然而一旦迪伦写完了，五次录制就基本没有改动，除了节拍的变化。约翰斯顿对迪伦可以很快流利地唱出所有歌词表示惊讶；韦恩·莫斯的吉他上电光火石般的十六分音符弹奏同样令人叹为观止。至此，《金发佳人》专辑的录制终告结束。

幽灵，嚎叫，骨头与面孔[*]

四月份在洛杉矶进行混音之后，有件事变得很明显，那就是纳什

---

* 源自诗句：电光的幽灵透过她脸部的骨骼嚎叫。——译者注

维尔的录制成果太丰富了，用一张密纹唱片根本装不下。

　　追溯到十月在纽约开始录制时，虽然历经了形形色色的人员变动，但仍有些东西一直不变。艾尔·库柏参与演奏了最后一张专辑的每一首歌，他的贡献不仅仅是作为一个乐手和即席的编曲，他还是迪伦与不断变动的录制团队之间沟通的渠道。库柏的纳什维尔室友罗比·罗伯逊也是一贯始终，主奏的摇滚吉他日渐精湛，从一开始时的稍欠微妙到后来变得无比克制，甚至到了细致入微的地步，兼有蓝调般的令人动容，就连世上最挑剔的耳朵最终也为之折服。库柏和罗伯逊都熟悉迪伦即兴而为的行事风格，为此帮助做了不少与纳什维尔音乐人的沟通工作，主要也是通过查理·麦考伊这个通道。"他们没有任何图表一类的东西，他手怎么动他们就随着怎么做，"约翰斯顿对布莱克说，"这太自发了。艾尔·库柏曾称之为通往地狱的路线图！"

　　当然，主导一切的是鲍勃·迪伦的声音，不仅作为作者，并且作为专辑的实际主要乐手。迪伦并没有完全放弃他自己对杰克·凯鲁亚克所谓"自发的波普爵士乐韵律"的理解，但至关重要的是，他违背了凯鲁亚克所声称的奇迹般的实践，总是不停地、小心翼翼地修修改改，一贯而且至今如此，有时甚至会放弃整首歌。三年之前，迪伦曾巧妙地改动了〈暴雨将至〉这首歌中的一个词，将"我的"改为"年轻的"，加强了歌曲的叙事，同时使歌词更接近它所依据的传统苏格兰歌曲〈兰德尔王〉（Lord Randall）。《金发佳人》中有些歌的歌词改动非常大，却从未失手搞砸过。将"我给你这些珍珠"改为"她的雾，安非他命和她的珍珠"就是十几处修改中的一例，可以由此管窥到，迪伦如何在工作室及纳什维尔的酒店客房里为歌曲增色，令它们承载的意象跃然纸上。而迪伦的声音，就像一个不断演进中的发明一样，是这张专辑的试金石之一。对于已经听惯了他粗糙沙哑嗓音的听众来说，这次是个流畅甚至甜蜜的惊喜。在《金发佳人》中，迪伦时而发出齿擦声，像女巫预言一般轻柔，时而受伤、骄狂、冷嘲热讽。一些句子，比如〈乔安娜幻像〉中的"但就像路易丝常说的/'你看不下去，不是吗，伙计'/当她自己为他做着准备"，唱出来甚至比写出来还具挑战性，但迪伦把它搞定了。

《金发佳人》至今仍是迪伦的创作生涯中的一座巅峰。它从多角度描述了人类的基本欲望，那些并不总是值得恭维的人类欲望，以及一个人存在于世间的内在活动。纳什维尔录制期的歌词手稿表明，迪伦的创作具有一种 1960 年代的风格，即艾略特所指的，那种令人遗憾的"感受力的疏离"（dissociation of sensibility）——把散漫的思想或睿智从诗学价值中割裂出去了，用情绪取代了连贯性。至少早在 1964 年，迪伦就已经开始尝试这种明显受"垮掉派"影响的风格，并且呈现在《鲍勃·迪伦的另一面》中。手稿中幸存下来的一些正在形成中、尚未完成的歌词——星罗棋布如海上岛屿般的璀璨意象，最终令〈孟菲斯蓝调〉呼之欲出的那些——要更严谨些，但永远不会完全失去其迷乱的特质。除了意象与意义之间的割裂之外，《金发佳人》中的兰波般的象征主义和"躁动一代"那种胡闹的形象，也令人想起威廉·布莱克有关天真与经验的组诗，例如〈就像个女人〉，它描绘出天真与经验如何融合为一体，同时又刻画了二者之间的鸿沟。这张专辑的很多歌曲，表达了在此鸿沟中挣扎图存的某种团结，尽管它们自陷于诱惑和沮丧。虽然这些歌曲有时尖酸刻薄，甚至充满控诉，但它们一点都不生硬或玩世不恭。《金发佳人》从未贬低或嘲笑初级经验。它那命定的、伤害性的私情并不曾否定爱，或曾放弃重塑、解放爱情的努力；恰恰相反，正如结尾诗篇中对神秘而又聪慧的"眼神哀伤的洼地女子"所作的冗长陈述，最终组装起来的《金发佳人》是一部看破尘世但又满怀希望的艺术作品。

这张专辑在其他许多方面也是布莱克式的。正如年轻的评论家乔尼·萨卡尔（Jonny Thakkar）指出的那样，在〈乔安娜幻象〉的第三节中有布莱克诗作的影子，即当这首歌的视角暂时转换成了路易丝的微妙但平淡的角度，嘲笑起路易丝的三心二意的情人，即歌者，笑他是"迷失的小男孩"。这个句子分别照搬了《天真之歌》以及《经验之歌》这两首复调结构的组诗中一节的标题。在布莱克的诗中，小男孩在追求一个圣洁的幻象时感到失望——"夜是黑暗的，那儿没有父亲/孩子被露水打湿/泥潭深处，孩子哭了/水汽蒸腾"——后来得到残酷的教训。在他早期录制的歌中，迪伦会提出问题并给出答案，秉承标准的民谣形式，只不过他给的答案是"在风中飘"。但他在《金发佳人》中的一些歌曲，就像布莱克的《经验之歌》中的一些诗一样，没有提供任何答案。布莱克的诗《虎》（The Tiger）完全是由未予回答的问题组成的——"什么样不朽的手或眼睛/可以设计出你可怕的匀称美？"——〈眼神哀伤的洼地女子〉也是如此。

　　这张专辑改变了听众和跃跃欲试的作家及艺人对鲍勃·迪伦的想法，以及对摇滚乐的可能性的想法。它也影响了它的制作人。一年 127 后，艾尔·库柏所在的"蓝调计划"（Blues Project）乐队解体，他便领头新组了一个融爵士乐、摇滚及流行音乐为一体的乐队，却用约翰尼·卡什 1963 年的专辑名《血汗和眼泪》（*Blood, Sweat, and Tears*）来命名（*Blood, Sweat, and Tears* 这句子的始作俑者是温斯顿·丘吉尔）。在完成《金发佳人》的录制后不久，纳什维尔的几位乐手重新组合成"神秘骑士乐团和街头歌手"（Mystic Knights Band and Street Singers）乐队，由制作人鲍勃·约翰斯顿（这时起了个艺名为 Colonel Jubilation B. Johnston）率领，在哥伦比亚唱片公司录制并发行了 1960 年代最晦涩的 128 摇滚专辑之一《陈腐的千金》（*Moldy Goldies*）——"我们做得要多蠢有多蠢"，查理·麦考伊回忆说——从"小流氓"乐队（Young Rascals）的〈好好爱着〉（Good Lovin），到"松尼和雪儿"乐队（Sonny and Cher）的威廉·布莱克的诗《虎》的手稿。这首诗是他的诗选《经验之歌》中的一首，发表于 1794 年。

〈砰砰〉（Bang Bang），他们还搞出个自己的上榜歌曲，即那首〈雨天女子 12 和 35 号〉，只不过主唱不是鲍勃·迪伦，而是"甜美的诺玛·珍·欧文"（Luscious Norma Jean Owen），她的南方腔半带羞涩半带迷惘。

迪伦在洛杉矶协助监制了《金发佳人》的混音，然后与"小鹰"乐队（米奇·琼斯这时暂时接替了莱翁·赫尔姆）一起，踏上了他那著名的狂飙般的世界巡演。尽管在英格兰和法国受到刁难，但〈雨天女子〉在美国已一炮而红，带来的商业效应跟〈像一块滚石〉的早期成功如出一辙，似乎迪伦的新歌已经驱走了那些嘘声，至少在美国是如此。尽管《金发佳人》的艺术性非常复杂，但它再次确立了迪伦的巨大知名度，在《告示牌》排行榜上位列第九。不过，那一年的七月，迪伦在伍德斯托克外的一条乡村小道上骑摩托车时出了车祸；在他再一次隐居期间，他在索格蒂斯（Saugerties）附近与"小鹰"乐队一起录制了后来被称为《地下室录音带》（*The Basement Tapes*）的作品，而"小鹰乐队"随后很快改名为"乐队"（the Band）。直到《金发佳人》完成一年半以后，迪伦才重返纳什维尔——由查理·麦考伊和肯尼·巴特雷陪伴左右，在哥伦比亚唱片公司录音室，由鲍勃·约翰斯顿担任制作，完成了《约翰·卫斯理·哈丁》（*John Wesley Harding*），并在圣诞节之后推出。天真和经验依然占据着迪伦的脑海，但在第一期录制中，直白的〈流浪者的解脱〉（Drifter's Escape）快速成型，听起来完全不同于以往。"一切都不同……"麦考伊回忆道，他所指的不仅是录制的效率（只用了不到 10 个小时的工作室时间），还有歌手的声音："对我来说，他听起来好像是换了个人。"鲍勃·迪伦拒绝被固定或锁定哪一种声音，哪怕是《金发佳人》中的那种狂喜之声。他漂泊不定，并依然漂泊下去，不断地峰回路转，朝着新的高峰、峡谷、高峰。

第三部分

后来

第五章

天堂之子

"滚雷巡演"，纽黑文退伍军人纪念体育馆，康涅狄格州，1975 年 11 月 13 日

哥伦布骑士会大楼及纽黑文退伍军人纪念体育馆

作为"滚雷巡演"的观看场地，纽黑文退伍军人纪念体育馆 131 （New Haven Veterans Memorial Coliseum）显得平淡无奇。它三年前刚落成，卧在哥伦布骑士会（Knights of Columbus）的全国总部大楼后面。这座建筑本来可以作为 1960 年代中期到 1970 年代美国主流公共建筑的未来主义的一个缩影——要是它能更迷人一点、设计得好一点的话。康涅

132 狄格州海岸线的地质妨碍了地下车库的建设，所以建筑师们在屋顶上盖了一个停车场——这是个糟糕的规划和令人心堵的创新，导致建筑物趋于崩溃，直到 2007 年最终被拆除。迪伦的巡演是对旧时代嘉年华和"江湖卖药秀"的一种致敬，其演出场地——特别是最初的几场——往往选在历史悠久的旧剧院进行。而将纽黑文的这家体育馆变成狂欢场所（更不用说还要变成有历史感的地方），这恐怕需要大量的舞台设计技巧和弄假成真的本事。

即使如此，里面还有一个卖点，具体就在靠近大厅前面的地方。纽黑文是迪伦巡演期内最靠近纽约的地方，所以城中有些贵宾来这里连看两场。作为完全不接地气的一员——那年我在耶鲁研究生院上二年级，那次是我第三次来听迪伦的演唱会，而格林威治村已经远去，我的大脑里塞满了历史书籍和学术上的焦虑，那一刻简直装不进太多音乐方面的东西——我根本不可能预知，这个卖点会有多大。乔尼·米切尔（Joni Mitchell）已决定加入纽黑文之旅，坐飞机过来，从舞台后门溜进来（尽管如此，唉，她只出现在晚场的演出中，而我的票是日场）。刚出炉的"新迪伦"布鲁斯·斯普林斯汀（我的耶鲁室友在大学里见过他，提起他来总是激动得滔滔不绝），正在那儿踱来踱去，正要与迪伦在这位明星的更衣室里见面。比尔·格雷厄姆（Bill Graham）、帕蒂·史密斯（Patti Smith）和约翰·普林（John Prine）也出现了。

我还是反应蛮快地认出了站在通道中的阿尔伯特·格罗斯曼，他已不再是《莫回头》中那个衣冠楚楚、令人生畏的经理，而是个满头白发、笑容可掬的人。从远处看上去，他穿着像是农场工作服的白色罩衫。前十几排中的其余每一个人，特别是女性，都比我在 1964 年爱乐厅的迪伦音乐会上所看到的要气派、迷人得多，更别提一年后我在森林山的迪伦音乐会所见的乱哄哄的听众了。无论这场"秀"会带来的是什么，有一点都是肯定的，那就是迪伦的头号粉丝们已经变得比十年前优雅、外在、时髦得多。我已忘了我和我的室友当时是怎么搞到这么好的座位的，能够坐在那些重要人物的后面，在楼下，并能将看到整个舞台。很可能，我们就是运气太好了。

就在我趁灯光暗下来之前大饱眼福之际，台上还有个奇怪的幕布颇难琢磨。很难确定它是纯粹的马戏团把戏，还是谁开的玩笑：一块黄色的帷幕，上面绘成镜框式的拱形舞台台口（饰以"滚雷巡演"的字样），下面画成视觉上立体的窗帘，窗帘两侧贴着大力士举重、训练徽章等其他杂耍、搞怪的漫画像。中间画着一男一女两个人，穿着 1890 年代风格的体操服，脚蹬空中飞人的长靴，站在窗帘中间，脚下踩着钴蓝色的地球，腼腆地望向前方。 <!-- 134 -->

直到多年以后，我才联想起来，它很像马塞尔·卡尔内（Marcel Carné）那部伟大的电影《天堂之子》（*Les enfants du Paradis*，1945 年）的片头字幕，就像是它的美国翻版——事实也证明，当时迪伦的脑海里确实有这样的念头。可当时谁会知道——现在又有谁知道呢？我们当时能确定的似乎就是，我们将要观看一场与摇滚音乐会非常不同的东西，一场更像露天表演或游乐会的演出。

突然间，没有人报幕，迪伦和乐队就亮相在台上，唱起了他的第一曲〈当我画我的杰作〉，唱的正是在体育馆内如何浪费时间云云。让人更加摸不着头脑。站在前面的两名歌手中，有一位听起来像迪伦，但脸上蒙着一副怪异的、有光泽的半透明塑料面具。演出开始不过三分钟，迪伦已经让观众彻底陷入了神秘气氛，莫名其妙地兴高采烈，完全忘了自己是坐在纽黑文退伍军人纪念体育馆里了。

*

迪伦在《金发佳人》发行之后不久就骑摩托车出了事，致使他重新审视自己的生活和音乐，并促使他从巡演中急流勇退了很长一段时间。然而，与普遍的认知相反，这场事故并没有导致迪伦音乐的休止，也没有扼止住迪伦的创造力。在接下来的一年中，他依偎在新家庭的臂弯中，在乐队伙伴们的抚慰下，隐居在伍德斯托克安享时光。他与霍华德·阿克（Howard Alk）合作完成了电影《吃掉文件》（*Eat the Documents*）；他整理出长达数小时的非正式演唱录像资料，后来经删节而成了 1975 年推出的双专辑《地下室录音带》。其原始录像带（格雷·马尔库斯对其有一番想象力丰富的分析介绍）包括了大量的民间音乐和其他词作家的歌曲，但还是有足够的原创和共同创作的材料满满地塞进了双面专辑，其中的一些材料可以说是令人惊艳，包括〈愤怒的眼泪〉（Tears Of Rage）、〈我将得以释放〉（I Shall Be Released）和〈太多虚无的东西〉（Too Much Of Nothing）。回想起来，这卷录音带表明，当迪伦在 1965 年和 1966 年回到他年少时钟爱的摇滚乐上来的时候，他并没有切断他所植根的各种美国流行歌曲，包括乡村和西部音乐、节奏和蓝调，以及大量的民谣复兴曲目。

1967 年 10 月，迪伦回到纳什维尔，与鲍勃·约翰斯顿、查理·麦考伊及肯尼·巴特雷一起录制《约翰·卫斯理·哈丁》，这张音乐简单但诗意繁复的专辑于 12 月问世。在后来的 8 年里，迪伦发行了 7 张原创歌曲专辑［从《纳什维尔天际线》（*Nashville Skyline*）开始，最终以《地球波动》（*Planet Waves*）、《轨道上的血》及《地下室录音带》达到高潮］，以及一张热门金曲专辑、一张离经叛道的政治性单曲（〈乔治·杰克逊〉）、电影《比利小子》（*Pat Garrett and Billy the Kid*）的音乐专辑，以及他于 1974 年与乐队一起复出巡演的双专辑。他还在 1968 年与"小鹰"乐队在卡内基音乐厅的伍迪·格斯里纪念音乐会上演出，并出版了一本他自己的歌词暨散文诗选集，配着他画的一些素描，题为《文与图》（*Writings & Drawings*）；他在山姆·毕京柏（Sam

Peckinpah）导演、他自己插曲的影片《比利小子》中扮演了一个小角色。与 1962 年到 1966 年他那令人惊叹的创作高峰期相比，这个时期对迪伦来说，似乎像是休闲艺术期——但对于任何其他音乐艺术家来说，他这些打了折扣的表现仍可谓成就辉煌。

写迪伦传记的作家们对他个人在这段时间内经历的动荡有非常详尽的描述，这一时期，迪伦的大部分时间都在舞台及公众的视野之外：他与萨拉的婚姻开始出现裂痕，这使得他们到 1975 年时已基本上分居了；与哥伦比亚唱片公司发生的商业纷争使他中断使用对方的音像标志（这也致使哥伦比亚唱片公司合约条款束缚他，发行了一张"报复性专辑"，是用一些原本剪掉的劣质镜头和拍摄花絮制作而成，并给这张专辑起名为《迪伦》），直到他在 1974 年终于恢复使用原来的商标；与他的经理人格罗斯曼的关系变得非常紧张；1969 年，他做了一个倒霉的决定，将正在壮大中的家庭搬回了格林威治村的心脏地区，后来又迁到了马里布。

迪伦也谈到了某种艺术的危机，仿佛尽管他有旺盛的创造力，但他已失去了他原本的天分和志向。"就好像我突然失忆了……我做不到过去能够自然而然去做的事情——像《重返 61 号高速公路》这样的事。我的意思是，你没办法坐下来自觉地去写作了，这与时间的断裂有关。"这种"失忆"变得如此糟糕，以致到了 1974 年，迪伦觉得自己在追逐他的缪斯同时，他只是在"下沉、下沉、下沉……我相信我除此之外什么也做不到了"。然而，迪伦仍然对新思想保持开放——就像他自从出道以来的任何时候一样。

迪伦的一项更为有趣的实验——从他文化谱系上的优势来说，也 137 是最丰富的实践之一；而从其美学的角度来说，则是最深刻的实践之一——其实与写歌及演唱无关，而与绘画有关。迪伦的歌词一直含有特别强大的视觉和叙事元素。在〈乔安娜幻象〉中，他甚至诙谐地描绘了博物馆里的绘画。在那里，无限性受到审判，包括听着公路蓝调的蒙娜丽莎。在 1966 年的澳洲巡演期间，他有时会将一首歌曲说成是一个画家的故事，名字却是旧时巴纳姆（P. T. Barnum）马戏团一名家住墨西哥华瑞兹（Juárez）市的演员，据称其曾经历过特别有创造力的"忧郁时期"：所以（哈哈!），〈就像拇指汤姆的蓝调〉。1968 年，他自己的一幅绘画（画的是形形色色的音乐家和一只冷眼旁观的马戏团大象）成了"小鹰"乐队重生后的首张专辑〈大平克的音乐〉（*Music from Big Pink*）的封面图案。而在 1970 年代初，当迪伦唱起有一天他画着杰作时，他还没忘了为自己的双专辑《自画像》（*Self Portrait*）画一幅自画像做封面，并选了一些自己的绘画作品做他的新书（一本歌词及诗文集）的插图。

他发表在这本《文与图》中的素描显然受到了伍迪·格斯里的影响。迪伦早年就浸淫于格斯里的作品，包括格斯里那些异想天开的铅笔画。他幸存的歌词手稿可追溯到 1960 年代初期，当中就包含了几张精心绘制的素描和涂鸦。苏孜·罗托洛是个专业艺术家，曾鼓励他更深入地挖掘自己的绘画兴趣，指导他鉴赏的作品包括她偏爱的瑞德·葛雷姆斯（Red Grooms）的作品，而葛雷姆斯古怪乖戾的作品似乎也对迪伦的绘画产生过影响。迪伦还遍访纽约的博物馆，很多东西都是这样初次接触到，包括大都会艺术博物馆（Metropolitan Museum of Art）展出的高更（Gauguin）作品。"我发现我能在电影院里坐多久，就能在一幅画面前站多久，"他后来回忆说，"而且站多久都不会觉得累。我能完全失去时间感。"

1974 年春天，在与乐队巡演结束后，迪伦出现在卡内基音乐厅 11 楼、画家和导师诺曼·雷本（Norman Raeben）的工作室——无论他是否意识到，他随即会与一套蕴含丰富的历史链接不期而遇，可遇而不可求的还有一位令人敬畏而又有魅力的新老师——雷本。1901 年生于俄国的雷本，其父是侨居美国的意第绪语伟大作家肖洛姆·阿莱赫姆（Sholem Aleichem，本名 Sholem Abramovich Rabinovich），生前写了大量描述犹太人的乡村生活的文学作品，从而赢得了"犹太人的马克吐温"的声誉。[肖洛姆·阿莱赫姆于 1916 年去世。过世近半个世纪后，阿莱 138 赫姆终因笔下塑造的送奶工泰伊（Tevye）这个人物而身后名声大噪，而泰伊的故事也成为音乐剧《屋顶上的提琴手》的来源。] 从他父亲那里，雷本学会不仅将犹太教的圣书看作宗教和哲学典籍，还看作对痛苦和忍耐的深刻隐喻，可以信马由缰任想象力驰骋——可以占有，有时带着漫画式的和黑暗的色彩，像父亲那样挥洒圣诗，有时以扭曲的形式，从他笔下最平凡的人物口中说出来，从泰伊到倒霉的曼纳汉姆·门德勒（Schlimazel Menakhem-Mendl）。

1914 年，年轻的诺曼随家人一起移居纽约，开始跟"垃圾箱画派"（Ashcan School）的几位领航人物学画，包括罗伯特·亨利（Robert Henri）、约翰·斯隆（John Sloan）和乔治·卢克斯（George Luks）。在肖洛姆·阿莱赫姆举家来到纽约的六年前，亨利、斯隆、卢克斯及其他五位画家曾在麦克白画廊举办过一场引起轰动的写实派画展，展品中许多都展现了曼哈顿生活艰难困顿的一面。后来，这些被称为"八杰"的作品，特别

诺曼·雷本，约摄于 1974 年。

是亨利的画作，对后来的乔治·贝洛斯（George Bellows）、爱德华·霍普以及更为年轻的诺曼·雷本都产生了影响。

1920 年前的某个时候，雷本回到欧洲，去与那里更有创新活力的艺术根基进行接触联系，这就意味着他要前往巴黎。在那里，据他自己的说法，他进入了波希米亚艺术圈，圈中人包括毕加索、马克·夏加尔（Marc Chagall）、阿梅迪奥·莫迪利亚尼（Amedeo Modigliani）及（尤其重要的）表现主义画家柴姆·苏丁（Chaim Soutine），并且据称还与苏丁同吃同住过。（雷本的遗孀维多利亚后来否认了他这些吹嘘性的说法，不过他可能至少是与苏丁做过邻居。）苏丁对他在卢浮宫研习过的大师们一往情深，这种感情化为他笔下奔放的重彩油画，笔触既温柔又狂暴。这种内在表达、传统熏陶与犹太隐喻的结合、转化，经由雷本（像他一样，他的圈子里很多艺术家，如苏丁、夏加尔，都是犹太人）而对迪伦的歌曲创作产生影响。但到 1970 年代，雷本将精力主要放在了艺术和犹太教这两方面的教学上——其工作室选址恰到好处，在第 57 街上傲然独立，与卢克斯、贝洛斯、斯隆及亨利曾执教的艺术学生联盟（Art Students League）隔街相望。

迪伦从莎拉的朋友罗宾·费迪克（Robin Fertik）那里听说了雷本其人，于是就想向雷本求教，以更多地了解犹太哲学。但结果是，他在雷本的工作室里打了两个月的工，每周五天，每天从八点半一直干到下午四点。迪伦后来将那里的学生描述为杂牌军："来自佛罗里达州的富婆们，站在一名下岗的警察旁边，警察旁边站着一名公共汽车司机、一名律师。反正是各色人等。"迪伦在他们中间看上去并没有什么与众不同之处，至少在雷本眼中是这样。尽管雷本知道迪

诺曼·雷本的画作《时代广场》，约作于 1953~1963 年期间，24"x16" 布面油画。

伦的名气，但他经常把他当作白痴一样呵斥（就像对其他学生一样）。无从知道这段经历对迪伦绘画的进步有多大帮助，反正他永远也不会特别精于此道。但迪伦对雷本的教诲不吝溢美之词，说他教会了自己"如何看"，通过把"我的心、手、眼放在一起，让我能将我无意识间感受到的事情有意识地做出来"。

迪伦不时地提到一些人生导师，称他们的原则或思想体系使他走出了艺术和精神的低谷。在他的回忆录《编年史》第一卷中，他忆起早年从老蓝调歌星罗尼·约翰逊（Lonnie Johnson）那里学的某种特殊的"数学的"音调结构，曾在 1980 年代中期帮助他重整旗鼓。他跟雷本学会了避免概念化（被雷本视为当代艺术中的祸根），学会了朴素地看待事物，看到它们真实的模样，时时意识到观察的视角，平视的同时也要俯瞰。他还学会了如何放弃他曾自动依赖的线性的时间感，学会理解将过去、现在和未来合而为一的艺术可能性，将它们视为一个整体，使得人们可以更清晰、更集中地聚焦在眼前的物体上。

1974 年的那个夏天，迪伦主要在自己农场的房子里工作。这是他买下的农场，位于明尼苏达州鸦河旁边（他弟弟大卫的房子就在前面，更靠近路边的地方）。迪伦全神贯注于一个红色的小笔记本，在上面写着他为新专辑创作的歌词，写下创伤、伤痕和悲伤的爱的智慧。他写下的包括后来成为〈蓝色郁结〉（Tangled Up in Blue）的歌词，后来他将这首歌直接说成是献给雷本的：

> 我只是试图让它像一幅画，让你可以看到不同的部分，但你也可以看到它的全部。对那首独特的歌曲，我就想这么做……用时间的概念，以及角色从第一人称变成第三人称的方式，而你永远不能很确定是第三人称在说话，还是第一人称在说话。但当你看待整件事时，这真的并不重要。

至于歌中的"她"是谁，或歌中到底有多少个"她"，或什么事发生在什么时间，这也同样并不重要；迪伦用十年的生活将这首歌糅合在一起，然后花了两年才把它写出来。

确实，雷本似乎以几种方式影响了迪伦和他的〈蓝色郁结〉这首歌。他狂躁、粗暴、刻薄，用这种方式指导他的学生，有时大手一挥直接在画布上修改学生的画作，让他们看看该怎么做。艺术家约翰·阿马托（John Amato）当时也是雷本的学生，据他说，迪伦有一天画了一个花瓶静物写生——这是想让时间停止的典型艺术追求——他用了大量的蓝色，这是学画的新手最喜欢的颜色。雷本不以为然地看着画布，告诉迪伦，他郁结在蓝色里了。阿马托回忆说，几天后，迪伦用"郁结"做标题写了一首歌的歌词，让同学们惊讶不已。据他的同学们所说，他还做过些同样的事，如以雷本常挂嘴边的骂人脏话"白痴风"（Idiot Wind）为题作歌——尽管这个词更有可能来自于一首题为
141 《1940 年 6 月》（June 1940）的诗，作者是最早期的"垮掉派"作家和作曲家、旧时地下文学艺术圈中的传奇人物威尔登·基斯（Weldon Kees）。[1]

新专辑《轨道上的血》充斥着蓝调，虽然当中只有一首〈早晨见

----

〔1〕《1940 年 6 月》发表在 1940 年 9 月/ 10 月号的《党派评论》上，结尾是这样的："又是夏天，夜晚温暖寂静。/窗是暗的，山在远方。/仇恨战争的人们搭起平台。/白痴风吹起；良心死了。"尽管这首诗符合当时的纳粹—苏维埃协定时期的共产党路线，但这首诗实际上反映出更广泛的反战观点，而这些观点在当时的知识分子中间是普遍的——这些知识分子在一战之后数十年的幻灭中成长起来，他们不想看到美国再次卷入欧洲的帝国战争。基斯是内布拉斯加州人，1940年造访纽约，1943 年搬到那里，与左翼的反斯大林文学圈过从甚密，圈中人物包括莱昂内尔·特里林、德维特·麦克唐纳及其他《党派评论家》的作者，但他后来转向绘画，并成为当时所谓纽约学派中早期抽象表现主义的代表人物。1950 年搬迁到旧金山湾区后，基斯深度参与到作曲和文艺批评中去，然后在五年之后神秘地消失了。感谢妮娜·格斯（Nina Goss）提供资料参考。

我〉（Meet me in the Morning）是以标准的十二小节曲式写成的。这些歌诉说着渴望、感激和愤怒，以及关于红桃 J 的省略叙述，听起来像是个勇敢的、可能不乏自夸的寓言（即使不是）。专辑的结尾是首充满希望的装饰音歌曲〈大雨倾盆〉（Buckets of Rain）。

一些歌中的片段充满画风。〈命运弄人〉（Simple Twist Of Fate，又称 Fourth Street Affair）这首歌中的一部分情节发生在"一家霓虹灯闪烁的陌生的旅馆"：

> 他醒来了，屋里空了
> 他找不见她的踪影
> 他对自己说他不在乎，一把推开窗子
> 内心空空的却说不上来怎么了
> 这全是命运的捉弄

迪伦的歌词表达了一种寂寥心情，充满霍普油画的神韵。

令人好奇的是，现在被广泛视为迪伦最伟大专辑之一的《轨道上的血》，在 1975 年 1 月发行时，曾遭遇过一些尖刻的评论，乐评家们主要是对迪伦的伴奏乐手那种"无动于衷"的音乐涵养感到不满。或许是专辑中持续的听天由命的感伤情绪［偶尔被〈白痴风〉、〈莉莉、罗丝玛丽和红桃 J〉（Lily, Rosemary, and the Jack of Hearts）这样的歌破坏］，阻碍了听众去倾听一位经历了 1960 年代及 1970 年代初洗礼的流行艺术家对那个时代进行的第一次成熟的音乐回顾。但这无关紧要；1975 年晚春，迪伦逃之夭夭，飞到法国，与艺术家大卫·奥本海姆（David Oppenheim）一起消磨了几个星期，这期间与萨拉保持着电话联系，但大部分时间都漫无目的，优哉游哉，还曾在法国南部与吉普

142

第五章　天堂之子 ｜ 155

赛人之王会面。[1] 随后，六月底，他又出现在格林威治村。

据当年"飞鸟"乐队的顶梁柱罗杰·麦昆（Roger McGuinn）说，那个春天的某个时候，迪伦在麦昆位于马里布（Malibu）的家中跟他一起投篮时，突然停下来，手里抓着篮球，望着外面的大海，说他想做点"不一样的事情"。

麦昆知道，对迪伦来说，"不一样"可以意味着任何事情，于是就问他脑子里想的是什么。

"我不知道……像马戏团那种的。"

*

纽黑文的"滚雷"音乐会以一首〈当我画我的杰作〉开场，先声夺人。迪伦和鲍勃·纽沃斯（Bob Neuwirth）的二重唱有些参差，但非常有气势。完整的配器，包括有曼陀林的演奏，听起来更像意大利风格而不是俄克拉荷马的土风，这完全不同于几年前收入一张精选集里的那个原声不插电版本。最重要的是，迪伦的歌声中似乎有一种长久压抑的激情，长吁一口地吐出那句"想要回到可口可乐的土地"——他唱成了"Co-HO-LA"——像是要确保我们能听清楚这个词。乐手们在舞台上散乱地站着，我一个都认不出。在这首歌结束的时候，迪伦摘掉了一顶像是装饰了鲜花的宽边帽，拿下了他的面具，当然是

143

---

〔1〕 迪伦也曾声称，雷本对他的影响使迪伦与萨拉的婚姻关系更加紧张。"不用说，它改变了我，"他告诉皮特·奥佩尔（Pete Oppel），"之后我回到家，从那天起，我妻子就再没有真的理解过我。就是那个时候我们的婚姻开始破裂。她从来不知道我在说什么，我在想什么，而我又不可能解释清楚。"迪伦的话援引自安迪·吉尔（Andy Gill）和凯文·奥德加（Kevin Odegard）的《命运的捉弄：鲍勃·迪伦和〈轨道上的血〉的产生》（*A Simple Twist of Fate: Bob Dylan and the Making of "Blood on the Tracks"*，纽约，2004），第 39 页。

他，终于还以本来面目——只不过一开始看上去有点苍白，原来是敷了一层薄薄的白色粉底，或者只是我记忆中如此。我已看过不少迪伦在"滚雷巡演"期间其他场次的演出画面，迪伦化成大花脸的扮相也看了不少，所以我也可能记混了（不过摄影师们留下的照片似乎是支持我的），正如我记忆中他在纽黑文演出时戴了塑料面具这一点也可能有误一样 。

在唱〈亲爱的，那不是我〉（It Ain't Me，Babe）之前，迪伦飞快地说了句，将这首歌献给达·芬奇，然后就将这首大家耳熟能详的旧歌演绎成了一首切分音的、半雷鬼乐（reggae）节拍的新歌，亮点是结尾处踏板电吉他发出的涟漪声，和迪伦简短而又凛冽的口琴独奏交相呼应（引起观众一片喝彩声）。迪伦和乐队接下来演唱〈哈蒂·卡洛的寂寞之死〉，这是迪伦写过的最出色的歌之一。重重的节拍响起，迪伦的激情就更加显而易见，从他的唱腔里可以分辨——不再是民谣歌手那种含混的慢吞吞咬字，他要将歌词的每一个音节都清晰地吐出来。

接下来的演出开始变得很奇怪。迪伦介绍了一位个子高高、头发乌黑光亮的女小提琴手，名叫斯嘉丽·里维拉（Scarlet Rivera）。他明知她对于我们所有人来说都是一个陌生人；但他的口气仿佛她是个众所周知的朋友。"我们要把这首歌献给山姆·毕京柏，"他继续说道。每个人都知道谁是毕京柏——电影《比利小子》早于两年前公映——但听他提到一位制片人的名字还是感觉怪怪的，直到乐队开始演奏《欲望》（Desire）专辑中的〈杜兰戈浪漫曲〉（Romance In Durango），开头的一句唱的是火热的红辣椒，很有国界以南的情调。

在接下来的一首歌中，一切都变成了一团乱麻。迪伦放下他的吉他，讲了一个据说是"真实的故事"，然后开始演唱一首新歌，一开始是关于钻石和世上最大的项链 ——我误以为这首歌是关于某个人或某件事或某些叫做"冰块"的东西。一段裂帛般的口琴即兴重复段，被乐队的伴奏充盈起来。这摆明了是摇滚乐，但听起来又如同魔咒，迪伦好像半是背诵，半是嘶吼着一个奇怪的故事，一边还伸出双臂，挥舞着手指。歌词是完全陌生的，因此很难听明白，无论迪伦怎样掏心掏肺地要把它倒出来。直到乐队安静下来，听到一句，"她说，'你去哪儿了……'"，我才开始听出这首歌，是关于另外一段浪漫的芭蕾双人舞的。但"冰块"很快就一曲终了，迪伦宣布幕间休息，场内亮起了灯。所有人都拍手叫好，有些人吹起了口哨，但我还是没有从刚刚的演唱中回过神来，而且肯定不止我一个人感到懵懂。

幕间休息后，舞台上的幕布确实落在了台上；从后面传出吉他弹奏的声音，随着幕布慢慢上升，露出了迪伦和琼·贝兹，他们唱着〈时代在变〉。迪伦仍是上半场的那套打扮，头戴墨西哥宽檐帽，身穿马甲，脖子上挂一条印花的围巾；贝兹穿的看起来像是一条肥大的蓝色喇叭裤，招牌性的长发披在肩上；总之这一对不再是 1964 年时的模样了，但至少他们的歌声还是从精神上把人们带回从前那个更热切的时代。"谢谢，"迪伦对观众的掌声表示了一声感谢，然后他大声自报说："鲍勃·迪伦和琼·贝斯"——以第三人称称呼自己，仿佛我们刚刚看到的是一段心爱的但已逝去的往昔的重演，仿佛眼下开口讲话的鲍勃·迪伦并不是刚才演唱的那个人。他在和他以及她的角色中周旋着，他把过去和现在混淆在一起。

迪伦和贝兹——或者，他们还是"迪伦和贝兹"吗？——又唱了四首，没有一首是从他们为人所熟悉的旧曲目中选的：1940 年代中期的默尔·崔韦斯（Merle Travis）的采矿歌〈像黑漆漆的地牢〉（Dark as a Dungeon）；专辑《约翰卫斯理·哈丁》中的一首〈我梦见圣·奥古斯丁〉（迪伦将这首歌献给马萨诸塞州洛厄尔的市民）；1950 年代约翰尼·艾斯（Johnny Ace）的节奏蓝调民谣名曲，〈永远别让我走〉（Never Let Me Go）；最后以〈我将得以释放〉作结，并将此歌献给共同作者理查德·曼纽尔（Richard Manuel），由乐队伴奏。这台小型的二重唱音乐会，既有民谣复兴之前的乡村音乐，也穿插着迪伦在伍德斯托克不平静的隐居时期改写的作品，都是舀取早期的灵魂发酵而成。迪伦将他当初模糊地对罗杰·麦昆提起的马戏表演糅合在一起，然后以其自身的方式，用这梦幻般的一幕将它概括起来——从音乐、视觉到精神。

*

"罗杰！"迪伦喊道，他跳起来拥抱他的朋友，把饮料弄洒了，流得满桌子都是。"你去哪儿了，哥们儿，我们等了你一整夜。"

那是 1975 年 10 月下旬一天的凌晨两点已过，麦昆先是待在热尔德民谣城，然后和乐队的吉他手、他的巡演经理兼作家拉里·斯洛曼（Larry Sloman，这里提到的故事即来自他写的一本回忆"滚雷巡演"的书）一起去唐人街吃饭。饭后，斯洛曼劝麦昆不要急着回酒店，先去布利克街的老酒馆"索端"（后来倒闭，更名为"另一端"Other End 重新开张）再喝一杯。几年前，麦昆曾在那地方为"查德·米切尔三人组"（Chad Mitchell Trio）当乐队伴奏。"来嘛，罗杰，"斯洛曼央求道，"我听说迪伦刚进城，即使他不在，我确信利维也会在那儿的。"他指的是百老汇戏剧圈外的导演雅克·利维（Jacques Levy），他们曾合作写出了麦昆离开"飞鸟"乐队后最出名的歌〈栗色母马〉（Chestnut Mare）。最后，那晚他们在"鱼壶酒吧"与迪伦相见欢，一直到凌晨四点才兴尽而归。迪伦成了当晚的中心人物，他兴致勃勃地大谈他的新事业，即要为入狱的拳击冠军鲁宾·"飓风"·卡特（Rubin "Hurricane" Carter）的自由而奔走。他还关切地谈及菲尔·奥奇斯这样的老朋友兼竞争对手，并谈到即将到来的相当即兴的巡演活动。他乘兴邀请麦昆和斯洛曼分别参与演出和文字工作。

这种相当即兴（尽管并不是完全随机）的巡演招募符合迪伦的率性本能，但同时也是迪伦回归熟悉的舞台的产物，他要的是被新老朋友簇拥着的安全感。随着夏天的开始，格林威治村变得相当寂寥：纽约的财政危机已经变得非常严峻，昔日老咖啡馆人声鼎沸的景象早已让位于贩毒的小铺、连锁快餐店和粗制滥造的"嬉皮"服装店。事情正在静静地发生着，只待六月底迪伦那一场喷薄而出的爆发。在"七·四"独立日那个假日周末开始之际，迪伦在"另一端"酒吧登台，与杰克·埃利奥特一起唱了几首歌，其中包括首次演唱的新歌〈被遗弃的爱〉（Abandoned Love）；夏末时，他又为大卫·布鲁（David Blue）的专辑录制了口琴伴奏的音轨。当迪伦不在长岛与雅克·利维一起写着新歌时，人们就纷纷传言说他回城了；果然，七月下旬，迪伦带着一班走马灯似的不停换人的乐队［其中一期埃里克·克莱普顿（Eric Clapton）和埃米洛·哈里斯（Emmylou Harris）同时都在］，去了中城的哥伦比亚唱片公司工作室录制歌曲。老友记以及包厘街（Bowery）上不断涌现的朋克摇滚一族（包括后起之秀帕蒂·史密斯在内）都经常光顾硕果仅存的几家民谣阵地："热尔德"、"另一端"及"鱼壶"。

10月22日迎来了一个高潮。那一天，迪伦和朋友们在"另一端"相聚，为大卫·布鲁的演出捧场。随后继续赶场，应邀出席"热尔德酒吧"为其店主麦克·波科举办的生日派对，这些在斯洛曼的书中有详尽描述。第二天，迪伦完成了新专辑《欲望》的收尾工作；10月30日，经过几天临时抱佛脚般的排练，"滚雷巡演"在马萨诸塞州普利茅斯正式揭幕。直到很久之后我才想到，或许那天迪伦戴面具与时值万圣节有关。

虽然这个参演的花名册上并非来者不拒，但却充分反映了迪伦的过去。格林威治村的老交情杰克·埃利奥特（他是伍迪·格斯里的生前至交）、鲍勃·纽沃斯（他是迪伦1960年代中期的密友，那时已搬到纽约）都跻身进来，而傲慢的深眼窝的菲尔·奥奇斯（五个月后他自杀了）及深感失望的埃里克·安德森（Eric Andersen）则榜上无名。迪伦邀请琼·贝兹参入演出，贝兹先是为了自己的档期而推托，但最终还是签名参演了，她的加盟深化了迪伦巡演与1960年代的关系。罗杰·麦昆的加盟构成另一环，同样的还有名气稍逊的大卫·布鲁（他实际上没有上台演出），艾伦·金斯堡和彼得·奥尔洛夫斯基（二人的角色分别是巡演团的吟游诗人和首席行李保管员）也是如此，还有"垮掉派"圈中诗人安妮·沃尔德曼。年代更久远的有摇滚先驱罗尼·霍金斯——曾先后负责"小鹰乐队"及 The Band 的伴奏，直到现在都一直是迪伦稳定的伴奏乐手。

然而，迪伦并不打算把巡演搞成怀旧之旅。帕蒂·史密斯婉拒了他的邀请，但她的一位前男友、前途光明的剧作家山姆·谢泼德则签字加入，名义上是为了帮迪伦为巡演写一部电影剧本，因为迪伦想拍这么个片子。完全偶然地，迪伦还聘请了米克·朗森（Mick Ronson），他不久前还是大卫·鲍伊（David Bowie）的"火星蜘蛛人"（Spiders from Mars）乐队的主要吉他手。从《欲望》专辑录制乐队中，他招募了贝斯手和乐队领头人罗伯特·斯通纳［Robert Stoner，之前是"杰克和家庭珠宝"乐队（Jake and the Family Jewels）的成员］，鼓手是豪伊·怀斯（Howie Wyeth，著名画家安德鲁·怀斯的侄子），小提琴手斯嘉丽·里维拉，是迪伦在第二大道上发现的，带来试了试，并当场录取。埃米洛·哈里斯退出后，迪伦又签了罗妮·布拉克利（Ronee Blakley），她因出演罗伯特·奥特曼（Robert Altman）刚公映的电影《纳什维尔》而名声大噪，后来还因此获得了奥斯卡提名。迪伦是在"另一端"出席大卫·布鲁的演出期间遇见她的，当时距巡演揭幕只剩下短短一个星期的时间。沃斯堡市起家的吉他手 T 骨伯内特（T-Bone Burnett），以及多乐器演奏家大卫·曼斯菲尔德［David Mansfield，时年不到 20 148

岁，之前是一个名叫（Quacky Duck and His Barnyard Friends）"呱呱鸭和朋友"的乐队的成员]，以及打击乐的乐手路德·利克斯［Luther Rix，曾为〈飓风〉这首歌做康加鼓伴奏，更早时候曾为贝蒂·米德勒（Bette Midler）伴奏］充实了乐队，并仍为巡演开始后其他演艺者的加盟留有空间。

众星捧月是毫无疑问的，但贝兹（有独唱也有与迪伦的二重唱）、埃利奥特、麦昆、布拉克利、纽沃斯和乔尼·米切尔都有单独亮相的机会。本来还打算安排金斯堡出来念诗，但所有这些出场戏份几乎都被砍了；不过，金斯堡的确露了一次脸，是在巡演闭幕的夜场，合唱〈这土地也是你的土地〉（This Land Is Your Land）。这班五花八门的音乐人组合在后来的演出中得名"关岛乐队"，至于典出何处，就取决于你相信哪一种说法，要么是指所有乐队成员都没有踏足过的那个岛，要么是指 1965 年美国从关岛首次对越南展开轰炸的那场名叫"滚雷行动"（Operation Rolling Thunder）的军事部署。

对历史的另一个奇妙的折射——和翻新——是迪伦发动了对前重量级拳击冠军鲁宾·"飓风"·卡特的声援行动。1966 年，卡特还没来得及实现他在拳击场上最辉煌的承诺，就在新泽西州帕特森（Paterson）一家餐馆卷入了一起夺走三条人命的抢劫杀人案，因此被判一级谋杀罪。[1] 卡特坚称自己被人诬陷，称是由于他不懈地倡导民权以

---

〔1〕 迪伦和雅克·利维的歌曲〈飓风〉中写道，在谋杀案发时，卡特是"中量级头号选手"。事实上，卡特确实曾在争霸赛中打败中量级冠军乔伊·贾尔德洛（Joey Giardello），但在 1964 年底，他被裁决失去桂冠。他在《拳击场》（Ring）杂志上的排名从没有突破第三位，并在与贾尔德洛争霸赛之后迅速下滑，在 1965 年与头号竞争对手的五场比赛中输掉了四场，同时在 1966 年对胡安"洛基"里维罗（Juan "Rocky" Rivero）的六场比赛中输了三场，包括最后一个回合，时间在发生谋杀案后不到两个月。卡特从此错过了鼎盛时期，在《拳击场》的排名一路跌到第九。

及批评警察的暴行而被盯上；警方和检方则辩称，几个小时前，一名黑人小酒馆的店主在自家店里被一名白人谋杀，卡特随即参与了报复性杀人。1974 年，卡特出了一本书，讲述他对故事的说法，书名叫《第十六回合》（*The 16th Round*），并寄给了迪伦一本。迪伦去法国时随身带着这本书，并被其故事打动。回国后，他去拉威（Rahway）州立监狱探访了卡特，并开始出面奔走，声援这位前拳击手。

在帕特森血案发生的两年前，迪伦在他的早期抗议歌曲〈谁杀死戴维·摩尔〉（Who Killed Davey Moore）中，还将职业拳击手描绘为残酷、唯利是图和不道德的形象：

> "不是我，"那个男人说着
> 拳头带风打过来，
> 他从古巴来，
> 那里不让拳击了。
> "我打了他，对，没错，
> 但我是拿钱做事。"
> 别说什么"杀"，别说什么"害"。
> 这是命，是神的旨意。

而现在，迪伦正在声援一个拳击手，对此他后来写道："（他）只要一拳就可以结果一个人，"但他打拳的真正目的只是挣钱，然后过他的日子，"直到上天堂"——迪伦认为，卡特是个有灵魂的人，但因为是黑人，因为有好斗的名声，于是在白人眼里成为"闹革命的土包子"，在黑人眼里则是个"疯子"。

这并不完全是麦格·埃沃斯（Medgar Evers）或哈蒂·卡洛的故事——但它是个故事，至少迪伦觉得相信，这个故事涉及严重的官方操控和种族不公，这些是他早期写作的常规主题。迪伦早已远离政治运动，但现在，他发现了一件他可以带头推动一下的个案。通过创作和录制这首歌，他告诉他的朋友和同伴们，他要帮助"飓风"卡特重获自由。

"滚雷巡演"紧锣密鼓中，迪伦指望着哥伦比亚唱片能推出他有关卡特的单曲，并且越快越好，以期达到最大的政治效果；〈飓风（第1和第2部分）〉如期在11月问世。这是巡演期间唯一能在市面上买到的《欲望》专辑中的一首歌，而这非同一般。当时那个时代，艺术家及所属唱片公司仍定期通过巡视来促销新唱片（而时下，由于下载和互联网的应用，唱片往往更多是用来推广音乐会和巡演）。迪伦从没有特别留意这一惯例；例如，1964年他在万圣节音乐会上演唱的三首新歌，在之后近五个月内都没有出唱片。尽管如此，按当时的商业头脑，迪伦在1975年秋天举行巡演并没有什么意义。（其专辑迟至新年之后才终于出现。）但迪伦心急火燎，渴望演唱他的新歌，不150 仅仅是〈飓风〉，还有重新改写的旧作。

所有这一切——新旧事物的崩溃、内心的冲动、额外的诗与政治元素——意味着"滚雷巡演"将完全不同于迪伦1974年的巡演。而作为这次巡演的核心，音乐必定是新的，因为迪伦和他的乐队同伴实验了摇滚和民谣的各种声音，合成了未曾听过的新曲。这将进一步使"滚雷巡演"的内涵显得更复杂，使其来龙去脉更难以理解。

*

当"鲍勃·迪伦和琼·贝兹"的二重唱结束时，贝兹离开了舞台，迪伦开始演唱〈蓝色郁结〉，独自弹着吉他吹着口琴。这是整场音乐会中仅有的两首听起来接近唱片版的歌曲之一；迪伦把这首歌弹唱得非常美。但即便如此，他也没忘了唱出新意。

从被音乐会观众粗暴私录的一个音像带中可以确认，迪伦改变了第二节主歌中的代词，使歌手不再是歌中所指代的人。他在接下来的一节又改变了一个代词和更多的词。"他"——而不是"我"——"在圣塔-菲打工，在一家老酒店里工作"，迪伦唱道：

> 但他知道他并怎么不喜欢，
>
> 有一天彻底不干了，
>
> 于是他飘到新奥尔良，
>
> 很幸运没玩完，
>
> 在一艘鱼船上住了一段，
>
> 停靠在德拉克洛瓦外面。

这让这首歌黑暗了很多。迪伦还砍掉了歌中我喜欢的一段，是关于阅读 13 世纪的一位意大利诗人的诗行。在主歌的最后一段，他唱的是发誓要回到"他们"那里去，而不是"她"那里。歌中原来的"木匠妻子"现在也唱成了"卡车司机的妻子"。

在随后的几十年里，迪伦在台上对歌词的即兴改动已经成为他的标志之一，特别是〈蓝色郁结〉这首歌，对它的即兴改动已经成了他的演唱会的标志之一，只是有时听起来好像不过是在练习遣词造句。[1] 但是，改动〈蓝色郁结〉这首歌的代词可是非同小可的——就像迪伦本人所说，代词是歌中的一个关键——这样一来，无异于将歌手与歌曲中的故事拉开距离，从而减少了这首歌的浪漫性。最重要

---

〔1〕 另一方面，1976 年的第二轮"滚雷巡演"在佛罗里达州开场时，迪伦几乎完全改变了〈如果你见到她，问声好〉（If You See Her, Say Hello）这首歌的歌词。本来这是一首扼腕的痛失和别离之歌，却变成一种苦涩的咒骂，歌唱者希望当他的前女友（不可避免地）回到自己身边时，他能有力量甩掉她，歌中包括这样污的字眼："如果你跟她做爱/从后面看着点/你永远不知道我何时回来/或可能何时出现。"

的是，也许迪伦表明了，他写了一首只要稍改一两个词，就可以随心所欲随时变化的歌。[1]

掌声停歇后，迪伦站回到麦克风前。"我想把下面这首歌献给杨百翰（Brigham Young），"他说。这首歌名字叫〈哦，姐姐〉（Oh, Sister，它在《欲望》专辑中的最终歌名），作为给杨百翰的献歌有点滑稽甚至古怪。音乐慢慢响起，迪伦的吉他和口琴与里维拉的小提琴声交织在一起，在薄薄的恣意的水银声中形成新的变奏。（奇怪的是，在与保罗·格里芬、艾尔·库柏、加斯·哈德森合作多年后，迪伦并没有在"滚雷巡演"中安排一个键盘手，除了豪伊·怀斯偶尔的钢琴演奏之外；他与里维拉、大卫·曼斯菲尔德的小提琴以及曼斯菲尔德的踏板电吉他一起营造出一种新的音色。）然而，随着歌曲的展开——迪伦这时唱出来的句子就很容易理解了——它将性需求作为一个女人的宗教义务，而把这首歌献给杨百翰就不足为奇了——这下倒是显得非常奇特。歌中神圣诱惑的诗行与 1964 年那首诙谐、嬉皮的〈你若要走，现在就走〉非常不同。这首新歌的歌词，"我们死而复生/然后神秘地得救"，听起来更像福音派基督徒而不是摩门教徒，但无疑是神圣的。最后一句——唱的大致是：今晚和我同眠吧，明天我可能就走——骨子里更属于旧时的迪伦，甚至属于传统的民谣血脉，但这并没有抹去歌曲的神圣化色彩。迪伦什么时候开始如此充满宗教气息？

152   接着，台上的气氛陡然一转："〈飓风〉"，迪伦报出歌名。观众已经听过录制成 45 转单曲唱片的这首政治意味的新歌，热烈的掌声随之而起；斯嘉丽·里维拉的小提琴如泣如诉，引来一阵叫好声。

---

[1] 即使迪伦在纽黑文演唱时真的改了〈蓝色郁结〉的歌词，他也还是很喜欢原先的版本，在他随后的巡演过程中，这首歌或多或少地仍照原版在唱。例如，可以听一下一个多星期之后在波士顿演唱时的录制版本，由索尼/ Legacy 唱片公司发行，名叫 Live 1975：The Rolling Thunder Revue。

尽管迪伦早期被视为一名抗议歌手，但他一向并不善于拿报纸头条新闻做叙事歌曲的材料。[1]迪伦早期创作的一些关于民权和不公正现象的歌曲——〈艾默特·提尔的死亡〉（The Death of Emmett Till）和〈唐纳德·怀特的民谣〉（The Ballad of Donald White）——听起来生硬、公式化，结尾陈词滥调。〈牛津镇〉（Oxford Town）好些，歌中的愤怒被一种胆怯感甚至滑稽的特质发酵了。歌中唱道，"我和我的女友，和女友的儿子/我们被催泪弹打中"，抱头逃回家去。

　　〈不过是他们游戏中的卒子〉（Only A Pawn In Their Game）是一个重大的进步，引导听众去认识杀害民权领袖麦格·埃沃斯的白人种族主义者的内心和外部世界。通过强烈的行间韵——"小屋破烂，他透过裂缝往外看，看铁轨蜿蜒/马蹄哒哒敲响在脑畔"，迪伦将道德谴责的责任从针对单纯的白人至上主义转移到了政治和阶级这些更为晦暗的地带。种族冲突的拟剧论（dramaturgy）并不像迪伦在〈艾默特·提尔的死亡〉中描绘的那样简单，而迪伦 1963 年 8 月为"进军华盛顿"的游行民众演唱〈不过是他们游戏中的卒子〉，是要怀着善良意愿的听众们再作一番思考，对他们自以为完全了解的斗争更用心地再好好想想。

　　然后，在〈哈蒂·卡洛的寂寞之死〉中，迪伦创造了一件超越艺术的作品——这是一首对一桩事件表达愤怒的歌，而这一事件原本很容易被人忽视，这一点与他所写的其他歌曲不同。这首歌特别简洁，

----

　　〔1〕有意思的是，迪伦现实生活中的"抗议"民谣不包括他那些最著名的反战歌曲。尽管人们经常拿〈暴雨将至〉与古巴导弹危机挂钩（这首歌问世于 1962 年 9 月份，即古巴核危机前几个星期），但迪伦曾费了很多口舌否认它与核危机有任何关联。〈战争大师〉（Masters of War）是一首贬损的歌，而不是严格意义上的"时政"歌曲；〈约翰·布朗〉（John Brown）这首歌的内容完全是虚构的，让人联想到达尔顿·特朗勃（Dalton Trumbo）1939 年的反战小说《约翰尼有了枪》（Johnny Got His Gun）。

有时候几乎是一言不发的；它的歌词，就像它的愤怒，完全克制着。回想一下有关哈蒂·卡洛及其孩子的主歌部分，不要坐在桌前的上位，甚至不要和桌前的人说话，只管清理桌子上所有的食物——桌子，桌子，桌子，是迪伦对那种令人窒息的、单调的压迫元素的渲染。

153 这首歌的结尾只要求变化一下四句副歌中的几个词——将"拿"（Take）变成恐怖的"埋葬"（Bury），将"远离"（away from）变为"深入"（deep in），以及将"不是"（ain't）变成另一个省音"现在"（now's）——就传达出迪伦一针见血的观点：真正可怕的不是厨房女佣哈蒂·卡洛的寂寞之死，而是法律的不公正。

与〈哈蒂·卡洛〉相比，迪伦八年后问世的单曲〈乔治·杰克逊〉（George Jackson）出现了巨大的退步。迪伦显然是在 1971 年 11 月草拟了这首歌，即在得知这位激进的黑人马克思主义者在狱中死于枪战的三个月之后。无论迪伦读到的相关消息是如何描述事件原委的，他显然是真诚地被打动了，与其说是被这事背后的政治打动，毋宁说是被它更广的人文向度打动。然而，这首歌是琐碎的，甚至可能比琐碎更糟。音乐上，明亮、激越的旋律却承载着诸如"他们杀死了我深爱的男人／子弹过他的头颅"这样冷酷的歌词，听起来几乎令人毛骨悚然。尽管迪伦以文学笔法处理哈蒂·卡洛的故事［包括戏剧性夸张的笔触，这些还惹恼了现实中的故事主人公威廉·赞琴格（William Zantzinger），令他在愤懑中度过了余生］，但歌词的变化并没有影响到那首歌的艺术性。相形之下，〈乔治·杰克逊〉中的省略与感伤主义是些鼓动性的东西，结尾也同样是大而无当的陈词滥调：唱囚徒与看守之间割裂的世界。[1]〈乔治·杰克逊〉倒的确是标志着迪伦第一次录下了冒犯性的脏字——"他不会吃任何人的屎"——这可能是有意为之，在一定程度上是为了挑拨广播电台动用审查制度。果真如此的话，它奏效了，电台主任在播音时将这个字眼用蜂鸣声遮盖了——但并没有随之炒得沸沸扬扬，"第一修正案"也免于波及。

迪伦本人似乎对〈乔治·杰克逊〉有了新的想法，所以他从未在 154 公开场合演唱这首歌。从长远来看，〈飓风〉的遭遇也并没有好多少。就在滚雷巡演之前，迪伦曾表示，他希望卡特将在 90 天内获释："这就是我们的口号，90 天放人，否则开战。"六个星期后，巡演的第一回合以一场为卡特举行的盛大公益演出作结，地点在麦迪逊广场花园，称为"飓风之夜"；随后在新年到来之际，公益演出又在休斯顿举行。与此同时，卡特在 1976 年赢得了重新开审的上诉——比迪伦发誓的 90 天要长，但仍不失为一个胜利。然而，第二个陪审团仍判定他有罪，并再次判他终身监禁。新泽西高等法院于 1982 年维持定罪。三年后，联邦法官推翻了判决；新泽西当局决定不宜进行第三次审判；于是，在谋杀案发生 20 多年后，卡特终于获释，迁居到了加拿大多伦多，并至今生活在那里（卡特于 2014 年 4 月 20 日因病去世，享年 77岁——译者注）。不过，到卡特离开监狱时，迪伦对此案早已不再有

---

〔1〕 这首歌唱的是，18 岁的杰克逊因在加油站持枪抢劫 70 美元而入狱，但他对以前触犯过法律的事只字不提，也没吐露他曾涉嫌在 1970 年参与杀害一名监狱看守；更不提不久之后的一次暴力解救三名圣昆廷（San Quentin）监狱囚犯的未遂事件，这一非同小可的事件是杰克逊的弟弟乔纳森带头干的，以警方大开杀戒收场，死者包括一名被扣为人质的法官、两名囚犯，和年轻的杰克逊。迪伦也并不在乎围绕乔治·杰克逊死亡真相的那些争议。相反，这首歌想当然地接受了左派及国内外知识分子［包括米歇尔·福柯（Michel Foucault）和让·热内（Jean Genet），他们称杰克逊之死为"政治暗杀"］所宣传的事件版本，并将之浪漫化了。尽管迪伦的创作是发乎情，是以人文而不是政治的术语做出反映——也尽管他一直是个艺术家而不是政治发言人——但这首歌终归是个政治宣传品。

公益兴趣；的确，自 1976 年初在休斯顿举行公益演出以后，截至（写此书的）2009 年底，迪伦在后来这长达 30 多年时间里，再没有演唱过〈飓风〉。

〈飓风〉出现在尼克松入侵柬埔寨及黑豹党的鲍比·西尔（Bobby Seale）在纽黑文受审的五年之后，同时也是尼克松因"水门事件"下台的一年多以后，因此，作为政治煽动之作，它已经显得过时、走味了。然而，正如〈乔治·杰克逊〉一样，迪伦的淳朴与真诚是难以质疑的。就像他诠释杰克逊那样，他很容易（也许是太过轻易地）就将卡特诠释成一个坚强、有政治觉悟、内心儒雅、心灵美的黑人，一个被肆意操纵的种族主义法律制度束缚的人。而且还有一个额外的角度——虽然迪伦是为了卡特的无辜辩护，但抢劫、暴力和入狱这些故事氛围也拨动了老民谣那根放浪不羁的浪漫之弦，其魅力可以追溯到罗宾汉，到"漂亮男孩弗洛伊德"乐队（Pretty Boy Floyd），一以贯之。正是这同一种浪漫，驱使迪伦在《欲望》专辑里还写了另一首歌，用以赞美布鲁克林黑手党成员乔伊·加罗（Joey Gallo）短暂的一生及其暴毙，而不顾此人是一个被定罪的诈骗犯、黑帮大佬，一个读着维克多·雨果和阿尔贝·加缪（Albert Camus），同时与各路黑帮往来密切的人物。

〈飓风〉的美学水准远不如〈哈蒂卡洛〉和〈不过是个卒子〉，但比〈乔治·杰克逊〉有进步。这首歌相当诗意地讲述了谋杀案及对卡特的审判（基于至今仍有激烈争议的一些断言）；歌中指当地警察对卡特欲加之罪（同样基于有争议的证据）；歌中誓言要为卡特讨回清白，并要以某种方式让当局把他在狱中服刑的时间还给他。迪伦的歌词以街头俚语为特色——用"局子"指代"监狱"、用"条子"指代"警察"——"臭大粪"以及"婊子养的"这样的字眼又出现了。这首歌基本上将贫民区划分成"白人警察"和"黑人受害者"的世界。歌中有些值得玩味的用词，如"我们想把他的屁股丢进局子/我们想把三重谋杀的定罪钉在他上面/他不是个什么绅士，吉姆"，并为了保持韵律而把"谋杀"断开成"谋/杀"，最后一句唱成切分音来强调节奏，诸如此类。但〈飓风〉值得一提之处主要还是它大漠孤烟的视觉意象，佐以声效、诗情与器乐的结合，赋予这首歌一种惊悚大片的疗愈感。

"枪声划破酒吧包间外的夜空/传入楼上帕蒂·瓦伦汀的耳中"：有舞台方位，或电影剧本台词，以现在时态书写，不同于犯罪叙事民谣或任何形式歌曲的开头。伴随〈飓风〉这首歌，歌词的合作者、戏剧导演雅克·利维的影响变得非常明显。在某个层面上说，〈飓风〉是个案情摘要，从为卡特辩护的角度一件接一件地讲述了发生的事，并冠以律师式的结语："鲁宾·卡特被错判有罪。"在另一个层面上，这首歌是迪伦在为卡特的"性本善"作证。但自始至终，这是个图解式的戏剧性歌曲，描写了一名躺在血泊的死者，以及帕蒂·瓦伦汀的尖叫："我的上帝，他们杀光了"，警车呼啸而至，车上"红灯闪烁/在炎热的新的泽西之夜"；像好莱坞侦探电影中的情景，警察将螺丝刀交给一个小偷，让他作假证。〈乔治·杰克逊〉（以及之前的〈艾默特·提尔的死亡〉）是以一种老套的抽象方式结尾，而〈飓风〉的结尾却是电影镜头——"现在，那些衣冠禽兽/都可以自在地喝马蒂尼酒，看太阳升起。"

迪伦和他的剧组面对观众是冒着风险的。他唱过不知所云的"冰块"（Ices，其实他唱的是埃希斯"Isis"），将"鲍勃·迪伦和琼·贝兹"搬上了舞台，还重写了一些他最伟大的歌曲，如今迪伦正在重塑以前所谓的"时政歌曲"，加之音乐电影的戏份。虽然观众无从察觉，但他兀自制作着一部真正的电影，无论是在台上还是台下。

*

迪伦在希宾的家庭影院里对电影的沉迷，并没有随着他成为民谣
156 歌手而结束。在一卷早期在明尼阿波利斯玩耍的录像带中，迪伦夸耀
着他自己穿高领衬衫的一些照片［由他的朋友戴夫·惠塔克（Dave
Whitaker）的妻子格雷塔尔（Greta）拍摄］，说照片上的自己看上去
"像马龙·白兰度，嗯，像詹姆斯·迪恩！"在格林威治村里，他和苏
孜·罗托洛是第八街艺术剧院的常客，一起看的电影有经典片也有欧
洲新浪潮影片。［罗托洛还记得，他们两个都喜欢弗朗索瓦·特吕弗
（François Truffaut）执导的《枪杀钢琴师》（*Shoot the Piano Player*），但阿
兰·雷奈（Alain Resnais）的《去年在马伦巴》（*Last Year in Marienbad*）
就让他们看得一头雾水。］他最早成名的歌曲中含有许多跟安妮塔·
艾格堡（Anita Ekberg）、伊丽莎白·泰勒（Elizabeth Taylor）以及理查
德·伯顿（Richard Burton）、索菲亚·罗兰（Sophia Loren）、碧姬·芭杜
（Brigitte Bardot，迪伦曾说他在希宾写的第一首歌就是关于她的）有关
的有趣记忆。早在 1965 年，迪伦就曾与电视台的节目主持人莱斯·克
莱恩打趣地提到，他正在拍自己的电影，可能是指他与艾伦·金斯堡
一起创作的一部牛仔恐怖片，片中他将扮演他自己的母亲。就在那个
春天，在英国，崭露头角的制片人 D. A. 彭尼贝克拍下了那部关于迪
伦的大型纪录片。

彭尼贝克曾与理查德·里科克（Richard Leacock）及其他人一起，
在《生活》杂志记者出身的制片人罗伯特·德鲁（Robert Drew）的片
场工作。在那里，被称为"壁上蝇"（fly-on-the-wall）的美学与技巧
要素浮现了出来，即后来为人所知的"真实电影"（*cinema verité*）技
巧。1963 年，德鲁联合公司拍摄了他们最出色的一部电影：《面对危
机的总统》（*Crisis：Behind a Presidential Commitment*），从与众不同的角度

呈现了阿拉巴马大学废除种族隔离制度的重大历史时刻。彭尼贝克与摄影组被派往塔斯卡卢萨（阿拉巴马州西部城市），他偷偷地跟拍那些激烈的事件，那些幕后的场面，一路直至州长乔治·华莱士（George C. Wallace）做出著名的螳臂挡车的举动——挡住校门，拒不执行法院及肯尼迪政府废除种族隔离的颁令，并最终以败阵投降收场。

经由迪伦的经理人阿尔伯特·格罗斯曼的接触，当时对迪伦所知甚少的彭尼贝克，凭着直觉，同意趁这位歌手在英国举行一连串演唱会期间为他拍电影，开始着手后来名为《莫回头》的片子。这部电影将具有"真实电影"的所有显著特点——未经排练，有偷拍的片段，用不引人注目的小型相机拍摄——以及一些创新。（其中包括按照迪伦本人的意思拍摄的那段后来为人熟知的片头，即在〈地下乡愁蓝调〉的歌曲声中，歌手拿着这首歌的提词卡一张一张地扔掉，颇具舞台表演感。）《莫回头》是部黑白片，在四月和五月期间进行了为期11天、途经6个城市的拍摄。影片捕捉了路上一些生活侧写，从演唱会结束后从舞台后门撤走的狂乱，到迪伦与记者进行的周旋。不过，最重要的是，正如片名所示的，这部电影描写的是，迪伦站在了变化的风口浪尖上。

尽管脑海里回荡着摇滚乐，但迪伦仍在进行完全不插电的原声演出，就像他在一年前的十月份在爱乐厅所做的那样——尽管他对自己的材料已感到乏味，但演出时仍一如既往地专业、敬业。在电影里，他与琼·贝兹、多诺万以及爱尔兰民谣歌手多米尼克·贝汉（即杰克·埃利奥特的密友德洛·亚当斯提及的那位）生活在同一个世界，但同时也远离他们。迪伦一直在行进中，而没有停留在歌迷们希望他停留的地方；虽然他还没有抵达他的下一个目的地，但会更接近艾伦·金斯堡的世界。〈地下乡愁蓝调〉的开头就揭示着这一点——背景中是金斯堡站在那儿，手里抓着一根长长的棍子，看上去像布莱克式的犹太先知，由迪伦机敏的嬉皮朋友鲍勃·纽沃斯扮作他的对话者（也可能是门徒）。另一个一带而过的场景是，迪伦戴着太阳镜，身穿黑色皮夹克，面带惊奇地打量着伦敦街头的一个橱窗，里面满是各种电吉他，随后镜头快速切换到迪伦在舞台后面敲着一架钢琴，听起来像是"像一块滚石"的雏形。

在《莫回头》公映前的预审放映中，迪伦起初表达了一些忐忑的情绪，但第二天晚上再看时，他又宣称——影片很完美了。同时，他也开始认真考虑自己的一些拍片思路。第二年，彭尼贝克及其摄影组跟迪伦到英国拍摄他的"电子"巡演；彭尼贝克高兴地感到，所有的事情确实都不同凡响了。（"他正经历着一段精彩时光，"彭尼贝克回忆说。"他像一只板球在那里跳跃着。整个场面瞬间变了。那是另一种的音乐。"）但这时，迪伦拒绝了彭尼贝克对这部为 ABC 电视台拍摄的影片的粗剪，他将彭尼贝克拍的原始带收集起来，然后在彭尼贝克的摄影兼合伙制片人霍华德·阿克的参与下，按自己的想法动起手来。

阿克曾经是芝加哥"第二城"（Second City）喜剧团的创始成员，与阿尔伯特·格罗斯曼都是芝加哥最早的民谣俱乐部"大熊记"（The Bear）的主办者。1962 年，阿克与迪伦的初次相识就是在"大熊记"——而现在，他正成为一位自成一格的重要的实验电影制片人。阿克广泛地进行"真实电影"风格的探索，题材无所不包，从 1968 年动荡的民主党全国大会（Democratic National Convention），到四处漂泊、寻梦的西孟加拉邦民谣艺人包尔人（Bauls）的见闻。[1] 阿克对拍电 影也有自己的想法，比彭尼贝克更倾心于激进政治。彭尼贝克则总是有戏剧性的想法——"说真的，我想成为易卜生，"他曾经这样告诉一位采访他的人——但是他的宗旨是将他所认为的发生在真人身上的真事加以戏剧化，而不是先演出来或写出来。阿克更多是对干预抱开放态度，而不是严格地维系于真实的东西；他视电影为一个真实与虚构相遇的地方——一个他可以将即兴创意与"真实电影"融合在一起的地方。

1966~1967 年间的冬天，迪伦和阿克重新剪接了彭尼贝克 1966 年拍摄的巡演镜头，成为《吃掉文件》的上半部，该片风格化地再现了毒品作用下的演唱及随之而来的狂欢，中间穿插着对狗、女人、先知及警察的评头论足——都是用迪伦与"小鹰"乐队的表演串起来的。（很少被提及的是，相对比较中规中矩的《吃掉文件》下半部是由罗比·罗伯逊剪接的。）这部电影缺乏清晰的叙事线索。那些摆拍或至少半摆拍的场面看起来像小小的意外事件（包括戴着假胡子、萎靡不振的迪伦与一位一句英语都不会讲、古怪精灵的法国年轻女歌手在巴黎乔治五世酒店房间和露台上的邂逅）。这是一部关于混沌的电影，其本身也是混沌的，充满了兰波所谓感官系统错乱的精神。这部片子，在迪伦的眼里，是用电影手法呈现他走出彭尼贝克在《莫回头》中描绘的那种危机后所抵达的彼岸。

---

〔1〕 包尔人中最伟大的歌手普尔纳·达斯（Purna Das）与他的伙伴拉克什曼·达斯（Lakhsman Das），以及迪伦和伍德斯托克当地的石匠查理·乔伊（Charlie Joy）一起，出现在 1968 年那张专辑《约翰·卫斯理·哈丁》的封面照片中。三年后，阿克完成拍摄《拉克斯曼·包尔的电影》（*Luxman Baul's Movie*），该片由阿尔伯特·格罗斯曼筹资（也是他第一个将包尔人引介到伍德斯托克斯），并由格罗斯曼的妻子萨莉（Sally）配画外音。

近十年之后，当迪伦突发"滚雷巡演"奇想的时候，他也曾尝试过客串电影演员，但不尽人意。早在 1962 年，他就曾答应出演 BBC 的电视剧《城堡街上的精神病院》（*Madhouse on Castle Street*）的主角，但排练时他的表现太蹩脚了，结果他的戏份被砍掉，只是唱了几首歌。十年之后，迪伦出演电影《比利小子》的经验同样令人沮丧。受托为影片写配曲后，迪伦出现在墨西哥杜兰戈片场，导演、米高梅制片厂的毕京柏（当时已因几部充满暴力的神话般的西部片而成了传奇式的名导）给他安排了个角色，让他在片中扮演比利的密友阿里亚斯，而比利则由克里斯·克里斯托弗森扮演（克里斯托弗森从 1966 年在纳什维尔录音棚当清洁工一路做起，也算是苦尽甘来）。有意思的是，迪伦演的这个角色来自于阿隆·卡普兰改编芭蕾舞所用的同一本小说：沃尔特·诺伯·伯恩斯（Walter Noble Burns）的《比利小子传奇》（*Saga of Billy The Kid*，1926 年出版）。迪伦没有得到毕京柏的力挺，并且由于导演与制片厂之间始料不及的摩擦，迪伦的戏份削减到仅有的几句对白，以及卡普兰风格的搞笑情节。迪伦的配乐，特别是〈天堂之门〉（Knockin' on Heaven's Door）幸存了下来，但他的表演则没有。尽管如此，迪伦对演电影还是像拍电影一样向往。

从进行"滚雷巡演"的实验开始，迪伦的脑子里就有拍电影的想法，而且他还带上了以阿克为首的摄像组。表面上，这将是继 1965 年和 1966 年之后的第三部"巡演"电影，当中包括大量演唱以及台下的素材。但这一次，幕后（以及演唱会上的）动作都要有剧本，要拍成剧情片而不是纪录片。而且为了突出鲍勃·迪伦的角色，就像《莫回头》中所做的那样，这部电影会试图颠覆并最终粉碎迪伦在公众心目中的形象。这位著名的艺术家将死而复生，如迪伦的一首新歌唱的那样。为演唱会营造热闹气氛的构想，特别是面具与涂白脸的设计，都与电影同步。（事实上，一些构想是预先设计好的，而另一些则是出于电影的考虑而在后来临时创作出来的。）以前，彭尼贝克拍的是鲍勃·迪伦及其团队坐看人生如戏，现在拍出来的将会是截然不同的电影，里面是虚构人物，只不过是看起来像鲍勃·迪伦及其团队罢了。这一切便是三年后出现的《雷纳多与克拉拉》。

当山姆·谢泼德作为签约作家跟随巡演时，他以为他要写的将会是一部传统的剧情片剧本，而迪伦也曾说过这就是他原本计划的。但一开机拍摄，任何一本正经的界限或流派风格便都很快瓦解了。迪伦后来表示，《雷纳多与克拉拉》"三分之一的篇幅都是即兴之作，还有三分之一是拟好的，其余三分之一则是瞎猫碰死耗子"。影片中有些"真实电影"的元素，有像约翰·卡萨维兹（John Cassavetes）式的情境自发剧情，以及《吃掉文件》那样对小小意外事件的实验。片中还有1930年代欧洲前卫电影的元素，这些曾在1960年代初给迪伦留下强烈的印象。

尽管迪伦和阿克在《雷纳多与克拉拉》中密集运用了象征主义手 160 法，但这部电影是不连贯的。它有时就像在刻画一对困扰中的男女（罗伯特和萨拉？），描写他们被雷纳多的前任情人即琼·贝兹扮演的"白人女人"追踪。但《雷纳多和克拉拉》剧情的展开时断时续，离奇得像梦一样。（当然，迪伦那时已经写过几首漫画式的、超现实的梦幻歌曲；他说过，《雷纳多与克拉拉》实际上是个梦，不是他自己而是雷纳多的梦。）逻辑推进，然后展翅高飞。面目和名字重新洗牌。（一个长得像罗尼·霍金斯的人扮演鲍勃·迪伦，罗妮·布拉克利扮演迪伦太太——但在另一个刻薄的场合以另一个男人之妻的面目出现）。然后，突然，一些画面似曾相识，像是我们自以为熟悉的世界。（最直接地与《莫回头》衔接的情节，是描写贝兹面对迪伦及两人之间的旧情，最有趣的场景是大卫·布鲁一边吸烟，一边玩着粗俗的弹珠游戏，同时回忆起迪伦以及格林威治村那些唱民谣的日子。）

随着巡演前漫长的技术准备工作的进行，加上不期然出现的日常争吵，还有为卡特"飓风"而进行的大量街头访谈，以及拖沓不断的补拍镜头，《雷纳多与克拉拉》似乎永远没完没了，尽管片长控制在了四个小时之内，即只是一宿酣睡所需时间的一半。然而，迪伦坚持认为，这部电影还是有一个主题式的核心："内在自我与外在自我的赤裸裸的疏离……完整性……认识你自己。"而且它确实有一个戏剧性的核心，是与"滚雷巡演"的舞台表演密切相连的。

当迪伦在巡演开始不久之前初识山姆·谢泼德时，他问这位剧作家是否看过《天堂之子》和《枪杀钢琴师》。（谢泼德承认他看过，尽管有很久一段时间了。）这两部电影都是关于演员在压力下的表现，但尤以《天堂之子》特别作为《雷纳多与克拉拉》的范本，即使在谢泼德的职位描述早已经从作家变成了片中配角之后。《天堂之子》对迪伦的影响全都与时间的把握有关。迪伦从 1960 年代初就密切关注特吕弗的电影。不过《天堂之子》是诺曼·雷本先喜欢上的，然后在 1974 年他们相识后，雷本向迪伦介绍了这部电影。那些有关时间、视角及结构的实验，曾对迪伦创作〈蓝色郁结〉有很大的帮助，如今同样激发了迪伦对电影的想法。

161　　《天堂之子》由马塞尔·卡尔内导演，由超现实主义诗人出身的雅克·普雷弗（Jacques Prévert）编剧、让-路易·巴洛（Jean-Louis Barrault）主演，描写 1820 年代至 1830 年代巴黎大众剧场的众生相，以及当时洋溢着的革命气氛。（该片是在 1944 年纳粹占领期间偷偷完成的，因此后来标榜为以艺术为手段的抵抗声明。）片中的珈蓝丝（Garance）是个交际花式的妓女，由法国著名女演员阿列蒂（Arletty）扮演。片中四个追求珈蓝丝的男人分别是：一名招蜂引蝶的演员、一名小偷、一名贵族及哑剧演员巴蒂斯特（Baptiste Debureau）。巴蒂斯特是个关键人物，脸上擦着白粉，在福南布斯剧场（Theatre des Funambules）

扮演哑剧丑角皮耶罗（Le Pierrot）。该剧场位于劳动阶层聚居的拥挤的圣殿大道（Boulevard du Temple）上。在电影开始不久的一个的场景中，巴蒂斯特出现在剧院外，面对乱哄哄的观众——从头到脚都是白色打扮，脖子上围着一条细长的围巾，戴着装饰着白花的宽边白帽。

在电影中，魅力四射的珈蓝丝与这四个追求者都曾分别交往过，但她也坚持自己的独立性——当他们试图将自己的爱情条款强加给她时，她就离他们而去。她最悲剧性的交往是与巴蒂斯特。在克服了与父亲的摩擦之后，这个哑剧演员成了个巨星，尤其得到戏院二层包厢里那些声色犬马的众"神"的追捧（故称为"天堂之子"）。与他的情敌们不同，巴蒂斯特对珈蓝丝的爱纯粹而完全。有一天晚上，珈蓝丝几乎要直接邀他共枕——但他却逃走了。影片接下来的进展是一长串明枪暗箭的阴谋。巴蒂斯特星运亨通，娶了另一个女人，开始了家庭生活。但几年后，珈蓝丝（如今成了那位贵族的情妇）重新出现在巴蒂斯特的生活中，两人最终一起共度良宵。第二天早上，二人的好事被巴蒂斯特的太太娜塔莉发现，珈蓝丝匆忙坐上马车上路，只见大道上满是盛装庆祝狂欢节的人潮。巴蒂斯特被狂欢的人们淹没了。电影戛然而止，一个模拟剧场的幕布在屏幕上徐徐落下。

当迪伦构思《雷纳多与克拉拉》的故事时，巴蒂斯特和珈蓝丝——羞涩、孤绝的明星，和从他身边跑掉的女人——是否出现在迪伦的脑海里？有这个可能，虽然这种趋同不会是严格对应的。雅克·利维后来曾回顾说，迪伦想要拍一部"《天堂之子》那样的片子"，主要感兴趣的是"那种气氛——贯穿一个爱情故事的气氛"。当谢泼德问他是否想拍成卡尔内或特吕弗风格，迪伦只回答说："类似那样的东西。"

不过，正如各路评论家所指出的那样，这两部电影是密切相关的。卡尔内的电影中那朵主调式的情人花，也出现在迪伦的影片中

（迪伦称这朵花象征了阴道）。巴蒂斯特/巴洛的白脸明显是有关联的，他的围巾和带花饰的帽子亦然，在《天堂之子》中出现的那些面具也是如此。卡尔内电影的第二部分题为《白衣男》［而迪伦的"白衣女"也可能是借鉴了威尔基·柯林斯（Wilkie Collins）那部令人毛骨悚然的同名小说］。主角雷纳多/迪伦无论长相还是体形，都与消瘦而结实的巴蒂斯特/巴洛相仿，正如贝兹和萨拉·迪伦所扮演的角色也与珈蓝丝、娜塔莉有几分相似。（演白衣女的贝兹甚至会不时地带点法语的口音。）在一个达到高潮并充满对抗的场面中，巴蒂斯特/巴洛的太太在发现他纠结于旧爱时，请求他坦诚面对自己；在片末对应的一个场景中，白衣女人（旧爱）与雷纳多/迪伦（他正与妻子克拉拉偎依在一起）相逢，三角恋中的这两个女人都要求他做出抉择，要他直接

163　说出他爱她们当中的哪一个。结构与结果都是不同的，但《雷纳多和克拉拉》中的场景与《天堂之子》强烈呼应。

　　最重要的是，这两部电影都具有同样独特的戏剧风格。巴洛电影中的巴蒂斯特所扮演的几个精彩的哑剧角色，在主题上与《天堂之子》的其余部分紧密交织。同样，迪伦在演唱会中涂成白脸也与《雷纳多与克拉拉》的梦幻景观有着内在联系。片末有个情节，是雷纳多盯着一份真的报纸，上面是鲍勃·迪伦与琼·贝兹在"滚雷巡演"中的合照。然后画面突然切换到舞台上的迪伦与贝兹，唱着〈永远别让我走〉。接下来，我们看到克拉拉谈论着报纸照片，不是作为迪伦与贝兹的照片，而是雷纳多与白衣女人的照片；然后，雷纳多开始往脸上抹白粉，为下一场表演做准备。整个过程中，在远远的背景中，我们可以听到《金发佳人》中的那首〈眼神哀伤的洼地女子〉，是在"滚雷巡演"排练期间录制的——后来在《欲望》中到，这是迪伦写给萨拉的情歌。

　　《雷纳多与克拉拉》中的演唱会片段不应与电影本身分开而论

（尽管很像他在早期的电影中的表演，但迪伦在此片中最出色的无疑还是音乐演唱）。然而，这些演唱片段本身也是非常棒、非常震撼的，迪伦的演唱令人惊叹，就像我记忆中他在退伍军人纪念体育馆中的表现一样。而在影片中，影片的色调和质感，正如《天堂之子》中的平民剧院所展现的那样，有助于诠释"滚雷巡演"。在巡演的旅途中，有一次，迪伦在接受采访时提到 16 世纪意大利的即兴喜剧，并将其作为"滚雷巡演"的概念模型之一；他本可以随口提到许多其他模式，包括孟加拉邦的包尔人。但在纽黑文的后台，当布鲁斯·斯普林斯汀的女朋友问他为什么他化成白脸时，迪伦喃喃地说，跟在一部电影中看过的东西有关。

*

　　〈飓风〉在里维拉的小提琴及迪伦的口琴竞逐中结束，豪伊·怀斯的鼓点和钹，以及罗伯·斯通纳的贝斯推波助澜。突然间，每个人都一起抵达了终点线，音乐瞬间放慢，最后和弦从小调变为大调，听 ¹⁶⁴ 起来充满了希望。在音乐上，表演已经达到了顶峰。接下来的一首〈再来一杯咖啡〉（One More Cup of Coffee）是个下坡，缓慢的旋律，歌词难以辨识，主要是因为迪伦巧妙而又摇摆不定的歌喉，早期的歌声听起来有明显的希伯来腔，像一个独唱者在赎罪日诵念着神圣的经文，令我有点消受不起。后来我读到了这首歌的歌词，才意识到我误会了，但在当时，我讶异地猜想着迪伦是否作了一首中东的歌曲。

　　〈萨拉〉则要柔和得多——迪伦弹着吉他，伴着里维拉的小提琴一起唱出来，而怀斯和斯通纳则巧妙地给出节奏的轮廓。这首歌的曲调也更悲伤，和弦从 E 小调变为 C 大调，但随后又调转过来。在不了解迪伦婚姻状况的情况下，我一开始并没有听出，这首歌曲是在乞求萨拉给予无止尽的爱情，同时也是他自己对爱的一个誓言。无论从什么标准上说，这都是一首如泣如诉、令人动容的悲伤的歌；而对于迪伦来说，它具有令人震惊的自传性，充满生动、温暖的家庭回忆和对妻子的仰慕。

然而，这首歌对和解的乞求听起来不够诚恳。即使在他狂热地诉说萨拉的魅力、智慧和奉献的时候，迪伦似乎也是自恋着的，将婚姻变质的责任太过推卸给对方。尽管时有矫情的自我贬低——"你必须原谅我配不上你"——歌词还是缺乏忏悔，有一处甚至作无辜状，表示不知什么地方出了问题："到底是什么令你变心？"迪伦假装懵懂地唱道。歌中唱到迪伦在切尔西酒店花了几个不眠之夜，为萨拉写下了〈眼神哀伤的洼地女子〉，听起来就好像他觉得自己正颁奖杯给她，以此告诉全世界她是他杰作背后唯一的缪斯。

戴夫·范容克演唱的〈回来吧，宝贝〉（Come Back，Baby）则带着更多情感上的谦卑（和精打细算），至少他要求女方"再说一遍"。不过，纽黑文那场演唱会上的粉丝们似乎对〈萨拉〉这首歌很受用，从他们报以口哨和喝彩的反应来判断，他们完全站在了迪伦的角度。歌中对切尔西酒店和〈眼神哀伤的洼地女子〉的提及，更引来部分铁杆男性歌迷引以为嬉皮的认可。而在我的记忆中，现场观众主要由男性构成。曲终之后一些人喊叫着要求再来一首。演唱会正接近尾声。

纽黑文的下午场并没有被迪伦的传记作者们描述为"滚雷巡演"的亮点之一，部分原因在于，它没有包括贝兹、麦昆、埃利奥特及米切尔那些给其他场次增色不少的独唱环节，也因为这一场没有进行专业的录音。除了与贝兹的四个二重唱之外，纽黑文的日场全部时段都是迪伦一人的。然而，这也因而产生了一些特殊招待，包括〈蓝色郁结〉的首次公开演唱。待巡演转战到康涅狄格州时，演唱会的节目单已非常固定，从头到尾按部就班，从迪伦苦闷彷徨的〈萨拉〉，一直唱到《金发佳人》中的绝望之歌〈就像个女人〉。

如果说〈萨拉〉被轻易地视为一首单纯的爱的自传曲，那么〈就像个女人〉就遭受了太多不公的嘲弄。副歌中的一些歌词——首先是形容歌中的女人"脆弱时像个小女孩一样"的那些歌词——已经惹得批评家和普通听众将整首歌曲视为迪伦的低俗酸曲之一；甚至还使得一些人谴责他是个厌憎女人的人。事实上，这首歌更像是对一次锥心之痛的追溯，是歌中主角在痛苦麻痹了之后的忆述。

这首歌是〈萨拉〉的镜像，描述一个男人试图从一段剪不断、理还乱的关系中挣脱出来。歌者倾诉了他如何爱上一个激情澎湃的女人，一个隐现在"雾、安非他命及珠光宝气"中的女人，但是他后来意识到，她时而像个小女孩一样脆弱、折磨和欺骗，而这段儿女情长就像一列即将脱轨的火车。这首歌显示出，他在努力将自己的感受坦率地表达出来，并试图找到适当的离别告白，尽管他一直不知该从何谈起。在迪伦所有的歌曲中，几乎没有哪一首的歌词比〈就像个女人〉的桥段部分更悲痛欲绝（以及从技术上说更尖锐）的了。紧接着的歌词是：

> 大雨下个不停
>
> 我却渴得不行
>
> 所以我来找你
>
> 让你再伤我心
>
> 比这还糟的是
>
> 心在原地彷徨
>
> 人却不能久留
>
> 还不明白吗——
>
> 我不适合你

是的，是时候各奔前程

166　之后的歌词既审慎又难过：这对曾经的恋人有朝一日肯定会再次相遇，为此他请她在世界属于她的那一天不要羞辱他这个落魄的人，请她要小心不要去揭旧日的伤疤。这几句歌词实际上加剧了这首歌的悲情。

《金发佳人》专辑中的〈就像个女人〉版本强调了过渡桥段：迪伦唱的越来越声情并茂，然后在"我不适合你"那句之后下转为低吟的哼唱。在纽黑文，迪伦与"关岛"乐队也曾制造了相同的效果，只不过专辑中迪伦是真的在咆哮和悲泣——"所以，我来，哦呜呜找你"，"还不明白吗啊啊啊"——然后转入低回。

在一片噼噼啪啪的掌声中，〈就像个女人〉的和弦不知不觉地变成了大家喜闻乐见的〈天堂之门〉。罗杰·麦昆独唱了第二节主歌，副歌部分是全体合唱，然后戛然而止，停了停，渐渐地响起一段甜美的乐器间奏，最后再唱一遍副歌。

随后，演唱班子在舞台上不知所措了一下。这时急促的小提琴声响起，群星三五成群地站到乐队前面，散乱地来了一首终场大合唱，唱的是伍迪·格斯里那首已经成为反文化运动的国歌的〈这土地也是
167　你的土地〉。演唱者们脸上明显挂着如释重负的微笑：又一场演出终于画上了句号。琼·贝兹唱了一段主歌，麦昆唱了另一段，然后是杰克·埃利奥特，接着是鲍勃·纽沃斯。贝兹对观众打趣说，歌手们把会唱的歌都唱光了，说着用她洪亮的女高音赢得了一片响亮的欢呼声。演唱会以"向格斯里致敬"作结，结论性地揭示出迪伦艺术生涯的起点之所在——它始于十五年前，早在那个时候，"滚雷巡演"中的大部分浪漫旋律就已经进入了迪伦的心灵。

*

从意大利即兴喜剧到马塞尔·卡尔内，再到伍迪·格斯里，这在时间和空间上搅起了一个巨大的漩涡，其动作远远大于做新音乐的弄潮儿、组织格林威治村的民谣复兴，然后据此拍一部电影。为了创造历史，至少是为了就过去和现在做一个声明，"滚雷巡演"在其精神中嵌入了许多历史元素。艾伦·金斯堡在演出团队中扮演的是历史顾问的角色，同时也是台上的诗人——金斯堡尤其想将卡特"飓风"与萨科/凡赛梯案结合起来，搞些音乐诗形式的纪念活动，但这想法一直没有落实——他还为巡演设计了一些他认为具有建国两百周年纪念奇特寓意的东西。毕竟，巡演从开始到结束的那个秋天，正好时值波士顿郊外的列克星敦（Lexington）和康科德（Concord）战役二百周年之际。新英格兰已经被山姆·谢泼德所称的"二百周年的狂欢"所困，"好像拼命地想重现昔日辉煌，以确认我们自己的发源地"。在巡演之后的次年夏天——当时迪伦正想再拉起队伍南下进行第二次巡演——整个国家正酝酿着一场纪念 1776 年的盛大庆典（或者说是试图营造纪念气氛，毕竟当时正值水门事件之后，公众情绪十分低落）。如今，当年从沃尔特·惠特曼手里接过吟游诗人接力棒的金斯堡，已交棒给鲍勃·迪伦，而迪伦在此当口要做的，就是要与朋友们通过音乐、戏剧、电影和诗歌来进行爱国巡游纪念活动，让足迹遍及美国革命发源地的村庄和农场。迪伦要抢占一次文化先机。金斯堡告诉他父亲说，迪伦正在描绘一张"两百周年纪念的画卷"。

对美国早期历史，长期以来迪伦一直拥有自己强烈甚至超现实的历史意识，正如他在《席卷而归》中那首〈鲍勃·迪伦的第 115 个梦 168 想〉（Bob Dylan's 115th Dream）所唱的那样。这首歌的灵感很大程度上来自赫尔曼·梅尔维尔和查克·贝里（Chuck Berry）的〈太多骗人的把戏〉(Too Much Monkey Business)、雷·史蒂文斯(Ray Stevens)的〈阿拉伯人亚哈〉(Ahab the Arab),以及他读过的那些历史书。这首歌一开始唱的是,歌手乘着亚哈船长及其船员的"五月花"号轮船,登上了美国海岸。果不其然,随着"滚雷巡演"的开始,迪伦也搭上了停泊在普列茅斯(Plymouth)港口的"五月花"号现代仿制品,与罗杰·麦昆、杰克·埃利奥特等"船员"眺望着波澜壮阔的海面。在半是照剧本安排的邂逅中,剧组造访了一个塔斯卡罗拉(Tuscarora)印第安人家庭的聚会,地点是在一个破败的会议室里(酋长叫"滚雷",这给巡演的名字增添了一个向度),而这一切情节都出现在影片《雷纳多与克拉拉》中。在电影中,音乐家们还聚集在海边,进行了一场貌似观看日落的仪式,夹杂着美国印第安鼓及佛教的念咏,配以即兴的嘟喔普(doo-wop)。这一切也可以说是达达主义的感恩节:迪伦(或片中人雷纳多)与敬畏不已的印第安人相敬如宾,但作为吟游歌手,举手投足间也透着迈尔斯·斯坦迪什(Miles Standish)般的名人气质。

巡演之旅还有另一个更加丰富的历史层面,更多的是来自美国 20世纪的 20 年代、30 年代及 40 年代,构成迪伦个人经验的外缘及延伸,隐蔽在麻萨诸塞州的洛厄尔、康涅狄格州的沃特伯里等一些巡演所及的新英格兰红砖老城镇中。这是一个濒临消失的美国,被纽黑文退伍军人纪念体育馆那样的建筑物覆盖,被时间和潮水淘走,就像迪伦的故乡一样。巡演的部分场次是在大城市的舞台上,包括麦迪逊广场花园在内,以便帮助收回成本并为鲁宾·卡特的辩护筹集资金,但绝大部分场次安排都是在小剧院,与希宾的利巴戏院不无相似之处,而表演者和随行人员乘坐公交车和自驾车,这一点也将巡演变成了另一次冒险。

不过,处于这次历史浪漫之旅核心的,也就是迪伦最先告诉麦昆的,是美国马戏团或狂欢节,以及大众娱乐特有的那种浪漫。这种马戏团与几年前"滚石乐队"在伦敦的电视台举办的那场群星荟萃的"摇滚马戏团"（*Rock and Roll Circus*）毫无关联。"滚雷巡演"将更像是真正的马戏团；别的不说，"滚雷巡演"会真的走街串巷，从一个镇子到另一个镇子。《天堂之子》为剧场传奇增添了主题性和电影的光彩，169 但"滚雷巡演"与深藏于迪伦脑海中的美国大篷车更具共同之处。

早年在纽约时，迪伦曾跟人谈起他过往荒诞不经的演艺经历，声称自己曾在马戏团卖过很长时间的力气。[他确实了解很多细节，还特别提到了一个叫"罗伊·B. 托马斯"（Roy B. Thomas）的马戏团]。在1962 年初的一次电台采访中，他告诉辛西娅·古丁（Cynthia Gooding），他花了六年时间，"时断时续"，在狂欢节期间打各种零工，学习用纸牌算命（他不信这套）和看手相（他确实借此"增长了些个人见识"。）。一年以后，在市政厅，他首次演唱〈尘封的露天集市〉（Dusty Old Fairgrounds），一首主要关于打工和旅行的歌曲——他对观众说，这是一首"行路歌"，但同时也是一首关于友情、魔法与命运的歌：

> 很多朋友拐进这弯道，
> 杂耍的，拉皮条的，赌钱的。
> 嗯，我把时间都花在算命上，
> 跟着他们晃荡在游乐场。

多年来，马戏团的形象在迪伦的脑海一再重现，并生动地反映在〈瘦子之歌〉中，更近的还反映在他的电影《蒙面匿名人》（*Masked & Anonymous*）中穿插的各种场面，和马丁·斯科塞斯（Martin Scorsese）拍的纪录片《迷失归路》（*No Direction Home*）的采访片段，以及 2009 年为配合专辑《一生共度》的推出而在迪伦官方网站发表的一个访谈中。在官网发表的那个访谈中，迪伦谈到了他的少年时期，当时尚未被大众媒体了解，而那时吸引他的是"路过的那些云游的艺人"：

那些形形色色的艺人——蓝草歌手、穿着皮护腿的黑人牛仔，拿着套索玩魔绳术。欧洲小姐、钟楼怪人、胡须女、半男半女、畸形和驼背人、矮人阿特拉斯、食火者、教书匠和传道人、蓝调歌手。这些在我记忆中就像昨天一样。我开始认识了其中一些人。我从他们那里学到做人的尊严。以及自由。公民权利、人权。如何保持内在的自己。

2009 年时，迪伦已开始有意无意地将其他各种引喻与他的狂欢节遐想混合在一起——矮人阿特拉斯和欧洲小姐可能出自（古罗马时代的作家）尤维纳斯利（Juvenal）的《讽刺诗集》（*Satires*）——不过，话说回来，罗马帝国晚期也是个闹哄哄的马戏团啊。

一直以来，令迪伦着迷的总是那些途中的杂耍、神秘主义者、标新立异的行为，以及魔术师——吞剑、看相、搞怪的人。这些是马戏团的艺人，或许长得奇形怪状，但聪明又有才华，可以在舞台上翻手为云，覆手为雨，正如他对古丁所说的，"能令你换一种想法"，让你相信他们并没有自惭形秽，但同时又让你同情他们。这就是魔法，都是些幻术，但同时又完完全全是真实的，拿身份、感知和自我知觉开着玩笑：也就是说，他们是将哲学命题转为娱乐，反之亦然。

归根结底，"滚雷巡演"是一个多层次的娱乐活动，是由鲍勃·迪伦主演的一系列空前绝后的刺激的节目。他那些老歌中的心灵剧场变得丰满起来，然后随着动作的组合，特别是迪伦自己的唱跳和模仿——以他前所未有的执着、求索、对舞台艺术的注重，旧歌新唱，或将新歌尽力唱出古韵来。然后，一瞬间，就像马戏团一样——或者像人们以为在迪伦歌中形成的意义一样，那种瞬间看起来如此简洁而清晰的意义——又开始转战下一场，去一个看起来很像老家尘土飞扬的利巴戏院的地方，过去与现在交错着结合在一起。

那么未来呢？迪伦在 1976 年率团穿越南部，进行第二轮巡演，基本上是原班明星阵容和乐队人马〔包括琼·贝兹，但杰克·埃利奥特被草草换下，由金奇·弗里德曼（Kinky Friedman）代之。〕然而，随着迪伦的婚姻开始进入不欢而散的最后阶段，随着吉普赛大篷车创意变得不再新鲜，新英格兰之旅的浮光掠影和魔力也烟消云散了。这班人虽然还是在一起制作了一些不错的音乐——其中一些出现在专辑《暴雨将至》（*Hard Rain*）中，还包括对〈麦姬的农场〉（Maggie's Farm）所做的过火的翻唱——但已经没有了一年前那样多层次的剧场感和富有冲击力的表现。尽管迪伦在第二轮巡演临近尾声中告诉贝兹说，他打算将这样的巡演永远继续下去，但未来会是个非常不同的命题了。

随着一个十年期的尘埃落定，迪伦的艺术跃入了一个全新的阶段，似乎再一次彻底地与过去决裂，因而众多追随他的人感到震惊和愤怒。而这次，迪伦会最终颠覆他的角色，变成既不是"滚雷巡演"中的他，也不是《雷纳尔多与克拉拉》中要呈现的他了。然而，那种地道的美国风味的巡演永远不会远离迪伦的想象。一旦到了时候，他就如同 20 世纪 30 年代和 40 年代那个精明的佐治亚州盲人艺术家附体——标新立异而又特立独行——成为一个少年时代曾在马戏团厮混（或说他后来声称曾经如此）、长大后唱出与众不同的蓝调的人。

171

第六章

烈士纷纷倒下

〈盲眼威利〉，纽约，1983 年 5 月 5 日

172　　"我想知道，"约翰·洛马克斯问盲眼威利，"我想知道是否，你是否听过有关黑人在南方受苦受难这方面的歌儿。"

　　那是 1940 年 11 月初，亚特兰大的一个明媚的早晨，天气仍足够温和，可以把窗户开着。洛马克斯和他的第二任妻子露比（Ruby）前一天刚到，这里是他们为国会图书馆美国民歌档案馆做野外录音之旅的一站，而协调此项工作的就是档案馆的助理主管、约翰的儿子阿兰·洛马克斯。晚饭时分，当他们开着车在城里转悠时，在一家仅供白人享用、名叫"猪和口哨"（Pig'n' Whistle）的路边烧烤餐厅外，露比看到一名吉他手正边弹边唱，而这吉他手不是别人，正是盲眼威利·麦克泰尔。他们当时并不熟悉盲眼威利和他的声音，但有个朋友曾给他们提供消息，建议他们到了亚特兰大一定要争取找到他。他们也确实找过。为了一美元的报酬外加出租车费用，这位歌手同意第二天早上九点在罗伯特·富尔顿酒店客房与洛马克斯一家见面，并由他们用醋酸纤维唱片录音机录下他的歌。

麦克泰尔准时出现，并在接下来的两个小时里演唱了超过 20 首歌曲，这是美国音乐历史上最出色的野外录制工作之一。但一开始的时候并不那么轻松。麦克泰尔先串唱了一堆南部黑人灵歌。"我来唱给大家听听，那些父母们过去干活儿时，"他说，"他们习惯唱的那些老套的赞美诗。"——他的口气一本正经得出奇，像个民俗学讲师，为了配得上国会图书馆的录制工作一样。等他唱完了这一组，约翰·洛马克斯用他那文质彬彬的、仍带点德州腔的声音报

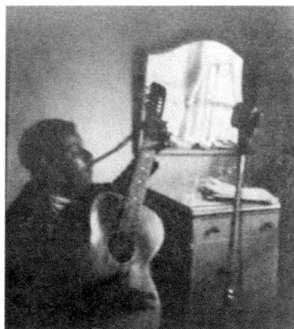

1940 年 11 月 5 日在佐治亚州亚特兰大市，盲人威利·麦克泰尔为约翰及露比·洛马克斯录音。

出歌手的名字、录制时间和地点，但接着似乎要定个调子，又问起有没有表达黑人受苦受难的歌曲。 173

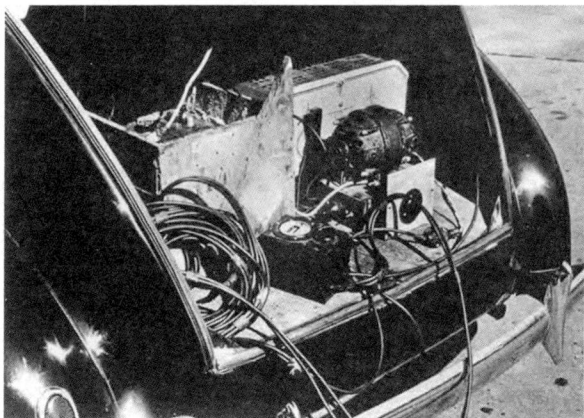

约翰·洛马克斯的便携式录音设备。照片拍摄时间不详。

"哦，"麦克泰尔回答说，"这些就是跟我们上一辈人有关的歌曲。现在人不怎么唱这些歌了，因为他们……"

洛马克斯开始不耐烦了，打断了他的话。

"有没有什么哀歌怨曲，抱怨生活的困苦或白人的虐待？你有没有这方面的歌？"

"没有，"麦克泰尔立即回答说，他没有这样的歌，"如今没有这样的歌了，"那种歌属于另一个时代，而现在，"如今白人对南方人非常好的，据我所知。"顿了顿说出最后四个字，带着断然的语气。

洛马克斯还不死心。

"〈做个黑人真难〉（A'int It Hard to Be a Nigger），知道这首歌吗？"

"那不是……我们这个时代的歌，"麦克泰尔说。倒是有一首灵歌，叫〈活在这个卑鄙的世界〉（It's A Mean World To Live In），但还是跟受苦无关。

洛马克斯不为所动，追问麦克泰尔："为什么说生活的这个世界是卑鄙的"；麦克泰尔回答说，不能笼统而言，这首歌"是有关每一个人的"。

"你是说，这个世界对白人跟对黑人一样卑鄙，是这个意思吗？"

"就是这个意思。"

洛马克斯感觉这位歌手在扭动身子。

"你不停在动，好像不舒服的样子，你怎么了，威利？"

麦克泰尔连忙说，他在前一个晚上被车撞了，但不严重，也没有人受伤，只是有酸疼，身子有点颤——好像不大可能确有其事。休息片刻之后，洛马克斯的醋酸纤维唱片接下来录的是麦克泰尔弹着十二弦吉他，用他悦耳、抑扬顿挫的男高音唱起了〈棉铃象鼻虫〉（Boll Weevil）——这首歌至少与蓝调怨曲沾点边。

以某种方式解读，洛马克斯与麦克泰尔的对话是在种族歧视背景下，南方紧张的社会关系的记录。洛马克斯作为一位尽管善意但不无傲慢的白人访客，想要收集与贫困和种族压迫有关的音乐资料。这个要求可能意味着他的大大咧咧，以及对黑人居高临下的同情，但无论如何，都会令人觉得粗鲁和屈辱，因为这是要歌手违反基本的、不言而喻的南方准则，而这些准则是任何在德州长大的人都很熟悉的。麦克泰尔非常明白该怎么跟白人说话，更别说给一个有南方口音的白人及其太太唱歌了——特别是如果这个人还是某种官方人士——何况还有个录音机在转呢。尽管麦克泰尔明确表示，他了解洛马克斯想要听到的那类歌曲，但他绝不会在这种情况下唱出来，即使是在胁迫下，他也不会唱的——但如果做太多解释，就等于将不言而喻的规范给挑明了，这样一来还是违反了南方人的那种准则。洛马克斯的坚持让麦克泰尔感到不安和尴尬，但这位歌手咬定青山不放松，并掩饰着自己，狡猾地顺口说了句："据我所知"——又不易察觉地露出了真相。毕竟，上帝会为他作证。

但也可以有另一种非常不同的解读方式。作为档案工作者和收集 者，约翰·洛马克斯肯定想得到他想要的；但盲眼威利·麦克泰尔就是没有他想要的。麦克泰尔最了解、最喜欢演唱的音乐并没有明显的甚至隐含的社会或政治意味。在他的保留曲目中并没有诉说黑人苦难的老式悲歌（也肯定不在他出的唱片中，尽管他出的都是主打黑人市场的"种族唱片"）。他的歌是最新潮的，是关于爱中的悲伤和欢乐、醉人呓语、痴人说梦、上帝、赌博、暴力（大部分涉及的是黑人彼此之间的攻击或残杀），对生命和死亡的礼赞。给国会图书馆，他会每样都来一点。

可以肯定的是，麦克泰尔还是给洛马克斯夫妇演奏了一些早期音乐，包括 1908 年到 1914 年之间的一首充满悔恨的蓝调——"回到蓝调最初的那种原汁原味时的日子，"他说——但老歌多是些恒久的、没有时间限制的圣歌，与所有的上帝之子有关，尽管传统上是乡下黑人唱的歌。麦克泰尔很可能会谨守身为黑人的行事规范，特别是当洛马克斯催逼他的时候。但话又说回来，麦克泰尔既不是佃农也不是大城市里的农民工，他是成长中的南部城市里一位专业艺人。他生活在铁打的种族隔离结构中，尽管他是盲人，但他肯定知道自己的皮肤是棕色的，因此他的祖先中有白人。作为年轻人，他得到过家乡一位好心白人的慷慨资助，如今他以演唱为生，非常体面地生活，为白人也为黑人演唱，并录制发行了唱片。对于 1940 年时的一位亚特兰大的黑人来说，这一切使他与白人相处得相对轻松——同时还挣着他们的钱——这可能有助于解释为什么他对洛马克斯如此执着于"诉苦"歌曲感到困惑。

无论如何，麦克泰尔是一位艺术家，也是个表演者，他的歌是关于种族界线两边共通的猥琐与喜悦——"与每个人都相关"——而不仅仅是在艰难的时刻。洛马克斯并不很懂这一点。

无论哪一种解读，都是对的——可能两种因素兼而有之——而当麦克泰尔唱了一曲〈棉铃象鼻虫〉之后，最初的紧张气氛就消失了，后来的录音过程进展得非常顺利。麦克泰尔唱了灵歌和谋杀类叙事歌谣、爱与失的情歌、民歌、拉格泰姆，以及一首长长的轻松活泼的歌，唱的是一个铁石心肠的赌徒的临终愿望。洛马克斯闲适地躲到一176边，逐渐沉浸在麦克泰尔心胸开阔的乐曲中。他和太太时不时插话点评，包括询问麦克泰尔老家哪里、去过哪些地方。这些档案工作者是想尽可能找出这位优秀盲人吉他歌手的所有作品。

洛马克斯非常敬业地将一切记在笔记本上，以便形成实地档案研究报告。他称赞麦克泰尔的吉他演奏很"优秀"，但似乎对他的唱功没那么热情。洛马克斯的报告与录音资料一起，被放置在盲眼威利的音乐档案中，安顿在档案馆一个不显眼的角落。然而，虽说麦克泰尔绝不会被彻底遗忘，但在后来的 20 年里，他还是需要蓝调爱好者一再去重新发现。而他与洛马克斯相会的全部重要性，直到 20 世纪 60 年代才开始变得清晰。而那时，麦克泰尔本人已经不在人世了。

*

在 1983 年 4 月的第二个星期，鲍勃·迪伦与"恐怖海峡"（Dire Straits）乐队吉他手兼歌手马克·诺夫勒（Mark Knopfl）、前"滚石"乐队吉他手米克·泰勒（Mick Taylor）及另外三位顶尖音乐人一道，在曼哈顿中城西边爱迪生联合电力公司电站改建的工作室，录制他的新专辑。这时距迪伦上一张专辑《爱的一枪》（Shot of Love）的推出已过去近两年了，而《爱的一枪》很不幸未能得到公允的评价；同时，迪伦已经从他的基督教阶段走出来了，如今这个新的努力对他来说举足轻重。他几乎把第一天全部的时间和精力花在新歌中最重磅的那首〈盲眼威利〉上。经过几次不成功的开始和八次乐器陪练（其中一次完整地演奏了一遍）之后，整个团队开始全情投入工作 ——然而，尽管有两次完整地唱了下来，但结果还是不能令人满意。〈盲眼威利〉于是被暂时搁置，留待以后再继续尝试。

迪伦是在 1979 年进入了他的基督教阶段的，当时他在加州葡萄园基督教团契（Vineyard Christian Fellowship）经历了他所称的在耶稣基督中的深刻的灵魂觉醒。他与萨拉的婚姻已在两年前告终，尽管双方争夺子女监护权的法律缠斗还在持续中。迪伦的一个女友，黑人女演员玛丽·爱丽丝·阿特斯（Mary Alice Artes）被新时代福音派吸引，并重新归主，她安排了两位葡萄园团契的牧师，到迪伦在马里布的家中进行家访。［在此之前，前"滚雷巡演"乐队成员 T 骨伯内特、斯蒂芬·索尔斯（Steven Soles）和大卫·曼斯菲尔德也已进入了葡萄园团契 177

的圈子。］迪伦对牧师表示，是的，他希望基督到他的生命中来。在接下来的几天里，他私下接受基督为救世主。

将迪伦改宗说成他成年后第一次接触宗教或宗教主题未免牵强。他早期一些关于正义与道德的歌曲就说明，圣经中的训示对他影响颇大。〈当船开来〉虽然明显受〈海盗珍妮〉的启发，但也明白无误地包含了圣经中的天启色彩，无论是出自《圣经》还是民谣诗体。〈时代在变〉还有〈暴雨将至〉也是如此，但是以非常不同的方式。《约翰·卫斯理·哈丁》中的一些歌曲听起来像是伍迪·格斯里民谣的新唱，其他作品［特别是〈一天早晨我出门而去〉（As I Went Out One Morning）有威廉·布莱克的色彩；但也有些——〈沿着守望台〉（All Along the Watchtower）、〈邪恶的信使〉（The Wicked Messenger）、〈我梦见圣·奥古斯丁〉（迪伦〈乔·希尔〉的修订版］，甚至谜一样的〈弗兰西·李和犹太祭司之歌〉（The Ballad of Frankie Lee and Judas Priest）——在文体和实质内容上是对《圣经》格言的再加工。专辑《欲望》中的〈哦，姐姐〉等歌曲中的宗教情绪之所以令人惊讶，只因为这些歌说明，迪伦可能比任何人都对宗教戒律或戒律的精神更认真。

迪伦 1979 年后转信基督教，他的宗教探求和风格都立即随之强化了。葡萄园团契像每个福音派基督教会一样，强调人皆可在基督里得到救赎，通过激烈的祷告来解脱原罪，达致灵魂的重生。像其他福音派一样，葡萄园基督徒用密集的查经来强化门徒的训练，使他们以广传福音为己任，争取更多的人皈依耶和华。但葡萄园团契也有其特殊性，尤其是执着于基督重临这一现世的观点。据之，在即将来临的世界末日之战中，邪恶的人将被诅咒，虔诚的人将得救，千年太平盛世将会到来。

迪伦当时身处的情况是，葡萄园团契的前千禧年主义（pre-millennialism）在基督教犹太复国主义者、前葡萄园团契奉献者哈尔·林德塞（Hal Lindsey）的畅销书《末期的伟大行星地球》（*The Late Great Planet Earth*）中被严重扭曲了。葡萄园团契有其欢乐的一面，主要表现在教堂事奉的音乐表演上。但对大多数与后千禧年（post-millennial）教派及宗派有联系的空想改革派，这个团契不给他们留任何余地，因为这些改革派认为，基督只有在救赎者建立了人间天国之后才能重临。新世纪前千禧年派以新约《圣经》中的启示录为他们至关重要的经文 ¹⁷⁸（他们中许多人将《启示录》与当代政治与文化事件联系起来，正如哈尔·林德塞解读的那样），认为末日的确正在迫近，基督几乎肯定就在我们中间，他对世界的最后审判不等我们知道就会出现。

迪伦早期歌曲中的天启主题主要出现在他那些社会救赎的隐喻之中，描绘着压迫者被推翻、被压迫者取而代之的革命时刻。[1] 如今，这个主题被旧约的末日论先知——以赛亚、耶利米和以西结——预言，并且像帕特莫斯的圣约翰（St. John of Patmos）在《启示录》中所描述的——世界在大灾难中毁灭，导致撒旦的破坏，不信者将被吞没在永恒之火中，而新耶路撒冷的天堂向基督的圣徒和仆人们敞开，信仰是救赎的唯一途径。仅凭良善、可怜、无辜的苦难是得不到灵魂的拯救的。这一点不是什么比喻。"我告诉过你们，'时代在变'，变了，"迪伦在 1979 年的演唱会上对着观众说教起来，那是一场他广为人知的福音饶舌演唱会。"我说了，答案'在风中飘'，就是这样。我现在告诉你，耶稣正再次降临，他正重返世间！没有其他得救的道路……可信的道路只有一条，只有一条道路——真理与生命。"

这些东西乍听起来吓人一跳，甚至也吓了迪伦一跳，尤其那首

---

〔1〕〈暴雨将至〉虽然部分地预言着世界末日的灾变，但它也是一首有追求的歌，带领人穿过日常的苦难景象、声音和现场，以及枯萎、烧焦和流血的地球。与迪伦早期其它有关毁灭的歌曲不同，它没有以正义或救赎作结，而是歌者发誓要将他所见所闻的世界全部唱出来。

〈当他重临〉（When He Returns），这是他三张基督教专辑中第一张《慢车开过来》（*Slow Train Coming*）里的最后一首："真理是箭，穿过窄门／他施展他的权柄，在人们未知的时间。"难怪许多迪伦的歌迷，早前好不容易适应了他摇身一变成了摇滚歌星，如今感到再次遭到背叛。不仅是个世俗犹太人的终极叛教，而且一个水银泻地般变化莫测的诗人竟然开口阐述别人灌输给他的绝对教义。作为〈昨日书〉这首歌的作者，他唱过"在我讲道的那一刻"会成为自己的敌人，可如今他成了讲道者。迪伦提出过的所有老问题——"一座山能存在多少年？""我是否该把他们留在你的门前？""那是一种什么感觉？"——现在都有简单的答案，而且是同一个答案。音乐有时的确会闪光。演唱会上的歌曲听起来比唱片上的要好听得多。事实上，在舞台上，它们是活力四射的，这场演出的偷录唱片可以证明。但除了个别明显的例外，迪伦的歌词不外乎两个可预见的主题：告诫那些不知改悔的人，灾难即将来临，基督会再次降临；确认他个人得到的救赎并感谢主耶和华。到 1981 年时，他那翻来覆去的虔诚已经抽干了畏惧感。

但有些例外。在《慢车开过来》中，〈为他人服务〉（Gotta Serve Somebody）抨击了嫉妒与骄傲，数十个人戴着纸面具咆哮着，包括迪伦自己。〈亲爱的要对我好（而不要对别人）〉［Do Right To Me Baby（Do Unto Others）］这首歌，从歌词到乐曲，都对迪伦早期歌曲（例如〈我真正想做的事〉）中那种真挚的情绪进行了有意思的改编，而这种改编是得自《路加福音》6：31 的启发。专辑《爱的一枪》良莠不齐，但被严重低估。同名主打歌曲的开头是一阵简短的吉他双音弹奏，接着是无伴奏混声三部合唱福音，由录音室混合出渐强的余响，然后滑入辉煌的摇滚乐中，诉说苦难与爱的救赎。《爱的一枪》还有两首录好后没有收进原版中发行的歌，歌中混杂着对世界末日的预感以及对误入歧途的爱情所怀有的深深的困惑。第一首叫〈新郎仍在祭坛旁等待〉

(The Groom's Still Waiting At The Altar)，先是作为 45 转黑胶单曲唱片〈我的心〉（Heart of Mine）的 B 面，被独立的广播电台广泛播出后，在第二次压制密纹唱片时收了进来，后来又收进光碟版。这是一首重摇滚，它的声音令人回想到《重返 61 号高速公路》。另一首是〈加勒比海风〉（Caribbean Wind），是迪伦在群岛上航行时创作的，它描绘了欲望与解脱的毁灭性纠缠，以及自从《轨道上的血》专辑以来他所写下的一切。

《爱的一枪》压轴的〈每一粒沙〉（Every Grain Of Sand），更是一件精心锻造、温柔演绎的作品，它总结了迪伦对救赎的追寻。歌者不想"回顾任何错误"，却仍依稀看到曾招致毁灭的"一连串事件"——"放纵的花朵和去年的杂草"。然而，歌者也在每一片颤抖的叶子上看到上主之手，进而认识到权柄和信仰的必要性——是对上帝，而不是对名声、影响力、女人之爱或上帝以外的任何事物的信仰。在一个层面上，这首歌和它的意象直接来自《马太福音》和《路加福音》中，耶稣讲因信仰而得救恩的章节——但它的措辞，以及它奇妙而稳定的七拍韵律诗，与威廉·布莱克的《无辜的兆示》（Auguries of Innocence）等一些诗作也有共通之处。在这首紧凑、精雕细琢、绝无浮夸的歌中，迪伦让世界从混沌中挣扎出来，描绘出一幅天堂秩序和世俗责任的温柔愿景。

1981 年完成《爱的一枪》时，迪伦的写作已经开始再次转向，远不像以前的两张专辑那么爱说教了。他还算不上放弃了天启的信仰：末日迫近的雷声在〈加勒比海风〉和那首〈新郎〉中依稀可辨；在后来的采访中，他坦称自己相信《启示录》句句是真。然而，显然还是有些事情正在发生变化。有报道说，他已经背弃了基督教，又回到犹太教去了，甚至开始学习哈西德-卢巴维奇（Hadisim Lubavitch）教派的教诲。这其中有些是确有其事：迪伦的灵性的演进，证明其精神境界宽阔到足以拥抱《摩西五经》和《新约》。更重要的是，他将灵性融入到想象力中，用信仰和信仰测试作为框架或模板，但不再是他的艺术的主体。《爱的一枪》中收入了一首旋律优美、完全世俗的歌曲〈蓝尼·布鲁斯〉（Lenny Bruce），迪伦唱得非常动听，边唱边弹奏着一架音色迷人的教堂用的钢琴；这张专辑还收入了一首很有爆炸力的宗教歌曲〈耶稣的所有〉（Property of Jesus），一句贬损的"你怎么敢？"更像〈绝对第四街〉而不像《得救》（Saved）专辑中的一首歌。再一次地，迪伦整装待发。

　　然而，迪伦的基督教阶段——他与自己以及听众的最新一次爆炸性对抗——深深地影响了他的艺术，而这种影响远远超越了歌词和旋律方面。在前两张基督教专辑的录制上，迪伦选择与传奇的灵魂乐制作人杰里·韦克斯勒（Jerry Wexler）合作，并选择了维克斯勒喜欢的马斯尔-肖尔斯工作室（Muscle Shoals Sound Studio，位于阿拉巴马州谢菲尔德市），这样的选择使迪伦重新回到了南部的声音和氛围中，而这些是自《纳什维尔天际线》录成之后久违了的——这一次，他南下到很远的地方，去到那黑人福音与节奏蓝调所在的南方。[《爱的一枪》主要录制工作是在洛杉矶的三叶草音像公司（Clover Recorders）完成的，但主奏音轨是由曾担任小理查德的制作人的伯姆斯·布莱克威尔（Bumps Blackwell）参与制作的。]迪伦与黑人灵魂乐及福音歌曲的联系，明显见诸他早期录制的〈福音犁〉（Gospel Plow）以及从〈不再拍卖〉（No More Auction Block）转变而来的〈答案在风中飘〉里，可以追溯到非常久远的往昔，至少可以追溯到奥代塔，随后是学生非暴力协调委员会的自由歌手们，再接着的也许是最重要的，是"斯代普歌手"，即第一个唱录迪伦歌曲的黑人乐队。（据该乐队的主唱马维斯·斯代普自己的声明，她与迪伦有一段长时间的热烈的浪漫关系。斯代普一直具有持久的影响力，迪伦曾形容她的声音说，"听得我头

发都竖起来了"。)〔1〕 如今，这些联系被放大到对所有人人来说都是
显而易见的，尤其像〈得救〉和〈你何时醒来?〉（When You Gonna
Wake Up?）这样的歌曲所呈现的那样。

　　福音时期还导致迪伦的舞台表演彻底改头换面。从 1979 年秋到
1980 年秋，迪伦演唱会一直走马灯似的由黑人女歌手开场，而她们伴
唱的曲目都是清一色的基督教歌曲。[迪伦还与其中至少两位歌手海
伦娜·斯普林斯（Helena Springs）和克莱蒂·金（Clydie King）有浪漫
关系，并最终于 1986 年娶了另一位黑人伴唱歌手卡洛琳·丹尼斯
（Carolyn Dennis），后者与他生了女儿德西蕾（Desiree）。] 现场演出方
面，福音演唱会的刺激程度，绝对可以媲美 1965 年末和 1966 年初演
唱会上那些声嘶力竭的下半场摇滚（当年在曼彻斯特的演出中，疯狂
的摇滚招致现场一名英国歌迷冲着迪伦尖叫指斥"犹大"——好怪异
的预兆! 对 1979 年、1980 年以摇滚为主线的音乐会来说，福音演唱
会的样式是非常规的，就像 1975 年的"滚雷巡演"是非常规的一样。
但福音音乐会就像"滚雷巡演"，是地道的美国土产——不是走街串
巷的江湖卖药，而是马戏团大篷下的另一奇观。迪伦再造了南部马戏
团大篷表演的复兴，自己担纲主唱和地狱之火的说教者。

　　1981 年末的《爱的一枪》专辑促销巡演结束之后，迪伦安静地过
了一年没有演出的日子，在此期间，他与克莱蒂·金在轮档唱片公司
（Rundown Studios）录制了一些二重唱，但没有公开发布，因为据迪伦说，
唱片公司不知道这些二重唱该怎么归类，所以"不知道如何处理"。到了
1982 年年底，迪伦开始考虑制作下一张专辑的可能性，为此向知名音乐

---

〔1〕 保存在摩根图书馆（Morgan Library）的乔治·希克谢尔（George Heck-
sher）藏品中的歌词手稿中，有迪伦在 20 世纪 60 年代早期写的一首歌曲〈福音消
息〉（Gospel News）。

人四处打听，从弗兰克·扎帕（Frank Zappa）到里克·奥卡斯克（Ric Ocasek）他都问到了。［后来敲定由迪伦本人和马克·诺夫勒（Mark Knopfler）一起完成了这项工作］。这时情况已经发生了很大变化：福音伴唱歌手已经走了，而迪伦的思想已转向了经济全球化及以色列建立现代国家这些问题上。迪伦在接受记者采访时说，他最初打算给新专辑起名为《活在冷酷的世界》（*Surviving in a Ruthless World*），但他最终还是像以往183 一样，起了个暧昧的名字：《不信教的人》。然而，他录过的福音歌曲与新专辑之间还是有着不可否认的连续性。从《慢车开过来》开始，诺夫勒参与了迪伦每一张专辑的演唱，这一次是再度联手。迪伦仍然满脑子都是圣经的典故。虽然歌词更多地关注对假先知的揭露，而不是指责不信教的人，但"《圣经》"和"撒旦"还是在歌中隐约可见，弥漫了宗教情感。然而，这当中最出色的一首，标志着迪伦的美国艺术方面的飞跃的一首，却奇怪地没有出现在发行的专辑中——这首歌在《不信教的人》第一期录制时，就被迪伦带进了录音室，名叫〈盲眼威利〉。

*

当盲眼威利·麦克泰尔在"猪和口哨"餐馆外被约翰和露比·洛马克斯发现时，他已 30 多岁了，并且已经有四年没录过歌了。但如果追溯到 1927 年，他自那时以来已经出了超过 20 张 78 转的唱片，都在市场上发行了，以他的本名或各种各样的假名，包括"盲人萨米"和"佐治亚·比尔（Georgia Bill）"。他还为一对夫妻档歌舞杂耍组合阿方希·哈里斯夫妇（Alfoncy and Bethenea Harris）及歌手玛丽·威利斯（Mary Willis）做过吉他伴奏；也与自己的妻子凯特一起录制了 4 张 78 转的唱片（其中 3 张公开发行），由他的朋友、亚特兰大吉他手柯利·维弗（Curley Weaver）伴奏。尽管麦克泰尔从未在唱片排行榜上大红大紫过，但他的唱片一般都卖得相当不错，这使得他在 1930 年代中旬大萧条最严峻时，仍能拿到令人侧目的每单面 100 美元的录制费——是亚特兰大黑人工人平均周薪的 8 倍。他有特别的诀窍来说服不同的唱片公司跟他签约，因此能在 1933 年在纽约为 Vocalion 唱片公司做了为期四天的演唱录音，又在 1935 年在芝加哥为 Decca 唱片录了两天。[1] 他在南部各地"走穴"也很有一手——能屈能伸，在各种场地都表演过，从杂耍戏台到流动演出，从私人派对到舞会——在转战各地的途中，在等车时也会在公共汽车站就地唱一段，赚些外快。而出唱片和"走穴"都只是他挣的外快，他收入的主要来源还是在家乡亚特兰大的酒店和食肆间的常规演出。

1920 年代到 1940 年代的亚特兰大黑人流行乐，不应与后来成为 ₁₈₄ 蓝调最著名版本的密西西比三角洲和芝加哥那些沉重，有时还很激烈的风格相混淆。到 1920 年代中期，新一代音乐人主宰了亚特兰大的舞台，演绎了东南海岸和山麓地区常见的眩目而有活力的曲风特质。他们当中包括柯利·维弗和维弗的两个朋友、来自附近沃尔顿（Walton）县的罗伯特和查理·希克斯（Robert and Charley Hicks）兄弟。1918 年左右，这个少年三人组获得了非常的关注，他们经常在海滩烤鱼和踢球期间，用瓶颈滑弦演奏法弹奏开放式调弦吉他，并以拇指在低音琴弦处快速弹拨——从而听起来比大多数乡村乐队组合的演奏声音都大得多。他们适时地搬到亚特兰大，以寻找正规的音乐工作；鲍勃·希克斯转型演奏十二弦吉他，制造的声音更大了；1927 年，一名星探在亚特兰大北部郊区巴克海德（Buckhead）的一家烧烤店发现了正在演出的希克斯，促成他与哥伦比亚唱片签署了唱片合同。

---

〔1〕 虽然这些录制期每年很少连续超过一两天，但在 1927 年至 1936 年间，麦克泰尔只有 1934 这一年没有录唱片。

希克斯以"烧烤鲍勃"（Barbecue Bob）的名字出了他的第一张唱片《烧烤蓝调》，并一炮而红，接着又在 1927 年 6 月出了《密西西比积水蓝调》（Mississippi Heavy Water Blues）并取得了前所未有的成功——顾名思义，唱的是那年春天冲刷了密西西比州和路易斯安那州的洪水。这张唱片在当时接连涌现的同类时事歌曲中最为畅销。亚特兰大新秀的铿锵之声一鸣惊人；唱片公司的星探和制作人立即纷至沓来。1927 年 10 月 21 日，他们新发现的最有才华的歌手——盲人威利·麦克泰尔，为亚特兰大的维克多（Victor）唱片公司录制了四首歌曲，其中〈偷车手蓝调〉（Stole Rider Blues）和〈麦克泰尔先生蓝调〉（Mr. McTell Got the Blues）这两首，成为他的第一张 78 转唱片。麦克泰尔与希克斯兄弟有了联系，并成了柯利·维弗的密友和合作者，但他精湛、聪慧、奇特的曲风使他独树一帜。

麦克泰尔从南方纠结的历史、投机和创新中脱颖而出。他父亲那一脉有个曾祖父叫莱迪克·麦克泰尔（Reddick McTyeir），是个白人，出生于 1826 年，是奥古斯塔（Augusta）市郊的一个小农场主，于内战前夕与他的女奴埃希生了个儿子，随后加入南方的邦联军上了战场。老麦克泰尔在战争中幸免于难，活到 1905 年 8 月才去世——在他去世前两年，他那没有名分的黑人儿子爱德·麦克泰尔（Ed McTier）与十几岁的小情人米妮·多尔西（Minnie Dorsey）在汤普森镇外九英里的欢乐谷诞下了一名男婴。[1]（麦克泰尔的姓氏也早于两代人之前改了拼写。）小孩得名威廉·塞缪尔·麦克泰尔（William Samuel McTier），要么一出生就是双目失明，要么是在襁褓中很早就失明了，[据传记作家迈克·格雷（Michael Gray）猜测，]可能是在他母亲腹中感染上淋病病

185

---

〔1〕 麦克泰尔出生的确切日期不确定，但据考据严谨的迈克·格雷指出，最有可能的日子是 1903 年 5 月 5 日。

毒所致———一种在 20 世纪初的南方农村并不罕见的病例，而且是全国出生婴儿盲眼的主要原因。爱德·麦克泰尔是个普通的农民、赌徒和码头工人，他在盲眼儿子不到 7 岁时就离家流浪去了。米妮与小威利一起搬了家，先到斯普莱德［Spread，现在的斯泰普尔顿（Stapleton）］镇，与米妮的继父母住在一起，到威利大约 8 岁的时候，又搬到布洛赫县（Bulloch）的斯泰茨伯勒（Statesboro），在那里，她打工做厨子和家务。

与汤姆森或斯普莱德这样的乡村相比，斯泰茨伯勒是个喧嚣的小城——是海岛长纤维棉花的主要销售中心，经佐治亚中部、萨凡纳（Savannah）以及斯泰茨伯勒的铁路而连接到更广阔的世界。小威利非 186常好动，却因为失明而不能上学。据他后来声称，在他 12 岁的时候，他开始时不时地离家出走，跟着途经斯泰茨伯勒的马戏团或流动戏班子跑了。"我跑了，哪儿都去，去没有钱也能去的地方，"几十年后他在回忆时这样说，"我追看演出，直到我开始长大成人。"然而，威利总是回去见家人，等到他自己真的"长大成人"了，他就安顿了下来，走私倒卖威士忌——大概是协助他在欢乐谷的家人做这营生——对于一个穷人来说，这活儿稳赚，值得冒险。

"母亲死了，留下我误打误撞，爸爸死了，留下我疯狂，疯狂，疯狂，"盲人威利·麦克泰尔在他后来最有名的那首〈斯泰茨伯勒蓝调〉（Statesboro Blues）这样唱道。不过，他狂野和莽撞的青春故事有多少是真实的，这方面远没有那么清晰。像多年后那个刻意掩饰的年轻人鲍勃·迪伦一样，麦克泰尔在杜撰他小时候在马戏团的经历时，他对细节的把握达到了一丝不苟的地步。像任何敏捷而自信的人一样，他会巧妙地提及一些名字和日期。但迈克·格雷对所有这些都表示质疑，并拿出了一些证据，证明威利年少时可能一直安安静静地呆在斯泰茨伯勒，和母亲厮守家中（而他母亲的男友则继续与他事实上的妻子和家人住在一起），在一家杂货店兼职打杂。同样不为人知的是，究竟谁教给了威利音乐和吉他演奏。[1] 但无论他是宅男还是浪荡子，威利的生活在青春年少时发生了巨大的变化。1920年，他母亲死于流产，可能是自行堕胎所致。麦克泰尔后来说，他从那以后更加放浪形骸、四处漂泊，这一点肯定是可信的。但到了1922年，斯泰茨伯勒有个好心肠的白人——其身份一直不明，只知道他姓西蒙斯（Simmons）——伸出手来，将这个已年届十九的男孩送到位于梅肯（Macon）的佐治亚州盲人学院就读。到1925年离开这所学院时，威187 利·麦克泰尔已经成长为一个杰出的青年吉他手和歌手了，经过这家学院音乐系的强势训练，他学会了许多技能，包括用盲文谱写乐谱。

在离开梅肯不到两年后，麦克泰尔搬到了亚特兰大，那里是唱片业的新热点城市。1927年10月以前，在他为维克多唱片公司第一次录歌时，威利·麦克泰尔已经名叫"盲眼威利"了。据说，他的姓氏的新/旧拼写方法（McTell/McTier），在佐治亚州当地发音相似，这还导致他在梅肯的母校正式混用了这两个词；二者择一的话，McTell的拼法对于专业歌手来说似乎更为讨巧。无论如何，在接下来的20年里，麦克泰尔创造了非凡的职业生涯，与人们对南方蓝调歌手的刻板印象——穷人、不识字的天才、生活在绝望的边缘——大相径庭。[2]

───────────────

〔1〕 威利的遗孀凯特（Kate）多年后回忆说，威利是跟他自己的母亲学会了吉他的，说他母亲"真的会弹吉他，而且弹得不错"。但凯特·麦克泰尔还表示，米妮·多尔西不是别人，正是蓝调唱片中鼎鼎大名的"孟菲斯米妮"——不过这个名字并没有专利——她的说法至少说明这些事情有争议。有些迹象显示，威利的父亲爱德和他的叔叔哈雷·麦克泰尔（Harley McTier）在他小时候可能哄他玩过吉他——但即便确有其事，他父亲也没来得及教他多少，因为他父亲在威利还很年幼的时候就离家出走了。

〔2〕 这一典型观点尤其在二战之后的北方音乐爱好者中普遍存在，相关的阐述可参见活跃于1940年代及1950年代的蓝调收藏家和制作人弗雷德·门德尔松（Fred Mendelsohn）为1964年发行的唱片《活出蓝调》（Living the Blues）写的套封说明文字："太初有蓝调，生于绝望，别无目的，旨在表达无用之感。"

尽管他身体残障——从某些方面来说也正因如此—— 麦克泰尔聪明、有文化、口才好、乐观向上；而且他一点都不寂寞，也远非上无片瓦的穷光蛋。他养成了极为敏锐的听觉、触觉和方向感，可以无需陪伴，非常轻松地在亚特兰大走街串巷；在顺风顺水的日子，他在"猪和口哨"烧烤餐厅那样的地方演唱（他最稳定的收入来源），或去一个叫"银拖鞋"的小俱乐部，一晚上可以赚到高达 100 美元。星期六的时候，人们总能在他通常出没的地点找到他，要么是在迪凯特（Decatur）街 81 号剧院［"蓝调之母"格特鲁德·雷尼（Gertrude "Ma" Rainey）在 1923 年搬去芝加哥之前，曾在那里与钢琴家托马斯·"佐治亚·汤姆"·多尔西（Thomas "Georgia Tom" Dorsey）同台演出。那地方在 1920 年代也是贝西·史密斯（Bessie Smith）和埃塞尔·沃特斯（Ethel Waters）等大牌明星活跃的地方］。在他的春风得意的时候，麦克泰尔还有过各种"走穴"演出的日程表，以便走得更远，走向更宽广的地方，有时甚至有跟班的音乐人（包括麦克泰尔的妻子凯特以及柯利·维弗），有时还会带着旅行团和"卖药秀"（medicine shows）的江湖戏班子。[1] 在七月和八月烟草收成季节，商机勃勃的时候，他演出的常规路线是跨越佐治亚州和卡罗莱纳州；冬天，他向东然后南下，去海上群岛和迈阿密，为有钱的白人游客演唱。偶尔他也会北上，远至纽约和芝加哥这样的大城市。麦克泰尔游走四方——他对妻 子说："宝贝，我天生要浪迹天涯。"——但并不是漫无目的或冲动的；他做事极有条理。他在与唱片公司及演出经纪人打交道时也是如此。"他总是要个合同，"凯特·麦克泰尔回忆说，"他会说，我可不

---

　　[1] 盲人在那个时代的南方黑人艺人中非常普遍，部分原因在于吸引围观者的好奇心。但音乐演出——无论是作为沿街乞丐的手段还是登台表演—— 对于有野心和音乐才华的南方黑人来说是难得、罕有的机会。

会为几个铜板去剁手。"

麦克泰尔靠音乐挣的钱足够养家糊口，这使他不必打工上班。1934年初，他与当时还在就读护士学校的凯特结婚后，二人在亚特兰大东北部距甜奥本（Sweet Auburn）区的不远处接连租住过几个公寓。那里是商业中心，也是亚特兰大黑人聚居区中最时尚的住宅区。[这对夫妇在1934年的第一个住址位于西莉亚德（Hilliard）街160号，距马丁·路德·金的家仅隔4条街，那一年小马丁5岁。]该区离市中心的迪凯特街及南贝尔（South Bell）街不远，所以麦克泰尔可以很方便地与住在亚特兰"黑底"（Black Bottom）底层住区的黑人音乐同道聚首，而麦克泰尔自己又住得相当体面。[音乐

罗伯特·富尔顿酒店，大约摄于20世纪40年代的一张明信片。1940年11月5日在该酒店的一个客房里，盲人威利·麦克泰尔与约翰和露比·洛马克斯会面，并为他们的国会图书馆项目录音。

家们也到麦克泰尔家里去，包括来自南卡罗来纳州的杰出蓝调歌手乔什·怀特（Josh White），他寄养在纽约市，来亚特兰大听音乐会的时候就会登门做客。]"他们过着很正常的生活，"凯特的弟弟安德鲁多年后回忆起麦克泰尔夫妇时说。麦克泰尔在个人仪表上也很讲究，留着精心修剪的小胡子，整天穿西装打领带，戴有帽檐的帽子。"不打领带他就不觉得自己已经穿戴好了，"安德鲁说。熟人和密友都把他描述成一个对人对世界热情、好客、慷慨的人，一个献身艺术的人。

麦克泰尔举止得体，工作敬业，这标志着他是个守规矩甚至刻板地追求上进的人——至少从外表看来如此。他的精神生活也是如此：麦克泰尔不仅是一个虔诚的基督徒，而且据他小叔子所说的，"对经

文有深刻理解"，他阅读广泛，也读盲文《圣经》。（有一个时期，即他的晚年，凡以他为主的演出场合他只唱圣歌。）然而，整个 1940 年代，无论在亚特兰大还是出门在外，麦克泰尔都混迹于酒馆，酗酒、赌钱、嫖娼——而所有这些，都与麦克泰尔并不矛盾，至少在他老去之前。作为一个天赋异秉、从底层一路奋斗直至出人头地的乡下孩子，他在他的时代既不算富有也不算大名鼎鼎——但在 1930 年代中期，他已经把自己打造成为一个成功的、十分专业的艺人，甚至是颇 190 有城府的城里人。那种都市气及其背后的城府塑造了他的音乐。

*

当鲍勃·迪伦在 1959 年、1960 年第一次转向民谣的演唱时，他兀自沉浸在蓝调之中，而对盲人歌手威利·麦克泰尔即便有所耳闻也知之甚少。与约翰和阿兰·洛马克斯最初发现"铅肚皮"时不同，麦克泰尔没有受到全国领先的民谣研究者的推介和热捧，在民谣界与"人民阵线左翼"的重叠世界中亦然。在哈利·史密斯（Harry Smith）1952 年那张影响甚广的密纹唱片《美国民间音乐选集》中，威利·麦克泰尔的歌一首都找不到。其他一些 20 世纪二三十年代的老资格蓝调歌手，包括麦克泰尔在亚特兰大的朋友、吉他手和口琴演奏家巴迪·莫斯（Buddy Moss），在 1960 年代被重新发现，还来得及品尝到最终得到认可的滋味，但麦克泰尔就没能在生前看到民谣复兴。如果不是蓝调收藏家塞缪尔·查特斯（Samuel Charters）孜孜不倦的发掘，麦克泰尔可能还会被年轻一代忘记更长的时间，甚至可能完全被遗忘。

查特斯重新发行了麦克泰尔最精彩的早期唱片〈斯泰茨伯勒蓝调〉、〈妈妈，天很快会亮〉（Mama, 'TAin't Long Fo' Day）和〈妈妈的南方罐头〉（Southern Can Mama），并将它们汇编为两张新唱片：1959 年发行的《乡村蓝调》(*The Country Blues*) 及次年发行的双密纹唱片《乡野蓝调》(*The Rural Blues*)。这两张唱片无论质量还是影响力都远未得到足够的认可。伴随唱片的发行，查特斯还出版了一本同名的书《乡村蓝调》。在这本具有突破性的专著中，查特斯并没有提供多少有关麦克泰尔的确切信息，但确实对麦克泰尔不吝溢美之词，称他是一位"才华横溢但难以捉摸的蓝调歌手，具有几乎是坚不可摧的品质"——寥寥几句营造出朦胧迷人的气息。著名音乐史学家彼得·格罗尼克 (Peter Guralnick) 曾忆起 1960 年代初他在波士顿的中学时代，作为一个蓝调乐迷，"谈到盲眼威利·麦克泰尔，我们的想象力真的能活跃起来"。他说："对于我们来说，他是个敏感、精灵古怪的歌手，神秘而决绝的人物。"鲍勃·迪伦几乎肯定从查特斯的汇编唱片中听过〈斯泰茨伯勒蓝调〉和〈妈妈的南方罐头〉，并为他自己的第一张专辑而从中借鉴了两首歌：布卡·怀特 (Bukka White) 的〈感觉我死定了〉(Fixin' To Die Blues) 和汤米·麦克里南 (Tommy McClennan) 的
〈新 51 号高速公路〉(New Highway 51)。不过，当时并没有迹象显示，迪伦深受麦克泰尔的音乐影响，或被麦克泰尔的神秘感吸引。

　　1960 年，布鲁斯维尔-普莱斯蒂奇 (Bluesville–Prestige) 唱片发行了麦克泰尔的专辑《最后一次》(*Last Session*)，但没有掀起浪花。该专辑共收入 14 首歌，选自 1956 年（麦克泰尔去世前三年）一位亚特兰大唱片店老板爱德·罗德斯 (Ed Rhodes) 录制的麦克泰尔歌曲。不久之后，一些商业出品的麦克泰尔歌曲出现在了一些晦涩的再版蓝调乐曲集中。然后，到了 1966 年，在名声日隆的音乐理论家迪克·斯堡茨伍德 (Dick Spottswood) 的力荐之下，短命的美乐颠 (Melodian) 唱片推出了洛马克斯夫妇 1940 年为国会图书馆录制的麦克泰尔歌曲删减版；又过了两年，年轻奔放（后来成为传奇）的格林威治村唱片收藏家尼克·佩尔斯 (Nick Perls) 发行了一张新专辑，收入麦克泰尔早期录制

的 14 首歌，取自原来发行过的 78 转唱片。这时，大城市里一大批新起的蓝调乐迷——他们称自己为"蓝调黑手党"——已经对麦克泰尔盖棺论定，确立了他的名誉地位。此后没过多长时间，麦克泰尔的音乐赢得了极为广泛的听众，即便当初最赏识、崇拜他的人也不会想象到能有这么一天。而这主要得益于鲍勃·迪伦的影响。

1964 年，另类的东村民谣二重唱组合彼得·斯坦普菲（Stampfel）和史蒂夫·韦伯（Steve Weber），用赫利·莫代尔·朗德斯（Holy Modal Rounders）这个名字出了第二张专辑，当中包括他们翻唱的〈斯泰茨伯勒蓝调〉，两年后，以波士顿为基地的创作歌手汤姆·拉什（Tom Rush）为伊莱克特拉（Elektra）唱片出的专辑中也录了这首歌。戴夫·范容克

布鲁斯维尔-普莱斯蒂奇唱片发行的麦克泰尔专辑《最后一次》，1956 年。

（他是山姆·查特斯的好友兼合作者，同时还是迪伦的导师之一）也很喜欢〈斯泰茨伯勒蓝调〉，1966 年亲自翻唱了一曲，唱得技压群芳，由沃夫唱片（Verve Records）录制。查特斯和年轻蓝调乐迷们的造势，部分地为麦克泰尔音乐得到全面发现铺好了道路。范容克翻唱两年后，正在蹿升中的民谣和蓝调乐手泰姬·马哈（Taj Mahal）在他的第一张专辑中用摇滚翻唱了这首歌曲，用瓶颈滑弦电吉他演奏，令来自梅肯的潜力吉他手杜恩·阿尔曼（Duane Allman）为之倾倒并深受启发。1971 年，"阿尔曼兄弟"乐队（Allman Brothers' Band）的专辑《住 192 在菲摩尔东》（*Live at the Fillmore East*）成为大热，收入其中的〈斯泰茨伯勒蓝调〉几乎立即被奉为摇滚乐的殿堂经典——很快，麦克泰尔的原创录音开始被灌制成密纹唱片重新发行。1970 年代末那几年，几乎年年都有麦克泰尔旧歌新录的专辑面世。1977 年，英国音乐杂志《无

限蓝调》（*Blues Unlimited*）刊发了对凯特·麦克泰尔的长篇专访，详谈她的丈夫。尽管访谈的内容不可尽信，但仍然填补了麦克泰尔传记中存在的很多空白。麦克泰尔最后一张仍保存下来的原声录音终于在1983年以密纹唱片形式出现——就是在迪伦录制他那首〈盲眼威利〉的同一年。

这下，麦克泰尔几乎所有的唱片都唾手可得了。像其他人一样，迪伦可以欣赏到麦克泰尔作为吉他手、歌手和非凡的天才词曲作者的全部作品。（早在五年前，迪伦就已经将麦克泰尔归入他最喜欢的蓝调和乡村乐手之列，他在接受采访时曾这样表示。）尽管1983年那阵，有关麦克泰尔的很多方面还有待了解，但迪伦对此的了解已足够令他注意到，麦克泰尔与自己的生活——尤其是艺术方面——有些殊途同归的地方。可以肯定的是，迟至1980年代初的时候，无论迪伦如何欣赏麦克泰尔的唱片，麦克泰尔及其音乐似乎都尚未对迪伦的作品有什么直接的影响。即使当他的那首〈盲眼威利〉终于在1991年浮出水面时（那是在《不信教的人》问世很久之后的事了），这首歌的名字也仍令人感觉很突兀，因为人们预期之中，迪伦写歌致敬的人应该是马迪·沃特斯（Muddy Waters）、大乔·威廉斯（Big Joe Williams）、曼斯·利普斯科姆（Mance Lipscomb）、罗伯特·约翰逊（Robert Johnson）、"瞌睡虫"约翰·艾斯特斯（"Sleepy" John Estes），或其他任何对他有明显的长期影响的人，因此选择麦克泰尔似乎有点奇怪。也许这事真的没什么大惊小怪的，或许麦克泰尔这名字只不过更适合迪伦的抒情需要，比如在韵律上，比其他人的名字更好。但迪伦这首歌是向麦克泰尔示意的——一再地将他作为与众不同的蓝调歌手来提及——这就显示了迪伦深度的个人参与。对于迪伦来说，麦克泰尔的音乐已成为理解世界的一块高标准的试金石。

*

虽然麦克泰尔会忽悠民俗史学家，但他确实是个深植于传统中的音乐现代主义者，正如迪伦后来成为的那样。在麦克泰尔的作品中，他时不时地在向前辈的蓝调音乐人致敬。他对十二弦吉他的偏爱，是 193 与"烧烤鲍勃"一脉的亚特兰大蓝调保持一致的。但麦克泰尔并没有特别拘泥于任何演唱或创作风格，他在众多流派中都有出色表现，包括他自己开创的混合型音乐。事实上，将麦克泰尔狭隘地视为蓝调音乐家是一种误导。他就像那个时代的其他南方歌手——包括盲眼布莱克（Blind Blake）、曼斯·利普斯科姆、铅肚皮、密西西比约翰·赫特（Mississippi John Hurt）及（一些白人音乐家，如）查理·普尔（Charlie Poole）和吉米·罗杰斯（Jimmie Rodgers）——麦克泰尔应该被描述为创作歌手。这些创作歌手的创作传统可以追溯到美国重建时期的行吟乐手，他们对所有类型的流行音乐都驾轻就熟，从灵歌到锡锅巷最新热门金曲。他们当然也演唱蓝调，部分原因是蓝调很受欢迎，还有部分原因是，在 1920 年代，大部分未被贴以"爵士乐"标签的黑人音乐都被称为"蓝调"。但这些创作歌手并没有把自己定义为蓝调音乐人。

麦克泰尔是演唱蓝调的天才创作歌手，是一位游历甚广的艺人，能对观众及唱片公司投其所好，但他同时也是一位艺术家，在音乐的创新上有辉煌的成就。与大多数创作歌手不同，麦克泰尔从职业生涯一开始就是见多识广的都市艺人，所闻、所唱及其受众都各式各样。在最简单的层面上，他善于改写标准蓝调，彻底改变之，赋予看似无穷无尽的变化。因此，滑奏吉他的保留曲目〈可怜的男孩〉（Po'Boy）可说是为〈妈妈，天很快会亮〉这首麦克泰尔最优秀的早期歌曲（也是他录制过的最精湛的作品之一）打下了基础。（这首歌还以生动的画面感著称，这也是麦克泰尔的又一个长项，这样的歌词比比皆是：

"星星快要落下去了，妈妈，天很快会亮。"）〈可怜的男孩〉还启发了麦克泰尔的另两首非常不同的歌：〈三女蓝调〉（Three Women Blues）和〈移情蓝调〉（Love Changing Blues）。有时候，麦克泰尔会演奏一段完全不同的旋律，然后跳转到标准蓝调上——就像他那首半说半唱的〈旅行布鲁斯〉（Travelin' Blues）那样，一段快速的艺术性极高的伴奏突然带出了〈可怜的男孩〉的一节主歌部分。麦克泰尔在重新编排歌曲上极具创造性和自发性，这需要高灵敏度的身体和心理素质，同时也需要他作为创作歌手对各种流行样式的熟练把握，包括插科打诨（妙语连珠的口才）、吹拉弹唱、拉格泰姆、乡村民谣、现代灵歌和流行歌曲。

194　　　麦克泰尔像一块海绵——这个词也可以形容后来的迪伦——他吸收了他所听到的各种音乐，然后以自己的方式表达出来。尽管他并不总是谦卑地把师承挂在嘴上，但也从不避讳自己经常借鉴和拿来。与此同时，他坚持他的音乐的完整性。"我脱胎自其他词曲作家，"他在去世前不久曾这样谈及他的歌，"但我以自己的方式演绎。"麦克泰尔外出巡演的节俭影响了他的风格，他通过听黑胶唱片获得了更多的素材，包括一些后来被以为是出自他本人之手的歌词和乐曲中的级进（sequences）。

　　以麦克泰尔最著名的那首〈斯泰茨伯勒蓝调〉为例。共有四节主歌，遵循标准的十二小节形式，但随着麦克泰尔跳跃着，边唱边指示着各位家庭成员——"姐姐，告诉你的兄弟，兄弟，告诉你姨"边唱出，"走啊去乡下，妈妈，你不想去吗？"——这种混合型的音乐编排是纯粹的麦克泰尔风格的——但是几乎相同的歌词也出现在芝加哥流行蓝调女歌手茜皮·沃莱斯（Sippie Wallace）和露西尔·博甘（Lucille Bogan）的早期唱片上。〈斯泰茨伯勒蓝调〉的其他元素则来自贝西·史密斯和不太知名的艾薇·史密斯（Ivy Smith）的唱片。

　　与此同时，麦克泰尔自己的商业唱片还远不足以描述他的音乐范畴和野心。为黑人也为白人而唱，为几个铜板也为打赏而唱，在亚特兰大的汽车餐厅里唱，在小酒馆和俱乐部里唱，也在路上边走边唱，这需要麦克泰尔不仅仅是个歌手，而且是一台真人自动点唱机——一个跨越种族、贫富、城乡界限，按需提供服务的艺人，还要能唱最新的热门歌曲。而麦克泰尔不仅以世俗音乐著称，他还从小就在宗教聚会时演唱福音歌曲，如〈小黑火车开过来〉（The Little Black Train Is A Comin），以及爵士乐演奏的宗教歌曲，如〈当圣徒们前行〉（When The Saints Go Marchin' In）。他的一些散拍乐（rags）世俗歌曲、民谣及混合型作品确实曾在 1930 年代作为商业出品，当中包括用勾魂摄魄的指弹吉他技法演奏的盲眼布莱克的〈沃巴什散拍〉［Wabash Rag，麦克泰尔更名为〈佐治亚散拍〉（Georgia Rag）］和〈乡巴佬威利蓝调〉（Hillbilly Willie's Blues），后者是根据乡村歌曲〈这列火车〉（This Train）改写而成的——伍迪·格斯里后来据此创作了名声大噪的〈这列火车驶向辉煌〉（This Train Is Bound For Glory）——其中特别提到罗斯福总统（"一个伟大的君子"），还有富人和穷人、月光、啤酒和阿肯色。但麦克泰尔只有一次真正集中精力录制宗教歌曲，并将其作为商业发行，那还是 1935 年在芝加哥为迪卡唱片录制音乐的几天空档期间。

麦克泰尔在音乐上的广泛兴趣和才华，实际上，在洛马克斯夫妇及国会图书馆为他匆忙录制的两个小时录音里，已经展露无遗。麦克泰尔唱高音时的音高已经比 1940 年之前略有增加，但音色之圆润仍一如既往。如果说他右手的指法不再像当初弹奏〈佐治亚散拍〉时那么凌厉，那么他的瓶颈滑奏技法已经变得炉火纯青，更加细腻，余音绕梁。与此同时，他的素材的多样性也是相当壮观的。除了一批灵歌，他还演奏了民谣和情歌〈棉铃象鼻虫〉、〈迪莉娅〉、〈威尔·福克斯〉（Will Fox）以及洁本的〈钱尼〉（Chainey），以及蓝调〈凶手之家蓝调〉（Murderer's Home Blues）、散拍〈杀了它，孩子〉（Kill-It-Kid）。

195

他还唱了一首流行歌〈宝贝，那必定是爱〉（Baby, It Must Be Love），并告诉约翰·洛马克斯说是他自己写的，但实际上 1937 年纽约哈莱姆区歌手萨莉·古丁曾录制过，并由"三个辣椒"（Three Peppers）摇摆舞组合为她伴舞。最令人印象深刻的是，他演唱了一曲临终的嬉戏，歌词意象万千，充满了栩栩如生的画面感。据他说，这首歌融合借鉴了三首不同的歌［其中一首当然是〈圣詹姆斯养老院〉（St. James Infirmary）］，是他应 1929 年被枪杀的朋友杰西·威廉斯（Jesse Williams）临终的请求而作，歌名就叫〈赌徒临终蓝调〉（The Dyin' Crapshooter's Blues）。

这首歌的旋律类似挽歌，但无论是歌词还是节奏，都与挽歌反其道而行之。歌中这样提到威廉斯临终狂欢般的请求：

> 小杰西是个赌徒，昼夜不分
>
> 玩牌掷骰子耍花招
>
> 这有罪的孩子，善良但没有灵魂
>
> 他的心啊冷硬如冰

警察冲杰西开了枪，他知道他就要死了，在一帮赌徒围在他床边时，他安排了自己的葬礼。8 个赌徒将充当抬棺人；跟在他们后面的将是一队各色人等组成的哀悼者，其中包括警察、法官和法院的律师，16 名走私犯，16 名诈骗犯，还有 77 个女人，显然是从亚特兰大最臭名昭著的妓院和赌场来的——他们走向杰西的墓地，刚用黑桃 A 挖成，他的墓碑是一副扑克牌。

杰西刚刚列出女人们的名单，心脏就突然开始砰砰乱跳，他感觉"翻江倒海"，快要不行了，但面对这些赌棍他有泪也不轻弹："伙计们，不要站在杰西身边哭泣，"麦克泰尔唱道，"他希望大家边跳'查尔斯顿舞'（Charleston）边等他死去。"这首歌不露声色地以滑稽、琐碎及搞怪作结：

抬起一只脚，拖着脚趾头

将我的哥们儿杰西扔进送灵柩

到这儿来，妈妈，来喝个痛快

那赌徒就要归西，离开这世界

伴着赌徒的临终蓝调

这首歌以悲伤的 E 小调开始，以 G 大调和弦结束，赌徒杰西的蓝调笑对死神，甚至笑对地狱的诅咒。

麦克泰尔添加了很多亚特兰人的细节，但他改写的〈圣詹姆斯养老院〉据说是个真实的故事，与凯伯·凯洛威（Cab Calloway）在 1930年录制的歌曲版本接近，可能就是麦克泰尔所称他借鉴的三首歌之一：

给我六个赌棍做我的抬棺人，

让一个伴唱女郎给我唱首歌，

请个当红的爵士乐队在我头顶演奏，

这样我们可以边走边唱哈利路亚。

但麦克泰尔（可能会有凯洛威）的歌实际上另有出处，也很容易被辨认出来，也就是说，麦克泰尔的剽窃行为比他所暗示的还要严重。1927 年，二流爵士乐及蓝调钢琴手、创作人波特·格兰杰（Porter Grainger）创作了一首他称为〈垂死的赌徒蓝调〉（Dyin' Crap-Shooter's Blues）的歌，同年，多产的蓝调歌手玛莎·科普兰（Martha Copeland）由一个爵士乐组合伴奏，为哥伦比亚唱片录制了这首歌：

吉姆·约翰逊赌起来不分昼夜，

玩牌掷骰子耍花招，

一个没有灵魂的罪人，

他的心像冰一样冷。

197

麦克泰尔的歌中有一半歌词都照搬了格兰杰，或说几乎全是照搬，包括拖着脚趾头和灵柩那句。麦克泰尔借鉴的任何曲调，包括〈圣詹姆斯养老院〉在内，也都出现在格兰杰的版本中。事实上，格兰杰的歌词和旋律几乎没有不出现在麦克泰尔的歌曲中的——而他却告诉洛马克斯夫妇说，那是他"自己做的"。

麦克泰尔并没有在这件事上撒谎，像对〈宝贝，那必定是爱〉那样——"做"一首歌与写一首歌不一样——而且他承认他有所借鉴，尽管这段录音误导了后辈人。[1] 何况，麦克泰尔唱给洛马克斯夫妇的这首歌，尽管录制条件相对原始，但却远胜过玛莎·科普兰唱的格兰杰那首〈垂死的赌徒蓝调〉。尽管麦克泰尔的歌几乎一半照搬了格兰杰的版本，但他别出心裁地将一首歌分成了三段叙事，描绘了杰西的堕落和中枪，随之根据杰西遗愿的怪异、略带滑稽的葬礼，并以杰西之死作结。格兰杰的音乐形式是流畅的，是自觉地焊接在一起的，就像为舞台演出预备的一样；相比之下，麦克泰尔的演唱是参差交错的，不均匀的节拍，听起来（或许是故意的）好像麦克泰尔边唱边找出路。在审视自己的死亡时，格兰杰的歌几乎完全由赌徒说话的。（歌词显示是自杀；没有提到警察开枪；事实上，当歌曲结束时，赌徒仍然活着。）而在麦克泰尔的歌中，歌词的视角变了，先是从歌者转到了中枪垂死之人的角度，最终又回到了歌者的视角；还有时间的转变，从过去到现在，再到将来，最后从将来拉回到现在。

〈赌徒临终蓝调〉是麦克泰尔的杰作之一，标志着他作为作曲家和演唱者，其想象力的丰富、生动，以及驾驭时空的能力，此为其他

---

[1] 从当年的报纸或警方的资料中未能发现佐证，所以麦克泰尔关于1929年在亚特兰大有个叫杰西·威廉斯的人中枪死亡的故事不可考——尽管在当时的情况下，据迈克尔·格雷推测，这样的事件可能不会留下官方记录。

的蓝调歌手所不能及——在 20 世纪二三十年代的任何艺术语境里，他 ¹⁹⁸ 的才能都是出类拔萃的。过了整整 20 年，这首歌才浮出水面，在 1960 年的《最后一次》专辑上首次露面，然后，又过了 6 年，才出现在国会图书馆的密纹唱片上。（麦克泰尔也在 1949 年为大西洋唱片公司录制了这首歌，但直到 1972 年才得以发行。）没有证据显示，在麦克泰尔录下这首歌四十多年之后，鲍勃·迪伦的脑海里有这首歌（众所周知他经常拿其他人的作品为己所用，以自己的方式进行翻唱），虽然他肯定听过这首歌很多次了。但是，1983 年他开始录制《不信教的人》时，他的脑子里显然翻滚着原罪、上帝、美国、蓝调和盲眼威利·麦克泰尔，同时他也在琢磨〈圣詹姆斯养老院〉这首歌。

*

"电站"录音室里一片肃静；几乎听不见任何闲杂的脚步声。迪伦按下一个钢琴键。这是一个平静而严肃的音乐指令。在他身后，马克·克诺勒轻轻地、敏捷地拨动了木吉他，音乐随之响起；迪伦快速弹奏出阴郁的降 E 小调和弦，勾勒了两小节旋律，然后扯开疲惫的喉咙，放声唱道："看到门柱上的箭头，说这块土地是被诅咒的。"在写下〈暴雨将至〉的二十年后，他写出了又一首摧枯拉朽般的歌曲，横扫触目惊心和骇人听闻的一切。几乎不由分说就可以断定，〈盲眼威利·麦克泰尔〉的旋律来自〈圣詹姆斯养老院〉——也就是主宰了威利·麦克泰尔的那首〈赌徒临终蓝调〉的同一个旋律——或许只是平添了一些肖邦《葬礼进行曲》的色彩。

这首歌的录制让迪伦感到非常棘手。从专辑录制的第一天开始，他已经完整地录过三遍，都配上了全套合奏，但都不尽人意，在《不信教的人》第七个录制期内又录了两次。现在，专辑的录制已经过三个星期、每星期六天的煎熬，迪伦又返回到〈盲眼威利·麦克泰尔〉，试图在钢琴上有新的发现，就像他在 1966 年对待〈她现在是你的情人〉那样，再做一次尝试。诺夫勒在他旁边伴奏，迪伦用脚轻轻地打着拍子，慢慢地串唱整首歌，但还是掉了链子：他无论如何找不到曾在脑海中听到的声音了。那一年稍后的时候，《不信教的人》专辑问世，没有收入〈盲眼威利·麦克泰尔〉，而迪伦和诺夫勒在录音室的演唱作为样本唱片，在其他音乐人中流传开来，直到 1991 年才终于出现在一套三张正式的回顾光碟里，里面收集了迪伦比较罕见的演出及录音花絮。直到这时，听众才得知迪伦曾经录制过这样一件杰作。

　　歌中一开始唱的门柱上的箭头是一个标志。这可能有保护家庭的意味，就像逾越节的故事中，将羔羊的血涂在门上来保护受奴役的以色列人一样。它可能象征着这个家庭正直、守规矩，犹如犹太教的门柱圣卷（mezuzah），按照《申命记》中的圣训，附于虔诚人家的门柱上。但这肯定象征着整片土地受到天谴。哪片土地？"从新奥尔良到耶路撒冷，"迪伦唱道。那片黑人遭受奴役的土地；那片以色列人统治过的却被赶走、被压迫的土地，即希律王试图杀死基督之子、屠杀无辜的地方；那片土地和这片土地之间的全部土地，整个世界都是受到诅咒的。[1] 歌手突然间唱到穿越得克萨斯州东部——那里是威利·

---

　　〔1〕 还有一种解读，因为这首歌其他全部参考资料都明显是有关美国南方的。美国有十几个名叫耶路撒冷的城市，其中一半位于旧邦联（Old Confederacy）各州。如今弗吉尼亚州的考特兰（Courtland）曾叫作耶路撒冷镇，叛逆的黑奴奈特·特纳（Nat Turner）1831 年被捕和被审讯后，就是在那里被吊死、剥皮、肢解和斩首的。内战时期正是迪伦的求学时代，所以这个参考资料是可信的——这使得〈盲眼威利·麦克泰尔〉更加是南方之歌，尽管具有更广阔的涵义。令事情显得更加复杂的是，迪伦还在演唱会上唱到"新耶路撒冷"，这可能是指《启示录》中描述的上帝之城，也可能是美国许许多多城镇之一，甚至还可能是摩门教最初的先知约瑟·史密斯（Joseph Smith）所声称的将在密苏里州出现的新耶路撒冷。

麦克泰尔的朋友盲人柠檬·杰斐逊（Blind Lemon Jefferson）的家乡，尽管不是麦克泰尔本人的——"烈士纷纷倒下。"这里，"烈士"可能是指殉道者，正如这个词通常所意味的那样。也可能是指受伤的奴隶和被私刑处死的被解放了的奴隶，甚至南方邦联和北方联邦的士兵，或是与墨西哥之战中的士兵，或在阿拉莫（Alamo）之战中倒下的战士。或者他们当中可能包括约翰·F.肯尼迪。或是所有这些人。而歌手从这些旅行的所见中了解到什么？那就是"没人能像盲眼威利那样唱蓝调"。

　　接下来的一节主歌将我们带入威利·麦克泰尔的世界。歌手回忆起曲终人散的深夜，戏台子拆了、帐篷收起时（可以是民谣演出的帐篷，也可以是"卖药秀"戏班子的帐篷；麦克泰尔两种演出都有过），这时，夜深人静，听到了猫头鹰咕咕的叫声。然而，尽管歌手听到猫头鹰的叫声——在古希腊是智慧和胜利的象征，而在其他文化中则是代表倒霉和邪恶的符号——却没有别的什么人听到；猫头鹰唯一的听 200 众就是枯藤老树之上的星星。[1] 相形之下，人们只能想象一堆热情的人群，为皮肤黝黑的吉普赛女郎喝彩，看她们抚弄着羽毛搔首弄姿，这些就是歌者接下来要唱的。看来这场帐篷秀很是精彩，那些神气活现的伴唱黑人女孩们可能已经走出了"赌徒临终的蓝调"——尽管迪伦本人曾与自己心有灵犀的黑人女郎眉来眼去，而这些女郎也是他不同时期的情人。在美国南部，一类演出与另一类演出之间的界限一直是模糊的——比如圣徒滚转舞（Holy Rollers）和贴面艳舞（hoochie-coochie）之间；事实上，有时同一天晚上跳完这种跳那种。但不管怎么样，最终，如迪伦唱的，"没人能像盲眼威利那样唱蓝调"。

---

　　〔1〕 鉴于这首歌首次提及了麦克泰尔的名字，所以有可能会让人感到困惑，以为这首歌是盲眼威利在演出后唱的。这取决于听歌的人如何理解这样的歌词："挂在枯藤之上的星星/是他唯一的听众"，怎么看"他"是谁。无论作何感想，有些重要的东西是不曾察觉的。

如今，深陷于南方以南，歌中时而倒叙，而不是穿越未来时空；而歌手不仅仅是讲述他的发现，甚至还平静地请我们来寻找自己：

> 看那些大种植园熊熊燃烧
>
> 听那鞭子啪啪作响
>
> 闻一闻木棉花绽放的芳香
>
> 望见幽灵般的运奴船驶来。

从内战和奴隶制的末日决战回溯到奴隶制的时代，血色狰狞，而美如花绽放，这一切的背后是中间航道（Middle Passage）的死亡阴影。但突然间，时间再次恍惚：这些只是鬼影，而不是运奴船或奴隶本身，歌手唱的是他仍依稀"听到他们部落的呻吟"，以及听到送葬者摇响了铃声。那呻吟的部落是卖身为奴的非洲人部落，但也可能是指今天仍在呻吟的非洲人，或以色列古代受奴役的部落，或你能指出的任何时代的受苦部落。尽管送葬者的钟声响彻蓄奴的南方，但那只钟其实一直在响，为所有人而鸣。然而——然而——歌手重复唱道："没人能像盲眼威利那样唱蓝调。"

201　　这时，这首歌照亮了南方的其他场景，迪伦的歌声陡然升高。河边有一名似乎洞穿世事的女子，身边是一位穿着整齐的年轻英俊的男子，他手里拿着一瓶走私的威士忌。（歌中没说他们是黑人还是白人，因为他们可以是任何人。）高速公路上，一名带着锁链的苦刑犯正跋涉着，汗流浃背。歌者可以听到反叛者的吼声。于是，他现在明白了，没有人能像盲眼威利·麦克泰尔那样唱蓝调。

　　一段乐器演奏的间歇，将歌者游历的故事与他最后的反思划分开来。在诺夫勒漫不经心而又行云流水般的伴奏下，迪伦的琴声神经质般地跳跃，加快弹出强拍节奏下的和弦，接着唱："嗯，神在他的天国/他的所有是我们的所求。"在录制期间演唱的版本中，这段歌呼应了诗人罗伯特·勃朗宁（Robert Browning）的《皮帕之歌》（Pippa's Song）那个著名的结尾——"神在他的天国/世上万事大吉！"——勃朗宁想表达的真正意思是，尽管世界上存在形形色色的邪恶和不公正现象，但对上帝的信仰仍然可期。但在迪伦正式的歌词集里——"嗯，神在天国"——这些句子呼应着《圣经》并且传递着一个更灰暗的信息。"神在天上，你在地上，"《传道书》5：2 这样写道。迪伦对第二句的改动带出了对永恒生命的渴望——但人类亵渎了神明，以致天人分隔。歌中继续遵循着《圣经》的脉络解释说，在这个世界上，一切皆为虚妄，"权力和贪婪和腐败的种子/似乎就是所有的一切"。[1] 但还是存在另一种可能性，非常接近迪伦念兹在兹的关切和〈盲眼威利·麦克泰尔〉的历史主题："但是神在天上，恩典在城中/万事有法可依/那是敬神的方式，"赫尔曼·梅尔维尔的诗集《战事集》（Battle-Pieces）中有一首，描述了内战时期南方联盟的首都里士满的沦陷以及内战的结局。

从过去到现在，歌者见过、听过、闻过各种难以言喻的东西。没有匡扶正义也没有救赎可言，即使是在耶稣基督里面；以他所见，耶和华真正的正义审判的唯一标志就是一只箭头，它标志着对充满贪婪，腐败和权力欲望的无耻世界的诅咒。这时，歌者唱出结尾部分，他凝视着酒店的窗户，声音再度升高起来，好像要给自己和听众一件可以依靠的东西，最后一次唱出他真正了解的一件事，那就是"没有 202

---

〔1〕 迪伦在这里暗指福音派基督徒对《圣经》的一个重要依据，即《彼得前书》中的记载，其间这位使徒对救恩信誓旦旦："你们得以重生，不是出于会朽坏的种子，而是出于不朽坏的种子，是藉着神永活长存的话语。"（彼得前书 1：23）

人能像盲眼威利·麦克泰尔那样唱蓝调"。[1]他留下的就只有一首歌及其歌者。

迪伦和诺夫勒又继续以精彩的器乐演奏了两段主歌，结尾逐渐放慢，尾声饱满，诺夫勒的吉他上发出一声轻柔而和谐的单音飞快地收尾。

迪伦的〈盲眼威利·麦克泰尔〉的录制工作至此结束。这是 1983

---

〔1〕 这首歌特别指明歌手身在圣詹姆斯酒店，有关这一出处，多年来一直存在各种推测，众说纷纭的范畴已超越了"圣詹姆斯养老院"这个明显的典故。而这一神秘之处本身就标志着迪伦在 1983 年的回归，回到他在基督教阶段所丢失的多层面隐喻。与其假设这是某种高深的形而上学、象征性或宗教性的典故——用基督的使徒圣詹姆斯来命名一家酒店是解释不通的——我更宁愿认为，这首歌提及的是一个真实存在的酒店，就像〈重返 61 号高速公路〉中所指的是一条真实存在的高速公路。还有几种可能性。不幸的是，在所有名叫"圣詹姆斯"的酒店中，看似最符合歌中所唱的那家不可能被迪伦或任何人向外凝视过，因为它已经关张了一个多世纪，直到 1997 年才经修缮后重新开业。该家圣詹姆斯酒店建于 1837 年，位于阿拉巴马州塞尔玛（Selma）的市中心，招待过几代种植园主和棉花经纪人；弗兰克和杰西·詹姆斯（Frank and Jesse James）据称在内战后曾住在那里；酒店距埃德蒙·佩图斯桥（Edmund Pettus Bridge）不远——那座桥是 1965 年那场确保了黑人的投票权的"血腥星期日"民权大游行的遗址。然而，即使酒店是空置的，但多年来这建筑确实一直矗立在那里，默默见证了〈盲眼威利·麦克泰尔〉中的历史场景。另一种可能性是原来新奥尔良的一家圣詹姆斯酒店，规模很大，1859 年开业，位于杂志街（Magazine Street）上，内战期间，当北方联邦军队攻占了城市时，酒店被关闭了——改建成了一所军医院。一个完全不足为据的当地说法称，这里就是"圣詹姆斯养老院"的原址。1967 年，新奥尔良的圣詹姆斯酒店因结构性损毁而被部分清拆，后于 1999 年迁到附近一个新址重新开放。自 1875 年以来，在明尼苏达州的红翼（Red Wing）有个圣詹姆斯酒店，在密西西比河边——那里有个少年惩教所，迪伦曾以此为题写下他最早的歌曲之一。不幸的是，对于那些沉溺于隐喻的歌迷来说，看似最可能的地址却与美国的过去没有任何明显的联系——尽管它们确实承载着强大的意义。一处是伦敦奢华的圣詹姆斯酒店暨俱乐部，是有钱的音乐家和演员出没之处——这会使最后一节主歌显得具有讽刺意味；另一处是曼哈顿时代广场附近的圣詹姆斯酒店（经过重新装修），从那里向外望去，可以管窥美国娱乐界作为"世界十字路口"的壮观景色。

年 5 月 5 日——这一天值得一提，但"电力"录音室里无人知晓的是，这一天还是盲人威利·麦克泰尔的 80 岁冥寿。

*

"或许〈盲眼威利·麦克泰尔〉这首歌最令人着迷的挑战，"格里 203 尔·马库斯写道："是去听听鲍勃·迪伦所听的同名人物的歌曲，"而有一样东西肯定是迪伦从麦克泰尔的歌中听到了的，那就是在一个无情的世界中感受到的一丝恩典。

并不是说盲眼威利·麦克泰尔是前无古人的最佳蓝调歌手。迪伦的歌中没有这样的表述，尽管有些听众以为有。迪伦在歌中所表达的，至少对歌中的歌者来说，毋宁说是麦克泰尔的独一无二、无与伦比——论声音的美妙、吐字的清晰、吉他演奏的神采飞扬，以及他的触类旁通。他是个浪子，靠智慧和才华生活，挣到了可观的钱，在亚特兰大过着不错的日子；一个谦卑低调的人，一个彻头彻尾的专业人士，谁都骗不了他；他是个音乐收藏家，一个敝帚自珍、善于化腐朽为神奇的人；一个盲人，写出的歌词却具有强烈的视觉感，有着能让时间和空间弯曲的神奇功力。他对神心怀敬畏，他的瓶颈滑弦吉他演奏的灵歌足以令你内心一颤；他捏造出行走江湖的人和皮条客并为他们写歌，描绘出罪孽深重的女人但并不论断她们；他以平等的精神智 204 慧超越了他身处的时代的种族主义预设，就像他告诉约翰·洛马克的那样——这个世界，对白人来说是个卑劣的地方，对黑人来说也是个卑劣的地方。

尽管历尽重重艰辛，麦克泰尔一直继续唱歌并（偶尔）录制唱片，直到人生的尽头。由于他长时间不在亚特兰大，出门在外又经常鬼混，他与凯特的婚姻，在他为洛马克斯录制音乐资料之后不久，就破裂了。麦克泰尔凭着从不缺乏的魅力，很快就与离过两次婚、有两个孩子的海伦·布劳顿（Helen Broughton）展开了一段新的关系，直到对方于 1958 年去世。但二战的动荡，加之美国音乐家联合会（American Federation of Musicians）1942 年到 1944 年期间对唱片的录制下了禁止令，令南方黑人唱片业受到沉重打击。麦克泰尔靠街头卖唱维生，同时更多地投身于教会的演出活动。

　　1949 年——即土耳其出生的蓝调爱好者、年轻的艾哈迈德·艾特根（Ahmet Ertegun）和他的兄弟创立大西洋唱片公司（Atlantic Records）的两年后，同时也是他与新秀雷·查尔斯（Ray Charles）签约的三年前——艾特根将麦克泰尔带到了工作室。他是在亚特兰大的选秀之旅途中，偶然发现他的。麦克泰尔录制了 15 首歌曲，混合着世俗和宗教素材，但大西洋唱片只发行了一张单面 78 转〈杀了它，孩子〉（Kill It Kid），附加〈引擎故障蓝调〉（Broke Down Engine Blues）。（此时的麦克泰尔已经不情愿与非宗教音乐有任何瓜葛，他要求艾特根化名发行他的唱片；他们于是起了个 Barrelhouse Sammy 的名字。）一年后，一家名叫君威唱片（Regal Records）的小公司以"盲眼威利"的名字发行了两张 78 转唱片，另有一张 78 转唱片收录了麦克泰尔和他的老朋友柯利·维弗在"猪和口哨"汽车餐厅表演的曲目，当时麦克泰尔仍经常在那里表演，游荡在停放的汽车之间。

　　到 1956 年时，麦克泰尔已经将他的演出转移到了另一家汽车餐厅——"蓝灯笼"，就是在那里，唱片店老板爱德·罗德斯觉察到他是何许人也，于是说服了他到自己店里录制了一张唱片。那时，麦克泰尔的健康状况已经开始每况愈下；1959 年春，他遭遇了轻微的中风，变得口齿不清起来。8 月 19 日，在探望家人期间第二次中风后，麦克泰尔死在了米列奇维尔（Milledgeville）州立医院，终年 56 岁。他被安葬于汤姆森（Thompson）的琼斯·格罗夫浸信会教堂（Jones Grove

Baptist Church）墓地里，但墓碑被搞混了，上面刻的是他的一个表亲埃迪·麦克泰尔（Eddie McTier）的名字，后来得以纠正。麦克泰尔要求与他的十二弦合葬的遗愿也被忽视。他的吉他被他的一个妻弟拿走 205了，后又被他的孙辈们捣鼓坏了，支离破碎地被当作破烂扔掉。[1]

　　1981 年，孟菲斯的蓝调基金会将麦克泰尔名字写进了它的"名人堂"。如果当初《盲眼威利》这首歌一录好就发行，它可能会喧宾夺主，盖过了威利·麦克泰尔的身后功名。然而，这首歌也自有其怪诞的历史。在迪伦决定将其从《不信教的人》专辑中拿下来后，他的营销管理团队敦促他将其收进后续的专辑中，但无济于事。与此同时，迪伦-诺夫勒串成的唱片样本在其他音乐人手中流传——最终，重组后的 The Band 乐队几名成员（罗比·罗伯逊除外）决定将这首歌收进他们打算录制的一张专辑中。但这个项目花了好长时间才启动，到了1991 年，迪伦-诺夫勒版本终于出现在了《1961-1991 私录专辑系列1-3 卷：罕见及未曾公开》（*The Bootleg Series*, *Volumes* 1-3：*Rare and Unreleased*，1961-1991）中。迪伦似乎依然无动于衷。1993 年，The Band 乐队推出了由莱翁·赫尔姆和里克·丹科演唱的这首歌，出现在专辑《杰利科》（*Jericho*）中，又过了四年，直到 1997 年的夏天，迪伦才第一次在音乐会上公开演唱了这首歌曲。

　　录制〈盲人威利〉和《不信教的人》那年，迪伦已经 42 岁了——也是麦克泰尔在 1940 年对约翰·洛马克斯自报的年龄，洛马克斯一丝不苟地将此记录在案，录在了醋酸纤维唱片上。[2]《不信教的人》获得了积极的反馈；令评论家们感到松了口气的是，在他们看来，迪

---

　　〔1〕 临死时，麦克泰尔还拥有六弦木吉他乐和电吉他各一，但都不翼而飞，下落成谜。

　　〔2〕 事实上，麦克泰尔当时 30 多岁。不清楚为什么他没告诉洛马克斯他的真实年龄。洛马克斯的录音是人们普遍将麦克泰尔的出生年份误作 1898 年的根源。

伦已经抛弃了他的宗教教条。也就是说，他们感觉那个曾令他们感到舒服的迪伦终于回来了。唱片中的迪伦，在很大程度上显得深沉而又温柔。他是多种表现形式的大师，包括喧嚣的摇滚［尽管这张专辑中最好的一首摇滚歌曲〈邻居霸凌〉（Neighborhood Bully）令一些具有狭隘的政治思想的评论家感到失望，认为迪伦是站在"保守立场"上祖护以色列］。这些歌对过去怀着怅惘，甚至不无悔意。在一首歌中，歌手但愿他是个医生，拯救了一条生命："或许我本可以在世上做些好事/而不是烧掉我走过的每一座桥。"

　　然而，没有将〈盲眼威利〉包括在内的《不信教的人》是个大打折扣的专辑。（迪伦称，他不认为录制时唱的这首歌捕捉到了他想要的东西。诺夫勒为这首歌被拿下来而感到非常不快，并为把它留在专辑里而据理力争过，而迪伦最终在没有诺夫勒的情况下完成了专辑。）专辑中其他一些歌曲包含相似的主题，但远没有那么强有力地表达出来。［"哦，人啊反对公平游戏，/他全都想要，他想按他的方式来"，〈杀人许可证〉（License to Kill）中这样唱道。］有几句歌词，特别是主打歌曲〈小丑〉（Jokerman）中的几行，可能改编自迪伦 1960 年代中期更棒的歌曲（"远处的船驶入雾中/你生来两手握着一条蛇，当飓风袭来"）。但是，为了向盲眼威利·麦克泰尔表达敬意，鲍勃·迪伦，这个一直在前行中的人，通过对善恶、今昔的冥想，描述了一种更为深刻的挽回："过去一直不死。它甚至从未过去，"威廉·福克纳（William Faulkner）这样写道——这是他脍炙人口的一句，并且经常被准确地引用，以致有可能会成为陈词滥调。〈盲眼威利·麦克泰尔〉以自己的方式述说了同样的话，如出一辙，在晦暗中，闪着一丝令人欣慰的美。

　　在〈暴雨将至〉中，蓝眼睛的儿子，跋山涉水穿过人间地狱，回到了家乡，他发誓要"在我开口唱歌之前我要熟悉我的歌"。从许多方面来说，〈盲眼威利·麦克泰尔〉这首歌都是〈暴雨将至〉的一个简洁的重奏，只不过歌者如今更添睿智，对他的歌有更深的认识，甚至不止是非常了解。然而，在从今天到过去，再从过去回到今天的这段幽暗的通道的尽头，歌手正凝视着酒店的窗外，将一切尽收眼底——在路上，在远离家乡的地方，他的思绪在另一个歌手的歌唱上。

第四部分
插曲

第七章

我曾经拥有的朋友都已离去

"〈迪莉娅〉,"加州马里布,1993年5月

1984年到1991年这段时间,对于迪伦来说是个多事之秋。他发 209
行了八张专辑,其中包括五张原创作品唱片;他不停地巡演［包括与
"汤姆·佩蒂及伤心者"乐队(Tom Petty and the Heartbreakers),以及
"感恩而死"Grateful Dead 合作］;他出席了几场高调的慈善活动,其
中包括1985年威利·纳尔逊(Willie Nelson)首次举办的农场补助
(Farm Aid)音乐会,旨在帮助经济困难的小农户。出于一时戏言,迪
伦与佩蒂、乔治·哈里森(George Harrison)、洛伊·奥比森及杰夫·林
恩(Jeff Lynne)于1988年组成了"漂泊的威尔伯利"(Traveling Wil-
burys)乐队,并相继录制了两张专辑。第一张［以热门金曲〈小心轻
放〉(Handle With Care)打头阵］在《告示牌》热门歌曲排行榜上位列
第三,稳居畅销排行榜达40个星期,因销售业绩而获得双白金唱片
奖,并获得了格莱美奖的"最佳声乐组合摇滚表演奖"。[1]这期间,
迪伦还尝试了各种形式的歌曲创作,包括儿童歌曲。他出演了一部洛

---

〔1〕 两年后发行的第二张威尔伯利专辑出于恶搞起名为"第三辑",这张专
辑在艺术上并不成功,主要因为专辑中没有了奥比森(在此期间亡故)——不过
仍成为美国畅销歌榜上排名第11位的白金唱片。

利玛电影公司（Lorimar）的故事片，扮演了一个脾气火爆的老摇滚明
星。他的官方名誉开始堆积，包括在 1988 年进入摇滚名人堂，并于
1991 年获得了格莱美终身成就奖。迪伦还在 1986 年迎娶了他的第二
任妻子卡洛琳·丹尼斯，没过几个月，丹尼斯生下了他们的女儿德西
蕾·加布里埃尔·丹尼斯–迪伦（Desiree Gabrielle Dennis-Dylan），尽管
迪伦未向公众公开这段婚姻。

　　然而，在艺术上，这些年月标志着迪伦一个漫长而令人沮丧的挫
折时期，虽说偶然有些短暂的间断。尽管他的每张原创专辑都有一两
首至少听起来不错，但他这期间的大部分歌曲，包括〈你想闲逛〉
（You Wanna Ramble）和〈世上最丑陋的女孩〉（The Ugliest Girl In The
World）等，都缺乏初见，纯属一个文思衰竭的作家在吃力地搜寻着旧
日的灵感〔有时甚至没那么吃力：1988 年推出的专辑《得心应手》
（Down In the Groove）时长仅 33：10 分钟，是自 1973 年哥伦比亚唱片报
复性发行《迪伦》专辑以来，他出过的最短的专辑[1]〕。这期间，迪
伦在演唱会上出场的日程安排有增无减，从 1988 年到 1991 年之间，
总共达 364 天，其中前四年被歌迷称为他的"永无止境之旅"——其
间有太多纠结的或缺乏热情的表演。到 1980 代末，乐评人和粉丝们已
开始将迪伦在台上的表现形容为"戴着死亡面具"。除了"漂泊的威
尔伯利"乐队的第一张专辑中一首〈推特和耍猴人〉（Tweeter and the
Monkey Man）——这首歌部分是现代的枪手民谣，部分是对布鲁斯·

――――――――――

　　〔1〕 这不是说长度即是一切。《纳什维尔天际线》中只有 10 首歌，时长 27：
14 分，是迪伦录制过的最短专辑。尽管如此，这张专辑包含 10 首明快生动的原创
曲目。而在《得心应手》中则有一半以上是由转录曲目组成，只有大约 14 分钟是
原创歌曲，其中还包括一首《不信教的人》录制过程中搁置的歌曲〔〈死亡并非
结局〉（Death Is Not The End）〕，以及迪伦与"感恩而死"乐队的歌词写手罗伯
特·亨特（Robert Hunter）合作完成的这张专辑最佳之作〈西尔维奥〉（Silvio）。
显然，迪伦歌曲创作的缪斯藏起来了。

斯普林斯汀的调侃——迪伦在两张威尔伯利专辑中的歌都没有用心去写。他出演的电影《烈火之心》（*Hearts of Fire*）更是彻头彻尾的灾难。

十年后回看这一切，迪伦评论说，到了 1987 年的时候，"我已经有点穷途末路了"。他后来在《编年史（第一卷）》中明确指出，他当时已经"感觉自己完蛋了"，就像"燃尽的废墟，……淹没在无底洞一样的文化深渊"。1987 年 10 月，迪伦确实经历了某种顿悟，那是在瑞士洛迦诺（Locarno）举行的一场露天音乐会上，当时他觉得歌唱的能量突然再次出现，他还找回了一个和弦与循环的音乐系统，那是 1960 年代他刚出道时，老牌的蓝调和爵士吉他手兼歌手罗尼·约翰逊最早教他的。但不久之后，正如他在《编年史》中神秘兮兮地忆述的，一场突如其来的可怕事故弄伤了一只手臂，把他推到了一边。 ²¹¹

四年之后，在他演唱了一曲含混的、难以解读的〈战争大师〉（Masters Of War）之后，迪伦以明白无误的自我厌恶和绝望的态度，同时混杂着对重振旗鼓的执着信念，接受了格莱美终身成就奖："我爸爸曾经对我说，他说，'儿子，你可能会在这个世界上变得面目全非，以致你自己的父母会抛弃你。如果这种事发生了，上帝会相信你有自我修复的能力。'"迪伦的传记作家们将他个人生活的这一整个阶段描述为持续骚动的时期，充斥着风流韵事（有些很短暂，也有些持续了很长一段时间）和周期性的酗酒。1990 年，卡洛琳·丹尼斯感到忍无可忍，提出离婚诉讼，两年后，二人的婚姻正式宣告结束。

无论从音乐还是诗意上来说，这些年里，迪伦最好的专辑是一套多碟的盒装回顾精选集《传记》（*Biograph*）。《传记》于 1985 年发行，其中包括十几首在此之前未发行或罕见的曲目，以及对迪伦整个音乐生涯的延伸综述。《私录专辑》系列的前三集在 1991 年被做成套装发行，当中包含了几十首以前未发行的歌曲（终于包括了〈盲眼威利·麦克泰尔〉），以及一些熟悉的作品的另类演唱——但其中只有 2 首

（总共近 60 首）是 1984 年以后的作品。这两套专辑都卖得很好，将迪伦的名字留在了公众视野，并使得 1960 年代和 1970 年代的迪伦铁杆歌迷很开心。但它们也分散了人们对迪伦 1980 年代创作与演唱的注意力——在某种程度上甚至使后者遭到不少责备。特别是《传记》，虽然它的标题是个双关语，同时指涉着一个旧唱片的标签和传奇的芝加哥电影院［1934 年，在这家电影院里，银行抢劫犯约翰·迪林格（John Dillinger）被警察开枪击毙］，并也可以看作为他倾斜出轨的职业生涯——迪伦本人不止一次地表示已心生退意——所写的奇怪的墓志铭。

1980 年代末，间或有迹象显示，迪伦已经对自己做出了矫正。他与哈里森、奥比森及林恩的合作（始于迪伦在马里布的家中）令他感到放松，于是开始谱写他所谓的"意识流歌曲"，不大在乎歌词和旋律的常规。在他的朋友、爱尔兰的 U2 乐队主唱波诺（Bono）的敦促下，1988 年 9 月，迪伦与出品人丹尼尔·拉诺斯（Daniel Lanois）在新奥尔良安排了一次会谈，并同意于次年春天再与拉尼斯联系。1989年 3 月，迪伦带着一批新歌如约回到新奥尔良，并在接下来的四个月里，与拉诺斯招募的当地音乐人一起录制了后来那张《行行好吧》。

在《行行好吧》这张专辑中，拉诺斯注入了一些复杂的巫术色彩的电子合成音效，因而具有丰富的、多层次的当代声音，与迪伦此前的那张专辑显得很不一样。这张专辑中包含一些非常过硬的歌曲，有几首堪称出类拔萃。歌曲主题从针砭时弊［〈政治世界〉（Political World）］的评论，到喟叹个人的不安定、失落和隐退［〈大部分时间〉（Most Of The Time）］。〈为他们鸣钟〉（Ring Them Bells）尽管平静得有点吓人，却是迪伦写过的最庄重、最感人的圣诞赞美歌。专辑的压轴歌曲〈流星〉（Shooting Star），将迪伦的宗教信仰与他对爱情阴晴圆缺的最新思考完美地结合在一起。最重要的是〈穿黑色长外套的人〉

（Man In The Long Black Coat）这首歌，它是描写旧式英美传统中的假先知和色诱的民谣，但有着查尔斯·劳顿－詹姆斯·艾吉（Charles Laughton-James Agee）1955年拍摄的电影《猎人之夜》（*The Night of the Hunter*）的恐怖色彩［在这部电影中，罗伯特·米彻姆（Robert Mitchum）扮演一个穿黑衣的狂热传教士］。迪伦的这首歌渲染了昧良心的渎神布道，因而堪称是为1980年代而作并属于那个时代的歌曲。

评论界对《行行好吧》反响积极而又热烈，称之为"迪伦最新的回归"。不到一年后，一个精神焕发的迪伦推出了一张《红色天空下》（*Under the Red Sky*），评论界转脸又如丧考妣，为迪伦的继续走下坡路而扼腕。《行行好吧》成了一次侥幸的成功；它之后的作品似乎证明迪伦真的过气了。各种尖酸的评论转化为令人失望的销售业绩。

对《红色天空下》进行一番讽刺挖苦，自是不费吹灰之力。像〈摆啊摆〉（Wiggle Wiggle）这样的歌名，以及像"这人正说些孩子们小时候的事/唱着摇篮曲为他们牺牲了很多"［自〈谈论电视之歌〉（T. V. Talkin' Song）］这样的歌词听起来很可笑。可实际上，对这张专辑进行这样的诋毁却未免鲁莽了。把它们当成童谣来听，"摆啊摆"就并非愚蠢而是可爱的了。（迪伦把这张专辑献给他昵称Gabby Goo Goo的四岁女儿。）这张专辑的主打歌曲是以童话的风格写成的，是迪伦在唤醒自己在希宾的童年记忆。在〈难以置信〉（Unbelievable）这首歌中，迪伦对这个世界的行状及自己生活的变化怀有挥之不去的愤怒，形容两者都是"难以置信地不尽人意"。〈井中猫〉（Cat's In The Well）将童谣与社会实况以及旧时创作歌手的形象有效地结合起来——"在后巷，萨莉正做着美式跳跃"——然后以睡前祷告作结。有少数乐评人深知这张专辑的长处；一个是保罗·纳尔逊（Paul Nelson），他甚至在《音乐家》杂志中称这张专辑为"刻意表现得漫不经心的杰作"。然而，《红色天空下》在商业和舆论上的失败导致迪伦从歌曲创作及录音中退下来，尽

213

管还在做巡演。直到 1997 年，他才推出一张新的原创专辑。

回顾一下 1980 代中后期的迪伦作品可以看出，当时还并没有明显的变化及连续性。对父亲角色的观照，早在《慢车开过来》专辑中〈人给所有动物命名〉（Man Gave Names To All The Animals）这首歌的创作中就尽显无遗，如今又在《红色天空下》的童谣中再现。与普遍的推测相反，有些歌，如 1988 年乏善可陈的《得心应手》专辑中那首〈死亡并非结局〉、后来《行行好吧》中的〈为他们鸣钟〉，以及《红色天空下》中的〈上帝知道〉（God Knows），都显示出迪伦还没有放弃他的天启的基督教信仰。没有了虚张声势，但他对耶稣的信仰和对基督救赎的确信依然存在，这一点与他失序的个人生活截然相反。

迪伦的唱片及演唱会也揭示了他与旧歌——无论是传统歌曲还是商业化包装的歌曲——之间持续的甚至是深化了的联系，并且类型广泛。追溯到"滚雷巡演"的时候，迪伦演唱会上经常有至少一到两首翻唱的民谣音乐经典；到 1986 年，像汉克·斯诺（Hank Snow）唱的〈我继续前行〉（I'm Movin' On）那样的旧时热门乡村歌曲，已经开始占据了每场演出的很大一部分；到了这十年间的最后几年，迪伦的固定曲目包括了爱尔兰曲调的〈艾琳·阿龙〉（Eileen Aroon）、古代盎格鲁-苏格兰民谣〈芭芭拉·艾伦〉（Barbara Allen）这两首歌曲，以及两首根据英国歌曲改编的美国山地曲调的歌：〈美丽的佩吉〉（Pretty Peggy-O）和〈悲伤不已的人〉（A Man of Constant Sorrow）——这两首歌迪伦曾在他的第一张专辑中唱过。至于迪伦的录音棚专辑《烂醉如泥》（Knocked Out Loaded），当中包括比尔·门罗（Bill Monroe）的〈从岸边漂走〉（Drifting Too Far From The Shore）的一个新版本，以及《得心应手》中四首翻唱自别人的歌曲——包括哈尔·布莱尔（Hal Blair）和丹·罗伯逊（Dan Robertson）的〈每小时 90 英里〉，最早是汉克·斯诺录制的，结尾是〈谢南多厄河〉（Shenandoah）和〈讨厌的陌生人〉（Rank Strangers To Me）。

与此同时，迪伦的音乐思想也远远超出了与他最密切相关的民谣和乡村音乐。"辛纳屈、佩吉·李（Peggy Lee），是的，这些人我都爱，"在1985年的一次访谈中，他这样告诉采访者，"但是，告诉你我最近真正在听的是谁——事实上，我正在考虑翻录他的一首早期歌曲——是平·克劳斯贝。我不认为你能在任何地方找到更好的句子。"214迪伦的忠实粉丝可能拿他对克劳斯贝的赞赏不当真，但他是认真地这么想。〔1〕尽管迪伦过了很长时间才认真地唱起了克劳斯贝的歌，但他对旧时传统音乐的依附，他在1960年代再造的音乐，将带领他进入一个新的、更出色的事业阶段。

　　转捩点出现在1992年。当时迪伦正因《红色天空下》的失败而沮丧，第二次婚姻也临近正式终结，同时录音的合同期迫在眉睫。六月，迪伦与他的老搭档、蓝调歌手和非凡的器乐演奏家大卫·布隆伯格（David Bromberg）在芝加哥的"顶点录音室"（Acme Recording Studio）联手，伴以布隆伯格的乐队，包括小号、长号、次中音萨克斯管和单簧管，以及常规配置——吉他、小提琴、曼陀林、贝斯和鼓。忙碌了三天，迪伦、布隆伯格和乐队制作出足够一张专辑的材料，混合了传统民谣、当代民谣、盲眼威利·约翰逊（Blind Willie Johnson）的蓝调和吉米·罗杰斯的〈思念密西西比和你〉（Miss the Mississippi and You）。随后，迪伦转战马里布他的家中的车库工作室，全副装备只有一把吉他

---

　　〔1〕 那些歌迷——还有世界上几乎所有其他人——都不可能了解，但至少早在1983年录制《不信教的人》期间，迪伦就已经在录音棚里试录了路易斯·乔丹（Louis Jordan）1946年的跳跃蓝调金曲〈火车轰隆〉（Choo Choo Ch'Boogie）和吉姆·哈伯特（Jim Harbert）的歌曲〈这是我的爱〉（This is My Love）。弗兰克·辛纳屈于1967年将〈这是我的爱〉收录进了他的专辑《我们所知的世界》（The World We Knew）。在一次录音期间，迪伦还演唱了梅尔·托美（Mel Tormé）的〈圣诞歌〉（Christmas Song）和圣诞颂歌〈平安夜〉（Silent Night），提早四分之一个世纪预演了2009年推出的类似素材的《心中的圣诞》专辑。

和口琴，就像他刚出道时候一样。他唱出更多的传统歌曲，用以充实
215 布隆伯格的录音。但很快地，迪伦拿出来的个人演唱曲目超出了整张
专辑所必需的。由于某种未曾清楚解释过的原因，迪伦-布隆伯格的
录音被悄悄地束之高阁，取而代之的是，迪伦推出了他的两张个人演
唱原声专辑中的第一张：《像我对你那么好》（Good as I Been to You）。

即使当他转身背离1960年代的民谣复兴时，迪伦仍明确地推崇传
统民谣音乐，包括其神话、矛盾及其混乱状态；事实上，民谣复兴所
激赏的是旧时音乐的简洁、纯洁，从这一点上说，迪伦的决裂，甚至
他向超现实主义及电子音乐的转变，都可以被视为一种保护民谣音乐
之狂野精神的努力。"民谣是唯一的一种并不简单的音乐，"他在1965
年对两位采访者说，这一表态与许多民谣纯粹主义者的假设相反，"它
从来都不简单。很怪的，我说，充满了传奇、神话、《圣经》和幽灵。
我从没写过任何难以理解的东西，反正在我看来是没有，没有什么超
出一些老歌的地方。它们高不可攀。"

现在，迪伦觉得他的创造力已大不如前，即便还没有像水龙头那
样完全关掉，也是迟钝了很多——曾几何时，"会有三四首歌同时蹦
出来"，他在1991年曾这样说过，"但是那样的日子已经过去
了"——他回到自己的音乐之根，继续在他的演唱会上添加传统素
材，听新收集的蓝调、山歌、当代民俗音乐，等等。他感觉好像走投
无路，但又非常清楚他应该往哪里去："如果你能唱这些［民谣］歌
曲，如果你能理解这些歌曲，并能唱得很好，你就可以走遍天下了。"

《像我对你那么好》录制于七月和八月，是旧歌的一个大杂烩，
其中包括一首世纪之交的蓝调〈弗兰基和阿尔伯特〉（Frankie and Al-
bert，根据他收藏的几个不同版本重新编排），一首古老的英国歌〈加
纳迪爱奥〉（Canadee-i-o），以及一首爱尔兰老民谣〈亚瑟·麦克布莱
216 德和警长〉（Arthur McBride and the Sergeant），刚刚分别出现在尼克·琼

斯（Nic Jones）和保罗·布雷迪（Paul Brady）新录制的唱片中，并由于他们的翻唱而焕发了新的生命[1]；还有被杰克·埃利奥特、"斯坦利兄弟"（Stanley Brothers）及曼斯·利普斯科姆唱红的几首歌（包括后者唱的那首〈你得离开我，宝贝〉（You Gonna Quit Me，Baby，这首歌也为迪伦提示了专辑的标题）；斯蒂芬·福斯特的一首动情的〈艰难时刻〉（Hard Times）；再加上〈小青蛙求婚记〉（Froggie Went A- Courtin）。

这些编曲的简单性、年过半百的迪伦沧桑的声线上新添的一丝裂帛般的悲怆，以及对录音棚过分操作的刻意规避，无不令评论界印象深刻，其中有一位乐评人，伦敦《星期日电讯报》的大卫·塞克斯顿（David Sexton），将这张专辑比作鬼斧神工，内向但不那么怀旧。然而，回想起来，这张专辑是一场有趣但并不均衡的热身。有些歌的演绎——特别是1947年被罗尼·约翰逊唱红、很多年后又被猫王唱过的〈明夜〉（Tomorrow Night）——显示迪伦已经进入歌中，并有了新的理解；其他一些歌——如杰克·埃利奥特的〈戴蒙·乔〉（Diamond Joe）——更多是来自对其他演唱者的解读，不过仍然打上了迪伦的个人印记；但是还有一些，特别是〈加纳迪爱奥〉和〈亚瑟·麦克布莱德和警长〉，听起来却像是照搬其他年轻歌手唱过的版本，而且人家录制的版本已经是迪伦所远不能及的。

直到一年之后，迪伦才在乐评界的鞭策下找回自己，带着一把吉他、一只口琴回到了他的马里布工作室。一直有人抱怨说，迪伦的

---

[1] 迪伦似乎对布雷迪录制的《安迪·厄文和保罗·布雷迪》（*Andy Irvine and Paul Brady*，1976）和《欢迎善意的陌生人》（*You're Welcome Here Kind Stranger*，1978）中的精湛作品尤其感到欣喜，并演唱了这首歌，尽管无论布雷迪的吉他演奏还是甜美的男高音都是他无法复制的。在迪伦的"永不结束"（Never Ending Tour）巡演中，有许多场次的演唱会都包括了迪伦演唱的〈蓬查特兰湖〉（The Lakes of Pontchartrain），他后来还录制了布雷迪和厄文编排的〈玛丽与士兵〉（Mary and the Soldier），但直到很多年后才公开发布。

《像我对你那么好》专辑没有对素材的原始出处给予足够的提及和鸣谢，在某些情况下（特别是〈明夜〉）甚至完全抹杀了实际上的创作者，而只是作为传统歌曲一笔带过。作为对此的回应，迪伦亲自撰写专辑套封上的说明文字，以他乖张、简略，间或神秘的风格，准确地点出每首歌曲的来源，并且不那么准确地提到每首歌对他都意味着什么。歌曲目录也更晦暗、更连贯一些，围绕着 20 世纪初美国乡野蓝调，内容有关老龄化、爱情错误和谋杀；内战军队民谣和英国海军民谣各一；接连两首盲眼威利·麦克泰尔曾录制过的歌曲；结尾突然以一首年代久远的〈神圣竖琴〉的赞美歌作为最后的祝福。这首赞美歌是他从多克·沃森（Doc Watson）的一张唱片上学到的。

217

最终，《出错的世界》以主打歌曲的标题为专辑名，里面的曲目多种多样，但很难说是随机的；歌曲在唱片中形成了一种逻辑性的进展，专辑的中间部分从一首关于热恋和卖淫的歌曲转到麦克泰尔的一首关于上年纪和色情的歌曲，接着是麦克泰尔的一首关于激情和谋杀的歌，再接下来是〈斯泰格·李〉（Stack A. Lee，又称 Stagolee），是一首经典的街头争锋与谋杀蓝调；再到陆军和海军歌曲；然后到结尾的赞美歌。迪伦进入到每一首歌中，并拥有了它，这是他从前一年录歌时才开始的状态。在悲伤中，在慰藉中，他从一些旧事物中发现了新的东西——并不如《像我对你那么好》中的一些传统歌曲那么古老，但足以称为"另一个时代的东西"。

而别有新意的，是迪伦音乐中成熟的知性的元素。迪伦不再是那个 1960 年代咆哮的年轻叛逆的迪伦，而是一个黑暗中的幸存者，睿智见增，但仍然有自己的态度并理解之——这是当下的态度，但同时也如地老天荒，深深地与美国的过去纠结在一起，并且永恒。这张专辑中任何一首不同寻常的歌，以及迪伦的演唱，都值得更仔细地聆听，无论是为了歌曲本身，还是为了了解迪伦决心要穿越的地带。它们当中没有哪一首比〈迪莉娅〉更哀伤，更令人难以释怀——这首歌已有多种版本流传下来，包括威利·麦克泰尔录过的一首——它诞生于20世纪初，起源于佐治亚州萨凡纳，但它的全部故事还要上溯到更早时，在密西西比河岸边发生的一起枪击案。

*

1899年10月16日午夜后，在圣路易斯市喧闹的一隅——塔基（Targee）街212号，黑人妓女弗兰基·贝克（Frankie Baker）与另一名女子及其情人兼皮条客阿尔伯特·布里特（Albert Britt）打了起来，并对阿尔伯特开了枪。三天后，阿尔伯特死亡。弗兰基在开枪后随即被捕，但死因庭的陪审团判定，阿尔伯特曾对她构成身体上的威胁，因此判决此案为正当性杀人案件。受审期间，弗兰基出庭面对威利斯·克拉克（Willis Clark）法官，法官依照程序正式宣告她无罪释放。"怎么回事，法官甚至把我的枪也还给我了，"她后来回忆说。

近两年后，1901年9月6日，在布法罗举行的泛美博览会上，一位名叫里昂·乔戈什（Leon Czolgosz）的年轻无政府主义者，在音乐殿堂的欢迎人群中耐心等待了很长时间后，向总统威廉·麦金利（William McKinley）突然伸出了缠着假绷带的一只手，近距离直射了两枪。起初麦金利总统似乎能够幸免于难，但由于并发症，终在9天之后去世。经过一番仓促的审判，10月29日，乔戈什被定罪后，在奥本（Auburn）国家监狱执行触电死刑。"我杀死总统，是为了劳苦的人民，为了人民的利益，"这是刺客临终最后一句话，"我不为我的罪行感到遗憾，但我很遗憾我再也看不到我的父亲了。"

无论是以任何传统历史标准来看，还是以事件的结局来看，这两起谋杀案都截然不同，但两者始终还是有很多共同之处。布里特的杀人案成了〈弗兰基和阿尔伯特〉这首歌的出处——有三起发生在1890年代圣路易斯的杀人案都被写成了歌曲。另两起案件中，一是亨利·邓肯（Henry Duncan）1890年在一场酒吧打斗中杀死了巡警詹姆斯·布雷迪（James Brady），成了〈邓肯和布雷迪〉这首歌的来源；另一起案件也是发生在酒吧，案发于1895年的圣诞夜，受害者叫威廉"比利"里昂斯（William "Billy" Lyons），凶手是当地皮条客斯泰格·李（Lee "Stack Lee" Shelton），戴一顶阔边高顶毡帽，〈斯泰格·李〉这首歌因而得名。总统麦金利的遇刺也启发了一首歌〈白宫蓝调〉，最初的版本非常严肃，但二十年后，白人乡村音乐家查理·普尔和欧内斯特·斯通曼（Ernest Stoneman）唱成了滑稽得近乎荒诞的版本，结果流传甚广。即使如此，关于总统的这首歌绝对没有像这里提及的另外几首歌那样流行，尤其是〈弗兰基和阿尔伯特〉（这首歌还演化出一首更有名的商业流行歌，歌名叫〈弗兰基和约翰尼〉）。[1]

〈斯泰格·李〉、〈弗兰基与阿尔伯特〉和〈白宫蓝调〉的创作各自相隔了大约六年，它们之间有一些强烈的抒情和旋律元素是相通的，并且与另一首跟杀人案有关的歌曲——〈迪莉娅〉——也有相通之处［相关案件发生在1900年圣诞夜，在佐治亚州萨凡纳，迪莉娅·格林（Delia Green）被她的情人摩西·库尼·休斯顿（Moses "Cooney" Houston）射杀］。像另外三首民谣一样，〈迪莉娅〉在随后的几十年里被很多知名音乐人录唱——包括迪伦，他的《出错的世界》专辑同时收入了〈迪莉娅〉和〈斯泰格·李〉的一个版本，并在《像我对你那么好》专辑中收入了〈弗兰基和阿尔伯特〉。[2] 像另外三首一

_____

〔1〕比尔·门罗和他的"蓝草男孩"（Bluegrass Boys）乐队后来演唱了〈白宫蓝调〉，将歌词变得直白甚至滑稽。
〔2〕"邓肯和布雷迪"后来也很流行，迪伦在2000年至2002年间经常在演唱会上唱这首歌。

样，〈迪莉娅〉是一个音乐里程碑。盲眼威利在与约翰及露比·洛马克斯的录音中——当他唱起自己版本的〈迪莉娅〉时——将作为一种流行音乐形式的蓝调上溯到（大致）1908 年和 1914 年之间。其他足够年长到见过世面的蓝调人也或多或少同意这一看法——并将〈迪莉娅〉作为最早的蓝调歌曲之一包括在内。

1910 年左右，南卡罗来纳州农村的一名自学吉他的盲人少年加里·戴维斯（Gary Davis），首次听到有人弹奏一种叫做蓝调的音乐。那是些忧心的歌曲，戴维斯后来解释说："担忧着一个女人，或担忧着一个男人，诸如此类。所有的东西都搅成一锅粥。这种东西叫做蓝调。"那些情绪是永恒常在的，但标签是新的，贴在叙事的歌曲上，带出一个人对一些事情的深深的不安或郁闷。戴维斯听过的第一首蓝调歌曲是由一个名叫波特·厄文（Porter Irving）的人演唱的。1910 年的某一天，厄文不知从哪里冒了出来，来到戴维斯居住的城市，演唱了"那首叫〈迪莉娅〉的歌，"戴维斯后来回忆说。

> 哦，迪莉娅，你为什么不跑，
> 警察来了，带着 .44 口径加特林机关枪
> 我曾经拥有的朋友都已离去。

在接下来的几十年里，盲眼牧师加里·戴维斯成了独树一帜的蓝调和灵歌歌手，成了一连串演歌手的老师、朋友以及灵感来源。师从他的人包括弗瑞·刘易斯（Furry Lewis）、戴夫·范容克和鲍勃·迪伦。在他授业期间，戴维斯在自己的保留曲目中加上了他演唱的〈迪莉娅〉这首旧歌的一个版本（有时称之为〈我曾经拥有的朋友都已离去〉）。迪伦最早非正式地录制〈迪莉娅〉是在 1960 年 5 月，在他的朋友凯伦·华莱士（Karen Wallace）位于圣保罗的公寓里，但由于相关的录音带从没流传过，无论公开还是私下，所以不可能知道他唱的

〈迪莉娅〉是哪个版本。然而，他在 1993 年录制的版本间接地来自戴维斯。

蓝调的开创通常被正式归功于受过教育的黑人乐队领队兼作曲家汉迪（W. C. Handy），而不是波特·厄文那样默默无闻的乡村歌手。汉迪的名字，以及他后来高雅的职业生涯，无不令现代听众感到惊讶，因为在他们眼里，蓝调是与罗伯特·约翰逊、马迪·沃特斯及其他那些三角洲出生的音乐家联系在一起的，而这些音乐家对节奏蓝调和摇滚乐的崛起做出了贡献。（对于一些老蓝调音乐人来说，汉迪这名字也同样是个惊喜：当崭露头角的蓝调吉他手和歌手斯蒂芬·格罗斯曼（Stefan Grossman）在 1960 年代向戴维斯打听汉迪其人的时候，戴维斯回答说："不知道，我从没听说过此人。"）然而，1892 年出生的汉迪，在 19 岁的时候曾造访过圣路易斯，见识过斯泰格·李、"比利"·里昂斯、弗兰基·贝克和阿尔伯特·布里特曾身处的煤气灯照明的世界。"我不会忘记塔基街那时的样子，"他在自传中写道："我想我不会愿意忘记，男人们带着高高的斯泰森毡帽，姑娘们耳朵上挂着钻石……那里有我曾经见过的最漂亮的女人。"汉迪对这些女人的记忆激发他后来创作出〈圣路易斯女人〉，在写于 1914 年的这首歌中，钻石耳环、脂粉和假发历历在目。

在圣路易斯还有其他一些重要的、但不太出名的歌曲创作者。其中包括在 1890 年代，有个名叫汤姆·特尔宾（Tom Turpin）的，是个酒吧老板和副警长，当时写作并发表了一些最早的拉格泰姆歌曲，包括〈鲍厄立·巴克〉（Bowery Buck）和〈圣路易斯拉格〉（St. Louis Rag）。和汉迪一样，特尔宾期待他的作品最终能登上中产阶级家庭的大雅之堂。另一位圣路易斯的歌曲创始人比尔·杜利（Bill Dooley）则非常不同，他是未受过训练的音乐人，在城市的街头唱歌和演奏乐器。基本上可以肯定的是，杜利创作了〈弗兰基与阿尔伯特〉这首歌［最开始

1962 年，盲眼牧师加里·戴维斯（最左）与鲍勃·迪伦（最右）在吉尔·特纳的婚礼上。

歌名叫做〈弗兰基杀了艾伦〉（Frankie Killed Allen），因报纸的报道中把名字弄混了]，而且写这首歌的时候，阿尔伯特还在医院里没有咽气。考虑到事件和音乐上的相似性，〈斯泰格·李〉很可能也是杜利创作的。汉迪肯定做出了贡献，但蓝调有不止一个生身父母；在〈圣路易斯蓝调〉（St. Louis Blues）出现之前很久，蓝调音乐就已经穿越无数音乐之路，遍及整个南部，并终有一天遍及全国各地。

到底是哪些吟游诗人写下了〈迪莉娅〉和〈白宫蓝调〉，以及创作的准确时间是何时，这些仍然是未知数——尽管这两首歌听起来好像是在〈斯泰格·李〉和〈弗兰基与阿尔伯特〉基础上的重新编曲。[1935 年，由佛罗里达州二重唱组合布克·萨普斯（Booker T. Sapps）和罗杰·马修斯（Roger Matthews）录制的〈库尼与迪莉娅〉，实际标示的歌名是〈弗兰基与阿尔伯特〉。] 这四首歌曲唱的都是枪杀和审判的故事，涉及一系列受害人，包括一名年轻的黑人女孩、两名皮条客和美国总统。像〈弗兰基与阿尔伯特〉一样，〈迪莉娅〉涉及的谋杀案缘起于热恋中的争吵。到底是哪一首歌影响了哪一首歌、发生于何时，以及这些影响如何继续展开，这些问题的脉络永远不会完全清楚。但无论这些歌曲是如何走到今天的，当迪伦录制〈迪莉娅〉，以及〈弗兰基与阿尔伯特〉和〈斯泰格·李〉时，他做的不仅仅是修复了一些传统素材。在重新打造他自己的艺术时，他修复了对蓝调的诞生贡献最大的几首歌曲。

*

娈子养的。

这一诅咒是脱口而出而又顺口的，如今就算在黄金时段说出来，也不显得惊世骇俗。它的意思可以是指遇到什么倒霉的事。它也可以在表达同情或在欢呼的时候喊出来。在白人的南方，含混的一句"娈子养的"更像是轻度的淫秽之语，比"混蛋"语气更重也更粗俗，但没有常见的那四个字母的咒语那么冒犯。可是，在 1900 年的圣诞之夜，在萨凡纳最西端贫穷、困苦的亚马克劳（Yamacraw）黑人聚居区，这样一声诅咒显得太"缺德"了——这么说是根据某个版本的〈迪莉娅〉一歌中唱的——以致当 14 岁的迪莉娅·格林这样骂她 14 岁（也可能是 15 岁）的情人摩西·库尼·休斯顿时，他开枪杀死了她。

该版本的歌中并没有揭示为什么迪莉娅要咒骂库尼、为什么库尼愤怒到杀人的地步，以及为什么会有人想到以此来写一首歌。大多数其他版本的同名歌曲同样语焉不详，包括迪伦在《出错的世界》中唱的那个版本。不过，在这张专辑的套封说明文字中，迪伦为当时事件的发生提供了一个相当准确的解读："这首歌没有中音域，横扫一切角落，唱的似乎是假装出来的忠诚。"

迪伦对歌中所述事件的理解，即使是一时的想法，也远远比迄今最广泛流传的〈迪莉娅〉版本——约翰尼·卡什的〈迪莉娅走了〉（Delia's Gone）——更接近真实。〈迪莉娅走了〉是卡什的杰出专辑《美国唱片》（Ameri-can Recordings）中先声夺人的第一首歌。卡什这张专辑发行于 1994 年，即迪伦的《出错的世界》发行一年之后，它在饶舌与另类摇滚一代乐迷中为卡什赢得了大量拥趸。卡什是以第一人称演唱，作为一个蓄谋的无名杀手，面对一些歌中没有提及的伤害，但几乎可以肯定是因不忠而造成的伤害，他追踪"下贱轻浮的"迪莉娅一路追到了孟菲斯，把她绑在椅子上，用一支机关枪将她打成了筛子。

佐治亚州萨凡纳的亚马克劳黑人聚居区。这张照片摄于 1909 年左右，发表在基督教改革家、学者 H. 保罗·道格拉斯的《南方的基督教重建》（Christian Reconstruction in the South，1909）中，拍摄的角度很显然是为了尽可能呈现该社区的光彩一面。

杀人犯在入狱后受着良心的折磨，但这首歌就这样冷冷地结束了，以一句被动语态的歌词，将责任从凶手转移到了受害者身上。

这与迪伦对这首歌的唱作完全不同——也不同于卡什本人 1962 年录制的〈迪莉娅〉版本。虽然也是以第一人称演唱，但在卡什早期演绎的那个版本中，凶手的动机不明，并在歌的结尾锁着手铐脚链，受着内疚的折磨和迪莉娅阴魂的纠缠。在那个版本里，杀人者无法逃避耻辱，哪怕是在挣扎的一刻。据卡什介绍，他对〈迪莉娅走了〉的想象与他对〈福尔瑟姆监狱蓝调〉（Folsom Prison Blues）的想象如出一辙——他认为自己在改编后面这首歌时，已经成长为一位"对人类的堕落的认识更有阅历和智慧的"艺术家。无论是出于智慧还是表演性的间接想象，1990 年代黑帮活跃年代的年轻公众们喜欢这首歌。或许，也有可能，年轻的公众更加喜欢的是另一个更奇幻的版本，即伴

223

随卡什这首歌而热播的 MTV 所呈现的样子。在这首歌的 MTV 中，"海洛因时尚"女郎、时装品牌卡尔文·克莱恩（Calvin Klein）的模特凯特·莫斯（Kate Moss）扮演迪莉娅——是某种美国现代民谣的精神紊乱症候下，一个地道的白种妇女—儿童受害者的形象。

迪莉娅·格林也是个女孩子，但即使我们对她的样貌几乎一无所知，也很显然知道她不是凯特·莫斯的样子。而原始故事中那个真正令人不安的人物库尼·休斯顿，也并不完全是约翰尼·卡什所呈现的样子——尽管当时在人们心目中，休斯顿可能就是这么深沉（哪怕是伪装出来的）、酷酷的，有心计、残忍而又无情。

*

由于约翰·加斯特（John Garst）的研究，我们得以更多地了解到〈迪莉娅〉背后的事实，甚至多于我们对大多数美国蓝调民谣的了解。据一份报纸的报道，圣诞节当天凌晨 3 点左右，"一名有色人种女孩"在萨凡纳安安（Ann）街 113 号她和母亲的家中，因中枪不治死亡。警察逮捕了一名肤色较浅的黑人，他就是摩西·休斯顿（昵称"库尼"），并指控他谋杀。"谁开枪"一直不是问题，但为什么开枪，人们一直众说纷纭。

枪击事件发生在威利·怀斯特（Willie West）及其妻子艾玛的家中，与迪莉娅家相隔一个街区。有关怀斯特家中到底发生了什么，各造证词混乱。有的目击者说，当时那地方有不少醉醺醺的人们，大多数是女人。而另一些人则表示，当时人很少，每个人都很清醒（或说除了库尼·休斯顿之外，每个人都很清醒），并且那几个人都围在怀斯特的管风琴周围唱着〈万古磐石〉（Rock of Ages）。当时正值圣诞夜，对南方黑人来说，是自奴隶制时代以来，一个难得的特殊节日和大吃大喝的日子。或许两种说法都有些道理——但在当时的情况下，唱〈万古磐石〉可能显得渎神多于虔敬。无论何种情况，库尼·休斯顿似乎都明显像一名证人形容的那样，"喝多了"，也就是"醉了"。

枪击发生后，威利·怀斯特追赶休斯顿，并抓住了他，把他交给 224
了巡警 J. T. 威廉斯。威廉斯后来作证说，库尼当即就承认他对女友开了枪，说他们吵了架，说她骂他是婊子养的，所以他冲她开了枪，并且他不介意再这么做一次。对于库尼来说，似乎遭到一个女人诅咒是可以为自己开脱的情况。

休斯顿出庭受审，被判以成年谋杀罪（当时佐治亚州还没有对少年定罪的司法系统）。在证人席，休斯顿得到一个名叫威利·米尔斯（Willie Mills）的证人的支持。米尔斯与巡警威廉斯的说法不同。据他说，在喝得醉醺醺的聚会中，威利·怀斯特吩咐库尼去维修店中取回他的手枪。库尼照做了。后来库尼将枪放在一张餐巾下。再后来库尼又跑出去卖啤酒和威士忌，回来后，他和一个名叫埃迪·科恩（Eddie Cohen）的朋友为这把枪友善地争抢起来，不慎走火开了一枪。子弹意外射中了迪莉娅。

休斯顿在法庭上的辩词没有能说服任何人。另一名证人作证说，替休斯顿说话的证人威利·米尔斯在开枪时甚至并不在现场。埃迪·科恩——他被指认为艾玛·怀斯特的表弟——则发誓说，发生枪击事件时，他已经离开了房子，因此并没有为了手枪和"这个男孩"发生争抢。陪审团判定休斯顿有罪，但建议从轻处决。法官保罗·西布鲁克（Paul F. Seabrook）判他终身监禁，而没有判死。

这些就是基本的事实。一些花边事件及报纸的报道使得这个故事更引人入胜—— 并有助于解释〈迪莉娅〉这首歌的力量和诡异之处。

迪莉娅·格林的谋杀案登上了当地两大报纸——萨凡纳《晨报》和萨凡纳《晚报》中。即使事件中的受害者和肇事者均是黑人，但案子还是大到足以让白人编辑和记者做出了报道。这些报道向白人读者指出，醉酒和暴力在亚马克劳地区肆虐。但是，这个故事所涉及的当事人的年龄，使得它不再仅仅是又一起"黑人对黑人"的谋杀案。《晨报》的第一批报道指出，迪莉娅只是个"才14岁的女孩"，却只字不提库尼的年龄。几个小时后出版的《晚报》报道了完整的故事。"男孩杀死了女孩"，报道刊登在第五版。这不仅仅是情人的口水激起的罪案；这是发生在两个几乎还没有进入青春期的情人之间的罪案。这是一起未成年人的谋杀案。这一点与约翰尼·卡什所刻意营造的、精心策划的冷血谋杀情节是完全相反的。

225　　庭审记录也印证了袭击的冲动性质。以下这段庭审记录，大致上反映了迪莉娅与库尼之间发生的事情：

> 库尼：我的小爱人今晚对我很生气。她听不进我的话。她一句话也不跟我说。(对迪莉娅)：你不知道我多么爱你。

> 接着是相互指骂。

> 迪莉娅：你个婊子养的。你跟我有四个月了。你知道我是个淑女。

> 库尼：撒他妈什么谎。你知道我睡了你多少次了，手指头数都不过来，得把脚趾头也算上。你都叫我"老公"了。

> 迪莉娅：你胡说！

在二人争吵结束了15分钟后，库尼准备出门，这时他转过身去，拔出一支手枪，朝迪莉娅开了火。他曾吹嘘过二人之间有成年人那样的非正式婚姻关系。(听起来好像二人之间的性关系确有其事，尽管，人所共知，十几岁的少年往往会将模糊的性接触过分地夸大其辞。但"老公""老婆"这部分并不真实，或者说迪莉娅坚称没有这回事。)迪莉娅将二人之间的关系(无论是何种性质)彻底打破了，并用言辞捅死了他。她不是他的"小爱人",至少再也不是了。她是个淑女,而他是个下贱的、婊子养的。库尼被激怒了,唠唠叨叨地说了很多,说自己"操"过她不下 20 次了,这意味着她不是什么淑女,更重要的是,她是他的。但迪莉娅的咒骂仍然在库尼的大脑里沸腾,而当他试图在气势上压倒她的时候,迪莉娅立即不依不饶地怼过来,对他(据一项笔录中描述的)报以"无比的轻蔑"。几分钟后,她流血过多死亡,库尼夺门而去。

有一种情况见怪不怪,那就是在情绪激动的冲突中,女人伶牙俐齿,而男人却容易沮丧和诉诸暴力。类似的情况似乎就发生在此案中。再加上事发于威利和艾玛·怀斯特的家中,据休斯顿的辩护律师描述,那是个"环境恶劣的房子",实际上很可能是个妓院,而迪莉娅·格林可能是怀斯特手下的妓女之一,这一幕看起来似曾相识。然而,迪莉娅的说辞描述出的是另一种画面:她既不是一个普通妓女,也不是库尼虚构的配偶,她说,她是个本分的人。她这样说的时候咒骂了男友一句,结果就引来杀身之祸,而他之所以如此不满,可能是因为嫉妒她的嫖客。

无论如何,这两人还是孩子。即使按照 1900 年南方对待黑人的苛 226
刻标准,大多数人也都会把迪莉娅·格林和库尼·休斯顿当孩子看待,这就是为什么报纸马上意识到这起凶杀案非常耸人听闻。阿尔伯特·布里特和弗兰基·贝克之间发生的争拗也有类似之处,但它发生在一连串尽管疯狂而又成熟的算计之后。(布里特与库尼年纪相当,而贝克则似乎已经 20 多岁了。)由于迪莉娅与库尼是未成年人,因此言语导致的伤害会更重,动起杀机更不假思索。

"男孩被判处谋杀罪",枪击案发生三个月后,在休斯顿出庭受审前夕,萨凡纳《晚报》的头版头条刊登了这样一篇报道。在开审时,年龄起了决定性作用,种族亦然,只不过更加微妙。

辩方拿休斯顿的年少大做文章。刚满 15 岁的库尼出面接受提审时穿着短裤,《晨报》报道说他有"许多黑白混血儿特有的圆润开朗的面容",并说他"似乎有着高于黑人平均智力的水平"。在这起谋杀案中,他"没有表现出法律推断的所谓'受遗弃'和心狠"的倾向。

在后来提交的从宽处决请愿书中,休斯顿的白人律师、佐治亚州律师公会知名的年轻成员雷福德·佛理甘(Raiford Falligant)为此案做出了辩护陈词。他指出,休斯顿在杀人的时候"还是个孩子",他"陷入了糟糕的关系中,不幸地犯了罪并且现在正为之折磨"。这是一场悲剧性的意外。库尼"有史以来第一次在一个喧哗的场合放纵、酗酒……跟其他人在一起,被人劝酒,喝醉了"。

但是,至少对记者们来说,整个案审中真正令人不安的部分发生在陪审团做出有罪裁决之后。休斯顿的母亲,一位被《晨报》描写为"外表可敬的黑人老妇"闻讯晕了过去,然后哭作一团——这是很自然的事。在西布鲁克法官的命令下,库尼站起身来,面无表情。

西布鲁克考虑了陪审团提出的从宽处决的建议,并遵循了这一思路,判处休斯顿终身监禁。"这样做,"他总结说,"是想劝诫你,成长为男人,即使在囚禁中,要痛改前非,努力赢得监管者的信任和尊敬。"但库尼没有配合法庭出演顺理成章的剧情。他神情愉快地感谢法官,蹦蹦跳跳地由执法官员执行羁押,"心平气和而又愉悦,"报道说,"仿佛他刚刚经历过的事是每天的日常,没有什么特别重要的。"

在罪犯等待押解时,一名警长的副手问他对判决和刑期的看法。

"我一点都不喜欢，"他回答说，"但是我想，我必须承受吧。"第二天，新闻报道说，休斯顿的年龄"救了他一命"，他"面不改色地"承受了罪罚。

实际发生的情况可能更可悲。库尼吓懵了，很可能就是像一些少年那样虚张声势、故作勇敢。或者也可能，茫然、困惑，只是努力想按照他的辩护律师教他的那样，最后向法官表示一点敬意，但又已经太迟了。（库尼说的是"谢谢您，先生"。）但这不是报道中给人的印象。相反，报纸上看到的似乎是一个年轻的黑人——实际上还是个孩子——对最严酷的环境表现得毫不在乎，对白人法官出言不逊，非但没有悔罪，反而还带着一丝胜利的悻悻然。他是个杀人犯，无论他多少岁——他躲过了绞刑，挫败了这个制度。他不知羞耻。他不值得可怜。他愚弄了法官和陪审团。

*

1906 年至 1908 年间某个时候，民俗学家、社会学家霍华德·奥杜姆（Howard Odum）第一次听到一首有关迪莉娅-库尼案的歌，歌名叫〈又一个无赖死了〉（One More Rounder Gone），当时他正在佐治亚州牛顿县（Newton County）进行实地考察，而那地方距"烧烤鲍勃"希克斯十年后的成名之地不远。[1] 1911 年，奥杜姆在《美国民俗学报》（*The Journal of American Folk-Lore*）上发表了他发现的这首歌的版本。但

---

〔1〕 根据《牛津英语词典》，"rounder"（无赖）是个美国特有的词，可以追溯到 19 世纪末期，意指"时常进出监狱、感化院、酒馆，等等的人，即一个习惯性犯罪分子、流浪汉或醉鬼"。在奥杜姆收集的这首歌中，"无赖"是指迪莉娅，而不是库尼。尽管在歌曲中发现"无赖"这词有点不寻常，但奥杜姆指出："'无赖'这个术语不仅适用于男性，而且也适用于女性。"

对于民俗学家罗伯特·温斯洛·戈登（Robert Winslow Gordon，约翰·洛马克斯在美国国会图书馆美国民歌档案馆的前任）来说，奥杜姆的发现是不够的。戈登对这首歌产生了浓厚兴趣，并追踪到它在萨凡纳的起源。据戈登考证说，这首歌早在 1901 年就在传唱，并认定当时的配曲就是〈麦金利（白宫蓝调）〉的曲调。鉴于现实中事件的发生地，戈登所考证出来的地点和日期几乎肯定是正确的——尽管，考虑到库尼枪杀迪莉娅案比乔戈什枪杀麦金利案早九个月发生，所以无法百分百肯定〈迪莉娅〉和〈白宫蓝调〉的旋律是谁来自谁。[1923 年在南卡罗来纳州发现的〈迪莉娅〉一个版本，歌名叫〈迪莉娅·福尔摩斯〉（Delia Holmes），歌词中包含〈白宫蓝调〉中的一些歌词，说明〈迪莉娅〉确实是模仿〈白宫蓝调〉，而不是相反。]

此外，1927 年，唱片收藏家纽曼·艾维·怀特（Newman Ivey White）在北卡罗来纳州、佐治亚州和阿拉巴马州出版了他在 1915 年－1924 年期间获得的三种不同的〈迪莉娅〉版本。卓拉·尼尔·赫斯顿（Zora Neale Hurston）在佛罗里达州发现了另一个版本；再有三种歌名都叫〈迪莉娅·福尔摩斯〉的版本被一篇文章提及，该文发表在 1937 年的一期《南方民俗季刊》（*The Southern Folklore Quarterly*）上，作者是查普曼·米勒（Chapman Milling）。到 1940 年，商业发行的唱片中至少存在两个变种：里斯·杜普利（Reese Du Pree）1924 年通过 OKeh 唱片公司发行的〈又一个无赖死了〉，和吉米·戈登（Jimmie Gordon）于 1939 年在 Decca 唱片公司发行的〈大丽花〉（Dehlia）。然后，1940 年，盲眼威利·麦克泰尔在约翰和露比·洛马克斯的录音中演唱了他的版本的〈迪莉娅〉。

到 1940 年，〈迪莉娅〉已开始发生突变。在 1927 年之前的某个时刻，这首歌流传到了巴哈马群岛，并出现了新的版本。原来的副歌部分大致不出"哦，又一个无赖死了"，或者"我拥有过的都已失去"

这几句，但巴哈马人换成了一句"迪莉娅死了，又一个人死了，迪莉娅死了"——这似乎是对里斯·杜出版社那个版本的加工。1935 年，阿兰·洛马克斯和民俗学家、纽约大学教授玛丽·伊丽莎白·巴尼蔻（Mary Elizabeth Barnicle）在巴哈马群岛为他们所称的〈迪莉娅死了〉（Delia Gone）这首歌录音。截至 1952 年之前，这首歌还有更多的巴哈马变种通过当地的商业唱片发行。

这首歌的当代历史始于 1952 年，当时，巴哈马的卡里普索民歌（calypso）风格的酒吧歌手盲眼布莱克·阿方索·希格斯（Blake Alphonso Higgs，不要与美国拉格泰姆吉他手兼歌手盲眼布莱克混为一人），由他的乐队——维多利亚皇家酒店"卡普索"乐团——伴奏，为他的第三张专辑录制了〈迪莉娅死了〉，由一家叫"艺术唱片"的小唱片公司发行。在那之前从来没有美国唱片公司用这个歌名录过歌，这下情况立即变了，先是乔什·怀特和牙买加出生的年轻卡里普索歌手哈里·贝拉方（Harry Belafonte）在 1950 年代发布了同名的一个 229 版本。从那时起，希格斯唱的〈迪莉娅死了〉几乎已经压倒了 1901 年左右出现在萨凡纳的〈迪莉娅〉。帕特·布恩（Pat Boone）和"金斯顿三人组"录制的版本都是基于希格斯演绎的一些版本。约翰尼·卡什（录过两次）、维朗·简宁斯（Waylon Jennings）、威尔·赫特（Will Holt）、哈皮·特劳姆（Happy Traum）、前飞鸟乐队的罗杰·麦昆（用卡里普索节奏）和年轻的摇滚乐队"科迪莉娅的老爸"（Cordelia's Dad）录制的版本也同样如此。然而，还有一些重要的例外，包括保罗·克莱顿（Paul Clayton）、大卫·布隆伯格、斯蒂芬·格罗斯曼——还有鲍勃·迪伦录制的版本。

美国和巴哈马版本的旋律在副歌部分有区别，但故事部分大致相同。可以肯定的是，许多美国版本的〈迪莉娅〉在叙事中有两个鲜明的元素是巴哈马版本中所没有的。它们通常在一开始对迪莉娅做一番奇思怪想的描述，比如盲眼威利唱的：
"迪莉娅是一个赌徒，整天赌博/她是一
个爱赌的女孩，她用钱下注。"（这里可
以留意到与〈弗兰基与阿尔伯特〉的相
似之处；将麦克泰尔唱的这句与1928年
密西西比约翰·赫特录制的〈弗兰基〉
第一句进行比较，曲调几乎相同："弗兰
基是个好女孩，无人不知/她花了一百美
元，给阿尔伯特买衣服。"）相比之下，

1951年《盲眼布莱克·希格斯》专辑的
封面

盲眼布莱克·希格斯唱的巴哈马版〈迪莉娅死了〉［以奇怪的布鲁克
林口音唱的，与乔治·杰塞尔（George Jessel）有几分相仿］，是直入主
题，真实再现实际事件，尽管希格斯将库尼的名字改为托尼：

迪莉娅对托尼恶语相向，在星期六夜班时分，

用恶毒的话诅咒了他，他于是扬言要她的命。

这首歌的美国版本通常还增加一两节主歌，讲述迪莉娅的父母如
何伤心流泪；或引述迪莉娅的妈妈说，如果迪莉娅在家里反倒好些；
或是讲迪莉娅的妈妈往西边走，见到她的女儿遇害身亡。（最后那个
版本与〈白宫蓝调〉中的一行相似，这进一步支持了那个推测，即麦
230 金利的歌是迪莉娅与库尼相关歌曲的主要源头。）而巴哈马版本的
〈迪莉娅死了〉则完全没有提及家人的部分。

无论是〈迪莉娅〉还是〈迪莉娅死了〉，都有许多版本将库尼的
名字改成其他各种各样的名字（托尼、卡提、科提斯等），以此试图
避免"库尼"这个名字的种族暗示。除此，〈迪莉娅〉和〈迪莉娅死
了〉都以不同方式涵盖了同样的四个基本叙事元素。首先是枪击的细
节，最常提及的是一把.44口径的枪。有时歌中没有完全忽略杀手的

动机；另一些时候，歌中提到当迪莉娅咒骂他时，他如何变得怒不可遏。而在其他情况下，故事显得更加错综复杂，比如 1937 年收集的这个版本：

> 眼下库尼是个小甜心，
> 坐下来低声问，
> 问她会不会嫁给他，
> 她说："为什么不"，
> 哭自己失去了曾经有的
>
> 到了结婚的日子，
> 她拒绝参加婚礼。
> "如果你不嫁给我
> 你就别想再活。"
> 哭自己失去了曾经有的

这与现实中实际发生的事情完全不一样，尽管这个版本以一种扭曲的方式呼应了真实事件中的一些关键方面，特别是库尼坚持认为，迪莉娅是他的妻子，而她的否认要了她的命。

其次是对杀手的审判。在麦克泰尔的版本中，库尼·休斯顿（在他的歌中名叫"卡提"）的判决和量刑是直截了当的，尽管暗示库尼有点如儿戏一样出言不逊。他询问法官"我会受到什么处罚？"——就像他预料到会得到从宽发落——法官回应说："可怜的孩子，你被判了 99 年。"在另一个版本中，凶手认罪并要求保释；法官回答说，虽然他可以把库尼吊死，但他还是改判他 99 年监禁。巴哈马盲人布莱克虽保留了 99 年刑期这句，但更突出渲染了"托尼"如何蔑视法庭；事实上，布莱克歌中的杀手所表现出的蔑视是如此大胆而嚣张，231

以致听起来令人忍俊不禁，于是突然间（虽然只是一瞬），将歌曲的情绪偏向凶手一边来了：

> 法官说"关你 64 年。"
> 托尼告诉法官"那不算长；
> 我有个弟弟被判了 999 年"。

在所有的版本中，歌曲中审判的元素传达了不安感——要么是杀手蛮横地预期从轻处决结果却受到他应得的重判；要么是法官将凶手送给监狱而不送上绞刑架；或者是杀人犯被定罪并面临监禁时，报之以嘲笑和蔑视。每个版本都会改动一种确实发生的情况，或人们所理解的情况，但是在每个变体中，杀手看起来都很坏。

接下来是迪莉娅的葬礼，几乎内容总是相同的，都是遵循着起源于佐治亚的一个 1910 年以前早期版本的歌词，以标准的蓝调描述前往墓地的经过："橡胶轮胎的马车，双座的出租马车/嗯，它把可怜的迪莉娅带到墓地，没有把她带回来。"

最后是杀人犯进了监狱。各种不同的版本几乎都意识到，他活下来而迪莉娅死了，这一对比衬托出不公，与〈白宫蓝调〉描述麦金利葬于坟墓、其继任者西奥多·罗斯福在白宫把盏言欢的反差感异曲同工。在与洛马克斯夫妇的录音中，盲眼威利唱的版本将杀手（在他的歌中名叫"卡提"）置于一个酒吧，而不是在监狱里，但除此之外的其他句子都很典型，大多数版本与之唯一的细节差别，就是杀手拿的是罐子，而不是银杯：

> 卡提在酒吧，举着银质的酒杯，
> 迪莉娅在坟墓中，再也不会醒来。

盲眼布莱克·希格斯唱的〈迪莉娅死了〉基本上保持了这句，其句式是：

托尼在监狱里，用一只破罐子喝酒，

迪莉娅在墓地里，竭力想坐起来。

在某些情况下，库尼，或卡提，或托尼，或无论他用的哪个名 232
字，都深受他的罪行的折磨。有时候，他告诉狱卒他无法入睡，因为
整个晚上他在床头都能听到迪莉娅的脚步声。但是，在大多数版本
中，实质内容都是更加残酷的——凶手的悔悟与可怜的迪莉娅的命运
相比是不值一提的。迪莉娅死了，库尼还活着，世界上所有的忏悔都
不能改变这个冷酷的事实。

这是一首悲伤的歌曲，是世间写过的最悲伤的蓝调之一。然而，
即使如此，在任何版本中，无论是录音还是以文字形式发表的——包
括鲍勃·迪伦的版本——都提到了最初案例中最令人悲伤的事实：迪
莉娅和库尼都还年少，他们年轻的生命完全毁于一旦。如果将这些事
实也考虑进来，那么这种悲凉很可能是难以承受的。

不过，如果迪伦版本的这首歌，像所有其他人的版本一样，都不
足以讲述整个悲伤的故事，那么这事本身就足够悲哀的。而通过为这
首最古老的蓝调歌曲之一添加额外的凄婉，迪伦也就从自己的痛苦中
再度迈出了一步，朝着新的创造力迈近了一步。

*

就像当初，迪伦将〈弗兰基与阿尔伯特〉这首歌放在《像我对你
那么好》专辑打头的显要位置，以此荣耀它；在《出错的世界》专辑
中，迪伦也同样对〈迪莉娅〉和〈斯泰格·李〉隆重其事。前一张专
辑中包含很多民谣，其中有两首非常动听的歌来自外邦，也是关于外
邦的，不过结尾并不悲惨（尽管其中的一首〈亚瑟·麦克布莱德和警

长〉描写了对两个英国士兵及一个敲鼓的小男孩的粗暴审判）。相比之下，《出错的世界》完全是美国式的，曲目的选择更加灰暗，更多痛苦，也更悲愤。在第一张专辑中，有一首唱的是杀人，还有一首是关于正义的杀戮；第二张专辑中则有四首血腥的歌，两首关于谋杀，两首关于阵亡（均为内战题材）。

迪伦曾写道，他的〈迪莉娅〉"是个悲伤的故事——将两个或更多的版本糅合在一起"。其曲调直接来自盲眼牧师加里·戴维斯，并由他的信徒斯蒂芬·格罗斯曼转录。而歌词则几乎照搬自大卫·布隆伯格 1971 年发行的第一张专辑中的那首〈大丽花〉。（而布隆伯格的歌词又大部分来自盲眼威利为国会图书馆录下的那首，尽管主歌部分打乱了顺序。）迪伦做了两处调整，第一处看似微不足道。他没有描述迪莉娅的葬礼，而以一段主歌（来自格罗斯曼转录的戴维斯版本）代替，但这段主歌显得非常突兀，提及种族问题——使这首歌明确地成了关于黑人的歌——同时痛悼坟墓中的迪莉娅：

> 在亚特兰大，男人们装成白人，
>
> 迪莉娅在墓地里，男孩在视野之外。

更重要的是，迪伦用戴维斯/格罗斯曼的一句多少显得怪异的叠句——"我曾经拥有的朋友都已离去"——取代了麦克泰尔和布隆伯格的那句更浅显易懂的"她是我的一切成空"。

这首歌一开始先是迪伦漫不经心的弹奏，然后在低音部重重地奏出三连音——在戴维斯的（以及后来他的年轻朋友兼学生戴夫·范容克的）〈可卡因蓝调〉中似曾相识的一种递进，这也是〈迪莉娅〉的这个很特别的旋律的标志之一。（〈可卡因蓝调〉是迪伦自 1960 年代以来常爱演唱的另一首歌曲。）迪伦故意以一种语焉不详的方式唱出了第一句："迪莉娅是个爱赌的女孩，到处赌博，"这可能意味着她是个贪玩的孩子，也可能是个妓女，一个招蜂引蝶的人——或者就是个赌徒。接下来的两段主歌是关于迪莉娅的父母，迪伦的声音这时更柔软了，带着几许疲惫和痛苦；那句"迪莉娅的爸爸哭了"像泪水一样滑落。在一段吉他的间奏之后，歌曲切换到柯蒂斯（他和布隆伯格的歌中用此名指代库尼），他以".44口径的枪"射中了可怜的迪莉娅之后，四处张望。柯蒂斯看到了什么？"那些无赖/正望着我，"迪伦用柯蒂斯的口气唱出。

在又一段吉他间奏之后，我们来到法庭上，法官问柯蒂斯他动机何在。"在那些无赖身上，法官，"他回答说，口气听起来像个坚强的人，"他们要把我宰了。"只字不提迪莉娅或她的赌博。在法庭上，柯 234蒂斯咬住他臆想中那些不知姓名的无赖不放。作为杀手他没有对自己的罪行流露丝毫悔意或歉意。法官还没来得及追问逻辑性问题（那你为什么杀了她而不是他们？），歌中刚刚定罪的柯蒂斯就开口询问自己将受什么处罚，歌中唱到，他被告知："可怜的孩子，你被判99年。"迪伦的歌接着跳到监狱里，柯蒂斯正在那儿喝着一罐啤酒，而迪莉娅却在墓地里，可能再也不会起来。另一段吉他间奏响起，分隔开迪伦小小戏剧中的第三场和第四场。

最后一场是柯蒂斯的重头戏——我们可以想象他在监狱牢房里的画面——现在形单影只，顾影自怜地哭泣着，痛苦地喃喃自语："迪莉娅，哦，迪莉娅，怎么会这样？/你爱这些无赖，却从没有爱过我。"接着，还要再指出一点："迪莉娅，哦，迪莉娅，怎么会这样？/你想要这些无赖，却从没有时间给我。"[1] 据迪伦在唱片套封

---

〔1〕 除了音乐，这句歌词呼应了许多版本的〈斯泰格·李〉中的第一句，正如密西西比约翰·赫特在1928年录制的那首歌所显示的。这进一步提示了两首歌之间的关联："警官，怎么会这样？/你逮捕了所有人，却放过了残忍的斯泰格·李。"

的说明文字中形容，柯蒂斯"听起来像个很本色的皮条客"——他杀死迪莉娅并不是因为她曾爱过他却又离他而去，而是因为，她从来没有把时间给他，因为她爱其他那些不好的人，因为她想要他们，而不是他，如果只是肉体上而不是灵魂上。柯蒂斯的行为已超越了犯罪；他是个自私的恶魔。但这首歌是悲剧，而不是闹剧。柯蒂斯亲手毁灭了自己的良知，酿成了迪莉娅冤死。最后，这首歌在被囚的杀手无法自拔的悲伤中结束，迪伦取自加里·戴维斯牧师的贯穿整首歌的叠句，起初令人困惑，到结尾时令人恍然大悟。柯蒂斯被唾弃了；他永远不会翻身，听起来好像他无法得到救赎。他曾经拥有的朋友都已离去。

罕有其他哪个〈迪莉娅〉版本——包括麦克泰尔的经典之作和大卫·布隆伯格的惊人之作在内——比迪伦的这首呈现出更多的情感和心理活动，以及更出色的戏剧性结构的感知力。在这首歌曲第一次出现的近一个世纪之后，迪伦的这一成就令人印象深刻，特别是考虑到迪伦把久已存在的词、曲都重新进行了加工。回到原来的歌曲上——
235 具体到〈迪莉娅〉这首歌，就是追踪到深埋地下的蓝调的主根上——迪伦开始重温他出道时曾经如饥似渴地学到的东西。唯一的美中不足就是，由于当时已有的版本都没有提及库尼和迪莉娅的年龄（迪伦也不可能自行了解），所以他的〈迪莉娅〉还是没有真实事件那么令人动容。

迪伦在年代久远的老歌中重新发现的完整的音乐效果，过了近十年时间才开始进入人们的视野。但从其他方面来说，迪伦的〈迪莉娅〉标志着他对自己认识和对艺术认识上的飞跃。评论家比尔·弗拉纳根（Bill Flanagan）为专辑《出错的世界》写过一篇最出色的评论："当迪伦唱到'我曾经拥有的朋友都已离去'时，"他一语道破天机地指出，"那种刺痛令人伤心欲绝。他那饱经风霜的歌声，以一种像他这样坚强的歌手一向不会在歌词里流露的方式，揭示了坚忍背后的裂缝。高贵与失落的重量适合年长的迪伦的唱歌，就像愤怒和饥饿曾适合他青春的咆哮。"

那份重量，以及迪伦从中表达的豪侠风度，从一开始就属于蓝调；只不过迪伦历经半个世纪的世事沧桑之后，才得以用这种方式表达。除了高贵和失落之外，还有精神和肉体的其他领域，包括救赎的温柔怜悯，也是上了年纪的迪伦想重新剖析的。为了这些，他也研究其他传世的歌曲，其中包括一首圣歌，是他的歌迷极少听过，但常有其他歌手演唱的，被信仰虔诚的人们视为来自圣书的〈神圣竖琴〉。

*

但逝者呢？被判终身监禁的摩西·库尼·休斯顿只服了12年的刑期。1913年10月15日，佐治亚州州长约翰·斯雷敦（John M. Slaton）签署了对他假释的命令。随后有未经证实的报道说，休斯顿在获释后再次触犯法律、搬到纽约市，后在1927年去世，时年刚过40岁。

仁慈的州长斯雷敦很快发现自己遇到了不同寻常的麻烦。在休斯顿获释的五个月前，13岁的白人女孩玛丽·帕甘（Mary Phagan）的尸体在亚特兰大的一家铅笔厂内发现。在那场充满争议且臭名昭著的审判中，基于已遭污毁的证据，工厂主管，一名纽约长大的犹太人利奥·弗兰克（Leo Frank）被判有罪，并被判处死刑。围绕这一案件的 236 反犹情绪是毫无疑问的，而判决更引发了大规模的民众抗议，并一路上诉到美国最高法院，但没有成功。州长斯雷敦认为弗兰克是被人构陷，于是将其刑罚减为无期徒刑。此举触怒了不少公众，斯雷敦的肖像遭到焚毁和诅咒，并很快就被赶下台，被迫离开了佐治亚州。1915年8月17日，一名持枪暴徒私刑处死了利奥·弗兰克，佐治亚州当局没有就此提出与杀人有关的指控——这引发了新的抗议活动，时至今日仍然是个令人愤慨和蒙羞的话题。

没有人发现休斯顿的朋友埃迪·科恩是谁，而他便是艾玛·怀斯特（Emma West）的二表弟。同样不甚清晰的是，雷福德·佛理甘是如何成为库尼·休斯顿的律师的。

迪莉娅·格林被葬在萨凡纳的劳伦斯·格罗夫公墓（Laurel Grove Cemetery）南部，此地长期以来一直是该市传统的黑人墓地，掩映在覆盖着西班牙苔藓的树林中。她的墓没有标记，确切位置早已被人遗忘了。

第八章

迪伦与神圣竖琴

〈孤独的朝圣者〉，加州马里布，1993 年 5 月

在《出错的世界》专辑诡异的套封说明文字中，迪伦对〈孤独的 237
朝圣者〉作了一番描述（他将标题缩短，删掉了一个字），并指出了
他所认为的这首歌的含义："一种想愚弄自己的疯狂，在某个特定的
时刻暂时搁置了。救赎与人类的需求凸显出来，而霸权得以喘息。"
这是对一首非常古老的歌的非常现代的解读——也是一种仍无定论的
解读。迪伦继续说，霸权技术已经发展到某个阶段，使得虚拟现实可
以消灭和取代真相；而且，迟早有一天，这种情况总会发生，到那
时，"等着瞧吧!"迪伦写道，"到那时不会再有这样的歌了，事实上
现在就没有了。"

在他录制〈盲眼威利·麦克泰尔〉的十年后，迪伦仍然在思考救
赎、人性和老歌谣，但现在他有一种感觉，即，那些能够牵制世上的
权力和贪婪的歌曲正走向消亡；他可能属于最后一代还记得这些歌、
还在唱这些歌的歌手；但无论如何，在认识到这一点的情况下，他所

238 有能做的就是唱下去，还是唱这些歌。[1] 迪伦放在《出错的世界》结尾的歌，是最受尊崇的英美歌曲集里的一首关于死亡、灵魂复生与慰藉的老歌。

〈神圣竖琴〉的历史，是具有传奇性重要意义的美国精神文本，它始于一场战斗。

1835 年的某一时刻，浸信会的歌唱大师、歌曲收藏家威廉·沃克（William Walker）带着他所称的"音乐、赞美诗和圣歌"以及"一些优秀的新歌"书稿，从他的家乡、南卡罗来纳州斯帕坦堡（Spartanburg）向北出发了。他的音乐书稿是以流行的象形音符形式记录下来的。根据很久之后一个不完全可靠的记载，那些旋律和歌词是沃克在他的弟弟本杰明·富兰克林·怀特（Benjamin Franklin White）的帮助下收集的。沃克同意独自上路，是为了给他们二人的歌曲集找地方出版。然而，等沃克办成了出版事宜，就好像把怀特忘在了脑后。

那年的稍后，当《南方和声与音乐伴侣》（*The Southern Harmony and Musical Companion*）问世时（有记载说是在康涅狄格州纽黑文问世的，尽管现存最早的版本是费城出版），序言下面的落款只有沃克一个人的名字，以及"南卡罗来纳州斯帕坦堡，1835 年 9 月"字样。这是一

---

〔1〕 一种冥冥中自有定数的感觉已在迪伦心中积聚了一段时间。1989 年 6 月，他在皇家都柏林协会演出，唱了一首空谷余音般的爱尔兰民谣小调〈艾琳·阿龙〉（一年前他在丹佛将这首歌加入了他的演唱会曲目中）。这首歌是迪伦 1960 年代早期在格林威治村时，从民谣歌手克兰西兄弟之一、利亚姆·克兰西及汤米·马克姆那里学来的。利亚姆去世前曾和我提及在皇家都柏林协会的那场演出，说在演出后的酒会上，他和迪伦抱了抱，迪伦情绪低落地不停叹着气，感叹他的观众，甚至是都柏林的观众，都没有多少人知道那些美妙的老歌了——连〈艾琳·阿龙〉都没听过。

本长达 200 多页的赞美诗集，其中有近一半作品注上了早期一些知名
作者的名字，首先便是 18 世纪初的不属于英国圣公会的另类分子、
被后世誉为英语赞美歌之父的艾塞克·瓦茨（Isaac Watts）。其他歌曲
大多没有注明作者；还有一些被张冠李戴，从沃克的弟弟大卫到一位
简称 F. B. P 的 16 世纪 60 年代的作家。有三首歌部分地归功于美国印
第安人；沃克将相当数量的佳作说成是自己的作品，包括那首充满奇
怪的宿命感、余音袅袅和鼓舞人心的〈哈利路亚!〉：

让这羸弱的肉身垮掉，

让它倒下死去；

我的灵魂当绝尘脱俗，

高飞超越凡世。

我歌唱哈里路亚，

你也唱哈里路亚，

我们都唱哈里路亚，

当我们进入天家。

NEW AND MUCH IMPROVED AND ENLARGED EDITION.
THE
SACRED HARP,
A COLLECTION OF PSALM AND HYMN TUNES, ODES, AND ANTHEMS,
SELECTED FROM THE MOST EMINENT AUTHORS;
TOGETHER WITH NEARLY ONE HUNDRED PIECES NEVER BEFORE PUBLISHED;
SUITED TO MOST METRES, AND WELL ADAPTED TO CHURCHES OF EVERY DENOMINATION, SINGING SCHOOLS, AND PRIVATE SOCIETIES.
WITH PLAIN RULES FOR LEARNERS.
BY B. F. WHITE & E. J. KING.
TO WHICH IS ADDED APPENDIX I.,
CONTAINING A VARIETY OF
STANDARD AND FAVORITE TUNES NOT COMPRISED IN THE BODY OF THE WORK.
COMPILED AT A COMMITTEE APPOINTED BY
"THE SOUTHERN MUSICAL CONVENTION."
ALSO,
APPENDIX II.,
CONTAINING
77 PIECES OF NEW COMPOSITION BY DISTINGUISHED WRITERS NEVER BEFORE PUBLISHED.
PHILADELPHIA:
PUBLISHED BY S. C. COLLINS, N. E. CORNER SIXTH AND MINOR STREETS.
FOR THE PROPRIETORS, WHITE, MACKENGALE & CO., HAMILTON, GA.
1869.

1860 年的《神圣竖琴》早期版本

第八章　迪伦与神圣竖琴 | 269

沃克说，他要把最好的歌曲都收进书里来。但他随便据为己有，却装作坦坦荡荡。他写道，由于存在着"大量很好的小调（在任何出版物或手稿中都找不到的东西）"，他承认有时就为之配上自己写的歌词，因此称自己为这些歌曲的作者。事实上，他抄袭的歌词比他自己写的更多。

当本·怀特得知他合作编写《南方和声与音乐伴侣》的权益被否认时，据说他至死都没再和沃克来往。可以肯定的是，1844年，怀特[已搬到了佐治亚州的哈里斯县，并找到了一个新的合作者——年轻240 的流行歌曲创作者 E. J.（金 E. J. King）]在费城出版了自己的书《神圣竖琴》，里面荟萃了超过250首歌曲，据其目录页宣称，其中有"将近100首从未出版过"。这样一来，两本闹出双胞的赞美诗集就为争宠而在公众面前打了起来。怀特和 E. J. 金的版本最终胜出。如今怀特的《神圣的竖琴》有两个版本（其中一个版本在他生前所做的三次修订的基础上又历经七次修订；另一个版本也经过了六次修订），在美国南方很大一部分地区仍然是宗教演唱团体的主要曲目。至于《南方和声与音乐伴侣》一书，据知唯一仍在经常使用的场合，似乎是肯塔基州本顿一年一度举行的所谓"放声唱"（Big Singing）秘密集会，此项活动自1884年以来一直举行，使得沃克的书在小范围内仍然得到了不可否认的认可。

《神圣竖琴》的成功，致使许多作家和听众将所有象形音符（又称法梭拉，fasola）系统的演唱统称为"神圣竖琴音乐"。在历史上，这一演唱风格与美国内战之前被称为"第二次大觉醒"的宗教复兴运动的爆发有紧密的联系。所谓的神圣竖琴传统，主要是指美国南方的赞美诗研究——也就是民俗研究先驱乔治·普伦·杰克逊（George Pullen Jackson）所称的"南部高地的白人圣歌"。

所有这些提法都有合理之处，但也有误导。虽然《神圣竖琴》极大地促进了象形音符的传播和普及，但象形音符也好，《南方和声与音乐伴侣》也好，都并非第一个重要的同类作品。几十年来，用象形音符唱奏的歌曲中，许多可追溯到 17 世纪的文本，有些例子甚至更早，有的旋律像格里高利圣咏一样古老。同样，象形音符旋律远不是地道的美国形式（更不用说是南部地区的形式），它融合了不列颠群岛和欧洲大陆的风格，并吸收了美国各地的音乐。事实上，一个多世纪前的 1835 年，当威廉·沃克带着《南方和声与音乐伴侣》的书稿北上寻找出版机会时，他就把这一混血的美国圣歌传统带到了靠近其发源地的地方——马萨诸塞州。

到 18 世纪初，虽然殖民地新英格兰人早已广泛地诵读和吟唱圣经诗篇，但神职人员越来越意识到，教会唱诗的质量非常勉强，他们抱怨音乐印刷品和教区内百姓的阅读能力的欠缺。他们借鉴当时存在的识字夜校的办学模式，创立了音乐学校，向广大美国农民和工匠传授 241 唱歌的基本要领。哈佛出身的牧师及时地提供了教课所需的赞美诗。于是，1715 年，美国的殖民土地上发行了第一本宗教歌曲集、约翰·塔夫茨（John Tufts）的《诗篇歌唱指南》（An Introduction to the Singing of Psalm Tunes），他的乐谱不是使用标准音符的符头，而是在每个音符中插入了简单、易懂、易记的音节助记符的第一个字母：fa, sol, la, fa, sol, la, mi。经过这样一番简化，音乐在美国的殖民时期直至独立战争时期都大行其道，音乐学校也随着白人人口的扩展一路向西推进。音乐的发达反过来也催生了许多教会体系之外的歌曲集作家，包括波士顿制革匠威廉·比林斯（William Billings）。1770 年，24 岁的比林斯出版了他的六本主要圣歌集中的第一本——《新英格兰圣歌手》（The New England Psalm Singer）。音乐学家们最终认为，他是美国早期最伟大的合唱音乐大师。

1770 年，威廉·比林斯所做《新英格兰圣歌手》一书的卷首插画。保罗·里维尔（Paul Revere）绘。

1790 年代，就在比林斯的事业生涯行将结束时，费城一家杂货店的店主约翰·康纳利（John Connelly）设计了一种新的符号系统，用几何图形取代了音符：三角形是 fa，圆圈是 sol，正方形是 la，钻石形状为 mi。用形状来标记音符的做法至少可以追溯到中世纪，但康纳利的设计是首次以这种方式来标记单个音符的系统。这一系统首先运用到了威廉·史密斯（William Smith）和威廉·里图（William Little）合作的歌曲集《圣歌和声教学新法》（*The Easy Instructor, or A New Method of Teaching Sacred Harmony*）中，1798 年在纽约奥尔巴尼首次出版。象形音符系统立即流行起来，被全国各地唱诗班引以为标准。《南方和声与音乐伴侣》与《神圣竖琴》都采用了象形音符乐谱，其他许多新的歌曲集亦然。

从宗教礼仪到神学，19 世纪初始的几十年又有了更多的发展，从而改变了"法梭拉"（象形乐谱）唱法传播的地理轨迹。从 1820 年代开始，在新英格兰和中大西洋城市，由长老会银行家、风琴师、教育改革家及音乐导师洛威尔·梅森（Lowell Mason）领导的所谓"更好的音乐"运动，摆脱了 18 世纪教会及公立学校的音乐教学课程，代之以莫扎特和海顿等欧洲古典大师的音乐。"更好的音乐"舍弃那些锋芒毕露但和声曲调复杂的作品，如用艾塞克·瓦茨的歌词配曲的〈前景〉（Prospect）——"为何我们要开始，畏惧死亡？我们的肉身如此转瞬即逝"——倡导〈普世欢腾〉（Joy to the World）那样文雅的音乐。后面这首歌的歌词同样为瓦茨所作，而配曲则显然是取自韩德尔（George Frideric Handel），由洛威尔·梅森编排的。法梭拉视唱法远遁到偏远的乡村，特别是相对遥远的南部高地，在那些地方，东北人的温文尔雅没有什么用武之地。

同样，这几十年里，在第二次大觉醒运动期间，1801 年起源于肯塔基州甘蔗岭（Cane Ridge）的农村露营聚会形式的福音派，这时也进入了复兴的高潮。除了主要的福音派教会（浸信会、卫理公会和所谓的复兴派的长老会）还层出不穷地涌现出新的新教教派、宗教膜拜团体（cults）及宗派（sects），这是 17 世纪英国清教徒革命以来，英美宗教创新的最大一次爆发。对新歌曲的需求相应增加，不仅是露营聚会和激增的唱歌团体需要，私人的家庭崇拜中也需要；不仅南方的农村需要，将欧洲视为中心的东北部显贵地区也需要。前者为威廉·沃克、本杰明·富兰克林·怀特、E. J. ·金等象形乐谱的作曲家提供了精神上的饥饿和商业市场，而新出现的印刷技术革新使批量出版比以往任何时候都更高效低廉。虽然无法确定准确的数字，但据沃克声称，在出版后的头 50 年里，《南方和声与音乐伴侣》卖出了约 60 万 243 册。一位观察家指出，在内战之前的几年里，能在南方的家庭里发现的书籍，除了《圣经》，就是《神圣竖琴》了。

法梭拉视唱乐谱的编撰人，尤其是沃克、怀特和 E. J. ·金，他们的动力都不止是为了钱。"我努力想满足所有人的喜好，"沃克在他第

第八章　迪伦与神圣竖琴　273

一本书的序言中写道。这意味着为整个福音派教会提供大量"美妙而简单的曲调",以适合他们现有的各种赞美诗集,同时还包括比林斯擅长的老式、用赋格曲式的对位法谱写的作品,以及到处采集的较新的旋律——这些经常被归到这几位作曲家之一的名下。折衷主义与对卓越的追求主导了歌曲的遴选过程。《南方和声与音乐伴侣》声称:"那些偏好古老音乐的人们会在这里找到令他们感到亲切的老朋友,"同时,"喜欢现代音乐的年轻同伴们"也会感到心满意足。前者包括比林斯的作品,以及像约翰·卡尔文(John Calvin)的《日内瓦诗篇》(Genevan Psalter)那样久远的的欧洲素材;后者包括莫扎特和卡尔·玛利亚·冯·韦伯(Carl Maria von Weber)的音乐。在五花八门的教派和分支中,赞美诗将传授音乐教程、传播音乐团契的乐趣,它对所有信徒开放,就像上帝的恩典对所有寻求它的罪人开放一样。在音乐上,这些歌曲被证明是灵活的,能够博采众长、因势利导——包括要照顾到那些反对法梭拉视唱法、视之为庸俗的意见。《南方和声与音乐伴侣》第 3 版出版于 1854 年,借鉴了洛威尔·梅森 13 年前出版的《圣诗集》(Carmina Sacra),同时沃克还加入了〈普世欢腾〉的象形乐谱。

法梭拉视唱法的影响力在 1840 年代–1850 年代蔓延开来,在此过程中,它依然坚定地保持吸引公众参与而不是着重表演方面的功用。主要的合唱场地被称为"会场",包括"南方音乐会场"(Southern Musical Convention,于 1845 年在佐治亚州阿普森县举办,以《神圣竖笛》为集会读本)以及内战后出现的"塔拉普萨唱歌会场"(Tallapoosa Singing Convention,1867 年在佐治亚州哈拉尔森县举办),以及从卡罗来纳州到得克萨斯州的无数城镇。尽管法梭拉大合唱尤以在浸信会(特别是在初始浸信会的人士中)的普及程度著称,但这种合唱活动其实除了要称颂上帝之外别无所求。法梭拉大合唱无伴奏,合唱的信众坐成一个方块形,一块一块地按声部划分——高音部、中音

244

部和低音部——合唱的指挥正在方块阵的中心。这一基本布局至今仍存在于最南部地区的法梭拉合唱集会中。

在音乐上，法梭拉视唱传统很容易为其坚持的情态所识别，并因经常忽略和弦结构中的五和弦而强化。和声是存在的，但它们表现得很是奇怪，每个声部听起来好像都遵循自己的音列，只是在高潮时刻才聚敛到一起。这种风格被音乐学家称为"分散和声"，是典型的美国早期唱歌学校的惯用语；它还保留了文艺复兴时期复调音乐的痕迹。除了美洲原住民的唱诵，它仍然是美国最古老的一种流行音乐形式。

在歌词上，赞美诗、圣咏集和颂歌集强烈地反映了 18 世纪初及后来的非国教派（Non-Conformism）的思想，从他们的神学到他们的诗学。这些歌曲所涉及的，主要是人类的脆弱和死亡（美国世俗民谣的精髓），以及信仰和救赎。但在追求这些主题的同时，很多法梭拉歌曲就会展现出它们自己奇特的美。想想《神圣竖笛》中的圣歌〈非洲〉，是比林斯作曲，歌词则是他于 1778 年取自瓦茨的作品。这首歌与非洲没有任何明显的关系。（比林斯随意地选用新英格兰的城镇和外国大陆的地名作为他那些歌曲的标题。）它从庄严的誓言开始，在高亢的喜悦中欢呼，上帝的怜悯如救赎的福雨洒在锡安山（Sion-Hill，在爱国者比林斯的作品中通常意指美国）。耶和华说，锡安山永远坐落在永恒之爱的心上，哪怕"大自然风云变幻/母亲原来是怪兽"，但最后一节主歌，由比林斯雄伟的抑扬顿挫的音乐节奏带出，突然间描绘出人类救赎行为的痛苦，锡安山涌出鲜血，山崩地裂：

> 深深地在我的掌上
> 我刻了她的名字；
> 我双手扶起她那破败的墙，
> 修建她破碎的架框。

也许比林斯认为自己是在更新瓦特的词句，为的是指涉正受战争煎熬的美国；或许选择以"非洲"为标题是故意的，为的是指涉奴隶制；又或许，作曲家只是被瓦茨笔下令人瞠目的意象震撼。无论是何种情况，这美妙的歌已在南部的山谷之间回荡了一个半世纪。

《神圣竖琴》的歌唱对美国文学和美国音乐的影响尚未有完整的记录。直到乔治·普伦·杰克逊在 1933 年首次发表了对这一音乐类型的主要研究，它才作为一种流行艺术形式得到广泛关注。2002 年，乔·丹·博伊德（Joe Dan Boyd）发表了一本有关贾奇·杰克逊（Judge Jackson）的精彩传记，后者在 1934 年出了一本《黑人神圣竖琴》（*The Colored Sacred Harp*），除此之外，非洲裔美国人在法梭拉音乐上的独特演绎仍待更多研究。在 1960 年代民谣复兴运动后的几十年里，法梭拉歌唱形式似乎起死回生，象形乐谱视唱活动定期在一些看似不太可能的地方举行，包括缅因州的瓦尔多博罗（Waldoboro）和纽约的布鲁克林。而那些对美国文化中怪异的归魂有兴趣的人，只需听听鲍勃·迪伦在《出错的世界》中唱的〈孤独的朝圣者〉，这首赞美歌在《南方和声与音乐伴侣》及《神圣的竖琴》中都出现过。

*

迪伦在《出错的世界》的说明文字中介绍的第一首歌曲，是威利·麦克泰尔的〈机器故障蓝调〉，排在专辑曲目的中间位置。在这首蓝调中，歌者向主哭求的不是信仰，而是"请把我的好姑娘还给我。"迪伦称之为"盲眼威利·麦克泰尔的杰作"，它是"关于火车，关于车轨上的神秘，那是一列爱情火车，将我的姑娘从镇上——南太平洋，巴尔的摩或俄亥俄或顺便哪里的镇上带来，它是关于人类的各种渴望，是韵律和音节的哼唱"。迪伦介绍的最后一首歌曲也是专辑中的最后一首，是〈孤独的朝圣者〉，尽管迪伦没有提到，甚至可能并不知道，这首歌也是《南方和声与音乐伴侣》及《神圣竖琴》中的赞美诗之一。

迪伦将这首歌唱成默默的崇拜。开始时先是嘈嘈切切而又漫不经心的吉他，勾勒出旋律（稍稍地错漏几个乐音，与这首歌表达的不经意的心情保持一致），然后一切安妥在平静、慰藉的歌声中，唱的是来到孤单的朝圣者的墓地，在他的坟前静默沉思，听到有人轻柔地低语："好惬意我能独自一人长眠于此，"音乐声营造的情绪是平静的，但歌词流露出不安，或者说应该是不安的——正如令人萦绕于心的民谣〈长长的黑色面纱〉（The Long Black Veil）那样，一个死者正从坟墓中对生者说话。[〈长长的黑色面纱〉是丹尼·蒂尔（Danny Dill）和马利若望·威尔金（Marijohn Wilkin）于 1959 年创作的，最早由费里泽尔（Lefty Frizzell）录制，但这首歌听起来像〈孤独的朝圣者〉一样古老，甚至更老。]那低语并不是风吹过耳，或魔术师的幻象，或歌手的幻想在捉弄他：歌手并不是**以为**他听到了什么说话声，他就是**听到**了。 246
那埋在地下的遗体，抑或逝者隐形的灵魂，真的说话了，而歌曲剩下的部分都属于那个声音。

这首歌，歌词的出现时间可以追溯到 1838 年。26 岁的约翰·埃利斯（John Ellis）修士是反主流教派的基督教团体"基督徒连结"（Christian Connection）的一名巡回传教士，曾经是一位诗人，他在宾夕法尼亚州皈依了上帝。他所属的教派起源于三十年前三个异议组织的合并：弗吉尼亚州和北卡罗来纳州的共和派的循道宗；新英格兰自封的基督徒；前长老会传道人巴尔顿·斯通（Barton Stone）的一些追随者。（斯通是 1801 年在肯塔基州甘蔗岭举行的多次复兴会议的主要推手，而这几次会议通常被视为触发第二次大觉醒运动的导火索。）这些基督徒抛开信仰和宗派的区别，自称只是简单的基督徒，并且自称仅依赖《圣经》作为信仰和进步的法则。基督教传教士特别批评这种晦涩而又恶毒的教派纷争，批评它造成长老会反对卫理公会、卫理公会反对浸信会，甚至造成这些教派相互之间爆发派系冲突。埃利斯这时已从老家纽约州来到宾夕法尼亚州传教五年了，1838 年秋天，他与自己的一个姐姐一起去新泽西旅行，一路来到了约翰逊堡（Johnsonburg）镇。在那里，他发现了又一个基督徒的坟墓，是已死了三年多的传道人约瑟夫·托马斯（Joseph Thomas），他生前四处游历，人称"白色朝圣者"。

托马斯是大觉醒运动中比较有趣的一位探索者和圣人。他于美国革命之后不久，出生于北卡罗来纳州的穷乡僻壤，7 岁时成为孤儿，由一名住在维吉尼亚州的年长的教会弟兄抚养、资助上学。16 岁时，一次露营聚会的复兴活动促使他进行了一年的激烈的私下祷告，从此之后托马斯坚信他获得的救恩，并接受了耶和华的呼召去传福音。后来他很快受洗成为基督徒，并获得传道的许可，显示出他后来所说的"在弟兄中间

"白色朝圣者"约瑟夫·托马斯，
约摄于 1835 年。

说话的天分"。这位小小年纪的传道者立即引起了轰动。

在接下来的十年中，托马斯在北卡和弗州四处讲道，往北一直走到费城北部，完成了历时 18 个月、行走 7000 英里的西部各州之旅，到过卫理公会、浸信会和长老会及自己所属基督教堂。他后来说，他发现流行的宗教奉献已经实现了一种"无法控制的力量"，特别是在西方。托马斯于 1812 年结婚，成立了家庭，先是安家在北卡罗来纳州他的出生地附近，一年后他在弗吉尼亚州温彻斯特（Winchester）附近

247

的仙纳度山谷（Shenandoah Valley）买了房子。

那时，托马斯已发展成了一个令人刮目的人物——近六英尺高，运动员身材，为人温和友善。他有过人的精力，尽管四处旅行传道，但仍抽出时间做了大量工作，远远超出他讲道的范围。1812 年，他出版了他头两本自传中的第一本。在他旅行的过程中，托马斯将各地新教礼拜堂的音乐和歌词收集起来，于 1815 年结集出版了《朝圣者的赞美诗：锡安旅行伴侣》（*The Pilgrim's Hymn Book, Offered as a Companion to All Zion Travellers*），这是一本口袋书，包括 169 首赞美诗和圣歌。托马斯写到，这本书的内容是包容性的，"纯粹是为了赞美而设计，绝无半点推广某个专门的教派之意"。书中的赞美诗缺乏乐谱，但内容的广度超过了威廉·沃克和本杰明·富兰克林·怀特的选本。托马斯这本书中有 20 多首歌，包括〈新大不列颠〉[New Britain，今天被称为〈奇异恩典〉（Amazing Grace）]和威廉·比林斯的〈罗切斯特〉[Rochester，今称〈纯粹的快乐之地〉（There Is A Land of Pure Delight）]，后来都出现在《南方和声与音乐伴侣》或《神圣竖琴》中，也有的在这两本歌曲集中皆有收录。

到了《朝圣者的赞美诗》第一版问世的 1814 年，托马斯已对宗教进行了一番激烈的个人再考虑，并改变了他的事工。他写道，这时他已坚信，受到神的呼召，他要做一个耶稣基督那样的榜样，为此他要"向对抗基督的人做全面的忠实见证，反抗现世的虚荣和浮华"。他认为"人配衣裳马配鞍"，为此，他摒弃"现今的时装"，穿素白的长袍，"像新娘的嫁妆一样纯洁、无辜，这应该是每一位基督教牧师的特征"。他卖了弗州的房子，以及他拥有的其它所有现世的财产，举家南迁到 25 英里外的一个地方，并在次年（最初靠步行）开始一项新的圣职，丢下人丁兴旺中的家庭，往往一走就是几个月时间，身穿白袍传讲神的话语。托马斯还随身携带并分发他出的赞美诗集，为了节约开支，他不得不骑马出行。最初人们嘲笑他离家出走（特别是在他自己居住的社区），称他为"疯人托马斯"，于是在 1820 年左右，他将全家搬到了俄亥俄州中部一个比较好客的社区。在接下来的 15 年里，他越来越受人尊敬，赢得了"白色朝圣者"的美名。

除了他最后一次外出传道之外，"白色朝圣者"在 1820 年以后的旅行细节不甚了了，但他据说曾给数以千计的人讲道，说服了数以百计之众皈依上帝，有人曾经称赞他讲话"声音悦耳，妙语连珠"，富有音乐的节奏感。他身后仅存的布道讲稿和两三首配乐诗歌，混合了"基督徒连结"团体的戒律和对社会和政治的思考。这位"白色朝圣者"宣扬的福音是关于质朴，关于人类在上帝面前的基本平等，以及在所有属灵的美德之中，同情和慈善的首要性。他提出了一种和平主义的形式，将战争描述为对邪恶的地狱激情的释放，而不是为人类的罪孽开脱的圣洁的复仇。托马斯弃绝任何政治活动，但他十分重视政治事务，甚至写过一首相关题材的长诗，涉及国会就扩大奴隶制问题所展开的辩论［那场辩论导致了 1820 年的密苏里协议（Missouri Compromise）］。尽管在这个议题上他呼吁和气、谦让，但托马斯其实对奴隶制恨之入骨，称之为"血腥的鞭子"。作为一个平等主义者，他在诗歌中称赞他在北方目睹到的民主新家园，在那里，"穷人富足，富人有识/人类是这福树下的一体"。

1835 年，托马斯骑着一匹白马——连马掌都用石灰漂白——到位于北部及中部的纽约和新泽西传福音，他这一计划是以新英格兰为终点，但他一直没能到达那里。显然，他在曼哈顿走街串巷时感染了疾病，之后在距新泽西大约 60 英里的约翰逊堡讲道，随后不久就病倒了，经过几天的煎熬之后病逝。弥留之际，据说最后一个陪伴在侧的人是个孤独的黑人护士。根据几种资料的记载，托马斯最初被埋在一个声名狼藉的老坟场，与赌徒和罪犯分子为伍。当时人们普遍认为，

249

天花病人的尸体可能会污染已被埋葬的人，因此，据说，尽管人们对"白色朝圣者"充满爱戴和尊敬，但约翰逊堡的长老们决定还是安全起见。同样，根据这些资料的记载，11 年后，托马斯的遗体被迁走，重新安置在至今仍然安息的地方，地点在约翰逊堡基督教会墓地，一块小型带雕刻的大理石方尖碑下方。如果这些记载可靠，那么约翰·埃利斯修士在 1838 年看到的那个坟墓，并不是我们今天看到的那样。可以肯定，埃利斯没有看到方尖碑，它直到 1850 年代末才竖立起来。

"白色朝圣者"的方尖碑墓，建于 1850 年代末期，位于新泽西约翰逊堡基督教会公墓。
右图是"白色朝圣者"墓方尖碑上的雕刻的碑文。

在造访了约瑟夫·托马斯的墓地后不久，埃利斯写了一首诗——名叫《白色朝圣者》，并直接提到"约瑟夫"——但后来怂怂地发现，这首诗被安了到别人的名下。这首歌的关键元素和基本结构都包含在了《出错的世界》中那首〈孤独的朝圣者〉中，但在旋律和歌词方面变得有些复杂。本杰明·富兰克林·怀特在 1850 年再版扩充的《神圣竖琴》中收入了这首歌，并声称是他自己写的；威廉·沃克也在 1854

年出版《南方和声与音乐伴侣》的第三版时，声称自己是此作品的作者。他们两个人的说法均属完全不实。歌词基本上是埃利斯写的，而且实质上，出现在《南方和声与音乐伴侣》和《神圣竖琴》中的配曲大致相同，最早出现在纳拉干族印第安人托马斯·康马克（Thomas Commuck）选编的歌曲集《印第安旋律》（*Indian Melodies*）中，注明"传教士，或白色朝圣者"（大部分原封不动都是埃利斯写的诗句和歌词）。康马克选本在 1845 年由美以美会在纽约出版。至于康马克（他也自称是这首诗歌的作者）是如何发现埃利斯的作品的，这一点仍不得而知。同样不得而知的是康马克或他称为这本书"和音器"的托马斯·哈斯汀（Thomas Hastings）——他是经典赞美歌〈万古磐石〉的曲作者——是否为他们的音乐配上这首诗作词。但这首曲子基本上与苏格兰小调〈巴尔希德堤岸〉（The Braes of Balquhidder）的一个变体相同，并且早在 1788 年，诗人罗伯特·伯恩斯（Robert Burns）就首次发表了用这个曲子为他的诗《可爱的佩吉·阿利森》（*Bonie Peggy Alison*）配曲的作品。

从埃利斯的那首诗到后来的赞美诗，其文字修订的过程也同样纠缠不清。康马克的版本添加了一整段诗行，是埃利斯的诗中没有的（或者说，至少他 1895 年出的自传中的版本没有这一段）；而埃利斯和康马克的版本中都有一段关于"白色朝圣者"传播福音的诗行，而在后来怀特和沃克的版本中则去掉了。在《神圣竖琴》中，怀特改动了相关的代词，使这首诗始终是以诗人/歌者的口吻，而不是死去的朝拜者在说话，因而抹掉了这首赞美诗中最令人萦绕于心的特征。令事情变得更加复杂的是，19 世纪四五十年代的某时，在纽约出现了一篇抨击性的文章，标题就是《白色朝圣者》，里面包含了埃利斯和康马克的版本，但多出来八段诗行，内容是造访白色朝圣者的遗孀——其中前六段摘自埃利斯 1843 年写的一首诗：《回应〈白色朝圣者〉》（*Reply to "White Pilgrim"*）。有两件事情是肯定的：这首歌在内战之前非常流行，很大程度上（虽然不完全是）因为它被收进《南方和声与音乐伴侣》及《神圣竖琴》；而由于怀特和沃克的修改（其用意可能是为了避免引起争议，消除了对任何个人或宗教团体的指代），《白色朝圣者》成就了〈孤独的朝圣者〉这首歌。讽刺的是，一首向一位蔑视教派纷争的美国圣人致敬的诗，变成了一首孤独浪迹天涯者的一般性抒情词，其意欲也是要打破宗派的藩篱。

在《出错的世界》的说明文字中，迪伦提到，〈孤独的朝圣者〉是他从多克·沃森的旧唱片中得到的，而迪伦唱的版本与沃森在 1963 年首次发行的专辑《沃森家族》（*The Watson Family*）中的相同。[1] 251（迪伦还提到，沃森的版本是他父亲最喜欢的赞美诗之一。这个版本是《神圣竖琴》中版本的缩减版，但保留原创作品中幽灵般的代词。）在沃森和迪伦之间，也有人录制过这首歌，但要么迪伦并不认识他们，要么没有产生任何效果。沃森家族专辑制作于 1963 年，出品人是迪伦在格林威治村的好友、"绿蔷薇男孩"（Greenbriar Boys）乐队的拉尔夫·林兹勒（Ralph Rinzler），他于 1960 年至 1963 年在田纳西州、弗吉尼亚州和北卡罗莱纳州进行了这首歌的实地/野外录音，因此具有

---

[1] 迪伦正式的歌词改变了《神圣竖琴》和《南方和声与音乐伴侣》版本的第三小节开头的措辞，正如沃森和迪伦录制的那样——"我主的事业驱使我离家"改为"我主的呼召驱使我离家"。这种改动稍稍强化了歌曲在宗教上的直率。与此同时，通过把"我主"中的"主"（Master）字头由大写改成了小写（master），使得这个词的意思变得模棱两可，从而又消减了其宗教意味：这样读起来，死去的朝圣者可能是一个离家的奴隶，因为他被他的主人卖了。正式歌词还改动了另外两个重要的字眼，把"默默站在他的墓前"改为"耐心地站在他的墓前"，并将"同一只手牵着我穿过最险恶的场面"改为"同一只手牵着我穿过最险恶的海面"。第一处改动严重有损原句，实在是改得莫名其妙（歌者"耐心"什么呢？）。第二处改动提供了一个更生动的意象，但未必算是一种改进。《神圣竖琴》中的版本排除了额外的一段（由北卡罗来纳州的 J. J. 希克斯创作），但这段被收进了《南方和声与音乐伴侣》中。

自发、自制的"现场"品质，这也是《出错的世界》的关键品质（这张唱片可以形容为一套迪伦实地演唱的录音）。

沃森的演绎既饱满又有穿透力（小提琴更是锦上添花），以一种特殊的混搭，使沃森的歌唱显得如此独特和扣人心弦。他的歌唱中有一种迷人的、略显笨拙的表现，好像沃森正在努力使音速和词句与提琴手的演奏融为一体［小提琴手盖泽·卡尔顿（Gaither Carlton）是沃森的岳父，是杰出的老式班卓琴和小提琴演奏家］。在每一节主歌的第二行，随着旋律的上升——"默默站在他的墓前"；"而暴风雨将至"；诸如此类——沃森的嗓音更加高亢起来，竭力地将重音放在第五个和第八个音节（"站立"／"墓前"；"暴风雨"／"将至"）。相比之下，迪伦只是一个人自弹自唱，而他的声音一直是和缓的——旋律悠扬但近乎喃喃的耳语。他的歌声成了一个人在朝圣者墓前的低语。

252 　　迪伦远比沃森更为成功之处在于，他进入了歌曲的核心，并留驻在那里，在他称为不人道的现代技术官僚习俗之外，为人们提供了一个喘息的空间——并提供了慰藉。那唱出前三句的游走四方的"我"，突然变成了另一个"我"，他死了然而又活着，并且现在轻声地说话了。这第二个"我"也曾四处漂泊，因为他被上主（或主人）赶出门，但是（这时迪伦的歌声稍微饱满起来），他"染病倒在墓中"。他远方的"伴侣"和孩子们现在不该为他的离去而哭泣。（迪伦并没有唱出"离"字，而是吐出气声。）"我"最终从动荡的人间解脱了出来；他安息的灵魂已经居住在上主的高宅里，平静安详；但他还没有真的离去，还没有完全离去，至少在这首歌唱完的时候还没有。

这张老民谣和蓝调专辑，唱的是种种奇闻异事，唱男人们因为世界出了问题，就再不能对他们的女人好些，唱那些无赖、赌徒、持六响左轮枪的枪手，唱一个蓝眼睛、蓝肚皮的波士顿男孩被约翰尼·雷布（Johnny Reb）杀死，还唱〈孤独的朝圣者〉，一个缓缓的、即将安息的、不同秩序里的幽灵；也唱出祝祷。迪伦还从《神圣竖琴》中发现了法梭拉视唱标准的新用法，这首歌的灵感来源于充满慈善、圣洁和救赎的神一般的白袍传道人——他同时也是赞美诗的编纂者——置身于被宗教觉醒震撼的美国。这首歌，正如他所描述和演唱的那样，253甚至可能是这位白色朝圣者的诗作中的一抹亮彩：

> 让我超越名望，
>
> 荣华富贵之上，
>
> 超越世间帝王将相，
>
> 去赢得不朽的冠冕。

　　1994年，我在父亲病重期间听着迪伦唱的〈孤独的朝圣者〉，在父亲去世后的几个月里，我又一遍一遍地听这首歌，它给我带来了慰藉，来自最出乎意料的地方、最出乎意料的演唱者。过了十多年后，它仍给我安慰，特别是最后一句，同时也是整个《出错的世界》专辑中的最后一句："同一只手牵着我穿过最险恶的海面/仁慈地送我回家。"对他的演唱——除了最狂热的迪伦迷以外，几乎没人还记得这首歌——我会永远怀有一种纯属个人的感激之情。但撇开这些不谈，单说〈孤独的朝圣者〉这首歌和《出错的世界》这张专辑，它们清楚地表明，迪伦已经完成了自己的艺术再觉醒的开端，并且在仁慈的上主的协助下，到达了一个至少在感觉上更像家园的所在。

　　《出错的世界》叫好不叫座，获得了很多的赞誉，但销售业绩不佳。一些很有见地的评论家和作家，包括传记作家克林顿·海林（Clinton Heylin），都认为这张专辑和另一张《像我对你那么好》一样，是对迪伦的演唱会版本的一种翻炒。一些诋毁者甚至指责迪伦写的专辑说明文字啰嗦而又难以理解。尽管如此，评论家大多都同意罗伯特·克里斯高（Robert Christgau）的意见，认为这张专辑"怪诞而又令人着迷"，认为迪伦敏锐地留意到尘封的老歌中突兀的插入乐段及其他古怪的特征，并很早就将之运用于自己的歌曲创作中，"因为他相信，它们唤起了一个蔑视合理化的世界"。这张专辑为迪伦赢得了又一个格莱美奖，这次奖项类别是"最佳传统民谣专辑"。但对于那些在 1960 年代民谣复兴时期甚至还没出生的听众来说，这张唱片没什么意义，而254 上年纪的忠实的民谣乐迷又已经凋零了。这张专辑在美国的唱片销售排行榜上远不如《红色天空下》或《像我对你那么好》曾经的表现。

然而，1993 年 11 月中旬，在曼哈顿高级晚餐俱乐部的四场重要演出中，迪伦自己很高兴能原声演唱一部分。迪伦早已预订下俱乐部，打算在这里拍摄一部现场音乐会电视片，同时录制新的现场专辑。这一拍片和录制新专辑的项目从未实现。但是，现场音像录制及观众的私录幸存了下来（并被广泛翻录、兜售），显示当时迪伦处于最佳状态，在他的乐队伴奏下边弹奏原声吉他边唱着歌，穿插着唱了非常棒的〈至甜玛丽〉和〈好像简女王〉（Queen Jane Approximately）等他在 1960 年代中期鼎盛时期唱过的传统歌曲，还包括几首《出错的世界》中的歌曲：〈破烂邋遢〉（Ragged And Dirty）、〈我眼底的血〉（Blood In My Eyes）、〈杰克－罗恩〉（Jack-A-Roe）和〈迪莉娅〉。传记作家海林评价说，迪伦的演唱"无与伦比"，认为迪伦"唱出了当独自一人哭泣时，内心所体会到的所有伤痛"。

一年后，迪伦和他的乐队在另一个私人氛围中录制了两场表演，这次是在一个特别的索尼唱片音乐会录音棚，收进了音乐电视（MTV）系列片《不插电》（Unplugged）中。迪伦本来就只喜欢用原声乐器演奏老民谣——就是想要原汁原味——但电视节目制作者认为，如果不在演奏传统音乐时加上鼓点，以及至少再加点电吉他的陪衬，就吸引不到年轻的 MTV 观众。但迪伦再一次坚持要跟他的乐队用原声吉他，并以他个人的歌本为选曲的标准，并加了其他一些古怪的歌，包括以前从未发行的 1963 年反战歌曲〈约翰·布朗〉。虽然一些最好的演唱最终是在剪接室的地板上完成的——包括演绎得无以复加的〈至甜玛丽〉和一曲缓慢、性感的〈我想要你〉——《不插电》电视片的播放，向数以百万计的观众展现了一个重新焕发出活力的迪伦。为了给那些年长的粉丝和偶尔喜欢他的歌迷一个特别的表示，同时也为了显示他还没有变得太老，迪伦穿了一件印有波卡圆点（polka）的黑白波普艺术衬衫，配上一副复古的雷朋（Ray-Ban Wayfarer）太阳镜。这两项标配，可以毫不夸张地说，都代表了 1965 年的逆袭——但迪伦的这副打扮丝毫没有悲天悯人的过时气息，看起来不仅充满活力，还更兼几分怪怪的时尚感。

几个月后，在洛杉矶的圣殿剧院（Shrine Auditorium），迪伦惊喜亮相弗兰克·辛纳屈的庆生活动，应辛纳屈的个人请求，他唱了他的那首道别的老歌〈不安的告别〉（Restless Farewell），四重唱伴唱非常给力。在这之后，迪伦在他的明尼苏达州农场把自己雪藏起来，埋头写作新歌。与他通常的做法相反，他写好后会把词、曲都先放一放——一放就是整个 1996 年的夏秋两季——不停修修改改，到 1997 年 1 月才最终预订了迈阿密的工作室准备开始录制。"这张唱片会有点瘆人，"迪伦后来说，"因为我觉得瘆人。我就是不觉得它和任何东西搭调。"他希望做出来的东西既不炫目也不老套，因此他再次找丹尼尔·拉诺斯寻求合作，让对方担任联合制作人。这张专辑最终命名为《忘川》，它标志着迪伦完全走出了 1980 年代的阵痛和动荡，如今东山再起。

最初听起来，《忘川》最引人注目的特征是其刻意的速度及其浑浊、低沉的声音。虽然这张专辑包括一首乡村跳跃的〈土路蓝调〉（Dirt Road Blues）和一首内爆一般凶险的《冰冷铁牢笼》（Cold Irons Bound），但绝大多数歌曲都相当安详，无论歌词传达的是否有反感厌烦或消沉的感觉。拉诺斯制造的混响特效（迪伦后来对此表示后悔），

255

打造了非常类似于另一张专辑《行行好吧》的那种神秘巫术风格，但还要更晦暗更凶险。前一张专辑听起来像新奥尔良，而《忘川》则搅动了入海口那最隐秘的深处，烟雾轻轻地缭绕在深绿色的水面上，成片的西班牙苔藓厚得似乎不可穿透。两位制作人都不会对迪伦老化的声带太过勉强，所以，尽管早期原声专辑中那种裂帛般的声音在这首歌中重现，但在大多数歌曲中，迪伦的声音都很轻——有时阴森森的，有时甚至像幽灵一样。

这张专辑里最棒的歌之一——现在看来似乎是最有可能作为迪伦的典范性作品传世的一首——是〈天还没黑〉（Not Dark Yet）。这首歌被普遍描述为对道德的一种冥想（部分地说确是如此），但实际上，它更像是一首对充满谎言的世界表示厌倦与疏离的歌曲——因为在那个世界里，每一件美的事物都隐含着某种痛苦。迪伦唱道，他收到来自一个女人的一封善意而直率的信，然而这并没有什么意义，因为"天还没黑，但是快了"。《忘川》中的歌一首接一首地传达了类似的失落和疏离的感觉，刻画了一个空空的世界，那里已经没有了歌者曾珍视过的一切，他爱的人们要么已经离去，要么他不再爱着。他所能尽力而为的就是与一个陌生人跳舞，而这只能让他想起他曾经真心爱过另一个人。

专辑中最精彩的歌曲——令人沉醉、16 分 30 秒长的〈高地〉，是这张专辑压轴的结尾曲目，开门见山的第一句摘自罗伯特·伯恩斯的诗，"我的心在高地上"，它本身就是关于距离和疏离的诗，来自传统的苏格兰小调。迪伦的版本唱了风信子和阿伯丁水域，因此这里的高地可能是迪伦自己的中西部以北，就像也可以是苏格兰，或者是神的天堂——至少从最后一段主歌中看来是这样。但这首歌很快一闪，进入了竞争激烈的美国都市区，走过一个公园，看一只脏兮兮的癞皮狗穿过街道，路过一个热情投入的选民注册站。歌者是个像迪伦一样的

256

人，年届六十或六十出头的男人；他显然是独自生活；歌中描述他漫步时的曲调，忽而牢骚满腹，忽而茫然无措，有时逗趣有时苦涩。这首歌中间部分的情节涉及一位半带挑逗的漂亮的女招待，也是歌者在整首歌中唯一说过话的人；他们的谈话没什么结果；歌者离开了餐馆，"回到繁忙的街上，但所有人都漫无目的。"这首歌很长，但当它结束时，几乎什么事也没有发生，什么事也没有改变。

〈高地〉的一个令人瞩目之处是它那些不露声色的笑话，关于尼尔·扬（Neil Young），关于女人和女作家，关于选举。歌词读起来至多是有点滑稽，但唱起来就令人忍俊不禁了，或说至少迪伦唱时是这样。正如〈蓝色郁结〉这首歌稍改几个代词就可以大大改变其意，在唱〈高地〉这首有霍普绘画中的孤寂感的歌时，变换一下音调也会赋予它别样意味，变得充满开怀的笑声和睿智。〈高地〉还描述了一种对异化和痛苦的逃避，一个可以抵达的地方，一个割断联系的歌者已经在自己脑海中到过的地方。即使是在黯淡荒凉如《忘川》的这样一部专辑中，迪伦也仍然设法留下"祝你好运"的希望。

在反复聆听中，这张专辑的另一个怪异的特点也凸显出来：迪伦对传统民谣、乡村/西部音乐以及高雅文学的兼收并蓄，反复、从容，往往不易察觉，但有时又显而易见。迪伦借用伯恩斯的"高地"诗句为歌名和一些歌词，而曲调则是根据伟大的 1930 年代蓝调歌手查理·帕顿的一首歌的即兴重复段。迪伦那首〈土路蓝调〉的歌名也是来自帕顿。《忘川》中的第一首歌曲〈为爱所困〉（Love Sick）这个歌名，与汉克·威廉姆斯的〈为爱所困蓝调〉（Lovesick Blues）相呼应。随处可见的还有些零星的歌词来自灵歌〈轻摇吧，天使的马车〉（Swing Low, Sweet Chariot），以及吉米·罗杰斯的〈等火车〉（Waiting For A Train）。专辑的标题——"忘川"这个古老的短语，已不常见使用，意思是"流逝而被忘却的时间"——可能是来自《罗密欧与朱丽叶》

257 (*Romeo and Juliet*)，特别是莫枯修*在第一幕中对仙女精灵麦布女王
(Queen Mab) 的描述，即她可以驾驭熟睡的人们，诱导许愿者实现
梦想：

> 她的战车是个榛子壳，
> 是松鼠或虫子的作品，
> 打造这四轮马车杰作，
> 为遨游忘川之上的精灵。[1]

虽然要分辨他在做什么还为时过早，但在这种拼凑和混搭中，迪
伦已经开始改头换面，翻新了他的美式风格。

但当时很清楚的是，迪伦已回到卓尔不群的状态。虽然这纯粹是
个巧合，但现在看来几乎是象征性的，即，在这张专辑录制结束后和
发行前，迪伦被来势凶猛的组织胞浆菌病击倒了，那是一种严重的心
脏感染，幸亏及时得以治愈，否则可能会要了他的命。六月份的大部
分时间里，他经历了重病的折磨，之后在八月初，他又回到了路上。
九月下旬，在博洛尼亚举行的"意大利国家圣体大会"上，迪伦为教
皇约翰·保罗二世做了特别表演。四天之后，他在乐队的加唱节目单
中加入了〈为爱所困〉，这是从新专辑里选作演唱会曲目的第一首歌
曲。1998 年初，官方的嘉奖开始纷至沓来，首先便是格莱美"年度最

---

* Mercutio，莎士比亚名著《罗密欧与朱丽叶》中的人物——译者注

〔1〕又或者，迪伦可能是从沃尔特·惠特曼的《阔斧之歌》（*Song of the
Broad-Axe*, 1856）中提取了这个词："为那些忘川之上的人服务，他们在花岗岩墙
上刻画日月星辰，船只，以及海浪的草图"；或威廉·巴特勒·叶芝的《地动山摇
中的房子》（*Upon a House Shaken by the Land Agitation*, 1910）："这世界怎可能更幸
运，如果这房子/这激情和精准融为一体的房子/在忘川之上，化作废墟/以致无法
孕育那热爱太阳的凝视的眼睛？"但目前来看，最可能的出处还是沃伦·泽文
（*Warren Zevon*）的民谣〈不小心成了烈士〉（*Accidentally Like A Martyr*, 1978）："从
没想过我会那么孤独/经过如此漫长的时间/逝者如斯似忘川。"

佳专辑"。

在接下来的三年中，迪伦身上的光环比1970年代中期以来任何时候都更耀眼。他的旅行安排也证明了他的卷土重来。1998年4月，他与滚石乐队联手进行了为期六天的南美城市巡演。1998年和1999年的行程则包括与乔尼·米切尔和范·莫里森（Van Morrison）的三合一演出，以及与保罗·西蒙（Paul Simon）及"感恩而死"乐队的贝斯手菲尔·莱什（Phil Lesh）的新组合"菲尔·莱什与朋友"的巡演。到了2000年，迪伦又回归写作了。

1999年，《吉他世界》（*Guitar World*）杂志采访了迪伦，回顾了他 258 与死神的擦肩而过，问他如果早知道《忘川》会如此成功，他会不会心满意足地把它作为自己的最后一张专辑。迪伦表示不以为然："我想，我们才刚开始把我的歌录在光碟上吧。我想我们才刚开始吧。我想，还有更多的事要做。我们不过是在那个特定的时刻，打开了那扇门，而在这个时间通道里，我们会再回去延伸那个时代。但是我并不觉得那是一切的结束。我更以为那是个开始。"

第五部分
最近

第九章

现代吟游歌手的回归

2001 年 9 月 11 日《爱与盗》，与 2002 年 8 月 3 日
罗德岛上的纽波特民谣节

这是 1966 年 5 月 24 日，巴黎的奥林匹亚，号称"欧洲最重要的 261
音乐厅"，岁月流逝。

在那个音乐之夜的两年后，观众中的许多年轻人将走上巴黎的街
头参与暴动，他们满脑子的想法，驱使他们提出了想象中的革命。他
们与警察及国民警卫队发生激烈冲突，并企图烧毁巴黎证券交易所，
此事件在巴黎的左岸被称为"新的巷战之夜"，也是 1968 年 5 月最激
烈的街头暴动。795 人被捕，456 人受伤。

但现在是事发的整整两年前——一分钟不差——而那些未来的暴
动分子们这时正翘首等待着下半场的演出。当幕布徐徐拉开时，他们
惊恐地看到，布景竟是他们所仇视的一切的象征物——象征着凝固汽
油弹、可口可乐、白人种族主义和殖民主义，象征着想象力的死亡。
那是一面巨幅美国星条旗。而鲍勃·迪伦，这位美国的叛逆者和想象
力重生的象征，却把它高高地悬挂了起来。

这是开什么玩笑？但这并不是玩笑。他们到这里来是听偶像唱

歌，并且非常清楚这位偶像现在要玩电子音乐（之前是令所有关切者
262 听完感到扫兴的原声演唱），这会冒犯到巴黎的民谣纯粹主义者，就
像在美国和英国各地的城市一样。但这面星条旗将音乐挑战变成了一
场袭击，一场挑衅，扑面而来——更有甚者，迎面的是玩电吉他的年
轻的左岸左派。在英国，这位偶像曾与刁难他的人过招，但在巴黎，
在这一天，他21岁生日的当天，他先出手了。

无论他们喜欢还是不喜欢，他们的偶像会给他们一个他自己版本
的"美国"，那是他们在书本中从不会读到的地方，而且即便读得到，
他们也不会理解。捧场客们怒了，开始哗然，嘘声四起："美国滚
回家！"

在这场音乐会结束不到五个月之后，法国流行歌手约翰尼·哈里
戴（Johnny Hallyday）在奥林匹亚演出。他有两名年轻的女伴唱歌手，
一名穿超短裙，另一名着长裤和背心，长得有点像玛丽安·菲斯福尔
（Marianne Faithfull）。他还有一个伴奏乐队，兼为他做热身演出，是个
新的团队，刚刚组建起来，仍处于粗糙的雏形，对观众介绍时称来自
华盛顿州的西雅图，他们演奏的曲目之一是"穴居人"乐队（Troggs）
263 位居夏季40强排行榜的〈狂野之物〉（Wild Thing），演绎得非常火
爆。没有打旗子，而且从音乐上来说，这时的巴黎观众已经很上道
了，对后来以"吉米·亨德里克斯体验"乐队（Jimi Hendrix Experi-
ence）之名叫响的这个组合的第四次公开亮相，观众们报以惊喜，已
毫无错愕。在此短短一年前，亨德里克斯还在纽约，在迪伦曾初试啼
声的麦克道格街的"哇"酒吧演唱。那时候他的组合叫"蓝色火焰"，
仍是个含混的室内乐队；在声名鹊起之后，亨德里克斯的一些最成功
的表演将是他对迪伦歌曲的超群诠释。再回首时，在那段似乎难以置
信地被压缩了的时光里，1960年代初让位给1960年代末，甚至在巴
黎，让位给了亨德里克斯推波助澜的音乐上的反文化，而迪伦对此则

始终远远地旁观。

突然间，仿佛又回到 1966 年 5 月——但这不是 1966 年，而是 2001 年，地点当然也不是奥林匹亚，甚至完全不像巴黎。一如预期，一个风琴师、一个鼓手和一群吉他手走上舞台。可那位主唱，瘦得像一根栏杆，已经换下了他那件摩斯式千鸟格西装，换成了银灰色纳什维尔乐谱图案，还戴了一顶足有 5 加仑容量的帽子；唇边蓄了达利一字胡。这时，乐队奏出快节奏版的〈从一辆别克 6 上〉（From a Buick 6），这是从专辑《重返 61 号高速公路》上拿下来的一首歌，但歌词已经完全变了。主唱用沙哑的嗓音开口唱出了第一句：

> 胖头哥和胖头弟
> 把刀子向树上扔去。

在《爱与盗》中，迪伦再次改变了形态，虽不像 1966 年那样剧烈和难以把握，但还是足够决绝。他还跟过去和现在、记忆和历史搞起恶作剧来。这张新专辑无疑是一位年长而富有智慧的艺术家的作品——这时的迪伦已年届六十、背负沉重如山的负疚感。但歌者正从《忘川》的那种黏稠、泥沼般的沮丧感和消沉中走出来，他开始歌唱充盈的渴望，并热切地要谈谈它，虽然不无讽刺意味。他真的已经重新找到了坐标，准备加大步伐，更加无拘无束；他发现了他以前曾经以为丢失了的东西。

专辑的情绪更引人注目的是它浓厚的兼收并蓄的风格——可说是自从《地下室录音带》或《金发佳人》以来迪伦最多样化的一张专辑。比以往任何时候都更显而易见的是，迪伦在《爱与盗》中随心所欲地穿越时空，随处（包括从一些非常出人意料的地方）信手拈来地采撷旋律和歌词，然后为自己和听众重新组装成新的原创的东西。他 264 以更古老、更真实的音乐和文学形式（甚至是录音设备）来冲破最新潮、最为人津津乐道的虚拟现实，却不致带有一丝古董气。[1] 他通过获得现在来获得过去。他以全新的方式调遣他兼容并包的美国艺术，以表达他在世纪转折时刻感到的失落与希望、怀疑与惊奇。

＊

鲍勃·迪伦曾说，爱与盗很合衬，就像手和手套一样。

《爱与盗》刚一发行，人们就注意到，这个标题与文学史学家埃里克·洛特（Eric Lott）的一本书同名，那本书是讲关于美国黑脸说唱艺人的起源和特性的。讲的是在 19 世纪二三十年代，北方年轻工人阶级白人开始模仿南方的奴隶上台表演，他们把脸涂黑，弹着班卓琴，打起手鼓，挂上乒乓作响的骨头串，睁圆了眼睛又蹦又唱，带着哼哼呀呀的腔调，说唱着关于性爱、死亡及一些无稽之谈。这些说唱艺人窃取并嘲讽黑人艺术，并时时表现出种族歧视——但他们的窃取同时也是一种嫉妒和爱欲。严守教规的卫道士们指责这类表演为低俗之物，但狂热的拥趸们——从沃尔特·惠特曼到亚伯拉罕·林肯再到马克·吐温——都喜欢说唱艺人的有趣，而且认为他们远不止于有趣。"'黑人'和他们一起唱歌，"惠特曼在 1846 年这样形容黑脸剧团，"这是神明之手描绘出的一个晦暗生活的主题。"

迪伦既没承认也没否认过：他的标题是来自洛特的这本书。但他把这个词放在了引号内，这强烈地提示着他确实是在引用。在《爱与盗》中有很多偷窃和爱情（以及神性），其中有些显而易见，特别是

---

〔1〕 这张专辑是迪伦决定自己制作的第一张专辑，用的是化名杰克·弗罗斯特（Jack Frost）。在他辗转于各地录音室期间，他早就对录音技术和设备有特别的兴趣。

在歌词中。一个人不必对蓝调有太多了解，只要听过罗伯特·约翰逊、罗伯特·威尔金斯（Robert Wilkins）和其他三角洲及孟菲斯乐手的演唱，或者滚石乐队演绎的版本，就可以认识到这位回头的浪子，体会到"胖头哥和胖头弟"中那句，说一个人的爱"都是徒劳的"。这一回又是约翰逊，还有内陆白人乐手克莱伦斯·阿什利（Clarence Ashley）和达克·波格斯（Dock Boggs），遭到了迪伦的攫取，因而成全了他这张专辑中最棒的一首歌——〈洪水（致查理·帕顿）〉。帕顿是 265 《爱与盗》中的主色调，也曾为 1927 年的密西西比河洪灾创作并录制过一首歌，叫〈洪水滔天〉［High Water Everywhere，类似的例子是《忘川》中的〈土路蓝调〉，是借鉴了帕顿的一首〈泥泞土路蓝调〉（Down the Dirt Road Blues）而来的。］〈寂寞的日子蓝调〉（Lonesome Day Blues）是佐治亚州的盲眼威利·麦克泰尔所作的一首歌的歌名［以 Hot Shot Willie 的艺名与露比·格拉兹（Ruby Glaze）一起录制］，不过，迪伦这首歌也呼应了"卡特家族"（Carter Family）乐队的歌〈悲伤寂 266 寞的日子〉（Sad and Lonesome Day）。达克·波格斯也录制过一首名为〈甜心宝贝〉（Sugar Baby）的歌。〈漂浮者（别问太多）〉［Floater（Too Much to Ask）］的旋律与乔·扬（Joe Young）和卡门·朗巴杜（Carmen Lombardo）的那首〈偎依在你肩上〉（Snuggled on Your Shoulder，平·克劳斯贝 1932 年录制）是同一曲调；而〈再见，再见〉（Bye and Bye）听起来很像比莉·霍利戴 1938 年录的那首〈一个人的时间〉（Having Myself A Time）。

迪伦在他的音乐创作生涯中一直在做这种司空见惯的偷取，连自己的姓氏都是偷来的。他第一张专辑中的〈给伍迪的歌〉，其曲调就直接取自格斯里本人的一首〈1913 年大屠杀〉（1913 Massacre），而格斯里的歌又是来自一首传统歌曲。迪伦从来都不只是一个聪明过人、知识渊博的机会主义民谣歌手；他也不是法律意义上或精神上的剽窃者，

一本早期民间音乐活页乐谱的封面。当时以貌取人的倾向可见一斑：上图是北方白人扮演黑脸说唱艺人的形象；下图是对南方黑奴形象的歪曲。自"波士顿吟游乐队"（Boston Minstrels），"The Celebrated Ethiopian Melodies"，1843 年。

尽管一些批评家和对手都声称他是这样的人。[1]他一直是个吟游诗人，或者说一直与吟游的说唱艺人们遵循着相同的传统（这一传统包

---

〔1〕 有关这些问题的更全面讨论，包括有关剽窃的法律定义的问题，见本书第 308~313 页（边码）。

括杂耍以及南部歌手的说唱，包括像威利·麦克泰尔那样的歌手）——复制其他人的风格、旋律和歌词，然后改头换面，变成自己的东西，这种偷盗就像苹果派、樱桃派或南瓜派、梅子派一样，是非常美国式的。像阿隆·卡普兰的混合音乐或〈孤独的朝圣者〉一样美国式，或像 1829 年来美游历的泰国双胞胎阿张和阿恩（Chang and Eng）一样美国式，他们虽然出生于暹罗，但来到美国，跟着吟游的说唱艺人走街串巷，最终在 1832 年与巴纳姆（P. T. Barnum）签约工作了七年。他们退休后落脚在北卡罗来纳州的威克斯伯勒（Wilkesboro），成为美国公民，娶了一对姐妹，建立了两个家庭；他们出现在《爱与 267 盗》中的〈真诚待我〉（Honest with Me）这首歌里。

但即使迪伦唱着、改编着古时的歌，他也从来都是个现代的吟游诗人——一个白人脸庞的吟游诗人。19 世纪吟游说唱团那种想当然的强硬的种族主义已属于另一个时代，至少从迪伦的艺术角度来说是。迪伦在舞台上开玩笑戴的面具——还记得 1964 年的万圣节之夜，他在爱乐厅面对他的观众，调侃说"我戴着鲍勃·迪伦的面具"——更多的是属于他自己、他的时代、他的美国，即使自 1990 年代以来，他已不再穿他的锁山牌（Rockmount）牛仔衬衫。[他近年在着装上偶尔回归一下 19 世纪，这种时候他最可能穿的是一件黑色长外套，戴一顶河船赌徒的帽子——那样子会使我想起赫尔曼·梅尔维尔的小说《骗子》（Confidence Man），或他笔下的某个人物，坐着神话般的浆轮船，沿着密西西比河顺流而下。]迪伦扶帽向旧时代的吟游艺人致敬，同时把他们的表演翻转了过来，就像他在"滚雷巡演"中给自己涂了白脸那样——把自己变成了经典欧洲哑剧中的滑稽丑角，但也反过来暗示了旧习俗中的"扮黑脸"。

作为一个现代的吟游诗人，迪伦一直在不断地更新和拓展他的疆界，《爱与盗》更是无以复加，尽情地发掘上世纪美国的优秀歌曲。

民谣方面一如既往：〈密西西比〉中精彩的收尾语（迪伦原本打算将这首歌收入《忘川》）——"只有一件事我做错了/一整天徜徉密西西比河"，这句歌词来自一首名为〈罗西〉（Rosie）的旧时劳动号子。（歌中提了及名叫罗西的女子）。专辑中还可以找到〈黑人城舞会〉（The Darktown Strutters' Ball）的影子，那是明白无误的。还有些旋律和歌词令人联想起从 20 世纪 20 年代至 50 年代的蓝调和流行歌曲，有的其至是完整照搬。可以听听〈哭一会儿〉（Cry a While），然后将它的旋律与 1930 年"密西西比帅哥"（Mississippi Shieks）乐队的〈停停听听蓝调〉

1829 年，来美游历的泰国双胞胎阿张和阿恩在波士顿演出的招贴。

（Stop and Listen Blues）比较一下。还可以将〈寂寞的日子蓝调〉与"密西西比帅哥"的那首歌的开头比较一下："是的，宝贝，今天是个，漫长寂寞的日子。"然后比较〈哭一会儿〉与〈我为你哭了〉（I Cried For You）的叠句部分，后者是格斯·安海姆（Gus Arnheim）、亚伯·莱曼（Abe Lyman）和亚瑟·弗里德（Arthur Freed）1923 年创作的一首歌，贝西伯爵（Count Basie）和萨拉·沃恩（Sarah Vaughan）乃至比莉·霍利戴都曾有过精彩的演唱：

> 我为你哭了，现在轮到你为我哭。
>
> 每条路都有转折，这是你终于明白的一件事。

继续听〈哭一会儿〉，留心与"索尼小子"威廉森（Sonny Boy Williamson）1958 年的〈你的葬礼和我的审判〉（Your Funeral and My Trial）

作一比较，或者听一下维多利亚·斯皮威（Victoria Spivey）1927 年的〈笨蛋蓝调〉（Dope Head Blues）："感觉像只斗鸡/我感觉好得不得了。"然后再找出 1960 年代东洛杉矶的飙车歌曲〈脱缰野马〉（Hopped-Up Mustang），是一支叫"太平洋"的乐队演唱的，不妨将这首歌与《爱与盗》中的〈夏日〉（Summer Days）及〈洪水〉仔细比较一下。

听了一会儿，听歌的人就会停止这种比对和抽样工作，并开始好奇于迪伦的脑袋里，到底装着他引用的歌的哪些版本，不是为了别的，只是想了解他的遣词造句法及其动态学。〈甜心宝贝〉中有这样一句——"抬起眼，抬起眼，看看你的造物主/天使加百列吹响了他的号角"——每个字、每个音符都来自拿撒尼尔·什尔克莱特（Nathaniel Shilkret）和吉恩·奥斯丁（Gene Austin）作于 1927 年的〈寂寞的路〉（The Lonesome Road）——尽管听起来像是很老的美国黑人灵歌——这首歌已有数十名歌手翻唱和录制过。迪伦的脑海中是保罗·罗伯逊演唱并录制的这首歌的版本；还是斯泰平·费奇特（Stepin Fetchit）那个版本，即根据艾德娜·费伯（Edna Ferber）的小说改编的同名电影《演艺船》（Showboat）片尾曲；或年轻的洛塞塔·萨普（Rosetta Tharpe）1938 年的唱片，或她 1941 年的电影演唱版本；也可能是弗兰克·辛纳屈在 1957 年发行的唱片《摇摆好玩意》（A Swingin' Affair!）中那种时尚、优雅的演绎。[1] 绰号"老蓝眼睛"的辛纳屈更不能小觑：辛纳屈也唱过〈我会为你哭泣〉（I Cried for You），在他 1957 年主演的电影 269 《啼笑泪痕》（The Joker Is Wild）中。

（在《约翰·卫斯理·哈丁》的套封说明文字中，迪伦讲了一个

---

〔1〕 而且可能还不止这些。截至 2009 年，已有包括洛尼·约翰逊（Lonnie Johnson）、波斯威尔姐妹（Boswell Sisters）以及塔伯·亨特（Tab Hunter）等在内的风格各异的艺术家演唱过超过二百种〈孤独之路〉唱片版本。

轻松的小故事，跟那些在他的歌中搜寻真实含义的"迪伦学家"开玩笑。故事讲的是三个有趣的国王。一个国王说："信仰是关键！""不，"第二个国王说，"口沫才是关键！""你们都错了，"第三个国王说，"关键是弗兰克！"在这个故事中，第三个国王是对的，算是吧——但是谁会想到，弗兰克可能就是辛纳屈那样的人呢？）

迪伦也从不在音乐来源方面给自己设限。〈夏日〉中的一段主歌，唱的是一个穿着运动鞋参选公职的政客——我第一次听到这张专辑时，立即想到的是比尔·克林顿（Bill Clinton）——他"一直从慷慨的天才身上吸血。"部分地影射着政治，因为这句歌词是迪伦从亚伯拉罕·林肯那儿抄来的，其出处是林肯一份鲜为人知的演讲稿，当时林肯仍是个志向远大的地方政客。但是，这一典故（如果确实出自这里）其实另有用意——林肯的演讲是给伊利诺伊州华盛顿禁酒协会的，是要赞扬这个团体在规劝酗酒者方面避免说教、开放包容的做法；强调饱受酒精困扰的人似乎有异常多的"才华出众、充满温情的人"；指出"纵情声色的恶魔似乎总是乐于吸吮天才和慷慨之人的血液"。无论迪伦是在何种情况下读到过这份演讲词，都说明他阅读兴趣之广；无论他是隐约从记忆中挖掘出这句话，还是曾经抄录过、如今把它运用到《爱与盗》上来，都不过意味着，他对一个好句子过目难忘。[1]

当然，迪伦自己也属于他善加利用的上世纪伟大作家——不仅是指他的歌曲或他改编的其他人的歌曲。新奥尔良有一条有轨电车线，其终点站是一条叫"欲望"的街道。田纳西州·威廉姆斯（Tennessee

---

〔1〕 华盛顿禁酒协会（The Washington Temperance Society）成立于1840年，创建者是一群巴尔的摩工人，他们在当时的禁酒运动中寻求较少说教和审查的做法。该协会在全盛时期曾吸引成千上万人入会，并开创了一些后来得以进一步完善的原则和做法，被匿名戒酒会（Alcoholics Anonymous）继承下来。感谢妮娜·格斯（Nina Goss）提供的有关林肯演讲的资料参考。

Williams）以此为他的剧本命名（《欲望号街车》——译者注）；迪伦明显是借用了这条电车线（或借用了威廉姆斯的剧本名称）作为专辑的标题。《欲望号街车》还可能被迪伦的一首早期歌曲〈爱只是一个字〉（Love Is Just A Four- Letter Word）借用过，歌词呼应了布兰奇·杜布瓦（Blanche Dubois，《欲望号街车》中的女主人公——译者注）的一句不朽的自白，即她的家族"那旷古的淫乱"招致其遗产的损失，最后被强制抵押："一个爱字夺走了我们的种植园，"布兰奇苦笑着回忆道。然而，更可能的是，迪伦脑子里装的是威廉姆斯的电影《热铁皮屋顶上的猫》（Cat on a Hot Tin Roof），影片中由保罗·纽曼（Paul Newman）饰演的酒鬼布里克·波利特（Brick Pollitt）告诉他的父亲［波尔·艾维斯（Burl Ives）饰］："你不知道爱的意味。对你而言，爱只是一个字而已。"好了，"欲望"、街车，又再次出现在《爱与盗》中，被胖头哥和胖头弟驾驭着遁入田园。〈胖头哥和胖头弟〉、〈真诚待我〉及〈哭一会儿〉都是标准的十二小节蓝调，但只要用心听，我想你就会把握到〈别克6〉（特别是盗版带剪余片的版本）、〈豹纹药箱帽〉（迪伦2001年现场演出中的标准曲目）和〈把我的时间给你〉中的乐感。八小节蓝调〈可怜的男孩〉及八小节结构的〈可卡因〉（也是他2001年演唱会上的标准曲目）亦然。〈洪水〉开头的吉他弹奏令我仿佛听到了〈洪水冲下来〉（Down in the Flood），其余的歌则令人想起约翰·李·胡克的〈图珀洛〉（Tupelo），这些都在完整的《地下室录音带》盗版带中一览无遗。至少自四十年前的煤气灯时代以来，迪伦就一直在唱自己的版本的〈布谷咕咕〉（The Coo Coo，在〈洪水〉这首歌中一闪而过）。

这种现代吟游诗人的风格并没有承载什么信息。它就是一种风格，经过了漫长的演进并仍在演进的风格，并不是一种教义或意识形态。但这并不是说，作为艺人，迪伦会意识不到这种风格以及自己如何发挥并改变了它，我们也同样不会意识不到这一点。在《爱与盗》

出现之前几年，约翰尼·卡什曾发行了一张精美的传统歌曲专辑，他称之为《美国唱片》（*American Recordings*）。《爱与盗》也完全适用同样的标题，尽管迪伦的音乐范围甚至超出了伟大的卡什所能及，而且他的吟游阅历更加复杂。他将美国国旗再一次舒展开来，作为一位蒙面人用（主要是）美国的材料重塑他的艺术。

吟游说唱看似五花八门，但其随机性是高度结构化的。与此相符的是，《爱与盗》是一个金曲专辑——尚未成为金曲的金曲专辑，用迪伦当时的话说。就像吟游艺人的走秀（以及师承了他们的街头杂耍）一样，这张专辑妙趣横生，也许是自从迪伦写下〈歹徒蓝调〉（Outlaw Blues）之后最有趣的作品了。有些笑话，比如有关吟游艺人的，是一目了然的——"我来了，管他是不是弗雷迪"——但迪伦的唱法会让我笑出声来。比如下面的一语双关的俏皮话，完全可能原本来自旧时的吟游说唱或杂耍——读起来平平，但唱出来很搞笑：

> 我一丝不挂，但我不在乎
>
> 我要去林子里，我要光屁股打猎。

1965 年有一次，迪伦被人问及他最喜欢的诗人是谁，他顺口说是斯摩基·罗伯逊（Smokey Robinson）和 W. C. 菲尔兹（Fields）——前者是一个马戏团的飞人杂技家族，后者是个街头说唱艺人，与吟游诗人有些关联；如今，在〈寂寞的日子蓝调〉中，他向菲尔兹的《一杯致命的啤酒》（*The Fatal Glass of Beer*）中那句形容冰天雪地的妙语致敬："外面的夜晚人兽不宜！"

其他许多笑话都具有或高或低的文学性和歌剧性。〈哭一会儿〉中的唐·帕斯夸勒（Don Pasquale）凌晨 2 点的求爱电话，直接出自在多尼西蒂（Donizetti）的歌剧作品《唐·帕斯夸勒》中。这是关于一个愚蠢的老头的闹剧，他剥夺了自己的侄子的继承权，稀里糊涂地娶了侄子的女友，于是陷入苦难——该剧于 1843 年在巴黎首演，当时正是美国吟游艺术兴盛的时期。此外还有莎士比亚式的笑话，讲的是浑身发抖的老奥赛罗和面色很差的朱丽叶。所有这些高雅或低俗的笑话也是吟游诗人与时俱进的风格，上一次听到这里，笑话是迪伦以幽默的方式在《重返 61 号高速公路》中唱的：黑脸剧团经常恶搞大型歌剧 272 及莎士比亚的戏剧（《哈姆雷特》尤其受到青睐）——一个半世纪以前这些作品在美国观众中家喻户晓的程度，就像《辛菲尔德》（Seinfeld）和《美人鱼》（The Little Mermaid）在今天的情况一样。

迪伦讲笑话时总是面无表情，就像吟游说唱节目老主顾马克·吐温笔下的人物行迹。有些笑话近乎阴险。在〈月光〉（Moonlight）的钢棒吉他的背景音乐中，暮色沉沉，青鸟在花丛中欢快地浅吟，歌者低唱：

> 哦，我正传扬和平与和谐，
>
> 宁静的祝福，
>
> 但我也知道何时该罢工。
>
> 我会带你过河，我的爱，
>
> 你无需在此徘徊；
>
> 我了解你所喜欢的事物。

啊，这巧舌如簧的魔鬼。就好像罗迪·瓦莱（Rudy Vallée）摇身一变成了另一个人——也许变成了克拉克·盖博（Clark Gable），或者更可怕的，变成罗伯特·米彻姆。听起来好像会很可怕——很大程度上取决于歌者所唱的"罢工"是指什么——而且这也是相当滑稽的。

而《爱与盗》里还有更多严肃而又恐惧的玩法，迪伦比任何旧时的吟游诗人都更多地思考宇宙，更惯于在每一粒沙中发现世界（这一点上更像大多数后来的蓝调和乡村歌手），迪伦认为每颗粒子中包含宇宙砂。所有那些洪水都都不只是洪水；它们同时也是"大洪水"（The Flood，典出《圣经·创世纪》——译者注）。否则，查尔斯·达尔文（Charles Darwin）和他的极端物质主义朋友乔治·刘易斯（George Lewes）伟大的小说家乔治·艾略特（George Eliot 的情人）怎么会在〈洪水〉中出现、怎么会被密西西比州法官咆哮着"生要见人，死要见尸"呢？刘易斯告诉教徒们——英国人，意大利人和犹太人（新教徒、罗马天主教徒，犹太教徒?）——不，他们无法对所有东西都抱开放性思维，正因如此，那个高级警长盯住他不放。[1] "有些盗版

273　商，"迪伦在〈甜心宝贝〉中唱道，"他们做的东西真不错。"他可能是在对那些在演唱会上乐此不疲地偷录他的歌的歌迷们发出一声无奈的喊叫，也可能是再次警告伪先知的诱惑，或者他唱的是他自己。

　　《爱与盗》应该会纠正人们一种残存的印象，即认为迪伦在 1980 年代将他的宗教或他对宗教的专注都抛到了脑后。有时，歌手成了主的信使，他有仇必报。听听迪伦在〈洪水〉这首歌中是怎么对待布谷鸟的吧：

> 嗯，布谷鸟是一只漂亮的鸟，飞的时候咕咕叫
>
> 我在宣讲上帝的道，我要把你的眼睛灭掉。

　　而耶稣也不是那么任人摆布的。听听〈再见，再见〉，这又是一首适合低吟浅唱的曲调，边听边想象一下，除了奥吉·美尔斯（Augie Meyers）那不怀好意般滑腻腻的嗓音，假设那低吟的歌者就是基督本人，起码在某些主歌部分中。这歌的开头足够甜蜜，尽管带一点讽刺

---

　　〔1〕　在经他修订的正式歌词汇编中（在《爱与盗》发行后出版），迪伦将这个名字拼写为 George Lewis。除非他指的是 1940 年代~1960 年代那位同名的爵士乐单簧管演奏家——但在这个语境里是没有意义的——否则这个名字是完全随意起的。我推测，迪伦原本脑子里想的是 Lewes，但后来，他决定还是用 Lewis 的拼法，这么做只是为了让他的崇拜者和评论家能留意到。

的味道，包括迪伦话里有话的一句俏皮话：

> 再见，再见，我呼吸着一个情人的叹息
> 我坐在我的手表上，这样我就能准时
> 我用披着糖衣的韵律赞美着爱情。

但结尾的歌词可能是帕特莫斯的圣约翰写的：

> 我要用火为你施洗，好让你不再犯罪
> 我将用内战建立我的权威
> 让你看看一个人可以多么忠信。

基督带来和平——与剑。

这里也有其他的预言家和魔术师，玩三角洲蓝调音乐的那些跳大神一样的歌手——不知天高地厚、扮酷的小子们，怀揣名叫"征服者圣约翰"（St. John the Conqueroos）的巫术药草，说它能让你说到做到。〈洪水〉中唱道：

> 我可以为你写诗，让男子汉为你疯狂
> 我没有故弄玄虚，希望你温柔待我。

〈哭一会儿〉： 274

> 我并非很有分量，我不是淘金盆底的反光
> 好吧，跟你直说，你看不出我是工会的人？
> 感觉像一只斗鸡，感觉从没这么棒。

还有这个，自〈寂寞的日子蓝调〉：

> 我要饶了手下败将，我要对众人演讲
> 我要饶了手下败将，孩子们，我要对众人演讲
> 我要给被征服的人传授和平，我要驯服骄傲的人。

最后一段主歌也可能只是对维吉尔（Virgil）的《埃涅伊德》（*Aeneid*）中句子的释义。但它们都显示了迪伦在用笔宣示力量，特别是性力量——这一力量直抵《爱与盗》的情感核心。

早在《出错的世界》中，迪伦就开始出现了对年龄增长与激情不减的执念，这体现在他收入了盲眼威廉·麦克泰尔的〈引擎故障蓝调〉上。这种执念在《忘川》中的〈让你感到我的爱〉（Make You Feel My Love）中再次出现。在《爱与盗》中，迪伦为我们提供了诸如〈夏日〉这样的歌曲，歌中描绘了一个上年纪的男子，他夸耀自己说，尽管自己可能已近暮年，但却依然宝刀不老；他才是你真正爱的男人，漂亮的宝贝儿，他知道一个地方，在那儿有些事仍在继续。然而，随着歌曲的展开，歌者愈发有趣，愈发坦率，也愈发不确定——他有八个化油器，但油却不够了，车子开始停转。他的锤子响个叮当，却敲不进钉子。他仍然有胆量声称：过去完全有可能重现［这句话直接来自《了不起的盖茨比》（*The Great Gatsby*）中杰·盖茨比 Jay Gatsby 和尼克·卡拉韦 Nick Carraway 之间的对话］，但这听起来难以服人。

多年前以及眼下的失落与不幸也再度浮现。在〈寂寞的日子蓝调〉中，歌者调好了车上的无线电台，将车设定在超速行驶状态，然后兀自唱道："我希望我的母亲还活着。"（迪伦的母亲在他录制《爱与盗》前几个月去世。）有时候，过去显得难以承受，比如在〈真诚待我〉这首歌中唱的："这满脑子的记忆，能扼杀一个人。"而有时候，记忆只能令人悲愤——仿佛歌者在与他在 1960 年代唱过的某个不开心的相好讲述着："好多事我们再也无法补救，"他在〈密西西比河〉中唱道，"我知道你愧疚，我何尝不愧疚。"但一如迪伦的本色，即使在最灰暗忧伤的时候也仍然有一丝希望，以及某种新的东西，某种平静、赦免、爱怜的感觉，甚至是感激之情，既然他的人生之旅已安然过半。（还是自〈密西西比河〉："但我的心并不疲惫，它轻盈，

275

自由/我除了感激还是感激，对那些同舟共渡风浪的人。"）而且，尽管夏天已经过去，最好时光却可能还在后头。"守着我，宝贝，无论如何守住不放/事情应该是现在才开始明朗。"

在这些字里行间及旋律之中，有一种接纳的成熟感，与期待相互交融，这让人联想起老歌手查尔斯·阿兹纳弗（Charles Aznavour），以及辛纳屈和托尼·贝内特（Tony Bennett）。正如《爱与盗》中丰富的音乐和文学典故在〈墓碑蓝调〉（Tombstone Blues）中早有前兆，带着对玛·雷尼（Ma Rainey）和贝多芬的深情一瞥。正如迪伦那裂帛般的嗓音和他的遣词造句、对时机的把握，这些在以前的录音室专辑中没有捕捉到。[他一直在听辛纳屈，可能还包括卡鲁索（Caruso）和艾伦·金斯堡，至于平·克劳斯贝以及他在 1992 年和 1993 年翻录的那些老歌手就更不在话下。]他精通的东西越来越多，包括他自己的表演风格，或至少他录音中的表演风格。听听〈哭一会儿〉那剑走偏锋般的开头——"不曾想过要面对"——然后突然摇摆着降调；或〈夏日〉中那句有关旧日重现的要命的长句；〈漂浮者（别问太多）〉中朱丽叶在回答罗密欧时的停顿；〈洪水〉中法官那令人毛骨悚然的一句"无论死活，我不在乎"，最后一句像歌中那铅气球一样漂浮的棺木，重重地坠落。

仗着他高超的时机把握技巧，迪伦将时空运于股掌之上，如洗得一手好牌。一忽儿是 1935 年，高居曼哈顿酒店的顶端，一忽儿是 1966 年在巴黎或 2000 年在印第安纳州的西拉法叶（West Lafayette），或即将到来的 11 月在特雷霍特（Terre Haute），然后又跳到 1927 年，我们来到密西西比，水漫过来，越来越深，接着，我们被抛回到圣经时代，整个时代都化为乌有，只剩下我们坐着凯迪拉克或福特野马从洼地里驶过，那女孩把她的内衣随手一扔，洪水泛滥开来。然后来到 2001 年 9 月 11 日，怪异的是恰好是这张专辑发行的日期，我们冲入百老汇下区，可怕得难以言表，那里被炸得四分五裂，残垣遍地，

"那里糟透了/洪水泛滥成灾"。在《爱与盗》中一直就是当下。

　　记住，迪伦已经在那里呆了很长时间。他与加里·戴维斯牧师以及罗伯特·约翰逊的对手桑·豪斯（Son House），还有达克·波格斯和克莱伦斯·阿什利以及所有的同伴们一起共度很多时光；他为伍迪·
276　格斯里唱歌，为维多利亚·斯皮威唱歌也和她一起唱；巴迪·霍利（Buddy Holly）曾在德卢斯军械库和他对望，就在霍利乘坐的飞机失事三天以前；没有一首美国歌曲不能被他称为他的歌曲。他偷走了自己喜爱的东西，也喜爱他偷走的东西。

*

　　2002 年 8 月，基地组织恐怖主义袭击事件发生及《爱与盗》的发行约一年后，迪伦在纽波特民谣节上亮相。自 1965 年他在纽波特民谣节上插电演奏造成轰动之后，这还是他首次再度亮相。我驾车前去赶场。我从其他听众那里听到的大部分谈论，都与迪伦 1965 年的表现及其引起的争议有关——但迪伦绝不简单是重回一个鼓噪艺术名声的现场。

　　迪伦首次参加纽波特民谣节是在 1963 年 7 月下旬。那时"彼得、保罗和玛丽"组合录制的〈答案在风中飘〉已经唱红，但他们同意把这首歌留作民谣复兴的压轴奇观。到迪伦夜场演唱接近尾声时，他将琼·贝兹、"学生非暴力协调委员会自由歌手"［包括后来很出名的柏尼丝·约翰逊（Bernice Johnson）以及"彼得，保罗和玛丽"组合］一一请上台，一起演唱一曲〈答案在风中飘〉，然后皮特·西格和西奥
277　多·拜克尔（Theodore Bikel）也加入进来，迪伦和这些朋友们手拉手，以一首〈我们终将得胜〉（We Shall Overcome）作为整个民谣节的收场。这一幕有无数现场照片流传下来，它成了 1960 年代初的抗议活动的

标志，而在此期间，鲍勃·迪伦的音乐在废除吉姆·克劳种族隔离的民权运动中发挥了很大的作用。

迪伦在 1963 年成为纽波特民谣节的主角，他不仅是民谣节上的歌手和词曲作者，而且是民谣节印发的书信体节日散文诗《致戴夫·格罗弗》的作者。这是迪伦用当时他偏爱的辅音不发音的土语写就的叙旧书信，对象是住在明尼阿波利斯的一个朋友——部分是回忆，部分是道歉（为了什么事，迪伦自始至终未曾提及），还有些部分是抱怨民谣纯粹主义者所贴的虚假标签及武断的真确性。他指出，作家们如今不再唱〈芭芭拉·艾伦〉（Barbara Allen）或者〈约翰·约翰娜〉（John Johanna）了；他必须要唱〈七个诅咒〉（Seven Curses）和〈别再想〉（Don't Think Twice），这很适合他自己所处时代的"复杂的圈子"，这个圈子与伍迪·格斯里在 1930 年代所置身的是如此不同。但是，迪伦也没有放弃那些老歌，因为没有它们就没有他唱的新歌的存在。音乐不是忙于诞生就是在忙着死去，作家必须要跟自己对赌，必须为自己和自己的朋友及日子唱歌；但同时不能放弃民间纯粹主义者也想保护的遗产：

> 对老歌旧事，我除了敬意唯有敬意
> 但现在有我还有你

两年后，迪伦在 1965 年重现纽波特民谣节，通过将歌中"潘妮"的名字改为"麦姬"，向老歌〈潘妮的农场〉致敬，演唱时全部换成原始的音响系统，演绎出的那种全新的复杂性，是皮特·西格、琼·贝兹甚至连迪伦本人所并未完全理解的。不过，那些新与旧之间爆炸性的情绪矛盾——信仰思考与鲍勃·迪伦那抑制不住的观察之间的冲撞——早在 1963 年就在纽波特民谣节上出现，并在《致戴夫·格罗弗》中显形。在接近四十年后，迪伦回到纽波特民谣节，那个复杂的圈子也像旋风一样卷土重来。

*

关于鲍勃·迪伦、2002 年纽波特民谣节及现代民谣发展的一些
说明：

278   在 2002 年的民谣节到来之前，《纽约时报》（及其他一些媒体）
就在揣测迪伦是否会再次以 1965 年那样的方式亮相，玩电子音乐，甚
至会演唱〈麦姬的农场〉。尽管迪伦确实演奏了摇滚，但他没有演奏
〈麦姬的农场〉，并遵循他当时的演唱会格式，以原声吉他演奏的〈流
浪的赌徒〉（The Roving Gambler）开场。并不是在场的每个观众都知道
这首歌，但通过演奏，迪伦表达了某种立场。

　　1963 年 9 月，在《致戴夫·格罗弗》出现在民谣节上之后不久，
被蓝调乐迷们视为口琴怪杰的托尼·"小太阳"格罗弗去了纽约，跟
他的明尼阿波利斯音乐家伙伴"蜘蛛"约翰·科纳（John Koerner）和
戴夫·"蛇人"·雷（Dave "Snaker" Ray）一道，去录制他的第二张蓝
调、散拍乐和田野吟唱专辑。他们录制的其中一首歌是科纳个人演唱
的〈邓肯和布雷迪〉（Duncan and Brady），开头以饶舌说唱为引子。这
首歌是圣路易斯市流传的一首老歌，唱的是一对赌徒，由戴夫·范容
克录制，后来成了民谣复兴的一个标准的优秀作品。在迪伦演唱〈麦
姬的农场〉的同一个纽波特民谣节上，卡纳再次演唱了这首歌［被戴
夫·雷（Dave Ray）恰如其分地形容为"化境"］。此后的 35 年里，
卡纳、雷和格罗弗继续并肩出场，以各种组合的形式亮相。1986 年，
由格罗弗竖琴伴奏，卡纳发行了一张独奏专辑，其中包含了另一首
〈流浪的赌徒〉，源自古老的英格兰曲调。

　　自 1950 年代后期以来，〈流浪的赌徒〉一直是明尼阿波利斯的丁
奇镇（Dinkytown）民谣界的最爱。（1960 年 5 月，18 岁的鲍勃·迪伦

在他的朋友凯伦·华莱士的公寓里录唱过这首歌。）根据目前所知，这首歌第一次商业录制是在 1930 年，演唱者是一位非常受欢迎的牛仔歌手卡森·罗比森（Carson Robison）。伍迪·格斯里的密友西思科·休斯顿（Cisco Houston）也曾唱过这首歌，"斯坦利兄弟"也唱过，就像多年之后的马蒂·罗宾斯、吉姆·里夫斯（Jim Reeves）、弗兰基·莱恩（Frankie Laine）、杰克·埃利奥特、演员罗伯特·米彻姆和伍迪的儿子阿尔洛·格斯里（Arlo Guthrie）等几十位歌手。阿兰·洛马克斯在他 1960 年出版的《北美民间歌曲集》（*Folk Songs of North America*）中也收入了〈流浪的赌徒〉的抄本。从那时起，这首歌在美国的大众市场上可谓风华再现。因一首〈16 吨〉（Sixteen Tons）一炮而红的田纳西·厄尼·福特（Tennessee Ernie Ford），1956 年以一曲〈流浪者〉跻身流行歌曲排行榜的中间位置。两年之后，唱摇滚的"艾弗里兄弟"（Everly Brothers）乐队在他们的怀旧老歌原声专辑《爸爸教我们的歌》（*Songs Our Daddy Taught Us*）中收录了这首歌的慢歌版本。而在 1961 年初，商业上非常成功、知名度仅次于"金斯顿三人组"的主流民谣演唱组合"四兄弟合唱团"（Brothers Four），在他们的新专辑中发行了另一个版本的〈流浪 279 的赌徒〉，由乐团的贝司手鲍勃·弗里克（Bob Flick）编曲。[1]

　　这首歌以各种面貌出现在各种地方。1957 年，安迪·格里菲斯（Andy Griffith）主演巴德·斯楚伯格和伊利亚·卡赞（Budd Schulberg-

----

〔1〕尽管"四兄弟合唱团"因其大学同学会风格、留着平头、中产白人的形象而被嬉皮民谣圈鄙视，但他们却是很成功的乐手，录制过大量好歌，新旧歌曲都有。像科纳一样，他们也唱出了自己版本的〈邓肯和布雷迪〉，他们称之为〈布雷迪，布雷迪，布雷迪〉。1964 年，他们出色地演绎了皮特·西格尔和乔·希克森（Joe Hickerson）的反战歌曲〈那些花儿哪儿去了〉（Where Have All the Flowers Gone?）以及迪伦的〈别再想〉。1965 年 5 月，在迪伦录制〈铃鼓先生〉刚刚数周之后，"四兄弟合唱团"就发布了他们的翻唱版，在一个月后的排行榜上击败了飞鸟乐队。

Elia Kazan）的电影《人海沉浮录》（*A Face in the Crowd*），扮演一名叫寂寞罗德（Lonesome Rhodes）的流浪汉兼乡村歌手，由于经纪人的精明和他自己长袖善舞的天才，他成了全国性电视节目中的名人和反动的政治煽动者——可说是拉什·林博（Rush Limbaugh）及同名电影中的虚拟人物鲍勃·罗伯茨（Bob Roberts）的先驱。1962 年，鲍勃·迪伦在格林威治村看到了这部电影，据说带给他的震动之大，是自他看《无因的反叛》和《飞车党》以来所没有过的。在这部电影的高潮时刻，格里菲斯演的角色意识到，他就要在纽约大红大紫了——于是他开始以狂欢、险恶的唱腔唱起〈流浪的赌徒〉来。

　　1997 年 8 月 24 日，一位朋友带我去听鲍勃·迪伦音乐会——他几个星期以前刚与死神擦肩而过，现在正要推出《忘川》—— 是在弗吉尼亚州的维也纳举办的一场现场演唱。（事后我还获得了一卷录得非常清晰的现场偷录带。）演唱的歌曲中包括〈流浪的赌徒〉，这是迪伦和他的新乐队几个月前刚加到节目单上的。（最终会与〈邓肯和布雷迪〉交替演唱。）在唱了包括〈盲眼威利〉在内的三首歌之后，迪伦介绍了他的乐队，并当面赞扬了坐在观众席中的阿兰·洛马克斯，称他是"揭开这种音乐之奥秘的人"。（而在 1965 年的纽波特民谣节上，洛马克斯和皮特·西格为首的一群守旧派，竭力反对包括迪伦在内的白人小子们玩电子音乐，现在似乎都前嫌尽释了。）迪伦随即发出一阵淘气的笑声，紧接着，他和乐队咆哮一般飙起了〈重返 61 号高速公路〉，这是一首堪称完美的迪伦摇滚，那是一种曾在 1965 年激怒了洛马克斯的音乐。"这种音乐"，确实——不过，〈重返 61 号高速公路〉还包括以下歌词，带着老民谣及电影《人海沉浮录》中渲染的不祥之兆：

　　　　眼下这流浪的赌徒百无聊赖

他想来再一场世界大战

他看到一个鼓动者差点摔下楼梯

他说以前从没干过这类事情

但相信可以很容易地完成

我们只需在阳光下放点漂白剂

放在 61 号高速公路上

2002 年 7 月 19 日,即在新闻界很快就要大肆炒作鲍勃·迪伦胜利回归纽波特的两星期之前,阿兰·洛马克斯去世了。但是,他的精神,不仅是洛马克斯,还有刚刚去世不久去的戴夫·范容克,还有田纳西·厄尼·福特、艾弗里兄弟、罗伯特·米彻姆和寂寞罗德,他们的精神都出现在迪伦身上,就在他戴着牛仔帽、假胡子和假发出现在台上那一刻。当他以"四兄弟合唱团"编曲的〈流浪的赌徒〉开场时,从我坐的第五排这个距离望去,他的形象就像头上长出了正统犹太人的遮耳发须。

*

纽波特在四十年中发生了很大变化。在昔日的镀金时代,这里曾是豪宅和码头脱衣舞酒吧的混合体,如今却成了好客的旅游点,海滨到处是中高档酒吧和餐馆,各种假贝雕、古玩店琳琅满目,当然也少不了万豪酒店。纽波特不复昔日,而成了"观光港口",路标上就是这么说的,这说明那些开发商有多么卖力。

民谣节也与过去不同了,虽然我对其早期活动的了解多来自唱片、书籍和电影。1963 年那届,主要的音乐会场次都在市中心的自由体公园(Freebody Park)举行,而相关的研讨会、工作坊则遍布在公园附近的纽波特赌场（没有赌博，只是老式的草坪网球俱乐部）和圣迈克尔学校一带。每逢盛事这里必万头攒动（1960年代中期每届民谣节观众达到七万多人，迫使发起人将活动转移到城市附近的一个大型场地）；观众都是些白人，年轻、热情；成千上万的人汇聚一堂，演奏各种乐器者不仅是登台演出的歌手，不少人都带来了吉他、口琴，还有犹太竖琴和邦高鼓。那时候，民谣节是个喧嚣的扎堆的地方，人们281 凑在一起切磋新的推弦、滑音的演奏技巧，与其他音乐爱好者们结识一下，也听听看看或大或小的各种音乐表演。

2002年的民谣节规模小多了，两天里一共有一万五千观众，而且是在纽波特港的亚当斯堡（Fort Adams）举办，交通不便，尤其是如果对那些在城里排队等候水上出租车的人来说。来的人中大约有一半都是四十年前就来过纽波特。我在那儿的那一天只见到一个黑人家庭（据大家说，情况一直都是如此）。除了一辆兜售吉布森吉他的拖车和一个展示手工制作的扬琴的展位之外，舞台下面看不到乐器。这是一届来听而不是来玩的民谣节。

可以看到几张熟悉的面孔。站在主会场的舞台前方的是1960年代民谣复兴的主要摄影家、头发灰白的大卫·加赫尔（David Gahr），穿着一件橙色的衬衫和短裤，正手拿摄像机微笑着晃来晃去。在工艺摊位，另一位著名的民谣歌手兼摄影师迪克·沃特曼（Dick Waterman）——他也是密西西比州蓝调之王桑·豪斯的再发现者——正在兜售他画的年轻迪伦和贝兹肖像以及民谣节的纪念品。他正在对采访他的人表示，真正重要的并不是迪伦会选唱哪一首歌，而是他会就他的回归说些什么。

值得一提的还有杰夫·木道尔（Geoff Muldaur），他在一个唱作家分会场上一展歌喉。那年他应该已经60岁左右了，但看上去要年轻些，穿着斜纹裤和运动鞋，就像邻里连锁店里的药剂师。直到他柔声唱起〈野牛吟〉（Wild Ox Moan），你才比以往任何时候都更真切地意识到，他是个有实力的歌手，而且还弹得一手漂亮的慢手吉他。遥想当年，木道尔的天分被更怪才的吉姆·奎斯金（Jim Kweskin）、瓶罐乐手弗里茨·里士满（Fritz Richmond）、口琴演奏家和后来的邪教头子梅尔·莱曼（Mel Lyman）遮蔽了，更不用说木道尔还有个光彩照人的前妻玛丽亚。此人真是天生的蓝调歌手。

而在纽波特，他还是个非常能活跃气氛的人物。当时的情形我现在已经忘了不少，只记得他在一个帐篷里跟人们讲起迪伦，说迪伦曾称呼他"卡洛琳·赫斯特（Carolyn Hester）女士"。"他真的这么叫我，"木道尔说，见没有人回应，他好像要强调一下，于是向观众介绍那位令人敬畏的卡罗琳·赫斯特是谁，以及为什么迪伦这么称呼他，为什么这段轶事长期以来被人遗忘（但他自己可没忘！），说来也很有趣。他宣布自己要唱一首密西西比约翰·赫特的拼字歌〈鸡〉，然后问在 282 场的人是否听过这首歌，坐在他身边的令人愉悦的年轻歌手卡洛琳·赫尔灵（Caroline Herring）的脸上闪过一丝茫然感。"这要从本世纪不知什么时候开始说起，那时密西西比约翰·赫特就在这儿，他会不停地这样唱，"木道尔说着，拨动了吉他，"然后我们就会全部崩溃掉。"一句话引起一阵轻松的哄笑。如今时过境迁。

民谣节的精彩节目以第一天为最多，包括澳大利亚三人组合"流浪者"（The Waifs）非常酷的和声配乐，以及露西·莱黛（Rosie Ledet）的一套凯金柴迪科曲风的歌舞（Cajun zydeco），伴舞和伴奏似乎有一半来自她的大家族。路易斯·泰勒（Louise Taylor）演绎了一曲通俗版的〈危险之旅〉（Dangerous），鲍勃·希尔曼（Bob Hillman）的表演诙谐有趣，充满了纽约客对美国愚民庸众的不屑，令人有一种回到后麦卡锡时代的感觉，觉得纽波特真是个一年一度从事颠覆的地方。

但现场没有出现的东西也是无声胜有声。奇怪的是，由《哦兄弟，你在哪里》（*O Brother, Where Art Thou?*）而带动的老歌大热中，这一届没有更多的老歌。没有艾莉森·克劳斯（Alison Krauss），更不用说拉夫·斯坦利（Ralph Stanley）。更奇怪的是，也没有"帅家庭"（Handsome Family）夫妻组合，没有安娜·多米诺（Anna Domino）或"蛇农场"（Snakefarm）［见鬼了，他们的〈我葬礼上的歌〉（*Songs From My Funeral*）已经发行三年了］，也没有其他那些才华出众声音嘶哑的民谣歌手，那些用他们前卫而尖酸的方式重塑民谣及蓝调传统的音乐人。也许他们太出格了，太奇怪了。也许纽波特多少还是有点慎重起见。

　　总之，这样一来，很多重担就落在了不踏实、不稳重的鲍勃·迪伦的肩上。而他和他的乐队的演出并不是我所见过的他们最好的表现，与他们前一天晚上在伍斯特（Worcester）市的表演颇有反差（当时他们演出的舞台是一个洞穴状的场地，是旧时的杂技舞台改造而成，他们的演出令那斑驳的墙皮震落不少）。在纽波特，吉他手查理·塞克斯顿的音响配置像传播病毒一样感染观众，转移了不少焦点。下午烈日炎炎的露天场演出也影响观众的兴致，因此现场的反响不如日前在伍斯特来得那么热烈，演唱的间隔几乎鸦雀无声。

　　像往常一样，阿隆·卡普兰的〈土风舞〉宣告了这场演出的开始。不过，我还是第一次意识到，由于全国畜牧业牛肉协会做的电视广告，整整一代的美国人现在一听到这个曲子，就立即联想到牛排和汉堡。"牛肉。晚餐就吃这个"，一名年轻女子在〈土风舞〉响起时对她的同伴这样说道。这种议论无伤大雅，毕竟，在民谣间上听到古典音乐可能会有些意外和不适。然而，如果年轻人都是这样听到卡普兰的音乐，那么他们或他们的孩子怎么会听到鲍勃·迪伦呢？这肯定会令善良的卡普兰感到沮丧，并且这可能是一个迹象，显示迪伦所谓虚拟文化即将君临天下的想法可能真的会变成现实。令人不爽的想法。

迪伦的假胡子和假发，显然是他为新歌〈跨越青山〉（Cross the Green Mountain）拍音乐短片时的那套行头，那首歌是他应邀为泰特·特纳（Ted Turner）投资的内战史诗影片《诸神与将帅》（*Gods and Generals*）创作的。电影聚焦于葛底斯堡之战之前几年的战争，展现绰号为"石墙将军"的南方军将领托马斯·杰克逊（Thomas "Stonewall" Jackson）的战功。这部电影有明确的支持南方的倾向，无论是在描述南北两方所花时间的比例上，还是在竭力淡化双方冲突中的蓄奴及废奴之争上。对此，迪伦的歌曲和短片中的处理要模糊得多。短片以军营生活场景为中心；有时是联邦军阵营。短片中，迪伦默默塑造了一个神秘人物（戴着一顶大礼帽，是 1960 年代以来他的标配之一），他在士兵周围及他们中间徘徊，目睹了可怕的死亡，用银版摄影法呈现了其中一个战死者的墓碑。（当时迪伦巡演乐队的两名成员也出现在短片中，一位是吉他手拉瑞·坎贝尔，在片中扮作牧师为死者祷告，另一位是贝斯手托尼·加尼尔，穿着便装，肩上挎着来福枪。）迪伦在片中造访的碰巧是一位弗吉尼亚骑兵的坟墓，但除此以外，短片描绘了双方的痛苦和战争的无聊。

这种不偏不倚的手法是另一个迹象，表明自 1963 年纽波特民谣节那场晚会以来，自迪伦将那场谢幕曲转化为民权集会以来，一切已经发生了多大变化。迪伦长期以来一直对内战很着迷，不仅仅是作为一场政治斗争，更是作为一种人性体验。几十年来，他成了战争军事史的专业读者。他在敌对的双方军队中都看到人的愚蠢、懦弱和勇气，但主要看到的还是一个与自己为战的国家所表现出的邪恶——两边都向同一个上帝祈祷，两边都做着渎神的事情。问题不在于民权运动是如何理解这场战争的，而且〈跨越青山〉已与〈答案在风中飘〉〈我们终将得胜〉已远隔光年一样漫长的距离。迪伦的新歌一字不提蓄奴废奴之争，而是把这场战争视为"怪兽之梦"，如同从海洋中冒出来，横扫"富人和自由人的土地"——像《圣经》中的〈但以理书〉或〈启示录〉，充满可怕的天启，却没有救恩的暗示。更可怕的是，它是以温柔和悲切的形式呈现的，拉瑞·坎贝尔如泣如诉的小提琴更渲染了这种悲怆之情——这是一首关于腐败的肉体和变态的道德的残酷柔歌。

从某些方面来说，这首歌最大的兴趣点是文学上的——尽管还不足以让迪伦将这首歌纳入他的歌词集里。在思考这个课题时，迪伦很显然再次沉浸到内战双方的诗歌作品中，其效果在〈跨越青山〉的歌词中显而易见。有些评论家抓住这首歌中引用的一句歌词不放——引自几乎已被人遗忘的邦联诗人亨利·蒂姆罗德（Henry Timrod）的诗《查尔斯顿》中的一句诗——甚至一开始过早地断定迪伦是剽窃者，结果贻笑大方。实际上迪伦的借用还要更广泛得多。〈跨越青山〉中有些句子和意象分别源自茱莉亚·沃德·豪（Julia Ward Howe）的〈共和国战歌〉（The Battle Hymn of the Republic）、亨利·林登·弗拉什（Henry Lynden Flash）的〈石墙将军杰克逊之死〉（Death of Stonewall Jackson）以及纳撒尼尔·格雷厄姆·谢泼德（Nathaniel Graham Shepherd）的〈点名〉（Roll-Call），直至弗兰克·珀金斯（Frank Perkins）与米切尔·帕里什（Mitchell Parish）1934年的爵士乐作品〈星星落在阿拉巴马〉（Stars Fell On Alabama）。在倒数第二节主歌中，迪伦浓缩了整首沃尔特·惠特曼的诗《从田里走来，父亲》（Come Up from the Fields, Father），这首诗描写一个年轻人在战斗中死去的消息传到家乡的经过，全诗共八小节，结构紧凑。迪伦摘取了惠特曼诗中的一个短语。死亡的突如其来贯穿诗中，令人联想到一些同时代作品，诸如亨利·沃兹沃思·朗费罗（Henry Wadsworth Longfellow）的〈浅滩上的杀戮〉（Killed at the Ford），甚至还有一句"天堂在我头脑中炽烈如火"也呼应着叶芝写第一次世界大战的诗〈青金石〉（Lapis Lazuli）。迪伦在《爱与盗》中提炼出的复杂的借用和转换方法，这回再次运用在他的电影歌曲项目上，尽管他这次主要依赖于 1860 年代的诗句。

在对这些一无所知的情况下，纽波特的观众看到的只是迪伦最新的打扮，看上去前所未有地古怪——或许他是在戏仿他的朋友金奇·弗里德曼的那些德州犹太孩子。然而，尽管有这么多闹剧和小意外，迪伦和乐队仍然进行了一场独特的演出，看起来像迪伦的歌曲精选集合，将过去和现在交织在一起。〈玛姬的农场〉对迪伦来说可能平淡了些，总之他跳过了这首歌。但在〈流浪的赌徒〉作为第一首歌开场后，他前面演唱的四五首歌大致都是 1965 年唱

亨利·蒂姆罗德，1867 年

红的，从〈时代在变〉〈荒芜的小巷〉直至几首他后来很少再唱的歌，285
包括〈地下乡愁蓝调〉和〈绝对第四街〉。有那么一些瞬间，听起来真的像是回到了 1965 年 7 月，不过现在的伴奏技巧性更强，跟当年几乎不排练就上场的保罗·巴特菲尔德（Paul Butterfield）乐队及艾尔·库柏时的风格不一样，配乐编曲也是新的。

在一曲〈地下乡愁蓝调〉之后，迪伦和乐队以〈哭一会儿〉跳回到现在。随后他们又演唱了〈夏日〉，但仅有这两首是《爱与盗》中的歌——其余歌中最新的就是〈蓝色郁结〉了。理论上说，这套节目的安排，包括〈来自北方乡村的女孩〉（Girl From The North Country）、〈铃鼓先生〉和〈豹纹药箱帽〉，像是迪伦为婴儿潮一代准备的怀旧金曲。迪伦了解他的观众。

不过，整个演出还是不同于以往，部分原因在于迪伦重新编排了他的旧歌——而且也由于坎贝尔、塞克斯顿、加尼尔和鼓手乔治·雷

希尔（George Recile）出众的技艺，他们可能是 The Band 之外最棒的迪伦巡演的乐队。在路上日复一日的巡演过程中，迪伦带着观众进入他自己四十多年来打造的传统中来，当中包括在其他音乐节中几乎从未出现过的大量美国音乐，包括乡村摇滚（〈夏日〉）、政治歌曲（〈时代在变〉）、踏板电吉他演奏的乡村歌曲（〈你无处可去〉 You Ain't Goin' Nowhere）、滑棒吉他蓝调（〈哭一会儿〉），以及凶猛的摇滚（精彩的重塑作品〈邪恶的信使〉）。并非所有表演都很应景——迪伦的口琴演奏往往缺乏灵感，许多器乐伴奏也显得粗糙，但尽管如此，他的音乐本身还是将节日从狭窄的范围中解脱了出来。

当一整套节目以〈豹纹药箱帽〉告终时，明晃晃的太阳正开始落下去，亚当斯堡巨大花岗岩建筑从灰色变成琥珀色，最强有力、最激昂的一刻随之到来。迪伦的假胡子这时看上去湿塌塌的，像"马克斯兄弟"喜剧团（Marx Brothers）的作品《鸭汤》（Duck Soup）中一个身材矮小的俄罗斯飞行员，正带着他的乐队回来谢幕，在观众的呼声中又唱了一首，唱的是我所听过的最轻松版的〈不褪色〉（Not Fade Away），是"感恩而死"乐队的编曲。巴迪·霍利和杰里·加西亚（Jerry Garcia）的幽灵开始追逐密西西比约翰·赫特和桑·豪斯以及克莱伦斯·阿什利的幽灵，它们全被舞台上的普洛斯彼罗（Prospero）施的魔法召唤出来，重新在纽波特聚首。

在某一时刻，在按照惯例介绍自己的乐队成员时，迪伦停顿了半秒钟，好像要说些什么来纪念这一场合，而且似乎话已经到了嘴边，正如迪克·沃特曼认为会发生的那样。如果他要说什么，现在就是该说的时候；片刻之间，迪伦欲言又止，似乎思索再三。

但他转念一笑，嘴角抽搐了一下，又回到演唱上来，让他那掩饰的戏剧性动作说明一切，整个民谣节如一场独幕剧。

第十章

鲍勃·迪伦的内战

《蒙面匿名人》，2003 年 7 月 23 日；

及《编年史（第一卷）》，2004 年 10 月 5 日

在《爱与盗》于 2001 年大获全胜之后，亦即是在迪伦回归纽波 ²⁸⁷
特一年之后，他开始像着了魔一样地频频推出新作。接下来的七年
里，他每年都有重要作品问世，包括两张原创音乐专辑；以前未发行
唱片的大型回顾；一张传统颂歌和流行圣诞歌曲专辑；他的回忆录第
一卷；一部剧情电影长片；由马丁·斯科塞斯执导的三个半小时的电
视纪录片，内容关于他早年生涯和事业；在欧洲的博物馆举办的大型
展览，展出他的写生作品和水粉画（艺术上明显受益于诺曼·雷本）；
主持电台音乐节目《音乐一小时：迪伦主持电台时间》，这是我最近
记忆中最原创的广播节目。他还获得了两项格莱美奖、一项阿斯图里
亚斯王子奖、苏格兰圣安德鲁斯大学荣誉学位和普利策奖特别奖。在
此期间，他平均每年演出超过 100 场，最少的一年也不少于 97 场——
这种虐人的日程安排如今在迪伦这样地位和名声的艺术家身上几乎闻
所未闻，更别说是一位年过六十的人。

虽然他已经不似 1962-1966 年时的惊人的创造力——没有哪个艺
术家到了这把年纪还能复制当年的经验——但迪伦进入了自那时以来

他事业中最多产的阶段，他扩展并巩固了其于 1990 年代初复苏以来再度迸发的创造力。他还巩固了他重新打造的公众形象，如今精心构建出来的形象是一个消瘦的著名文化前辈，一位美国音乐偶像，仍有很多要说、要做、要唱出来，否则就太晚了。他的新作并未得到普遍的好评。听众对他的创作及演唱方式似乎恍然大悟，用评论家乔恩·帕雷尔斯（Jon Pareles）的话说就是："来自再造的往昔的使者"，这种说法立即让他更容易被人理解，但也造成了新的争议。但迪伦兀自继续前行，继续新旧的探索，被一些混合的力量驱动着，竭力推动自己往前走。

迪伦重燃的野心之一就是拍一部电影，以配合他的音乐风格和文学视野。结果，在 2003 年，他的职业生涯因此遭遇了最严重的挫折之一——回想起来，这原本是可以预料的结局，尽管它既反映了主流电影批评的状况，又体现了迪伦电影本身的缺陷。

*

《蒙面匿名人》是一部疯狂的电影，讲述一个濒死美国的痛苦和一个新美国即将诞生的冷峻的预兆。濒死的美国是那个让鲍勃·迪伦一举成名的美国——如今，年华老去的那个时代的男女们，努力想做些他们曾经认为的能让世界变得更好的事情。曾几何时，他们心怀世界会更好的想法，如今这种想法正被榨干，但无论如何，他们仍在坚守这一想法，尽管没有太多的希望或理由，却甘愿一无所获。这一代中的其他人仍继续随波逐流，靠自欺欺人过活。他们夸夸其谈，因为这是唯一能证明他们还没死的方法。这个濒死的美国仍披着美丽的藤蔓——一把饱经风霜的老吉他，一个小女孩唱着一首关于世事变迁的老歌——但他们壮志未酬。时代已经变了，他们已经枯萎，事情会变得加倍的糟。

　　电影是多层面的，从一个层面突然转到另一层面，充满了视觉引喻和暗示，因此看一次很难看明白。有些主题，对于任何了解迪伦早期事业的人来说，都极易识别：政治、宗教、大众媒体、名流、娱乐、背叛和命运。这些建构材料也是迪伦的材料：马戏表演者、蓝调、杂耍式的笑话和双关语、《圣经》、旧电影、基恩·皮特尼（Gene Pitney）的歌曲〈无情之城〉（Town Without Pity）、穷困潦倒和莎士比亚。而且它是由鲍勃·迪伦自己亲手构建的：《蒙面匿名人》中的一个层面，是在洛杉矶的一些阴暗、冰冷、穷困潦倒的街巷里拍摄一部名为《重返荒芜小巷》的电影。 289

　　但也有些主题和层次并非一目了然。电影指出故事发生的背景是"美国的某个地方"，但看起来更像是美国与中美洲或南美洲某个专制国家之间的中间地带。内战在垂死的政府最高领袖与叛乱的游击队之间爆发，尽管两方之间的线索并不清晰，而且似乎没有人记得仗是怎么打起来的。约翰·古德曼（John Goodman）成功地饰演了骗子"甜心叔叔"，他聘请一名被监禁的前摇滚明星杰克·菲特（迪伦饰）来举行慈善演唱会，但谁是慈善受益人则语焉不详。但这场演唱会背后展开的又是个重要的背景故事。菲特实际上是那位最高领袖的儿子，他和父亲有个共同的情妇［安吉拉·巴塞特（Angela Bassett）饰］，因而导致二人之间出现嫌隙（似乎还导致了菲特的入狱）。领袖的养子埃德蒙［米基·洛克（Mickey Rourke）饰］则前路光明：老家伙一死他就继承权力。这纷繁的故事显然有《李尔王》作为参照。在这个层面上，杰克·菲特是莎士比亚的笔下的埃德加（Edgar），而领袖就是葛洛斯特伯爵（Earl of Gloucester）；电影中的埃德蒙，就像《李尔王》中的埃蒙德一样，代表着新的残忍无情的权力代码。但跟莎士比亚戏剧不同的是，迪伦电影中那个顽固不化的埃德蒙明显是大获全胜。原已足够严苛的旧秩序让位给了一个更严苛的新秩序。

　　这部电影中还有一个美国文学的层面，它可以追溯到导致历史性内战的那些岁月。人们几乎将所有的鲍勃·迪伦作品都视为寓言来审视，而《蒙面匿名人》蕴含如此丰富的视听线索，必然也会招致这样的审视。它是个寓言吗？答案是：不完全是。任何人在任何层面上寻找人物、事物、符号以及历史或者当前事件之间连贯的对应，结果都会令人失望。但是，引喻、手势和暗示确实都堆积起来。以这种方式，像许多迪伦歌曲一样，《蒙面匿名人》在美国高深寓言传统中寓教于乐，而这一寓言传统至少可以回溯到赫尔曼·梅尔维尔的《白鲸记》（*Moby-Dick*）中。（梅尔维尔，1851 年："在写这本书时，我有一些模糊的想法，即认为整本书都很容易做寓言建构，而且一些部分已经建构起来。"）

　　迪伦扮演的杰克·菲特总是面无表情，像小说中的以实玛利一样，具有一种超然事外、冷酷无情、不露声色地将一切尽收眼底的特质。像以实玛利一样，菲特的内心对话——有时是哲学性的，有时则更像是遐想——为电影提供了连续的旁白。《蒙面匿名人》中那些东拉西扯的情节涉及我们所知道的事情，从马丁·路德·金的遇害到伍德斯托克音乐艺术节（Woodstock Music and Art Fair），但只是一带而过，描述了一个在劫难逃的美国，一个不完全是我们所知道的美国，但它就像"裴廓德号"*，似乎眼看就要四分五裂地被漩涡吞噬了。[1] 而迪伦正试图勾勒出那个时代和我们自己时代之间的某些联系，好像它们彼此比任何人所看到的都更相似。

290

---

　　* Pequod，《白鲸记》中一艘捕鲸船的名字。——译者注
　　[1] 这并不是说，《蒙面匿名人》相当于电影版的《白鲸记》——有些平常挺有洞察力和雅量的朋友及评论家，竟在我 2003 年初夏于这部电影的公映时写的文章中读出这样荒唐的言外之意，本章中一些部分也因此有感而发。

在撰写剧本时，迪伦与合著者、这部电影的导演拉里·查尔斯（Larry Charles）都注意到了梅尔维尔笔下许多在萨姆特堡（Fort Sumter）之前就存在的美国历史文物。在面对几个官府的恶棍时，"甜心叔叔"称他们是"为一个连自己的名字都不会写的野蛮人做事的黑暗王子、民主共和党人"——这句话引自 反对奴隶制的前总统约翰·昆西·亚当斯，亚当斯说这句话是在 1833 年，是用以描述蓄奴的民主共和党总统安德鲁·杰克逊。在原始的脚本中，邪恶的埃德蒙发表了一次长篇演讲，内容几乎逐字照搬杰克逊 1837 年的告别辞，讲的是危险的颠覆力量正在大地上酝酿，并"为贪婪和腐败所驱使"——电影中指出，这些已成为使镇压堂而皇之的替罪羊。后来在故事中，当迪伦饰演的杰克·菲特准备登台演出时，埃德·哈里斯（Ed Harris）满脸涂成黑色亮相，其身份是一名弹班卓琴的吟游乐手的真人一样的鬼魂，他出色地模仿了那些颠覆性的模仿者，并向菲特解释说，在表演中揭示权力的真相将会有致命的后果。另一处给电影增色的音乐表演是，当迪伦表演的角色被要求演唱〈别再上当〉（Don't Get Fooled Again）、〈俄亥俄〉等一些经典摇滚抗议歌曲时，他演唱了〈迪克西〉。这就好像迪伦/菲特在说："你想听抗议歌曲、反叛歌曲？好吧，我给你唱一个；我会给你个真正的东西。"然而，这种关联还要更为深刻，因为〈迪克西〉是黑人吟游乐手丹尼尔·埃米特创作于 1859 年的歌曲，而令埃米特沮丧的是，这首歌却被南方邦联选中，将它变成了实际上的国歌。迪伦起的《爱与盗》这个标题借鉴了学术界对黑人吟游艺人的研究；文化史学家戴尔·考科雷尔（Dale Cockrell）进行的一项相关研究，将那些从事"凑热闹"（charivari）演艺活动的人，譬如吟游艺人，描述为"蒙面匿名人"。

鲍勃·迪伦和拉里·查尔斯在拍摄《蒙面匿名人》期间，洛杉矶，2002 年 7 月

　　就像梅尔维尔略带讽喻的写作风格面对并反映着他的时代一样，《蒙面匿名人》也是如此——包括当中关于野蛮的文盲总统的描述——它针对并反映的是 2003 年的政治和文化环境。迪伦十年前提出的关于虚拟现实会获胜的观点，看来愈发有预见性（至今看来仍是如此），并且辛辣地体现在电影中，里面描绘了被设计的大众媒体，让人们看到纯新闻已被彻底掏空和处于绝望状态，而电视则由官方宣传和动辄长达一小时的"真人秀"主导，诸如《奴隶贸易》和《熔岩流》之类。在美国入侵伊拉克的余波中——美国为激进、追逐权力、合法性成疑的右翼白宫，以及懒散的国会和懦弱或沆瀣一气的华盛顿新闻军团所操纵——电影中的一些对话听起来也耳熟得令人不寒而栗。

　　在令人震撼的尾声中，当新升任总统的埃德蒙宣布掌权时，所有
292 集体记忆将被抹去，真正的暴力将取代捏造的暴力，老鹰会尖叫，大国将卷入大战，这时，现实与虚构已趋同到令人不舒服的地步。"这是新的一天，"埃德蒙宣告，"神助你们所有人。"迪伦早已不再相信任

何假冒的政治先知，但这些更令人惊愕甚至惊恐的解说贯穿整部电影，有些甚至令人至今感到惊恐。

但所有这些方面——以及《蒙面匿名人》的其他方面——在当时都没有给电影评论家们留下印象，他们中多数对这部电影的反应比 25 年前对《雷纳多与克拉拉》还更轻蔑。（音乐评论家则对这部电影的折衷主义、国际化大都会气息的配乐另眼看待。）为数不多的几位给予这部电影作品很高评价的作家，却要冒着被视为迪伦的"脑残粉"的风险。事实上，评论家对《蒙面匿名人》的不满与《雷纳多与克拉拉》的遭遇惊人地相

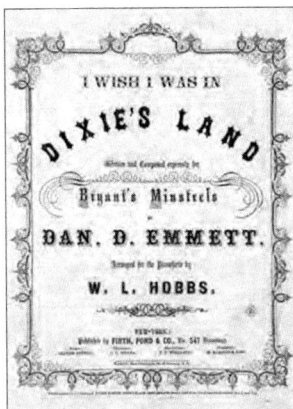

1860 年，丹尼尔·迪凯特·埃米特创作的〈迪克西的土地〉（Dixie's Land）的活页乐谱。

似：两部电影都描写好大喜功的面子工程，两个电影中的操盘手都是有钱而自命不凡的明星；两者都狂妄自负、难以理喻；都对他们恣意的阴暗有一种变态而虚伪的自豪。[1]

那些对这部电影的中伤，并不单纯是身为电影评论权威的那些"酷孩子"对一群古怪的半路杀出者的集体反应——一群呆子对另一群呆子（其中一个是摇滚明星）的报复。它也不仅仅是因电影中对评 293

---

[1] 值得一提的是，主流媒体中罕见的一位为这部电影说话的人、《纽约时报》摇滚乐评论家乔恩·帕雷尔斯表示，《蒙面匿名人》"像一部故事片，有完整而清晰的情节，生动的专业摄影，及名演员"，并观察到影片自如地在帕雷尔斯所谓的"被死亡纠缠的疏离的时光"与《爱与盗》的黑色幽默及不屑之间游走。他总结说："它又像是一首迪伦歌曲一样，是一部关于权力、爱情、走穴、回头浪子、信仰和命运的冗长杂乱的故事。"见帕雷尔斯：《电影：鲍勃·迪伦出演鲍勃·迪伦，管他是谁》（"Film; Bob Dylan Plays Bob Dylan, Whoever That Is"），载《纽约时报》2003 年 7 月 27 日。

论家和观众的讽刺而产生的反弹。［电影中的讽刺性体现在杰夫·布里奇斯（Jeff Bridges）扮演的一个迟钝的、自我膨胀的作家身上。］这部电影肯定是有很多容易招致批评的地方，尤其是在最后阶段越来越显得缺乏主题连贯性，到结尾时更加糟糕，同时还伴随着时间上的模糊性，这种感觉破坏了艺术意图。例如，影片中迪伦扮演的杰克·菲特，受到一位名叫普洛斯彼罗［由喜剧演员切奇·马琳（Cheech Marin）扮演］的角色的迎接，后者据报刚刚看到两只老鹰袭击并杀死了一只怀孕的兔子——这实在是个怪事，但更怪的是电影中枯萎的都市景观。许多观众毫无疑问从莎士比亚中找到了索引，并且有少数人无疑从希腊神话和埃斯库罗斯（Aeschylus）的《阿伽门农》（Agamemnon）中找到了老鹰和兔子的寓意。但无论普洛斯彼罗如何滔滔不绝，有多少人还是根本就听不懂这里面的意思？给一个小小的场景赋予这么重要而又自命不凡的含义，迪伦和查尔斯为了拍部电影岂不是太花心思了？

不过，一部分困难是内在的，是迪伦与他的合作者一直以来的种种尝试所决定的。在1965年的一次新闻发布会上，当有人问到一部传闻中正在拍摄的电影及其用意时，迪伦回答说，那将"只是另一首歌曲"。拉里·查尔斯在就《蒙面匿名人》接受采访时说，他希望这部影片"就像鲍勃·迪伦的歌一样被人反复聆听"。然而，并不奇怪的是，将迪伦的歌（甚至是类似迪伦的歌）拍成一部电影，比起为唱片或CD录制一首歌要有挑战性得多。而评论家们不是以一部电影自身的条件来看待这部电影，尝试理解它的抱负，而是公然宣称它无法理解，然后就对它转过身去了。

在与霍华德·阿克的早期实验中，迪伦曾试图用纪录片和半剧本性的"现实生活"创作歌曲。这些努力彻底失败了——部分原因是，这些未经彩排的事件尽管可以作为有效的电影戏剧的原始材料［无论是由 D. A. 彭尼贝克还是约翰·卡萨维兹（John Cassavetes）导演］，却与成就一首好歌所需的如画的想象力不相适应，无论这首歌可以从其纪实内容中汲取多少。尽管很多伟大的歌曲，包括迪伦的伟大歌曲，都包含了电影式的意象、范围、声音和变化的视角，却从没有太多的电影包含恣意的模糊性、听觉和视觉的引喻，以及与一首伟大歌曲的层层关联。毫无疑问，《蒙面匿名人》作为非常规创作的剧本和表演，[294]比迪伦以前尝试过的任何电影都更接近实现这一目标。但它实际上到底有多大的成功，则需要时间来告诉我们。整件事可能从一开始就证明是办不到的。迪伦的艺术可能更适合将电影改编成歌曲，而不是反过来；也许歌词和音乐在想象力上比任何视觉媒介都更神秘。然而，尽管融汇了音乐和哲学以及视觉等诸多层面，《蒙面匿名人》在评论上和商业上都是近年来最耐人寻味的一次失败，并且，最终，它还可能成了美国漫长的保守文化和政治时代的动荡尾声中的一件生动的文化产品——比迪伦后期生涯中爆发的珍品更值得关注。

*

《历代志》是《圣经》中的史书之一，不是预言。它讲述大卫王任命利未人的族长为乐师和歌手，可以在耶和华的殿上自由行动，因为他们"昼夜供职，不做别样的工"。迪伦的回忆录《编年史》（三卷本中的第一卷在 2004 年问世）也是史书，里面记录了他歌中唱过和没唱过的名字，同时澄清了一些八卦传闻和荒诞不经的故事。除了其他诸多方面，这本书还告诉我们，迪伦是多么深地沉浸在历史书中，并显示他早年在纽约的时候堪称是个历史研究者，而那段经历对他的创作有着持久的影响。然而，这本书给人最突出的感受还是它的温暖，它的直截了当和它充满感恩的基调。

"感恩并不是一件容易的事情。"文学批评家克里斯托弗·里克斯写道，它属于"文学要实现的人类成就之一"。对于里克斯以及迪伦（他是里克斯认真研究过的主要作家之一）来说，感恩意味着快乐，伴随着爱的那种快乐，特别是如果你一直有爱。在《编年史（第一卷）》，迪伦非常小心地记录旧时的感念，哪怕由于距离、干扰或曲折，他没能走到底。迪伦还能坦白地说出他的感恩的局限。这本书诚实地书写了善、给予和接受。

许多迪伦歌迷都惊讶地了解到他多年来一直欣赏的各种艺术家以及他现在要向哪些人表达敬意。例如，他写到 1961 年他刚到纽约时，

295

如何不停地听弗兰克·辛纳屈唱的〈落潮〉（Ebb Tide），如何对辛纳屈的演唱肃然起敬，如何对卡尔·西格曼（Carl Sigman）的神秘歌词惊叹不已。他在辛纳屈的歌声中听到这一切——"死亡、上帝和宇宙，所有的一切。"四十多年后，如今比 1961 年时的辛纳屈年长了二十多岁的迪伦写下了他的感激之情。但他并没有为此而徘徊止步。遥想当年，他的行动是朝向别的地方，那就是他所向往的地方："我有别的事情要做……这种歌我不会没完没了地听下去。"

迪伦还写到，同一时间他也在听里奇·尼尔森（Ricky Nelson），而且也喜欢到了一定程度。"他唱歌沉着而稳定，就像他身处一场风暴中，人们从他身边被卷走。他的声音有点神秘，让你陷入某种情绪中"：

> 我曾是里奇的狂热歌迷，现在仍然喜欢他，但他那种音乐正在出局。它没有机会表达任何意义。这样的东西没有未来可言。这完全是个错误。错不了的是比利·里昂斯的幽灵，扎根在山下，站在东开罗一带，黑贝蒂，*bam be lam*（象声词，类似于"砰啪啦"——译者注）。这是没错的。

"黑贝蒂，bam be lam"，指的是〈黑贝蒂〉这首歌——曾犯罪入

狱的"铅肚皮"唱过它，暴力重犯、多次入狱的詹姆斯"铁头"贝克（James "Iron Head" Baker）也唱过它，这也是阿兰·洛马克斯于 1933 年 12 月到德州舒格兰（Sugarland）的中州农场监狱录下的歌。1961 年，迪伦刚出道的时候，正是这首歌——而不是弗兰克·辛纳屈或里奇·尼尔森的音乐和歌唱——给了他方向。而对于这些，迪伦念念不忘。

　　四年之后，迪伦在皇后区森林山的西区网球俱乐部举办演唱会，上半场演唱了《铃鼓先生》，独唱大海和从悲伤中逃脱。（那恰好是我参加过的第二场迪伦的演唱会。）中场休息时，在舞台工作人员为下半场的表演进行布置时，迪伦嘱咐罗比·罗伯逊、莱翁·赫尔姆、艾尔·库珀和哈维·布鲁克斯（Harvey Brooks），要他们演奏他的歌时沉着而稳定，无论发生什么事。（据赫尔姆回忆，迪伦的原话是"不管事情变得多怪，尽管继续演奏"。）然后他们在夏季风暴中开始演奏：狂风大作，呼啸声掠过都铎王朝建筑风格的体育馆，抽打着乐声、嘘声和喝彩的声音，那种轰鸣，几乎和附近的拉瓜迪亚机场上飞机着陆的声音一样吵。在台上，愤怒的人们冲撞着乐手；一名抗议者甚至把艾尔·库柏从凳子上推开。然而，迪伦看上去完全自若，在一片骚动中，他一遍一遍地弹着钢琴帮人群梳理情绪，〈瘦子之歌〉的起始和弦、难以揣测的重复乐节，这时奇怪地变成大众镇定剂，帮助恢复了法治秩序甚至幽默感，神奇地给每个人带来更安宁的心境。他演奏出的更新的"bam be lam"赢得了观众，不过现在唱成了"bam be bee bam"。

　　也许，哪怕只是一瞬间，迪伦忆起了里奇·尼尔森的表演风格，在一场风暴中沉着而稳定地演唱。不管怎样，他在四十年后的《编年史》回忆了那种智慧。

　　当《编年史》终于问世的时候，跟我谈及此事的人及事先没想到的人都明显感到欣慰。我不止一次听到有人说"感谢上帝，不是那本

《狼蛛》（*Tarantula*）"，我认为这对《狼蛛》这本书有点不公平。《狼蛛》可以说是迪伦 1960 年代末的一本艺术拼贴，尽管里面有不少多余的话，但仍不乏前卫的喧闹和严肃的优雅。迪伦很聪明地从这本书中摘取了最精彩的十页——他称之为一长串呕吐物——将之变成了〈像一块滚石〉。在此之后，他说，没有哪一本他写过的书或哪一首诗看似是有价值的；他做完了。但如果你读《编年史》读得足够仔细，那么就会发现，《狼蛛》的一些片段在其间闪光，特别是写贡佐（Gonzo）的那一章，〈与身材瘦长的陌生人饮一种怪异的饮料〉：

> 回来啊贝蒂，黑面包似的 blam de lam！她曾有个宝宝 blam de lam！雇个残疾人吧 blam de lam！让他做在轮椅上 blam de lam！把他放在咖啡里烧 blam de lam！用劗鱼刀剁了他 blam de lam！

接着还有：

> 喂他好多 girdles，在肺炎中抚养他……黑色血腥的小东西，blam de lam！

297　结尾：

> 贝蒂有个笨蛋，blam de lam，我用一长串的穆斯林在海上窥探他——blam de lam！一切都是夸夸其谈……blam de lam！一切都是夸夸其谈！blam！

《狼蛛》作于 1965-1966 年——瓦茨（Watts）骚乱、马尔科姆·X（Malcolm X）被穆斯林谋杀的那些年月（马尔科姆·X 本人作为一段有趣的故事后来写进了《编年史》）——《狼蛛》的一些部分像喜剧转入了狂躁，〈黑贝蒂〉那些不合逻辑的瞎说被公共服务公告、痛苦和折磨和废话取而代之，但也像这首歌中唱得那样疯狂，唱贝蒂的宝宝被浸在肉汁里。这是对在旋转中失控的民谣进程的戏仿，如同旋转中溅出越来越多的血——黑色的血，黑色血腥，blam！

鲍勃·迪伦是在把玩《编年史》中所称的他在纽约最初几个月所发现的艺术、语言与精神的模板，这是个永恒而深刻的美国模板，藉此他能够谈论他的时代，同时也能谈论另一个时代。这不是一种顿悟，而是一个过程，而迪伦现在透露了比我们所知的更多的东西，它来自文学、图书馆和历史书籍中。

吕克·桑特（Luc Sante）称《编年史》为非虚构的教育小说、讲述个人成长故事的教育书籍，他这一说法很对，尽管这本书有三重的教育，处理了三个不同的转型时刻——用詹姆斯·乔伊斯的《芬尼根的守灵夜》（Finnegans Wake）中的双关语，这本书属于"自我教化"（bildung）和"超级自我教化"（suprabildung）。书中前两章以1960年代纽约的民谣现场为开端，第三章为结束；书的中间部分跳跃到另外两点，即20世纪70年代初和80年代中期，当时迪伦辨不清方向，有更多要学和重新学的东西。每个时期，尤其是第一个时期，都讲述了迪伦如何进入（然后重新进入）历史。整本书信息丰富，充满感念，但我发现前两章和最后一章最引人入胜，它们描述了一位当年的年轻艺术家——用他笔下的话说——他感到命运正直视着他而不是别人。他还进入了一个既古色古香又活生生存在的美国生活原型的宇宙，在那里，他歌如泉涌——在那 blam de lam 的国度。

这绝对不是一个婴儿潮一代的故事。虽然他被盖上了1960年代民谣歌手的印记，但出生于1941年的迪伦费劲口舌地指出，他其实是1940年代和1950年代初的产物，在他记忆中，那是个已经远去的年代，是罗斯福、希特勒和斯大林这些政治巨人的时代，无畏者的时代，包括不可否认的"粗鲁的野蛮人"的时代。他说："当时世界正 298 四分五裂"，大人物们"把世界当作一顿美味大餐来瓜分"。混乱和恐惧以及稍逊风骚的领袖们随之而来。日本人攻袭珍珠港时，迪伦还是个褓襁中的婴儿，书中他说："如果你出生在那个时候并且活了下来，你可以感觉到，旧世界正在逝去，新世界正在开始……就像把时钟调回到公元前跨向公元后的那个节点。"变化是局部性的也是全球性的：一个老旧的工业化的美国正在死亡——战前的美国，污浊的工厂和晒干的种植园的岁月，一个逝去中的美国，也包括迪伦的老家希宾，昔日开采铁矿石的兴旺小镇——一个新的美国正在诞生，一个属于郊区、高速公路和城市贫民区的国度。然而，这种变化并不总是爆炸性的，更不用说是天启性的。通过书籍和音乐，迪伦得以重新进驻完全消失的世界。

《编年史》的开篇唤醒了久已消失的百老汇和时代广场，它们仍植根于战前的大都市，即迪伦终于抵达纽约时所遭逢的那个大都市。抽着廉价细雪茄的卢·利维（Lou Levy），是迪伦签约的音乐出版公司的负责人，他与达蒙·鲁尼恩（Damon Runyon）有几分相像。利维将他介绍给了"咆哮的 20 年代"的伟大人物之一、前重量级冠军杰克·邓普西（Jack Dempsey），那是在邓普西开的餐厅里，褐色皮靴出没的地方。从一开始，迪伦的回忆就混淆了时间和记忆，在公元前和公元后之间跳跃。有时颠三倒四，一上溯起来就说到很远的时候。"据说第二次世界大战结束了启蒙时代，"他写道，却没说这是谁的说法，"但我不可能知道。我身在其中。"

据迪伦第一张专辑的套封说明文字中的说法，他从大学退学了，因为他做了他想做的事情——包括专心阅读伊曼努尔·康德的作品，而不用去读科学课程安排的必读书《与鸟儿一起生活》。不管实情到底如何，迪伦现在说了，他来到纽约时，脑子已被战后的商业和政治文化塑形，驱动着他的是詹姆斯·迪恩和《我爱露西》，是假日酒店和炙手可热的雪佛兰汽车。与众不同的仅存的榜样之一是嬉皮士的眼界和垮掉派的街头哲学，其中的一些则会延续下来。另一个榜样是伍迪·格斯里和他的音乐，那更是经久不衰。尽管迪伦没有太多谈及，但他早在希宾时就学会了欣赏约翰·斯坦贝克、沃尔特·惠特曼以及汉克·威廉姆斯、小理查德。而一些 1950 年代的人与物——像詹姆斯·迪恩和自行改装的高速跑车——更是从未消失过。

迪伦的传记作家们都提到他到麦克道格街后接受的音乐教育。但《编年史》则尽显他初到纽约后从书籍中获得的教育和自我教育的深度。书中提及一处迪伦读书的准确地点，是在一栋楼板咯吱作响的公寓里，房东是一对有点神秘的夫妇，住在比格林威治村更近市中心的地方。[这对夫妇几乎可以肯定是虚构出来的，其原型最有可能是伊芙和马克·麦肯齐（Mack Mackenzie）、戴夫·范容克和特丽·塔尔、雷和邦妮·布雷瑟等几对的复合体]。但迪伦也会去第四十二街纽约公共图书馆借阅。虽然一开始时他的阅读选择没有什么理由或章法——他写道，如果他没有马上跟一本书看对眼，他就会把它放回架上——他所描述的知识盛筵足以构成任何大学的核心课程教材，包括塔西陀（Tacitus）、马基雅维利（Machiavelli）、米尔顿（Milton）、巴尔扎克（Balzac）、克劳斯维茨（Clausewitz）和普希金（Pushkin）。此外，据迪伦记载，还有许多关于美国历史的书籍，尤其是内战史。"我对这场灾变性的事件了解多少呢？"他想，"可能近乎一无所知。我成长的岁月里几乎没有任何伟大的战争。没有钱瑟勒斯维尔（Chancellorsvilles）战役，没有牛奔河（Bull Runs）、弗雷德里克斯堡（Fredricksburg）或桃树沟（Peachtree Creeks）之战。"但他很快就填补了他的知识空白。他写道，罗伯特·李（Lee E. Lee）和反对蓄奴的激进共和派萨蒂厄斯·斯蒂文斯（Thaddeus Stevens）的传记给他的印象最为深刻；他从灰色和蓝色中都获得了不少灵感。

所有这些书中都充满令人惊奇的思想，闪现在个体的故事以及哲学的论述中，与更为宏大的扑朔迷离的剧情背景相映照，迪伦发现，这些能让他心领神会，就像民谣一样。［"有一首政治诗歌，是关于意大利萨沃伊公爵谋杀无辜者的，"他回忆起米尔顿的《皮埃蒙特大屠杀》（Massacre in Piedmont），"就像民谣的歌词一样，甚至还更优雅。"］书中还有很多令人难忘的人物，特别是美国的历史人物，像约翰·亨利（John Henry）那样的伟人，以及像戴蒙·乔（Diamond Joe）那样阴险的人。迪伦写道，在"丢弃了一些坏习惯、学会将自己安顿下来后"，他将自己的思维训练得能够处理更大部头、更难读的书："我开始用各种深刻的诗歌来填补我的大脑。就好像我拉一辆空车已经很长一段时间了，现在我开始往上装东西，拉起车来就要更用力些。我觉得我正从后院的牧场走出来。"在拉着那辆马车的时候，他开始意识到，除了对音乐的热爱和天分之外，他还有一个强大的头脑。

300 　　虽然迪伦对历史书籍情有独钟，但他并没有通过追踪辨证的抽象概念来认识过去；他也没兴趣向后看，从故纸堆里寻找现在或未来的指针。他感觉到，历史是循环性的：文明兴起，然后又衰落和瓦解，每个都各有不同，但又基本上是一回事；没有人知道美国处于历史循环的哪个位置；它还太新了。但给他最强烈震撼的是，他意识到了过去与现在之间的紧密关系，特别是对美国来说；距离如此之近，近到可以放在一个省略号里，而他那些吐露心声的歌自动令距离为之崩溃。并不只是说 J. P. 摩根（J. P. Morgan）和泰迪·罗斯福也都可成为伟大的民谣英雄或恶棍。在民谣的语言里面还有某种东西，一种古老而鲜活的词汇，一种似乎正在自我摸索的语法——这一语言，他现在写道，"与环境紧密关联，与一百年前闹脱离联邦时所发生的事情紧密关联——至少是与那些生逢其时的世代紧密关联。突然之间，它显得并不那么久远。"

　　迪伦唱的许多民谣都在讲述一些无常或悲惨的死亡故事，让我们看到一次次爱情的破灭和死神的现身。像〈漂亮的波利〉和〈奥美·怀斯〉（Omie Wise）这样的传统歌曲也符合这种模式，"铅肚皮"唱的 301
〈松树林〉（In the Pines）和伍迪·格斯里的〈1913 年大屠杀〉也是如此。在哈德森街的白马小酒馆里听克兰西兄弟和汤米·马克姆唱歌，使迪伦听到了沉浸在历史中的其他种类的歌曲，那种"即使一个简单而优美的求爱民谣，里面也会提到街角的叛乱"。在迪伦看来，叛乱比死亡更激烈；于是，他写道，他想把〈吟游小子〉（The Minstrel Boy）和〈凯文·巴里〉（Kevin Barry）这样的歌"改一下"，让他们适应美国的景观。因此，为了寻找"古老的圣杯来照亮"他的歌曲创作之路，他去了纽约公共图书馆，阅读内战时期的美国方面的书——不仅仅是历史学家的著述，还读原始资料、旧报纸上的文章，比如在图书馆微缩胶片才能读到的《宾夕法尼亚州自由人报》（*Pennsylvania Freeman*）。

作为专业的历史学家，我对迪伦在微缩胶卷阅览室发现了他的艺术上的楔形文字这事感到有点兴奋。迪伦正如所有新科史学家那样，他很快就意识到，在 20 世纪 40 年代、50 年代和 60 年代，除了奴隶制以外，还有很多议题和其他事情——改革运动、犯罪率的上升、宗教复兴，甚至包括为了一个英国或美国演员是否可以获准在一家纽约剧院里演出而引发的骚乱。美国人敬拜同一个上帝，共享宪法和主要政党，认为他们的民主是世界上最好的希望；然而，不同的美国群体之间越来越多地将彼此视为敌人。"过了一段时间，"迪伦写道，"除了一种情感文化，一种黑人岁月、分裂的文化，你逐渐什么也认识不到了，以恶报恶，在此过程中，人类的共同命运被抛弃了。"这事令人毛骨悚然：书里读到的美国与图书馆墙外的那个截然不同，尽管如此，两个美国之间仍然神秘地相似——尤其是读到历史上黑人争取民权的斗争。到了一定时候，报纸上的故事和感受、语言和修辞，就都拼接在了一起："那时候，美国被放在一个十字架上，死去并且复活了。这不是人造合成的。它所揭示的惊人的真相就在我能写下的每一件事的背后，就是那个包罗万象的模板。"

迪伦并没有称之为一个突破，但这其实就是。他已经通过民谣登陆了一个平行宇宙，"在那里，行动和美德是老式的，主观判断性的东西落在他们的头上。一种伴随着放浪不羁的女人、超级暴徒、恶魔爱好者和绝对真理的文化……街道和山谷，肥沃而泥泞的沼泽地，土地所有者与石油工人，斯泰格·李（Stagger Lee）那样的人们，漂亮的波利们和约翰·亨利们——一个看不见的处于塔顶的世界，它回廊的墙面闪闪发光"。唯一的问题是，迪伦对那个平行宇宙的描述还是太少了，而且，尽管民俗学家大力悉心保护，但在感觉上那个宇宙与现在仍是切断的："它已经过时了，与现实、与时代的趋势没有适当的联系。那是一个庞大的故事，但很难发现。"但一旦他读到了历史，这道鸿沟就弥合了；那些曾经令他感到真实但久远的历史，成了今日的地下故事，再写歌的时候他会把它联系起来，而不再只是个模仿者。他对历史思考得越多，平行宇宙就越显得越真真切切、完全可见；事实上，历史一直围绕着他，在第七大道上，在他行经的沃尔特·惠特曼生活和工作过的大楼里，"印出来、唱出来，真正发自灵魂的歌曲"。或在第三街，当他伤感地凝视着埃德加·爱伦·坡家的窗户。歌曲不再是对墨守陈规的现实的逃避，而是现实本身。"如果有人问这是怎么回事，'加菲尔德中了枪，倒下了。你无能为力，'就是这么回事。"在找寻美国版的爱尔兰〈吟游小子〉的过程中，他在公共图书馆找到了他所需要的以及更多的东西，一个《圣经》一样规模的故事，一个没有结束的故事，远远没有结束——一个国家的死亡和转变的故事。

鲍勃·迪伦的教育并没有就此止步，《编年史（第一卷）》满怀感念地讲述了他如何继续受教，从与阿奇博尔德·麦克利什（Archibald MacLeish）的短暂合作〔催生了《新的早晨》（New Morning）中的歌

302

曲]，到多年后，在加州的一家酒吧里，他遇到一位不知名的爵士乐歌手，提醒了他该如何表演。迪伦还回忆到，那之后不久，他想起了一套"数学"音乐系统，那是如今已近乎被遗忘的伟大的蓝调吉他手罗尼·约翰逊在几十年前就教给他的，现在帮他回到正轨。但在与约翰逊第一次沟通时，迪伦学到的是一些别的东西，一些重要的而且不可磨灭的东西，一些解开了迪伦所钟爱的民谣的奥秘的东西。那是他第一次真正发现美国，是他最伟大的大彻大悟。那之后，他跃跃欲试地要为〈艾默特·提尔的死亡〉一展歌喉，并创作出了〈暴雨将至〉和〈时代在变〉等。他学会了用过去书写现在。而未来就孕育在此间。

然而，在接下来的几年里，《编年史》也成了争议的焦点。虽然书中不停地感念迪伦过去的朋友、导师和带给他灵感的缪斯，但这本书并没有说明散见于篇章中的文学资料的出处。《编年史》出版两年 303后，各种网站的博主，尤其以一个网名叫"拉尔夫圣河"［Ralph the Sacred River，典出塞缪尔·泰勒·柯勒律治（Samuel Taylor Coleridge）的史诗《忽必烈汗》中的圣河阿尔夫（Alph）］的博主为首，开始议论书中的各种借用和摘引。有个小的例子，是来自马克吐温的。在《编年史》中，迪伦描述他在长时间的搜肠刮肚之后，突然爆发了灵感，为专辑《行行好吧》写了一首〈政治世界〉（Political World）：

> 一天晚上，所有人都睡着了，我坐在厨房的桌前，山坡
> 上别无所有，只有这一点通明的灯火……

在《哈克贝利·费恩历险记》（*Huckleberry Finn*）的第十二章中，哈克描述了前几天与吉姆一起的漂流，他们坐木筏沿着密西西比河顺流而下：

> 每天晚上，我们行经城镇，其中一些远在黑漆漆的山坡
> 上，只是一片漆黑中的一点通明的灯火，一栋房子也看不

清……万籁俱寂，所有人都睡着了。

《编年史》中的许多其他段落也可以找到与一些作家作品的雷同之处，从马塞尔·普鲁斯特（Marcel Proust）到（最常见的）杰克·伦敦的作品。显然，在撰写他的回忆录时，迪伦使用了一些与创作《爱与盗》相同的技巧，总是有些惊人雷同的意象或措辞贴切的短语，但每次摘抄不多于一两行。一些读者和评论家对这些揭发不以为然，将之视为一个艺术家从其他艺术家那里采撷碎片的例子。但另一些人却怀疑，在民谣和蓝调音乐中没有引起太大非议的再利用手法，积少成多地出现在一部回忆录中，是否如网民"拉尔夫"所描述的，"非常接近真正的剽窃"。

但这些指控的出现似乎太迟了，没有影响到书评者对《编年史》的热情，早已水涨船高地使它入围了 2004 年度传记类"国家图书评论界奖"。即使那些指控出现得更早些，书评界也仍可能视之为微不足道。到目前为止，主要是通过《忘川》和《爱与盗》（尽管《蒙面匿名人》是一次失败），迪伦早已稳稳地将自己重新树立为一个音乐标志，一个历经大风大浪洗礼的幸存者，其代表的不仅是 1960 年代作为"抗议"歌手的迪伦、文青气质的《金发佳人》的迪伦，而且还有他曾经呈现的各种姿态——以及美国流行音乐史上的每一个方面。在一本《编年史》这般专注、这般流畅、这般包罗万象的书中发现几处摘自马克·吐温和杰克·伦敦的句子，并不足以成为敲掉一块国宝的理由。事实上，这些发现可能反而增加了迪伦的神秘色彩。

但是，当迪伦在 2006 年推出了用新素材打造的下一张专辑时，由于专辑的名字取自 1930 年代的一部著名电影，涉嫌剽窃的指控（自《爱与盗》开始就挥之不去）再次甚嚣尘上，其铺天盖地和愤怒的程度到了不能小觑的地步。迪伦持续的艺术回归带给他越来越多的公众赞誉和声望，但也有作家指出，他的新作品往好了说是衍生物，往坏里说便是蒙骗。迪伦虽已廉颇老矣，但他仍然会令一些人感到不爽。

第十一章
梦想，方案与主题

2006 年 8 月 29 日，《摩登时代》（*Modern Times*）；2006 年 5 月 3 日
至 2009 年 4 月 15 日，《音乐一小时：迪伦主持的电台时间》；2008 年
10 月 7 日，《私录专辑系列第 8 集：说出故事的迹象：罕见及未曾公
开，1989-2006》；2009 年 4 月 28 日，《一生共度》（*Together Through
Life*）

*

305　　迪伦《摩登时代》专辑的预售版寄来了，装在一个纤瘦的首饰盒
里，纯白色套封，印着十首新歌。从歌名上看起来，很明显，这张专
辑的音乐风格将反映迪伦自《忘川》以来的创作，即毫不隐讳地对美
国老歌及旧诗进行回收再造，并赋予它们迪伦自己的声音和多重意
味。借用的手法从专辑的标题就开始了。

　　在他早年的演唱生涯中，迪伦的有趣、古怪的舞台风格被称为
"卓别林式"，大卫·加赫尔为《爱与盗》拍摄的一张彩色照片突出了
迪伦的鲜明个性，照片上的迪伦留着胡子，一头黑色的卷发，就像卓
别林电影中小流浪汉的老年版，所以专辑的标题叫做《摩登时代》就

不足为奇了。[1] 至少，它以此向卓别林以及同名影片致敬。在卓别林的《摩登时代》中，饱受误解的小流浪汉在大规模生产下的重工业新世界艰难图存。电影的尾声是流浪汉在一个歌舞厅表演，以哑剧即兴演唱了一首遗失了歌词的歌曲——结果一炮而红。最后一幕是主人公和他心爱的孤儿姑娘（由 Paulette Goddard 扮演）一起，逃脱了要以306流浪罪逮捕姑娘的警察，迎着太阳直奔黎明而去，尽管充满疑问但不能说毫无希望。（"振作起来——永不言死，我们会好起来的！"流浪汉告诉绝望的姑娘。）这是卓别林电影中无数个可以很容易地在迪伦歌曲中出现的意象之一，特别是他几张专辑中的最后几首歌，几乎总是看似怀有希望或好运的情绪。而且，正如实际发生的那样，迪伦的专辑与卓别林的电影有着额外的联系，但只有在洗耳聆听时，才会变得清晰。

在专辑标题下面，白色套封上的歌曲标题显示，迪伦不仅借用了前人很多东西，而且他还比以往任何时候都更不加掩饰，即使它没有任何正式的鸣谢，也没有像《出错的世界》那样提供一点解释性的文字。几乎有一半的歌名都直接或几乎直接来自著名的蓝调歌曲：〈辗转反侧〉（Rollin' and Tumblin，1929 年由汉邦·威利·纽伯恩首次录制，不过，最出名的是 1950 年马迪·沃特斯录制的版本）；〈会有一天，宝贝〉（Someday Baby，约翰·艾斯特斯演唱）；〈工人蓝调 2 号〉[Workingman's Blues，默尔·哈加德（Merle Haggard）演唱]；〈堤坝将溃〉[The Levee's Gonna Break，堪萨斯·乔·麦考伊（Kansas Joe Mc-Coy）和孟菲斯·米妮演唱的版本叫〈当堤坝垮掉〉（When the Levee Breaks），但最为人熟知的版本是"齐柏林飞船"（Led Zeppelin）乐队的

---

[1] "如果我站在舞台上，那么我心中的偶像——甚至可以说我站在台上时，心里所装的最大偶像——一直在萦绕在我脑海里的，是查理·卓别林，"迪伦在 1961 年曾这样谈到。见《比利·詹姆斯 1961 年秋季采访录》，www. interferenza. com/bcs/interw/61- fall. htm。

摇滚乐版，迪伦显然也是借用了"齐柏林飞船"唱时用的标题]。另
一首歌的标题〈当大势已去〉（When The Deal Goes Down），与旧时的乡
村经典〈不要坐看颓势〉[Don't Let Your Deal Go Down，查理·普尔录
制于 1920 年代，到了 1950 年代和 60 年代，"新失落城市漫步者"乐
队、多克·沃森、"福莱特和斯克拉格斯"（Flatt & Scruggs）及其他许
多乐手也曾演唱过] 非常相似。那些还只是些容易分辨出来的。另一
些标题或歌词叙事的出处就不那么一目了然，比如〈奈蒂·摩尔〉
（Nettie Moore），来自一首我从来没听说过的歌曲，后来才发现是 1850
年代流行的一首白人客串黑人的歌曲。

　　第一次听时，音乐和歌词都一如预期，甚至毫不出奇。有些歌
曲，如〈当大势已去〉，在各方面都跟前人的旧歌不同——但即使是
这首歌的旋律，也是改编自平·克劳斯贝的一首热门老歌〈蓝色的夜
（与金色的日子相逢）〉[Where the Blue of the Night（Meets the Gold of
the Day）]。〈辗转反侧〉基本上是翻唱原歌，叠句完全照搬，区别只
是，在马迪·沃特斯的版本中，歌者一觉醒来，不知对错，而在迪伦
的歌中，歌者认为自己肯定是押错了宝。（在原歌中，不忠而导致酗
酒；在迪伦版本中，与一个女人的苦涩关系最终导致寻求和解，并
"了断旧事"。）〈堤坝将溃〉与原歌更加接近，有几行是照抄，将灾
难的场景与爱的谈论混杂在一起。（正如原歌中没有暗示密西西比州
和路易斯安那州近期发生的水灾，迪伦的歌中也没有暗示与一年前的
卡特里娜飓风有关；但考虑到两个事件的巨大影响，歌中也没必要做
这种暗示。）〈妈妈摇啊摇〉（Shake Shake Mama）的旋律、结构和歌名
都来自于曼斯·利普斯科姆录过的一首歌。〈不言不语〉（Ain't Talkin）
是一首比较原创的歌曲，但歌中的叠句还是让人想起"斯坦利兄弟"
早期录制过的一首〈遗恨高速公路〉（Highway of Regret）。

　　该专辑与卓别林的《摩登时代》的额外联系与声音以及歌词内容

有关。卓别林原本计划把他的电影做成有声电影，有对白，该有的声音都有。1936 年那个时候，艾尔·乔逊（Al Jolson）和《爵士歌手》已经出现近十年，有声电影已经普及。但卓别林最终决定，他那著名 308 的小流浪汉角色在有声电影中不会得到充分发挥，他固执地将《摩登时代》中的对白做了静音，放映时变成了以往的默片。迪伦的《爱与盗》是由他本人担任制作的，但用了一个假名"杰克·弗罗斯特"（Jack Frost）作为制片人的名字，就像卓别林自编自导自己的电影一样。《爱与盗》发行后，迪伦在接受采访时，谈到他为什么决定使用旧式麦克风和录音设备，他坚持认为，这更适合他的声音和他的音乐。《摩登时代》的录制也是同样道理——就像卓别林一样，属于刻意的仿古，这已成为迪伦风格的一个组成部分。

不过，这张专辑对老歌的改写、借用使得多年来时而爆发的争议在此激烈起来。早在 1960 年代，多米尼克·贝汉就曾抱怨说，迪伦偷窃了他的歌〈爱国者游戏〉（The Patriot Game），从那以后，对迪伦剽窃音乐的指责就没有断过。不需要对蓝调有太多的专业知识，人们就能听出《金发佳人》中的〈把我的时间给你〉和埃尔莫·詹姆斯（Elmore James）的〈我也受伤了〉（It Hurts Me Too）之间的雷同。一些民谣歌迷指称，迪伦专辑《像我对你那么好》中的〈加纳迪爱奥〉是剽窃自英国民谣复兴歌手尼克·琼斯录制的一首歌（尽管这些指控几乎肯定是无误的，但也有局限，因为琼斯是迄今为止最高超的吉他手，他演奏的器乐手法与迪伦完全不同，并且更为出色）。但在 2001 年以后，这些指控再度冒了出来，对迪伦的歌词以及旋律均有涉及。

2003 年，有个警觉的读者/听众对《爱与盗》中的几行歌词感到似曾相识，认为与一本晦涩的日本黑帮大佬口述史英文版雷同。那是一本名叫《大佬忏悔录》（Confessions of a Yakuza）的书，作者是东京北部一个小镇的医师佐贺纯一（Junichi Saga）。如果读得仔细些就会发现，特别是在〈漂浮者（别问太多）〉的歌词中，有十几处句子摘自佐贺纯一的这本书，但迪伦专辑中并没有说明出处。这个消息登上了《华尔街时报》的头版，导致平时总为迪伦的创造性偷取行为辩护的评论家克里斯托弗·里克斯也退却了，称这次累积出现的情况"相当惊人"。三年后，《摩登时代》问世，听众们又穷追不舍，果然有了更多的发现：有几句歌词来自亨利·蒂姆罗德的诗行（〈跨越青山〉中的一些句子）；还有些摘自诗人奥维德（Ovid）在黑海流亡时写的诗歌段落。迪伦的文学资源显然不拘泥于时空界限。就连广为人知的献给新晋歌星艾丽西娅·凯斯（Alicia Keys）的新歌〈山上雷霆〉（Thunder On The Mountain，该标题寓意《出埃及记》中上帝的声音）中，也出现改编自孟菲斯·米妮 1940 年创作的颂歌〈玛·雷尼〉的词句。因此，尽管《摩登时代》的销量和乐评都表现不俗，而且为迪伦赢得了两个格莱美奖，但也引起了新一轮哗然，很多来自网上帖文，但也有来自《纽约时报》的非议，指他不只是有集腋成裘的癖好，而且是个剽窃者。

309

事实上，这一争议在很大程度上是数字化网络时代的产物。由于谷歌（Google）等一般用途的搜索引擎日渐成熟，加上扫描技术以及在线文学和音乐资料索引功能的出现，嗅觉灵敏的文字侦探变得大有可为，可以不费多少时间就追踪到迪伦歌词中的片言只字，而不必在图书馆消磨几个月功夫。资讯和音乐在互联网上的迅速流传也让音乐出版商、唱片公司和一些艺术家感到恐慌，他们担心作品是否还能再赢利，也担心艺术表演及音乐作品的版权保护问题。说唱艺术家从 1980 年代开始使用的"采样"（sampling）技术，从一开始就引起了质疑，并加剧了这些忧虑。有一些备受瞩目的剽窃案是报纸、杂志通过网络下载资料，还有些知名记者、回忆录作家和历史学家采用的比较老套的抄袭形式，如今也很容易分辨出来，也因此加剧了人们对剽窃的恐慌。看来，信息高速公路一方面创造了数不清的奇迹，另一方面也为文化假冒现象创造了新的契机——同时也创造了新的方法来追踪到最高深的隐喻。在此氛围下，迪伦的引用变成了某种很可能耸人听闻的东西。

在最基本的法律层面上，对迪伦的剽窃指控是毫无根据的。许多迪伦据为己有的歌词及旋律早已进入公共领域，任何人都可以无偿挪用。对《大佬忏悔录》的借用是个例外，涉及了单独的语句——意象及句子的转折——但很难说能代表这是将另一个人的回忆录假冒为自己的回忆录。根据美国最高法院确认的版权法，将受版权保护的作品中文句的意思转变了，是可以当作合理使用的。[1] 显然，迪伦的歌曲并不是有关日本黑帮的；毫不奇怪的是，媒体的记者报道说，当佐贺纯一被告知迪伦使用了他的句子时，他感到荣幸，而不是觉得被滥用。大部分的文学小抄都好像是迪伦从书中或歌曲中读到的佳句，随手记下来，然后在自己的作品中用在了非常不同的地方。事实上，据报道，乔尼·米切尔（早在她于2010年指责迪伦剽窃之前几年）就曾告诉采访者，说迪伦向她解释过，说自己正是这样在创作中激发出各种想法的。

然而，一些批评者仍然感到不爽，认为既然迪伦享有的声誉是源于他诗意的独创性，那么，除非他写的所有东西、逐字逐句都是出于

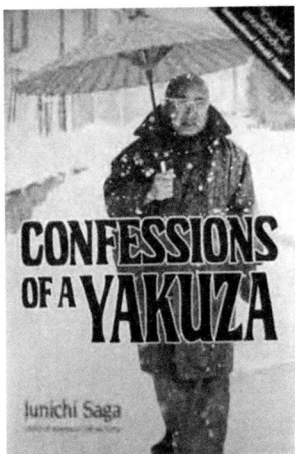

美国出版的《大佬忏悔录》英译本（1991、1995）封面

310

---

〔1〕 在具有里程碑意义的"坎贝尔诉阿卡夫-洛斯音乐公司案"（*Campbell v. Acuff-Rose Music*，*Inc.*，1994）中，法院裁定，确定是否属于合理使用的关键因素是"（新作品）是否以及在多大程度上'转变了意思'，即以新的表达、意思及信息改变了原意"。

他自己的想象力，否则他就是浪得虚名的假冒者。还有很多人指责说，如果迪伦在自己的专辑中使用了他人的字句以及旋律作为原始材料，那么他应该寻求某种告知的方式，而不是放在自己版权名下据为己有。毕竟，改写和挪用不仅仅是个法律问题；这也是伦理问题。

很多为迪伦辩护的人反驳说，批评家们完全误解了他在做什么。有些人声称，迪伦的所谓剽窃行为，只不过是他对伍迪·格斯里、"铅肚皮"、盲眼威尔·麦克泰尔及前几个世纪民谣多进行的继承和发展，而且，自从迪伦将〈1913 年大屠杀〉改写成〈给伍迪的歌〉、将〈不再拍卖〉改写成〈答案在风中飘〉，这种手法就一直是迪伦艺术的核心。（在此事上，其性质与罗伯特·伯恩斯借用苏格兰民歌的歌词，或者阿隆·卡普兰将牛仔歌曲和小提琴曲调编入他的管弦乐组曲，没有太大不同。）每个人都从别人那里拿东西，并将别人的东西为己所用。迪伦不过是，就像皮特·西格自我描述时所说的那样，民谣歌手"链条上的一环"。

311　　　　那些被缺乏经验的听众听成剽窃的部分，无非就是些迪伦常用的短语（有时被称为"浮子"（floaters）——在无数的蓝调、乡村和民谣中都反复出现，对于歌手来说是提供了一种速记法。《摩登时代》中的一些歌词，如"不必忍住不哭""这个残酷的世界今天怎么了""给我的碗里加点儿糖"，都很常见，就像在各种形式的美国传统歌曲中，都有些似曾相识的句子，如"今早醒来""后门男人"和"棕色皮肤的女人"。迪伦的捍卫者声称，如果这些语句使迪伦背上剽窃之名，那么这样的指控实际上几乎适用于每一首美国蓝调、乡村和民谣以及任何曾在公众场合演唱的民谣歌手。

所有这一切说法都很有道理，特别是关于迪伦明显利用了孟菲斯·米妮的作品，以及〈辗转反侧〉等歌曲。但像〈偎依在你肩上〉这样一首几乎被人遗忘的、平·克劳斯贝 1932 年的歌曲，采用它的旋律来创作《爱与盗》中的一首歌，是否可以算作民谣发展的例子呢？没有鸣谢或声明是借用，还能否算作对克劳斯贝及曲作家乔·扬、卡门·朗巴杜默默的致敬？也许不能——但在《摩登时代》问世的两年之前，迪伦曾告诉《新闻周刊》的一位记者，说他正在根据平·克劳斯贝的曲调创作一首歌，可能指的就是〈当大势已去〉，没有人对此提出反对。迪伦对老式流行音乐的借用，肯定是承自早期的知名歌手，如威廉·麦克泰尔的。（与此同时，流行歌曲作者则经常借用经典音乐而不受指责。）然而，迪伦近期的歌词中有许多出处不明的引用，被他赋予了相当程度的文学复杂性，这又该怎么算呢？《圣经》一直是所有美国歌曲（包括迪伦的作品）的公用流通物——但那是在迪伦被人揪出抄袭日本黑帮回忆录之前的事了，更不用说又被发现有奥维德诗句的蛛丝马迹。这些文学标记令人过目难忘——但是一些纯粹主义者怀疑这能否算是民谣发展的真正变种。

还有一个说法，说迪伦并非故意为之，绝非真想将他人之作据为己有，只不过这些词句从他脑子里冒了出来，他也没有多想，特别是考虑到迪伦多么经常性地使用其他作家的句子，以及他多么经常地使用某些他偏爱的作家的句子［这个说法提出后，遭到了民谣歌手苏珊娜·薇嘉（Suzanne Vega）在《纽约时报》撰文反驳］。持相近观点的评论家乔恩·帕雷尔斯认为，所有的艺术，而不止民谣艺术，都涉及与过去的对话，都需要艺术家在文化和历史中汲取所发现的一切，而不可能把文化和历史当成不存在。假装存在一种完全纯粹的独创性不 312 仅是不可能的，而且这本身就是最根本的假货。帕雷尔斯用“信息拼贴”来形容迪伦作品的形式——这个词虽然不够雅观，但它将辩论从有关民谣发展进程的陈词滥调中转移开来。它还就剽窃指控提供了更准确的辩护，称迪伦的歌曲是“新的作品，绝对不会影响原有作品的完整性，而只会引起人们对原作的注意”。

然而，为了将迪伦的新歌定位在对艺术独创性的更微妙理解之中——同时对剽窃指控进行反击，用诗人兼评论家罗伯特·波利托（Robert Polito）的话说，指责迪伦"可能剽窃，其实是将艺术与学期论文混为一谈"——这样做仍使得迪伦的风格和目的显得模糊。波利托的形容词"现代主义拼贴"更为准确些，并且这一现象可以追溯到以斯拉·庞德（Ezra Pound）和 T. S. 艾略特（T. S. Eliot）。迪伦借来的歌词肯定会与他自己的言语相碰撞，并产生回响，正如波利托观察的那样——"通过亨利·蒂姆罗德的古怪的邦联诗篇，唤起了 1860 年代的内战时期的美国，感性而又恐怖，与 2006 年时那个两极分化、痛苦中的美国（如早先《蒙面匿名人》中呈现的那样）咬合在一起。迪伦保存了过去的世界中的碎片——包括他自己年轻时的自我世界，一个正被虚拟现实所取代的世界——同时将它们嵌入到完全不同的语境之中，令人想起艾略特的格言："不成熟的诗人模仿；成熟的诗人偷取；糟糕的诗人会糟蹋了他们拿去的东西，好的诗人则将它变成更好的东西，或至少是不同的东西。"迪伦没有一首歌是有关现代东京黑社会的，但佐贺写的回忆录中那异常坚韧的历史性硬汉短语——原指涉的是封建领主和富有的农场主——很适合歌曲中所涉及的一些事情，包括霸凌、恐惧和友谊。迪伦让它们变成了新的、不同的东西。

然而，借用他人的东西而不作适当的声明，这又该如何解释呢？当艾略特、庞德和现代主义者们谈到盗用和翻新时，这种翻新应该是对被盗物的一个明显的暗示：有如艾略特为《荒原》（*The Waste Land*）所写的阐释性的附注。迪伦的很多借用——以〈辗转反侧〉为例——是显而易见、不需要任何解释的。但迪伦有些借用的诗、歌片段出处并不明显，直到一些执着的网民使用最新技术查考，才终于被人察觉。抠字眼的人认为，为了艺术上的欺骗能蒙混过关，迪伦故意选择一些偏僻晦涩的资料。但这很难解释得通。如果迪伦原本的用意是欺骗，那他做得很不高明，而且早在有关《爱与盗》的议论第一次出现 时，他就应该已经知道这么做是难以成事的。然而他变得更公开化了。

尽管迪伦的手法让人联想起现代主义者的拼贴艺术，但他的目的不仅仅是为了用典，而在于非常与众不同、对他近期作品至为关键的东西——更着重于化解过去和现在、高与低、学术与流行、外来的与熟悉的之间的区别，在它们之间及中间游走，并且好像不费吹灰之力。这一手法的起源可以追溯到 1960 年代初他在纽约公共图书馆的发现，如《编年史》中描述的：

> 我过去生活的时代并不像这个时代，但又以一些神秘而传统的方式近似着。不只是一点点，而是很多地方。我生活在一个宽泛的范围和共同体中，而生活的基本心理就是其组成部分。如果你把光线转向它，你可以看到人性完整的复杂性。

当年从诺曼·雷本那里学会涂抹掉时空，如今焦虑于有那么一天，没有人会记得任何一首老歌，加上坚信人为的、与历史无关的虚拟现实正变得无所不在，迪伦因此而创造了一个新的魔法区，在那里，时间既是 1933 年也是 1863 年和 2006 年，同时同在，而人性的完整的复杂性仍可以一瞥。在这种情况下，不加声明地从亨利·蒂姆罗德的诗中摘几句，或用一下平·克劳斯贝的旋律，这样的行为并不是剽窃，其所涉及的也不仅仅是回收被遗忘的记忆。它是一种施展魔法的行为。

然而，对迪伦的翻新式诗学的解释，并没有完全描述出他的《爱与盗》和《摩登时代》所取得的成就，以及该如何与他以前的作品相比较。单纯指出迪伦一直在借用，并不意味着他一直以同样的方式借用，也不意味着对原始版本的借用程度一直相同，更不用说质量上是否相当。伟大的制片人菲尔·斯派克特在 1969 年的一次著名的访谈中指出,〈像一块滚石〉的和弦结构来自里奇·瓦伦斯(Ritchie Valens)的歌曲〈森巴舞〉(La Bamba);作家罗伊·哈里斯(Roy Harris)最近补充说,迪伦这首歌开头的几句来自大家听过的每一个童话故事——而这首歌比迪伦最近的专辑上任何一首都好得多。同样的话也适用于迪伦的大部分作品,无论是过去的还是现在的。值得一提的是,伴随着新的审美目标,迪伦 1990 年代及之后的作品肯定缺少了《席卷而归》、《重返 61 号高速公路》和《金发佳人》所具有的似火激情。

314

同样,无论从音乐上还是从诗意上判断,《摩登时代》都不及迪伦在《爱与盗》上所取得的成就。《爱与盗》的声音不理想,是因为迪伦的合作者都是些新的乐手,他们尽管很有才华,但听起来在录音棚里时仍与迪伦处于磨合阶段,不像加尼尔、坎贝尔和塞克斯顿那个组合伴奏《爱与盗》那么扎实。除此之外,《摩登时代》专辑的曲目也没有那么强大,发行后的一年里也没有前者那么经得起考验。〈辗转反侧〉的歌词是全新的,但并没有打造成令人印象深刻的新作品。〈堤坝将溃〉也是如此。[作为模糊了新与旧的产物,对兰迪·纽曼(Randy Newman)的〈路易斯安那 1927〉的各种各样的翻唱,包括纽曼自己在电视上的一次慈善演唱,都证明〈路易斯安那 1927〉比任何其他反映卡特里娜飓风的音乐作品都更强大。如果迪伦想拿出与之相当的作品,他可能应该重新录制〈洪水冲下来〉或将其添加到他的常规演唱节目单中。但电视慈善演出这个想法,未免会让人觉得有点太像《蒙面匿名人》主题的现实生活写照了。]翻新自平·克劳斯贝的〈当大势已去〉,确实变成了一个上了年纪的人的爱情之歌,其效果不俗,但称不上是一件举足轻重的作品。晦暗、充满沉思的〈不言不语〉是个引人注目的谜,表达了并不随着年龄消失的渴望,而且,在我听来,某种程度上就像基督在最后一天的叙述。(按这一解读,这首歌及专辑的结尾突然转向充满光明和希望的大三和弦，可能传达了复活的希望。）然而，有一首歌，作为现代吟游诗人的崇高作品，在此间突显出来，后来成为迪伦音乐会亮点：〈奈蒂·摩尔〉。

这首歌的标题和叠句开头的几句来自一个吟游诗人所作的旋律，并成为一首名叫〈温柔的奈蒂·摩尔〉（Gentle Nettie Moore）的厅堂歌曲（parlor song），又名〈小白房子〉（Little White Cottage），是黑脸表演者兼歌手马歇尔·斯普林·派克（Marshall Spring Pike）于 1857 年写下，由作曲家詹姆斯·洛德·皮尔庞特（James Lord Pierpont）配曲 [他同年还创作了脍炙人口的〈铃儿响叮当〉（Jingle Bells）]。在派克和皮尔庞特的原创作品中，歌者是一个南卡罗来纳州的奴隶，思念着离去的妻子、被主人出卖的温柔的奈蒂·摩尔——确实是卖了，并非打比方，卖给了路易斯安那河下游的奴隶贩子。这一令人心碎的主题与《汤姆叔叔的小屋》（Uncle Tom's Cabin）所表现的内战时期故事交织在一起，与迪伦戴面具的爱与盗吟游诗人模式完全吻合。但还有一个非常不同 315
的与老西部的联系——话说在 1934 年，在一只草原小提琴的伴奏下，牛仔乐队"先驱之子"[Sons of the Pioneers，当时的主力是后来成为电视牛仔明星的罗伊·罗杰斯（Roy Rogers）] 为洛杉矶的一家电台演奏了这首歌，然后制成 33 1/3 rpm 的唱片。其中任何一个版本都可能曾经在迪伦的脑海中出现过；两者可能都出现过。尽管迪伦这首歌剩下的歌词和它可爱的旋律都与〈温柔的奈蒂·摩尔〉再无相似之处，但他的〈奈蒂·摩尔〉还是包含了更多的挪用和置换。

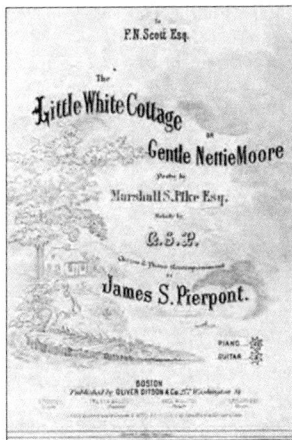

马歇尔·斯普林·派克和詹姆斯·皮尔庞特所作〈温柔的奈蒂·摩尔〉的乐谱，1857 年。

温柔、切分旋律的乐声响起，在吉他与钢琴引导下，从 E 小调和弦上升到 G 调，然后停顿，然后再次升起再降下；整个过程中没有停顿，乔治·雷克尔的低音鼓打着 2/4 拍，心跳的节奏。除了合唱时例外，低音鼓一直轰鸣，不追赶，也不静下来，一直持续——讲故事的心不会停下来，驱使着歌手唱出故事。器乐的导奏让位于迪伦的坚韧的声音，柔软但风化成了碎片，轻轻地唱出开头的几句：

> 迷途的约翰坐在铁轨上
>
> 有些事有点不对劲
>
> 蓝调在今晨像冰雹一样落下
>
> 将留下油腻的痕迹。

在这里，迪伦毫无疑问是借用了的。第一行是来自〈迷失已久的约翰〉（Long Gone Lost John），这是一首 1928 年录制的老歌，演唱者是被低估了的伟大的江湖卖艺歌手、蓝调与班卓琴乐手查理·杰克逊（Papa Charlie Jackson），后来在 1950 年代英国风靡一时的噪音爵士乐热潮中脱颖而出，被这股热潮中最红的歌手罗尼·多内根（Lonnie Donegan）唱成了热门金曲。（再后来，噪音爵士乐手出身的摇滚歌星约翰·列侬也录制了这首歌。列侬遭谋杀后，其遗孀小野洋子也唱录一曲，以志纪念。）第三句对于美国听众来说更为熟悉，它直接来自罗伯特·约翰逊的蓝调杰作〈地狱犬跟着我〉（Hell Hound On My Trail），加了"在今晨"几个字，呼应了 1960 年代的经典蓝调研究著作之一、保罗·奥利弗（Paul Oliver）写的《今晨飘落的蓝调》（*Blues Fell This Morning*）。

这些引用看起来是随意的，但迪伦以一种聪明而有趣的方式重建了它们。两句借用的句子均持续了两小节，跟着一小节停顿，只有低音鼓还在敲（就像在导奏中那样），然后是两小节看似突兀的乐段。一开始听起来，就好像迪伦想唱一首古老的民歌，但怎么也超不过开

316

头的几句：什么地方有点不对劲。但接着，迪伦似乎玩起了一个客厅游戏（或者也许是个更衣室游戏）：给他几句旧的歌词，他会想两秒钟——停顿——接着，咯噔一下，他想出了自己的词儿。"铁轨"和"不对劲"——干嘛不呢？干嘛不从罗伯特·约翰逊犬〈地狱犬跟着我〉里摘几个词过来——"冰雹"和"痕迹"——只是将这个痕迹弄成油腻的东西。

这一模式在整个歌曲中一再出现：迪伦要么直接引用，要么委婉借用许多蓝调和乡村歌曲——包括从两首以上的查理·杰克逊歌曲（〈倒霉的女人蓝调〉（Bad Luck Woman Blue）和〈别撕你的裤子，爸爸〉（Look Out Papa Don't Tear Your Pants）中抄来的至少三个片段，还包括〈弗兰基和阿尔伯特〉、〈夜行的走私者〉（Moonshiner）、W. C. 汉迪的〈黄狗蓝调〉（Yellow Dog Blues）和汉克·威廉姆斯的〈我永远不会活着离开这个世界〉（I'll Never Get Out Of This World Alive）——然后玩一玩他的小把戏把这些搞定。[1]（于是就有："阿尔伯特在墓地里，弗兰基大吵大闹/［暂停/低音鼓］/我开始相信经文上说的。"）在这个例子中，迪伦远不是剽窃，他是在唤起对他自我意识下的借用的注意，并且似乎自得其乐。他也用基调强节奏（backbeat）和停顿搬弄着节奏取乐。但是，这首歌关于失去爱情和世界变得一片黑暗的叠句部分——唐尼·赫荣（Donnie Herron）的小提琴伴奏动人心弦，很像是对斯蒂芬·福斯特或其他 1850 年代吟游歌曲的加工再造——使〈奈蒂·摩尔〉不致沦为笑柄。在随着《摩登时代》的发行而做的一次采访中，迪伦表示，〈奈蒂·摩尔〉这首歌的创作特别费脑筋，他努力

〔1〕对杰克逊的借用包括第三节主歌的第一行，"我是一个疯子的长子"；对〈别撕你的裤子，爸爸〉的借用包括开头的自白："是的先生！我爸是个疯老头，对年轻姑娘抓狂。但我作为长子，这让我也很抓狂。现在我会告诉你所有关于我爸爬过围栏的事。"

让歌词不要天马行空、漫无边际。反复多听几次这首歌，就会觉得"不对劲""弗兰基和阿尔伯特"等句子以及叠句部分确实都相互很搭配——或许称得上一种现代形式的经典美国民谣。

迪伦的玩法最终看来是有层次的，并不是偶然的，更不是没有意义的。当他唱到，学术研究界"长篇累牍"像个疯子时，他指的可能是那些对他的歌曲穷究其意的现象。但话说回来，他确实用了"弗兰基和阿尔伯特"一类的典故，这是石头一样冰冷的事实；还有接下来的一句，"开始相信经文上说的"，这可能是指《圣经》，但也可能指〈弗兰基和阿尔伯特〉以及所有其它启发了迪伦的诗文，而对他来说，这些并不需要做任何沉闷的注释。（"我在音乐中找到宗教信仰和哲学，"迪伦在 1997 年受访时说："我在任何别的地方都找不到……我不追随拉比、牧师、传道人……我在歌曲中学到的比我从任何这样的实体中所学到的都多，歌曲是我的辞典，我信歌曲。"）

其他提示性和撩人联想的说法也讲得通，但都没有直接的联系。以平常的眼光看来，这首歌唱的是一个恋人被谋杀：阿尔伯特死了，弗兰基正在大吵大闹。（迪伦也可以唱的是迪莉娅和库尼，但出处就更加显得模糊。）歌中的歌者犯了一大堆罪，至今逍遥法外，他痴迷于蓝调，深爱离去的奈蒂，他的爱如此深厚，即使是刀割也破坏不了它。歌中有一处隐约的暗示，奈蒂对他曾有不忠。（"不知道为什么/我的宝贝以往看上去从没这么好/我不必再为此惊讶。"）突然间有个法官进入法庭（进入了歌中，但又消失），所有人起立，听取了某种正义或不正义的正式判决。时值早春，河水正在涨潮，但歌手无人在侧，没有人聆听他讲述对奈蒂持久的爱，眼看着世界在他眼前黯淡下来。希望在一瞬间降临：歌者的悲伤一时退却，他歌唱一生一世的爱情，就像天堂的时光——在原创的〈温柔的奈蒂·摩尔〉中，歌手认定他会在天堂见到他的妻子——然后，歌者站在灿烂的阳光下，神圣的赞美之声升起。但是，就像歌曲的旋律一样，歌词中的激情很快就会落定——歌手突然希望眼下是在夜晚，然后，最终，一切都变得黑暗了。

〈奈蒂·摩尔〉歌中提及的南方铁路与亚祖（Yazoo）密西西比三角洲铁路的交汇处

〈奈蒂·摩尔〉远不是随意为之的，它是一首战胜悲伤的歌曲，是关于每一个希望火花的破灭、每一个确定性的挫败——"所有我原以为正确的都被证明是错的/我将独自漂流，"迪伦唱道——但他已经无人倾诉，或者至少已经没有人会理解。逐渐地，一个更为确切的可能性变得清晰起来：歌者用刀刺死了他心爱却背弃了他的奈蒂；现在他被判罪入狱，无人可以听他倾诉，他彻悟了一切，宣告并重申他的爱情，被处决之前，他的心脏怦怦直跳，一切归于黑暗，正如春意正 319 一片盎然。或者，歌者也可以是一位上了年纪的牛仔乐队（比如"先驱之子"乐队）的成员，哀悼着他已失去的今生之爱（尽管她可能还活着），他生活在黑暗中，没有旧日的相识可以倾诉。

或者说，这些至少是对一首歌的两个合理的解读，就是尊重迪伦的表达，相信它的意思非常精确，不是任意的或不加鉴别的。这首歌随风吹拂，飘过时空、过去和现在、老歌和新曲，正如迪伦最近的歌曲那样。它以碎片般模糊的方式呈现，这是迪伦历经许多阶段、几十年来音乐的标志。有时，对我来说，这是一首直白浅显的歌，就像无论迪伦那时或现在对这首歌的想法一样。

*

有人说迪伦在 2006 年时变得开朗了，似乎在公众场合话比较多了，因为他长期以来都以沉默寡言而著称。但其实，除了媒体采访——通常也是为了配合专辑的发行，而且几乎总是以文字的形式发表，而不是出现在声像中——迪伦几乎不再发表公开讲话，即使是戴着面具——除了歌词和偶尔的专辑说明文字以外。在犹他州公园城举行的《蒙面匿名人》首映式上，迪伦匆匆露了一面，蓝色羊毛帽下露出金色的假发，什么话也没说。有个跟踪迪伦表演的网站，其设置的内容选项中甚至包括一个叫作"鲍勃开金口"（BobTalk）的专题，专门收集他在台上的即兴讲话，类似于"大家好！刚才那首歌是一首跟某人道别的歌曲。现在这首是要向所有人问好"。确实，1990 年代时，采访过迪伦的人们曾指出，他不像 30 年前那么谨慎而又好斗了，尽管一些有关他私生活的话题还是碰不得，但他变得很友好，甚至很积极地表达他在最新项目或歌曲上的构想。但这样的访谈很少见。

情况在《编年史》中开始改观，尽管里面的话仍是书面的，但迪伦的坦率和感念成功地抒发了出来——是他用他自己的话说出来，或者说绝大多数是他自己的话。马丁·斯科塞斯拍的纪录片《迷失归路》里的变化更大，因为影片取材自杰夫·罗森（Jeff Rosen）收集的大约 80 个小时的摄像采访，都是迪伦在镜头前讲述自己的故事，有时沉思默想，有时又嘻嘻哈哈，但总是字斟句酌，直到他找到准确的字眼。电影一开始就是迪伦正说着："我曾经有个野心，哦嗯，就是出发去寻找——就像个历险记，出发去寻找，哦嗯，找回家的路，那个我离开了一阵子的家，已经想不起来它在哪儿了，但是我，啊嗯，在回家的路上。而且啊，我正经历我所设想的一路上会经历的那些，我其实根本没有任何野心。我出生在远离我该在的一个地方，所以我在回家的路上。"这部纪录片在《编年史》出版后不久公映，展示了迪伦在唱歌以外从未示人的一面，但同时也正像他的朋友金斯堡所说，是在舌头上展现的。[1]

《音乐一小时：迪伦主持的电台时间》（*Theme Time Radio Hour with Your Host Bob Dylan*）出现时就更是如此。这个节目持续了三季，共一百集，从 2006 年 5 月开始，由 XM 卫星广播电台（即后来的 Sirius-XM）播出。这是当时那个旧科技的全新数字化版本，其全国覆盖率远非迪伦小时候深夜聆听的 5 万瓦特电台所能及。这是一个虚拟的现实，它和蔼温馨，确实令人开心，这是节目主持人及其听众所营造的一个有着共同品味和向往的虚拟社区。这个节目的缘起没有什么特别的——它大部分录音和编排都在洛杉矶进行，然后在纽约进行编辑，最后在华盛顿特区的 XM 电台播音室播出——所以，迪伦现在戴着节目主持人的面具，与节目的制作人一起，可以用语言营造古时的氛围，将对昔日的狂想变成听众无法看到但可以感知的真实。这个节目在只针对用户的卫星电台上播出，而且不插播广告，让迪伦和他的同仁有更多的发挥空间。通过主题和唱片的选择，迪伦可以重新开拓和重组美国的音乐往事，提供他自己的絮语，但也会让音乐自我发挥——而不会

---

〔1〕 金斯堡在电影中也是如此。片中最打动人的其中一刻就是，当金斯堡回忆 1963 年第一次听到迪伦的唱片时，他一时哽咽，他说他那时当即潸然泪下，意识到另一代已经后来居上，接受了"早期的波西米亚人或垮掉派的启迪和激励……诗歌有着让你毛发倒竖的力量，能让你立即分辨出某种形式的主观真理，它有客观现实附在上面，因为已经有人认识了它。后来你把它称为诗歌"。

惹来剽窃的指控。

该节目最有趣的特色之一便是主持人迪伦本人，或者说是他的主
321 持人角色。他从不讳言麦克风背后的人是谁，时不时地讲个笑话，说
些他作为音乐人在音乐圈中的生活轶事。伴随着他选择的主题，听众
了解到很多事，其中之一就是，几十年前曾为纽约洋基棒球队球员凯
特费什·亨特（Catfish Hunter）写过歌的迪伦，仍然是个棒球迷，以致
在他主持的"棒球"主题节目中播放了自己的一首无伴奏歌曲〈带我
去看球赛〉（Take Me Out To The Ballgame）。但作为怀旧音乐节目主持人，
迪伦还负责音乐导赏、传记写手、小品演员、评论员、食谱分发、家
居提示及提供其他各种有用信息。

有一位作家曾将迪伦主持的这台音乐节目比作塞缪尔·约翰逊
（Samuel Johnson）主持的《诗人生活》，并非常有启发性地指出，两者
都挖掘了那些被人误解或濒于遗忘的作品，并赞赏了那些诗人的美
德。这种比较把握住了该节目的一些想要传达的内容，但并不是全
部，而且眼界有点过高。《音乐一小时》听起来更像是另一个召唤性
的节目——一台旧时广播节目的杂烩，内容包括歌谣、一份1940年代
或50年代的家乡报纸，上面有古色古香的广告、家庭娱乐专题（如
在"把酒"主题中指导如何调配一杯理想的薄荷朱利酒）、趣闻（如
在"天气"主题中，讲述比"风城"芝加哥刮风更大的三个美国城
市：堪萨斯州道奇市、德州阿马里洛市、明尼苏达州罗彻斯特市）、
随意联系现实中历史上的真人真事［包括在称为"战争"的主题节目
中提供的信息，如内战期间有300多名年龄不足13岁的娃娃兵参战，
大多数是做吹笛手或鼓手，但有些上了战场，包括一位叫乔治·拉姆
金（George S. Lamkin）的，11岁时就派到了密西西比炮台，不到12岁
就在夏洛 Shiloh 战役中受了重伤］、听众来电和听众来信（后者以电
子邮件形式，由迪伦和制片人共同策划），总之，除了音乐之外还有

很多别的东西。

与他的合伙制作人一起，迪伦创造了一个想象中的剧院，其间充 322
斥了大量 1940 年代和 1950 年代的音乐。这套节目应该是从一幢叫做
阿伯内西（Abernathy）的大楼（在节目的第二季被称为"历史悠久的
阿伯内西大楼"）的 B 播音室播出的，位置靠近萨姆森（Samson）餐
馆和艾摩（Elmo）酒吧及卡尔（Carl）发廊。女演员艾伦·巴金（Ellen
Barkin）在介绍节目时大多是黑色电影风格的独白，伴以背景音效，描
述着大城市私人生活的快照，有点像爱德华·霍普画作《夜鹰》的神
韵：第一次的开场白——"这是这个大城市的夜半时分。雨正在下着，
雾从海边涌来。一个夜班护士抽了一包香烟中的最后一支"——就很
典型。一个人想象着电影院里放映着《她戴了一条黄丝带》（*She Wore
A Yellow Ribbon*），或者是维克多·马楚尔（Victor Mature）和海蒂·拉玛
（Heddy Lamar）演的《萨姆森和迪莉娅》（*Samson and Delilah*）。护士的
那包香烟的价钱是 14 美分。所有人都抽烟。

身为音乐 DJ 的迪伦就像来自往昔——但不是老 DJ 西得·托林
（Symphony Sid Torin）或阿兰·弗雷德（Alan Freed），他的声音像山一样
古老，旋转着他的唱片（当然，现在这个数字化时代是没有了），播
放了大量现在电台上再也听不到的歌曲——除了大学的电台和新奥尔
良的 WWOZ 电台这样一些靠古怪听众支持的电台之外——一边讲述演
唱者的轶事，甚至时常列出唱片公司的名字，就好像我们可以跑去买
一张一样。而迪伦的口味明显比大多数听众想象得更加不拘一格。并
不出人意料的是，节目中有很多蓝调和节奏蓝调，节目的第一次播出

就是以马迪·沃特斯的〈风儿吹啊吹〉（Blow, Wind, Blow）打头阵。[1] 还有很多乡村歌曲（以"卡特家族"乐队为开始）、西部摇摆、福音、嘟喔普、摇滚，唱奏者都是有名而又长期被遗忘的歌手和乐团；偶尔，迪伦也会播放爵士乐［包括作为"月亮"专题序曲的〈鸟类学〉（Ornithology），演奏者是查理·帕克，迪伦在节目介绍时指出，这首曲子是基于〈高悬的月〉（How High the Moon）的和弦结构。］

323　　但迪伦也播放了许多格兰·米勒（Glenn Miller）、弗兰克·辛纳屈（在第一季播放他的歌最频繁）、帕蒂·佩吉（Patti Page）以及从 1930 年代到 50 年代的各种歌手，包括平·克劳斯贝。他还播放了酷 J（LL Cool J）的歌，并旁征博引地讲述了有关饶舌音乐的知识。他花了很多时间复述严肃文学中的相关文句，从叶芝的《饮酒歌》到劳伦斯·弗林格蒂的《棒球诗篇》（Baseball Canto）。有时候，他并不是把一件事与另一件事并列讨论，而是把不同的东西扔进同一个锅里搅拌，在"魔鬼"专题节目中，当他读到《失乐园》（Paradise Lost）中的撒旦时，他用盲眼加里·戴维斯牧师唱的〈魔鬼之梦〉（The Devil's Dream）作为背景音乐。

　　到第三个季节结束时，迪伦在每次节目间歇时说的话已经累计近一百个小时的时间，在壮观的归档和演示的过程中，提供了一个包罗万象的古董柜，里面是琳琅满目的音乐和文学杰作——并回望从四面八方延伸而来的跋涉之路，那些他追寻的漫长的回家之路。在他的现代吟游创作的各种尝试中，迪伦在收音机中发现了比电影更适合书写

----

　　〔1〕 迪伦选歌的过程从一开始就充满了各种各样的乐趣。他将马迪·沃特斯描述为"赢得现代奖项的古人之一"，并选择使听众很容易地联想到他自己的《答案在风中飘》的歌曲，里面有一段主歌后来被迪伦改编入他的〈笑口难开〉［It's Takes A Lot To Laugh（It Takes A Train To City）］。"太阳看起来不寂寞吗？/在树后留下阴影？/但你的家看起来不也寂寞？/当你的宝贝打包远行。"

另一首歌的富有想象力的媒介——这首歌曲也是另一种回忆录，它收集和编纂人生的经卷。

*

在与托尼·加尼尔和乔治·雷希尔为主力的新乐队连续巡演了五年之后，迪伦为演唱会摸索出了一种新的声音，由吉他和鼓声制造出的更有气势的声音，并由他自己的琴键演奏（2003 年时，迪伦开始减少了舞台上的吉他演奏）。唐尼·赫荣（原乡村及西部摇摆舞乐队 BR5 -49 成员）的天才的器乐演奏使之增色。舞台上的演奏表现稳定，通常与其他表演相结合，场地的选择富有想象力，比如在 2005 年和 2009 年夏天期间，迪伦的巡演选择在小联盟棒球场演出。2002 年以后我参加的十几场演唱会，大多数音乐参差不齐——部分原因是乐队的音量问题，部分原因是迪伦的声音沙哑——但总有一些引人入胜的时刻。其中表现最出色的一场，当属 2008 年 11 月底在曼哈顿华盛顿高地艾克牧师（Reverend Ike）联合教会殿堂的表演。入场先要行经原电影宫的镀金大厅，铺天盖地都是艾克牧师"繁荣讲道"的标语——包括"我不按他人意见行事"——几乎全是白人的观众进入剧院，听到迪伦开场歌曲〈为他人服务〉——这首歌他后来几乎再没演唱过——他演奏了一段非常漂亮的口琴间奏，扭动着传道人似的舞蹈。〈没事的，妈妈〉的合奏编曲很棒［显示出它的和弦结构借鉴了"艾弗里兄弟"乐队的一首〈醒来吧，小苏西〉（Wake Up, Little Suzie）］，还有《忘川》中的那首〈直到我爱上你〉（'Til i Fell In Love With You），

324

演奏的是蓝调版，再次由迪伦口琴领头。[1]

2009 年初，乐队进行了非常重要的增补，多乐器演奏家、"灰狼一族"（Los Lobos）乐队的大卫·伊达尔戈（David Hidalgo）加盟，全部人马，一头扎进录音棚，创作出（几乎是凭空一样）一张原创歌曲新专辑——《一生共度》。而在此之前，迪伦发行了他所谓的"私录"系列中的最新一张专辑，收入了 1989 年以来音像制作的剩余资料及演唱会录像，一套三张 CD，命名为《泄密的迹象》（*Tell Tale Signs*）。

那些迹象泄露了什么样的秘密？舞台经理阿尔·桑托斯在演唱会上进行介绍时，讲述了迪伦从昔日之我发展成重生明星的过程，其讲辞逐字逐句都来自 2002 年刊登在《水牛城新闻报》（*Buffalo News*）上的一篇对迪伦赞赏有加的文章，字里行间都是虚拟的神启。（迪伦的东抄西借远远超越歌曲创作的范围。）文章附和了《编年史（第一卷）》中的描述，提到迪伦所经历的艺术创作危机和身体创伤，称这种危机和创伤在他 1989 年录制了《行行好吧》专辑之后不久就开始消失。他康复后随之而来的一切形成了一个故事，在《泄密的迹象》中讲了出来，从 1989 年开始，讲到 2006 年《蒙面匿名人》公映时才结束。在迹象本身（也就是歌曲）里面也有故事，从措辞刻板、抗议性的〈一切都破碎了〉（Everything Is Broken）和伤心欲绝的〈大部分时间〉，到《摩登时代》结尾的歌曲〈不言不语〉——一曲悲伤的小调，穿越痛苦、背弃、没有得到回应的祷告和处心积虑的报复，最后以一个饱满的、充满救赎的大和弦结束。尽管可能只是一个巧合，但这些故事恰好与另一个仍然存在于背景中的、未曾提及的故事相吻合——

---

〔1〕 即便如此，那个时候，我所听说过的最棒的迪伦单曲演唱是 2008 年夏天，他在布鲁克林展望公园的壳形舞台上，演唱了一首令人心碎的〈奈蒂·摩尔〉，那场演唱会除此以外乏善可陈。

从 1989 年老布什上台开始，罗纳德·里根的美国时代出现了颓势，并急转直下，到 2006 年小布什时便开始分崩离析。

该专辑包含一些以前未曾公开的录音室遗珠。迪伦上年纪之后的怪癖之一就是，他会把自己一些最好的作品从专辑中拿掉，没有什么明确的理由。在专辑说明文字中，拉里·斯洛曼提到，1983 年那次，当他听说〈盲眼威利·麦克泰尔〉这首歌将从即将推出的《不信教的人》中拿掉时，他惊呆了。"哦，拉索（拉里·斯洛曼的昵称），别那么一惊一乍的"，他记得迪伦这样对他说，"不就是一张专辑嘛，我都做过 30 张了。"尽管如此，不妨想象一下，假如〈骄傲的脚步〉（Foot of Pride）以及〈盲眼威利〉能收进这张专辑，《不信教的人》可能收到多么巨大的反响——以及迪伦的职业生涯之拱可能会有多大的凸起。〈红河岸〉（Red River Shore）是一首从《忘川》中剪下、没有公开发表的歌，这首歌即便不是与〈盲眼威利〉媲美的杰作，也比迪伦从 1980 年代中期到 90 年代正式发行的几乎所有歌曲都好。[传奇般的键盘手、参与了该专辑录制的吉姆·迪金森（Jim Dickinson）曾对记者表示，他认为这首歌是《忘川》中录得最好的歌曲。]〈向城市进发〉（Marchin' to the City）也同样很棒、同样被舍弃了；〈梦见你〉（Dreamin' Of You）也不错，从《忘川》中拿下后被拆散，在巡演时零碎出现在其他各种歌中。

《泄密的迹象》中还收录了音乐会上的演出。自 20 世纪 70 年代以来，迪伦在台上对自己及他人作品的重新演绎已经成为一种传奇，且至今仍会令那些喜爱他的歌迷们感觉难以接受，因为他这是要求他们把旧歌当成新歌来听——但经过这么多年后，歌迷们仍然想听旧歌。《泄密的迹象》中包括一首唱得很棒的〈可卡因蓝调〉（Cocaine Blues），是在我有幸亲临的 1997 年狼阱音乐会上演唱的。该演唱版本既不是加里·戴维斯牧师在 1960 年代民谣复兴时期唱响的那个，也不是戴夫·范容克改编自戴维斯的版本，也不是迪伦自己对范容克版的青春演绎。（范容克曾无数次演唱这首歌曲，唱得美轮美奂，有时在致幻药物的作用下，他迟暮的低吼会变成讽刺的窃笑。）这是一首几近全新的歌曲，迪伦那粗糙直白的唱腔比那两位的唱法更显得绝望——当时新加盟的的乐队吉他手拉瑞·坎贝尔的精妙指法加剧了那种绝望的色彩。（坎贝尔堪称迪伦雇过的最棒的伴奏之一，在《泄密的迹象》中听到他的几首现场演奏的录音真是额外的享受。）该专辑还显示了迪伦在录音棚里拼命工作的情况。专辑中收入了〈密西西比〉的三个版本，全部来自《忘川》的录制过程，从悲伤到疲惫再到振奋，不一而足。他们揭示了音调的抑扬顿挫和音色可以怎样弥补音域的窄小，以及音调或音色的变化可以怎样完全改变一首歌的情绪，只要这首歌富有足够的内涵。专辑里的歌还显示出迪伦处理他自己作品时的情形，有时也像面对别人的作品一样，努力试图弄清楚它是怎么回事，就像它来自一个久远的年代。

326　　　但《泄密的迹象》中脱颖而出的是一首充满魅力和天启的心灵之歌——1989年旧歌〈为他们鸣钟〉的录音室版本，在专辑中是以钢琴伴奏自弹自唱的形式。斯洛曼指出，迪伦在这首歌上的表现实在给力，所以在最终将它收入《行行好吧》专辑时，熟练的音景设计师拉诺斯只给这首歌加配了安详的吉他和风琴伴奏。的确，迪伦在断句与呼吸吐纳上的娴熟练达，在《行行好吧》中的这首歌上展露无遗。而拉诺斯的画龙点睛更使这首歌听来明快而饱满，近乎潮汐涨落般的欢快，只不过这首歌听起来少一点确定性、多一些迫切感，就像自由和正义的钟声——"为盲眼和聋耳人而鸣""为我们所有留下的人而鸣"，为少数受拣选来审判大众的人——则未必会及时出现。这是录制得非常出色、从容自若的一首歌，它是即将于90年代末消失的希望的最后一声喘息，当一切都已改变，迪伦歌中唱的是闭锁般的束缚和不再在乎。

当然，到《泄密的迹象》问世的时候，迪伦有理由相信新的迹象正在显现。在并非直接针对什么的情况下，迪伦过去十年来阴燃而又荒凉悲观的曲风，不可避免地反映了那个时代。他的电影《蒙面匿名人》也是一样，带着梅尔维尔式的有关内战的政治寓言。但也许，从2006年开始，他感觉到历史的车轮再次转轨。巴拉克·奥巴马当选总统的当天晚上，迪伦正在明尼阿波利斯演出，一向固执地保持沉默的迪伦一反常态，开口告诉观众，他出生于1941年，正赶上珍珠港遭到突袭，从此他一直生活在一个黑暗的世界里，但是"现在一切好像要改变了"。虽然我理解这一席话的象征意义和情感力量，但我当时乍听起来更多的是怀疑，并且会将迪伦的话想象成讽刺意味的，至少是带有歧义的。他说得一本正经，声音真诚而激动，好像他的音乐将标志的或许不是最后的幻灭，而是新的、别样故事开始的迹象。

*

无论如何，在2009年4月底推出《一生共度》专辑之后，迪伦的创造力持续激增——而当我听着专辑中的第三首歌的时候，仿佛有什么东西击中了我。这首歌——〈我妻子的家乡〉（My Wife's Home Town）——其旋律基本上每个音符都来自芝加哥蓝调大师威利·迪克森（Willie Dixon）创作、马迪·沃特斯于1954年首次录制的经典歌曲〈我只是想爱你〉（I Just Want To Make Love To You），后来录制过这首歌的人还包括埃塔·詹姆斯（Etta James）和（早期的）滚石乐队。（这首歌似乎还是迪伦1964年的那首〈我真正想做的事〉背后的灵感来源。）手风琴部分（大卫·伊达尔戈演奏得非常漂亮）与钢琴家奥提斯·斯班（Otis Spann）和口琴大师小沃尔特（Little Walter）的原创韵律

327

若即若离，但旋律大致相同，编曲非常接近，比《爱与盗》或《摩登时代》中任何借用的手法都更接近。[1] 不过，这首歌倒是准确无误地标上了迪克森的名字作为鸣谢。

第一次听专辑中的这首歌时，我在想，迪伦是否在向沃特斯或迪克森或詹姆斯或米克·贾格尔（Mick Jagger）——或他们所有人——致敬。但击中我的是别的东西：迪伦的声音，随着年龄的增长，已粗糙（如果可以这么说）得像锉刀一样，隐约让人联想起另一位芝加哥蓝调大师"嚎狼"（Howlin' Wolf）。所以，迪伦是将一首老歌进行重写，写出一个家乡在地狱的恶妻，她书中操纵着比"吉普赛人的诅咒更有威力"的东西，陌生的幽灵随之浮现——半个世纪前切斯唱片（Chess Records）中的幽灵突然间被迪伦、大卫·伊达尔戈以及为《一生共度》组成的乐队赋予了生命。这是一张关于女人和爱情的专辑（"感恩而死"乐队的唱作者罗伯特·亨特合写了专辑中大部分歌曲的歌词，迪伦以前也曾与他合作），也是关于迪伦相伴人生旅程的音乐。

这些歌在某种程度上与迪伦以前的《爱与盗》浑然一体。声音、旋律、乡村与流行歌曲的歌词——"碎梦大道"变成"破车大道"——奥维德再次神不知鬼不觉地现身，就像他在《摩登时代》中出现的一样——古典诗歌中的片段被做成新的东西，但听起来仍然古色古香。又一次地，最简单的一首歌也包含着接近暗示的层次，但只是恰到好处。在多莉·帕顿 1974 年的金曲〈朱莲尼〉中，帕顿恳求一位有着"赤褐色秀发""翡翠绿般的双眸"的绝色美人，乞求她不要偷走她的男人。迪伦的同名版本甚至无意与帕顿那脍炙人口的乡村一西部歌曲

---

〔1〕 另一首歌〈除此一无所有〉（Beyond Here Lies Nothin'）的旋律和编曲仿效了奥提斯·拉什（Otis Rush）1958 年录制的〈你所有的爱〉（All Your Love）。感谢托尼·格罗弗对此的提示。

争锋，而是唱成一气呵成的摇滚，包含一段漂亮的吉他反复乐节，歌中朱莲尼的眼睛是棕色，迪伦是以国王的身份唱给王后，作为星期六晚上的奉献的殷勤。这是一首赤裸裸的性爱歌曲——但歌词和音乐中也隐约能分辨出罗伯特·约翰逊的〈32-20 蓝调〉（32-20 Blues）以及维多利亚·斯皮威 1962 年初录制的专辑《三个国王和一个皇后》（*Three Kings and the Queen*）的影子。（在《三个国王和一个皇后》专辑中，时年 20 岁的鲍勃·迪伦担任了大乔·威廉斯的口琴伴）。

　　尽管这些歌中流露着失望和渴望，整张专辑还是充满温暖的乐感，有时几乎是阳光明媚的气氛，好像是周末小夫妻跳舞的音乐，在一个懒洋洋的西南边境城镇一棵大树的树荫下演奏出来。这种感觉主要来自伊达尔戈手风琴演奏的美式墨西哥摇滚，时而与迪伦的巡演乐队常任乐手唐尼·赫荣演奏的墨西哥街头小号相得益彰。在这里也有很多逆袭，既有向迪伦自己的老歌回归，也有向他人的音乐复古。至少从 1965 年开始，迪伦就已经在自己的作品中有效地运用了美式墨西哥摇滚，并且在录制〈荒芜的小巷〉完成之际，最后用查理·麦考伊的吉他锦上添花。在迪伦与 1960 年代传统形式的民谣音乐决裂的时刻，他公开表达了对他的朋友、圣安东尼奥市的天才音乐人道格· 329
萨姆（Doug Sahm）及萨姆的美式墨西哥摇滚乐队——"道格拉斯爵士五重奏"（Sir Douglas Quintet）乐队——的敬意。

　　《一生共度》中的大部分音乐与神话般的老西部背景相吻合（连同内战以及 1938 年至 1955 年左右的蓝调音乐人活跃的土地——从密西西比到芝加哥），那美国神话的基质反复激发着迪伦的想象。伊达尔戈是迪伦几十年来合作过的一连串大师级键盘手中最晚近的一位，其他还包括保罗·格里芬、艾尔·库柏、加斯·哈德森和奥吉·美尔斯，更不用说他自己经常被人忽视的钢琴和管风琴演奏了。尽管看不出《一生共度》有任何与《金发佳人》明显的相似之处，但重现了

《金发佳人》中焕发出来的那种金属般的光泽，有时候柔和地闪烁，有时欢快地跳跃。

早期的新闻报道提到这张专辑的来由，缘起于奥利维埃·达昂（Olivier Dahan）执导电影《我自己的情歌》（My Own Love Song）时，委托迪伦为该片谱写插曲［曲名为〈人生多艰〉（Life Is Hard）］。这事也见怪不怪：迪伦至今在现场表演的时候，仍会靠在一个扩音器上，炫耀一下自己凭电影《神奇小子》（Wonder Boy）的插曲〈世道变了〉（Things Have Changed）而获奥斯卡奖的事（这使得他与阿隆·卡普兰并肩，成为曾获得普利策奖和奥斯卡奖的少数双料艺术家之一）。专辑中有一首颇有感染力的歌叫〈如果你去过休斯顿〉［If You Ever Go to Houston，标题取自"铅肚皮"的经典歌曲〈午夜特快〉（Midnight Special）］，将我们带回到1870年代，歌者以一名美一墨战争老兵的口吻介绍如何在城里步行（这张专辑中不止一首歌描写双手插在裤兜里），顺便也介绍了德州一些其它城市景点（如达拉斯的木兰花酒店，尽管休斯顿也有这么一家），但主要亮点还是托尼·加尼尔的低音，郁郁葱葱的音色，以及麦克·坎贝尔（从"汤姆·佩蒂及伤心者"乐队借来的）羊肠弦原声吉他演奏，和大卫·伊达尔戈重复演奏的降调配对。

这张专辑中没有〈高地〉（Highlands）甚或〈不言不语〉那样的叙事诗作品，也没有太多让人费脑筋的东西，但有很多可以随之起舞、摇摆，甚至令人莞尔之处。《一生共度》首先是一张音乐专辑，这可能会让全美甚至全球各地的英语系迪伦学研究者大失所望了。这张专辑看样子是要让他们卷铺盖回家。专辑封面的正面，是迪伦选的一张布鲁斯·戴维森1959年拍摄的布鲁克林童党的照片，摄取的是一辆跑车后座上一对男女尺度颇大的缠绵：爱与性。但封底却是完全音乐性的——一张约瑟夫·科德尔卡（Josef Koudelka）拍摄于1968年的照片，上面是一群罗马尼亚吉普赛音乐人，正中间是一位手风琴手和一

330

名小号手。

这张专辑中包括一首抗议歌曲，但幽默的意味多于指控，发出了一声空洞苍白、放之四海而皆准的励志套话："一切都好！"有政治想法的歌迷或许期待的是一首〈感到变化来临〉（I Feel a Change Comin' On）那样的歌，以此接续山姆·库克（Sam Cooke）未竟的追求。这些人会因此对这张专辑中的冥想、月下情歌的意境感到惊讶，专辑展现了迪伦在阅读与音乐上雅俗共赏的品味，而歌中的一些桥段听来不啻是在奥巴马入主白宫尘埃落定之后，及早清醒过来的迪伦心生疑窦的自言自语："梦想从来都无济于事，总之/即使它们终于成真。"这首歌中还有一个佳句——"一天的第四部分已经不见了"——明显是抄袭了乔叟。

1965 年，即迪伦在纽波特民谣节上插电演出引起轰动的那一年，对原真性（authenticity）盲目崇拜的歌迷们（以及仅仅是偏爱美国音乐的粉丝们），一窝蜂似地迷上了那些被重新发掘、陶醉于迟来的名声中的黑人蓝调乐手，唱着他们在 20 世纪二三十年代为 Vocalion、Okeh、和蓝鸟（Bluebird）等唱片公司录制的老歌。这些乐手中有桑·豪斯（63 岁）和密西西比约翰·赫特（70 多岁），还有莫斯·利普斯科姆（整 70 岁），以及年纪稍轻的一批，包括 50 岁的威利·迪克森和 49 岁的孟菲斯·斯利姆。现在，1965 年的这些桀骜不驯的年轻音乐远征军与这位老家伙撞了个满怀——他在推出《一生共度》后不久就满 68 岁了——可他并不只想为读大学的孩子们重弹老调，而是要推陈出新，然后再反过来做旧，用新鲜的充满神话的音乐，让你在同一时间里思考和感受并用。不过这一回，他可能比以往任何时候都更刺激你想跳舞，跳啊跳个不停，接着……接着我们再看看还会怎么发展吧。

尾 声

你可否听到我听到的?

《心中的圣诞》,2009 年 10 月 13 日

2009 年夏天,当鲍勃·迪伦这一年的第二张专辑《心中的圣诞》的内容传出来时,迪伦歌迷们的博客和网站上几乎一片惊叹声。这倒并不在于在美国主要流行歌手或现代音乐家中,迪伦几乎是唯一还没有制作过圣诞专辑的人。平·克劳斯贝出了好几张了,部分原因是他唱的〈白色圣诞〉空前流行,但榜上有名的还从辛纳屈到琼·贝兹、"罗奈特"合唱团 [Ronettes,演唱的是《来自菲尔·斯佩克特的圣诞礼物》(*A Christmas Gift For You from Phil Spector*)圣诞合辑的一部分]及"投机者"(Ventures)乐队。即使是犹太裔歌手,包括芭芭拉·史翠珊(Barbra Streisand)和尼尔·戴蒙(Neil Diamond)也都发行了圣诞专辑。1934 年,艾迪·坎特 [Eddie Cantor,出生时名叫爱德华·以色列·伊斯科维茨(Edward Israel Iskowitz)] 唱了一首成为大热的全新圣诞歌曲,但其他重量级歌手对之不以为然,认为太过幼稚:〈圣诞老人来到镇上〉(Santa Claus Is Coming To Town)。最受欢迎的节日标准歌曲之一,〈圣诞歌(明火烤栗子)〉[The Christmas Song (Chestnuts Roasting On An Open Fire)] 是由一位俄国犹太移民的儿子参与创作的,他就是后来的梅尔·托梅(Mel Tormé)。

我最喜欢的圣诞唱片之一是猫王录制的，名字叫《埃维斯的圣诞专辑》（*Elvis' Christmas Album*），1957 年发行。其中一面是久经考验的旧歌，如〈白色圣诞〉和吉恩·奥特里（Gene Autry）的〈圣诞老人来了〉（Here Comes Santa Claus），以及〈圣诞老人回城来〉（Santa Claus Is Back In Town）等新摇滚；唱片的另一面是赞美歌和黑人福音歌曲，包³³²括猫王和他的几位伴唱歌手一起演唱托马斯·多尔西（Thomas A. Dorsey）的〈和平山谷〉（Peace In The Valley），这首歌的演唱，纯粹出于圣灵的缘故，让我每年都要感动一回。但无论之前有多少歌手已经唱过，对于记忆中仍将迪伦作为文化反叛者的声音的歌迷——甚至哪怕只是那些对美国过去的音乐和文学略知一二的人——来说，迪伦居然录起感情用事的圣诞专辑来了，这个想法对于他们来说，似乎很奇怪。迪伦是否故伎重演，在听众和乐评家们刚刚以为锁定了他的时候，又一次玩起了乐风突变那一套？这是不是一次精神高涨的戏弄？

　　事实上，这张专辑是一个慷慨的行为，同时也出人意料地符合迪伦的过去和他的艺术的发展。艺术家用圣诞歌曲制作特别专辑，其理由从来都是很糙的，无非是要趁着节日销售热度捞一把。迪伦同样了解这一点，但出于基督教的博爱精神，他将全部版税提前预捐了出来，通过美国"消除饥饿"组织，请数百万穷人吃圣诞大餐。至于制作圣诞专辑的艺术理由，从来都是因为有这么多美妙的圣诞歌曲，新旧都有——尤其是过去一个半世纪以来的美国歌曲——所有跃跃欲试的音乐艺术家们都难免心动。这同样也是迪伦这么做的动机。有些听众听到《心中的圣诞》，带着心照不宣的讽刺，把它当作对 1950 年代白人音乐的模仿，但这张专辑里没有带讽刺意味或模仿的音符，一个都没有。它特选美国流行的圣诞音乐中历久弥新的老歌，这是对它们真挚的敬意，同样也是对迪伦的坚定信念的证明：专辑因而得名《心中的圣诞》。

像猫王的圣诞专辑一样，但以一种更为乱套的方式，《心中的圣诞》混合了传统的颂歌（大约占专辑的四分之一）与锡锅巷式的流行圣歌、季节性的金曲（〈冬日仙境〉），还有一两首新颖奇的歌。该专辑本可以成为重磅的圣诞主题节目，在《音乐一小时：迪伦主持电台时间》推出，但这次迪伦是自己唱所有的歌，而不是作为音乐 DJ。

　　但是，这张专辑最引人注目的是，它包含了很多 20 世纪 40 年代和 50 年代初期创作的歌曲——那时迪伦还是个孩子，而这些歌曲常年不断地形成 12 月的美国音乐景象，甚至对于一个犹太男孩来说也不例外。1944 年，〈你要过一个小小快乐圣诞〉（Have Yourself A Merry Little Christmas）首次出现电影《与我相见在圣路易斯》（*Meet Me in St. Louis*）中，朱迪·珈蓝（Judy Garland）演唱［她和弗朗西斯·艾瑟尔·古姆（Frances Ethel Gumm）一样，比迪伦大 19 岁，在明尼苏达州大急流城长大，那里位于希宾以西 30 英里处］。[1] 专辑中的其他标准曲目也都来自同一年代：后来被纳·京·高尔（Nat King Cole）唱红的〈圣诞歌〉（The Christmas Song, 1944）；安德鲁斯姐妹演唱的〈圣诞岛〉（Christmas Island, 1946）；奥特里及后来猫王唱的〈圣诞老人来了〉（Here Comes Santa Claus, 1947）；迪恩·马丁（Dean Martin）的〈圣诞蓝调〉（The Christmas Blues, 1953）。

　　正如查理·帕顿的影子笼罩了《爱与盗》，同样引人注目的是，平·克劳斯贝温暖和善的灵魂也萦绕着《心中的圣诞》。这其实不足为奇：在他 1942 年录制了〈白色圣诞〉之后，克劳斯贝形同拥有了

----

　　〔1〕在《编年史》中，迪伦回忆起早年在纽约时，曾经在自动点唱机上听珈蓝唱〈逃离的人〉（The Man That Got Away）："这首歌总是作用于我，并不是以任何非常了不得的方式。它没有激发人产生任何奇怪的想法。只是令人很愿意听……听朱迪的歌就像听隔壁的女孩在唱。她在我之前的很久以前，就像埃尔顿·约翰（Elton John）的歌一样，'我早该认识你，但我那时还是一个孩子'。"

333

录制圣诞流行音乐的专利。并不偶然的是，在迪伦选择的所有圣诞素材的歌曲中，包括了三首与克劳斯贝最密切相关的歌曲——〈我要回家过圣诞〉（I'll Be Home For Christmas，1943）、〈银色铃铛〉（Silver Bells，1952），和〈你可否听到我听到的?〉（Do You Hear What I Hear?，1962）——以及其他几首克劳斯贝唱红的歌曲，包括〈圣诞老人来了〉（1949 年克劳斯贝与安德鲁斯姐妹一起录制）、〈圣诞歌〉和〈冬日仙境〉。合计起来，在《心中的圣诞》专辑中的 15 首圣诞歌曲及所有颂歌中，克劳斯贝录制过的达 13 首之多。

　　所以，这张专辑把我们带回到 1940 年代中后期，当时鲍比·齐默曼还只是个孩子——也让我们回到了 1985 年，即鲍勃·迪伦将平·克劳斯贝奉为伟大的短语大师的时候，当时他正想急于录一首克劳斯贝的歌。这张专辑还把我们带回到这之前两年，即 1983 年 4 月下旬，在纽约的电站录音室，当时迪伦正在录制《不信教的人》。第十一期录制已经进行了多日，一开始就反复录制〈骄傲的脚步〉，但录了九次都失败。为了放松一下，乐队成员跳起了即兴雷鬼舞——然后，迪伦带他们演奏起〈圣诞歌〉来，接着是路易斯·乔丹（Louis Jordan）1946 年的跳跃蓝调金曲〈火车轰隆〉（Choo Choo Ch'Boogie），再后来是〈平安夜〉（Silent Night），继而是当代澳大利亚五旬节派歌曲作家达琳·哲琪（Darlene Zschech）的〈王者的荣耀〉（Glory to the King）。如果说 334 这一颗种子是在二战的那个年代种下的，那么在迪伦的脑海中，它经过至少四分之一个世纪而成熟起来，直到他录下了《心中的圣诞》。

　　当然，迪伦在录制 1940 年代歌曲的时候，不可能不注入自己的偏好和融汇自己的风格。〔其效果尽显在唐尼·赫荣钢琴伴奏的〈冬日仙境〉（Winter Wonderland）这首歌中。〕精细的句子和编曲抹不掉他疲惫、沙哑的声带造成的那种刺耳的效果。但节日的温暖和快乐的情绪在几首歌里表达得非常生动，尤其是我偏爱的〈肯定是圣诞老人〉

（Must Be Santa）——这是一首舞厅歌曲（大卫·伊达尔戈的手风琴和乔治·雷希尔的碎音钹配乐），德州摇滚-波尔卡乐队"勇敢的组合"（Brave Combo）有出色的演绎。在迪伦年少时，这首歌曾在"胡皮·约翰"维尔法特和其他中西部王牌波尔卡乐队的手上复兴成为狂欢的节奏。迪伦在唱〈听啊，天使高声唱〉（Hark, the Herald Angels Sing）时有点声嘶力竭，实际上一度有点不稳，而且女伴唱歌团的合唱一开始也听起来很笨拙，但随着伴唱声线突然停顿，放慢，一切变得柔美起来，在唱到"欢乐吧，你所有的国度都会兴起/齐与诸天共颂扬"时，迪伦加入进来，而节日的神性回荡耳畔，沁人心田。

半个多世纪以来，鲍勃·迪伦一直在吸收、内化、更新和改进长期以来被认为囿于常规的美国艺术形式，长久以来被认为困在正式的公约中。他不但像他的舞台经理阿尔·桑托斯在每场演唱会前宣布的那样，"让民谣与摇滚交媾"，还将传统民间音乐、蓝调、摇滚、乡村和西部音乐、黑人福音音乐、锡锅巷音乐、德克萨斯-墨西哥边境音乐，以及爱尔兰的地下民谣，等等，统统注入自己的诗意灵感。1960年代初，受"人民阵线"激励而出现的民谣复兴歌曲及其氛围的影响，他将这些音乐变成了另一种东西，就像"人民阵线"作曲家阿隆·卡普兰将民谣歌曲变成管弦乐一样。迪伦的想象力和歌声被垮掉派美学轰然洞开，他进而将自己对民谣的改造推入了与古老传统音乐一样神秘而神话般的领域，但又以对他所处时代的流行音乐的认知震惊了民谣纯化论者。然后，他又转过身去，转向布莱克和圣经寓言、被时间挫伤的情歌和酸曲、地狱之火的说教，后来一路继续向前，1990年代及之后对现代吟游艺术进行再发现和修复工作。

335　　迪伦对随处发现的艺术灵感抱持开放态度，在这方面，他并不是像海绵（尽管他总是不懈地吸收汲取），而是像炼金的术士那样，用普普通通的材料创造出新的艺术。任何东西一旦进入他的视野就无法逃脱掉他：1930 年代的法国电影、1850 年代的吟游诗歌、莎士比亚的作品，多莉·帕顿、帕特莫斯的圣约翰、马迪·沃特斯——任何美的东西，无论多么厉害，都能被他抓住并为之所用。然而，当他度过了他的第七个十年之际，迪伦也在某种程度上从精神上与盲眼威利·麦克泰尔相似起来，他无休止地旅行，不停地演唱，洞穿这个世界的诡计，随处采撷并按自己的方式组合新的东西，作新曲、唱老歌，歌曲有时神圣有时世俗，但既不是黑人也不是白人的歌——而是关乎所有人的歌。

然后，突然间，2009 年底，迪伦向世界奉送了一件缠着红丝带的礼物，并没有太多在时代之间来回游走，或像以前的四张专辑那样将旧的和新的东西重新组合，而是唤起并以某种方式复制他自己的过去和美国的过去，同时向穷人提供圣诞大餐——其做法有点像他最后奉为英雄的伍迪·格斯里笔下那个美男弗洛伊德的升级版，但他是作为一名艺术家，不是抢银行的人。又或许，《心中的圣诞》不仅仅是个礼物，而是另一张翻唱版专辑，也就是说，像以往一样，这是一段插曲，是迪伦进入他职业生涯的另一个新阶段的标志。但这位美国炼金术士戴着面具、变化莫测，所以我们必然无从了解太多。

致 谢

337   我首先要感谢我的编辑——无与伦比的杰拉德·霍华德（Gerald Howard），以及他在双日出版社的同事，特别是他的助理汉娜·伍德（Hannah Wood）。我还要感谢贝蒂·亚历山大（Bette Alexander）、丽贝卡·赫兰（Rebecca Holland）、布兰迪·芙罗拉（Brandy Flora）、艾米莉·马洪（Emily Mahon）、瑞秋·拉帕尔（Rachel Lapal）、杰弗里·亚马古奇（Jeffrey Yamaguchi）和约翰·彼兹（John Pitts）。黛博拉·布尔（Deborah Bull）神通广大，找到了许多照片和图片。

感谢我在普林斯顿大学的同事，以及朱迪·汉森（Judy Hanson）和普林斯顿大学历史系的员工，他们是我持续的灵感来源和靠山。这里我还要特别感谢布鲁克·菲茨杰拉德（Brooke Fitzgerald），她做了很棒的插图工作。

像往常一样，我已尽量避免在大量访谈中做主观上的发挥，但有几个例外：艾尔·库柏和查理·麦考伊慷慨地花大量时间并提供了很多回忆。还要感谢比尔·弗拉纳根、托尼·格罗弗和彭尼贝克的回忆和澄清。

乔治·希克谢尔（George Hecksher）非常爽快地允许我查阅他捐给纽约摩根图书馆和博物馆的迪伦手稿，这期间，罗伯特·帕克斯（Robert Parks）耐心地对我从旁指导。

除了有几章是改自以前发表的论文外，还有一些零碎的片段曾出现在我以前的著作中，我要感谢那些首发这些文字的人们，特别是《野兽日报》的缇娜·布朗（Tina Brown）和爱德华·费尔森索（Edward Felsenthal），以及哈佛大学出版社的林德赛·沃特斯（Lindsay Waters）。 338

如果没有罗伯特·鲍尔（Robert Bower）、凯利·盖拉德曼（Callie Gladman）、艾普力·海耶斯（April Hayes）、黛安·拉普森（Diane Lapson）、达米安·罗德里格斯（Damian Rodriguez）、林妮·奥金·谢里丹（Lynne Okin Sheridan）和黛比·斯文尼（Debbie Sweeney）的慷慨、专业知识和友情，我就不可能写成这本书。这里还要向丹·利维（Dan Levy）致敬。对评论家、音乐爱好者安妮·玛格丽特·丹尼尔，我感谢之余还有更多。她是一位深具洞察力的朋友，她的想法和感知力闪现在本书的每一页。

我对杰夫·罗森的感激，语言无法尽叙，这里就挂一漏万，仅鸣谢一下他贡献的无数小时的交谈、争论和发现——还有和我仍在延续的音乐欣赏中的即兴创作吧。

选读、备注及唱片分类目录

对鲍勃·迪伦及其作品的评论汗牛充栋，有许多宝贵的研究工具可以帮助眼下及未来的相关作家。以下是我发现最有用的书籍和资料的精选名单，包括我书中引用的主要唱片的分类目录。

综述

历史学者惯于使用图书馆和档案馆的主要资料，但现在还没有任何官方的资源库（或许将来会有）用以容纳大批迪伦手稿和私人文件。有一个不同凡响的例外，是纽约的摩根图书馆暨博物馆持有的、乔治·希克谢尔收藏的大量迪伦歌词手稿。我曾有幸接触到各种材料，包括由杰夫·罗森及"特别骑士音乐公司"（Special Rider Music）的工作人员监督的录音带。

有几本内容丰富、非常有帮助的参考书，但要与其他基础资料结合使用：Michael Gray, *The Bob Dylan Encyclopedia*（2006；New York, 2008）；Clinton Heylin, *Bob Dylan: The Complete Recording Sessions*：1960 – 1994（New York, 1995）；以及 Oliver Trager, *Keys to the Rain: The Definitive Bob Dylan Encyclopedia*（New York, 2004）；有关报纸、杂志及电台、电视台对迪伦的访谈，有两本非常有帮助的汇编，分别是 Jonathan Cott, ed., *Bob Dylan: The Essential Interviews*（New York, 2006）；以及 James Ellison, *Younger Than that Now: The Collected Interviews with Bob Dylan*（New York, 2004）。

网络极大地推进了对迪伦的研究。可以浏览的相关网站首推迪伦自己的官网 http://www.bobdylan.com/有关以往巡演的资讯、音乐会曲目、录制时间，以及相关网站链接，见 Bill Pagel's Bob Links, http://www.boblinks.com/；以及 Olof Bjorner's About Bob, http://www.bjorner.com/bob.htm/。如要继续在网上找寻最新的全面资讯，以下这个集 1995 年以来的档案于一体的网站是必看的：Karl Erik Andersen's Expecting Rain, http://www.expectingrain.com/。其他有用的资讯和资料，有些甚至是绝无仅有的，见 Giuliano Molfesi's Bread Crumb Sins, http://www.interferenza.com/

bcs/。不过，这个网站已经有几年没有更新了。Pagel 和 Andersen 的网站上还提供了几个最重要的迪伦同好杂志的链接，包括两个（目前已很有口碑）英国出版物：*Isis* 及 *The Bridge*。另见 Derek Barker 编辑的选集 *Isis：A Bob Dylan Anthology*（London，2004），及 *20 Years of Isis：Anthology Volume 2*（Surrey，Eng.，2005）。严肃的研究者可能会参考两本已经绝版的过期杂志：*Wanted Man* 和 *The Telegraph*，以及 John Bauldie 生前编著的 *Wanted Man：In Search of Bob Dylan*（London，1990）。

鲍勃·迪伦的《歌词集》（*Lyrics*，1962-2001）（New York，2004）涵盖了直至《爱与盗》的迪伦专辑歌词的标准版。读者也可上网浏览 www.bobdylan.com，该网站收录了 2001 年以后迪伦专辑的歌词，同时也有之前的歌词作品。

各类迪伦传记在质量和准确度上良莠不齐，部分地取决于它们出版的时间。迄今对我来说最有帮助的是 Clinton Heylin 的 *Bob Dylan：Behind the Shades*，其再版的书名是 *Bob Dylan：Behind the Shades Revisited*（New York，2003）。其他信息量高的综合传记（同样是质量参差）包括：Robert Shelton，*No Direction Home：The Life and Music of Bob Dylan*（New York，1986）；Anthony Scaduto，*Bob Dylan：An Intimate Biography*（New York，1971）；Bob Spitz，*Dylan：A Biography*（New York，1988）；及 Howard Sounes，*Down the Highway：A Life of Bob Dylan*（New York，2001）。

回忆录则首推迪伦出色的《编年史（第一卷）》（New York，2004），至少预期还有两卷陆续有来。有关迪伦早期在纽约的岁月，以及同样重要并且更广泛的格林威治村场景，苏孜·罗托洛（Suze Rotolo）的 *A Freewheelin' Time：A Memoir of Greenwhich Village in the Sixties*（New York，2008）是一本关键读物。可惜戴夫·范容克没有活到写完回忆录的那一天，但 Elijah Wald 的回忆录是个巨大收获：*The Mayor of MacDougal Street：A Memoir*（New York，2005）。其他有用的回忆录还有 Joan Baez 的 *And A Voice to Sing With*（1989；New York，2009）；Liam Clancy，*The Mountain of the Women：Memoirs of an Irish Troubadour*（New York，2002）；Levon Helm and Steven Davis，*This Wheel's On Fire：Levon Helm and the Story of The Band*（New York，1993）；以及 Phil Lesh 以下书中的部分章节：*Searching for the Sound：My Life with the Grateful Dead*（New York，2005）；有个背景资料，见 Israel Goodman Young，*Autobiography：The Bronx，1928-1938*（New York，1969）。

研究迪伦的严肃著作有多种语言，数量多到可以开个小型图书馆，内容涵盖方方面面，从作为禅宗大师的迪伦到他演奏口琴的风格。其中一些作品特别重要。在20 世纪 60 年代开创摇滚乐批评先河的许多天才作家中，格雷·马尔库斯（Greil Marcus）已奠定了自己作为最重要文化评论家的地位，而他评论迪伦的大量文字都是上佳。在更广泛的文化意义上对迪伦感兴趣的读者，首先要读马尔库斯的 *Invisible*

Republic；Bob Dylan's Basement Tapes（New York，1998），这本书的平装本有个新的书名，*The Old Weird America；The World of Bob Dylan's Basement Tapes*。同样刺激但不同视角的还有 Michael Gray 最新编辑的 *Song and Dance Man III；The Art of Bob Dylan*（London，2000）；对迪伦歌词的精彩解读见 Christopher Ricks，*Vision of Sin*（New York，2003）；深受后现代影响的相关读本，见 Stephen Scobie，*Alias Bob Dylan Revisited*（Calgary，2004）。其他重要的具启发性的书籍，主要集中在迪伦的事业方面的，见 Paul Williams 的多卷本，打头的第一本是 *Performing Artist；The Music of Bob Dylan，Volume One*，1960-1973（Novato，Ca.，1990）；Aidan Day，*Jokerman；Reading the Lyrics of Bob Dylan*（Oxford，1988）；C. P. Lee，*Like a Bullet of Light；The Films of Bob Dylan*（London，2000）；Michael Marqusee，*Wicked Messenger；Bob Dylan and the 1960s*（2003；New York，2005）；Andy Gill and Kevin Odegard，*A Simple Twist of Fate；Bob Dylan and the Making of "Blood on the Tracks"*（Cambridge，Mass.，2004）；David Hajdu，*Positively 4th Street；The Lives and Times of Joan Baez，Bob Dylan，Mimi Baez Fariña，and Richard Fariña*（New York，2001）；Stephen W. Webb，*Dylan Redeemed；From Highway 61 to Saved*（New York，2006）；Seth Rogovoy，*Bob Dylan；Prophet，Mystic，Poet*（New York，2009）。有关迪伦作品的喜剧性一面，见 Susan Wheeler 的论文 "Jokerman"，in "Do You，Mr. Jones?"，*Bob Dylan with Poets and Professors*，ed. Neil Corcoran（London，2003），175-91。有关〈乔安娜幻象〉（Visions of Johanna），见 Jonny Thakar，"Visions of Infinity"，*The Owl Journal*（University of Oxford，Hilary Term，2004）。有关迪伦的批评性文章，可参见 Elizabeth Thomson and David Gutman 合编的论文集，*The Dylan Companion；A Collection of Essential Writings about Bob Dylan*（New York，1990）；Carl Benson，ed.，*The Bob Dylan Companion；Four Decades of Commentary*（New York，1998）；Benjamin Hedin，ed. *Studio A；The Bob Dylan Reader*（New York，2006）；以及 Kevin J. H. Dettmar，*The Cambridge Companion to Bob Dylan*（Cambridge and New York，2009）。

除了迪伦自己拍的电影及彭尼贝克拍的《莫回头》，还有很多 DVD 光碟及描述迪伦的生活片段的影片。其中马丁·斯科塞斯的纪录片 *Bob Dylan；No Direction Home*（Spitfire Pictures，2005）最具探讨性，尽管这部影片涵盖的年代只截至 1966 年中旬。

第一章　普通人的音乐

有关卡普兰的传记中，考察最全面的一本是 Howard Pollack，*Aaron Copland；The Life and Work of an Uncommon Man*（1999；Urbana，2000）。另一本也很重要，特别是对于本章的撰写来说：Elizabeth B. Crist，*Music for the Common Man；Aaron Copland during the Depression and War*（New York，2005）。比较尖锐的则有 Jennifer De Lapp，

Copland in the Fifties: *Music and Ideology in the McCarthy Era*（tk，1997）有一本编得相当不错的卡普兰书信集，编者是 Elizabeth B. Crist 和 Wayne Shirley，*The Selected Corre-spondence of Aaron Copland*（New Haven，2006），可与国会图书馆的相关馆藏（Library of Congress's Aaron Copland Collection）结合、对照作为补充。其中有些资料可以在网上付费索取，网址是 http：//memory. loc. gov/ammem/collections/Copland/index. html。卡普兰本人的作品可以在 Richard Kostelanetz 编辑的 *Aaron Copland*：*A Reader*：*Selected Writings，1923-1972*（New York，2004）中找到。对卡普兰音乐的有价值的评论及分析，见 Neil Butterworth，*The Music of Aaron Copland*（London & New York，1986）；及 Gail Levin and Judith Tick，*Aaron Copland's America*：*A Cultural Perspective*（New York，2000）。另见 Peter Dickinson 编的论文集，*Copland Connotations*：*Studies and Interviews*（Woodbridge，U. K.，2002），里面有两篇对卡普兰的访谈；还有 Carol J. Oja and Judith Tick 编的 *Aaron Copland and His World*（Princeton，N. J.，2005）。

有关马克·布利茨坦，见 Eric A. Gordon，*Mark the Music*：*The Life and Work of Marc Blitzstein*（New York，1989）。马克·布利茨坦的文章及手稿保存在 Division of Ar-chives and Manuscripts，State Historical Society of Wisconsin in Madison。《布莱希特谈布莱希特》没有录音资料，但迪伦肯定听过 1954 年纽约百合剧院的《三便士歌剧》，该剧录音可参考 Decca Broadway Recordings。罗蒂·兰雅的全部演唱合集由 Bear Family 录制为 11 张 CD，合集的名称为 *Lotte Lenya*：*Her Complete Recordings from 1929-1975*。

有关"人民阵线"的文化历史，最全面的二手文献是 Michael Denning，*The Cul-tural Front*：*The Laboring of American Culture in the Twentieth Century*（London & New York，1997）。有关本章中论述的 1940 年代罗斯福总统时期的美国音乐，见 Alex Ross，*The Rest Is Noise*：*Listening to the Twentieth Century*（New York，2007）。有关 1930 年代早期到中期的现代主义"作曲家共同体"及 1930 年代后期和 40 年代亲共产党的民谣运动，包括皮特·西格"人民之歌"乐队，见 Robbie Lieberman，"*My Song Is My Weapon*"：*People's Songs，American Communism，and the Politics of Culture*（1989；Ur-bana，Ill.，1995）；及 Richard A. Reuss with JoAnne C. Reuss，*American Folk Music and Left Wing Politics，1927-1957*（Lanham，Md.，2000）。有关查尔斯·西格，见 Ann M. Pescatello，*Charles Seeger*：*A Life in American Music*（Pittsburgh，1992）。

有关民谣复兴及缘起，见 Robert Cantwell，*When We Were Good*：*The Folk Revival*（Cambridge，Mass.，1996）；Ronald D. Cohen，*Rainbow Quest*：*The Folk Music Revival and American Society，1940-1970*（Amherst，Mass.，2002）；及 Dick Weissman，*Which Side Are You On? An Inside History of the Folk Music Revival in America*（New York，2005）。民谣复兴研究方面比较特别的视角见 Alan Lomax，*Selected Writings，1934-1997*，ed.

Ronald D. Cohen（Oxford, 2003）；及 David King Dunaway, *How Can I Keep from Singing? The Ballad of Pete Seeger*（New York, 2008）。有关迪伦的童年及青少年时期，除基本的传记外，还可参考 Dave Engel, *Just Like Bob Zimmerman's Blues：Dylan in Minnesota*（Amherst, Wis., 1997）。

19 赞扬卡普兰走出了"象牙塔"：[Carl Sands Seeger]，"Copeland's [sic] Music Recital at Pierre Degeyter Club", *Daily Worker*, March 22, 1934.

19 我做过的最蠢的事"：见 Aaron Copland：*The Life and Work of an Uncommon Man*（1999; Urbana, Ill., 2000），276。

19 认为卡普兰的谱曲"很辉煌"：同上，275。

19 "许多民歌都是自我陶醉、忧郁，充满失败情绪"：援引自 RobbieLieberman, "*My Song Weapon*"：*People's Songs, American Communism, and the Politics of Culture*（1989; Urbana, Ill., 1995），30。

22 "最初是维克多发觉"：1934 年 9 月，卡普兰对一位朋友说的话，见 Aaron Copland Collection, Library of Congress；另见 *The Selected Correspondence of Aaron Copland*, eds. Elizabeth B. Crist and Wayne Shirley（New Haven, 2006），105-6.

22 "1934 年夏"：Pollack, *Copland*, 278.

24 "首场演出开幕前夜"：Aaron Copland, "In Memory of Marc Blitzstein 1905-1964）", MS, Copland Collection；发表在 *Perspectives of New Music* 2, no. 2（Spring-Summer, 1964），6-7。

24 "社会戏剧"：Pollack, *Copland*, 181-82.

25 "杂种般的商业化利益"：Diamond to Copland, June 15, 1939, Copland Collection, cited in Ibid., 190.

26 "太过于欧洲"：Copland 援引自 Pollack, *Copland*, 125。

26 "对处理牛仔主题相当小心"：Aaron Copland, "About Billy the Kid", n. d. [circa 1950], MS, Copland Collection.

26 "我从来没有如此特别地被牛仔歌曲的音乐美打动过"：Aaron Copland, "Notes on a Cowboy Ballet", in Aaron Copland：*A Reader：Selected Writings*, 1923 - 1972, ed. Richard Kostelanetz（New York, 2004），239-40.

26 "无可救药地投入"：Aaron Copland, 同上。

27 "运作上相当微妙"：同上。

28 "口吃的版本"：Albert H. Tolman, "Some Songs Traditional in the United States", *Journal of American Folk- Lore* 29（April-June 1916），189.

30 "'严肃'音乐"：Arthur Berger, "Copland's Piano Sonata", *Partisan Review* 10,

no. 2（March-April 1943）, 187-90. 卡普兰与伯格一直是很好的朋友，尽管二人存在分歧。在读了伯格发表在《党派评论》上的批评文字后，卡普兰还致信伯格，以他典型的幽默口吻表示："我愿意认为……我为自己及别人触动了我们亟需的音乐自然性。" Copland to Berger, April 10, 1943, Copland Collection；另见 Crist and Shirley, *Selected Correspondence*, 153-54。

30 "亨利·华莱士的演说"：Thomson 援引自 Elizabeth Crist, *Music for the Common Man: Aaron Copland During the Depression*（New York, 2005）, 193。

30 "中产文化"：Dwight Macdonald, "Masscult and Midcult", *Against the American Grain: Essays on the Effects of Mass Culture*（New York, 1962）, 37.

31 "那些墨守成规的音乐会观众"：Aaron Copland, "Composer from Brooklyn: An Autobiographical Sketch"（1939, 1968）, in Kostelanetz, *Copland: A Reader*, xxvi.

34 "美国最伟大的作曲家之一"；"平易但不平庸"：Martin Bernstein, *An Introduction to Music*（1937; New York, 1951）, 430, 432.

34 "融汇在个人化的唱词里"，Joseph Machlis, *The Enjoyment of Music: An Introduction to Perceptive Listening*（New York, 1955）, 600.

36 "美国民主艺术家"：Copland, "Effect of the Cold War on the Artist in the U. S.", Delivered to the Cultural and Scientific Conference for World York, March 27, 1949, MS, Copland Collection.

36 "苏联音乐政策的每一项规定"：Copland, *Music and Imagination*（1952; Cambridge, Mass. , 1980）, 75.

36 "什么人都有"：*Life*, April 4, 1949.

38 "从来不认为自己是共产党的同情者"：Copland in *Executive Sessions of the Senate Permanent Subcommittee on Investigations of the Committee on Government Operations*, 83rd Cong. , 1st sess. , 1953（Washington, D. C. , 2003）, vol. 2, 1267-89, 援引自 1268, 1277, 1284。

38 "就像有人一下关上了水龙头"：Copland 援引自 Pollack, *Copland*, 516。

43 "〈早安曲〉"：Bob Dylan, *Chronicles: Volume One*（New York, 2004）, 272.

43 "恶魔唱出的污秽之歌"：同上, 275。

43 "意识形态的心灵"：同上, 276。

44 "道德激情"：Copland, "In Memory of Marc Blitzstein".

46 "当一位天赋异秉的年轻美国人"：达姆罗什这句话引自 "Nadia Boulanger, Organist, Appears", *New York Times*, Jan. 12, 1925。这一引述出现在多种传记及评论研究中，只不过表述上稍有出入。据《时代》周刊中的原始记载，当达姆罗什讲完这番话时，"观众席上轰然爆发出笑声，坐在包厢里的那位'年轻美国人'——卡普兰——和观众一样大笑起来，并鼓掌喝彩"。

第二章 穿越太空

对"垮掉的一代"的整体评价，可参见 Bruce Cook, *The Beat Generation*（New York, 1971）; Bill Morgan, *The Beat Generation in New York*（San Francisco, 1997）; John Tytell, *Naked Angels: The Life and Literature of the Beat Generation*（New York, 1976）; Ann Charters, *The Beats: Literary Bohemianism in Postwar America*, *Parts I and II, Dictionary of Literary Biography*, Vol. 16（Detroit, 1983）; Edward Halsey Foster, *Understanding the Beats*（Columbia, S. C. , 1992）; Steven Watson, *The Birth of the Beat Generation: Visionaries, Rebels, and Hipsters, 1944-1960*（New York, 1995）; Ann Charters, *Beat Down to Your Soul: What Was the Beat Generation?*（New York, 2001）。"垮掉的一代"文选中最有帮助的是：Ann Charters, ed. , *The Portable Beat Reader*（New York, 1992），另外还有 Donald M. Allen, ed. , *The New American Poetry, 1945-1960*（New York, 1960）; LeRoi Jones, *The Moderns: An Anthology of New Writing in America*（New York, 1963）; Seymour Krim, *The Beats*（New York, 1960）; and Elias Wilentz, ed. , *The Beat Scene*（New York, 1960）。评论文章的选编可见 Lee Barlett, ed. , *The Beats: Essays in Criticism*（New York, 1981）; and Kostos Myrsiades, *The Beat Generation: Critical Essays*（Bern, 2002）。集"垮掉派"文学作品和精彩照片于一体的有 Fred McDarrah and Timothy S. McDarrah, *Kerouac and Friends*（1985; New York, 2002）。

艾伦·金斯堡诗集，标准的版本是 Allen Ginsberg, *Collected Poems, 1947-1997*（New York, 2006）。相关重要书籍有 Bill Morgan, ed. , *The Letters of Allen Ginsberg*（New York, 2008），383。传记中比较出色的有 Barry Miles, *Ginsberg: A Biography*（London, 1989）and Michael Schumacher, *Dharma Lion: A Biography of Allen Ginsberg*（New York, 1992）。有关金斯堡及其作品，另见 Jane Kramer, *Allen Ginsberg in America*（New York, 1968）; 及论文集 Lewis Hyde, ed. , *On the Poetry of Allen Ginsberg*（Ann Arbor, 1984）。有关杰克·凯鲁亚克，见 Ann Charters 撰写的开创性传记 *Kerouac: A Biography*（1973; New York, 1994）。下列书目可作补充：Dennis McNally, *Desolate Angel: Jack Kerouac, the Beat Generation, and America*（New York, 1979）; and Gerald Nicosia, *Memory Babe: A Critical Biography of Jack Kerouac*（New York, 1983）。有关凯鲁亚克及"垮掉派"文学圈，推荐 Joyce Johnson, *Minor Characters*（Boston, 1983）。*Robert Frank: Complete Film Works* 这本书中附有罗伯特·弗兰克导演、大卫·阿姆拉姆配乐的"垮掉派"电影《拔掉我的雏菊》（*Pull My Daisy*）的 DVD，发行者为 Art Publishers。

有关所谓"纽约知识界"的文化政治活动，入门资料有：Alexander Bloom, *Prodigal Sons: The New York Intellectuals and Their World* (New York, 1986); Hugh Wilford, *The New York Intellectuals: From Vanguard to Institution* (Manchester, Eng. & New York, 1995); Alan M. Wald, *The New York Intellectuals: The Rise and Decline of the Anti-Stalinist Left from the 1930s to the 1980s* (Chapel Hill, 1987)。

莱昂内尔·特里林的重要作品中，特别与本章相关的有 *The Liberal Imagination: Essays on Literature and Society* (1950; New York, 2008)。另见他的遗著 *The Moral Obligation to Be Intelligent: Selected Essays*, ed. Leon Wieseltier (New York, 2000)。有关特里林的生活与工作，见 Diana Trilling, *The Beginning of the Journey: The Marriage of Diana and Lionel Trilling* (New York, 1993)。对特里林的研究和评论参见 William M. Chace, *Lionel Trilling, Criticism, and Politics* (Stanford, 1980); Robert Boyers, *Lionel Trilling: Negative Capability and the Wisdom of Avoidance* (Columbia, Mo., 1977); Mark Krupnick, *Lionel Trilling and the Fate of Cultural Criticism* (Evanston, Ill., 1986); 还有 John Rodden 编的 *Lionel Trilling and the Critics: Opposing Selves* (Lincoln, Neb, 1999)。

有关金斯堡和特里林之间的过结，见 Robert Genter, "'I'm Not His Father': Lionel Trilling, Allen Ginsberg and the Contours of Literary Modernism", *College Literature*, XXXI, 2 (2004): 22-52; 及 Adam Kirsch, Lionel Trilling and Allen Ginsberg: "Liberal Father, Radical Son", *Virginia Quarterly Review*, (Summer 2009), http://poems.com/special_features/prose/essay_kirsch2.php。

48:"一次我去看了一场电影"：凯鲁亚克，"54th Chorus", in *Mexico City Blues* (242 *Choruses*) (1959; New York, 1994), 54。

49 "1959 年在圣保罗，有人给过我一本"：援引自 *Pomes All Sizes* (San Francisco, 1992), 2。

50 "我从旷野中来"：Cameron Crowe, *Biograph* (1985) 一书的套封说明文字中援引的迪伦的话。

50 "令人喘不过气的，活力四射的波普音乐般的句子"：Bob Dylan, *Chronicles: Volume One* (New York, 2004), 57.

51 "木头疙瘩"：Jack Kerouac, *Lonesome Traveler* (1960; New York, 1994), 38.

52 "与迪伦一起度过了美好的一天"：Ginsberg to Louis Ginsberg, Nov. 4, 1975, in *The Letters of Allen Ginsberg*, ed. Bill Morgan (New York, 2008), 383.

53 "他已宣告了他在政治上的独立"：Ginsberg in Lawrence Grobel, *Endangered Species: Writers Talk About Their Craft, Their Visions, Their Lives* (New York, 2001), 169.

54 "早年的时候，我曾试图与他直言不讳"：Alfred G. Aronowitz, "Portrait of a

Beat", *Nugget*, Oct. 1960, in *Kerouac and Friends*, comp. Fred W. McDarrah and Timothy S. McDarrah (1985; New York, 2002), 106.

55 "一种智力上的健美操仪式": Lionel Trilling, *The Liberal Imagination: Essays on Literature and Society* (1950; New York, 2008), 183.

56 "在所有多样性、复杂性和困境中的个体存在的价值": Lionel Trilling, "Art, Will, and Necessity", in *The Moral Obligation to Be Intelligent: Selected Essays*, ed. Leon Wieseltier (New York, 2000), 511.

56 "道德现实主义": Trilling, *The Liberal Imagination*, 219.

56 "不为道德负疚感所困扰": Ginsberg to Trilling, Sept. 4, 1945, 援引自 Robert Genter, "'I'm Not His Father': Lionel Trilling, Allen Ginsberg, and the Contours of Literary Modernism", *College Literature* 31, no. 2 (2004), 37。

56 "是一种绝对主义": Trilling to Ginsberg, Sept. 11, 1945, 出处同上, 38。

56 "拙劣的伎俩": Ginsberg to John Hollander, Sept. 7, 1958, Morgan, *Letters of Allen Ginsberg*, 215.

57 "有意识的心灵所经历的暗黑而又多样的生命经验": Ginsberg Dec. [?], 1948, 援引自 Genter, "'I'm Not His Father'", 43。

59 "这是把我踢出去的母校": Ginsberg to Ferlinghetti, March 6, 1959, 援引自 Barry Miles, *Ginsberg: A Biography* (New York, 1989), 260。

60 "他妈的无政府主义者": Asch quoted D. Goldsmith, *Making People's Music: Moe Asch and Folkways Records* (Washington, D. C., 1998), 4.

63 "松松垮垮": Ted Joans, "I Love a Big Bird", in *Bird: The Legend of Charlie Parker*, ed. Robert G. (1962; New York, 1977), 117.

63 "我们都玩民谣": 援引自 Dylan, *Chronicles*, 95。

64 "爵士乐假内行": Van Ronk Remark in *No Direction Home: Bob Dylan*, directed by Martin Scorsese (Spitfire Pictures, 2005). 另见 Dave Van Ronk, *The Mayor of MacDougal Street: A Memoir* (New York, 2005)。

64 "我试图分辨那些旋律和结构": Dylan, *Chronicles*, 94.

64 "听雷·查尔斯 (Ray Charles) 的蓝调在留声机上嘶哑着": Allen Ginsberg, "Kaddish", in *Collected 1947-1997* (New York, 2006), 217.

66 "过去几乎每个地方都有民谣演唱和爵士乐俱乐部": Scott Cohen, "Bob Dylan Not Like a Rolling Stone Interview", *Spin*, Dec. 1985, 再版后题为 *Younger than That Now: The Collected Interviews with Bob Dylan*, ed. James Ellison (New York, 2004), 223。

66 "法国人、兰波和弗朗索瓦·维永": 同前注。

66 "囚歌": Bob Dylan, "11 Outlined Epitaphs", 见 *The Times They Are A- Changin'* (1964) 的套封说明文字, www. bobdylan. com/#/music/times- they- arechangin.

67 "要去努力实现自己的浪漫梦想": Norman Mailer, "Superman Comes to the Supermarket", *Esquire*, Nov. 1960, www. esquire. com/features/supermansupermarket-6.

67 "只有起落浮沉": "Transcript of Bob Dylan's Remarks at the Bill of Rights Dinner at the Americana Hotel on 12/13/63", www. corlisslamont. org/dylan. htm.

69 "艾伦真是个热力四射的酷儿": Aronowitz 援引自 Clinton Heylin, *Bob Dylan: Behind the Shades: Take Two* (London, 2000), 139。

69 "那样我会成了他的奴隶或什么": Ginsberg 援引自 Miles, *Ginsberg*, 334。

69 "星期五的颜色是沉闷的": Dylan 援引自 Heylin, *Behind the Shades: Take Two*, 143.

69 "好啊。这边能碰见艾伦·金斯堡那样的诗人吗": *Dont Look Back: A Film and Book* by D. A. Pennebaker (New York, 1968), 113.

72 "某种恐怖的牛仔电影": Les Crane 的电视访谈, *The Les Crane Show*, Feb. 17, 1965, 文字记录参见 Giulio Molfese 的网站, Bread Crumb Sins, www. interferenza. com/bcs/interw/feb17. htm.

74 "我已……": Bob Dylan, 套封说明文字, 见 *Bringing It All Back* (1965), www. bobdylan. com/#/music/bringing- it- all- back- home。

74 "你觉得会不会有那么一天": Jonathan Cott, ed. , *Bob Dylan: Interviews* (New York, 2006), 63.

75 "迪伦出卖给了上帝": Ginsberg quoted Heylin, *Behind the Shades: Take Two*, 223.

76 "作诗的新板斧": Ginsberg quoted Miles, *Ginsberg*, 381.

76 "开玩笑说金斯堡是迪伦的最忠诚的跟班"; "在他们彼此的关系中有一点戏弄和玩笑的成分": Anne Waldman, "Dylan and the Beats", in *Highway Revisited: Bob Dylan's Road from Minnesota to the World*, eds. Colleen Thomas Swiss (Minneapolis, 2009), 255.

78 "铃声在黎明响起": Allen Ginsberg: "I am a Victim of Telephone" (1964), in *Collected Poems*, 1997, 352.

78 "青春性感的力量": Ginsberg, "Kral Majales" (1965), 同上, 361。

78 "天使般的迪伦": Allen Ginsberg, "Wichita Vortex Sutra" (1966), 同上, 417。

80 "没有任何指手划脚的歌曲": Dylan 援引自 Nat Hentoff, "The Crackin', Shakin', Breakin' Sounds", *New Yorker*, Oct. 24, 1964, Cott, *Essential Interviews*, 15-

16。

80 "把意象接合起来"：Allen Ginsberg, *Journals: Mid- Fifties*, 1954-1958, ed. , Gordon Ball（New York, 1995）, 142.

80 "意象的叠加"：T. S. Eliot, "The Metaphysical Poets"（1921）, in *The Selected Prose of T. S. Eliot*, ed. Frank Kermode（New York, 1975）, 60.

82 "某种阴郁的，甚至忧伤的黑暗"：Jack Kerouac, *Desolation Angels*（1965; New York, 1980）, 222. 有关迪伦的现代主义方面，特别感谢 Anne Margaret Daniel。

82 "哦，在墨西哥的某个地方"：Television Press Conference, KQED（San Francisco）, Dec. 3, 1965, in Cott, *Essential Interviews*, 72.

84 "想要成为摇滚明星"：Mark Shurilla 援引自 Eric Hoffman, "Poetry Jukebox: How Rock and Roll Found Literature and Literature Found Rock and Roll: The Story of Allen Ginsberg and Bob Dylan", Isis 145（July- Aug. 2009）, 41。

第三章　正午的黑暗

本章最早见于为《私录专辑系列（6）》（*The Bootleg Series Volume* 6: *Bob Dylan Live* 1964: *The Philharmonic Hall Concert*）（Sony/Legacy Records, 2003）写的说明文字。除以下注释，本章其他援引资料均可在上述专辑的文字说明中找到。

89 "闭嘴"：Johnny Cash, "Letter to Broadside", *Broadside*, March 10, 1964, in *Studio A: The Bob Dylan Reader*, ed. Benjamin Hedin（Now York, 2004）, 21.

89 "新歌…"：Irwin Silber, "An Open Letter to Bob Dylan", *Out*!, Nov. 1964, www. edlis. org/twice/threads/open_ letter_ to_ html.

103 "一代人的声音"："The Rome Interview", www. expectingrain. com/dok/cd/2001/romeinterview. html.

第四章　凌晨三点的声音

本章的早期文本标题为 "Mystic Nights: The Making of Blonde on Blonde in Nashville", *American*, no. 58（2007）, 142-49。除以下注释，本章其他援引资料来自 Special Rider Music 提供的《金发佳人》在纽约及纳什维尔录制期间的原始录音带。

105 "少数群体"：Klas Burling 访谈, April 29, 1966, www. interferenza. com/interw/66- apr29. htm.

106 "那薄薄的、恣意的水银的声响"：Ron Rosenbaum 访谈, *Playboy*, March 1978, 再版见 *Dylan: The Essential Interviews*, ed. Jonathan Cott（New York, 2006）, 208。

107 "没有人比那张专辑更好地捕捉到凌晨三点的声音"：Kooper 援引自 Howard

Sounes, *Down the Highway*: *The Life of Bob Dylan* (New York, 2001), 205。

108 "他从不重复做任何事"：约翰斯顿的这句话见 Richard Younger, "An Exclusive Interview with Bob Johnston", n. d., www. b-dylan. com/pages/samples/bobjohnston. html.

114 "半是格什温"：Jonathan Singer to David Hinckley, March 4, 1999, www. steelydan. com/griffin. html.

114 "录完了之后，我们知道我们整出了一个好东西"：库柏于 2006 年 11 月 13 日接受本书作者访谈时说的话。

115 "那之后"：麦考伊接受 Richie Unterberger 采访时说, n. d., www. richieunterberger. com/mccoy. html。

116 "任何人都知道"：麦考伊于 2006 年 11 月 20 日接受本书作者访谈时说, Nov. 20, 2006。

117 "冷淡"：罗伯逊的话援引自 Sounes, *Down the Highway*, 201。

117 "那些人欢迎我们"：库柏对本书作者说。

117 "我想都不敢想和他说话"：援引自 David Bowman, "Kris Kristofferson", *Salon*, Sept. 24, 1999, dir. salon. com/people/lunch/1999/09/24/kristofferson。

117 "我们在一起演奏的时候效果就是不一样"：援引自 Bob Spitz, *Dylan*: *A Biography* (New York, 1991), 339。

117 "艺术家和歌曲总是第一位的"：McCoy, Interview with Unterberger。

117 "当时还从没有听说过"：麦考伊接受本书作者访谈时说的话。

118 "耶稣，世人仰望的喜悦"：感谢 Anne Margaret Daniel 对此的指点。

118 "我看到迪伦坐在录音室的钢琴前面"：Kristofferson 援引自 Bowman, "Kristofferson"。

118 "但他不是"：援引自 Louis Black, "Page Two: A Personal Journey, Part 2", *Austin Chronicle*, May 25, 2007, www. austinchronicle. com/gyrobase/Issue/column? oid = oid: 477920.

119 "大家折腾到早上四点还没睡"：McCoy, Interview with Unterberger.

119 "如果你注意到录音带上"：援引自 Clinton Heylin, *Bob Dylan*: *Behind the Shades*: *Take Two* (London, 2000), 241。

123 "那听起来像是救世军乐队的玩意儿"：约翰逊和迪伦的话均援引自 Black, "Momentum and the Mountainside Sound", *Austin Chronicle*, Sept. 30, 2005, www. austinchronicle. com/gyrobase/Issue/oid: 293992。

123 "根本就没发生这种事"：本书作者对麦考伊的访谈。

123 "我们所有人都走来走去"；"这是我唯一一次听到迪伦真正大笑起来"：Black，"Page Two"．

125 "他们没有任何图表一类的东西"：约翰逊的话援引自"Page Two"。

128 "我们做得要多蠢有多蠢"：本书作者对麦考伊的访谈。

128 "一切都不同"：同上。

第五章 天堂之子

"滚雷巡演"方面的关键资料，参见 Sam Shepard，*Rolling Thunder Logbook*（1977；New York，1978）；Larry "Ratso" Sloman，*On the Road with Bob Dylan*（1978；New York，2002）。另见 Larry "Ratso" Sloman 为如下专辑撰写的套封说明文字：*The Bootleg Series*，*Vol. 5*：*Bob Dylan Live* 1975：*The Rolling Thunder Revue*（Sony/Legacy Records，2002）。有关诺曼·雷本及其对迪伦的影响，参见 Bert Cartwright，"The Mysterious Norman Raeben"，in *Wanted Man*：*In Search of Bob Dylan*，ed. John Bauldie（London，1990），85—90；以及 www. geocities. com/athens/forum/2667/raeben. htm。有关迪伦的几部电影，见 C. P. Lee，*Like a Bullet of Light*：*The Films of Bob Dylan*（London，2000）；另见 Vince Farinaccio，*Nothing to Turn Off*：*The Films and Video of Bob Dylan*（n. p. ，2007）。有关〈蓝色郁结〉及《轨道上的血》专辑中的其他歌曲，见 Andy Gill and Kevin Odegard，*A Simple Twist of Fate*：*Bob Dylan and the Making of* "*Blood on the Tracks*"（New York，2004）。有关 1975 年 11 月 13 日纽黑文那个下午场演出，我听过一盘根据现场观众录制的带子制作的激光唱片，这令我对当时的记忆重新鲜活起来；相关唱片还有两个私录版，分别为 *New Haven*（Morose Moose Music Company）和 *New Haven*，*Connecticut*，*U. S. A.*，13. 11. 75 *Afternoon Show*（Great North Woods）。

136 "就好像我突然失忆了"：迪伦的话援引自 Bert Cartwright，"The Mysterious Norman Raeben"，in *Wanted Man*：*In Search of Bob Dylan*，ed. John Bauldie（London，1990），87。

136 "下沉、下沉、下沉"：Interview with Jonathan Cott，*Rolling Stone*，Nov. 16，1978，reprinted in *Bob Dylan*：*The Essential Interviews*，ed. Jonathan Cott（New York，2006），260.

137 "我发现我能在电影院里坐多久"：迪伦的话援引自 Alan Jackson，"Bob He's Got Everything He Needs, He's an Artist, He Don't Look Back"，*Times*（London），June 6，2008。

139 "来自佛罗里达州的富婆们"：迪伦的话援引自 Cartwright，"Mysterious Norman Raeben"，86。

139 "如何看"：出处同前注，87。

140 "我只是试图让它像一幅画"：迪伦的话援引自 Cameron Crowe, liner notes to *Biograph* (1985)；另见 Cartwright, "Mysterious Raeben", 89。

142 "不一样的事情"：[Camilla McGuinn], "Roadie Report 31—the Rolling Thunder Revue", Roger McGuinn blog, rogermcguinn. blogspot. com/2007/11/roadie‑thunder‑revue. html.

144 "罗杰！"：迪伦的话援引自 Larry "Ratso" Sloman, *On the Road with Bob Dylan* (1978; New York, 2002)。

154 "这就是我们的口号"：出处同上。

156 "就像马龙·白兰度"：迪伦的话见 "Minnesota Hotel Tapes", 1960 年录制。

157 "他正经历着一段精彩时光"：Carolina A. Miranda, "Q&A with D. A. Pennebaker", *Time*, Feb. 26, 2007, at www. time. com/time/arts/article/0, 8599, 1593766, html.

158 "说真的，我想成为易卜生"：彭尼贝克的这句话出处同上。

159 "三分之一的篇幅都是即兴之作"：Interview with Cott, *Rolling Stone*, Jan. 26, 1978, reprinted in Cott, *Essential Interviews*, 191.

160 "内在自我与外在自我的赤裸裸的疏离"：出处同上，178。

161 "《天堂之子》那样的片子"：利维的话援引自 Vince Farinaccio, *Nothing to Turn Off: The Films and Video of Bob Dylan* (n. p., 2007), 93。

162 "类似那样的东西"：Sam Shepard, *Rolling Thunder Logbook* (1977; New York, 1978), 13.

167 "二百周年的狂欢"：出处同上，45。

167 "二百周年纪念的画卷"：金斯堡在 1975 年 11 月 4 日对路易丝·金斯堡说的话，见 *The Letters of Allen Ginsberg*, ed. Bill Morgan (New York, 2008), 383。

169 "时断时续"：来自与 Cynthia Gooding 的电台访谈，WBAI (New York), March 11, 1962, in Cott, *Essential Interviews*, 3。

169 "行路歌"：Dylan, Concert Remarks at Town Hall, New York, April 12, 1963. 相关演唱有两种私录带流传：其一，Colosseum 出品，*Bob Dylan in Concert*；还有最新的 Rattlesnake 出品，是市政厅演唱会的完整录音，题为 *New York Town Hall* 1963。

169 "路过的那些云游的艺人"："Bob Dylan Talks About the New Album with Bill Flanagan", www. bobdylan. com/#/conversation? page=5.

170 "能令你换一种想法"：迪伦的电台访谈，文字稿见 Cynthia Gooding, *Folksinger's Choice*, bootleg CD (Yellow Dog)。另见 Jonathan Cott 整理的访谈录，文字

稿见 www. expectingrain. com/dok/int/gooding. html。

第六章 烈士纷纷倒下

对盲眼威利·麦克泰尔的研究中，最严谨的当属 Michael Gray, *Hand Me My Travelin' Shoes: In Search of Blind Willie McTell*（2007；London, 2008）。该书还交织了作者对当今美国南方的印象。书中还附有麦克泰尔演唱录音作品的详细目录 。读者也可以在以下网站搜索到相关目录：http：//www. wirz. de/music/mctelfrm. htm。有关蓝调的书籍、文章及网站非常之多，并且还在不断涌现。有两本贡献颇大的先驱性书籍尤为值得重视：Samuel Charters, *The Country Blues*（1959；New York, 1975）；Paul Oliver, *Blues Fell This Morning: The Meaning of the Blues*（New York, 1960）。有关约翰·洛马克斯的生平与事业见 *The Last Cavalier: The Life Times of John A. Lomax*, 1867–1948（Urbana, Ill., 1996）。有关阿兰·洛马克斯的文字，见本书第一章所附书目。我有幸亲耳聆听过〈盲眼威利·麦克泰尔〉1983 年 5 月的录制期唱片样本，该段录音后于 1991 年出现在 *The Bootleg Series*, Vols. 1–3: *Rare and Unreleased*, 1961–1991。

172 "我想知道"：洛马克斯和麦克泰尔之间的完整对话见 1940 Library of Congress Recording，题为 "Monologue on Accidents"，见六碟装 CD：*Blind Willie McTell: King of the Georgia Blues*（Snapper Records, 2007）中的第五张；另见单独发行的录音带 *Blind Willie McTell* 1940（Document Records, 1990）。

178 "我告诉过你们"：迪伦这句话见 *Saved! The Gospel Speeches*, ed. Clinton Heylin（Madras, 1990），12–13。

182 "听得我头发都竖起来了"：迪伦这句话援引自 "The 100 Greatest Singers of All Time: 56—Mavis Staples", *Rolling Stone*, Nov. 27, 2008, http：//www. rollingstone. com/news/coverstory/24161972/page/56。

182 "不知道如何处理"：迪伦这句话援引自 Clinton Heylin, *Bob Dylan: Behind the Shades: Take Two*（London, 2000），548。

186 "我跑了，哪儿都去"：Blind Willie McTell, *Last Session*，最早发行于 1960 年，后又以密纹唱片及光碟等多种形式出现，最新的版本是 2007 年 Fantasy Records 发行的 CD. 该专辑目前也可以通过 MP3 下载。

188 "宝贝，我天生要浪迹天涯"：麦克泰尔的话援引自 Michael Gray, *Hand Me My Travelin' Shoes: In Search of Blind Willie McTell*（2007；London, 2008），180。

189 "他总是要个合同"：出处同上，235。

189 "他们过着很正常的生活""不打领带他就不觉得自己已经穿戴好了""对经文有深刻理解"：Andrew Williams 的这段话出处同上，240–42。

190 "才华横溢但难以捉摸的蓝调歌手"：Samuel Charters, *The Country Blues* (1959; New York, 1975), 93.

190 "谈到盲眼威利·麦克泰尔"：Peter Guralnick, *Feel Like Going Home: Portraits in Blues and Rock 'n' Roll* (1971; Boston, 1999), 23.

194 "我脱胎自其他词曲作家"：McTell, *Last Session*.

201 "神在他的天国"：Robert Browning, "Pippa Passes: A Drama", in *The Complete Works of Robert Browning* (New York, 1898), vol. 1, 193.

201 "神在天上"：Herman Melville, "The Fall of Richmond: The Tidings Received in the Northern Metropolis (April, 1865) ", in *Battle-Pieces and Aspects of the War* (New York, 1866), 136.

203 "或许〈盲眼威利·麦克泰尔〉这首歌最令人着迷的挑战"：Greil Marcus, *The Dustbin of History* (Cambridge, Mass. , 1995), 84.

206 "过去一直不死"：Gavin Stevens in William Faulkner, *Requiem for a Nun*, act 1, scene 3, (New York, 1951).

第七章　我曾经拥有的朋友都已离去

有关迪莉娅的基础性二手文献有 John Garst, "Delia's Gone—Where Did She Come From, Where Did She Go?", 出处为 The Twentieth Annual International Country Music Conference, Belmont University, Nashville, May 2003；以及 Sean Wilentz, "The Sad Song of Delia Green and Cooney Houston", 收入 *The Rose and the Briar: Death, Love, and Liberty in the American Ballad*, eds. Sean Wilentz and Greil Marcus (New York, 2005), 147-58。本章内容很多来自前述这本书，尽管做了大量修改。

210 "我已经有点穷途末路了"：David Gates, "Dylan Revisited", *Newsweek*, Oct. 6, 1997, www. newsweek. com/id/97107.

210 "感觉自己完蛋了"：Bob Dylan, *Chronicles: Volume One* (New York, 2004), 147.

213 "辛纳屈、佩吉·李，是的，这些人我都爱"：迪伦接受 Mikal Gilmore 的访谈, *Los Angeles Herald Examiner*, Oct. 13, 1985。

215 "民谣是唯一的一种并不简单的音乐"：迪伦接受 Nora Ephron 与 Susan Edmiston 的访谈, "Positively Tie Dream", Aug. 1965，再版见 *Bob Dylan: The Essential Interviews*, ed. Jonathan Cott (New York, 2006), 50。

215 "会有三四首歌同时蹦出来"：援引自 Clinton Heylin, *Bob Dylan: Behind the Shades: Take Two* (London, 2000), 671。

215 "如果你能唱这些［民谣］歌曲"：出处同上。

217 "怎么回事，法官甚至把我的枪也还给我了"：贝克的话援引自 Cecil Brown, "We Did Them Wrong: The Ballad of Frankie and Albert", 见 *The Rose and the Briar: Death, Love, and Liberty in the American Ballad*, eds. Sean Wilentz and Greil Marcus (New York, 2005), 138。

218 "我杀死总统，是为了劳苦的人民"：乔戈什的话援引自 Buffalo Express, Oct 30, 1901。

219 "担忧着一个女人，或担忧着一个男人"：戴维斯的话援引自 Stefan Grossman, "Reverent Gary Davis Interview", Stefan Grossman's Guitar Workshop, http: // www. guitarvideos. com/interviews/davis/。

219 "那首叫〈迪莉娅〉的歌"：出处同上。

220 "不知道，我从没听说过此人"：出处同上。

220 "我不会忘记塔基街那时的样子"：W. C. Handy, *Father of the Blues: An Autobiography* (1941; New York, 1991), 28。

223 "对人类的堕落的认识更有阅历和智慧的"：Johnny Cash with Patrick Carr, *Cash: The Autobiography* (1997; New York, 2003), 255。

230 "眼下库尼是个小甜心"："Delia Holmes (Will Winn's Version)", 见 Chapman J. Milling, "Delia Holmes—A Neglected Negro Ballad", *Southern Folklore Quarterly* 1, no. 4 (Dec. 1937), 4-7。

235 "当迪伦唱到'我曾经拥有的朋友都已离去'时"：Flanagan, "My Back Pages", *Musician*, Dec. 1993, 86.

第八章　迪伦与神圣竖琴

研究形符音乐与竖琴传统的先驱是 George Pullen Jackson, 其最重要著述为 *White Spirituals in the Southern Uplands* (Chapel Hill, N. C. , 1933); *Spiritual Folk- Songs of Early America* (Locust Valley, N. Y. , 1937); *White and Negro Spirituals: Their Life Span and Kinship* (Locust Valley, N. Y. , 1943); 以及 *The Story of the Sacred Harp*, 1844- 1944 (Nashville, 1944)。在其研究基础上作出重要补充的晚近学者首推 Buell E. Cobb Jr. , *The Sacred Harp: A Tradition and Its Music* (1978; Athens, Ga. , 1989); 及 Dorothy D. Horn, *Sing to Me of Heaven: A Study of Folk and Early American Materials in Three Old Harp Books* (Gainesville, Fla. , 1970)。有关历史背景的研究，见 Manfred Bukofzer, "Popular Polyphony in the Middle Ages", *Musical Quarterly* 26 (Jan. 1940), 31-49。

有关约瑟夫·托马斯的故事及〈孤独的朝圣者〉的创作及其演进，基本的第一手资料如下。其中一些资料亦可在如下网址获得：Restoration Movement Texts posted by Memorial University of Newfoundland，http：//www. mun. ca/rels/restmov/people/josthomas. html。另见 Thomas Commuck，*Indian Melodies*（New York，1845）。有关托马斯参与的几次宗教运动及复兴运动，最佳入门参考书是 Nathan O. Hatch，*The Democratization of American Christianity*（New Haven，Conn. ，1989）。

238 "音乐、赞美诗和圣歌"：William Walker，"Preface to the Former Edition"，*The Southern Harmony and Musical Companion*（1835；Philadelphia，1854），iii.

239 "让这羸弱的肉身垮掉"：Walker，"Hallelujah"，同上，107。

239 "大量很好的小调"：Walker，"Preface to the Edition"，iii.

242 "为何我们要开始"：Walker，"Prospect"，*Harmony*， 92.

243 "我努力想满足所有人的喜好""那些偏好古老音乐的人们""喜欢现代音乐的年轻同伴们"：Walker，"Preface to the Former Edition"，iii.

244 "深深地在我的掌上"："Africa"，in *The Complete Works of William Billings*，ed. Hans Nathan（Boston，1977−90），vol. 2，46−47.

247 "在弟兄中间说话的天分"：P. J. Kernodle，*Lives of Christian Ministers*（Richmond，1909），80.

247 "无法控制的力量"：Joseph Thomas，*The Life and Gospel Labors of Joseph Thomas，Minister Gospel and Elder in the Christian Church*（1812），cited in O. Hatch，*The Democratization of American Christianity*（New Conn. ，1989），79.

247 "纯粹是为了赞美而设计"：Joseph Thomas，*The Pilgrim's Hymn Book，Consisting of Hymns Spiritual Songs Designed for the Public and Private Worship of God*（1816；Winchester，Va. ，1817），vi.

247 "向对抗基督的人做全面的忠实见证"：Joseph Thomas，*The Life，Travels，and Gospel of Eld. Joseph Thomas，More Widely Known as the "White Pilgrim"*（New York，1861），87.

248 "声音悦耳，妙语连珠"：The Reverend H. B. Hayes 援引自 Kernodle，*Lives*，82。

248 "血腥的鞭子"；"穷人富足，富人有识/人类是这福树下的一体"：Joseph Thomas，"State of Ohio，Mad River，August 10th，1817"，in *The Life of the Pilgrim Joseph Thomas，Containing an Accurate Account of His Trials，Travels，and Gospel Labours，up to the Present Date*（Winchester，Va. ，1817），370−71.

253 "让我超越名望"：Joseph Thomas，"The Allurements of the World Forsaken"，in

Life, *Travels*, *and Gospel Labors*, 164.

253 "怪诞而又令人着迷"：Robert Christgau, Review of *World Gone Wrong*, www. robertchristgau. com/get_ artist. php? name+bobdylan.

254 "无与伦比"：Clinton Heylin, *Bob Dylan*：*Behind the Shades*：*Take Two* (London, 2000), 679.

255 "这张唱片会有点瘆人"：David Gates, "Dylan Revisited", *Newsweek*, Oct. 6, 1997, www. newsweek. com/id/97107.

258 "我想，我们才刚开始把我的歌录在光碟上吧"：Interview with Murray Engleheart, *Guitar World and Uncut*, March 1999, reprinted in *Bob Dylan*：*The Essential Interviews*, ed. Jonathan Cott (New York, 2006), 405.

第九章 现代吟游歌手的回归

关于黑脸说唱艺人，见迪伦坦白借鉴过内容的那本 Eric Lott, *Love and Theft*：*Blackface Minstrelsy and the American Working Class* (New York, 1993)；另见 Dale Cockrell, *Demons of Disorder*：*Early Blackface Minstrels and Their World* (New York, 1997)，迪伦似乎也借鉴过这本书（见第十章注释 291），而这本书与 Lott 那本的观点不尽相同。另见 Lott 对〈爱与盗〉的点评，载 *Cambridge Companion*，详见前面综述部分。

对纽波特音乐节的深入研究见 George Wein 与 Nate Chinen 合写的回忆录 *Myself Among Others*：*A Life in Music* (2003；New York, 2004)。这本书主要记载 1954 年纽波特爵士乐节的诞生。相关活动的大量记载还参见 Eric Von Schmidt and Jim Rooney 的回忆录及历史书写 *Baby*, *Let Me Follow You Down*：*The Illustrated Story of the Cambridge Folk Years* (1979；Amherst, Mass. , 1994)。

1965 年迪伦的摇滚乐演唱（紧随传统乡村歌手 Cousin Emmy 的表演之后）一直是个热议和引人入胜的话题，歌迷们对迪伦的形象尤其众说纷纭。一部分问题是 1965 年那阵部分民谣界人士感觉不受用的音乐，后来得到了赞许，并流行起来，使得一些当事者开始修改其笔下的故事。比如皮特·西格干脆否认了迪伦的新风格曾令他不快；他在 Martin Scorsese 的纪录片 *No Direction Home* 中声称，他反对的不是音乐风格本身，而是当时刺耳轰鸣的音响系统。但西格当年写的一个备忘录讲的并不是那么回事，显示他在 1965 年对迪伦新音乐的反对类似于 1964 年 Irwin Silber 在 *Sing Out*! 杂志中从传统的人民阵线立场对迪伦所做的批评，即认为迪伦在从政治化向个人化转变。"上个星期在纽波特，"西格写道，"我闭上眼捂上耳朵跑掉了，因为我受不了听众中发出的尖叫和那种破坏性的见鬼的音乐。"见 David King Dunaway, *How Can I Keep from Singing? The Ballad of Pete Seeger* (New York, 2008), 306。George Wein

的回忆录也佐证，"当电吉他发出第一声弦音的时候，皮特脸色顿变，扭头就跑了。留下我们几个（音乐节的执委）在那儿又震惊又别扭……对民谣界而言那种音乐简直是亵渎。"（332-33）。

相关记载另参见 Murray Lerner 的两部精彩的纪录片，均有 DVD 出品，其中 *Festival*! 涵盖 1963 年至 1965 年纽波特民谣节的现场记录；另一部为 *The Other Side of the Mirror：Bob Dylan at the Newport Folk Festival*，1963-1965。

Elia Kazan 导演的 *A Face in the Crowd*，其 DVD 为 Warner Home Video 出品。

262 "美国滚回家！"：Clinton Heylin，*Bob Dylan：Behind the Shades：Take Two*（London，2000），258.

264 "'黑人'和他们一起唱歌"：Walt Whitman，"True American Singing"，*Brooklyn Star*，Jan. 13，1846.

269 "信仰是关键！"：鲍勃·迪伦这段话见 *John Wesley Harding*（1968）的说明文字，www. bobdylan. com/#/music/john-wesley-harding.

269 "一直从慷慨的天才身上吸血"：*The Collected Works of Abraham Lincoln*，ed. Roy P. Basler（New Brunswick，1953），vol. 1，278.

277 "复杂的圈子""对老歌旧事，我除了敬意唯有敬意"：鲍勃·迪伦，"For Dave Glover"，见 1963 年纽波特民谣节的节目单，另见以下网站 homepage. mac. com/tedgoranson/BeatlesArchives/dylan writings/Dylan_ s_ Miscellany/For_ Dave_ Glover10. html.

278 "化境"：见 Koerner，Ray，and Glover，*Lots More Blues*，*Rags*，*and Hollers*（1964）。

第十章 鲍勃·迪伦的内战

288 "来自再造的往昔的使者"：Jon Pareles，"The Pilgrim's Progress of Bob Dylan"，*New York Times*，Aug. 20，2006.

289 "在写这本书时，我有一些模糊的想法"：Melville to Sophia Peabody Hawthorne，Jan. 8，in Herman Melville，*Correspondence*，ed. Lynn Horth（Evanston，Ill.，1993），219.

290 "为一个连自己的名字都不会写的野蛮人做事的黑暗王子、民主共和党人"："（Masked and Anonymous）Screenplay by Sergei Petrov & Rene Fontaine Revised Draft 5/21/02"，4，collection of the author.

290 "为贪婪和腐败所驱使"：出处同上，88-89。电影中相关演讲是在元首的临终榻前所做，部分内容见下：

让我说，我们不再有任何理由害怕来自国外的威胁。我们的毅力和力量在整个文明世界中众所周知。派系的形成和自由所面临的威胁来自我们自身，来自贪婪、腐败、难填的欲壑，以及对权力过度的渴求。正是为了对抗这种设计，我们要特别自我警醒。无论演员们如何扮演角色，我们都对人类至高的信任负有责任。

可以将之与1837年杰克逊总统的告别演说相对照，包括提及演员扮演角色的句子：

你不再有任何理由害怕来自国外的威胁；你的毅力和力量在整个文明世界中众所周知，同样众所周知的还有你们子孙高尚而英勇的气度。派系的形成和自由所面临的威胁来自内部，来自你们之中，来自贪婪、腐败，来自难填的欲壑，和对权力过度的渴求。正是为了反对这种设计，无论演员们如何扮演角色，你们都要特别自我警醒。你们对人类至高的信任负有责任。

可以看出，电影结尾的演说版本与杰克逊的原初版本稍有出入，不清楚制片人为什么不是照搬杰克逊的版本。

291 "蒙面匿名人"：Cockrell, *Demons of Disorder: Early Blackface Minstrels and Their World* (New York, 1997), 122.

293 "它又像是一首迪伦歌曲一样"：Television Press Conference, KQED (San Francisco), Dec. 3, 1965, 见 *Bob Dylan: The Essential Interviews*, ed. Jonathan Cott (New York, 2006), 293。"like a great Bob Dylan song"：Charles in Shelley Cameron, "Interview with Larry Charles", Reel Movie Critic. com, July 2003, http: //www. reelmoviecritic. com/20035q/id1996. htm.

294 "昼夜供职，不做别样的工"：1 Chronicles 9: 33.

294 "感恩并不是一件容易的事情"：Christopher Ricks, Inaugural Lecture as Professor of Poetry, Univ. of Oxford, *Times Literary Supplement*, Feb. 25, 2005, 13.

295 "死亡、上帝和宇宙，所有的一切"：Bob Dylan, *Chronicles: Volume One* (New York, 2004), 81.

295 "他唱歌沉着而稳定，就像他身处一场风暴中"：出处同上，14。

296 "不管事情变得多怪，尽管继续演奏"：Levon Helm with Stephen Davis, *This Wheel's on Fire: Levon Helm and the Story of the Band* (New York, 1993), 134.

296 "回来啊贝蒂"：Bob Dylan, *Tarantula* (New York, 1971), 12.

298 "当时世界正四分五裂" "如果你出生在那个时候并且活了下来"：Dylan,

Chronicles, 28-29.

298 "据说第二次世界大战结束了启蒙时代"：出处同上，30。

299 "我对这场灾变性的事件了解多少呢?"：出处同上，75-76。

299 "政治诗歌"：出处同上，38。

299 "我开始用各种深刻的诗歌来填补我的大脑"：出处同上，56。

300 "与环境紧密关联"：出处同上，76。

301 "即使一个简单而优美的求爱民谣"；"改一下"：出处同上，83。

301 "过了一段时间"：出处同上，85。

301 "那时候，美国被放在一个十字架上"：出处同上，86。

301 "在那里，行动和美德是老式的"：出处同上，235-36。

302 "印出来"：出处同上，103。

302 "如果有人问这是怎么回事"：出处同上。

303 "一天晚上"：出处同上，165。

第十一章 梦想，方案与主题

我在此章的思考深受如下资料的启发：Roy Kelly, "A Shiny Bed of Lights: Bob Dylan's Modified Versions", *The Bridge*, no. 28 (Winter 2007), 19-68.

310 "链条上的一环"：西格的话援引自 David King Dunaway, *How Can I Keep from Singing? The Ballad of Pete Seeger* (New York, 2008), xii。

312 "信息拼贴"：Pareles, "Plagiarism in Dylan, or a Cultural Collage?", *New York Times*, July, 12, 2003.

312 "可能剽窃"：Robert Polito, "Bob Dylan: Henry Timrod Revisited", *Poetry Foundation Journal* (2006), http://www.poetryfoundation.org/journal/article.html? id = 178703.

312 "不成熟的诗人模仿"：T. S. Eliot, *The Sacred Wood and Major Early Essays* (New York, 1997), 72, 初版为 1920 年版。

313 "我过去生活的时代并不像这个时代"：Dylan, *Chronicles: Volume One* (New York, 2004), 86.

317 "我在音乐中找到宗教信仰和哲学"：迪伦的话援引自 Clinton Heylin, *Bob Dylan: Behind Shades: Take Two* (London, 2000), 719-20。

319 "大家好!"：Dylan remarks at State Theatre, Sydney, New Wales, Australia, March 25, 1992, 文字见如下网站：Bjorner's site, Olof's Files, http://www.bjorner.com/DSN12860%20-%201992%20Australian%20Tour.htm#DSN12860.

320 "我曾经有个野心"：迪伦的话出自 *No Direction Home*: *Bob Dylan*, directed by Martin Scorsese (Spitfire Pictures, 2005)。

325 "哦，拉索"：迪伦的话援引自 Sloman 为 *Tell Tale Signs* (2008) 写的套封说明文字。

326 "现在一切好像要改变了"：迪伦在明尼苏达大学演讲，Northrop Auditorium, University of Minnesota, Minneapolis, Nov. 4, 2008，见 http://www. youtube. com/watch? v=mVfvLEhWmbA。

330 "一天的第四部分"：Geoffrey Chaucer, *The Canterbury Tales*, trans. David Wright (New York, 2008), 113.

音乐唱片目录

迪伦的专辑除一张以外其余都已刻录成 CD 光盘，并可以在网上下载 Mp3。哥伦比亚唱片公司 1973 年发行的那张"报复性"专辑《迪伦》一直没有在美国发行 CD，但在欧洲以另一个名字制作成 CD 现身：《鲍勃·迪伦（像我这样的傻瓜）》（*Bob Dylan*: *A Fool Such As I*）。如果歌迷执意搜索，还是可以在网上下载到该张专辑。完整的迪伦专辑列表及〈乔治·杰克逊〉的歌词见 http://www. bobdylan. com。

选编唱片和致敬专辑有许多种，后者主要是由其他艺术家演奏的迪伦的歌曲；迪伦也出现在向其他音乐人致敬的专辑中，包括吉米·罗杰斯和"斯坦利兄弟"。所有选编专辑中我最喜欢的——我觉得最有启发性和最享受的——是一张迪伦"基督教时期"的歌曲选，〈为他人服务：鲍勃·迪伦的福音歌曲〉（*Gotta Serve Somebody*: *The Gospel Songs of Bob Dylan*），由索尼/哥伦比亚在 2002 年发行。里面包括一些重要艺术家的作品，包括如雪莉·凯撒（Shirley Caesar）和阿隆·内维尔（Aaron Neville），以及"欢乐祥云"（Mighty Clouds of Joy）等乐队。该专辑还包括迪伦和斯代普（Mavis Staples）之间的一个有趣的过招，是在他们二重唱〈要改变我的思维方式〉（Gonna Change My Way Of Thinking）之前。该专辑的说明文字非常精彩，部分由汤姆·皮亚扎（Tom Piazza）撰写，将每首歌曲都与圣经的段落联系起来，用以强调迪伦对基督教及美国圣歌的信诺没有止步于 1980 年代，而是继续至今。

私录、盗版唱片无论对艺术家还是对唱片公司都是不公平的，尤其是演唱会的偷录，但现在都已是既成的活生生的事实。迪伦和索尼/传奇唱片公司的对应措施是发行一张"官方"盗版系列，使听众有可能得到一些重要的录音花絮和最佳质量的演唱会录音，同时让版权人免受损失。尽管如此，如果完全不接触某些盗版产品，我自己的工作就会受到限制。因此，在不认可任何违法行为的前提下，我能推荐我所发现的最好的网站以及相关的评论见 http://www. bobsboots. com/。

《鲍勃·迪伦与美国时代》援引了许多其他艺术家的商业唱片，有些追溯到 20 世纪 20 年代。下面的列表涵盖了本书中所援引的最主要来源。我不是按章节或相关主题将它们组合罗列，而是按艺术家的姓氏字母顺序排列，做了一个简单的标题列表。我也包括了一些我没有引用的资料，目的是为了给读者更多的线索，涉及各种鲜为人知的美国音乐流派。在每一种情况下，我都努力在列表中包括那些可以方便购买的歌曲版本。在可能的情况下，我也包括了原始的录音信息。当中许多（如果不是大多数）现在可以下载为 MP3，无论是通过网络书籍和音乐商店网站，还是通过特定的标签。

　　Roy Acuff, "Wait for the Light to Shine", Old Time Barn Music, LP, Columbia, 1951; The Essential Roy Acuff, CD, Sony/Legacy, 2004.

　　The Allman Brothers Band, "Statesboro Blues", At Fillmore East, LP, Capricorn, 1971; CD, 1997.

　　Barbecue Bob [Robert Hicks], "Barbecue Blues", 78 rpm, Columbia, 1927, and "Mississippi Heavy Water Blues", 78 rpm, Columbia, 1927; Both on Barbecue Bob [Robert Hicks], Complete Recorded Works in Chronological Order, Volume 1, 25 March 1927 to 13 April 1928, CD, Document, 1994.

　　Count Basie and Sarah Vaughan, "I Cried for You", Count Basie/Sarah Vaughan, LP, Blue Note, 1961; CD, 1996.

　　Dominic Behan, "The Patriot Game", Songs of the I. R. A. (Irish Republican Army), LP, Riverside, 1957; The Rocky Road to Dublin: The Best of Irish Folk, CD, Castle Music, 2006.

　　Marc Blitzstein, The Cradle Will Rock, original 1937 cast recording Marc Blitzstein, Musical Theater Premières, 2 CDs, Pearl, 1998.

　　Dock Boggs, "Sugar Baby", 78 rpm, Brunswick, 1927; Dock Boggs, Country Blues: Complete Early Recordings, CD, Revenant, 1998.

　　Paul Brady, "Arthur McBride and the Sergeant", Andy Paul Brady, LP, Mulligan, 1976; CD, Green Linnet, 1993.

　　———, "The Lakes of Pontchartrain", Welcome Stranger, LP, Mulligan, 1978; CD, PeeBee, 2009.

　　David Bromberg, "Dehlia", David Bromberg, LP, Columbia, 1971; CD, Wounded Bird Records, 2007.

　　The Brothers Four, "I Am Gambler", B. M. O. C. (Best Music On/Off Campus), LP, Columbia, 1961; Brothers Four, Greatest Hits, CD, Sony, 1990.

Cab Calloway and His Orchestra, "St. James Infi rmary", 78 rpm, Brunswick, 1930; Cab Calloway Orchestra, The Early Years, 1930~1934, CD, JSP Records, 2001.

Johnny Cash, "Delia's Gone", American Recordings, CD, American, 1994.

——, "Delia's Gone", The Sound of Johnny Cash, LP, Columbia, 1962.

The Clancy and Tommy Makem, "Eileen Aroon" and "The Parting Glass". These songs appear on various collections, but my favorite versions on the 2- CD set In Person at Carnegie Hall: The Complete 1963 Sony/Legacy, 2009.

Sam Collins, "Yellow Dog Blues", 78 rpm, Gennett, 1927; Sam Collins, Complete Recorded Works in Chronological Order, 1927-1931, CD, Document, 2005.

Martha Copeland, "The Dyin' Crapshooter's Blues", recorded in 1927; Martha Copeland, Complete Recorded Works in Chronological Order, Volume 1, September 1923 to August 1927, CD, Document, 2000.

Aaron Copland, The Copland Collection: Orchestral & Ballet Works, 1936-1948, 3 CDs, Sony, 1991. Set includes Billy the Kid, Rodeo, selections from the score to Of Mice and Men, Lincoln Portrait, Fanfare for the Common Man, and Appalachian Spring.

——, Piano Variations, Piano Music of Aaron Copland, CD, Albany Records, 2008.

Bing Crosby, "Snuggled on Your Shoulder", 78 rpm, Brunswick, 1932; Bing Crosby, A Musical Autobiography, 4 CDs, Avid, 2005.

——, "Where the Blue of the Night (Meets the Gold of the Day)", 78 rpm, Brunswick, 1931; Classic Crosby (1930-1934), CD, Naxos Nostalgia, 2000.

Gary Davis, "Delia", Delia—Late Concert Recordings, 1970-71, CD, American Activities, 1990.

——, "Devil's Dream", The Guitar & Banjo of Reverend Gary Davis, LP, Fantasy/Prestige, 1964; CD, Original Blues Classics, 1990.

Reese Du Pree, "One More Rounder Gone", 78 rpm, OKeh, 1924; reissued on Male Blues of the Twenties, Volume 1, 1922-1930, CD, Document, 1996.

Ramblin' Jack Elliott, "Roving Gambler", Jack Elliott, LP, Fontana, Vanguard, 2007.

Sleepy John Estes, "Someday Baby Blues", 78 rpm, Decca, 1935; John Estes, Complete Recorded Works in Chronological Order, 24 September 1929 to 2 August 1937, CD, Document, 1994.

——, "Working Man's Blues", 78 rpm, RCA Bluebird, 1941; Sleepy John Estes,

Complete Recorded Works in Chronological Order, Volume 2, 2 August 1937 to 24 September 1941, CD, Document, 1994.

Gil Evans, "Ella Speed", Gil Evans Ten, Prestige, 1957; CD, JVC Japan, 1999.

The Everly Brothers, "Roving Aambler", Songs Our Daddy Taught Us, LP, Cadence, 1959; CD, Rhino, 1990.

Jimmie Gordon, "Dehlia", Decca, 1939; Jimmie Gordon, Complete Recorded Works in Chronological Order, Volume 3, 1939-1946, CD, Document, 2000.

Stefan Grossman, "My Friends Are Gone", Shake That Thing: Fingerpicking Country Blues, Shanachie, 1998.

Merle Haggard, "Man's Blues", A Portrait of Merle Haggard, LP, Capitol, 1969; Goes On, 2005.

Blake Alphonso Higgs (Blind Blake), "Delia Gone", A Third Album of Bahamian Songs Blind Blake and the Royal Victoria Hotel Calypso Orchestra, LP, Art, 1952.

Billie Holiday and Her Orchestra, "Having Myself a Time", Recorded in 1938; The Quintessential Billie Holiday, Volume 6 (1938), CD, Sony, 1990.

Holy Modal Rounders, "Statesboro Blues", The Holy Modal Rounders 2, LP, Prestige, 1964; CD, Fantasy, 1999.

Mississippi John Hurt, "Frankie [and Albert]", 78 rpm, OKeh, 1928; Mississippi John Hurt, Avalon Blues: The Complete 1928 OKeh Recordings, CD, Columbia/Sony, 1996.

Papa Charlie Jackson, "Bad Luck Woman Blues", 78 rpm, Paramount, 1926; "Long Gone Lost John", 78 rpm, Paramount, 1928; and "Look Out Papa Don't Tear Your Pants", 78 rpm, Paramount, 1927, All on Papa Charlie Jackson, Complete Recorded Works, Volume 2, February 1926 to September 1928, CD, Document, 1991.

Lonnie Johnson, "Lonesome Road", 78 rpm, Bluebird, 1942; Lonnie Johnson, Complete Recorded Works, 1937 to June 1947, Volume 2, 22 May 1940 to 13 February 1942, CD, Document, 1996.

Robert Johnson, "Hell Hound on My Trail", 78 rpm, Vocalion, 1937, and "32-20 Blues", 78 rpm, Vocalion, 1937; Both on Robert Johnson, The Complete Recordings, CD, Sony, 1996.

Colonel Jubilation B. Johnston [Bob Johnston], Moldy Goldies: Colonel Jubilation B. Johnston and His Mystic Knights Band and Street Singers Attack the Hits, LP, Columbia, 1966.

Nic Jones, "Canadee- i- o", Penguin Eggs, LP, Topic, 1980; CD, 1995.

Koerner, Ray, and Glover, Lots More Blues, Rags, and Hollers, Elektra, 1964; CD, Red House, 1999.

Huddie Ledbetter ("Leadbelly"), "Midnight Special", in 1933, And "Ella Speed", recorded in 1933; both on Midnight The Library of Congress Recordings, 3 LPs, Elektra, 1966; CD, Rounder, 1991.

Alan Lomax, comp. , "Delia Gone" (1935), Song: Bahamas 1935, Volume 2, Ring Games and Round Dances, Rounder, 2002.

Taj Mahal, "Statesboro Blues", Mahal, Columbia, 1968; CD, Columbia/Legacy, 2000.

Tommy McClennan, "New Highway", rpm, RCA Victor/Bluebird, 1940; The Rural Blues: A Study and Instrumental Resources, LP, RBF Records, 1960; Tommy McClennan, Whiskey Head Woman: The Complete Recordings, Vol. 1, 1940, CD, Document, 2002.

Kansas Joe McCoy and Memphis Minnie, "When the Levee Breaks", 78 rpm, Columbia, 1929; Memphis Minnie, Queen of the Blues, CD, Sony, 1997.

Blind Willie Atlanta Twelve String, LP, Atlantic Records, 1972.

————, Georgia Blues, 6 CDs, Snapper, 2007. This excellent collection of the important McTell recordings released before 1949, including 1940 Library of Congress session with John and Ruby Lomax.

————, Last Session, LP, Bluesville, 1960; CD, Fantasy, 1992.

————, The Regal Country Blues, 2 CDs, Acrobat, 2005.

Blind Willie McTell and Curley Weaver, The Post War Years, 1949-1950, CD, Document, Remastered edition, 2008.

Memphis Minnie, "Ma Rainey", 78 rpm, OKeh, 1940; Memphis Minnie, Hoodoo Lady, 2 CDs, Proper Pairs, 2003.

Mississippi Sheiks, "Stop and Listen Blues", 78 rpm, OKeh, 1930; Mississippi Sheiks, Stop and Listen, CD, Yazoo, 1992.

The Chad Mitchell Trio, "The John Birch Society", The Chad Mitchell Trio at the Bitter End, LP, Kapp, 1962; CD, Folk Era Records, 1997.

Geoff Muldaur, "Wild Ox Moan", The Secret Handshake, CD, Hightone, 1998. Napoleon XIV [Jerry Samuels], "They're Coming to Take Me Away, Ha- Haaa!", 45 rpm, Warner Brothers, 1966; Napoleon XIV, The Second Coming, CD, Rhino, 1996.

The New Lost City Ramblers, "Don't Let Your Deal Go Down", The New Lost City

Ramblers, LP, Folkways, 1958; The New Lost City Ramblers, The Early Years, 1958 – 1962, CD, Smithsonian Folkways, 1992.

Randy Newman, "Louisiana 1927", Good Old Boys, LP, Reprise, 1974; CD remastered, Rhino, 2003. Newman has rereleased this song in various versions, but his most moving performance of it came during a live, nationally televised joint– network telethon for the victims of Hurricane Katrina on September 9, 2005. Although Dylan did not attend, his presence felt: the evening's entertainment was entitled "Shelter from the Storm", the song on Dylan's album Blood on the Tracks. Unintentionally, the poignant contrast to the unkempt, directionless telethon that formed one of the backdrops to Masked and Anonymous.

Phil Ochs, "Davey Moore", Recorded in 1964; The Early Vanguard, 2000.

The Pacifi cs, "Hopped– Up Mustang", Hot Rods Custom Classics, 4 CDs, Rhino, 1999.

Dolly Parton, "Jolene", Jolene, RCA Victor, 1974; Sony, 2007.

Charley Patton, "High Water Everywhere, 2", 78 rpm, Paramount, 1930, and "Down the Dirt Blues", rpm, Paramount, 1930; Both on "Screamin" and "Hollerin" the Worlds of Charley Patton, 7 CDs, Revenant, 2001.

Charlie Poole and the North Ramblers, "Don't Let Your Deal Go Down Blues", 78 rpm, Columbia, 1925; Charlie Poole and the Roots of Country Music, 3 CDs, Sony/2005.

Elvis Presley, Elvis' Christmas Album, LP, RCA Victor, 1957; CD, RCA, 1990.

——, "Tomorrow Night", Originally Recorded in 1954, Released with overdubs on Everyone, LP, RCA Victor, 1965; CD, BMG International, 1995.

Paul Robeson, Lonesome Road", 78 rpm, Paramount, 1929; Paul Robeson, A Man Beliefs, CD, Legacy International, 2001.

Jimmie Rodgers, "Waiting for a Train", 78 rpm, Victor, 1928; The Essential Jimmie Rodgers, CD, RCA, 1995.

Tom Rush, "Statesboro Blues", Take a Little Walk with Me, LP, Elektra, 1966; CD, Collectors' Choice, 2001.

Sacred Harp Singers, "The Lone Pilgrim", New Year's Eve at the Iveys' 1972, CD, Squirrel Hill, 2005.

Frank Sinatra, "Lonesome Road", A Swingin' Affair, LP, Capitol, 1957; CD, 1998.

Hank Snow, "I'm Movin' On", 45 rpm, RCA, 1950, and "Ninety Nine Miles an Hour (Down a Dead End Street)", 45 rpm, RCA, 1963; both on The Essential Hank

Snow, CD, RCA, 1997.

Sons of the Pioneers, "Gentle Nettie Moore", 33 rpm, Master, 1934; Sons of the Pioneers, Songs of the Prairie, 4 CDs, Bear Family, 1998.

Victoria Spivey, "Dope Head Blues", 78 rpm, OKeh, 1927; Victoria Spivey, Complete Recorded Works, Volume 1, 11 May 1926 to 31 October 1927, CD, Document, 2000.

Victoria Spivey with Roosevelt Sykes, Big Joe Williams, and Lonnie Johnson, Three Kings and the Queen, Recorded in 1962; LP, Spivey Records, 1964.

The Stanley Brothers, "Highway of Regret", 45 rpm, Starday, 1959; The Stanley Brothers, Early Starday- King Years, 1958-1961, CD, King, 1995.

William Hamilton Stepp, "Bonaparte's Retreat", Recorded in 1937; Music of Kentucky: Early American Rural Classics, 1927-37, CD, Yazoo, Sister Rosetta Tharpe, "The Lonesome Road", 78 rpm, Sister Rosetta Tharpe, Complete Recorded Works, Volume 1938 1941, CD, Document, 1996.

The Three Peppers (Sally Gooding, voc.), "It Must be Love", 78 rpm, Variety Records, 1937; The Three Peppers, 1937-CD, Classics France/Trad Alive, 2002.

The Traveling Wilburys, The Traveling Wilburys, Volume 1, LP, Warner Brothers, 1988.

————, The Traveling Wilburys, Volume Warner Brothers, 1990; Released Together with Volume 1 as Traveling Wilburys Collection, CD, Rhino, 2007.

Dave Van Ronk, "Cocaine Blues", Dave Van Ronk, Folksinger, LP, Prestige, 1963; Released with Inside Ronk as Inside Dave Van Ronk, CD, Fantasy, 1991.

————, "Statesboro Blues", No Dirty Names, LP, Verve/Forecast, 1966; No CD is Available, Ttrong Rendering Appears on Dave Van Ronk, Live at Sir George Williams University, Just a Memory, 1997.

Rollin' and Tumblin', "Parts 1 and 2", 78 rpm, Parkway, 1950, "Blow", 78 rpm, Chess, 1953, and "I Just Want to Make Love rpm, Chess, 1954; All on The Chess Box: Muddy Waters, 3 LPs, 3 CDs, Chess, 1989.

Doc Watson, "The Lone Pilgrim", The Watson Family, LP, Folkways, 1963; CD, Smithsonian Folkways, 1993.

Kurt Weill and Bertolt Brecht, The Threepenny Opera, trans. Marc Blitzstein, LP, Decca, 1954; CD, Decca Broadway, 2000.

Bukka White, "Fixin' to Die Blues", 78 rpm, Vocalion, 1940; The Country Blues,

LP, RBF Records, 1959; The Complete Bukka White, 1937-1940, CD, Columbia/Legacy, 1994.

Hank Williams, "Love Sick Blues", 78 rpm, MGM, 1949, and "I'll Never Get Out of This World Alive", 78 rpm and 45 rpm, MGM, 1952; Both on the Complete Hank Williams, 10 CDs, Mercury Nashville, 1998.

Sonny Boy Williamson, "Your Funeral and My Trial", 78 rpm and 45 rpm, Checker, 1958; Sonny Boy Williamson, His Best, CD, Chess, 1997, Reissued on Universal Japan, 2008.

索　引

（斜体字页码代表图片说明）

译后记
不曾垮掉的一代

当《鲍勃·迪伦与美国时代》的编辑海光和张阳传给我看新书的封面设计时，我正在为今夏的香港书展赶另一本书的进度，满脑子都是另一个截然不同的话题。然而不能不说，这个封面设计的选材太抢眼了，结构布局也充满视觉效果，将我瞬间拉回到与这本书相伴时的氛围。

封面照片上，迪伦与几位"垮掉派"朋友倚墙而立，站在他左边的金斯堡烟抽了半截，好像刚刚发表了什么高论——说不定是他对禅宗的感悟，又或是提到他酝酿中的诗句（金斯堡的下一个巅峰之作《威奇塔漩涡心经》就写于这场合之后不久，诗中闪烁着迪伦的名字）。这时，迪伦像是突然察觉到有人在拍照，墨镜悬在手上望向镜头。他那惊鸿一瞥虽低调内敛，却藏不住足以穿透岁月的摄人锋芒。

与这张照片有关的故事情节是这样的：1965 年的 12 月 5 日，迪伦趁着在旧金山演出的空档，与他的乐队主音吉他手罗比·罗伯逊一道，赶到"垮掉派"在旧金山的大本营"城市之光"书店，去参加诗人及艺术家们在那里举行的一个聚会。当时迪伦已经出了〈地下乡愁蓝调〉和〈像一块滚石〉，正处于耀眼的事业上升期。而"垮掉派"作为一个先锋文化群体，在潮流的引领上已不复昔日锋芒，凯鲁亚克也已经离群而去，以致书中提及的这场聚会，事后被美国文化界称为"垮掉派"

的"最后的聚会"。

本书中有一处提到了这次"城市之光"的聚会,一个细节是说迪伦赶到书店之后,"直奔地下室",为的是不致喧宾夺主或抢了"垮掉派"文人们的风头。还提到聚会期间,"在书店紧邻的小巷里,迪伦与麦克卢尔、金斯堡、弗林格蒂、罗伯逊以及奥尔洛夫斯基的弟弟朱利尔斯一起拍了些照片"。照片的摄影者不详,很可能就是追星的"狗仔队",却因此成功地将迪伦与影响他音乐至深的"垮掉派"同框放置,每个人的举手投足和神态都充满了迷惘与神秘的气息,极具深受他们影响的那个美国时代的象征意味。

迪伦与凯鲁亚克、金斯堡、柏洛兹及其他所谓"垮掉派"作家的交往,是迪伦人生中至关重要的一环,如同摇滚、节奏蓝调对他的浸淫一样,"彼此之间心气相通",本书中援引迪伦的回忆说:"杰克·凯鲁亚克、金斯堡、科索、弗林格蒂……我尾随在后,如影随形,很奇妙……就像埃维斯·普雷斯利对我的影响那么巨大。"反过来,迪伦也为垮掉派的转型带来巨大影响,特别是对金斯堡本人,同时他们的反文化(counter-culture)精神也深刻地影响了美国 20 世纪末的生活。

有关迪伦与"垮掉派"文学这种你中有我、我中有你的关系,读过这本书就会有一个深刻的印象,因此这里无需赘述。但作为译者我有个未解的心结,就是"垮掉"(Beat)这个词的中文译法本身颇有误译之嫌,尽管出于约定俗成的考虑,编者和译者最终决定沿用之。故此有必要在《译后记》里做一解释。

中文通译为"垮掉的一代"的 Beat Generation,其出处是杰克·凯鲁亚克同名小说及系列 beat 叙事作品。而根据最早提出并使用 beat 概念的凯鲁亚克及金斯堡等人的解释,beat 作为他们的文学流派,以及他们所标榜的一代人的精神内核,其本身都没有"垮掉"的意思。凯鲁亚克为此写过一篇说文解字性质的文章,题为 Aftermath: The Philosophy of the Beat Generation，读过之后就可以得出结论，即这个标题绝不该翻译为"垮掉的一代的哲学"。文中用一连串这样的形容词描述道："The Beat Generation，是我们在 40 年代末提出来的一个愿景。那时，约翰·克莱隆·霍姆斯和我以及艾伦·金斯堡，我们对此极尽驰骋想象之能事，憧憬着我们这疯狂的、烛照下的一代潮人能瞬间脱颖而出，漫游全美，认认真真，飘来荡去，随处搭着顺风车，衣衫破烂，但内心喜乐，美得透着一种新式的令人厌恶的优雅——这一愿景是我们从街头听到的 beat 这个词里搜刮到的——在时代广场和格林威治村，在战后美国其它城区闹市的夜间——beat 这个词意味着落泊潦倒但内心却充满了强烈的信念。……"（The Beat Generation, that was a vision that we had, John Clellon Holmes and I, and Allen Ginsberg in an even wilder way, in the late Forties, of a generation of crazy, illuminated hipsters suddenly rising and roaming America, serious, bumming and hitchhiking everywhere, ragged, beatific, beautiful in an ugly graceful new way—a vision gleaned from the way we had heard the word "beat" spoken on street corners on Times Square and in the Village, in other cities in the downtown city night of postwar America—beat, meaning down and out but full of intense conviction.）

从中可见，中文译为"垮掉的一代"无疑只抓取了那一代人嬉皮般"落泊潦倒"的表征，完全没有反映凯鲁亚克所强调的那种不甘失败的"内心充满强烈信念"的精神内核。

1958 年 11 月 8 日，凯鲁亚克出席了纽约一个专门讨论所谓"垮掉派"现象的学术研讨会。满场都是穿西装打领带的专家学者，只有凯鲁亚克一身牛仔打扮。他拿出事先写好的讲稿，再一次解释说："Beat 这个词原本展望的是一个内心蒙福喜乐（beatific）的愿景……可后来一些人自称什么'垮掉派'（beatniks）……而我就最终被称为这一切的化身。"金斯堡也曾在这样或那样的场合以"激越"（upbeat）、内心至高的喜乐（beatitude）或 beat 本身在音乐上的拍子、敲打的原义来形容这个词的来源。

在美国的文学词典里，Beat Generation 这个词意指战后美国诞生的一种新兴文化及其代表作家对常规叙事价值的排斥，对精神的追求，对美国以及东方宗教的探索，对物质主义的排斥，对人类生存环境的直白描述。在社会实践活动方面，他们对社会平等正义的追求也夹杂着对致幻药物的试验，以及性解放的探索，等等。由于他们反文化的语境以及在精神上对常规政治的疏离感，在表征上确实予人种种"垮掉"的印象，加上后来衍生出 beatnike 这个确有"垮掉"意味的新词（但如前所述，凯鲁亚克对这个衍生词很排斥），"垮掉的一代"这个译法估计就是这样大行其道起来的。再者，正如凯鲁亚克《在路上》中发出的终极追问："没有人知道，没有人，除了衰老的荒凉感，谁知道将来还会有什么事发生在自己的身上呢？"这里，Beat 这个词又接近王小波笔下那种"受锤"之意（"人生就是个缓慢受锤的过程"，见王小波《黄金时代》）——但无论如何，受锤也并不就意味着一定"垮掉"啊！恰恰相反，凯鲁亚克与金斯堡们以"在路上"的探求，以"嚎叫"的姿态，以他们对时事的发言与介入，始终表达着他们锤而不垮的反抗精神。

所以一些海外研究美国文学的中文专家学者并不情愿使用"垮掉的一代"这个译法。如美国南加州大学比较文学系华裔教授、诗人张错，他在中文写作时将 Beat Generation 译为"敲打的一代"。又如最近读到的北京大学文学硕士出身、目前旅居瑞典的作家兼翻译家傅正明在台湾出版的新书《狂慧诗僧》，书中将 Beat Generation 译为"敲响的一代"。但这些忠实的译法只是在学术小圈子里被大家心领神会，而"垮掉的一代"已经在大众流行层面叫响，并且深入人心。个中原因，我个人推测是因为"垮掉的一代"这个译法在中文里出现得最早（20 世纪 60 年代即被官方译介到中国，尽管是以"供批判用"的名义。参见张国庆《垮掉的一代与中国当代文学》，武汉大学出版社），所以到 20世纪 80 年代"文化热"开始大规模译介时，翻译界已经先入为主，后来者不加思索地照搬"垮掉的一代"，如饥似渴的读者也就这样接受，逐渐成为通译。

在翻译本书时，我最初也想不用"垮掉的一代"这个通译，但又担心广大读者会不知所云、会因为感到陌生而错过他们本该喜闻乐见的一本书。这种担心并非多余，先例也不是没有。美国作家哈珀·李（Harper Lee）的名著《杀死一只知更鸟》（*To Kill A Mocking Bird*）的书名就是被误译的典型例子：虽然这部小说的中译本在后来再版时曾采用《杀死一只反舌鸟》的正确译名，但认受度最终难敌为大家所熟知和广为接受的"知更鸟"。正是出于上述种种考虑，所以本书最终在定稿时还是决定回到通译上来，谨在书后回顾一下 Beat Generation 这个词的来龙去脉，以飨读者。

刘怀昭

2018 年 4 月于香港

《雅理译丛》 编后记

面前的这套《雅理译丛》，最初名为"耶鲁译丛"。两年前，我们决定在《阿克曼文集》的基础上再前进一步，启动一套以耶鲁法学为题的新译丛，重点收入耶鲁法学院教授以"非法学"的理论进路和学科资源去讨论"法学"问题的论著。

耶鲁法学院的师生向来以 Yale ABL 来"戏称"他们的学术家园，ABL 是 anything but law 的缩写，说的就是，美国这家最好也最理论化的法学院——除了不教法律，别的什么都教。熟悉美国现代法律思想历程的读者都会知道，耶鲁法学虽然是"ABL"的先锋，但却不是独行。整个 20 世纪，从发端于耶鲁的法律现实主义，到大兴于哈佛的批判法学运动，再到以芝加哥大学为基地的法经济学帝国，法学著述的形态早已转变为我们常说的"law and"的结构。当然，也是在这种百花齐放的格局下，法学教育取得了它在现代研究型大学中的一席之地，因此，我们没有理由将书目限于耶鲁一家之言，《雅理译丛》由此应运而生。

雅理，一取"耶鲁"旧译"雅礼"之音，意在记录这套丛书的出版缘起；二取其理正，其言雅之意，意在表达以至雅之言呈现至正之理的学术以及出版理念。

作为编者，我们由法学出发，希望通过我们的工作进一步引入法学研究的新资源，打开法学研究的新视野，开拓法学研究的新前沿。与此同时，我们也深知，现有的学科划分格局并非从来如此，其本身就是一种具体的历史文化产物（不要忘记法律现实主义的教诲"to classify is to disturb"），因此，我们还将"超越法律"，收入更多的直面问题本身的跨学科作品，关注那些闪耀着智慧火花的交叉学科作品。在此标准之下，我们提倡友好的阅读界面，欢迎有着生动活泼形式的严肃认真作品，以弘扬学术，服务大众。《雅理译丛》旨在也志在做成有理有据、有益有趣的学术译丛。

　　第一批的书稿即将付梓，在此，我们要对受邀担任丛书编委的老师和朋友表示感谢，向担起翻译工作的学者表示感谢。正是他们仍"在路上"的辛勤工作，才成就了我们丛书的"未来"。而读者的回应则是检验我们工作的唯一标准，我们只有脚踏实地地积累经验——让下一本书变得更好，让学术翱翔在更广阔的天空，将闪亮的思想不断传播出去，这永远是我们最想做的事。

六部书坊
《雅理译丛》主编 田雷
2014 年 5 月

《雅理译丛》已出书目

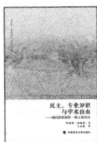

民主、专业知识与学术自由
——现代国家的第一修正案理论
[美] 罗伯特·C. 波斯特 著
左亦鲁 译

林肯守则：美国战争法史
[美] 约翰·法比安·维特 著
胡晓进 李丹 译

兴邦之难：改变美国的那场大火
[美] 大卫·冯·德莱尔 著
刘怀昭 译

司法和国家权力的多种面孔
——比较视野中的法律程序
[美] 米尔伊安·R. 达玛什卡 著
郑戈 译

摆正自由主义的位置
[美] 保罗·卡恩 著
田力 译 刘晗 校

战争之谕
胜利之法与现代战争形态的形成
[美] 詹姆斯·Q. 惠特曼 著
赖骏楠 译

创设行政宪制：
被遗忘的美国行政法百年史 (1787—1887)
[美] 杰里·L. 马肖 著
宋华琳 张力 译

事故共和国
——残疾的工人、贫穷的寡妇与美国法的重构 (修订版)
[美] 约翰·法比安·维特 著
田雷 译

数字民主的迷思
[美] 马修·辛德曼 著
唐杰 译

同意的道德性
[美] 亚历山大·M. 毕克尔 著
徐斌 译

林肯传
[美] 詹姆斯·麦克弗森 著
田雷 译

罗斯福宪法：
第二权利法案的历史与未来
[美] 凯斯·R. 桑斯坦 著
毕竞悦 高瞰 译

社会因何要异见
[美] 凯斯·R. 桑斯坦 著
支振锋 译

法律东方主义
——中国、美国与现代法
[美] 络德睦 (Teemu Ruskola) 著
魏磊杰 译

无需法律的秩序
——相邻者如何解决纠纷
[美] 罗伯特·C. 埃里克森 著
苏力 译

美丽新世界
《世界人权宣言》诞生记
[美] 玛丽·安·葛兰顿 著
刘轶圣 译

大屠杀：
巴黎公社生与死
[美] 约翰·梅里曼 著
刘怀昭 译

自由之路
"地下铁路"秘史
[美] 埃里克·方纳 著
焦姣 译

黄河之水：
蜿蜒中的现代中国
[美] 戴维·艾伦·佩兹 著
姜智芹 译

我们的孩子
[美] 罗伯特·帕特南 著
田雷 宋昕 译

起火的世界
[美] 蔡美儿 著
刘怀昭 译

军人与国家：
军政关系的理论与政治
[美] 塞缪尔·亨廷顿 著
李晟 译

林肯：在内战中
（1861-1865）
[美] 丹尼尔·法伯 著
邹奕 译

正义与差异政治
[美] 艾丽斯·M.杨 著
李诚予 刘靖子 译

星球大战的世界
[美] 凯斯·R.桑斯坦 著
张力 译

财产故事
[美] 斯图尔特·班纳 著
陈贤凯 许可 译

乌托邦之概念
[美] 鲁思·列维塔斯 著
李广益 范轶伦 译

法律的文化研究
[美] 保罗·卡恩 著
康向宇 译